송선생의 중국문학교실

송선생의 중국 문학 교실

첫째권 - 신화부터 당나라 문학까지

초판발행일 2008년 6월 15일

펴낸이 | 유재현
글쓴이 | 송철규
기획편집 | 유재현 이혜영 김석기
마케팅 | 안혜련 장만
인쇄제본 | 영신사
필름출력 | ING
종이 | 한서지업사
라미네이팅 | 영민사

펴낸곳 | 소나무
등록 | 1987년 12월 12일 제2-403호
주소 | 121-830 서울시 마포구 상암동 11-9, 201호
전화 | 02-375-5784
팩스 | 02-375-5789
전자우편 | sonamoopub@empal.com

ISBN 978-89-7139-067-2 04820
      978-89-7139-066-5 04820 (전3권)

소나무 머리 맞대어 책을 만들고, 가슴 맞대고 고향을 일굽니다

송선생의 중국문학교실

첫째권—신화부터 당나라 문학까지

송철규 지음

소나무

차 례

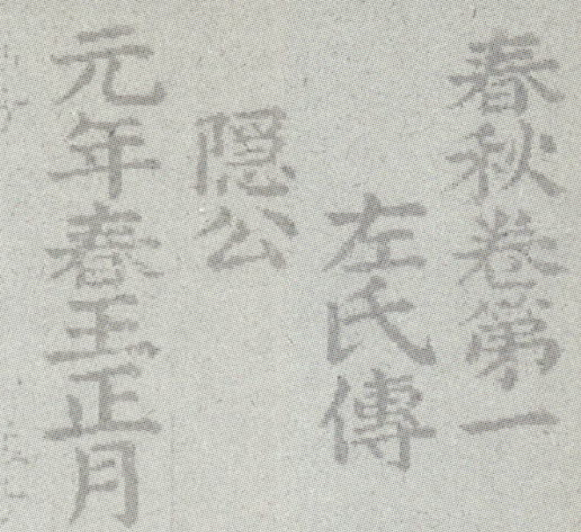

문학을 알면 중국이 보인다

세상에 인구가 제일 많은 나라, 넓은 땅을 가진 나라, 오랜 역사를 가진 나라, 유구한 문화를 간직한 나라, 이 모두가 중국을 표현하는 말이다.

이 책에서는 중국 문학에 대해 다루고 있다. 너나 할 것 없이 '중국'을 이야기하는 요즈음 중국 문학을 거론하는 것은 새삼스럽기도 하고 진부한 느낌도 있지만, 중국과 중국인을 보다 다채롭고 깊이 있게 이해하기 위해서는 중국 문학을 필히 살펴볼 필요가 있다. 중국 문화에서 문文의 개념은 매우 넓다. 좁은 의미에서는 문학이란 의미로 쓰이지만, 넓게는 학문과 사상을 포괄한다. 따라서 중국 문학을 다루는 이 책은 중국 고전과 사상의 세계를 탐험하는 여정도 될 것이다.

중국 문학은 한 마디로 중국인이 중국어와 한자를 이용해 자신의 감정을 표현하여 예술로 승화시킨 것이라고 이해할 수 있다. 따라서 오랜 중국 역사를 감안했을 때, 중국의 '말'과 '글'이 만들어진 이후 현대에 이르기까지의 중국 문학을 일별하는 과정도 결코 만만한 일이 아니다. 다만 핵심은 시대와 지역은 달라도 세상을 살다간 인간으로서 겪었던 여러 감정을 다루고 있기 때문에 현재를 사는 우리에게 삶의 방향을 제시해 줄 수 있다는 점이다.

‘글은 곧 그 사람이다’ 라는 말이 있다. 어느 나라나 마찬가지겠지만 특히 중국에서는 글이 곧 그 사람의 삶이었다. 고대 중국에서는 글을 읽고 쓰는 능력 자체가 하나의 특권이었다. 그래서 일부 작가들은 자신의 삶을 넘어 사회에 대한 책임감을 가지고 글을 썼다. 중국 문학에서 거론되는 많은 작가들은 우리들과 마찬가지로 현실과 이상 사이를 오가며 느꼈던 감정을 작품으로 승화시켰다. 독자들은 그 작품에 담긴 내용에 공감하고 자신의 삶을 다잡는 계기로 활용하였다. 따라서 우리들은 앞으로 다룰 중국 문학 속의 많은 작가 작품을 통해 인생의 굽이굽이를 슬기롭게 넘기고 인간답게 살아갈 수 있는 지혜를 얻을 수 있을 것이다. 이것이 바로 인문학의 참 역할이 아닌가 생각한다. 인문학은 인문과학의 줄임말로서 인간과 인간의 문화에 관심을 갖는 학문을 말한다. 이 개념은 라틴어인 ‘후마니타스humanitas’ 라는 말에서 유래되었는데, 이는 ‘인간다움’ 이란 뜻을 갖고 있다.

우리 젊은이들이 이 책을 통해 ‘인간다움’ 을 실현하는 미래의 인재로 거듭날 수 있기를 바란다. 우리는 과거에 만들어지고 오랜 시간을 거쳐 오늘에 전해진 별빛을 보고 있다. 밤하늘에 빛나는 별처럼 중국 문학을 이룩한 많은 작가들은 이미 세상을 떠났지만 그들이 남긴 작품은 꺼지지 않는 별이 되어 우리 삶의 ‘네비게이터’ 가 되고 있다. ‘세계 속의 한국인’ 과 ‘세계인’ 을 지향하는 요즘, 우리 젊은이들도 중국 문학을 통해 더 넓은 세상을 품고 꿈을 펼치기를 바란다.

이제 중국 문학을 전체적으로 개괄해보기로 하자.

중국은 우리의 이웃 나라로, 예로부터 밀접한 관련을 맺으며 지내왔다. 이웃나라가 중국만은 아니지만, 중국만큼 우리의 문화와 밀접한 관계를 형성한 나라는 없다. 그런 중국의 고전과 문학은 유구한 역사를 지니고 있다.

중국의 고전과 문학을 이야기하려면, 먼저 중국 대륙의 지역적 특성을 알아야 한다. '중국 땅'은 매우 커서, 우리나라와 비교하면 약 44배 정도 크다. 동쪽으로는 황해와 접하고, 서쪽으로는 티베트를 안으며 에베레스트 산과 닿아 있다. 남쪽으로는 남중국해와 홍콩·마카오가 자리하고, 북쪽으로는 만리장성과 몽골 초원 및 사막이 펼쳐져 있다. 그리고 황하와 양자강을 비롯한 여러 강을 품고 있다.

그런데 중국은 옛날부터 그처럼 영토가 넓은 나라는 아니었다. 오랜 시간을 거치면서 서쪽에서 동쪽으로, 다시 북쪽에서 남쪽으로 그 활동 영역을 차츰 넓힌 결과다. 문학의 공간 또한 이와 함께 확대되었다. 따라서 대륙의 크기만큼이나 북방과 남방의 문화적 차이도 뚜렷하다.

중국 문화의 발생지인 황하 유역의 중원 지방은 춥고 건조한 기후에 물산도 모자라서, 사람들은 일반적으로 강인하고 현실적인 기질을 지녔다. 험한 산 말고는 경관도 단조롭다. 반면 양자강 유역의 강남은 온난 다습한 기후에 산물이 풍부해, 사람들은 온화하고 낭만적이다. 또한 강남은 수려한 산수도 가지고 있다. 중국 문학은 이러한 지역적 특성을 그대로 반영한다.

여기에 민족들끼리 교류와 충돌을 거치면서 중국 문학의 영역은 그 폭을 더욱 넓혔다. 중국 대륙을 통치하는 민족이 여러 번 바뀌면서 이색적인 문화 형태를 끊임없이 내화內化하여, 경쟁력을 가진 거대 문화로 자랄 수 있었다. 주변 민족의 이채로운 음악을 수용한다든지, 인도의 언어학을 받아들인다든지, 불경의 전파 방법을 채용하는 등 그때그때 조건에 따라 많은 노력을 기울였다.

이밖에 한자漢字 또한 중국 문학의 형성에 커다란 영향을 끼쳤다.

표의문자인 한자는 형태와 소리와 의미라는 3가지 요소를 가진다. 서예를 봐도 알 수 있듯이, 한자는 그 자체가 시각적으로 아름답다.

또 한자의 의미는 함축성과 상징성이 강해, 시적 표현을 발전시키는 데 크게 기여했다. 가장 중요한 소리는 일정한 규칙에 따라 음악성과 리듬감을 줌으로써, 운문의 발전에 엄청난 영향을 끼쳤다. 특히 중국어의 4성 평측과 성운은 시가뿐만 아니라, 산문에도 음의 길이와 높낮이 및 운율을 고려하도록 했다.

다음으로 고대 중국인들의 생각이 중국 고전과 문학의 발전 방향을 결정했다. 고대 국가라면 어디나 마찬가지겠지만, 중국에서도 글을 읽고 쓸 수 있는 사람은 소수밖에 없었다. 중국에서는 이들을 '선비(士)'라고 불렀다. 그 결과 '문학'은 '학문'과 통하며, 실용적인 의미가 강했다. 이는 자연스럽게 '오락적'이고 '예술적'인 의미보다는 '교육적' 의미와 연결되었다. 이러한 사고방식은 중국 문학의 발전을 '시문詩文'을 중심으로 하는 '아雅문학' 또는 '순純문학' 개념 우위로 이끌었다. 따라서 상대적으로 소설과 희곡을 대표로 하는 허구 문학을 '속俗문학'이라는 개념으로 하대했다.

여기에는 '과거科擧'라고 하는 시험 제도가 한몫 거든다. '세상을 널리 구제한다(兼濟天下)'는 이상을 지녔던 선비들은 과거를 보려면 문학을 수련할 수밖에 없었다. 그러나 중국 문학의 흐름을 살펴보면, 민간 문학의 전통이 면면히 이어지면서 생기와 활력을 불어넣고 있다. 아울러 '한문漢文·당시唐詩·송사宋詞·원곡元曲·명청소설明淸小說'이라는 말이 보여주듯이, 시대적 조건이 특정 장르의 발전을 이끌기도 했다. 이밖에도 작가와 독자의 관계라든지, 계승과 혁신의 문제, 유·불·도의 사상 교류가 얽히면서 중국의 고전과 문학은 그 다채로움을 이어갔다.

중국 문학의 세계를 흥미롭게 훑어보려는 이 책은 3권으로 구성되는데, 1권은 신화시대부터 당나라까지를 다룬다.

문자 이전의 시대에도 중국 대륙에는 초보적인 형태이기는 하나 문예 활동이 있었다. 허나 '몸말' 단계에서 '글말' 단계로 접어들어 글로 정착하면서 부연과 첨가, 삭제와 왜곡이라는 원형의 변형 과정을 겪는다. 신화를 비롯한 중국 고대 기록에 이런 모습이 잘 나타나 있다.

아울러 '문학'은 자신의 정체성을 찾지 못하고 종교와 정치 및 역사를 기록하는 '수단'으로 취급되었다. 그래서 선진과 양한의 문학을 살펴보면, 전체적으로 종교성과 정치성 및 역사성이 다분하다. 작가와 독자의 관계라는 측면에서 보면, 독자는 원칙적으로 군주와 황제뿐이고, 작가는 그 한 사람의 독자를 위해 내용을 전달하거나 충고하고 아첨하는 사람의 역할을 수행할 뿐이었다.

물론 개인과 집단 서정의 발로라는 측면에서 『시』와 『이소』, 악부시와 남북조 민가처럼 순수 문학성을 띤 작품도 있었다. 하지만 대다수의 작품은 문학적 순수성을 제대로 담보하지 못했다. 산문의 경우에도 제자諸子 산문과 역사 산문이 이어지면서, '입언立言'과 '사실史實'을 앞세우는 전통을 수립했다.

진秦나라의 전국 통일 이후 양한兩漢 시대에 이르면, 동란의 후유증을 빠르게 진정시키고 사회 경제가 번영한다. 이에 문학과 예술 분야도 그와 상응하는 발전이 이루어졌다.

먼저 서한 시대의 국가적 자신감과 미래에 대한 희망이 '부賦'라는 특수한 문체를 만들어 한 시대를 풍미했다. 아울러 '서정'과 '서사'의 구분, 순수 문학으로서의 '문文'과 실용문학으로서의 '필筆'을 구분하기 시작하면서, 중국 문학이 다양한 형태로 발전하는 계기가 되었다. 특히 사마천의 『사기』는 '사실의 기록'을 중시하면서도 인물을 중심으로 이야기를 전개하여, 향후 산문뿐만 아니라 소설과 희곡 발전에 풍부한 자양분을 제공하게 된다.

제3부에서는 당나라의 문학을 소개하는데, '당시'라는 용어가 말하듯이 당나라는 시의 시대였다. 당나라 때에는 시가 수적으로나 질적으로 크게 발전하여, 화려한 꽃을 피우고 주렁주렁 탐스런 열매를 달았다. 당나라 때를 통틀어 2천여 명의 시인이 있었고, 지금까지 5만여 수가 넘는 작품이 전한다. 그뿐만 아니라 다양한 실험으로 여러 문예 형식이 새롭게 선을 보이고, 끊임없는 개량으로 중국 문학이 다양한 모습으로 발전할 수 있는 토대를 마련한 시기였다.

이와 같이 당나라 때 시를 비롯한 각종 문예 형식이 발전한 이유로는 여러 가지를 들 수 있다.

첫째, 당 제국은 이전까지 중국 역사에서 볼 수 없었던 정치적 안정을 누렸다. 이를 바탕으로 건국 이후 정권 중반기에 이르기까지 경제 발전을 지속했다. 농업 생산이 늘고, 상거래가 활발해지면서 도시가 발달했다. 한국과 일본을 비롯한 인근 국가뿐만 아니라, 멀리 유럽 국가와의 교류도 활발했다.

이처럼 정치적 안정과 물질적 풍요는 교육과 문화에 관련된 제도를 정비하게 해, 문화 예술이 발전할 수 있는 좋은 여건을 만들었다.

둘째, 당 조정의 문화 정책은 문화 예술이 발전할 수 있는 직접적인 토대를 마련했다. 그 가운데 과거제로 인재를 기용하는 정책이 가장 영향력이 컸다. 가문을 중시하고 지역 관청의 인력풀 카드에만 의존하던 위진남북조 시대와 달리, 당나라 때에는 문학적 소양과 시대 현안을 논술하는 능력을 위주로 인재를 기용했다. 그 결과 많은 예비 작가군과 독자군을 형성하는 계기가 되었다.

아울러 유가와 불가 및 도가로 대표되는 각종 사상이 자유롭게 영향을 주고받으면서, 학술적으로나 예술적으로 크게 성장할 수 있는 또 하나의 동력이 되었다. 당나라 때의 예술가들은 유, 불, 도의 자양분을 흡수해 각자의 작품 세계를 창조했다.

셋째, 각종 문예 형식이 발전하면서 시를 비롯한 문학 분야에 긍정적인 영향을 끼쳤다. 당나라 때에는 시를 비롯한 문학뿐만 아니라, 음악과 춤, 회화와 서예 같은 예술도 크게 발전하면서 문학 발전의 견인차 역할을 했다.

여기에 학술서들도 힘을 보탰다. 특히 성률과 대구 등의 이론을 체계화한 언어학 저서들은 당시의 정립에 큰 공헌을 했다.

넷째, 위진남북조 시대까지 이룬 문학적 성취를 비판적으로 계승해, 당나라 문학의 폭을 넓히고 깊이를 더하는 데 활용했다. 시가 분야에서는 이전까지 고시와 율시에서 이룬 성과를 토대로 절구와 율시를 발전시켰다. 그리고 악부시의 전통을 이어 신악부시를 발전시켰다. 내용면에서도 산수, 전원, 영물詠物, 영회詠懷, 변새邊塞, 서정, 경물景物, 서사, 애정, 사회 등 제재의 폭이 넓어지고, 감수성의 깊이도 더욱 깊어졌다. 또한 사詞라고 하는 새로운 시가 형식을 이끌어 냈다.

산문 분야에서는 제자 산문과 역사 산문의 전통을 이어 고문 운동을 전개했다. 한나라 때까지만 하더라도 문文, 사史, 철哲의 구분이 명확하지 않아 순수 문학이라 할 수 있는 산문이 없었다. 그러나 육조시대의 변려문騈儷文을 계기로 예술성을 자각하기 시작하고, 당나라에 들어와 예술성에 치중한 서정과 서경敍景 산문이 발전했다.

그러나 이는 다시 불교 세력의 팽창을 염려한 유가 학자들의 정치적·사상적 각성과 맞물려, 정론政論적이고 사실史實적인 고대 산문의 전통으로 복귀하자고 주장하는 고문 운동을 불러일으켰다.

소설 분야에서는 육조시대의 지괴志怪와 지인志人의 뒤를 이어, 전기傳奇 소설이 탄생했다. 아울러 불경을 전파하는 수단으로 시작된 강창講唱 예술을 선보여 이후 희곡 분야의 맥을 이어갔다.

원시 시대부터 선진先秦 문학까지

신화와 문자의 탄생

1

여와女媧
후예后羿
염제炎帝
황제黃帝
창힐倉頡

최초로 문자를 창제한 사람은
창힐倉頡이라고 전해온다.
눈이 4개인 그는
새나 짐승의 발자국을 보고
문자를 창안했다고 한다.

입에서 입으로 전한 아주 오래된 이야기

아주 오랜 옛날, 대략 만여 년 전의 원시 사회에서 인류의 생활은 매우 힘든 과정이었다. 그들은 짐승의 가죽으로 옷을 만들어 입고, 야생의 과일과 짐승을 잡아먹으면서 생활했다. 그나마도 있으면 먹고, 없으면 굶는 불규칙한 생활이었다. 기근이나 홍수, 질병, 산불과 재난을 겪으면 상황은 더욱 참담해졌다. 문학은 바로 이렇게 대자연과 싸우면서 발생했다.

당시의 문학 작품은 짧고 보잘 것 없어서, 오늘날 보면 누구나 '이게 무슨 문학이야' 라고 여길 만한 것들이다.

예를 들어 원시인들은 큰 나무토막을 옮기면서 힘을 모으려고 다 함께 "어영차! 어영차!" 했을 것이다. 이는 가장 원시적인 가요라고 할 수 있다. 여기에는 구체적인 내용만 없을 뿐 소리가 있고, 박자가 있으며, 일정한 감정이 내재되어 있다. 이렇게 외치면서 어깨가 가벼워지는 느낌을 받았을 것이다.

나중에는 가요도 발전한다. 전설에 따르면, 중국인들이 성군聖君으로 추앙하는 우禹는 홍수를 다스리느라 너무 바빠서 일 년 내내 집에 가질 못했다고 한다. 그래서 그의 약혼녀는 하녀를 보내 남산南山에서 그를 기다리게 했다. 기다리다 지친 하녀는 노래를 불렀다.

"기다림이, 기다림이 너무 지루하구나! ……"

이 가요는 비록 짧지만 '기다림' 이라는 내용이 있고, '~하구나' 라는 감탄의 표시가 있으니, 문학 작품의 요소를 모두 갖추고 있다고 할 수 있다. 이 '기다림의 노래'를 '어영차 노래'와 비교하면 뚜렷하게 진보한 모습을 볼 수 있다. 이렇듯 문학은 인류의 노동과 생활 속에서 간단한 것에서 차츰 복잡한 것으로 발전했다.

물론 그들에게는 '문학'이라는 개념은 없었을 것이고, 단지 생활 그 자체였으리라. 생활 속의 고통과 위험은 언제나 인류의 상상력을 자극한다. 그래서 홍수와 산불에 시달리던 인류는 '자신들의 능력을 넘어선' 신령이나 영웅이 나타나 자신을 구원해 주기를 갈망했다. 이러한 희망에서 생동감 넘치고 기묘한 내용의 신화들이 생겼다. 이제 그렇게 생긴 신화와 전설 가운데 몇몇 대표작들을 살펴보기로 하자.

여와女媧가 하늘을 메운 이야기

여와는 세상을 창조한 여신이다. 신화에 따르면 천지가 개벽할 때, 인간은 물론 개나 돼지, 양 같은 동물들이 하나도 없었다고 한다. 그래서 여와는 그 모든 것을 만들었다.

여와는 정월 초하루에는 닭을 만들고, 이튿날에는 개, 셋째 날에는 돼지, 넷째 날에는 양, 다섯째 날은 소, 여섯째 날에는 말, 일곱째 날에는 사람, 여덟째 날에는 곡물을 창조했다. 이렇게 하여 인류가 살 수 있는 여건이 마련되었다. 이는 성경으로 대표되는 서양의 창세 신화와 크게 다르지 않다.

여와는 흙으로 인간의 형상을 빚어 인류를 창조했다. 나중에는 진흙을 빚는 일도 귀찮아서 풀로 엮은 노끈을 진흙에 적셔 숫자를 채웠

여와와 복희가 교미하는 그림. 왼쪽의 여와는 콤파스를 들고 있고, 오른쪽의 복희는 직각자를 들고 있다. 두 신이 결합하여 문명이 탄생했음을 나타내고 있다.

다. 이렇게 만든 인간은 평범하거나 지능이 낮았고, 그 결과 인류에게 귀천貴賤이란 구분이 생겼다고 한다.

'여와가 하늘을 메운 이야기'는 그렇게 인류를 창조한 다음의 일이다. 어느 날 갑자기 대재난이 발생하여 순식간에 지진과 산불, 홍수가 온 땅을 휩쓸었다. 그뿐만이 아니라 갖가지 맹수들도 인류를 괴롭히기 시작했다. 하늘에 큰 구멍이 나, 세상에 종말이 다다른 듯했다.

이때 여와가 몸을 일으켜 오색찬란한 돌덩어리를 녹여서 하늘의 훼손된 부분을 메웠다. 또 신령한 거북의 다리 모양으로 조각한 돌을 기둥으로 삼아 하늘의 네 귀퉁이를 받쳤다. 아울러 비바람을 일으키는 흑룡을 죽이고, 갈대를 태운 잿더미로 홍수의 물길을 막았다. 그리하여 여와는 자연이 만든 대재앙과 싸워 이겨 마침내 인류를 구원했다.

이처럼 여와는 인류 만물의 시조이자 인류의 구원자로서, 중국 신화에서 매우 지위가 높다. 인류의 조상을 여신으로 표현한 까닭은 아마 여와 이야기가 모계 씨족 사회에서 생겼기 때문일 것이다.

후예后羿가 해를 쏜 이야기

이 이야기도 영웅이 재난을 막은 이야기다. 그러나 이 영웅은 여성이 아닌 남성이다. 전설에 따르면 요堯임금 당시에는 하늘에 10개의 해가 떠 있었다고 한다. 그래서 벼와 초목이 타 죽고, 백성들은 화염 속에서 사는 듯 괴로웠다. 요임금은 중국인들이 '요순시대'라고 말할 때의 '요'를 가리킨다.

이에 상제上帝는 후예에게 붉은 색의 활과 흰 색의 화살을 주어 땅으로 내려 보냈다. 이에 후예가 단숨에 9개의 해를 쏘아 떨어뜨리자, 까마귀 깃털이 하늘을 가득 메웠다. 모든 해 안에는 세 발 달린 까마귀가 살고 있었기 때문이다.

이런 이유로 사람들은 해를 '금오金烏'라고 부르고, '해가 서쪽으로 지는 것'을 일컬어 '금오서타金烏西墮'라고 했다. 까마귀는 한漢나라 때 이미 해의 본질을 이루는 남성적 원리의 상징으로 나온다.

이리하여 하늘에는 하나의 해만 남았고, 그제야 백성들이 편안히 살 수 있었다. 그 뒤에도 후예는 마음먹고 백성들을 괴롭히는 독사와 맹수들을 해치우고, 멧돼지 고기를 삶아 상제에게 바치기도 했다.

그런데 뜻밖에도 상제는 후예의 행동에 화를 냈다. 후예가 쏘아 떨어뜨린 9개의 해는 원래 상제의 아홉 아들이었기 때문이다. 고대 신

화이다 보니 이렇듯 이야기 형성 과정에서 앞뒤가 맞지 않는 부분도
눈에 띈다.

후예가 서왕모西王母라는 신선이 살고 있는 곳에서 불로장생의 선
약을 가져왔다는 이야기도 전한다. 하지만 정작 자신은 먹지 못하고,
그의 아내인 '항아姮娥'라고도 불리는 '상아嫦娥'가 몰래 먹어 버린
다. 그리고 상아는 홀연히 달나라로 날아갔다. 이것이 바로 유명한
'상아가 달나라로 도망친 이야기'이다. 그 뒤 상아는 달에서 혼자 지
냈기 때문에 매우 쓸쓸했다고 한다. 다른 전설에 따르면, 그녀는 달
에서 두꺼비로 변했다고도 한다. 영웅의 불사약을 훔친 상아에게 어
느 누구도 동정심을 보이지 않았을 것이다.

한편 불사약과 상아를 모두 잃어버린 후예는 성격이 포악해졌다.
그는 더 이상 예전의 영웅이 아니었다. 그런 후예에게는 봉몽逢蒙이
라는 제자가 있었다. 봉몽은 자신의 실력을 과신하여 궁술의 일인자
가 되고 싶었다. 어느 날 그는 등 뒤에서 스승 후예의 심장에 화살을
날렸고, 마침내 영웅은 비참한 최후를 맞았다.

세상을 덮친 큰 홍수

후예 덕분에 가뭄이 해결되자, 이번에는 순식간에 큰 홍수가 온 세
상을 덮쳤다. 그래서 인류의 절반이 모두 물고기 밥이 되었다. 그러
자 곤鯀이라는 사람이 상제의 땅에서 '식양息壤'이라는 흙을 훔쳐다

가 제방을 쌓아 홍수를 막았다. '식양'은 신기한 능력을 지닌 흙으로서, 한 줌의 흙으로도 커다란 땅덩어리를 만들 수 있었다고 한다.

상제는 곤이 보물을 훔쳐 가자 크게 화를 내고는 불의 신인 축융祝融을 보내 그를 잡아 죽였다. 그럼에도 불구하고 곤의 아들인 우禹는 아버지의 뜻을 계승하여 치수 사업에 힘을 쏟았다. 그가 선택한 방법은 물길이 원활히 소통하도록 하는 방법이었다.

우는 외출하면서 아내인 도산씨塗山氏에게 당부하기를, 밥을 보내라는 표시로 북을 두드리겠다고 했다. 우는 큰 곰으로 변해 온힘을 다하여 산을 파냈다. 그러다가 잘못하여 북 위에 돌을 떨어뜨리고 말았다. 그 북소리를 들은 도산씨는 서둘러 밥을 들고 왔다.

그녀는 곰으로 변한 남편을 보고는 곰과 살았던 자신이 부끄러워 숭산嵩山으로 달려가 커다란 바위가 되었다. 그러자 우는 그녀를 쫓아와 "내 아들을 돌려줘"라고 말했다. 당시 도산씨는 임신하고 있었기 때문이다. 우의 목소리가 전해지자 바위가 쩍 갈라지더니 조그마한 아이가 튀어나왔다. 그가 바로 우의 아들인 계啓이다.

우는 치수 사업을 하면서 부닥치는 어려움을 두려워하지 않고, 정면으로 맞섰다. 마침내 홍수의 물줄기를 순조롭게 바다로 흘려보낼 수 있었다. 곤과 우 부자는 이 일로 백성들에게 큰 사랑을 받아, 우는 나중에 하夏나라의 첫 임금이 되었다.

이 신화는 서양 신화에서도 찾아볼 수 있는 홍수 신화 이야기이다. 곰이니 까마귀니 용이니 하는 동물은 원시 사회의 토템으로 이해하면 된다.

염제炎帝와 황제黃帝의 큰 싸움

원시 신화에는 황제黃帝와 관련된 전설도 있다. 중국인들은 스스로를 '염황炎黃의 자손'이라고 부르는데, 이때 염황은 전설 속의 군주인 염제炎帝와 황제黃帝를 가리킨다. 염제와 황제는 본디 배다른 형제였는데, 무슨 까닭에선지 둘 사이에 큰 싸움이 벌어졌다. 막상막하의 상황에서 황제와, 염제의 부하인 치우蚩尤 사이에 가장 큰 전쟁이 일어났다.

치우는 염제의 부하로서, 그에게는 81명의 형제가 있었다. 그는 동으로 된 뇌, 철로 된 이마, 야수 같은 몸을 하고 사람의 말을 했다. 하지만 곡식은 먹지 않고 오로지 모래와 돌만 먹었다고 한다. 칼과 창, 활은 모두 치우가 발명한 것이라 하니, 원시 신화에서 '전쟁의 화신' 또는 '죽음의 상인'으로 불릴 만하다.

황제와 치우는 기주冀州의 벌판에서 전투를 벌였다. 황제는 특별히

염제炎帝와 황제黃帝의 조각상. 중국은 최근 허난河南성 정저우鄭州시에 높이 106m로 세계 최대를 자랑하는 조각상을 세워 자신들이 염황지손炎黃之孫임을 전세계에 공표했다.

물에서 잘 싸우는 응룡應龍을 파견하려 했다. 그러자 치우는 그에 한 발 앞서 풍백風伯과 우사雨師를 보내 한바탕 비바람을 몰아치게 하여, 응룡은 꼼짝도 할 수 없었다. 다행히 황제는 때맞추어 하늘의 딸인 한발魃魃을 불렀다.

가뭄의 여신인 그녀가 오자 풍백과 우사도 위력을 잃고, 치우도 속수무책으로 사로잡혔다. 전쟁에서 승리한 황제는 용을 타고 하늘로 올라가 중앙에 위치한 천제天帝가 되어, 동방과 서방 및 북방도 주관했다. 염제는 단지 남방의 주관자가 되었을 뿐이다. 이처럼 신화와 전설은 은연중에 원시 시대 각 부족의 분열과 통일, 투쟁과 융합의 역사를 반영한다.

여러 신들에 얽힌 재미난 이야기들

앞의 신화들보다 늦게 형성되었으리라 추정되는 것들로는 '정위가 바다를 메운 이야기'와 '과보가 태양을 따라간 이야기' 등이 있다.

정위精衛는 까마귀처럼 생긴 새로서 머리에는 꽃무늬가 있고, 부리는 희고 발은 붉었다. 우짖을 때면 '징웨이! 징웨이!' 하면서 자신의 이름을 부르는 듯했다. 전설에 따르면 원래 염제의 딸인데, 동해에 놀러 갔다가 실수로 바다에 빠져 죽었다고 한다.

하지만 그녀의 영혼은 죽지 않고 새로 변했다. 그 뒤 정위는 자신의 죽음을 떠올리며, 날마다 서산西山에서 돌과 나뭇가지 따위를 물고 천 리 길을 오가며 동해를 메웠다고 한다. 정위의 행동은 정말 어처구니없어 보인다. 돌과 나뭇가지로 바다를 메운다는 생각은 그야 말로 꿈이라 할 수 있다. 그러나 한 마리 새가 망망한 바다에 맞서 싸우는 불굴의 정신은 높이 평가할 만하다.

'과보가 해를 쫓아간 이야기'는 '정위가 바다를 메운 이야기'와 공통점이 있다. 거인인 과보夸父는 해가 끊임없이 동쪽에서 떠올라 서쪽으로 지는 것을 보고는 해와 겨루고 싶었다.

그래서 과보는 해가 지는 곳까지 달리고 또 달렸다. 그러다 너무 덥고 목이 타자, 몸을 숙여 황하의 물을 단숨에 마셔 마르게 했다. 또 위수渭水의 물도 싹 마셨다. 그래도 갈증을 풀 수 없자, 마실 물을 찾아 북쪽의 큰 연못으로 가다가 갈증을 견디지 못하고 그만 숨을 거두었다.

그때 길가에 버려진 그의 지팡이는 복숭아나무 숲으로 변했다고 한다. 후대 사람들은 이 과보를 여러 가지로 평가한다. 어떤 이는 그가 자신을 과신하여 죽을 수밖에 없었다고 한다. 어떤 이는 이상과 신념을 가지고 용감하게 대자연에 도전했다고 칭찬하기도 한다.

'여와가 하늘을 메운 이야기'와 '후예가 해를 쏜 이야기'는 하늘과 영웅을 찬양한 것이고, '정위가 바다를 메운 이야기'와 '과보가 해를 쫓아간 이야기'는 인류를 찬미한 것이다. 여기에는 '인류는 반드시 자연과 싸워서 이길 수 있다'는 사상이 내포되어 있다. 인류는 이미 자연 앞에 두 발로 당당히 설 수 있는 존재가 되었던 것이다.

지금까지 언급한 내용 말고도 원시 신화에는 많은 신들이 등장한다. 제준帝俊, 복희伏羲, 형천刑天, 공공共工, 서왕모西王母 등이 그들이다. 당시에는 아직 문자가 없었기 때문에 이런 신화들은 모두 입에서 입으로 전해졌다. 구전口傳되던 신화들은 나중에 문자가 생기자 마침내 기록으로 남았다.

이러한 신화들은 대개 한나라 때를 전후하여 기록되었다. 『산해경山海經』, 『초사楚辭』, 『여씨춘추呂氏春秋』, 『회남자淮南子』, 『수신기搜神記』 등에 이러한 기록들이 남아 있다. 또한 『좌전左傳』, 『사기史記』, 『한서漢書』 등의 역사서에도 일부 내용이 기록되어 있다. 그런데 문자로 기록하면서 이야기를 변형하거나 살을 덧붙였을 수도 있기 때문에, 원시 신화의 내용을 액면 그대로 받아들여서는 안 된다.

문자의 기원과 서면書面 문학의 탄생

위에서 언급한 내용들은 모두 구전 문학에 속한다. 필기도구를 이용한 기록 문학은 문자를 발명한 뒤에 출현한다.

그럼 중국의 문자는 어떻게 발명된 것일까? 신화에 따르면 문자를 발명한 사람은, 황제의 사관이던 창힐倉頡이라고 한다. 그는 기괴한 생김새에 눈이 네 개였다고 한다. 그는 땅 위에 난 짐승과 새의 발자국에서 영감을 얻어 문자를 창조했다.

전하는 바에 따르면, 창힐이 문자를 만들 때 "하늘은 비를 뿌리며 두려워하고, 귀신은 한밤에 슬피 울었다"고 한다.

왜 그랬을까?

인간이 문자를 알면 영리해져서 장사하고 돈 버는 일에만 매달릴

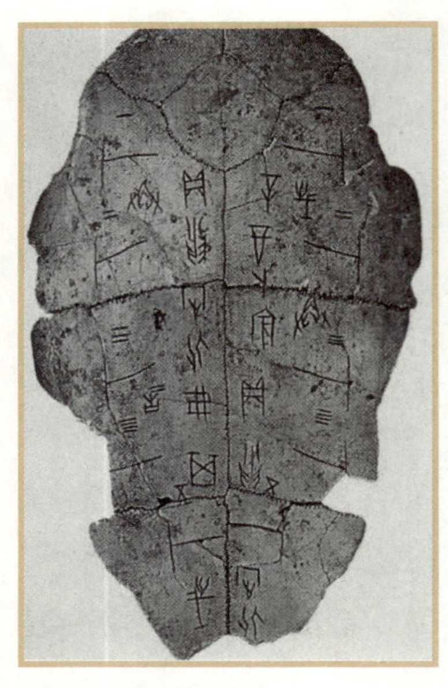

거북 껍질에 새긴 갑골문

것이니, 누가 더 이상 농사일에 마음을 두겠는가 하는 걱정 때문이었다. 그리고 인간이 배고프면 하늘이 양식을 내어 구제하던 일을, 이제 인간이 대신할까 두려웠던 것이다. 또 인간이 문화를 장악하여 귀신을 제약할까 걱정되어서, 밤새도록 슬피 울었던 것이다. 이처럼 귀신도 문화를 중시했다.

문자를 발명했기에 인류가 지금에 이르렀다. 아직까지도 고유한 문자를 갖지 못한 나라들이 많음을 생각할 때, 우리 '한글'의 존재가 더더욱 빛난다.

본론으로 돌아가서 물론 앞서 말한 신화는 허구이고, 진정으로 문자를 창조한 이는 당시 중국 대륙에 살던 사람들 자신이다. 창힐이라는 사람이 실재했더라도 그의 공로는 여러 사람이 만든 문자를 정리했다는 데 있을 뿐이다.

지금으로서는 상商나라 때의 갑골문甲骨文을 가장 오래된 문자로 추정한다. 가장 오래된 서면書面 문학 작품도 갑골문으로 쓴 것이다. 갑甲이란 거북 등의 딱딱한 부분이고, 골骨이란 소의 어깨뼈를 가리킨다. 따라서 서면 문학이란 딱딱한 면에다 글자를 새겨 문학적 내용을 남겼다는 뜻이다.

옛사람들은 미신을 믿어 온갖 일을 하기 전에 점을 쳤다. 이때 먼저 갑골 위에 구멍을 뚫어 심지를 박고, 그에 불을 붙인다. 그렇게 심지가 타 들어가면서 나타나는 구멍 주위의 균열을 조상兆象이라고 한다. 조상이란 '징조를 보여주는 모습'을 말한다.

상나라 때 점치는 일을 주관하던 관리들은 이 조상을 보고 길흉을 판단했다. 마지막에는 점친 사람의 이름과 점친 날짜 및 점괘의 내용을 갑골 위에 칼로 새겼다. 이것이 바로 갑골문이다. 이렇게 갑골 위에 새긴 문자를 복사卜辭라고 한다. 짧은 것은 서너 자부터 긴 것은 백여 자에 이른다. 다음의 예를 보자.

계묘일에 점을 치니, 오늘 비가 내린다	癸卯卜, 今日雨
그 비가 서쪽에서 올 것인가	其自西來雨
그 비가 동쪽에서 올 것인가	其自東來雨
그 비가 북쪽에서 올 것인가	其自北來雨
그 비가 남쪽에서 올 것인가	其自南來雨

계묘癸卯는 점친 날짜이고, 내용은 비가 어느 방향에서 올 것인지 묻는 것이다. 이 복사는 글자 수가 일정하게 반복되어 문학적 성격이 충분하다.

시기적으로는 갑골문보다 느리나 상商·주周나라 때 청동기 위에 새긴 문자를 종정문鐘鼎文 또는 금문金文이라고 한다. 그 당시 청동기는 매우 귀중한 기물로서, 대부분 임금이 귀족에게 선물로 주던 것이다. 그 위에는 언제나 선물하는 이유를 설명하는 명문銘文을 새겼다.

이런 명문은 대개 간단하여 수십 자를 넘지 않았지만, 「모공정명毛公鼎銘」처럼 449자에 이르는 장문도 있다. 명문은 시처럼 압운을 이룬 문장도 있으나, 대부분 산문으로 쓰고 사실 기록을 중시했다.

한자의 발전과 완성

한자는 글자마다 독음과 형태 및 의미의 결합으로 이루어져 있다. 중국 문학은 한자를 빼고는 생각할 수도 없다. 문학의 발전과 함께 상형문자에서 시작한 한자도 끊임없이 발전했다.

지금으로부터 3천여 년 전 주나라의 선왕宣王은 한자를 정리하도록 명령하여, 비교적 통일된 규칙을 지닌 문자를 만들었다. 이를 '주서籍書' 또는 '대전大篆'이나 '고문古文'이라고 부른다.

그 뒤 6백여 년이 지나 중국을 통일한 진秦의 시황제始皇帝는 승상인 이사李斯에게 다시 문자를 정리하도록 명령했다. 이때 통일한 문자는 '전篆' 또는 '소전小篆'이라고 부른다. 소전은 그 삐침과 돌림의 형태가 부드럽고 유창하여, 보기에는 매우 아름다웠다. 하지만 획이 번잡하여 쓰기에는 매우 불편했다. 관가의 서기들이 상사에게 올리는 문건을 작성하려면, 하루 종일 글자와 씨름할 수밖에 없었다.

그렇지만 하급 무리들에게 전하는 공문은 이를 무시하고 아무렇게나 썼다. 돌려야 할 곳은 마땅히 아름다운 곡선으로 써야 하지만 그냥 직각으로 돌리고, 획수도 최대한 생략했다. 이렇게 쓴 공문은 주로 노예들이 받아 보았기에 '예서隸書'라는 이름이 붙었다.

예서는 간결하고 쓰기 편하여 한나라 때에는 널리 유행하는 문자가 되었다. 그 덕분에 소전은 더 이상 쓰는 사람이 없었다. 그 뒤 초서草書, 행서行書, 해서楷書 등이 나오면서 한자는 더욱 간단하고 편리한 쪽으로 발전했다.

동한東漢 시대에 허신許愼이라는 사람은 획기적인 한자 연구서인

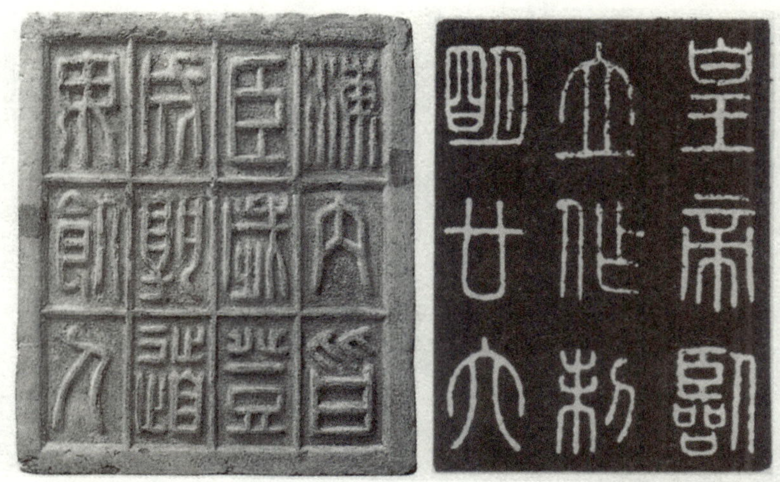

소전체의 벽돌(왼쪽)과 태산각석(오른쪽). 진시황은 이사의 소전체로 문자를 통일했다.

『설문해자說文解字』를 지어, 9천여 자에 달하는 한자를 분석했다. 그는 쉽게 한자를 찾을 수 있도록 부수部首에 따라 540부로 나눴다. 예를 들어 '나무 목木'이니 '물 수水'니 '풀 초++'니 하는 것이 '부수'이다. 이후에 나온 자전字典은 모두 이 분류 방법을 따른다.

한자는 사회가 발달하면서 무수히 늘어나, 청나라 때 만든 『강희자전康熙字典』에는 모두 4만 7천여 자가 수록되어 있다. 하지만 여기에도 빠진 글자가 많다. 어떤 이는 오늘날까지 만들어진 한자를 모두 합하면 6만~7만 자에 달할 것이라고도 한다. 그렇지만 대부분은 잘 쓰지 않는 벽자僻字이고, 상용한자는 3천~4천 자 정도이다. 중국은 이러한 한자를 가지고 아름다운 문학 작품을 많이 남겼다.

참고로 우리나라에서도 상용한자를 지정하고 있다. 아직도 한글 전용이니 국한문 혼용이니 하는 문제가 남아 있다. 그런데 옳고 그름을 따지기에 앞서 각각의 주장이 갖는 위험성을 경계해야 한다. 한글이 쓰기 편하다는 이유로 오랫동안 한글 대신 우리 문화를 수놓은 한자의 가치를 부정해서는 안 된다. 또한 한자 쓰는 것을 특별한 능력으로 내세우려는 태도도 버려야 한다. 무엇보다 동양인이나 한국인으로서 한자를 익히는 일이 영어에 들이는 노력만큼 필요하다고 믿는다.

또 하나 언급할 것은 옛날 책에서는 가로가 아닌 세로로, 왼쪽에서 오른쪽이 아닌 오른쪽에서 왼쪽으로 글을 '써 내려' 갔다. 이는 언뜻 보면 사소해 보이지만, 매우 중요한 의미를 담고 있다. 결론부터 애기하면, 그것은 필기도구와 밀접한 관련이 있다. 요즘은 필기도구라고 하면 종이와 연필을 떠올리지만 당시에는 그런 물건이 없었다.

연필 대신 '붓'을 쓰고, 종이 대신 '동물의 뼈'와 '나무,' '비단' 등을 썼다. 고고학적 발굴이 말하듯이 붓의 역사는 매우 오래되었다. 상형문자를 통해서도 붓의 존재를 확인할 수 있다. 대표적인 예로 '글을 쓰다'와 '책'이란 뜻의 '서書'자는 '손으로 붓을 잡고 먹통에서 먹을 찍는 모습'을 형상화한 것이다.

종이 대용으로는 쉽게 구할 수 있는 나무, 특히 대나무를 많이 썼다. 둥그런 대나무 줄기를 여러 조각으로 나눈 뒤, 칼로 다듬어서 글자를 적을 수 있는 면적을 확보했다. 그런 조각들을 여러 개 모아 끈으로 묶어 한 '판'을 만들었다. 그것을 '책冊'이라 불렀다. 이것 역시 '대나무를 가지런히 하여 끈으로 묶은 모습'을 형상화한 상형문자이다. 그 책을 둘둘 말면 '두루마리(卷)'가 된다.

한마디로 그때는 책을 만들기가 여간 힘들지 않았다. 이렇게 만든 책의 댓가지를 세로로 놓은 상태에서 그 위에 붓으로 글씨를 써야 하니, 자연스럽게 가로가 아닌 세로로 글을 썼던 것이다.

또 나무의 특성상 먹이 금방 마르지 않기 때문에 손에 묻어 번지는 것을 조심해야 했다. 그런데 왼쪽에서 오른쪽으로 글씨를 쓰면, 책이 흔들리지 않게 누르는 왼손이 글씨를 망치기 십상이었다. 그래서 글씨 쓰는 방향을 오른쪽에서 왼쪽으로 바꿨다.

여담으로 ‘깎다’라는 뜻의 ‘산删’이라는 글자가 있다. 이 한자를 보면 ‘책册’ 옆에 ‘칼(刀)’이 있다. 여기서 칼은 ‘지우개’ 역할이다. 댓가지 위에 글씨를 쓰다가 틀리면, 먹물이 배기 전에 재빨리 그 부분을 칼로 ‘깎고서’ 올바른 글씨를 썼다.

이처럼 어렵게 마련한 책에 글을 적다 보니, 거기에 허튼 말이나 내용을 담을 수 없었다. 따라서 문자 기록 초기의 글들은 대부분 법전 같은 공공 문서였다. ‘법전’이란 말의 ‘전典’자도 ‘두 손으로 책을 받들어 윗사람에 바치는 모습’을 형상화한 글자이다. 이런 이유로 한자로 구성된 문장은 허자가 적고 간략하며 함축적인 특징을 갖는다. 이 모두가 문자 기록 초기의 필기도구 때문에 생긴 결과이다.

세계에 대한 해석과 제왕들의 이야기

2

『역易』
『서書』

용은 고대부터 제왕의 상징이었다.

'씨줄 책'의 유래

'사서오경'이니 '사서삼경'이니 하는 단어가 있다. 이는 아주 오래 전에 쓴 몇 권의 책을 말한다. '사서四書'는 나중에 알아보기로 하고, 여기서는 먼저 '오경五經'부터 살펴보겠다.

오경을 말하려면 '선진先秦'이란 말을 이해해야 한다. 중국 역사에서는 원시시대부터 진시황이 중국을 통일(서기전 221)하기 전까지를 '선진'이라고 통칭한다. 한마디로 '진나라 이전의 시기'를 가리킨다.

우리가 살펴보려고 하는 오경은 바로 이 선진 시기에 쓴 5권의 책이다. 그들의 이름은 각각 『역易』, 『서書』, 『시詩』, 『예禮』, 『춘추春秋』이다. 그 가운데 '삼경'만 꼽으면 보통 『역易』, 『서書』, 『시詩』를 가리킨다.

그런데 왜 '경經'이라고 할까? 경이란 글자는 본래 천을 짤 때의 씨줄을 뜻한다. 지구의 경도經度라고 할 때 그 '경'자인데, 부수가 '실 사糸'이다. 천은 씨줄과 날줄이 서로 엇갈리게 하면서 짠다. 그렇게 천을 짤 때 이 씨줄은 끊이지 않고 쉼이 없어, 사람들은 이를 영원 불변하는 진리에 비유했다.

유가 학파의 관점에서 보면, '오경'이란 유가의 진리를 기록한 5권의 책이라고 할 수 있다. 그러나 이 책들에는 사실 결코 이렇다 할 신성함이나 특수함은 없다. 단지 점복 관련서, 사건 자료집, 시가 모음집, 역사 기록집일 뿐이다. 특이할 만한 점이라면 아주 '오래전'에 지었다는 것이다.

어느 나라나 마찬가지겠지만 중국인들도 오래된 물건, 곧 골동품을 매우 소중히 여기고, 그 가치를 높게 평가한다. 그러니 오래된 책도 자연히 가치가 높을 수밖에 없다. 간판도 오래돼야 손님이 많고, 생강도 여물수록 매운 것처럼!

또 진나라의 시황제가 많은 책을 불태웠지만, 그 와중에도 비교적 온전히 보전되었다는 점에서 그 희소가치를 더욱 인정받았다. 그래서 유가 학파의 많은 사람들은 이 다섯 책에 해석과 주관을 더하여 자신의 견해와 주장을 주입하고, 그를 증명하려고 노력했다.

이 과정에서 '오경'은 갈수록 신성화되었다. 그 결과 오늘날에 와서는 책 속의 모든 문장, 심지어 글자마다 각기 다른 심오한 의미를 담고 있는 듯하다. 한마디로 너무 딱딱해졌다고 할 수 있다. 이 책들의 원작자들은 이러한 상황을 꿈에도 생각하지 못했을 것이다.

『역』 들고 점치러 갈까?

그러면 먼저 『역易』에 대해 얘기해 보자. 『역易』은 바로 『주역周易』으로서, 점복占卜에 쓰던 실용 서적이었다. 고대인들은 매우 미신적이어서 모든 행동에 앞서 점을 쳐 길흉을 가늠했다. 그들에게 점은 일상생활에서 먹고 입는 일처럼 익숙했다.

상나라 때에는 점을 칠 때 거북이 껍질을 쓰기도 했지만, 대부분은 소뼈를 썼다. 그러나 차츰 농업이 발전하고 사냥과 목축이 쇠퇴하면서 소뼈를 쉽게 구할 수 없었다. 그래서 사람들은 시초蓍草를 가지고 길흉을 점쳤다. 시초란 줄기가 긴 여러해살이 풀인데, 어디서나 쉽게 구할 수 있었다. 사람들은 시초가 신령스러워 과거와 미래를 살필 수 있다고 믿어 그것으로 동물의 뼈를 대신했다.

그들은 이렇게 점치는 방법을 '서筮'라고 불렀다. 아쉽게도 이 방법은 현재 전하지 않는다. 어떤 이는 그것이 숫자와 관련이 있을 것이라고 추측한다. 예를 들어 시초를 한 줌 집어서 수를 헤아리면, 늘 홀수 아니면 짝수였을 것이다. 물론 시초들을 배열한 뒤 몇 묶음으로 겹치거나 조합하면, 변화된 숫자를 얻을 수도 있었을 것이다. 오랜 세월 동안 이 과정을 거치면서 발전하여 마침내 '팔괘八卦'가 나온 것이다.

팔괘는 상나라 말기에서 주나라 초기에 걸쳐 발전했다. 주술사나 서점筮占을 담당하던 전문 관리들이 주관했다. 팔괘의 기본단위는 2개뿐인데, 양효陽爻인 '━'과 음효陰爻인 '╍'이 그것이다. 이 양효와 음효를 섞어서 3개씩 조합하면, 8개의 서로 다른 괘卦인 ☰, ☱, ☲, ☳, ☴, ☵, ☶, ☷을 만들 수 있다.

이 팔괘는 각각 고유한 이름을 가지며, 어떠한 사물을 뜻한다. 그것은 건乾, 태兌, 리離, 진震, 손巽, 감坎, 간艮, 곤坤으로서 각각 하늘, 연못, 불, 번개, 바람, 물, 산, 땅을 뜻한다.

참고로 우리나라 태극기에 이런 의미가 고스란히 담겨 있다. '건곤감리청홍백'이라고 하여 태극기 한가운데 푸른색과 붉은색의 동그라미가 바로 음과 양이 섞인 '태극太極'이다. 네 귀퉁이에는 각각 하늘과 땅, 불과 물에 해당하는 기호를 배열해 놓았다. 태극은 우주 만물의 근원이요 본체를 뜻한다. 그 안의 붉은색은 양을, 푸른색은 음을 상징한다.

아무튼 팔괘는 세상 만물을 구성하는 여덟 가지 기본 요소를 뜻한다. 그러나 팔괘는 너무 단순해서 세상의 모든 만물을 대표할 수는 없다. 그래서 다시 팔괘를 2개씩 조합해서 6개의 효爻(또는 획劃)로 이

태극팔괘를 들고 있는 복희상. 중국 감숙성
천수시 복희 사당에 있는 모습.

루어진 64개의 괘상卦象을 만들었다. 이 64개의 괘를 모두 합하면
384개의 효를 활용할 수 있다.

이렇게 복잡한 체계이지만 그 기본단위는 단지 양효와 음효뿐이
다. 중국인들은 이를 자랑삼아, 서양 과학자들이 컴퓨터를 발명할
때 중국의 팔괘를 참고해서 이진법의 계수 체계를 세웠다고 한다.
어쨌든 중요한 것은 팔괘가 결코 진부한 것이 아니라는 점이다. 그
것이 포함하고 있는 인식 기제는 오늘날까지도 활발히 살아 움직이
고 있다.

신빙성은 떨어지지만 팔괘를 이용하여 64괘를 만든 사람은 주나라
의 문왕文王이라고 한다. 상나라 말기 주왕紂王이 그를 유羑라고 하는
지역에 유배했다. 그는 그곳에서 무료함을 달래려고 큐빅을 맞추듯
음양의 조합을 되풀이하다가 64괘를 만들었다고 한다.

이러한 괘상을 기록하고 풀이한 책이 바로 『주역』이다. '주'란 주
나라(서기전 1027~256)를 말한다. 그런데 『역』의 모태인 갑골문은 은殷

(서기전 약 1300~1027)의 영역에서 발견되었기에 『은역』이라고 불러야 한다는 학자도 있다.

또한 '역易'이 무슨 뜻인지도 저마다 의견이 다르다. 동물의 뼈보다 시초를 구하는 것이 쉬워서 그 뜻이 '쉽다'라는 설이 있다. 또 『역』에 나오는 "소진하면 변화하고, 변화하면 통달하고, 통달하면 지속한다(窮則變, 變則通, 通則久)"라는 구절에 의거하여, 그 뜻이 '변환'이라는 설도 있다. 그리고 '관직명'이라는 설도 있다.

재미있는 것은 '역易'이란 글자가 도마뱀 같은 파충류를 그린 상형문자라는 점이다. 도마뱀의 빛깔은 주위 환경에 따라 변하므로 이 글자를 '변화'라는 뜻으로 썼다. 다른 한편으로 '역易'을 해(日)와 달(月)이 합쳐진 회의문자로 보는 견해도 있다. 또한 "변화의 모습을 가장 잘 드러내는 것이 바로 해와 달이다"라는 말도 있다. 어찌되었든 분명한 것은 역이 변화를 그 핵심 요소로 한다는 점이다. 그래서 '주역'을 영문으로 표기할 때에는 "The Book of Change(변화의 책)"라고 한다.

시처럼 아름다운 풀이

『역』은 크게 '역경易經'과 '역전易傳'으로 나뉜다. '역경'은 『역』의 중심 부분으로서, 64괘 384효와 그것을 풀이한 괘사卦辭와 효사爻辭가 실려 있다. '역전'은 보조 부분으로서, '역경'을 해석하고 논설한 글을 싣고 있다.

‘역경’은 각 괘마다 괘획卦劃, 표제標題, 괘사, 효사라는 네 부분으로 되어 있다. 예를 들어 ‘태泰’괘는 ‘䷊’이 괘획이고, ‘태’가 표제이며, “작음이 물러가고 큼이 오니 길하여 형통하리라(小往大來, 吉亨)”라는 문장이 괘사이다. 그 뜻은 잠깐 동안 작은 손실을 입지만, 나중에는 큰 이익을 얻는다는 것이다. 이 점괘가 나오면 당연히 아주 길하다고 생각했다.

각 괘를 이루는 6개의 효에는 각각의 효사가 있다. ‘태’괘의 가장 아래에 있는 1효의 효사는 다음과 같다.

초구는 띠풀의 엉킨 뿌리를 뽑는 격이라. 그 무리로써 정벌하면 길하리라.

初九, 拔茅茹以其彙, 征吉.

그 뜻은 오랫동안 풀을 키우듯 군사를 훈련시켜 실전에 한꺼번에 투입해야 한다는 것이다. 이 또한 길조라고 할 수 있다.

그러나 『역』은 단순히 점치는 책에만 머물지 않고 문학과 깊은 관련이 있다. 서점筮占을 관장하는 사람이 볼 때 괘사와 효사 속에는 길흉화복을 나타내는 징조가 담겨 있다. 그러나 문학적 측면에서 보면 일부 괘사와 효사는 아름다운 문학 작품이다.

예를 들어 ‘규睽’괘의 효사에는 나그네가 여행하면서 겪는 경험담이 마치 한 편의 기행문처럼 기록되어 있다. 그리고 ‘비賁’괘에는 남녀의 결혼식 풍경을 묘사한다. 신랑이 신부 집에 가서 신부를 데려오는 과정, 출발 전의 준비, 가는 길의 상황, 신부 집에서 올리는 혼례, 예물을 둘러싸고 신부 집과 실랑이하는 모습을 생동적이고 조리 있게 서술한다.

일부 괘·효사는 시처럼 아름다워 압운이 조화를 이루고, 리듬감도 매우 뚜렷하다. 재미있는 것은 일부 괘·효사가 『시』에 실린 시와 일치한다는 점이다. 이를 통해 구전되던 초기 시가를 기록하면서 각각 『시』와 『역』 속에 편입했음을 알 수 있다.

'비賁' 괘의 3효 효사를 보면 다음과 같다.

> 빛나도다 창백하도다, 백마가 나는 듯이, 원수 아닌 부부로다.
>
> 賁如皤如, 白馬翰如, 匪寇婚媾.

글자 수가 기본적으로 『시』와 같은 4자구이다. 그 뜻은 저기 말을 타고 있는 어떤 사람을 처음에는 도적떼라고 의심했다. 조금 더 다가오자 말의 털이 눈처럼 희고 무늬가 있어, 그 위풍당당한 모습이 신부를 맞으러 오는 신랑의 무리라는 것을 알았다. 이 구절은 그 당시 큰길을 달려오는 무리가 신부를 맞이하려는 신랑인지, 아니면 집안을 노략질하러 오는 강도인지 구분하기 힘들었음을 말한다.

'역전' 부분은 '역경'을 해설한 것으로서 모두 10편의 문장으로 되어 있다. 과거에는 '역전'이 모두 공자의 저작인 줄 알았다. 이는 공자의 이름을 빌어 『역』을 높이려는 의도였다. 하지만 학자들은 '역전' 속에 전국시대와 진한시대의 관점과 주장이 적지 않다는 사실을 밝혀냈다. 그 시대는 이미 공자가 사라진 다음이다.

'역경'의 일부 괘사와 효사에 담긴 깊은 뜻 때문에 사람들은 『역』을 일종의 철학 서적으로 여겼다. 아울러 '역전'의 해석은 『역』을 더욱 철학적으로 만들고, 수많은 유가 학파의 이론들로 가득 채웠다. 이리하여 이 고대의 점서는 장엄하고 신비한 유가 경전으로 탈바꿈

했다. 역대 봉건사회를 지나면서 『역』 해설을 전문으로 다룬 저작이 1천여 종에 다다를 정도였다. 당시에 『역』은 그야말로 대학문大學問이었던 셈이다.

은반주고殷盤周誥

『서書』는 '오경' 가운데 하나이다. 서書란 본래 '글을 쓰다,' '기록하다' 라는 뜻이다. 그래서 『서』는 주로 고대 제왕들의 발언을 기록하고 있다. 한나라 때에 이르러 『서』는 『상서尙書』로 이름이 바뀐다.

『상서』에는 우虞 · 하夏 · 상商 · 주周나라 제왕들의 발언이 실려 있다. 그 대부분 제왕의 명령으로서 백성에게 선포하는 말이나 신하들과 대화하는 내용이다. 이렇게 기록된 문장에는 '전典' '모謨' '훈訓' '고誥' 라는 이름이 붙어 있다. 따라서 『상서』는 고대 국가의 공문 모음집이라고 할 수 있다.

『서』는 문학적 측면에서 보면 가장 오래된 산문집이기도 하다. 한마디 덧붙이자면, 고대에 이른바 '산문散文' 이란 '운문韻文' 에 상대되는 말이었다. 시詩 · 사詞 · 가歌 · 부賦 등 압운押韻하는 모든 문자를 '운문' 이라 했고, 그밖에 모든 문체는 '산문' 이라고 불렀다. 『상서』속의 문장은 모두 제왕의 발언을 기록한 것이니 당연히 산문이다.

『상서』에 있는 「반경盤庚」편은 매우 유명하다. 반경은 상나라 왕의 이름이다. 그는 상의 수도가 늘 수해水害를 입자, 황하 이북의 은殷 지방으로 천도하려고 계획했다. 그러나 백성들은 정든 고향을 떠나기 싫어했다.

　그래서 반경은 제후와 대신들에게 천도의 필요성을 연설한다. 또 암암리에 소요를 일으키지 말고 합심하도록 훈계한다. 반경은 사전 조사를 통해, 백성들이 천도를 꺼리는 이유가 귀족들이 선동한 결과임을 간파하고 있었다.

　반경은 결연하게 어떠한 반대도 용납하지 않겠다는 의지를 상명하달上命下達로 내린다. 그 뒤 반경은 천도에 성공하고, 상 왕조는 이를 통해 더욱 강대한 국가가 되었다.

　「대고大誥」편은 주나라 때의 문헌이다. 주나라 무왕武王은 은상殷商을 멸망시킨 뒤, 이전 왕조의 귀족을 우대한다는 명목으로 상나라 주왕紂王의 아들인 무경武庚을 은 지방에 그대로 남도록 했다. 그와 함께 자신의 두 형제인 관숙管叔과 채숙蔡叔을 머물게 한 뒤 무경을 감시하라고 명령했다.

　그 뒤 무왕이 죽고 그의 아들인 성왕成王이 즉위했다. 그러자 관숙과 채숙은 이에 불만을 품고 무경과 함께 반란을 일으켰다. 그때 성왕은 아직 어렸기 때문에 아저씨인 주공周公이 대신 군사를 통솔하여 반란을 진압했다.

　「대고」편은 바로 주공이 반란을 진압하려고 동쪽으로 출병하기 전

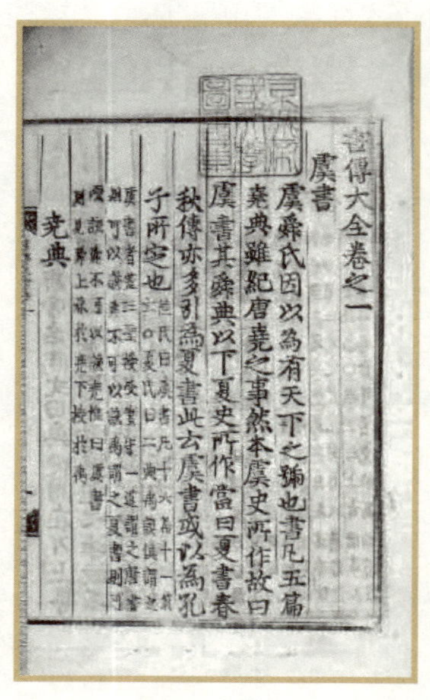

『상서』는 『서경』, 『서전』, 혹은 그냥 『서』라고도 한다. 때로는 왕조의 이름을 위에 얹어 우서虞書 하서夏書 등으로 일컫기도 한다.

에 발표한 포고문이다. 이 글은 성왕을 주체로 기술하고 있다. 글에서는 나라를 다스리는 일을 깊은 바다를 건너는 일에 견주고 있다. 이는 당시에 이미 비유 등의 수사법을 능숙하게 사용했음을 보여준다.

성왕이 아직 어려서 문장의 어투는 겸손하지만, 그 안에 담긴 이치는 조금도 흐트러지지 않는다. 이를 통해 이 시기의 산문이 작가의 사상과 정서를 능숙하게 표현할 수 있었음을 보여준다.

이처럼 은상의 「반경」과 서주의 「대고」는 『상서』의 핵심 문장이다. 그래서 『상서』를 '은반주고殷盤周誥' 라고 부르는 사람도 나왔다.

안일함에 빠지지 말라

주나라 때의 또 다른 문헌으로 「무일無逸」편이 있다. 이는 주공이 한 말을 기록한 것이라고 전한다. 주공은 성왕이 자라면서 향락에 빠져 큰 인물이 되지 못할까 염려해 그러한 말들을 남겼다. '무일無逸'이란 바로 '안일함에 빠지지 말라' 는 뜻이다. 그 문장의 첫 단락에는 다음과 같은 글이 실려 있다.

주공이 말하길, "아아! 군자의 신분에 있는 사람은 안일함에 빠져서는 안 됩니다! 먼저 농사의 어려움을 알아야 합니다. 그런 뒤에 향락을 생각한다면 백성의 고통을 알 수 있을 것입니다. 저 백성을 보십시오. 저들의 부모는 힘들게 농사짓는데, 그 아들은 농사일의 어려움은 모르고 그저 먹고 마시며 놀 궁리만 하니, 교양도 없고 제멋대로입니다. 심지어 자신의 부모를 업신여겨 '당신들처럼 옛날 사람들이 뭘 안다고 그래요'라고 말합니다."

周公曰 嗚呼, 君子所, 其無逸. 先知稼穡之艱難, 乃逸, 則知小人之依. 相小人, 厥父母勤勞稼穡, 厥子乃不知稼穡之艱難, 乃逸乃諺. 既誕, 否則侮厥父母曰 昔之人無聞知.

옛날에 지은 문장이지만 생생함이 묻어난다. 여기까지는 글의 첫 단락이고, 다음 단락부터는 의미심장한 말투로 고금의 일을 예로 들면서 자기를 성찰하라고 거듭해서 주장한다. 이러한 주장에서 신하된 사람의 충성스런 마음을 살필 수 있다. 이런 문장은 문학적으로 이미 유치한 단계를 벗어나 성숙했음을 보여준다.

『상서』는 특히 한나라 이후에 중시되었다. 『상서』는 봉건사회에서 정치와 철학의 참고서이자 제왕의 치국 교과서였다. 또한 귀족 자제와 사대부들이 반드시 준수해야 할 '법전'이기도 했다. 그러니 『상서』가 차지했던 지위가 얼마나 높았는지 알 수 있다.

『상서』의 언어는 당시 사람이라면 누구나 듣고 이해할 수 있는 대화체로 되어 있다. 그런데 중국어는 수천 년 동안 변화를 거듭하여서 현대인들은 읽기도 어렵고, 완전히 이해하기도 힘들다.

처음 『상서』에는 100여 편의 문장이 실려 있었다고 한다. 하지만 진시황이 분서갱유焚書坑儒(수많은 책들을 불태우고 유학자들을 생매장한 사건)를 하면서 원서를 불태워 버렸다. 그 뒤 복생伏生이라는 학자가 남아 있는 것을 모아 다시 엮었지만, 29편밖에 되지 않았다고 한다.

복생은 이 잔본으로 학생들을 가르쳤다. 그때 학생들이 서로 책을 베낄 때 쓴 한자가 당시 유행하던 예서隷書였다. 그래서 후대 사람들

은 복생이 수집하여 엮은 29편을 '금문今文 『상서』'라고 불렀다. 말
하자면 '현대어로 쓴 『상서』'라는 뜻이다. 이것이 오늘날 우리들이
읽는 『상서』이다.

경학

중국 문화의 주류를 형성해 온 유교 사상을 담고 있는 고대 전적들을 경서經書라 하고, 이를 연구하는 학문을 경학經學이라고 합니다. 이 경학은 2천 년 이상의 역사를 통해 중국 학술 연구의 중심을 차지하며 발전해 왔습니다.

전한에서 북송까지 경학의 주된 경향은 여러 경서들에 나오는 '글자의 뜻을 새기는 데(訓詁)' 중점을 두었습니다. 그러나 송나라 때에 이르러서는 불교와 노자 계열의 학문이 지닌 철학적이고 형이상학적 특징에 자극을 받아 경서에 담긴 철학과 사상을 알아내야 한다는 움직임이 크게 일었습니다. 곧 경서에 담긴 '큰 뜻(義理)'을 파악하고자 노력한 거지요.

청나라에 들어와서는 송나라 때의 경학 연구가 너무 추상적으로 흘렀다고 판단하여, 다시 한나라 때의 연구 경향으로 돌아갔습니다. 이러한 학문 경향을 '고증학考證學'이라고 합니다. 글자의 모양이나 뜻 또는 발음과 옛날 책의 옳고 그름, 일반 문물文物·제도나 천문·지리 등에 관한 연구를 경서를 통해 고증하는 것이라고 말할 수 있습니다.

그리고 고증학 안에도 위의 여러 내용 가운데 무엇에 관심을 두느냐에 따라서 문자학, 훈고학, 성운학聲韻學, 교감학校勘學, 금석학金石學 등으로 세분할 수 있지요.

옛 시인의 노래

3

『시詩』

시는 고대의 노랫말이었다. 음악을 연주하는 모습.

중국 최초의 시가 모음집

앞서 『역』과 『서』를 살펴보았는데, 사실 그것들은 엄밀히 따지면 순수한 문학 작품이라고 하기 어렵다. 진정한 의미의 문학 작품으로는 『시詩』를 꼽을 수 있다. 『시』는 바로 『시경詩經』으로서 중국인들의 문화적 보배라고 말할 수 있다.

『시경』은 중국 최초의 시가詩歌 모음집으로서 서주西周(서기전 1066~771) 초에서 춘추春秋(서기전 770~476) 중엽에 이르는 시기에 유행하던 305수의 시가를 수집한 것이다. 그래서 사람들은 습관적으로 '시삼백詩三百'이라고 부른다. 당시에는 원래 3천여 수의 시가가 있었다고 한다. 그러다 나중에 공자孔子의 손을 거치면서 그렇게 줄었다고 하는데, 신빙성은 떨어진다.

공자는 『시』를 중시하여 그것을 교과서로 삼아 학생들을 가르쳤다. 그런데 전문 연구자들의 고증에 따르면, 『시』는 공자가 코 흘리던 시절부터 지금과 같은 모습을 갖추고 있었다고 한다. 그래서 공자가 『시』의 편집자가 아니라는 설이 더 설득력 있다.

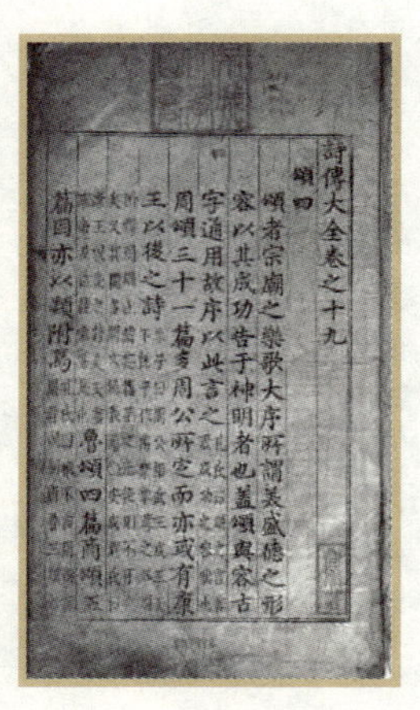

옛사람들은 『시』를 연구하여 그 안에 풍風·아雅·송頌·부賦·비比·흥興이란 '육의六義'가 담겨 있다고 했다. 이 육의는 두

『시경』은 『시전』이라고도 하는데, 고대 중국의 시가를 모아 엮은 오경의 하나이다.
본래는 3,000여 편이었다고 전하나 공자에 의하여 305편으로 간추려졌고 『시경』 305편은 풍·아·송 세 부분으로 나누어진다.

가지 내용을 담고 있다. 풍·아·송은 『시』의 문체를 분류한 것을 가리키고, 부·비·흥은 『시』의 표현 수법을 가리킨다. 이제 이 두 가지 내용을 자세히 살펴보자.

『시』의 씨줄 풍風·아雅·송頌

『시』는 세 부분으로 나뉜다. 풍·아·송은 바로 각 부분의 제목이다. 당시의 시들은 모두 음악에 맞춰 노래할 수 있었기 때문에 풍·아·송을 음악과 연계하는 연구자도 있다.

'풍風'은 토속 가락이자, 토속 음악이며, 민요 가락이다. 비록 조금은 투박하고 세련되지 않았지만, 진정한 민간의 소리라 할 수 있다.

고대에는 전문적으로 시를 채집하는 관리가 따로 있었다고 한다. 그들은 정기적으로 시골을 순회하며 손에 든 나무 방울을 흔들면서 백성들이 부르는 노래를 수집했다. 이를 '토속 가락 모으기(采風)'라고 했다.

이렇게 모은 노래들은 다시 음악을 담당하는 관리들이 새로운 가락을 덧붙여 세련된 형태로 바꿨다. 그런 뒤에야 천자天子에게 들려줬다. 천자는 이를 통해 궁문을 나서지 않고도 백성의 희로애락을 알 수 있었다.

『시』의 풍은 각 제후국에서 수집한 노래들로 이루어졌기에 '국풍國風'이라고도 부른다. 이런 국가와 지역은 주남周南, 소남召南, 패邶, 용鄘, 위衛, 왕王, 정鄭, 제齊, 위魏, 당唐, 진秦, 진陳, 회檜, 조曹, 빈豳으로 모두 15곳이다. 그래서 '십오국풍十五國風' 이라고도 한다. 이러한 풍은 모두 160편으로 이루어져 있다.

그러면 '아雅'는 무슨 뜻일까? 아는 곧 '하夏'로서 서주西周의 서울이던 호鎬(오늘날의 서안 부근)의 주변 지역을 가리킨다. 그곳이 바로 하족夏族이 살던 지역이었다. 아는 바로 이 지역의 음악으로서 '서울 가락(官調)'이라고 할 수 있다. 그래서 시골의 토속 음악과는 구별된다.

이러한 아는 다시 대아大雅와 소아小雅로 나뉜다. 이는 가락과 깊은 관련이 있다. 대아와 소아는 모두 105편으로서, 거의 모두 귀족들의 작품이다. 이 노래들은 제후들이 조정에서 회의하거나 귀족들이 연회할 때 부르던 것이다. 물론 소아 가운데 일부에는 민간 가요도 들어 있다.

'송頌'은 춤곡이다. 천자가 종묘에서 제사를 지내거나 대형 예식을 거행할 때면 무용과 노래 연주를 곁들여졌다. 그때의 분위기는 언제나 장엄하고 장중했다. 그래서 송은 최고 등급의 악곡으로서 제왕에게만 어울렸다.

송은 다시 '주송周頌,' '노송魯頌,' '상송商頌'으로 나뉘어 '삼송三頌'이라고도 부르는데, 모두 40편으로 이루어져 있다.

민중의 솔직한 노래

『시』의 풍·아·송 가운데 가장 문학적 가치가 높은 것은 '국풍'이다. 국풍에는 2천 5백여 년 전에 살던 사람들의 걱정과 불만, 항의가 담겨 있다.

그 당시 주 왕조와 각 제후국들은 서로 전쟁을 일삼았기 때문에 백성들은 고달픈 나날을 보냈다. 평생 힘들게 노력해도 그들의 생활에는 희망이 없었다. 아무 노력 없이 막대한 부를 누리는 영주들을 보면서, 백성들의 마음은 원한과 울분으로 끓어올랐다. 그들은 그러한 마음을 시가에 담았다.

'위풍魏風'에 있는 「박달나무 베어(伐檀)」란 노래의 첫 소절을 살펴보자.

쿠웅 쿠웅 박달나무 베어	坎坎伐檀兮
강가 높은 언덕에 쌓아 두고	置之河之干兮
맑은 강물 파도치는데	河水清且漣猗
씨 뿌리고 거두지도 않으면서	不稼不穡
어찌 그리 벼를 많이 가져가는지	胡取禾三百廛兮
사냥도 하지 않으면서	不狩不獵
어찌 그대 집에 담비 가죽 걸려 있나	胡瞻爾庭有縣貆兮
그대들은	彼君子兮
일하지 않고도 잘만 먹으이	不素餐兮

이 노래는 아마도 농부들이 부르던 노래였으리라. 그들은 강가에서 터엉 터엉 나무를 베다가 출렁이며 흐르는 강물을 보며 불평을 늘어놓았을 것이다. 당시 지배자들은 농사를 짓지도 사냥을 하지도 않으면서 집안에 곡식과 고기가 넘쳐났다.

이 노래는 모두 세 소절로 되어 있는데, 다음 두 소절의 내용도 거의 비슷하다. 그리고 각 소절 끝에는 "그대들은 일하지 않고도 잘만

먹으이”라는 후렴구가 붙어 있다. 이 구절의 원래 뜻은 “일하지 않고
는 절대 먹지 않지(不素餐兮)”이다. 이는 반어反語로서, 실제로는 지배
자들에 대한 반감과 항의의 뜻을 담고 있다.

‘위풍’에 있는 또 다른 노래인 「쥐야(碩鼠)」에서는 이러한 비판의
의미가 더욱 뚜렷하다.

쥐야 쥐야   碩鼠碩鼠
내 기장 먹지 마라   無食我黍
삼 년 너를 섬겼는데   三歲貫汝
나를 아니 돌볼 건가   莫我肯顧
너를 떠나   逝將去汝
저 낙원으로 가리   適彼樂土
낙원이여 낙원이여   樂土樂土
바로 내가 머물 곳   爰得我所

겉으로는 곡식을 훔쳐 먹는 쥐들을 욕하는 내용이다. 하지만 실제
로는 농부들이 그들의 영주를 비판하는 내용이다. 이 노래는 「박달나
무 베어」처럼 세 소절로 되어 있다. 주요 어휘만 바뀔 뿐 거의 같은
형태가 반복된다. 이렇게 거의 같은 내용을 세 번 반복하여 끊임없는
원한의 정서를 잘 표현하고 있다.

농부의 생활을 가장 잘 표현한 노래는 ‘빈풍幽風’에 있는 「칠월七
月」이다. 이 노래는 모두 여덟 소절로서, 일 년 사계절 동안 이루어지
는 농부들의 힘든 노동 생활을 자세히 묘사했다. 마치 옛날 우리나라
의 ‘사시가四時歌’와 비슷하다.

이 시에서 보면 농부들은 벼 심기, 누에치기, 베 짜기, 명주 잣기,

사냥하기, 술 담그기, 집 고치기, 얼음 재우기, 제사지내기 등 일 년 열두 달 쉴 틈 없이 지낸다. 그들은 변변히 입을 것도 없는데 윗사람들을 위해 혼례복을 짓고, 다 쓰러져 가는 초가집에 살면서 고작해야 조롱박과 쓰디쓴 나물만 먹었다. 또 집안의 여자아이들은 언제나 주인의 심상치 않은 눈초리를 조심해야 했다.

이처럼 하층민의 노동 생활을 상세하게 묘사한 장편시는 고대 중국 시단에서 유일무이하다.

국풍의 자유로운 사랑 노래

민가에는 젊은 남녀의 사랑을 표현한 노래들이 많은 부분을 차지한다. 사실 이러한 전통은 이미 '국풍'에서 그 시작을 살펴볼 수 있다.

다음의 사랑 노래는 사람들에게 잘 알려져 있는데, 『시』의 첫머리를 장식하는 시로 더욱 유명하다.

꾸욱 꾸욱 물수리는	關關雎鳩
강가 모래섬에 있네	在河之洲
맘씨 고운 아가씨는	窈窕淑女
사내들의 좋은 짝이네	君子好逑

이 노래의 제목은 「꾸욱 꾸욱 물수리(關雎)」로서 모두 다섯 소절로 이루어져 있다. 이 부분은 그 첫 소절이다. 강 복판에 작은 모래섬에

서 쉴 새 없이 물새가 울고, 어디선가 다가온 정숙하고 아름다운 아가씨를 본 젊은 사내가 마음 졸이는 장면을 쉽게 떠올릴 수 있다.

뒤이어 다음 소절에서는 젊은 사내의 희망을 적고 있다. 그는 거문고를 타면서 그녀에게 구애하고, 결국 종과 북소리가 울리는 가운데 아가씨와 혼례를 올리는 모습을 꿈꾼다.

이 시는 서정적이면서도 열정적이다. 글이 아름다운 것은 물론 전체 가락도 귀를 즐겁게 한다. 그래서 공자는 "「꾸욱 꾸욱 물수리」의 마지막 소절을 연주할 때면 귀에 가득한 음악 소리가 정말 듣기 좋다"며 칭찬해 마지않았다.

'국풍'에서 애정시가 차지하는 비중은 매우 크다. 사랑의 조화를 묘사한 작품이 많은데, '정풍鄭風'에는 「마른 잎(蘀兮)」, 「얄미운 사람(狡童)」, 「옷자락 걷어 올리고(褰裳)」, 「비바람(風雨)」이 있다. '위풍衛風'에는 「모과(木瓜)」가, '왕풍王風'에는 「칡 캐세(采葛)」 등이 있다.

그리고 봉건적인 예절과 가르침에 반항하거나 사랑을 배반한 사람을 비판하는 작품으로는 '위풍衛風'에 「낯선 사내(氓)」, '패풍邶風'에 「동풍(谷風)」, '용풍鄘風'에 「잣나무 배(柏舟)」 등이 있다.

그 가운데 특히 '정풍'에 속한 노래들은 자유분방하기로 유명했다. 위에 열거한 시들 가운데 「옷자락 걷어 올리고(褰裳)」란 시를 예로 들어보자.

그대 나를 사랑한다면	子惠思我
옷자락 걷어 올리고 강을 건너와요	褰裳涉溱
그대 나를 사랑하지 않는다면	子不我思
다른 사람도 없지 않아요	豈無他人
바보 멍청이 같은 남자여	狂童之狂也且

그대 나를 사랑한다면	子惠思我
옷자락 걷어 올리고 강을 건너가겠어요	褰裳涉洧
그대 나를 사랑하지 않는다면	子不我思
다른 사람도 없지 않아요	豈無他士
바보 멍청이 같은 남자여	狂童之狂也且

『시』를 공자의 업적으로 돌리고 진지한 의미를 부각시키려던 후대 유가 학자들은 '정나라의 노래(鄭聲)'를 '음란하고 망국으로 이끄는 노래'라고 낙인찍었다. 위의 노래만해도 지금 보면 그저 자유롭게 남녀 사이의 애정을 다룬 시로 분류할 수 있다. 하지만 유학자들은 『모시毛詩』의 서문에서 위의 시를 "큰 나라에서 자신의 나라를 바로잡아 줄 것을 생각한 것이다"라고 풀이했다.

역사적 사실을 소재로 한 시

'아'에는 몇몇 사시史詩도 있다. 예를 들어 '대아' 가운데 「백성을 낳음(生民)」은 주周 민족의 시조인 후직后稷의 전기를 다룬 이야기이다.

후직의 어머니인 강원姜嫄은 어느 날 들에 나가 놀다가, 거인의 발자국을 밟고는 잉태하여 후직을 낳았다고 한다. 강원은 아버지 없는 아이를 낳고는 그냥 골목에 내다 버렸다. 그러자 골목을 지나던 소와 양들이 그를 짓밟기는커녕 그에게 젖을 먹였다.

그래서 이번에는 다시 그를 눈 속에 갖다 버렸다. 그러자 많은 무리의 새들이 그를 감싸서 추위를 막아 주었다. 후직은 이렇게 하여 목숨을 구했다고 한다.

그는 어려서부터 총명하고, 콩이며 오이 같은 작물을 즐겨 심었다. 그가 키운 곡식들은 가지런히 자라고 뿌리가 튼튼하여 열매가 많이 달렸다고 한다. 그렇게 거두어들인 오곡으로는 상제에게 제사를 올리고, 이에 상제는 복을 내려 주 민족을 보호했다는 것이 시의 내용이다.

이 시는 비록 신비적 색채가 뚜렷하지만, 주 민족의 시조가 농업을 중시했음을 보여준다.

이와 비슷한 사시로는 '대아' 가운데 「공류公劉」, 「길게 뻗은(綿)」, 「위대하시도다(皇矣)」, 「큰 밝음(大明)」 등이 있다. '소아'에는 「고사리 캐세(采薇)」, 「수레 내어(出車)」, 「유월六月」 등과 같이 오로지 군대 생활만을 다룬 시들도 있다.

「고사리 캐세」를 예로 들어 보자.

시인은 싸움에서 이기고 집으로 돌아가는 병사의 입을 빌어 이야기를 전개한다. 그는 집으로 돌아가면서 힘들었던 전장 생활을 잊지 않으며 자랑스러워했다. 그는 자신이 침략자들을 물리치지 않았으면 백성들이 평화롭고 안정되게 생활하지 못했을 것이라고 생각했다.

그렇지만 집이 가까워질수록 그의 마음은 점점 침울해졌다. 집 떠난 지 일 년이나 지나 식구들이 무사할까 걱정되었던 것이다. 그래서 그는 이렇게 노래했다.

예전에 떠날 때는	昔我往矣
수양버들 하늘거렸지요	楊柳依依
오늘 나 돌아오는 길엔	今我來思
비가 추적추적 내리는군요	雨雪霏霏

가는 길 더디며 　　　　　　　　　行道遲遲

목 타고 배고픕니다 　　　　　　　載渴載飢

내 마음 아파 찢어질 듯한데 　　　我心傷悲

누가 내 슬픔 알아주리오 　　　　莫知我哀

이는 「고사리 캐세」의 마지막 소절로서, 봄날의 수양버들과 종일 내리는 눈비를 묘사하여 아픔과 슬픔의 정서를 담고 있다. 이처럼 오래된 시가 속에서도 이미 '시' 만이 지닌 독특한 맛을 느낄 수 있다.

'송' 은 대부분 조상의 공덕을 찬양하고, 자손들에게 복을 내리도록 기원한다. 또한 신하가 임금을 찬송하는 내용을 과장된 언어로 표현한다. 물론 '상송商頌' 에 「검은 새(玄鳥)」 같은 사시史詩도 있기는 하다. 이렇게 보면 '송' 의 문학적 의미는 '풍' 이나 '아' 에 비해 확실히 떨어진다.

『시』의 날줄 부賦 · 비比 · 흥興

부 · 비 · 흥은 『시』에서 자주 쓰는 수사 기법이다.

'부賦' 란 어떤 사물이나 현상을 둘러대거나 과장되게 수식하지 않고 직접 서술하여 나열하는 것이다.

'비比' 란 서로 맞대어 비교하는 것이다. 「쥐야(碩鼠)」를 예로 들면, 앞서 살펴보았듯이 양식을 훔쳐가는 쥐로 농부를 착취하는 영주를 비유하고 있다.

그러면 '흥興'이란 무엇일까? 이 수사법은 먼저 다른 사물을 가지고 와서 첫머리를 삼은 다음, 읊고자 하는 사물을 끌어와 묘사하는 것이다.

예를 들어 보자. 「꾸욱 꾸욱 물수리(關雎)」는 원래 남녀의 사랑을 읊은 노래이다. 하지만 그 첫머리는 "꾸욱 꾸욱 물수리가, 강가 모래섬에 있네(關關雎鳩, 在河之洲)"라고 하면서 아름다운 주변 환경을 묘사한다. 이런 환경 속에서는 사람의 마음도 함께 아름다워지기 마련이다.

만일 시인이 이런 과정을 거치지 않고 곧바로 "맘씨 고운 아가씨는, 사내들의 좋은 짝이네(窈窕淑女, 君子好逑)"라고 했다면, 너무 갑작스러워 시의 맛을 잃었을 것이다.

사람들은 언제나 '비'와 '흥'을 함께 이야기한다. '비흥'이란 수법은 시의 표현력을 높이고, 시에 담긴 형상을 더 선명하고 생동감 있게 하기에 이후 중국 시가의 전통적인 표현 수법이 된다.

『시경』에는 부·비·흥 말고도 예술 수법이라고 할 만한 것들이 적지 않다. 문장의 중첩도 한 예로 들 수 있다. 앞서 살펴본 「박달나무 베어(伐檀)」와 「쥐야(碩鼠)」가 모두 좋은 예이다. 여기서는 「질경이(茉苢)」를 살펴보자.

뜯어라 뜯어 질경이를	采采茉苢
힘써 질경이를 뜯어보세	薄言采之
뜯어라 뜯어 질경이를	采采茉苢
힘써 질경이를 따보세	薄言有之
뜯어라 뜯어 질경이를	采采茉苢
힘써 질경이를 모아보세	薄言掇之

뜯어라 뜯어 질경이를	采采芣苢
힘써 질경이를 읊겨보세	薄言将之
뜯어라 뜯어 질경이를	采采芣苢
힘써 질경이를 옷자락에 담아보세	薄言袺之
뜯어라 뜯어 질경이를	采采芣苢
힘써 질경이를 허리춤에 담아보세	薄言襭之

질경이는 다른 말로 차전자車前子라고 하는데, 가난한 사람들이 뜯어다 죽을 쒀 먹었다. 이 시구를 읽어보면 한 무리의 부녀자들이 들에 나가서 질경이를 뜯으며, "뜯자 뜯어, 빨리 뜯어, 뜯자 뜯어, 내 것으로……"라고 노래하는 모습을 상상할 수 있다.

이 시는 모두 여섯 문장으로 이루어져 있고, 문장마다 한 글자만 바뀐다. 그러나 단조롭다는 느낌보다는 오히려 일할 때의 흥겨운 심정이 잘 전달된다.

『시』의 지위와 영향

『시』의 작품은 대부분 각 문장마다 네 글자로 되어 있는 사언四言이다. 이는 그 당시에 사언시가 유행했음을 말한다.

그러나 사언시 중에는 우연히 오언, 육언, 칠언으로 이루어진 문장이 들어간 시들도 있다. 이런 시들은 나중에 유행하는 오언시와 칠언시의 모태가 된다. 이처럼 『시』는 역사상 한 시대를 풍미했다.

춘추春秋시대 각국의 관리들은 모두 특별한 능력을 지니고 있었다. 그것은 『시』의 시를 외워서 술술 읊을 수 있는 능력이다. 그들은 언제나 시구를 인용하여 서로를 찬양하거나 풍자하고 충고했다. 심지어 외교관이 협상할 때조차 시를 외교 용어로 삼았다. 이를 일컬어 "시를 펼쳐 뜻을 말한다(賦詩言志)"고 했다.

또 공자는 『시』를 매우 중시하여, "『시』를 배우지 않으면, 대화할 수 없다(不學詩, 無以言)"고까지 했다. 그래서 그는 『시』를 교과서로 삼아 학생들을 가르쳤고, 이후에도 그 방법이 이어졌다.

이러한 『시』는 진시황제의 분서갱유와 초楚·한漢 전쟁을 거치면서 하마터면 전수되지 못할 뻔했다. 그러나 다행히도 학자들이 외우고 있던 내용을 입으로 전달하여 귀중한 시집을 온전히 보존할 수 있었다.

한나라 초기에 이르면, 『시』를 전문적으로 연구한 네 명의 대가가 나온다. 사람들은 이를 줄여 제齊, 노魯, 한韓, 모毛라고 불렀다. '제'는 제 지방의 원고轅固를, '노'는 노 지방의 신배申培를, '한'은 연燕 지방의 한영韓嬰을 가리켰다. 하지만 이 세 명의 전문가가 전수한 『시』는 현재 찾을 길이 없다.

마지막으로 '모'는 두 전수자의 성이 모두 모씨라서 생긴 이름이다. 한 사람은 서한西漢 시대의 모형毛亨이고, 다른 한 사람은 그의 제자였던 모장毛萇이다. 이들이 해석한 저작은 다행히 후배에게 전해져, 현재 우리가 볼 수 있는 『모시毛詩』가 되었다.

이 『모시』의 『시』 해석은 글자만 보고 대강 짐작하거나 억지로 뜻을 꿰어 맞춘 경우가 많다. 그래서 송나라 때에 이르면 『모시』의 해석에 이의를 제기하는 학자들도 생겼다. 왕안석, 구양수, 소철, 주희 등도 끊임없이 새로운 견해를 내놓았다. 청나라 때의 학자들은 사실 여부를 가리는 고증考證과 더욱 자세한 해설을 붙이는 훈고訓詁를 중시하여, 『시』 연구에 커다란 업적을 이루었다.

그러나 진정한 의미에서 과학적인 태도와 정확한 방법으로 『시』를 연구한 것은 '5·4운동五四運動' 이후부터이다. '5·4운동'이란 나중에 다시 얘기하겠지만, 1919년 파리강화회의에서 체결한 불평등조약을 계기로 청년 학생들이 중심이 되어 과학과 자유, 평등을 내세운 중국의 애국 계몽운동이다.

옛말에 "공자 가라사대(子曰)"나 "시에 이르길(詩云)"이라는 말이 있다. 여기서 말하는 '시'가 바로 『시』를 일컫는다. 공자 가라사대란 '공자가 말하기를'이란 뜻이고, 시에 이르길이란 '『시』에 써 있기를'이란 뜻이다. 옛날에는 글을 쓸 때 권위 있는 말들을 끌어다가 자신의 주장을 뒷받침했다. 그런 면에서 문인들은 공자의 말씀이나 『시』의 시구를 즐겨 인용했다.

이를 통해 『시』가 후세에 끼친 영향을 살펴 볼 수 있다. 『시』는 중국 시가의 튼튼한 기초라고 말하는 사람들이 있는데, 이는 결코 과장이 아니다. 중국의 역대 시인들 가운데 『시』의 가르침과 자양분을 받지 않은 사람은 없다고 해도 지나치지 않다.

또한 『시』는 일찍이 이웃나라에까지 영향을 미쳤다. 조선과 일본 및 베트남(越南)에서는 중세에 이미 한문漢文으로 된 『시』가 있었다. 더욱이 당시 조선에서는 『시』의 한글 번역본도 나와, 『시』를 공부하는 데 큰 도움을 주었다. 18세기부터는 프랑스어, 독일어, 영어, 러시아어로 된 번역본도 나왔다.

이처럼 『시』는 중국인들의 자랑일 뿐만 아니라, 온 인류의 귀중한 문화유산이다. 옛날 서당에서는 『시』가 필수 교과목 가운데 하나였다. 많지는 않지만 지금도 예전의 모습을 간직한 서당들이 곳곳에 있다.

시의 저자와 해석

'풍' 부분에 수록된 시는 민간에서 나온 가요이므로 대부분 집단 창작한 시라고 볼 수 있습니다. 『모시』 서문에 보면 「백주柏舟」는 공강共姜의 작품이고, 「녹의綠衣」, 「일월日月」, 「종풍終風」 등은 장강莊姜의 작품이라고 하지만 믿을 수 없습니다.

「재치載馳」는 허목부인許穆夫人의 작품이고, '진풍秦風'의 「위양渭陽」은 진강공秦康公의 작품이라고 하지만 이것도 신빙성이 없지요.

『모시전』에는 '빈풍豳風'의 「칠월七月」, 「치효鴟鴞」, 「동산東山」 등은 주공周公의 작품이라고 하는데, 『서』 「금등金縢」편에도 「치효」는 주공의 작품이라고 한 걸 보면 이는 어느 정도 믿을 수 있습니다.

이처럼 몇몇 작가가 거론되지만, 이는 유가 연구자들이 『시』를 정치·도덕·윤리적으로 해석하기 위한 방편으로 쓴 것 같습니다. 이를 송나라 때의 주희朱熹는 다음과 같이 따끔하게 지적합니다.

"대체로 옛사람이나 요즘 사람이나 시를 짓기는 마찬가지이다. 저마다 사물에 대해 느낀 감정을 풀어내며 자신의 마음을 읊는 것이지, 남을 풍자하기 위함이 아니다. 그럼에도 불구하고 서론을 쓴 사람이 그러한 예를 들어, 시는 모두 미화하고 풍자하려고 지었다는 미자설美刺說을 만들어 시인의 본의를 망쳤다."

고대 역사를 쓰고 해석하다

4

『춘추좌전春秋左傳』

『전국책戰國策』

춘추전국 시대는 전쟁과 혼돈의 시기였다.
무기를 들고 춤을 추는 전신戰神의 모습

예禮에 대한 지대한 관심

　‘오경’ 가운데 『예禮』는 유가의 정치제도, 종교의식, 사회풍속 등에 관한 내용을 담고 있다. 하지만 주로 정치 윤리 방면에 치우쳐 문학과는 거리가 있어, 일반적으로 문학사에서는 잘 다루지 않는다. 하지만 중국 사람들은 아주 오래 전부터 예에 대한 관심이 아주 많았다. 따라서 여러모로 중국 문화에 지대한 영향을 미쳤다고 볼 수 있다.

　‘예’ 와 관련하여 오늘날까지 전하는 경전으로는 『의례儀禮』, 『주례周禮』, 『예기禮記』가 있다. 이를 통칭하여 보통 ‘삼례’ 라고 한다. 그 가운데 『의례』와 『주례』는 주공周公이 지었다고 전한다. 하지만 연구자들의 고증에 따르면, 대략 전국(서기전 475~221)시대에 와서야 완성되었다고 한다. 『의례』는 당시 사회에서 실행하던 여러 예악 제도가, 『주례』는 한 번도 실행되지 않은 이상적인 정치제도가 그 내용이다.

　『예기』는 예악 제도에 관한 유가 학자들의 논문집이다. 지금은 「대대기大戴記」와 「소대기小戴記」로 나뉘어 있다. ‘대대’ 는 대덕戴德이고, ‘소대’ 는 그의 조카인 대성戴聖을 말한다. 둘은 모두 서한西漢(서기전 206~서기 23) 시대 사람이다. 요즈음 『예기』라고 부르는 책은 대부분 「소대기」를 가리킨다.

　우리가 다루고 있는 ‘오경’ 은 『시』 말고는 문학과 직접적인 관련이 없다. 하지만

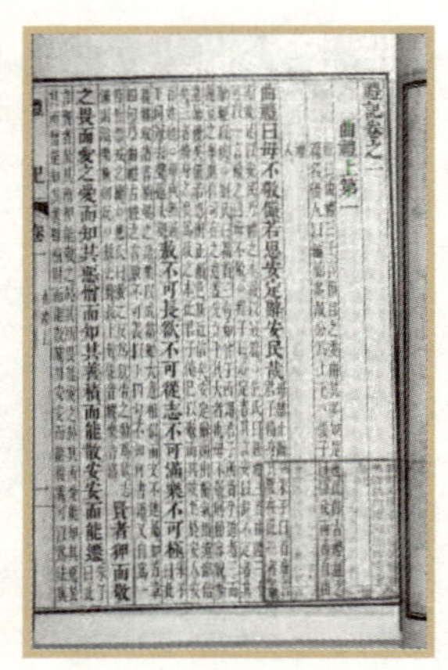

『예기』는 오경五經의 하나로 일컬어지는데, 『예경禮經』이라 하지 않고 『예기』라 한 것은 예禮에 대한 기록 또는 주석의 뜻을 나타내는 것이다.

"

후세 중국 문학의 발전에 밑거름이 된 책들이란 점에서 의미가 있다.

왜 봄과 가을일까?

이제 『춘추』를 알아보기 전에 '춘추'란 말의 어원부터 살펴보자. 고대에는 사건 기록을 위주로 하는 모든 역사서를 '춘추'라고 불렀다. 일 년 가운데 봄(春)과 가을(秋)이 가장 좋은 계절이라 조정의 큰 행사들은 대부분 이때 거행했다. 그래서 각 제후국의 역사서에 '춘추'라고 이름을 붙인 것이다. 그런데 노魯나라의 『춘추』말고 다른 제후국의 『춘추』는 모두 전하지 않는다. 그래서 오늘날 이야기하는 『춘추』는 자연히 노나라의 『춘추』를 가리킨다.

『춘추』의 저자로는 또 공자가 거론된다. 여기에는 한 가지 사연이 전한다.

노나라 애공哀公 14년(서기전 481) 한 사냥꾼이 외뿔 달린 괴상한 짐승을 한 마리 잡았다. 하지만 이것이 무슨 짐승인지 알 수 없어 그냥 죽여서 들판에 버렸다. 공자가 이 소식을 듣고는 곧장 달려가서 뜨거운 눈물을 흘리며 이렇게 말했다.

"저것이 바로 기린麒麟이 아니더냐? 저것이 누구 때문에 왔단 말이더냐? 무엇을 하려고 왔단 말이더냐? 아! 나의 주장이 받아들여지지 않는구나"

여기서 말하는 기린은 중국 신화에 나오는 상상의 동물이다. 이 동물은 장수와 숭고함, 경사, 빛나는 행적 및 현명한 통치 등을 상징한다. 땅 위는 물론 물 위도 걸어 다닐 수 있다고 한다.

식견이 넓은 공자는 그 짐승이 바로 천하가 태평할 때에만 나타나는 상서로운 동물임을 알았다. 그런 동물을 죽였으니 앞으로 더 이상 좋은 일은 없을 것이라 생각했다. 그즈음 공자는 이미 노쇠해 있었다. 자신의 주장을 펼치고자 일생을 분주히 보냈건만, 어떤 나라의 군주도 그를 써 주지 않았다.

공자는 무정한 세태와 유한한 생명을 느끼며 매우 난감했다. 그래서 그는 역사의 실제 사례를 통해 사람들에게 선악의 교훈을 가르치려고 『춘추』를 쓰고자 결심했다. 이는 자신의 철학을 선전하는 일이기도 했다.

그는 한 번 마음먹고 바로 실행에 옮겨, 아홉 달 만에 금세 이 책을 완성했다고 한다. 책은 노나라 은공隱公 원년(서기전 722)부터 시작하여 애공 14년(서기전 481)에 있었던 '기린 사냥獲麟'까지를 담고 있다. 그래서 후세 사람들이 이 시기를 '춘추시대'라고 부르는 것이다. 그런데 『춘추』와 중국사에서 구분하는 춘추시대는 서로 다르다. 여러 가지 학설이 분분하여 확정되지 않았기 때문이다.

어쨌든 공자가 『역전易傳』을 지었다느니 『시』의 시를 간추렸다느니 하는 말처럼, 공자가 『춘추』를 지었다는 말도 근거가 희박하다. 사실 『춘추』는 노나라의 사관이 기록한 것이지 공자와는 무관하다는 것이 학계의 통설이다.

『춘추』를 살펴보면 242년 동안 12명에 이르는 노나라 역대 군주들의 역사를 순서대로 기록하고 있다. 연월일의 순서대로 각 나라의 사건을 기록했는데, 이러한 역사 기록 방법을 '편년체編年體'라고 한다. 현존하는 중국의 역사서에서는 『춘추』가 가장 오래된 편년사이다.

『춘추』의 언어는 매우 압축적이다. 예를 들어 송나라에 운석 다섯

개가 떨어진 일이 있다. 그런데 『춘추』에서는 그저 "운석이 송나라에 다섯 개(隕石於宋五)"라고만 적고 있다. 단지 다섯 글자만 써서 그런 천문 현상을 간단명료하게 표현한 것이다.

이렇듯 너무 간단한 것이 『춘추』의 결점이기도 하다. 『춘추』는 1만 6~7천 자를 써서 242년 동안의 역사를 기록하고 있으니까 해마다 평균 60~70자만을 사용한 셈이다. 그래서 기록된 역사적 사건의 대부분은 그 원인과 결과가 빠져 있다. 어떤 문장은 무엇을 말하는지조차 알 수 없는 경우도 있다.

그러한 점을 보충하려고 상세하게 해설을 단 '전傳'이 나왔다. 현재 우리가 볼 수 있는 '전'에는 '춘추삼전春秋三傳'이라 일컫는 『공양전公羊傳』, 『곡량전穀梁傳』, 『좌전左傳』이 있다. 이 삼전은 모두 작가의 성씨로 이름을 지었다. 공양과 곡량은 모두 두 글자로 된 성씨로서, 그들의 이름과 책을 만든 경위는 알려진 바가 없다.

『공양전』과 『곡량전』은 특별히 『춘추』의 문장을 해석하는 데 중점을 두어, 한 글자 한 글자 파고들었다. 이러한 해설을 거치면서 사람들은 『춘추』에는 글자 하나에도 커다란 뜻이 담겨 있다고 여겼다.

하지만 『좌전』은 다르다. 『춘추』에서 너무 간단하게 언급하여 이해하기 어려운 부분을 상세한 사실로 보충한 것이 『좌전』의 해석 방법이다. 그래서 『춘추』는 제쳐 두고, 『좌전』을 하나의 독립된 역사서로 보기도 한다.

좌구명의 이야기

『좌전』의 작가는 노나라의 좌구명左丘明으로 알려져 있다. 그가 언제 태어나고 죽었는지는 알 수 없다. 공자의 친구였다는 설도 있고, 노나라의 사관이었다고도 하는 설이 있다. 또 두 눈을 잃고 장님이 되었으나, 이에 굴하지 않고 발분하여 마침내 『좌전』을 지었다는 설도 있다.

근대 학자들의 연구에 따르면 『좌전』은 어느 한 사람의 작품이 아니라, 몇 대에 걸쳐 사관들이 계속 쓴 저작이라고 한다. 그렇다면 좌구명은 아마 마지막 정리자쯤 되지 않을까?

『좌전』은 모두 18만 자로서 『춘추』의 10배에 달하는 양이다. 그만큼 춘추시대 268년 동안의 중요한 역사적 사실을 자세하게 기록하고 있다. 또 『춘추』의 기록이 노 애공哀公 14년에서 끝나지만, 『좌전』은 애공 27년까지 기록했다. 이 때문에 『좌전』은 처음부터 『춘추』를 해석하려고 저술한 것이 아니라, 독자적인 역사서로 정립한 것을 유흠劉歆이 『춘추』의 편년에 맞추어 재구성했다는 견해가 유력하다.

춘추시대에는 주 왕조가 분열되

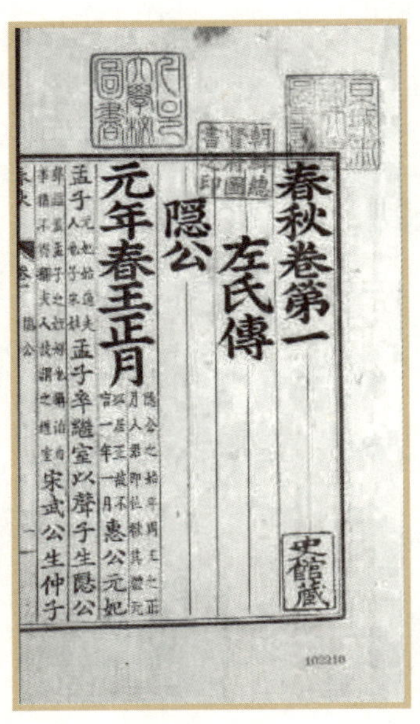

중국 최초의 편년체 역사서로 춘추시대 노나라 은공부터 애공까지의 시기를 다루고 있다. 사진은 『춘추좌씨전』이다.

면서 수십 개의 크고 작은 나라가 생겼다. 그들은 큰 고기가 작은 고기를 잡아먹듯이 서로 끊임없이 싸움을 벌였다. 그 가운데 제齊, 진晉, 진秦, 초楚, 오吳가 번갈아 가면서 강력한 영향력을 행사하여, 당시에 '춘추오패春秋五覇'라는 소리를 들었다.

그러나 그 어떤 나라의 군주도 패왕覇王의 자리를 오랫동안 유지할 수는 없었다. 그 뒤 제齊, 초楚, 연燕, 한韓, 조趙, 위魏, 진秦이라는 일곱 나라가 주변의 작은 나라들을 통합하면서 세력의 균형을 유지했다. 나중에 다시 설명하겠지만, 역사에서는 이 시대를 일컬어 전국시대라고 한다.

이처럼 춘추시대 각 나라 사이의 복잡한 정치, 군사, 외교, 전쟁을 일목요연하고 구체적이며 생동하게 기록하는 일이란 결코 쉬운 일이 아니다. 그러나 『좌전』의 작자들은 그것을 해냈다. 그래서 그들이 쓴 문장은 정확하고 충실한 역사 기록일 뿐만 아니라, 간결하면서도 생동하는 문학 작품이라고도 할 수 있다.

황천에서 어머니를 만난 정장공

『좌전』에 기록된 역사 이야기 가운데 많은 것들은 희극적 색채를 짙게 띠고 있다. 그 가운데 정장공鄭莊公과 공숙단共叔段이 암투를 벌이는 장면이 꽤 재미있다.

이 부분을 『춘추』에서는 "정백이 단을 언에서 물리쳤다(鄭伯克段於鄢)"라는 단 여섯 글자로 서술한다. 하지만 『좌전』에서는 그 내용이 매우 풍부해졌다. 그 내용은 다음과 같다.

정장공과 공숙단은 형제지간으로, 둘 다 어머니 강씨姜氏의 소생이
었다. 어머니 강씨는 맏이인 정장공을 낳을 때, 괴이한 일이 있었다
하여 동생인 공숙단을 편애했다. 그녀는 언제나 단을 위해서만 이권
과 지지 기반을 넓혔다. 그러다 나중에는 아예 공숙단과 연합하여 정
장공을 왕위에서 몰아낼 계획을 세웠다.

그렇다고 정장공이 가만히 앉아서 당할 사람은 아니었다. 그는 애
써 겉으로는 태연한 척했지만, 속으로는 참고 참으면서 공숙단이 스
스로 함정에 빠지길 기다렸다. 그러던 어느 날 정장공은 공숙단이 반
란을 일으켰다는 확실한 소식을 들었다. 이에 선수를 쳐서 언 지역에
서 공숙단의 반군을 진압했다.

그럼 열쇠를 들고 성문을 열어 반란군을 맞이하려고 준비하던 강
씨는 어떻게 되었을까?

장공은 치를 떨면서 "황천黃泉에 가기 전에 다시는 그녀의 얼굴을
보지 않으리라"고 맹세했다. 황천이란 죽은 뒤에 간다는 땅속 깊은
곳이니까, 이는 강씨와 모자母子 사이의 관계를 끊겠다는 말이다. 장
공이 친어머니인 강씨에게 이렇게까지 맹세한 심정을 상상해 보라.

그런데 영고숙穎考叔이라는 말단 관리가 그런 장공의 마음을 돌리
기로 마음먹었다. 그는 예물을 드린다는 명목으로 장공과 함께 연회
에 참석할 기회를 얻었다. 연회에 나간 그는 장공에게 올빼미를 바치
고는 이렇게 말했다.

"이 올빼미는 낮이면 태산도 보지 못하나 밤이면 짐승의 터럭 한
올까지도 분별합니다. 곧 조그만 것은 볼 줄 알아도 큰 것은 보지 못
하지요. 그런데 이 올빼미는 어릴 때 어미가 주는 먹이를 먹고 자라
서는 장성하면 그 어미를 쪼아 먹기 때문에 세상에선 불효한 새라고

합니다. 그래서 사람들은 서슴지 않고 이 새를 잡아먹지요.”

장공은 아무 말이 없었다. 그 뒤 음식이 나오자 영고숙은 일부러 그릇에 담긴 고기를 먹지 않고 옆에 남겨 놓았다. 장공이 그 까닭을 묻자 그는 이렇게 대답했다.

“소신에겐 늙은 어머님이 계시는데 집안이 가난하여 지금껏 이렇게 귀한 음식을 드리지 못했습니다. 군주께서 허락하시면 이 고기를 싸가지고 돌아가 어머님께 공양드리고 싶습니다.”

장공은 이 말을 듣고 탄식하며 울적해 했다.

“아! 그대는 참으로 효성이 지극하군. 오히려 내가 그대만 못하구나!”

그러자 영고숙은 시치미를 뚝 떼고 장공에게 어찌된 일인지 물었다. 장공은 영고숙에게 그동안의 일을 남김없이 얘기했다. 이를 다 듣고 난 영고숙은 이렇게 말했다.

“군주의 근심을 푸는 일은 어렵지 않습니다. 땅을 파서 샘물이 나거든 그곳에다 지하실을 만드십시오. 그런 뒤에 군주께서 지하실로 내려가셔서 어머니와 만나십시오. 그러면 황천에서 만나겠다는 맹세를 지킨 것이 됩니다.”

장공은 영고숙의 건의를 받아들이고 실행하여, 마침내 강씨와 모자 관계를 회복할 수 있었다.

이처럼 『좌전』은 역사적 사실의 서술을 중시할 뿐만 아니라, 인물의 성격도 잘 묘사했다. 정장공만 보더라도 친형제를 죽음으로 몰아넣고, 모자 사이의 정분도 단호하게 끊은 점에서는 그야말로 ‘냉혈한’이다. 그러나 나중에는 친어머니를 용서하고 화해한다는 점에서는 ‘부드러운 남자’처럼 보인다. 또 한 자식만 편애하는 어머니와 교만하고 방자한 동생은 부정적 인물이다.

이렇듯 『좌전』을 읽는 이들은 문장 속에서 그들의 성격과 마음을 느낄 수 있다.

통치자를 비추는 거울

『좌전』은 통치자의 죄악도 숨기지 않고 드러낸다. 다음 문장을 예로 들어보자.

(노나라 민공閔公 2년) 겨울 12월에 북방 민족이 위衛나라를 쳐들어왔다. 위나라의 의공懿公은 학을 매우 좋아하여 심지어는 대부들만이 탈 수 있는 수레를 타고 다니는 학도 있었다. 전투가 시작되자 백성 가운데 징병된 사람들은 "학에게 시켜라, 학에게 실질적인 직위가 있는데 내가 어떻게 전투를 할 수 있겠는가"라고 말했다. …… 위나라의 군대는 패하여 마침내 위나라는 멸망했다.

(魯閔公二年) 冬十二月, 狄人伐衛. 衛懿公好鶴, 鶴有乘軒者. 將戰, 國人受甲者皆曰 使鶴, 鶴實有祿位, 余焉能戰. …… 衛師敗績, 遂滅衛.

이처럼 위 의공은 군주로서 자신의 책임을 다하지 않았다. 평소 백성을 사랑하지 않고 학만 아껴서 귀한 수레에 태워 다녔으니, 어려움이 닥쳤을 때 백성들이 분노하는 것은 당연하다. 그래서 적이 쳐들어오자 그들은 대담하게 말할 수 있었다. "학을 보내 싸우라고 해. 고귀하신 학이 나가 싸워야지 미천한 우리가 어떻게 싸울 수 있겠어!"

한편 진晉나라 영공靈公은 더욱 잔혹하여 백성의 재산을 착취했다. 그렇게 모은 돈으로는 낭비를 일삼아, 그의 궁전은 담벼락에도 화려한 꽃무늬를 그려 넣을 정도였다고 한다.

또 그는 높은 누각에 올라가 석궁으로 사람을 쏴 맞추길 좋아했다. 사람들이 죽지 않으려고 허둥지둥 도망가는 모습을 보며 쾌감을 느꼈다고 한다.

한번은 주방장이 곰발바닥을 제대로 익혀 오지 않아, 명령을 내려 그를 죽이고는 시체를 광주리에 담아 궁 밖에 내버렸다. 신하 가운데 한 명이 그의 잘못을 충고했지만, 그는 전혀 개의치 않았다. 신하도 포기하지 않고 거듭 충고하자, 영공은 자객을 보내 그를 죽이고는 계속해서 안하무인으로 행동했다. 결국 영공은 신하에게 살해되기에 이른다.

이처럼 『좌전』은 명확한 관점을 가지고 역사를 서술하여 후세 역사서의 모범이 되었다.

생동감 넘치는 전쟁 묘사

『좌전』은 특히 전쟁 묘사에 뛰어났다. 『좌전』에는 모두 4백여 차례의 군사 장면이 나온다. 그 가운데 큰 전쟁만 따지면 진晉과 초의 성복城濮 전투, 진秦과 진晉의 효殽 전투, 진晉과 초의 필성邲城 전투, 제와 진晉의 안鞍 전투, 진晉과 초의 언릉鄢陵 전투 등이다.

이러한 큰 전쟁 이야기는 모두 짜임새를 갖추고 있다. 전쟁의 배경과 원인부터 전쟁 전의 계획과 준비, 전쟁의 결과와 영향 등을 세밀하게 배치했다.

그에 비해 전투 장면은 간단하게 언급한다. 작자들은 전쟁을 묘사하면서도 관찰자의 입장에서 전체 국면을 장악하고 있어, 참으로 대단한 저작이라고 할 수 있다.

작은 전투 장면들도 잘 짜여 있어서 독자를 매료시킨다. 노나라 장공 10년에 있었던 제와 노의 장작長勺 전투가 그 좋은 예이다.

제나라의 대병력이 국경으로 쳐들어오려는 움직임에 노나라는 전체가 혼란에 빠졌다. 그때 평민이던 조귀曹劌가 장공莊公을 뵙고자 청했다. 그러자 마을 사람들이 그를 타일렀다.

"그런 일은 지위 높은 관리들이 알아서 할 터이니 괜히 끼어들지 말게."

이에 조귀는 이렇게 대답했다.

"지위 높은 관리들은 모두 무능하고 안목이 짧아 믿을 수 없어요."

결국 장공을 만난 조귀는 대뜸 이렇게 물었다.

"군주께서는 어떻게 싸우실 생각이십니까?"

장공은 신하들을 후하게 대접하고, 귀신도 존중할 것이라고 대답했다. 조귀는 이 대답에 불만이었다. 하지만 이어서 장공이 최선을 다하여 백성을 위해 싸우겠다고 말하자, 조귀는 안심하고 그에게 충성을 맹세했다.

그 뒤 조귀는 장공과 함께 수레에 올라, 전쟁터인 장작으로 가서 싸웠다. 장공이 북을 울리며 공격하려고 하자, 조귀는 이를 말렸다. 제나라가 세 번째 북을 울리며 공격하려고 하자, 그제야 조귀는 장공에게 군대를 이끌고 반격하도록 권했다.

승기를 잡은 노나라 군대에게 밀리던 제나라 군대는 마침내 도주하기 시작했다. 조귀는 그때에도 여유롭게 바라보다가 추격할 시기를 알려주었다. 이처럼 노나라 군대는 조귀의 지휘 아래 완전한 승리를 얻었다.

전투가 끝난 뒤 조귀는 자신의 작전을 이렇게 설명했다.

"대체로 싸움이란 용기가 관건입니다. 첫 번째 북소리가 울리면 적군은 용기로 가득 찹니다. 우리가 이에 응하지 않고 두 번째 북소리에도 응하지 않자, 적군의 용기는 약해졌습니다. 세 번째 북소리가 울릴 때면 적군의 용기는 다해 버립니다. 반면 아군은 용기로 충만해 있지요. 그래서 이긴 것입니다. 제나라는 대국으로서 예측하기 어려웠습니다. 비록 후퇴하고는 있지만 혹시라도 매복이 있을까 두려웠습니다. 멀리서 바라보면서 적의 수레바퀴 자국이 질서 없이 혼란스럽다는 점과 깃발의 나부낌이 정연하지 않다는 점을 확인하고 나서야 추격을 명령한 것입니다."

3백 자가 넘지 않는 기록을 통해 전쟁 전의 정치적 준비와 전투할 때의 지휘 상황 및 전투가 끝난 뒤의 작전 해설을 명료하게 전달하고 있다. 이 글을 보면 문장의 중점은 '논설'에 있고, 전투 장면을 묘사하는 것은 그 다음이라는 것을 알 수 있다. 이를 통해 『좌전』이 사건을 서술하는 특징을 알 수 있다.

또 춘추시대에는 외교 활동이 빈번했다. 당시에는 나라는 많고 얻을 수 있는 것은 제한되어 있어 이권 다툼이 빈번했다. 이러한 모순을 해결하려고 먼저 무력을 동원하고, 다음으로는 외교관의 언변을 활용했다.

그런 외교관들은 모두 언변에 능통하고, 상대방의 심리를 파악하는 데 특별히 뛰어났다. 이들의 세치 혀로 종종 커다란 사건이 축소되고, 작은 사건은 무마되었다. 『좌전』에 언변으로 유명한 이야기는 '촉燭의 무武가 진秦의 군대를 물리친 이야기' '왕손王孫이 네 발 솥(鼎)의 경중을 논한 이야기' '지앵知罃이 초나라 왕에게 질문한 이야기' '자산子産이 원垣의 멸망을 주장한 이야기' 등이 있다.

그밖에도 『좌전』은 간단하고 압축된 문장으로 어떤 사실을 풍부하게 표현한다는 특징이 있다. 사회생활은 무척 복잡다단하지만, 작자의 붓끝은 처음부터 끝까지 차근차근 알기 쉽게 이야기를 풀어 나간다.

결론적으로 『좌전』은 사건을 자세히 기록한 최초의 역사서로서, 후세의 역사서에 모범이 되었다. 그뿐만 아니라 문학에도 많은 영향을 끼쳤다. 그래서 후세의 산문가들은 서사 작품이나 의론議論 작품을 막론하고, 『좌전』에서 많은 양분을 흡수했다.

『국어』와 『전국책』

역사서를 말하면서 『국어』와 『전국책』을 빼놓을 수 없다. 『국어』와 『전국책』의 체제는 『좌전』의 편년체와 다르다. 각기 다른 나라별로 사료를 편찬해서 사람들은 이를 일컬어 '국별체國別體'라고 한다.

『국어』는 다시 「주어周語」, 「노어魯語」, 「제어齊語」, 「진어晉語」, 「정어鄭語」, 「초어楚語」, 「오어吳語」, 「월어越語」의 여덟 부분으로 나뉜다. 그 가운데 「진어」의 내용이 가장 많다.

『국어』의 기록은 대부분 서주 말에서 춘추시대에 이르는 각 나라

귀족들의 언론이다. 이는 『좌전』과 비교하면서 읽으면 좋다.

어떤 이는 『국어』도 좌구명의 작품이기 때문에 『춘추외전春秋外傳』이라고 불러야 한다고 주장한다. 그러나 문학적 수준을 따지면 『좌전』보다는 많이 떨어진다. 그래서 『국어』는 어느 개인의 작품이 아니라, 선진先秦 사학자들이 각 나라의 사료를 편집하여 만든 책이라는 것이 일반적인 견해이다.

그 가운데 '소공召公이 비판을 금지시키지 말 것을 충고한 이야기'를 보자. 이것은 「주어」에 나오는 포악한 주 여왕厲王의 이야기이다.

백성들이 여왕의 폭정을 원망하자, 여왕은 위무衛巫를 파견하여 백성을 감시하게 했다. 그에게 자신을 원망하는 사람은 모두 죽이라고 명령하고는 득의양양하게 말했다.

"앞으로 비방은 사라질 거야. 이제 감히 누가 입을 연단 말인가!"

그때 주 왕조의 대신이던 소공이 여왕에게 이렇게 충고했다.

"강의 물길을 막으면, 강물이 범람하여 피해를 입습니다. 그러나 백성의 입을 막으면, 그 피해는 이루 헤아릴 수 없습니다."

그는 언론의 자유를 보장해야만 나라가 부강해진다는 당연한 이치를 설파했다. 그러나 여왕은 그의 충고를 듣지 않았다.

백성들은 한동안 입을 다물고 있었지만, 결국 3년 뒤 여왕은 권좌에서 물러날 수밖에 없었다.

『전국책』은 대략 전국시대 말기에서 진한秦漢 시대에 살던 역사가들이 각 나라와 개인이 소장하고 있던 사료들을 모아 편찬한 책이다. 그래서인지 산만하고 체계가 없다. 이 책의 이름도 가지각색이었다.

그러다가 서한西漢시대에 유향劉向이라는 학자가 이 책을 새롭게 편집했다. 그는 동주, 서주, 진秦, 제齊, 초楚, 조趙, 위魏, 한韓, 연燕,

송宋, 위衛, 중산中山이란 열두 나라의 순서에 따라 모두 33편으로 정리했다. 사람들은 그제야 이 책을 『전국책』이라고 부르기 시작했다.

『전국책』은 대부분 종횡가의 언론과 사적을 기록했다. 종횡가란 언변이 뛰어나고 활동력과 외교 수완이 탁월한 특수한 부류의 사람들이다. 그들은 어느 한 나라에 소속되지 않은 채, 오늘은 이 나라를 위해 일하고 내일은 저 나라를 위해 일했다. 그들의 목적은 당연히 부귀와 영화를 얻는 것이었다.

유명한 종횡가였던 소진蘇秦은 유세遊說하는 기교를 연마하려고 밤낮으로 책을 읽으며 자신의 기량을 갈고 닦았다. 밤에 졸음이 몰려오면 송곳으로 허벅지를 찔러 피가 흐를 정도였다. 이런 뼈를 깎는 노력 끝에 소진은 빠르게 성공할 수 있었다. 그는 각국의 군주를 설득하여 단숨에 여섯 나라의 재상을 지냈다.

또 다른 유명한 종횡가로는 장의張儀가 있다. 한번은 그가 모함에 빠져 심하게 매를 맞은 적이 있었다. 겨우 집으로 돌아온 그가 대뜸 부인에게 물었다.

"아직 내 혀가 붙어 있는가?"

부인이 "당연히 있지요"라고 대답하자, 그는 이렇게 말했다.

"그럼 됐어! 그럼 됐어!"

이처럼 종횡가들에게는 세 치 혀가 전 재산이었다.

『전국책』에 실려 있는 종횡가들의 웅변 내용을 살펴보면, 대부분 언어의 풍치가 대범하고 화려하다. 사상적 기반이 튼튼하고 논리가 투철하며, 예리한 통찰력과 호방한 기세로 매우 설득력이 있다.

이런 특징은 간략함을 장점으로 하는 『좌전』과 다르다. 나중에 사마천은 『사기』를 쓰면서 『좌전』과 『전국책』의 장점을 잘 활용했다. 소순, 소식, 소철 같은 후세의 유명한 산문가들도 한결같이 『전국책』

에서 많은 도움을 받았다.

『전국책』에는 위로 춘추시대부터 아래로 초楚·한漢 전쟁에 이르기까지 202년 동안의 역사가 기록되어 있다. 이 시기를 중국 역사에서는 전국시대(서기전 475~221)라고 한다. 이 '전국'이라는 말은 앞서 언급했듯이, 서한 말기 유향이라는 사람이 『전국책』의 서문에서 처음 썼다.

유가를 이룬 성인들의 언행록

5

『논어論語』
『맹자孟子』
『순자荀子』

송나라 마원馬遠이 그린 공자의 모습.
짱구머리가 강조되었다.

주희와 네 권의 책

이제 '사서四書'를 살펴보자. 사서도 문학과 직접적인 관련은 없지만, 그 존재 가치를 무시할 수 없다. '사서'란 네 권의 책으로 『대학大學』, 『중용中庸』, 『논어論語』, 『맹자孟子』를 가리킨다.

『대학』과 『중용』은 사실 『예기』의 일부분인데, 후세 사람들이 중요하다고 여겨 따로 뽑아 단행본으로 만들었다. 『논어』와 『맹자』는 유가 학파의 태두인 공자와 맹자의 언행록이다. 이 모두가 오래된 책들이다. 이들을 하나로 묶어서 '사서'라 부르며 절대적인 영향력을 가지게 된 것은 송宋나라 이후의 일이다.

송나라의 학자였던 주희朱熹는 유가 학설에 매우 정통했다. 그는 '덕행과 학식이 높고 포부가 있는 사람(君子)'을 위한 생활 원칙을 제시했다. 먼저 지식을 학습하고 성품을 수양해 자신을 바르게 한다. 그 다음 가정을 화목하게 이끌고, 군주를 보좌해 나라를 다스린다. 마지막으로는 천하를 평정하는 원대한 목표에 이르는 것이 그것이다. 이를 일컬어 '수신제가치국평천하修身齊家治國平天下'라고 한다. 이것이 바로 『대학』에서 말하는 핵심 이치이다.

『중용』에서는 무슨 일을 하든지 한쪽으로 치우치지 말고, 정도正度를 찾아 최선을 다하라고 주장했다. 어떤 일을 "지나치게 하면 안하느니만 못하다(過猶不及)"고까지 했다. 이는 공자의 일관된 주장이었다.

주희는 이 두 책을 잘 배우고 익힌 다음, 『논어』와 『맹자』를 보고 공자와 맹자의 사상을 진지하게 학습하면 거의 완전한 수양에 이를 수 있다고 생각했다.

주희가 말로만 '사서'를 읽으라고 주장한 것은 아니다. 자기 스스로 반평생의 시간과 정력을 쏟아, 사서에 담긴 심오한 의미를 되살리려고 그에 해설과 주석을 달았다. 이렇게 붙인 해설과 주석은 명확해서 어린 아이가 보아도 이해할 수 있을 정도로 쉬웠다.

그가 세상을 떠난 뒤 그의 '사서' 주해본註解本은 크게 이름을 떨쳤다. 마침내 조정의 '공인 서적'이 될 정도였다. 원나라 때에는 과거 응시용 교재로까지 채택되어 그 안에서 시험문제가 출제되었다. 그래서 선비들은 반드시 주희의 주석을 참고하여 답안을 작성해야 했다. 아이들도 학교에 들어가면 가장 먼저 '사서'를 읽고, 그의 주석을 암기해야만 했다. 그렇지 않으면 다음 단계로 넘어갈 수 없었다.

원래 주희는 '사서'에 주해를 달아 자신의 주장을 펼치고자 했을 뿐이다. 그런데 생각지도 않게 그의 학문성과는 이후 역대 통치자들이 백성의 사상을 구속하는 도구가 되었다. 만일 주희가 되살아나 이런 상황을 알았다면 어떻게 생각했을지 궁금할 뿐이다.

'사서' 가운데 『대학』과 『중용』은 문학적 가치가 별로 높지 않다. 그래서 다음에서는 『논어』와 『맹자』만 좀 더 자세히 다루려고 한다.

짱구 머리 공 선생님

『논어論語』를 말하려면, 먼저 공자孔子를 알아야 한다. 잘 알다시피 공자(서기전 551~479)의 이름은 구丘이고, 자字는 중니仲尼이다.

여기서 참고로 고대 중국인의 이름과 자를 알아보자. 중국은 처음에는 성姓과 씨氏도 구별했다. '성'은 원시 모계사회의 부족 이름에서 비롯된 것이다. 그래서 중국의 옛 성을 보면 요姚니 강姜이니 희姬처럼 여女자가 든 성이 많았다.

그에 비해 '씨'는 생긴 경로가 매우 다양하다. 문文, 무武, 소昭처럼 선조가 군주에게 하사받은 시호를 딴 것이 있다. 또 노魯, 오吳, 송宋, 조趙처럼 선조가 살던 나라이름을 딴 것도 있다. 그런가 하면 왕王, 후侯, 공손公孫처럼 선조의 작위를 딴 것도 있고, 사마司馬나 사공司空처럼 선조의 관직 이름을 딴 것도 있다. 또한 남궁南宮이나 동곽東郭처럼 선조의 거주지를 딴 것도 있다.

그러다가 전국시대 이후에는 성과 씨가 차츰 하나로 통합되었다. 그래서 한나라 때부터는 '성'이라고만 부르게 되었다. 현재 중국에는 4천 개가 넘는 성이 있다.

'이름(名)'은 일반적으로 아이가 태어나서 석 달이 지나면 아버지가 지어 주었다. '자字'는 아이가 성인이 되면 어른들이 지어 주었다. 말하자면 두 번째 이름이라 할 수 있다. 일반적으로 시집이나 장가를 가면 이름 대신 자를 불렀다.

'항렬行列'이란 말은 한 가족의 계보를 말한다. 그런데 간혹 이름과 자에다 항렬을 나타내는 글자를 넣기도 했다. 이름이나 자에 '맹孟'이나 '백伯'이 들어가면 맏이를 뜻한다. '중仲'은 '둘째'를, '숙叔'은 '셋째'를, '계季'는 '넷째'를 뜻하는 말이다. 예를 들어 공자의 자는 '중니'이니, 여기서 우리는 그가 둘째 아들이었음을 짐작할 수 있다.

아울러 이름과 자는 의미상 서로 연관이 있었다. 그러면 공자의 이름과 자인 '구丘'와 '니尼'는 서로 어떤 연관이 있을까? '구'란 '구릉'이나 '언덕'이란 뜻이다. 공자가 태어났을 때 머리 가운데가 움푹 들어가 붙인 이름이다. 그리고 '니'는 '니산尼山'을 가리킨다. 공자의 어머니는 집 근처의 니산에 올라 신에게 지성을 들여 공자를 얻었다.

그래서 이를 기념하려고 붙였다고 한다. 이처럼 '구릉'과 '산'이 연관되는 것이다.

'공자'라는 존칭은 '공 선생님'이라는 말과 같다. 그는 춘추시대 노魯나라의 곡부曲阜(오늘날의 산동성山東省 곡부시) 사람이다. 그가 살던 시절은 주 왕조의 노예제도가 무너지고, 신흥 지주계급이 새롭게 대두하던 때였다. 부글부글 끓는 커다란 가마솥처럼 모든 사회질서가 흔들리고 있었다.

그러한 때 공자는 주 문왕文王과 무왕武王으로 대표되는 옛 질서를 회복하려고, 동분서주하면서 자신의 주장과 학설을 선전했다. 그 학설의 핵심은 바로 '인仁'이다. 그는 사람들은 모두 어짊과 사랑의 마음으로 자신만이 아니라 남도 사랑해야 한다고 주장했다. 또한 자신이 원치 않는 것은 남에게 강요하지 말라고도 했다.

어떻게 하면 인간관계를 원만히 하고, 사회를 안정시킬 수 있을까? 공자는 모두가 '예절(禮)'을 존중해야 한다고 말했다. 그에게 예절이란 사회에서 공인되고 모든 사람들이 지켜야 할 최선의 행동 규범이었다. 그가 볼 때 군주, 신하, 아버지, 아들, 남편, 아내에게는 저마다 알맞은 예절이 있었다. 그래서 그는 합당한 예절에 위배되는 일을 하면 안 된다고 다음과 같이 힘주어 강조했다.

예절이 아니면 보지도 말고, 예절이 아니면 듣지도 말며, 예절이 아니면 말하지도 말고, 예절이 아니면 행동하지도 말아라.
非禮勿視, 非禮勿聽, 非禮勿言, 非禮勿動.

그는 그렇게만 되면 천하가 태평하리라 생각했다.
하지만 이러한 공자의 생각은 일견 너무 순진한 것이다. 당시처럼 서로 먹고 먹히는 약육강식의 시대에 누가 그의 주장을 받아들일 수 있겠는가? 결국 그는 제자들과 더불어 여러 나라를 떠돌아다니면서 군주들에게 자신의 주장을 설파했지만, 이를 받아들인 군주는 한 명도 없었다.

한번은 공자와 제자들이 진陳나라와 채蔡나라가 전쟁하는 틈바구니에 포위되어 양식이 다 떨어진 일이 있었다. 공자는 허기를 잊으려고 제자들에게 가야금을 타고 시를 암송하라고 시켰다. 하지만 대부분의 제자들은 배가 고파 정신을 집중할 수 없었다. 다행히도 나중에 초나라의 군대에 구출되어 굶어 죽는 신세는 면했다.

이처럼 공자는 자신의 신념을 이루려고 한평생을 바쳤다. 하지만 이렇다 할 성과를 거두지는 못했다. 그러다 그는 73살이 되던 해에 쓸쓸히 세상을 떠났다.

포근하고 따스한 선생님

앞에서 말한 것처럼 공자는 정치에서는 자신의 신념을 이루지 못했다. 하지만 교육자로서는 그 누구도 따라올 수 없는 업적을 남겼다. "차별 없이 교육한다(有敎無類)"는 말은 그에게서부터 비롯되었다.

그는 어떤 계층의 사람이든지 학비로 건포乾脯 한 묶음만 내면 차별 없이 가르쳤다. 이는 오늘날의 눈으로 보면 아주 평범한 일이다. 그러나 귀족들만 고급문화를 배울 수 있었던 당시에 공자의 이러한 발상은 참으로 엄청난 혁명이었다.

노년에 그가 고향에서 제자를 가르칠 때에는 3천여 명의 학생이 있었다고 한다. 그 가운데 걸출한 우등생은 72명이었다.

그러한 공자의 학설은 거의 『논어』에 집중되어 있다. 이 책은 주로 윤리와 교육을 주제로 한다. 『논어』는 20편 512장으로 되어 있다. 각 장에는 공자의 일상적인 말이 두세 마디씩 들어 있다. 나중에 이러한 형식을 따로 '어록체語錄體'라고 불렀다.

『논어』는 각 편은 첫 장의 첫머리에 나오는 두 음절의 단어로 제목을 삼았다. 『논어』 제1편 제1장의 첫 부분을 예로 들어보자.

공자 가라사대, "배워서 때로 익히면 또한 기쁘지 아니한가? 벗이 있어 먼 곳에서 찾아오면 또한 기쁘지 아니한가? 남이 나를 알아주지 않아도 원망하지 않으면 또한 군자가 아니겠는가?"

子曰, 學而時習之, 不亦說乎? 有朋自遠方來, 不亦樂乎? 人不知而不慍, 不亦君子乎?

이 편의 제목은 바로 「학이學而」이다. 이렇게 제목을 단 것들로는 「위정爲政」, 「팔일八佾」, 「이인里仁」 등이 있다.

이러한 『논어』는 공자 스스로 지은 것이 아니다. 그가 평소에 한 말과 행동을 그의 제자들이 모아 엮은 것이다. 이처럼 책을 엮으려고 제자들은 선생님이 평소에 가르치신 내용을 하나씩 기억하여 책을 완성했다. 그래서 편과 편, 장과 장 사이에 이렇다 할 연계가 없고, 조금 산만하기도 하다.

하지만 우리는 이런 평상시의 대화 내용을 보며 진실한 인간 공자의 모습을 엿볼 수 있다. 그는 생명력 넘치고 온화한 태도를 지녔으며, 지혜가 탁월하고 도량이 넓으면서도 근엄했다. 요즈음 우리가 생

제자에 둘러싸인 행복한 공자

각하는 것처럼 우러러보며 감히 범접할 수도 없는 이미지의 공자와
는 전혀 다른 사람이었다.

다음과 같은 공자의 교육관은 오늘날까지 변함없는 진리로 통한다.

배우면서 싫증을 느껴서는 안 되고, 남을 가르칠 때에도 싫증을 내서
는 안 된다.
學而不厭, 誨人不倦.
세 사람이 길을 가면 그 가운데 반드시 나의 스승이 있다.
三人行必有我師.

두 번째 말은 어떤 사람에게도 배울 만한 점이 있다는 뜻이다.
공자가 비록 2천 5백여 년 전의 사람이지만, 이런 할아버지에게 가
르침을 받고 싶다면 『논어』를 읽어보라. 그의 말은 간단하고 쉽지만,
그 안에 담긴 뜻은 매우 심오하다.

시대에 뒤떨어진 늙은 맹 선생님

『맹자孟子』도 『논어』처럼 유가 경전의 하나이다. 이 책은 당시의 습관대로 사람 이름을 따서 제목을 붙였다.

맹자(서기전 372~289)의 이름은 가軻이고, 고향은 산동山東 추현鄒縣이다. 그는 공자의 뒤를 이어 유학을 발전시켰다. 맹자는 공자보다 120년 늦게 태어났는데, 그가 배운 스승이 공자의 손자가 가르친 문하생이었다고 한다. 그렇게 따지면 맹자는 공자의 제4대 제자가 되는 셈이다.

『맹자』는 7편인데, 각 편마다 다시 상·하로 나뉘어 모두 14편이다. 이 책은 추측컨대 맹자와 그의 제자들이 지은 것으로서, 대부분 맹자의 말을 담고 있는 듯하다.

맹자는 각 나라의 군주에게 '어진 정치(仁政)'를 시행하도록 권했다. 그는 백성이 화를 일으키고 분란을 조성하는 이유는 안정된 일자리가 없기 때문이라고 생각했다.

그는 백성들이 안정되게 생활하려면, 먼저 모두에게 5무畝, 곧 어른 걸음으로 가로세로 5백 걸음 정도의 땅을 줘야 한다고 주장한다. 거기에 집도 짓고, 뽕나무도 심고, 가축도 기르게 하는 한편, 100무의 땅을 더 주어 농사를 짓도록 이끌어야 한다고 생각했다. 그러면 집안의 노인들은 힘들게 일하지 않아도 따뜻한 옷에 배불리 먹을 수 있을 것이라고 여겼다.

그렇게 하려면 백성에게 줘야 할 땅이 작지 않지만, 당시 인구를 1천만에서 1천 5백만 명 정도로 추산한다면 산술적으로는 충분했을 것이다.

이렇게 식구들이 모두 충분히 먹고, 자녀들을 학교에 보내 윤리와 도덕을 가르칠 수 있다면, 백성이 편히 지내지 않겠느냐는 것이 맹자의 주장이다.

이런 맹자의 이상은 사람들에게 많은 감동을 주었다. 그러나 전국 시대의 현실은 그렇게 낙관적이지 않았다. 백성들은 굶어 죽거나 싸우다 죽어 그 시체가 도랑을 차고 넘쳤지만, 귀족들은 날마다 사냥을 다니고 주색에 빠져 지냈다. 귀족들은 백성에게 조금도 선심을 베풀지 않았다.

맹자의 말이 매우 선하고 일리가 있어 관심을 가지고 듣기는 했지만, 군주들의 마음은 꿈쩍도 하지 않았다. 그들은 오히려 맹자를 시대에 뒤떨어진 늙은이라고 무시하기까지 했다.

탁월한 문장가

시대에 뒤떨어진 늙은이라고 무시당하기까지 한 맹자이지만, 그의 글은 정말 아름답다. 그는 종횡가들이 많이 활동하던 시대에 살았기 때문에, 자연스럽게 글에서도 기세가 호탕하고 감정이 충만한 종횡가의 문장 특성이 그대로 드러난다.

특히 그는 비유법을 많이 썼다. 예를 들어 언젠가 위魏나라의 군주 양혜왕梁惠王이 맹자에게, 자신은 이웃나라의 군주들보다 백성들을 잘 대우하는데 왜 백성들은 자신을 멀리 하냐고 물었다. 그러자 맹자는 비유를 들어 이렇게 말했다.

등등하고 북소리를 울리며 백병전을 할 때, 병사들이 갑옷을 내던지고 창칼을 질질 끌면서 달아납니다. 어떤 병사는 백 보를 달아나서 멈추고, 어떤 병사는 오십 보를 달아나서 멈췄습니다. 이때 오십 보를 달아난 병사가 백 보를 달아난 병사를 비웃는다면, 어떻겠습니까?

塡然鼓之, 兵刀旣接, 棄甲曳兵而走. 或百步而後止, 或五十步而後止. 以五十步笑百步, 則何如?

오십 걸음이든 백 걸음이든 도망간 것은 똑같다. 어진 정치를 하지 않고 전쟁을 일삼는다는 면에서, 맹자에게는 이웃나라를 얕잡아 본 양혜왕도 똑같은 부류였을 것이다. 맹자는 이 이야기를 통하여 나라를 다스리는 대원칙을 흥미진진하게 설명했다.

이처럼 맹자는 옛날이야기를 하듯이 논리를 전개했기에, 『맹자』에는 여러 가지 우언寓言이 가득하다. 그 가운데 "싹을 들어 올려 자라는 걸 돕다(揠苗助長)"라는 이야기는 비교적 널리 알려져 있다. 이는 송宋나라의 성미 급한 농부의 이야기이다.

그는 벼가 너무 늦게 자라는 데 불만을 품고, 하루는 논에 나가 모든 모를 위로 잡아당겨 놓았다. 그러고는 저녁에 집으로 돌아와 식구들에게 자신 있게 말했다.

"오늘은 정말 힘든 날이었어. 모를 하루에 한 뼘씩이나 자라게 했거든!"

그 말을 들은 아들이 서둘러 논에 뛰어가 보았더니, 이미 벼는 모두 말라 죽어 있었다. 맹자는 이 이야기를 통해 무슨 일이든지 자연법칙이 있기에 이를 어기면 일을 그르친다는 것을 말하고자 했다.

바둑과 관련된 또 다른 우언도 있다. 이는 맹자 스스로 가정하고 답하는 형식이다.

혁추는 온 나라를 통틀어 바둑을 가장 잘 두는 사람이다. 이 혁추에게 시켜 두 사람을 가르치게 했다. 한 사람은 마음을 오로지하여 바둑에만 뜻을 두며, 혁추의 말만 들었다. 다른 한 사람은 비록 혁추의 말을 듣기는 하지만, 마음 한구석으로는 '기러기와 따오기가 날아오면 활을 당겨 그것들을 쏘아 맞추어야지'라고 생각했다. 이러하면 비록 같이 배웠다고는 하나, 그 배움이 앞사람만 같지 않을 것이다. 그의 지혜가 앞사람과 같지 않아서일까? 그렇지 않다.

奕秋, 通國之善奕者也. 使奕秋誨二人奕; 其一人專心致志, 惟奕秋之爲聽. 一人雖聽之, 一心以爲有鴻鵠將至, 思援弓繳而射之. 雖與之俱學, 弗若之矣. 爲是其智弗若與? 曰非然也

일과 사물을 대하는 마음가짐을 이야기하고 있다. 맹자는 한 가지 일에 집중하여 노력해야 한다는 점을 강조한다.

우언은 말하고자 하는 내용을 명확하게 전달해야 한다. 그런 측면에서 위의 예문은 쉬우면서도 명백하고 막힘이 없다. 결과적으로 『맹자』의 언어는 『논어』보다 생동감이 넘친다.

『논어』는 주로 한 개인의 어록이지만, 『맹자』의 대부분은 두 사람이 대화하는 내용이다. 질문이 있으면 대답이 있어, 서로 주거니 받거니 하여 더욱 다채롭다. 이후 가의, 한유, 유종원, 소순, 소식 등 많은 산문의 대가들은 『맹자』에서 많은 영향을 받았다.

오늘날에도 자주 쓰는 사자성어四字成語 가운데 전심전력으로 몰두한다는 뜻의 '전심치지專心致志,' 남에게 좋은 일을 한다는 뜻의 '여인위선與人爲善,' 통찰력이 예리하다는 뜻의 '명찰추호明察秋毫,' 불가능한 일을 하려고 한다는 뜻의 '연목구어緣木求魚' 등은 모두 『맹자』에서 비롯된 말이다.

또 맹자는 '성선설性善說'로도 유명하다. 인간은 태어나면서부터 선한 본성을 가지고 있기 때문에, 이를 바탕으로 어짊(仁)과 의로움(義), 예절(禮), 지혜(智)를 키울 수 있다는 주장이다.

그런데 같은 유가 학파이지만 이와는 정반대의 관점을 가졌던 사람이 있다. 그는 바로 다음에 살펴볼 '성악설性惡說'을 주장한 순자이다.

순 선생님과 『순자』

순자荀子(서기전 313~238)의 이름은 황况이고, 전국시대 조趙나라(오늘날의 산서성山西省 지역) 안택현安澤縣 사람이다. 사람들은 그를 높이는 뜻으로 '순경荀卿'이라고도 불렀다.

그의 이론은 모두 『순자』라는 책 속에 담겨 있다. 거기에는 「권학勸學」, 「수신修身」, 「불구不苟」, 「영욕榮辱」 등의 제목을 가진 모두 32편의 글이 실려 있다. 그 가운데 제23편인 「성악性惡」에서는 그 유명한 "인간의 본성은 악하다"라는 문제를 전문적으로 다룬다.

순자는 "인간의 본성은 악하다. 그런데도 선이 있는 것은 인위(僞)의 결과이다(人之性惡, 其善者僞也)"라고 못을 박았다. 그가 보기에 인간은 천성적으로 누구나 서로 싸우고, 악의를 품으며, 제멋대로 행동하려는 악惡을 지닌 존재이다. 이를 해결하려면 성인들을 본받아 예의와 법도를 배워 그런 악습을 제어해야 한다. 그러면 악을 선으로 이끌어 군자君子가 될 수 있다는 것이다.

그 결과 순자는 자연히 후천적인 학습을 매우 중시했다. 「권학」편은 이 문제를 집중적으로 다루고 있다. 그 첫 부분을 살펴보자.

군자가 이르길, "배움에 멈춤이 있어서는 안 된다. 푸른색은 쪽에서 얻지만, 쪽의 푸름보다 더 푸르다. 얼음은 물에서 생기지만, 물보다 더 차다. 나무가 곧아서 먹줄에 맞는다고 할지라도, 불에 쬐고 구부려서 수레바퀴를 만들면, 그 굽은 모양이 굽은자에 들어맞는다. 이것을 다시 볕에 말려도 전처럼 펴지지 않는 것은, 구부려 다졌기 때문이다. 나무가 먹줄의 힘을 빌어 곧아지고, 쇠붙이가 숫돌에 갈려 날카로워지듯이, 군자도 나날이 지식을 넓히고 또 자신을 반성해 가면, 지혜는 밝아지고 행동에 과실이 사라질 것이다."

君子曰 學不可以已. 靑, 取之於藍, 而靑於藍; 氷, 水爲之而寒於水. 木直中繩, 輮以爲輪, 其曲中規, 雖有槁暴, 不復挺者, 輮使之然也. 故木受繩則直, 金就礪則利, 君子博學而日參省乎己, 則智明而行無過矣.

순자의 문장은 논리가 엄밀하다. 그는 하나의 관점을 내세워 반복하여 분석하고 비교하며 추론했다. 그리고 하나씩 논리의 증거를 제시해 그 관점을 반드시 받아들이게 만들었다.

순자는 비유도 잘했다. 2천 자가 안 되는 「권학」편에서만 60여 개의 비유를 쓸 정도이다. 앞의 예문만 봐도 4~5개의 비유를 쓰고 있다.

지금까지 말한 공자, 맹자, 순자는 모두 유가 학파이다. 그 가운데 우리에게는 공자와 맹자의 이름이 가장 많이 알려져 있다. 공자는 후세의 제왕들에게 '성인의 경지에 오른 큰 스승님(大成至聖先師)'이라는 호칭을 얻었다. 심지어 그의 자손과 후예들까지도 대대로 '성인의 유

지를 펼치는 사람들(衍聖公)'이라는 작
위를 세습 받았다. 맹자는 '두 번째
성인(亞聖)'이라 불리며 유가의 2대 인
물로 추앙되었다. 그리고 그들의 『논
어』와 『맹자』는 경전의 지위까지 올
랐다.

　우리는 앞에서 '오경'을 살펴보았다. 오경은 시대가 흐르면서 그
범위가 확대되어, 송나라 때에 이르면 '십삼경十三經'이 만들어진다.
옛날 중국에서는 이 모두가 필수 교과목이었다. 그러면 '십삼경'은
어떤 책들이었을까?

　'오경'에 『논어』와 『맹자』가 포함되고, 또 『효경孝經』과 『이아爾雅』
가 들어갔다. 『효경』은 봉건시대의 효도를 찬양한 책이고, 『이아』는
경전을 해설하는 데 쓰던 공구서이다. 경전에 나오는 각종 명사나 술
어들을 전문적으로 해석한 중국 최초의 사전이라고 할 수 있다.

　거기에다 '오경'의 『예』를 『주례周禮』, 『의례儀禮』, 『예기禮記』로 나
누고, 또 『춘추』를 『좌전左傳』, 『공양전公羊傳』, 『곡량전穀梁傳』으로 나
누어 모두 합하면 13권이 되었다.

　그런데 초기에는 음악 전문 서적인 『악경樂經』도 포함되었다고 한
다. 공자는 매우 뛰어난 음악가였지만, 공자 당시의 음악을 이해하는
사람이 차츰 사라지면서 이 『악경』은 전하지 않는다.

　참고로 중국의 책은 일반적으로 경經, 사史, 자子, 집集으로 분류한

다. ‘경’은 ‘유가의 경전’을 뜻한다. 앞에서 말한 ‘십삼경’이 여기에 포함된다. ‘사’는 글자 그대로 ‘역사서’이다.

‘자’는 여러 사상가들의 저작을 일컫는 말로서, 공자와 맹자 이후에 나온 유가 사상가들의 저작도 포함된다. 예를 들어 『순자』는 이 ‘자’에 속한다. 또 ‘집’은 개인의 문학 작품을 모은 저작으로서, 시와 산문 등을 모은 것이다.

이러한 분류는 지금 보면 불합리한 점도 있지만, 중국의 학문 체계에는 알맞은 편리한 분류법이다.

다양한 학파 다양한 목소리

6

도가道家

묵가墨家

법가法家

송나라 때 조보지晁補之가 그린
〈소를 타고 떠나는 노자〉의 일부분이다.
노자는 주나라의 멸망을 예감하고 푸른
소에 올라타 국경을 넘어간 후 자취를
감추었다고 한다.

다양한 학파의 다양한 목소리

여기서는 선진 제자諸子의 산문을 살펴보도록 하자. 자전字典을 찾아보면 '제諸' 란 '많다' 는 뜻이고, '자子' 란 '사람에게 붙이는 존칭' 이라고 나온다. 그렇다면 '제자' 란 '많은 사람들' 또는 '많은 학자들' 이라는 뜻이다.

이처럼 선진 제자란 춘추시대 말기에서 전국시대에 걸쳐 활동했던 여러 학자들을 일컫는 말이다. 그때는 정치와 권력이 어지럽고, 학술사상도 천차만별이던 시기였다. 그래서 독자적인 견해를 가진 사람들이 속속 출현했다. 그들은 저마다 혼란한 상황을 수습하고 천하를 안정시키고자 주장을 펼쳤다. 그렇게 3백여 년 동안 각 학파 사이에 치열한 논쟁이 전개되어, '백가쟁명百家爭鳴' 이라는 활발한 토론 국면을 형성했다.

'백가쟁명' 이란 "여러 학파가 치열한 논쟁을 벌이다"라는 뜻이다. 그런데 사실 '백가' 라고 했지만, 실제로 100여 개의 학파를 뜻하지는 않는다. 큰 유파들만 따지면 모두 10여 개 정도를 손꼽을 수 있다.

한나라 때의 학자들은 이런 백가쟁명의 상황을 정리하여, 10대 유파를 분류했다. 그것은 유가儒家, 도가道家, 음양가陰陽家, 법가法家, 명가名家, 묵가墨家, 종횡가縱橫家, 잡가雜家, 농가農家, 소설가小說家이다. 이들 가운데 문학과 관련하여 유가의 3대 인물과 종횡가는 이미 앞에서 살펴보았다.

그런데 '소설가' 란 명칭은 요즈음 우리가 알고 있는 소설가와는 전혀 다른 뜻이다. 그때의 소설가는 시시콜콜한 소식을 전문적으로 수집하고, 기이한 사건을 이야기하는 사람들을 가리킨다. 그들이 하

는 일이 이렇다 할 큰 학문이 아니었기에 '보잘 것 없는 말(小說)'이라
고 했던 것이다.

잡을 수 없는 사나이

　이제 도가를 시작으로 그밖에 다른 유파들을 하나씩 살펴보기로
하자.

　도가는 유가와 전혀 다른 학술적 주장과 인생 태도를 가지고 있었
다. 공자나 맹자는 평생을 돌아다녔지만 자신들의 이상을 실현할 수
없었다. 그러나 그들은 적극적인 인생 태도를 가지고 있었기에, 좌절
과 실패 속에서도 거듭 일어서려는 의지를 보였다. 사회와 현실에 적
극적으로 참여하려는 인생 태도를 지녔던 것이다.

　이와 달리 도가는 속세를 초월하려는 태도를 가지고 있었다. 물론
그들도 학문에 정통하고, 철학적 기반이 굳건한 똑똑한 사람들이었
다. 그러나 어지러운 세상과 인간의 한계를 보면서 세상은 구제할 수
없는 곳이라고 생각했다. 그래서 세상과 담을 쌓고, 소극적으로 고요
한 환경에서 개인의 수양을 목표로 삼았다. 이런 도가의 학설은 노자
와 장자를 두 축으로 하는 '노장老莊 철학'을 핵심으로 한다.

　노자(태어나고 죽은 해를 알 수 없음)의 성은 이李이고, 자는 담聃이다.
그의 이름은 이耳이고, 그를 노담이라고도 부른다. '노자'는 그에 대한
존칭이다. 그는 초나라 고현苦縣(오늘날의 하남성河南省 녹읍현鹿邑縣) 사람
으로, 춘추시대 말기에 살았다. 나이는 공자보다 조금 많다고 한다.

그는 주나라에서 왕실 도서관 관장에 해당하는 '왕하사枉下史'라는 관직에 있었다. 공자가 주나라를 방문했을 때, 그는 몸소 노자에게 찾아가 '예절(禮)'에 대한 가르침을 청했다고 한다. 나중에 공자는 다음과 같은 말로 노자에게 존경을 표했다.

우리는 새가 날 수 있음을 압니다. 그러나 날 줄 아는 것은 늘 인간에게 표적이 되어 떨어지고 말지요. 물고기를 볼까요. 물고기는 헤엄칠 수 있지만, 헤엄칠 줄 아는 물고기는 언제나 낚싯줄에 걸리고 맙니다. 짐승을 보세요. 짐승은 걸어 다닐 수 있습니다. 그러나 걸을 수 있는 것은 늘 덫에 걸립니다. 그런데 우리가 통제할 수 없는 것이 오직 한 가지 있습니다. 구름 속으로 가고 싶으면 구름 속으로 들어가고, 바람 속으로 들어가고 싶으면 바람 속으로 들어가며, 하늘에 오르고 싶으면 하늘에 오르는 것, 그것은 바로 전설 속의 용입니다. 우리는 노자라는 사람을 잡을 수 없습니다. 그가 바로 용과 같은 사람이기 때문입니다.

어느 날 노자는 주 왕조의 멸망을 예감하고 관직을 내놓았다. 전하는 바로는 어느 날 그가 함곡관函谷關을 지나는데, 어느 국경수비대원이 그에게 글을 청했다. 그래서 그 자리에서 써서 건네준 것이 바로 『노자』라고 한다. 이 책은 모두 5천여 자 81장으로 이루어져 있다. 상편인 「도경道經」과 하편인 「덕경德經」으로 나뉘는데, 이를 합하여 『도덕경道德經』이라고도 부른다.

『노자』, 곧 『도덕경』은 철학 서적으로서 주로 '억지로 하지 않고 다스리는(無爲而治)' 사상을 이야기한다. 노자는 통치자가 애써 나라를 다스리려 할수록 상황은 더욱 악화될 뿐이라고 생각했다. 만일 군주가 관용과 방임의 태도로 자연스러운 변화에 순응한다면, 백성도

이에 순종하고, 천하도 자연스럽게 안정될 것이라고 생각했다.

또한 그는 나라는 작을수록 좋고, 백성은 적을수록 좋다고 여겼다. 이웃나라가 바라다 보이고, 닭 우는 소리와 개 짖는 소리가 서로 들린다. 하지만 사람들은 늙어 죽을 때까지 서로 오가는 일이 없다. 그는 바로 그런 나라야말로 이상적인 사회라고 보았다. 진보와 발전이 늘 옳은 것은 아니다. 그의 관점은 요즈음 많이 얘기하는 '작은 사회'나 '공동체 문화' 등의 의미를 생각하면 쉽게 이해할 수 있다.

한편 노자의 철학에는 진보적이고 변증적인 요소가 적지 않게 담겨 있다. 다음 문장은 그것을 잘 보여주는 뛰어난 문장이다.

> 화禍라고 생각하는 데서 복福이 나오고, 복이라고 생각하는 데에 화가 숨어 있다.
>
> 禍兮福之所倚, 福兮禍之所伏

또 커다란 변화는 모두 작은 움직임에서 비롯되어 이루어짐도 간파했다.

> 아름드리나무도 털끝 같은 싹에서 나오고, 9층 누대도 한줌 흙이 쌓여 올라가며, 천릿길도 발밑에서 시작된다.
>
> 合抱之木, 生於毫末, 九層之臺, 起於累土, 千里之行, 始於足下.

이런 비유는 아주 간단하면서도 눈으로 보는 듯 생생하다. 그 안에 담긴 이치는 매우 심오한 경지이다.

이처럼 『노자』에는 우리에게 깨우침을 주는 경구警句들이 많다.

하늘의 그물은 광대하여 엉성한 것 같지만 놓치는 일이 없다.

天網恢恢, 疏而不漏.

사람들이 죽음을 두려워하지 않으면, 어떻게 죽음으로 그들을 위협할 수 있겠는가.

民不畏死, 奈何以死懼之.

위의 문장은 지금도 사람들이 자주 인용하는 명언이다.

러시아의 대문호 톨스토이는 『노자』의 번역문을 읽은 뒤 그 속에 담긴 심오한 사상에 탄복해 마지않았다고 한다.

볼품없는 가죽나무

노자와 더불어 도가를 이끈 인물로 장자莊子가 있다. 장자(서기전 약 369~286)의 이름은 주周이고, 전국시대 송宋나라의 몽蒙(오늘날의 하남성 河南省 상구현商邱縣) 사람이다. 그는 맹자와 거의 같은 연대를 살았다.

그는 일찍이 칠원漆園이라는 고을에서 관리를 지냈다. 그러던 어느 날 초나라 위왕威王이 그의 어짊을 듣고 사자使者를 파견했다. 사자는 후한 금품을 내놓으며 초나라의 재상이 되어 달라고 청했다. 이때 장주는 그러한 구속이 싫어 사자에게 이렇게 말했다고 한다.

천금은 큰 이득이요, 재상은 존귀한 지위입니다. 그러나 당신은 제사에 사용하는 소를 아직 보지 못했습니까? 몇 년을 잘 먹여 기른 다음, 아름다운 비단옷을 입혀 태묘太廟로 끌고 가 도살하지 않습니까. 그때 가서 살 수만 있다면 한 마리 더러운 돼지가 되어도 좋다고 생각한들 그것이 가능하겠습니까?

그러니 당신은 빨리 돌아가십시오. 저를 더럽히지 마십시오. 내 차라리 더러운 진흙탕 속에서 노닐며 스스로 유쾌하게 지낼지언정, 당신의 군주처럼 나라를 다스리는 사람에게 얽매이지는 않으렵니다. 이제는 죽는 날까지 벼슬하지 않고 내 뜻을 편안히 지키렵니다.

이 말 속에서 그의 인생 태도를 엿볼 수 있다.

장주의 저작이 바로 『장자』로서, 후세 사람들은 그것을 『남화경南華經』이라고도 불렀다. 원래는 52편이었으나, 현재는 33편만 전한다. 이 책은 다시 내편과 외편, 잡편으로 나뉜다. 일반적으로 내편의 7편만 장자의 원작이라고 보고, 나머지는 제자들의 작품이라고 추측한다.

장자는 노자의 사상을 계승했다. 하지만 몇몇 부문에서는 더욱 큰 발전을 이루었다. 그럼 『장자』에는 어떤 이론들이 있을까?

장자는 세상에서 가장 쓸모없는 물건이야말로 가장 흠모할 만한 가치가 있는 대상이라고 생각했다. 한번은 장자와 토론하던 혜자惠子가 이렇게 말했다.

내게 큰 나무가 있는데, 사람들은 그걸 가죽나무라고 하더군요. 줄기는 울퉁불퉁하여 먹줄을 칠 수 없고, 가지는 비비 꼬여서 자를 댈 수 없습니다. 길가에 서 있지만 목수가 거들떠보지도 않지요. 그런데 선생의 말은 이 나무처럼 크기만 했지, 쓸모가 없어 모두들 외면하더군요.

장자는 세상에서 가장 쓸모없는 자신이야말로 가장 위대한 사람이라고 생각했을 것이다.

그러자 장자는 이렇게 대답했다.

오늘날 선생에게 큰 나무가 있는데, 쓸모가 없어 걱정인 듯하군요. 하지만 어째서 아무것도 없는 드넓은 들판에 심고서, 그 곁에서 마음 내키는 대로 한가로이 쉬며 유유히 그 그늘에 누워 잠을 자지는 못하오? 도끼에 찍히는 일도, 누가 해를 끼칠 일도 없을 것입니다. 그런데 어째서 쓸모가 없다고 괴로워한단 말이오?

이것이 바로 장자의 세계관이었다. 장자가 속세를 초월하려 했던 이유는 세상의 해로움을 피하고자 해서이다.

장자의 산문에는 뛰어난 문학적 기교가 담겨 있다. 그는 사람들을 매료시키는 우언을 예로 들며 자신의 심오한 사상을 전달하려고 노력했다. 그러한 우언에는 낭만과 과장이 가득하고, 기발한 상상력과 시적인 이미지가 풍부하다.

『장자』의 첫 편인 「소요유逍遙遊」의 첫 부분을 보면 이 점을 이해할 수 있다.

북녘 바다에 물고기가 있는데, 그 이름을 곤鯤이라고 합니다. 곤의 크기는 몇 천 리인지 알 수 없습니다. 이 물고기가 변하여 새가 되면, 그 이름을 붕鵬이라 합니다. 붕의 등 넓이는 몇 천 리인지 알 수 없습니다. 힘차게 날아오르면, 그 날개는 하늘 가득히 드리운 구름 같습니다.

이 새는 바다 기운이 움직여 큰바람이 일 때, 그것을 타고 남쪽 바다로 날아가려 합니다. 남쪽 바다란 곧 천지天池를 말합니다. 『제해齊諧』는 괴이한 일을 기록한 책입니다. 그 『제해』에 보면, '붕이 남쪽 바다로 날아갈 때는 파도가 일기를 3천 리, 회오리바람을 타고 하늘 높이 오르기를 9만 리, 그런 뒤에야 6월의 큰바람을 타고 남쪽으로 날아간다' 고 합니다.

北冥有魚, 其名爲鯤, 鯤之大, 不知其幾千里也. 化而爲鳥, 其名爲鵬, 鵬之背, 運不知其幾千里也. 怒而飛, 其翼若垂天之雲. 是鳥也, 海運則將徙於南冥. 南冥者, 天池也. 『齊諧』者, 志怪者也. 『諧』之言曰, 鵬之徙於南冥也, 水擊三千里, 搏扶搖而上者九萬里, 去以六月息者也.

이 이야기는 과장스럽긴 하지만 매우 낭만적이다.

이러한 우언을 읽으면, 사람들은 저마다 광대무변한 세계에 들어가 자유롭게 움직이는 자신의 모습을 상상하기 마련이다.

우언의 달인

장자가 말한 우언들의 일부는 오늘날까지도 우리에게 적지 않은 깨우침을 준다. 예를 들어 「추수秋水」편의 첫머리에서 장자는 이렇게 이야기한다.

가을의 홍수가 한꺼번에 넘쳐 슬한 강물이 황하黃河로 흘러들었습니다. 강의 너비가 멀리까지 퍼져서 강 양쪽이며, 모래톱 둘레를 보아도 소와 말을 분별할 수 없을 정도였습니다.

이에 황하의 신인 하백河伯이 기뻐서 좋아하며, 온 천하의 훌륭함이 모두 자기에게 모였다고 생각했습니다. 그는 흐름을 따라 동쪽으로 갔습니다. 마침내 북해北海에 이르러 동쪽 바다를 보니, 어찌나 넓은지 끝도 보이지 않았습니다. 하백은 비로소 얼굴을 돌려 북해의 신인 약若을 올려다보고 한숨을 지으며 말했습니다.

"속담에 '수많은 도리를 들으면 저보다 나은 자가 없다고 생각한다'는 말이 있습니다. 이는 바로 나를 두고 한 말 같습니다. 나는 이전에 공자의 지식도 작은 거라든가, 백이伯夷의 절개도 가벼운 거라는 말을 들은 적이 있습니다. 하지만 지금껏 믿지 않았습니다. 그런데 오늘 나는 당신의 무궁한 모습을 직접 목격했습니다. 내가 만일 당신의 문전에 오지 않았다면 위태로웠을 겁니다. 오랫동안 뛰어난 도를 터득한 사람들에게 비웃음을 샀을 테니까요."

장자의 이 말 속에는 더 깊은 뜻이 담겨 있으나, 겉으로 드러난 의미만 살펴보더라도 우리는 쉽게 교훈을 얻을 수 있다. 그것은 자만과 과대망상은 절대 금물이라는 것이다.

또 우리가 잘 아는 『장자』의 우언에는 '포정해우庖丁解牛'와 '한단지보邯鄲之步'라는 이야기가 있다.

'포정해우'는 포정이라는 백정이 소를 잡을 때, 칼에 흠집 하나 내지 않고 뼈와 살을 발라낸다는 이야기이다. 이 이야기는 작은 재주에 구애받지 않고 자연의 이치를 따르는 데 도가 있다는 깊은 의미를 담고 있다. 요즈음에는 단순히 '빼어난 기술'이란 뜻으로 얘기한다.

'한단지보'는 다음과 같은 이야기이다. 연나라의 한 젊은이가 한단의 사람들이 아름답게 걷는다는 말을 들었다. 그래서 그는 그걸 배우러 한단에 갔다. 하지만 미처 걸음걸이를 배우기도 전에 옛 걸음걸이마저 잊어버려 집에 기어서 돌아왔다고 한다. 이는 함부로 남의 흉내를 내다가 자신의 본분을 잊어버리거나, 또는 자신의 힘을 생각하지 않고 남의 흉내를 내며 이것저것 탐내면 하나도 얻지 못한다는 것을 비유한 말이다.

'한단지보'와 비슷한 내용의 '동시효빈東施效矉'이란 고사성어도 있다. 월나라의 유명한 미인인 서시西施는 속병이 있어 손으로 가슴을 쥐고 이마를 찌푸리고 다녔다. 하지만 사람들은 여전히 그녀의 아름다움을 칭찬했다. 이에 이웃마을에 살던 못난이 동시는 서시의 아름다움이 바로 이마를 찌푸리고 가슴을 쥔 손에서 나오는 줄 알았다. 그래서 그녀는 그와 똑같은 모습으로 거리를 활보하다가, 사람들의 비웃음을 받았다는 이야기이다.

이런 이야기들은 풍자의 의미가 가득하여 우리에게 많은 깨우침을 준다. 장자의 이야기는 생동감이 넘칠 뿐만 아니라, 논리 전개도 매우 치밀하다.

「추수秋水」편에는 장자와 혜자가 강가에서 펼치는 유명한 토론 장면이 실려 있다.

장자가 강 속의 물고기를 보고 이렇게 말했다.

"피라미가 한가롭게 헤엄치고 있소. 이게 바로 물고기의 즐거움이라는 거요."

그러자 혜자가 이렇게 받아쳤다.

"당신은 물고기가 아닙니다. 그런데 어찌 물고기의 즐거움을 안단 말이오?"

이에 장자가 대답했다.

"당신은 내가 아니오. 그런데 어떻게 물고기의 즐거움을 알지 못한다는 걸 안단 말이오?"

혜자는 이렇게 말했다.

"나는 당신이 아니니까 물론 당신을 알지 못하오. 그렇다면 당신은 물론 물고기가 아니니까 당신이 물고기의 즐거움을 알지 못한다는 게 확실하단 말이오."

그러자 장자가 대답했다.

"자, 처음 질문으로 돌아가 말해 봅시다. 당신은 어떻게 물고기의 즐거움을 아느냐고 했습니다. 하지만 이미 그건 내가 안다는 것을 전제로 물은 거요. 나는 이 강가에서 물고기의 즐거움을 알았소."

이 토론은 좀 괴상하다. 그러나 저마다 자신의 논리를 펼칠수록 그 오묘함을 더하고 있다. 장자의 말은 절대 경지에 서면, 상대방의 마음도 살펴 알 수 있다는 것이다. 말하자면 형식논리에만 치우치다 보면 참된 인식을 얻을 수 없음을 강조하고 있다. 여기서 우리는 장자의 기지와 입담을 엿볼 수 있다.

이러한 장자의 산문은 선진 제자 가운데 가장 높은 성취를 이루었다. 그의 문장은 자유롭고 웅장하여 "홀연히 왔다가, 홀연히 사라진다(無端而來, 無端而去)"는 평을 들을 정도였다. 그가 언급했던 붕새처럼 힘차게 차고 올라가 끝없이 날아가는 것 같다.

철학 사상 면에서는 노자의 맥을 이어 노장 철학의 체계를 이루었다. 이 노장의 도가는 공맹의 유가, 외래의 불가와 더불어 이후 중국 문화의 3대 철학 체계를 이루었다. 그들은 서로 경쟁하기도 하고 융합하면서 중국 문화를 만들고, 중국의 문인들을 길렀다.

죄인의 후예

유가와 도가 말고 묵가도 놓치면 안 된다. 묵가의 창시자인 묵적墨翟(서기전 468~376)은 전국시대 노魯나라 사람이다.

그는 출신이 매우 미천했다. 그의 조상이 힘든 노역을 맡은 죄수였다고 추측하는 사람들도 있다. 당시 그런 죄수들을 '묵墨'이라고 불렀기 때문이다. 죄수의 이마에 칼로 상처를 내고, 거기에 먹물로 죄인임을 뜻하는 글자를 새겨 넣었다. 그 뒤 '묵' 자는 자연스럽게 성姓이 되었다.

묵자의 주장은 소생산자의 이익을 대변했다. 그 중심 사상은 '겸애兼愛'와 '비공非攻'이었다. '겸애'란 자신만이 아니라 남도 함께 사랑해야 한다는 것이다. 그에 따르면 제후들이 다른 나라를 침략하는 것은 이기적인 행동으로서, '겸애'의 원칙에 위배된다. 그래서 이를 반대하여 '비공,' 곧 '침략전쟁을 비판'했다. 결국 '겸애'와 '비공'은 하나의 맥락인 것이다.

묵자는 이를 실천하려고 많은 힘을 기울였다. 그는 여러 나라를 돌아다니면서 침략전쟁의 부당성을 설파했다. 그 과정에서 머리는 벗겨지고 다리도 부러졌지만, 결코 자신의 신념을 굽히지 않았다.

당시 공수반公輸班이라는 뛰어난 목수가 있었다. 그는 후세의 목수들이 조상신으로 떠받드는 야노반爺魯班이다. 한번은 그가 초나라를 위해 구름사다리(雲梯)라는 공격용 무기를 만들어 바쳤다. 그러자 초왕은 그것을 이용하여 송宋나라를 침공하려고 했다.

이 소식을 들은 묵자는, 밤낮을 가리지 않고 달려가 공수반을 만났다. 그리고는 마음을 가라앉히고 일부러 이렇게 말했다.

"북쪽나라에 나를 업신여기는 자가 있어 선생의 힘을 빌어 그를 죽이고자 합니다."

그러자 공수반의 낯빛이 바뀌면서 이렇게 대답했다.

"저를 어떻게 보시고 그런 말을 하십니까? 저는 사람을 죽이지 않습니다."

묵자는 그 말꼬리를 잡고 곧바로 반문했다.

"들자 하니 선생께서 초나라를 위해 구름사다리를 만들어, 초나라가 송나라를 침공하려 한다지요? 사람을 죽이지 않는다면서 수많은 사람을 죽음으로 내몰려 하니 이 어찌된 일인지요?"

공수반은 입을 굳게 다문 채 말을 할 수 없었다. 그리고는 묵자의 요구대로 초왕을 만날 수 있도록 주선했다. 초왕을 만난 묵자는 한 가지 이야기를 꺼냈다.

"어떤 사람이 집안에 무늬가 새겨진 좋은 수레를 가지고 있으면서도, 이웃의 낡은 수레를 훔치려고 합니다. 그는 또 수놓은 비단옷을 가졌으면서도, 이웃의 짧고 거친 옷을 훔치려고 합니다. 그는 쌀밥과 고기 등 먹을 것이 풍성한데도, 이웃의 겨와 지게미를 훔치려고 합니다. 이 사람은 대체 어떤 사람일까요?"

그러자 초왕은 이렇게 대답했다.

"도둑질하는 나쁜 버릇을 가진 놈이 틀림없소."

묵자는 이어서 이렇게 말했다.

"오늘날 초나라는 사방 5천리의 땅을 가지고 있는데, 송나라는 5

백리에 지나지 않습니다. 초나라의 땅에는 무소, 외뿔소, 고라니, 사슴, 자라, 악어 등 진귀한 동물이 많은데, 송나라에는 꿩이나 토끼, 붕어조차도 없습니다. 초나라에는 희귀한 나무들이 헤아릴 수 없는데, 송나라에는 크고 곧은 나무가 한 그루도 없습니다. 대왕께서 만일 송나라를 침공하려는 뜻을 고집한다면, 앞서 말한 그 사람과 다를 바가 무엇이겠습니까?"

초왕은 한 마디도 말할 수 없었다.

이어서 묵자는 송나라의 실력을 나열하면서, 침공해서는 안 되는 근거를 하나하나 제시했다. 마침내 초왕은 송나라를 침공하려는 계획을 취소했다.

묵자의 말 한 마디는 천군만마의 힘을 능가한 결과를 낳았다.

또 묵가는 근검절약을 주장했다. 그래서 장례식에 많은 재물을 낭비하는 것과 너무 많은 예의 절차에 반대했다. 이는 유가와 정면으로 대립하는 의견이다.

그리고 묵가는 사회 하층민의 오랜 신앙인 상제上帝와 귀신을 인정했다. 유가와 묵가는 모두 보수파에 속하지만 유가는 상층 사회의 전통을 지키려 했고, 묵가는 하층 사회의 전통을 지키려 했다는 점에 차이가 있다.

이러한 묵자의 언론은 모두 『묵자』에 실려 있다. 원래는 모두 71편이었으나, 현재는 53편만 전한다. 그 가운데 일부는 제자들의 글이라고 알려져 있다.

말더듬이의 비극

제자백가 가운데 보수파가 아닌 개혁파는 법가法家이다. 사실 법가는 유가에서 비롯된 사상이다. 법가의 대표적 인물인 한비韓非(서기전 280~223)는 순자의 학생이었기 때문이다.

한비는 한韓나라의 귀족 출신이었다. 그는 당시 한나라의 국력이 쇠약했기에 여러 번 상소문을 올려 부국강병을 주장했다. 그렇지만 군주에게 채용되지는 않았다.

그런 한비에게는 말을 더듬는 버릇이 있어서 대화에 어려움이 많았다. 그는 이런 단점을 극복하려고 피나는 노력으로 10여 만 자에 달하는 저술을 남겼다.

그 뒤 어떤 이가 이 저술을 편집해서 『한비자韓非子』라고 이름을 붙였다. 나중에 이 책은 진秦나라에 전해졌고, 진왕은 이를 읽고 탄복해 마지않았다. 그리곤 군대를 보내 한나라를 공격하고는 한비를 내놓으라고 협박했다. 한왕은 어쩔 수없이 한비를 진나라로 보냈다.

한비에게는 어린 시절 함께 공부했던 이사李斯란 친구가 있었다. 그런데 마침 그가 진나라의 관리로 있었다. 학문적으로 한비를 따를 수 없었던 이사는 한비가 와서 자신을 압도할까 두려워, 진왕에게 한비를 헐뜯었다. 그것이 효과가 있었는지 한비는 임용되지 못하고, 오히려 옥에 갇히는 신세가 되었다. 결국 한비는 독약을 마시고 이사에게 죽임을 당했다.

『한비자』는 모두 55편으로 이루어져 있으며, 법가의 이론을 총망라하고 있다. 법가는 현실에 맞지 않는 복고復古 학설에 반대하면서, 제왕이 세勢, 술術, 법法을 활용하여 나라를 통치해야 한다고 주장했다. '세'란 군주의 권위이고, '술'이란 신하를 부리는 수단이며, '법'이란 법령 제도를 말한다.

법가의 학설은 매우 실용적이어서 군주들의 관심과 사랑을 받았다. 한비 개인의 운명은 비참했지만, 그의 학설은 역대 제왕들에게 2천여 년 동안 연구되고 실행되었다.

『한비자』의 문장은 조리가 분명하고, 논리가 뛰어나다. 그도 우언에 매우 능통했다. 그 가운데 '화씨의 벽옥(和氏之璧)'이라는 이야기가 유명하다.

변화卞和라는 초나라 사람이 옥이 포함된 돌인 박璞을 얻어, 그것을 초나라 여왕厲王에게 바쳤다. 여왕이 기술자에게 그것을 감정하라고 시키자, 기술자는 이렇게 말했다.

"이것은 돌입니다."

그러자 왕은 자신을 희롱한 벌로 화씨의 왼발을 잘랐다.

그 뒤 여왕이 죽고, 그 아들인 무왕武王이 즉위했다. 화씨는 다시 그 박을 무왕에게 바쳤다. 무왕이 기술자에게 감정을 시켰다. 이번에도 돌이라는 판정을 받았다. 그러자 무왕은 그를 괘씸하게 여겨, 오른발을 잘랐다.

무왕이 죽은 뒤, 문왕文王이 그 뒤를 이었다. 그러자 화씨는 그 박을 안고 산으로 들어가 사흘 낮밤을 소리 내어 울었다. 문왕은 이 말을 듣고 사람을 보내 그 이유를 물었다.

"천하에 다리 잘린 사람은 많다. 그런데 너는 왜 그처럼 슬퍼하며 소리 내어 우느냐?"

그러자 변화는 이렇게 대답했다.

"저는 다리 잘린 것을 슬퍼하는 것이 아닙니다. 보옥임에도 돌이라

한비자는 친구 이사의 모함으로 죽었지만 그의 학설은 중국 통치학의 토대가 되었다.

고 부르고, 절개 있는 선비임에도 다리를 잘린 것이 슬픈 것입니다. 제가 우는 이유는 바로 그 때문입니다."

문왕은 다시 기술자를 파견하여 그 박을 감정한 결과, 정말로 보옥을 얻을 수 있었다. 이 보옥은 뒤에 국보로 지정되어 '화씨벽'이란 이름을 얻었다.

이 우언은 한비 자신의 학설이야말로 보옥과 같으니, 군주들이 그 가치를 인정해 주기 바라는 마음에서 제시한 것이다.

이밖에도 『한비자』에는 수많은 우언이 담겨 있다. 대표적인 것만 언급하면 다음과 같다.

창과 방패를 예로, 서로 때를 같이 하면 양립할 수 없는 것을 뜻하는 '모순矛盾'이 있다.

또 그루터기만 지키고 앉아 토끼가 부딪쳐 죽기를 바라는 송宋나라의 농부의 이야기인 '수주대토守株待兎'가 있다. 이는 구습에 젖어 시대의 변화를 모르는 상황을 뜻한다.

그리고 영郢나라 사람이 쓴 글을 연燕나라 사람이 잘못 해석하고 설명하여 연나라를 다스린 이야기인 '영서연설郢書燕說'이 있다. 이 이야기는 도리에 맞지 않는 일을 억지로 끌어다 붙여 도리에 맞는 것처럼 말한다는 뜻이다.

마지막으로 여러 사람이 반복하여 얘기하면, 거짓말도 진실이 될 수 있음을 뜻하는 '삼인성호三人成虎'가 있다.

이런 우언만 따로 뽑아도 책 한 권은 만들 수 있을 정도이다.

또 다른 이야기 창고 『열자』

열자(태어나고 죽은 해를 알 수 없음)의 본명은 열어구列御寇인데, 그는 전국시대 정鄭나라 사람이다. 그의 학설은 장자와 비슷하기에 장자도 자신의 책에서 열자를 언급했다. 우리가 잘 알고 있는 우언인 '기우杞憂'와 '우공이산愚公移山'이란 이야기는 그가 쓴 『열자列子』라는 책에 나온다.

'기우'는 기杞나라 사람이 하늘이 무너지지 않을까 걱정했다는 이야기로서, 쓸데없는 걱정을 뜻한다.

'우공이산'은 우공이 자기 집 앞의 산을 불편하게 여겨 오랜 세월에 걸쳐 그 산을 깎아 옮겼다는 이야기이다. 이는 어떤 일이든지 끊임없이 노력하면 마침내 성공할 수 있다는 뜻이다.

『열자』에는 각종 민간 고사와 우언, 신화들도 많이 실려 있다. 우리가 자주 인용하는 이야기로는 갈림길이 많은 산에서 잃어버린 양을 찾으려고 많은 사람들을 동원했다는 '기로망양岐路亡羊'이 있다. 또 비위飛衛에게 활쏘기를 배운 기창의 이야기인 '기창학사紀昌學射'도 있다.

이 책 안에 담긴 사상적 의의와 문학적 가치는 절대로 과소평가할 수 없다. 그러나 이 책은 고증에 따르면 석연치 않은 부분이 많다. 그래서 위魏·진晉시대 사람이 열자의 이름을 빌어 책을 썼다고 추측한다. 엄밀히 따지면 선진 제자의 작품이라고 보기 어렵다는 뜻이다.

도가와 도교

유가에서는 군신부자君臣父子 등 각 신분 계층의 엄격한 예절이나 삼강오륜三綱五倫이 인간 생활을 규정짓는 절대적 규범입니다. 그러나 도가에서는 오히려 개인의 취향에 따라 자기 본성에 순응하는 자연스러운 생활을 추구합니다.

이러한 자유주의 경향은 유가 사상을 국가의 유일한 통치 이념으로 표방해 온 봉건사회에서도 끈질긴 생명력을 가지고 많은 중국인들의 사랑을 받았습니다. 유가 사상이 정부나 관청에서 국가와 가정을 잇고 사회질서를 유지하는 정통 사상이었다면, 도가 사상은 사회의 이단자 형태로 중국인의 내심 세계를 지배해 왔다고 할 수 있습니다. 자연에 순응하고 세상과 다투지 않으며 숙명적 인생관을 갖는 것이 바로 도가의 영향입니다.

그런데 도가와 도교는 구별됩니다. 도교는 도가 사상에 깃든 신비적 요소에다가 신선 사상, 방술方術, 민간 무속 등 여러 내용을 더하여 형성한 중국 고유의 종교입니다. 도가의 시조인 노자를 교주로 추대하지만, 도가의 철학과는 아무 상관이 없습니다. 불로장생하여 신선이 되는 것이 도교가 추구하는 이상입니다. 그래서 약을 복용하는 복식服食과 특수한 신체 단련술인 기공氣功 등을 중요하게 사용하지요.

원래 민중 종교로 출발한 도교는 서서히 궁중에 유입되어 공식적으로 인정받으며 성장합니다. 역사적으로는 한漢나라 말기의 오두미교五斗米敎나 태평도太平道, 당나라 때 권력에 힘입어 급성장, 북송 말기의 태일교太一敎와 전진교全眞敎 등이 유명합니다.

위대한 영혼의 슬픈 노래

7

굴원屈原

송옥宋玉

멱라강에 뛰어든 위대한 시인 굴원.

이제 선진 제자의 산문을 마무리하자.

명가와 음양가 및 농가는 문학 방면으로 이렇다 할 성과가 없지만, 잡가의 작품은 언급할 만하다. '잡가' 란 여러 가지 학설을 취사선택하여 일가를 이룬 학파의 이름이다. 좋게 말하면 종합 학문이고, 나쁘게 말하면 짬뽕 학문이라 할 수 있다.

가장 유명한 잡가의 저작은 전국시대 말기에 지은 『여씨춘추呂氏春秋』이다. 이를 『여람呂覽』이라고도 부른다. 그 까닭은 작가가 바로 진秦나라의 재상인 여불위呂不韋(?~서기전 235)이기 때문이다.

여불위는 진시황제의 진짜 아버지로 거론되는 사람이다. 당시 그는 고도의 장사 수완으로 막대한 재력을 얻었다. 그를 바탕으로 조나라에 볼모로 와 있던 진의 왕자를 후원하여, 그를 진의 왕으로 만든 사람으로 유명하다.

『사기』에 여불위의 집에는 하인이 만 명이나 되었다고 한다. 또 그 휘하에는 많은 학자를 두고 있었다. 따라서 엄밀히 따지면 여불위는 『여씨춘추』의 '주편主編'에 해당하고, 실제 작가는 그의 수하에 있던 학자들이었다.

3천여 명에 이르는 여불위 수하의 학자들이 각자의 분야를 집필한 뒤, 8람覽, 6론論, 12기紀로 분류했다. 그걸 160편의 책으로 모으니, 모두 20여 만 자에 달하는 방대한 분량이 되었다.

여불위는 『여씨춘추』를 완성하고 나서, 도읍인 함양咸陽의 시장 통에 전시해 놓았다. 그리고는 위에 천금을 걸고 이렇게 써 놓았다.

"만일 이 책에 한 글자라도 덧붙이거나 뺄 수 있는 사람이 있다면,

이 천금을 주겠노라.”

그만큼 이 책에 자부심이 컸던 것이다. 여기서 ‘일자천금一字千金’이란 말이 생겼다. 이 책은 도가 사상을 기반으로 법가, 명가, 묵가, 농가, 음양가의 글도 싣고 있다. 이처럼 각종 사상이 섞여 있기에, 한나라 때의 학자들은 이것을 잡가로 분류했다. 그야말로 ‘최초의 백과사전’이라 할 만하다.

그런 잡가는 나름대로 장점이 있다. 『여씨춘추』는 완벽한 분량, 생동적인 언어, 빼어난 논리, 적절한 비유의 사용 등 제자 산문의 모든 장점이 집중되어 있다. 우언도 많아서 ‘각주구검刻舟求劍’ 같은 이야기는 잘 알려져 있고, 또한 매우 재미있다.

초나라 사람이 배를 타고 강을 건너다가, 실수로 아끼는 보검을 강에 빠뜨렸다. 그래서 그는 떨어뜨린 곳에 작은 칼로 뱃전에다 표시하고는 이렇게 말했다.

“내 보검을 여기에 빠뜨렸지! 나중에 여기에 와서 찾아야지.”

그러나 배는 강 위에서 끊임없이 움직이니, 보검을 찾을 수 있을 리 만무했다. 이는 완고하여 옛 습관만을 지키면서 시세의 변화를 알지 못하는 어리석은 사람들을 풍자하고, 그들에게 일침을 가하는 이야기이다.

선진 문학을 끝내기 전에 위대한 문학가를 빼놓고 지나갈 수 없다. 그 사람은 바로 다음에 볼 전국시대의 위대한 애국 시인 굴원이다.

강물에 몸을 던진 사나이

굴원屈原(서기전 약 340~약 278)의 원래 이름은 평平이고, 원原은 그의 별명이다. 그는 초楚나라 사람으로서, 왕실의 일원이었다. 초 회왕懷王 시절에는 재상 밑에 있는 좌도左徒라는 직책을 맡았고, 종족의 업무를 총괄하는 삼려대부三閭大夫라는 직책도 맡았다.

그는 지혜와 지식을 겸비하고, 넓은 안목에 말재주와 글재주를 고루 갖춘 인재였다. 초 회왕도 그를 매우 신임하여, 모든 국가 대사를 그와 상의했다. 그리고 그에게 법령을 제정하게 하기도 했다. 아울러 외국 사절을 접대하게 하고, 외교 문제도 전적으로 그에게 의지했다.

그런데 굴원과 비슷한 지위에 있던 상관대부上官大夫 근상斬尚은 그의 활약을 아니꼽게 여겼다. 굴원이 헌법을 작성하라는 명을 받들어 초고를 완성하자, 그는 한 번 훑어보더니 억지로 트집을 잡아 수정하라고 했다. 물론 굴원은 이를 받아들이지 않았다.

이에 근상은 매우 화가 나, 회왕에게 달려가 이렇게 말했다.

"대왕에게 법령을 제정하라고 명을 받은 굴원은 천하가 모두 제 것인 양 떠들고 다닙니다. 그리곤 '나 말고 이런 일을 할 사람이 누가 있냐'고 큰소리를 칩니다. 이건 대왕조차 무시하는 처사가 아니겠습니까?"

이 말을 들은 회왕은 그 뒤 굴원을 냉담하게 대했다. 결국 구실을 찾아내 굴원을 한수漢水 북쪽으로 쫓아냈다.

당시 전국칠웅戰國七雄의 하나였던 진秦나라는 야심만만하게 제후국들의 우두머리인 패왕을 꿈꾸었다. 그런데 초나라와 제齊나라라는 대국이 서로 연맹을 맺고 있어 커다란 장애가 되었다. 그래서 진나라는 두 나라 사이를 갈라놓기로 결심했다.

진나라는 장의張儀가 이끄는 사절단을 파견하여 초 회왕에게 말했다.

"저희 진나라는 치가 떨리도록 제나라를 증오합니다. 그러나 귀국의 체면을 봐서 차마 공격하지 못하고 있습니다. 귀국이 먼저 제나라와 단교를 선언하신다면, 저희는 6백 리에 달하는 상어商於 땅을 드리겠습니다."

욕심에 눈이 먼 초 회왕은 이를 흔쾌히 수락했다. 마침내 회왕은 제나라와 연맹 관계를 끊고, 진나라에 사절단을 보내 약속했던 땅을 요구했다. 그러자 장의는 이렇게 말했다.

"제가 언제 6백 리라고 말했던가요? 저는 6리라고 말씀드렸습니다."

초 회왕은 크게 화를 내면서 군사를 보내 진나라를 공격했다. 하지만 이 싸움에서 참패하여, 국력이 약화되었다. 초 회왕은 그제야 굴원을 떠올렸다. 그래서 다시 그를 불러들여 제나라에 사신으로 보냈다.

이에 진나라도 새로운 계책을 들고 나와, 화친을 제시하면서 초 회왕을 초청했다. 굴원은 절대 가서는 안 된다고 말했지만, 회왕의 아들이자 친진파였던 자란子蘭이 백방으로 아버지를 회유했다. 회왕은 자란의 말을 믿고 진나라에 갔으나, 다시는 돌아오지 못하고 결국 진나라에서 죽음을 맞았다.

그러자 회왕의 맏아들인 경양왕頃襄王이 왕위를 잇고, 자란을 영윤슈尹의 자리에 앉혔다. 자란은 상관대부와 결탁하여 경양왕에게 굴원을 모함했다. 그래서 굴원은 강남江南으로 두 번째 유배 길에 올랐다.

진나라의 군대는 나날이 다가오는데, 이를 외면한 채 소인배의 무리가 판치는 조국을 보면서 굴원은 매우 고통스러웠다. 그는 야윈 몸에 머리를 풀어헤치고, 걱정 근심으로 얼굴이 상한 채 강가를 정처 없이 거닐면서 시를 읊었다.

한 어부가 그를 보고 이렇게 물었다.

"삼려대부가 아니십니까? 어떻게 여기까지 오셨습니까?"

그러자 굴원은 이렇게 대답했다.

"온 세상이 더러운데, 나 홀로 깨끗하고, 모든 사람이 술에 취해 제정신이 아닌데, 나 홀로 깨어 있어 여기에 유배되었지요!"

이 말을 들은 어부가 다시 이렇게 물었다.

"성인聖人이라면 때에 따라 순응할 줄 알아야겠지요. 온 세상이 더러우면 왜 함께 더러워지지 못하십니까? 모든 사람이 술에 취했으면 왜 함께 술에 취하지 못하십니까? 당신의 재능과 덕성이 옥처럼 아름답다면 어째서 여기로 유배되셨습니까?"

이에 굴원은 이렇게 답했다.

"막 목욕을 끝낸 사람은 언제나 모자를 청결히 하고, 옷의 먼지를 터는 법이지요. 깨끗한 몸에 더러운 것을 즐겁게 묻힐 사람이 어디 있겠습니까? 저는 차라리 저 큰 강에 뛰어들어 고기밥이 될지언정, 세속의 더러움을 깨끗한 몸에 묻히지 않으렵니다."

그리고 굴원은 절필絶筆의 시 「회사懷沙」를 짓고는 큰 돌을 싸안고 멱라강汨羅江에 뛰어들었다.

중국에서는 '단오端午'의 유래를 여기에서 찾는다. 우리나라에서는 단오가 풍년을 빌던 제삿날이자 축제였다. 하지만 중국의 기원은 우리와 전혀 다르다. 전설에 따르면 굴원이 죽은 날이 바로 음력 5월 5일이라고 한다.

초나라의 백성들은 이 애국 시인을 사랑하여, 빨리 노를 저어 가 그를 구하고자 했다. 이후 그들은 찹쌀을 댓잎이나 갈잎에 싸 쪄서 만든 쫑즈(粽子)를 강물에 던지면서 그를 추모했다. 굴원의 시신에서 물고기들을 떼어놓는다는 뜻이다. 그날이 바로 단오절端午節이다. 중국에서는 오늘날에도 이날이 되면 쫑즈를 먹고, 용선龍船 경주를 벌이면서 굴원을 기념한다.

굴원의 시는 모두 『초사楚辭』라는 책에 담겨 있다. ‘초사’란 전국시대에 생긴 하나의 문학 양식이다. 양자강과 회하淮河 유역의 가요에서 파생되었기 때문에, 사언을 위주로 하는 『시경』의 북방 가요와는 그 풍격이 다르다.

초사는 일반적으로 편폭이 길고, 시구마다 글자 수가 다르며, 구법도 일률적이지 않다. 기본적으로 삼언을 위주로 했다. 문장 중간이나 끝에 ‘혜兮’나 ‘사些’를 써서 음절의 조화를 꾀하고, 문장의 기복을 조성하여 시적 리듬감을 주었다. 이렇게 해서 나중에 생기는 칠언시와 비슷한 칠언구를 이루었다. 이는 단조로운 사언체에 비하면 생동감이 뚜렷하다.

이러한 시가 형식을 한나라 때에 이르면 ‘사辭’ 또는 ‘사부辭賦’라고 불렀다. 초 지역에서 발생했기 때문에 ‘초사楚辭’라고도 했다. 서한西漢의 유향劉向은 굴원과 송옥宋玉 등의 초사 작품을 한 권의 책으로 모아 『초사』라고 불렀다.

이 책 속에 굴원의 작품은 「이소離騷」, 「구장九章」, 「구가九歌」, 「천문天問」, 「초혼招魂」 등 20여 편이 실려 있다. 그 가운데 가장 걸출한 작품을 꼽으라면 「이소」를 들 수 있다.

근심을 만나 지은 노래

‘이소’를 ‘불평’이라는 뜻으로 보는 사람이 있다. 그런가 하면 ‘리離’를 ‘만나다’로 보고, ‘소騷’를 ‘걱정과 근심’으로 봐서 ‘걱정과 근심을 만나 지은 노래’라고 해석하는 사람도 있다.

어찌되었든 「이소」는 시인이 유배되었을 때 지은 슬픈 노래이다. 이 작품에는 작가의 애국심과 충성심이 잘 드러나 있다. 아울러 신임받지 못하는 자기의 처지에 대한 절절한 고뇌도 담겨 있다.

굴원은 감정이 풍부하고, 재주가 넘치는 시인이었다. 그가 한 번 붓을 휘두르면, 끊임없이 자신의 감정을 통쾌하게 표현했다. 「이소」는 370여 구문에 3천 5백여 자에 달하는 장편이다. 굴원 이전에는 이렇게 긴 시가 나온 적이 없었다.

시의 첫 부분에서 굴원은 먼저 자신의 가업과 출생 및 어릴 적의 포부 등을 서술하고 있다. 이어서 자신의 정치적인 역정과 박해받는 심정을 적고 있다.

더 이상 자신의 울분을 쏟을 곳이 없자, 그는 고대의 성군인 순임금에게 자신의 정치적 이상을 펼쳐 보였다. 그리고는 하늘을 날고 땅속을 누비면서, 자신의 마음을 이해할 수 있는 성군을 찾아 헤맸다.

그러나 하늘의 수문장은 그를 알아보지 못했다. 땅의 선녀도 그의 접근을 꺼렸다. 주술사에게 자신의 진로를 물어보았지만, 주술사의 지시도 마음속의 갈등을 해결하지 못했다. 결국 그는 사랑하는 초나라를 떠나 행복을 얻지 못한 채, 조국과 자신의 이상을 위하여 죽음을 선택한다.

전체적으로 시의 앞부분은 자전적인 성격이 강하다. 비·흥의 수법을 많이 썼지만, 내용의 대부분은 비교적 현실적이다. 시의 뒷부분으로 갈수록 신비적 색채가 두드러진다.

앞서 말했듯 「이소」의 큰 특징은 비·흥의 수법이다. 특히 굴원은 자신을 기이한 화초에 비유하기를 좋아하여, 이를 통해 아름다운 분위기를 만들었다. 이런 시구는 「이소」의 곳곳에서 찾아볼 수 있는데, 예를 들면 다음과 같다.

강리초와 깊은 산골 지초를 어깨에 두르고	扈江蘺與辟芷兮
추란초를 매듭 엮어 노리개를 만드네	紉秋蘭以爲佩
……	
새벽녘 둑에 올라 목란초를 캐고	朝搴阰之木蘭兮
황혼 무렵 강가 모래섬에서 숙망초를 캐네	夕攬洲之宿莽
……	
연잎 잘라 옷을 만들고	製芰荷以爲衣兮
연꽃 모아 아래옷 만드네	集芙蓉以爲裳

그가 실제로 날마다 화초를 가꾸고 다듬었는지는 알 수 없다. 하지만 물이 많은 남쪽의 아름다운 화초로 개인의 고결한 품성을 상징했다.

또 시에는 미녀의 모습이 나온다. 이는 실제 미인을 가리키는 것이 아니라, 초 회왕을 상징한다. 아울러 향초들은 어진 신하를 비유한 것이다. 그래서 이후 중국의 시에서는 약속이나 한 것처럼, '미인향초'가 '속세의 정치'를 비유하는 것이 되었다.

「이소」의 신비적 색채는 읽는 이를 황홀한 경지로 이끈다.

아침에 구의산으로 수레 몰아	朝發軔於蒼梧兮

저녁에 곤륜산에 이른다　　　　　　　　　夕餘至乎縣圃

아름다운 신선궁에 머무르려는데　　　　　欲少留此靈瑣兮

해가 갑자기 저물어 가네　　　　　　　　日忽忽其將暮

수레 모는 희화에게 말을 맡기니　　　　　吾令羲和彌節兮

엄자산을 지나면서도 머물지 않네　　　　望崦嵫而勿迫

길은 아득하고 먼데　　　　　　　　　　路曼曼其修遠兮

오르내리며 하소연할 하느님 찾아보려네　將上下而求索

함지에서 말에게 물을 먹이며　　　　　　飲餘馬於咸池兮

말고삐를 부상에 매어 두네　　　　　　　總餘轡乎扶桑

약목을 꺾어 해를 가리고　　　　　　　　折若木以拂日兮

잠시 거닐며 배회하누나　　　　　　　　聊逍遙以相羊

망서를 앞세워 인도하게 하고　　　　　　前望舒使先驅兮

비렴을 뒤세워 따라오게 했네　　　　　　後飛廉使奔屬

봉황은 나를 위해 경계 서며　　　　　　鸞皇爲餘先戒兮

우뢰신은 내게 준비 덜 됐다 아뢰네　　　雷師告餘以未具

나는 봉황새를 날려 보내　　　　　　　吾令鳳鳥飛騰兮

밤낮으로 날아오르게 했지　　　　　　　繼之以日夜

회오리바람 모여 흩어지지 않고　　　　　飄風屯其相離兮

구름과 무지개 거느리고서 와 맞이하니　帥雲霓而來御

한창 몰려와 흩어졌다 모였다 하고　　　紛總總其離合兮

색채 현란하게 뒤섞여 오르내리네　　　斑陸離其上下

하늘 문지기에게 문 열어 달라 하니　　吾令帝閽開關兮

천문에 기대어 나를 바라만 보네　　　倚閶闔而望予

굴원은 환상 속에서 옥룡이 끄는 봉황 수레를 타고 신들이 노닌다는 하늘로 향한다. 아침에 창오산을 출발하여 해질 무렵 곤륜산에 도착하니, 하루에 만 리를 달린 셈이다.

그는 해를 뜨고 지게 하고, 달의 신을 모시는 마부에게 길을 내주도록 명령했다. 또한 바람의 신에게는 뒤에서 수레를 밀게 했다. 그때 갑자기 난새와 봉황이 춤추고, 구름이 천변만화하며 무지개가 다채롭게 펼쳐져 굴원을 신선의 세계로 이끌었다.

어떤 학자는 굴원을 제자백가 가운데 하나로 분류하면 '신선가'에 속할 것이라고 했는데, 아주 그럴듯한 지적이다. 「이소」를 비롯한 초사 작품은 이렇듯 신화적 색채가 매우 짙다.

이는 현실적인 북방 문학과는 크게 구별되는 점이다. 굴원이 살던 당시 초나라는 여전히 씨족 사회의 구습을 간직하고 있었다. 그래서 민간 전통이 유달리 강했고, 귀신을 숭배하는 풍조도 매우 성행했다. 「이소」에 가득한 낭만적이고 신비적인 색채는 바로 이러한 점과 관련 있다.

신에게 바치는 노래

굴원의 또 다른 작품인 「구가」도 신선의 분위기가 물씬 풍긴다. 이 작품은 굴원이 강남에 유배되었을 때, 그곳의 제사 음악을 듣고 그에 영감을 받아 지었을 가능성이 매우 높다.

'9개의 노래(九歌)'라고 하지만, 사실은 11편이다. 그 첫 편은 '동황태일東皇太一'인데, 이는 초나라 사람들이 가장 존경하는 천신에게 제사지낼 때 부르는 노래이다.

다음으로 '운중군雲中君'은 구름신에게, '상군湘君'과 '상부자湘夫子'는 상강湘江의 신에게, '대사명大司命'은 사람의 수명을 관장하는 신에게 제사지낼 때 부르는 노래이다.

계속해서 '소사명少司命'은 아이들의 운명을 관장하는 신에게, '동군東君'은 태양신에게, '하백河伯'은 황하黃河의 신에게, '산귀山鬼'는 산신에게 제사지내는 노래이다.

그리고 제10편인 '국상國殤'은 나라를 위해 몸을 바친 병사들의 넋을 위로하는 노래이고, 마지막 제11편인 '예혼禮魂'은 신들을 보내는 노래이다.

이러한 「구가」에는 애정시도 일부 실려 있다. 예를 들어 위의 제목에서 언급했던 상군과 상부인은 연인 사이다. 그들은 강가에 나와 서로를 기다리기도 하고, 애정을 나누기도 하면서 지순한 사랑의 모습을 보여준다. 그것을 읽으면 신선이란 느낌은 전혀 없고, 한 쌍의 청춘 남녀를 보는 듯하다.

'국상'은 전쟁터에서 목숨을 잃은 군인들을 추모하는 노래이다. 전체적으로 위풍당당하고 웅장하여, 죽음을 무릅쓰고 싸운 군인들의 모습을 잘 부각시키고 있다.

손에 예리한 무기 들고

온몸에는 든든한 갑옷을 입었네 　　　操吳戈兮被犀甲

양쪽의 전차가 맞닥뜨리니

백병전이 펼쳐지는데 　　　車錯轂兮短兵接

전투 깃발이 태양을 가리고

적군은 구름떼처럼 몰려든다 　　　旌蔽日兮敵若雲

화살이 빗발치며 떨어지는데
병사들 앞 다투어 진격하도다   矢交墜兮士爭先

병사들은 일찌감치 나라를 위해 목숨을 바칠 각오가 되었다.

나가선 들어오지 못하고
나아가선 돌아오지 못했지   出不入兮往不反
평원은 아득하고 길은 끝도 없이 멀어   平原忽兮路超遠
긴 칼 옆에 차고 큰 활 옆에 끼고   帶長劍兮挾秦弓
몸과 머리 떨어진다 해도
그네들 마음 후회 없었네   首身離兮心不懲

이 얼마나 결연한 맹세인가! 시의 마지막 부분은 이렇다.

몸은 이미 죽었으나 정신은 살아 있고   身旣死兮神以靈
혼백은 불굴의 의지로
귀신 가운데 영웅이 되었네   子魂魄兮爲鬼雄

이와 같이 이 시에는 초나라 사람들의 조국애와 초 지역의 강인한
풍습 및 국가유공자를 숭배하고 공경하는 시인의 모습이 뚜렷하게
나타나 있다.
「구가」 말고 「구장九章」이란 시도 있다. 이것도 대부분 유배 기간
에 지은 9편의 짧은 시이다. 그 안에 담긴 사상과 감정은 「이소」와 비
슷하다.
거기에는 「석송惜誦」, 「섭강涉江」, 「애영哀郢」, 「추사抽思」, 「회사懷

沙」, 「사미인思美人」, 「석왕일惜往日」, 「귤송橘頌」, 「비회풍悲回風」이 실려 있다.

또 다른 작품인 「천문天問」은 굴원의 시에서도 특별한 작품이다. 시는 4자가 1구를 이루고, 2구 또는 4구가 한 조를 이루면서 단숨에 170여 개의 문제를 제기한다. 그것은 곧 하늘과 땅, 사람과 신 등 우주 만물에 관한 내용이다.

그 가운데 천문에 대해서는 이렇게 질문했다.

하늘과 땅은 어디서 만나는가	天何所沓
하늘의 12구역은 어떻게 나뉘는가	十二焉分
해와 달은 어느 지역에 속하는가	日月安屬
뭇 별들은 어떻게 배치되는가	列星安陳
…………	

이밖에도 그는 신화와 역사 및 자연현상 등에 대해서도 대담하게 질문을 던진다. 이를 통해 우리는 굴원의 박식함과 개방적이고 구속됨이 없는 생각을 접할 수 있다.

그밖에 「초혼招魂」이란 작품은 굴원이 초 회왕의 혼을 불러내려고 지은 작품이라는 설이 있다. 한쪽에서는 이를 송옥宋玉의 작품이라고 하는 설도 있다.

가을 사나이와 부

송옥宋玉(태어나고 죽은 해를 알 수 없음)은 굴원의 제자였다고 전한다. 그는 출신이 미천하여 평생 관직을 얻어 뜻을 펴지 못했다.

그의 초사 작품이라고 믿을 만한 것은 「구변九辯」뿐이다. 이는 진실한 감정이 담긴 장편 서정시로서, 250여 문장으로 이루어져 있다. 개인적으로 정계에서 뜻을 얻지 못한 과정과 그 때문에 겪은 생활고가 주요 내용이다. 아울러 그 스스로 자신의 정직함과 부패에 연루되지 않은 강직함을 자랑했다.

이는 「이소」에 영향을 받은 것이 분명하다. 그러나 「구변」은 경치를 빌어 감정을 표현하는 면에서 「이소」보다 진전했다. 그 첫 부분을 살펴보면 다음과 같다.

서글프구나 가을의 싸늘한 기운아	悲哉秋之爲氣也
버스럭 버스럭 초목이 말라 떨어지고	
퇴색해 가네	蕭瑟兮草木搖落而變衰
처량하구나 머나먼 여행길에 있는 듯	憭慄兮若在遠行
산에 오르고 강가에 서서	
벗을 떠나보내는 듯	登山臨水兮送將歸

송옥은 이처럼 중국 시인 가운데 가장 처음으로 '쓸쓸한 가을'이란 제재를 쓴 사람이다. 후세의 많은 시인들은 이 부분을 본받아 자신들의 작품을 창작했다. 이렇게 그의 쓸쓸한 가을은 중국 시가의 전통적인 제재가 되었다.

송옥의 또 다른 공로는 초사에서 '부賦'라는 새로운 문학 형식을 이끌어 냈다는 점이다. '부'란 시와 산문의 성격을 모두 갖춘 독특한 문학 형식이다. 부는 압운과 대구를 고려해야 한다는 점에서는 시와 비슷하다. 하지만 시와 달리 구법이 매우 개방적이라는 점에서는 오히려 산문과 비슷하다.

「바람(風賦)」, 「높은 제방(高唐賦)」, 「여신(神女賦)」 등이 모두 그의 부 작품이다. 그 가운데 「바람」은 정말 흥미롭다. 그는 자연의 바람을 두 가지로 나누었다. 하나는 제왕에게만 부는 시원하고 상쾌한 '대왕의 숫바람(大王之雄風)'이고, 다른 하나는 서민들이 사는 곳에 부는 '서민의 암바람(庶人之雌風)'이다.

이렇게 함으로써 제왕을 찬양하려고 했을까? 그렇지 않다. 사실 작가는 의도적으로 제왕의 사치스러운 생활과 백성의 궁핍한 생활을 대비시키려 했다. 표면적으로는 생기발랄함이 넘치지만, 그 핵심에는 교묘하고 신랄한 풍자가 담겨 있다. 이는 이후 '부'라는 문학 형식의 특징으로 자리 잡는다.

부가 초사와 다른 점은 사물의 묘사를 중시하고, 의도적으로 과장과 나열을 선호한다는 것이다. '부賦'라는 글자 자체가 '펼치다, 나열하다'라는 뜻이다. 예를 들어 송옥은 「바람」에서 '대왕의 숫바람' 하나를 묘사하면서, 30~40개의 문장을 써서 남김없이 묘사하려 했다.

이러한 부는 한나라 때에 이르러 문단을 주도하는 문학 형식이 되었다. 여기에는 나름의 필연적인 이유가 있다. 부라는 문학 형식 자체의 발전 과정도 있겠지만, 혼란하던 세상을 안정시키고 사회 전반의 체계를 바로잡았다는 자부심이 부의 특성과 맞아떨어졌기 때문이다. 궁중 행사처럼 내용은 단순하지만 장중하면서도 화려한 수식이 필요한 경우, 그에 가장 알맞은 문학 형식이 바로 부였다.

송옥은 초사와 한부漢賦의 교차점에 자리하고 있던 덕에, 전국시대와 진한시대를 이어주는 다리 역할을 한 문학가가 되었다.

아울러 새로운 형태의 문인이 출현함도 보여주었다. 곧 이전까지는 지은이와 읽는 이의 구분이 모호했다. 그러나 궁정의 체계가 확립되면서 신과 불특정 다수를 위해서가 아니라, 한 명의 지배자에게 봉사하는 형태의 문학과 문인이 나타난 것이다. 한마디로 왕에게 작품을 지어 바치는 식이었다.

이럴 경우 대개는 왕의 기분을 좋게 하는 말이 많았을 것이다. 이를 통해 문인들은 비로소 '전문적인 글쓰기'를 할 수 있었는데, 그 첫 장을 송옥이 장식한 것이다. 이런 역할을 가장 확실히 해낸 사람은 다음에 살펴볼 사마상여이다. 중국 문학사에서는 이들을 궁정宮庭 시인이라고 한다.

중국의 옛 소설을 보면, 한 사람의 재주를 칭찬할 때 언제나 "재주가 굴 · 송보다 뛰어나다(才過屈宋)"고 한다. 이제는 그것이 굴원과 송옥을 두고 하는 말인 줄 알 수 있을 것이다.

특히 굴원은 중국 문학사 최초의 유명 시인이다. 『시경』의 시인들이 굴원보다 시대적으로 앞서기는 하지만, 대부분 이름을 남기지 않았기 때문이다.

또한 굴원은 중국 시단에서 가장 뛰어난 시의 하나로 꼽히는 「이소離騷」를 지었다. 이후 사람들은 초사체를 아예 '소체騷體'라 하고, 『시경』의 '국풍'과 「이소」를 합하여 '풍소風騷'라 했다. 또 시인은 아예 '소인騷人'이라고도 불렀다. 이처럼 중국인들은 굴원을 중국 '시의 신(詩神)'으로 떠받든다고 해도 지나치지 않다.

초의 문화

초의 문화는 양자강과 한수漢水 지역을 중심으로 발전한 일종의 지역 문화입니다. 그곳 사람들이 어디에서 왔는가 하는 문제는 의견이 분분합니다. 일찍이 중원 문화를 주도하다가 더 강한 부족에게 밀려 남쪽으로 이동하여 정착한 사람이라고도 하고, 은殷에 이은 동이족東夷族의 후예로 보는 견해도 있습니다.

어쨌든 이런 사람들이 이 지역에 뿌리를 내리면서 토착 문화를 수용했습니다. 그래서 초의 문화는 중원 문화에 비하면 다분히 원시적이고 자연적이며, 신비적이고 낭만적이지요.

아울러 무속巫俗의 풍조가 성행했습니다. 민속학자들의 연구에 따르면, 1950년대까지도 호남湖南의 일부 농촌에서는 죽은 자의 영혼을 부르는 초혼招魂 의식이 성행했다고 합니다. 일정한 의식에 따라 죽은 자의 영혼을 불러낸 뒤 순서대로 위로하는 의식을 거행했다지요. 조금 변화를 주면 산 자의 영혼도 불러낼 수 있었답니다. 그래서 2300여 년 전의 송옥은 그가 지은 「초혼招魂」에서 당시 초나라의 풍습을 생동하게 적어 놓은 거지요.

제2부

한나라 문학부터 위진남북조까지

한나라 초기의 작가들

8

매승枚乘

사마상여司馬相如

동방삭東方朔

양웅揚雄

장형張衡

왕충王充

천하를 통일한 한나라는 화려함과 격식을 숭상했다. 잘 차려 입은 한나라 때의 나무 인형.

외국인 추방령

진秦나라는 중국 역사상 처음으로 통일을 이룬 봉건 제국이다. 하지만 14년 동안만 정권을 유지했을 뿐이다. 반면 그 뒤를 이은 한 왕조는 장수하여, 서한과 동한을 통틀어 400여 년 동안 나라를 유지했다.

큰 기백을 지녔던 진시황은 매우 난폭한 군주이기도 했다. 그는 백성의 반란이 두려워, 나라 안의 모든 병기를 거두어들였다. 그것으로는 사람 동상 12개를 만들어 위수渭水 강변에 세워 놓았다고 한다.

문화 탄압은 더욱 심하여, 나라 안의 서적을 모두 불태우게 하고도 성이 안 차 400여 명의 유학자들을 생매장하기도 했다. 이것이 바로 그 유명한 '분서갱유焚書坑儒' 사건이다.

따라서 문학이 발전할 수 있는 토양도 매우 척박했다. 더욱이 진 왕조는 수명이 짧아, 그때에는 이렇다 할 문학적 성과도 없었다.

문학가로 말하자면 진시황 시절에 재상을 지낸 이사李斯 정도가 유일하다. 이사는 중국을 통일하는 과정에서 적지 않은 공로를 쌓았다. 진나라 전서篆書의 정리 작업도 그가 주관했다. 이사의 문장은 대부분 상소문, 임명장, 비석문 같은 공문서였다. 그러나 그가 아직 관직에 몸담기 전에 지은 「간축객서諫逐客書」는 산문의 명작이라 할 만큼 좋은 문학 작품이다.

이사(?~서기전 208)는 초나라 상채上蔡(오늘날의 하남성河南省에 속함) 사람이다. 그는 한때 한비韓非와 함께 순자에게 가르침을 받았다. 학업을 마친 뒤에는 진나라로 가서 직업을 찾아 전전했다. 이때는 아직 진이 통일하기 전이었다.

그런데 오래지 않아 진나라 정부는 외국에서 흘러 들어온 지식인들 가운데 간첩이 숨어 있음을 알아냈다. 그래서 '외국인 추방령(逐客令)'을 선포하여 모든 외국인들을 국경 밖으로 추방하려 했다. 이에 이사는 밤을 다투어 「간축객서」, 곧 「외국인 추방령의 재고를 바라는 호소문」을 지어 진왕에게 바쳤다.

이사는 이 글에서 다음을 지적했다.

진나라가 부강해진 것은 오로지 인재를 환대하여 관리로 채용했기 때문이다. 진나라의 보물, 미녀, 준마, 음악들도 모두 여러 나라의 장점을 취한 것인데, 어째서 인재만 배제시킨단 말인가? 외국인을 내쫓는다면 오히려 적국을 돕는 길이 될 뿐이니, 절대 그래서는 안 된다고 강조했다.

진왕은 이 글을 읽고 크게 깨달아, 곧바로 '외국인 추방령'을 취소했다. 그리고 이 기회에 이사를 관리로 채용했다.

이사가 이 글에서 한 다음과 같은 말은 이후에도 사람들의 입에 자주 오르내리는 명언이 되었다.

태산은 그 땅을 덜지 않기에, 큰 산이 될 수 있습니다. 강과 바다는 작은 시냇물을 차별하지 않기에, 그처럼 깊을 수 있습니다. 제왕은 백성을 버리지 않기에, 그 덕을 꽃피울 수 있습니다.

泰山不讓土壤, 故能成其大, 河海不擇細流, 故能取其深, 王者不却衆庶, 故能明其德.

요절한 천재 문인

지금부터는 주로 한나라 때의 문학을 살펴보자. 전통적인 견해에 따르면, 한나라 때에는 부賦가 주도적인 문학 형식이었다. 그렇지만 역사 산문과 악부 시가의 성취도 매우 높았다.

먼저 뛰어난 재능을 가졌으나 젊은 나이에 죽은 문학가 가의를 살펴보자.

가의賈誼(서기전 200~168)는 서한西漢 초기의 낙양洛陽(오늘날의 하남성 낙양시) 사람이다. 젊어서부터 출세하여 스무 살에 이미 황실의 박사를 지냈다. 그것은 학술계에서는 매우 높은 직책이었다. 그의 나이는 어렸지만, 풍부한 학식과 탁월한 견해에 원로 학자들도 감히 그를 무시할 수 없었다.

한 문제文帝는 이 젊은 재주꾼을 대단히 아껴서, 그의 말이라면 절대 의심하지 않았다. 이에 많은 법령과 제도가 가의의 손을 거쳐서 만들어졌다. 그에 따라 가의의 관직은 점차 올라가 공경公卿의 등급을 바라볼 정도였다.

그러자 이를 시기하는 일부 관리들이 문제의 귀에 다음과 같은 말을 흘리기 시작했다.

"낙양에서 온 머리에 피도 안 마른 애송이가 대권을 잡고 조정을 주무르려고 하니 큰일이군!"

신하들이 너도 나도 한 마디씩 하자, 문제의 마음도 흔들렸다. 그 뒤 가의의 건의는 번번이 무시되었다. 얼마 뒤에는 장사왕長沙王의 선생님으로 임명된다. 가의는 그것이 겉으로는 승진이나, 실제로는 좌천임을 잘 알고 있었다. 그는 장사長沙에서 3년 동안 우울한 나날을 보냈다.

그러던 어느 날 문제는 생각을 바꾸어 가의를 양회왕梁懷王의 선생님으로 불러들였다. 양회왕은 문제가 가장 사랑하는 아들이었으니, 그의 선생님이 된 것은 분명 행운이라 할 수 있었다.

하지만 뜻하지 않게 양회왕은 말을 타다가 떨어져 죽는다. 그의 선생님이었던 가의는 매우 마음이 아파 슬픔을 감출 수 없었다. 일 년 뒤 그는 결국 33세의 나이로 쓸쓸히 죽음을 맞이한다.

가의의 생은 짧았지만 적지 않은 문학 작품을 남겼다. 이를 후세 사람이 정리하여 『신서新書』 10권으로 정리했다. 그 가운데 가장 유명한 산문으로는 「과진론過秦論」을 꼽을 수 있다. 이는 '진나라의 과실過失을 논함'이라는 뜻이다. 모두 상·중·하 세 편으로 나뉘어 있는데, 상편이 가장 뛰어나다.

「과진론」에서는 진나라의 과실을 부각시키려고 먼저 진나라가 강대했다는 것부터 말을 시작한다. 또한 진나라의 강대함을 표현하려고 다시 다른 여섯 나라의 강대함도 강조한다.

진과 적대 관계에 있던 여섯 나라는 뛰어난 지식인, 전투에 능한 장군, 모두 합하여 진나라보다 10배나 넓은 영토, 100만이 넘는 병사들을 가지고 있었다. 하지만 시종일관 진나라를 이길 수 없었다. 그만큼 진나라는 두말할 나위 없이 강력했다. 진시황이 중국을 통일한 뒤에 그런 상황은 더욱 굳어졌다. 그래서 진시황 스스로 "자손만대로 이어질 제왕의 업을 완성했노라"고 자신할 정도였다.

그런데 국경의 일개 졸병이던 진섭陳涉이 시골 골목에서 외친 한마디에 '철옹성'이던 진 정권이 하루아침에 무너졌다. 이는 도대체 무슨 까닭일까?

가의는 이 글의 마지막 문장에서 문제의 답을 제시한다.

어짊과 의로움의 정치를 베풀지 않고, 공격할 때와 수비할 때의 형세
가 같지 않았기 때문이다.
仁義不施而攻守之勢異也.

진나라가 공세에 있을 때에는 무력을 빌어 승리할 수 있었다. 하지
만 수세로 돌아선 다음에도 통치 방법을 바꾸지 않고 포학한 정치를
했으니, 어떻게 망하지 않을 수 있겠는가?

가의는 문장의 기세를 잘 안배하여, 글 전체의 중심을 마지막 문장
에 배치했다. 이를 위해 그 앞부분에서는 조금씩 힘을 북돋웠다. 산
을 오르듯 한 발 한 발 내딛다가, 정상에 오르고 나서는 갑자기 달음
질쳐서 읽는 이들에게 강렬한 인상을 심어 주었다.

가의의 또 다른 글인 「치안책治安策」은 「간축객서」와 마찬가지로
비유가 생동하고, 글과 감정이 잘 어우러진 논설 산문이다. 이밖에도
「조굴원부弔屈原賦」와 「붕조부鵩鳥賦」 등 '부' 라고 제목을 붙인 몇 편
의 작품이 남아 있다.

그 가운데 「조굴원부」는 가의가 장사長沙로 가는 길에 상수湘水 강
가에서 지은 작품이다. 그는 이 글에서 굴원을 애도하는 내용을 빌
어, 자신의 마음속에 담긴 울분과 회한을 표출했다. 그래서 작품의
분위기가 매우 침울하다.

가의는 굴원과 비슷한 처지를 경험했기에, 사마천은 『사기史記』를
쓰면서 두 사람을 같은 편의 전기傳記에 실었다. 후세 사람들도 '굴
屈 · 가賈' 라고 하며 언제나 두 사람을 함께 언급했다.

가의가 활동하던 때에는 한부漢賦의 모습이 제대로 갖추어지지 않
았다. 그가 지은 몇 편의 '부' 작품도 '부' 라는 제목을 달기는 했지
만, 여전히 소체騷體의 형식에서 벗어나지 못한 초보적인 형태였을

뿐이다. 그러한 상태에서 본격적으로 한부의 기반을 놓은 작품은 매
승의 「칠발七發」이었다.

일곱 번의 움직임

　매승枚乘(?~서기전 140)의 자는 숙叔으로서, 회음淮陰(오늘날의 강소성
江蘇省에 속함) 사람이다. 그는 본래 오왕吳王 유비劉濞의 휘하에서 관
리 생활을 했다.

　그런데 오왕이 반란을 일으키려 하자, 매승은 이를 만류하는 상소
문을 올렸다. 하지만 오왕이 이를 듣지 않아, 매승은 양효왕梁孝王에
게 몸을 피했다. 결국 오왕은 반란죄로 죽음을 당하고, 매승은 선견
지명으로 목숨을 구함과 동시에 이름을 날릴 수 있었다.

　그러나 매승은 관리 생활의 제약이 싫어서, 양왕의 휘하에서 글이
나 지으며 소일하기를 자청했다. 나중에 무제武帝가 즉위한 뒤에는
특별히 수레를 보내 그를 서울로 모셨다. 하지만 이미 늙어 쇠약한
매승은 여행의 피로를 견디지 못하고, 서울로 가다가 죽고 말았다.

　앞서 말했듯이 매승의 「칠발七發」은 한부의 형성을 알린 첫 작품이
다. 이 글의 내용은 이렇다.

　초나라의 태자가 오랜 병으로 자리에 누워 있었다. 하루는 오吳나
라에서 온 어느 여행자가 그를 진찰했다. 그는 태자의 병을 다음처럼
처방했다.

“편안함과 즐거움이 도를 지나치고, 낮과 밤을 구분하지 않고 생활했기 때문입니다(久耽安樂, 日夜無極).”

그런 ‘귀공자(貴人之子)’들은 깊은 궁궐 안에 틀어박혀, 무슨 일이든 시중을 받으며 살찌게 먹고 덥게 입었다. 그래서 조그마한 병에도 쉽게 몸을 망친다고 본 것이다.

그렇다면 어떻게 태자의 병을 고쳤을까? 오나라의 여행자는 약이나 침은 전혀 쓰지 않았다. 그는 단지 그와 몇 마디 대화를 나누기만 해도 태자의 병을 고칠 수 있다고 장담했다.

먼저 오나라의 여행자는 태자에게 감미로운 음악을 듣고, 맛있는 음식을 먹게 했다. 그러나 태자는 “나는 병이 너무 심해 일어날 수 없어요”라고 말했다.

다시 오나라의 여행자는 천천히 사냥 이야기를 했다. 그는 태자에게 사냥하는 모습을 상상하게 했다.

“수레에 올라 타 준마들을 몰고, 뾰족한 화살과 이름난 활을 메고서 산과 내를 내달리며 신선한 바람을 마십니다. 들판은 온통 봄기운으로 가득합니다. 곧이어 사냥감을 발견하고는 사냥개를 풀어 추격하게 합니다. 태자님은 말을 달려 함께 좇아갑니다. 수풀 속까지 좇아가 맨몸으로 맞서 사냥감을 잡는 데 성공합니다. 그날 저녁 초원에서 다 같이 둘러 앉아, 환호 속에 고기를 뜯고 술잔을 기울입니다. …….”

태자는 그의 생생한 묘사에 마음이 움직여, 눈가에 생기가 돌면서 병세가 크게 좋아졌다.

이어서 오나라의 여행자는 구부러진 강가에서 파도치는 강물을 바라보는 장면을 100여 개의 문장으로 묘사했다. 강물이 기세 좋게 파도치는 모습, 처음 파도가 칠 때 한 무리의 백로가 날듯이 하얀 물안

개가 펼쳐지는 모습, 흰말들이 흰 수레를 끌듯 희디흰 파문을 일으키
면서 흰 양탄자를 깔아 놓은 것처럼 강으로 떨어지는 폭포, 삼군이
대오를 갖추어 당당하게 전진하듯 구름과 짝하려고 높이 솟아오르는
파도, 장군이 가볍고 빠른 수레에 타고 우뚝 서서 백만 대군을 지휘
하듯 높이 펼쳐지는 물보라…….

마지막으로 오나라의 여행자는 태자에게 도통한 철학자와 "천하의
오묘하고 지극한 이치를 토론하고, 만물의 옳고 그름을 헤아려 보라
(論天下之精微, 理萬物之是非)"고 했다.

태자는 이를 듣더니, 애써 탁자를 잡고 몸을 일으켰다. 온몸이 땀
으로 흠뻑 젖었지만, 병은 눈 깜빡할 사이에 호전되었다.

이렇게 보면 오나라의 여행자는 세계 최초의 심리 치료 전문가였
다고 할 수 있다. 그는 말만 가지고 환자의 마음을 잘 움직였다. 간단
한 말로 생생한 모습을 보여주어, 정동靜動의 변화와 감성과 지성의
변화를 통해 환자의 마음을 안정된 상태로 유도하는 치료법을 보여
주었다.

이 글은 전체의 구조가 폭넓고, 기상이 빼어나다. 계속 질문과 대
답을 반복하지만, 변화를 주는 데 뛰어나서 조금도 지루하지 않다.
그야말로 한부 가운데 명작이라 할 수 있다. 이 글은 산문체 대부大賦
의 형성을 알린 대표적인 작품이다.

「칠발」은 모두 여덟 단락이다. 그 가운데 첫 단락은 오나라의 여행
자가 병의 원인을 지적하는 부분으로 서곡에 해당한다. 그 다음 일곱
단락은 각기 다른 '일곱(七)' 가지 분야로 태자의 마음을 '움직이기
(發)' 때문에 '칠발,' 곧 '일곱 번의 움직임' 이라고 이름을 지었다.

이 「칠발」의 영향으로 뒤를 이어 「칠격七激」, 「칠변七辯」, 「칠석七

釋」, 「칠계七啓」, 「칠정七征」, 「칠명七命」 같은 모방작이 계속 나왔다. 그래서 부라는 문학 형식 안에 '칠림七林'이라는 세부 문체가 생길 정도였다.

그렇지만 서한의 대부大賦로 가장 전형적인 작품은, 뭐니 뭐니 해도 사마상여의 「자허선생」과 「상림원」이다.

아부의 대가

사마상여司馬相如(서기전 179~117)의 자는 장경長卿이고, 촉군蜀郡 성도成都(오늘날의 사천성四川省 성도시) 사람이다.

그는 대단한 재주꾼이었다. 일찍이 매승과 친분을 나누고, 그와 함께 양효왕 휘하에서 문학시종을 지내면서 유명한 「자허선생」을 지었다. 그러다 양효왕이 죽자, 사마상여는 성도의 고향집으로 돌아가 하루하루를 어렵게 지냈다.

하루는 임공현臨邛縣의 현령이던 친구가 그를 손님으로 초청했다. 임공현에는 큰 부자인 탁왕손卓王孫이란 사람이 있었다. 그의 집에는 부리는 하인만 8백여 명이 넘었다. 그도 사마상여가 왔다는 소식에 그를 초청하여 술과 음식을 대접했다. 사마상여는 술을 마시고 거문고를 타기도 하며 즐거운 시간을 보냈다.

그때 탁왕손에게는 문군文君이란 딸이 있었다. 그녀는 얼마 전에 남편을 잃은 상태였다. 그녀는 거문고를 멋들어지게 타고 외모도 출중한 사마상여를 보자, 그를 흠모하는 마음을 품었다. 사마상여도 그

탁문군 거리의 모습. 오른쪽에 문군가文君街라는 표지판이 서 있다. 이곳은 사마상여와 탁
문군이 생계를 위해 술집을 차렸다는 곳으로서 지금은 사천성 공래시이다.

녀에게 첫눈에 반하여, 의식적으로 심혈을 기울여 거문고를 탔다. 이
렇게 두 사람의 마음은 거문고 소리를 통해 하나가 되었다.

그러던 어느 날 밤, 탁문군은 몰래 사마상여를 만나 함께 삼십육계
줄행랑을 놓기로 약속했다. 둘은 야반도주하여 성도로 갔다. 당시는
'자유연애'가 보기 드문 시절이었다. 딸이 외간남자와 도망가자 탁
왕손은 체면이 깎였다고 여겨 다음과 같이 선언했다.

"내 딸이라 차마 죽일 수는 없지만, 대신 앞으로 동전 한 푼도 얻을
수 없다!"

홀몸이었을 때에도 살림이 어려웠던 사마상여는, 탁문군과 함께
살아야 하니 더더욱 살 길이 막막했다. 그래도 탁문군은 나름대로 생
각이 있었다.

그녀는 상여와 함께 임공으로 되돌아가, 시장 입구에 가게를 하나

차렸다. 그리곤 자신은 직접 술을 팔고, 상여는 반바지를 입고 심부름꾼들과 함께 그릇을 닦게 했다.

그러자 탁왕손은 안절부절못했다. 딸과 사위가 그처럼 미천한 장사를 하는데, 아버지의 입장이 말이 아니라고 생각한 것이다. 그는 할 수 없이 백만금과 함께 백여 명의 하인을 문군에게 주었다. 그제야 상여 부부는 의기양양하게 성도로 돌아갔다.

얼마 뒤 한 무제는 우연히 상여의 「자허선생」을 읽고 큰 감동을 받았다. 그는 이를 고인의 작품이라 여겨, 생전에 작가를 만나지 못한 것을 안타까워했다. 그러다 주위의 소개로 그가 살아 있음을 알고는, 매우 기뻐하며 상여를 장안長安으로 불러들였다. 그리고는 그를 자기 곁에 두고 관리로 임명했다. 이에 상여는 「상림원」을 지어 바쳤다.

「자허선생」에는 가상의 인물인 자허子虛와 오유烏有가 나온다. 초나라 사람인 자허선생은 제나라에 파견되어, 제나라 사람인 오유선생 앞에서 초나라 자랑을 늘어놓는다. 운몽雲夢 저수지가 얼마나 큰지, 생산품이 얼마나 다채로운지, 왕의 사냥 행렬이 얼마나 크고 화려한지 따위를 말하자 오유선생은 이를 반박한다.

"초나라 왕의 덕행은 자랑하지 않으면서 무슨 운몽 저수지 같은 이야기를 늘어놓습니까? 사냥하고 노는 사치스런 일만 떠벌려서 무슨 소용이 있습니까? 당신의 말이 진실이라면 초왕은 왕의 자격이 없는 사람이고, 당신 말이 거짓이라면 당신의 품행에 문제가 있는 것입니다."

그렇게 말하면서 오유선생도 제나라의 넓은 땅과 풍부한 물산 들을 한바탕 늘어놓아 자허선생을 압도하려고 했다.

「상림원」은 「자허선생」의 자매격인 작품이다. 여기에서는 망시공亡是公이 자허와 오유의 대화를 듣고 이를 비판하는 내용이 나온다.

그는 두 사람이 '군신 사이의 의리'와 '제후 사이의 예절'은 뒤로 미룬 채, '사냥의 즐거움'과 '건물의 규모'만으로 말싸움하는 것은 두 나라 군주의 명예를 더럽히는 일이라고 생각했다.

그러나 망시공도 결국 과장과 자랑의 길로 돌아선다.

"당신들은 진짜 웅장하고 화려한 것을 못 본 것 같군요. 내가 한漢 천자의 정원인 상림원上林苑을 말해 주겠소."

이어서 작자는 장황한 말로 상림원의 화려함과 웅장함을, 그리고 천자가 사냥하는 모습을 묘사한다.

사마상여는 이 과정에서 형용사란 형용사는 모두 사용했다. 또 익숙한 전고典故와 여러 생소한 벽자僻字도 모두 끌어들였다. 끊임없는 나열을 통하여 웅장한 경관을 묘사한 결과, 호탕한 기세를 드러내는 효과를 거두었다.

「상림원」의 결말 부분에서 한漢의 천자는 자신의 지나친 사치를 뉘우쳐, 술을 멀리하고 사냥을 그만두며 정원을 농토로 개간하라고 명령했다. 그러자 "천하가 크게 기뻐했다"고 한다.

이 작품은 수천 자에 달하지만, 마지막 절에 와서야 약간의 풍자와 권고의 뜻을 표현했을 뿐이다. 이 때문에 일부 사람들은 이 작품이 "백 가지를 권하면서 한 가지만 풍자한다(勸百而諷一)"고 비평했다. 마음껏 감상하고 끝없이 찬양하는 말을 내뱉다가, 마지막에 풍자의 말 한 마디를 한다고 얼마나 효과가 있겠느냐는 것이다.

나열과 과장을 극도로 추구하는 사마상여의 부가 가진 특징은, 한 나라라는 대통일 왕조의 광활한 기상과 잘 어울렸다. 그래서 「자허선 생」과 「상림원」은 시대의 산물이자, '한부'의 위치를 확실히 다진 작품이라고 할 수 있다.

이밖에도 사마상여의 작품으로는 「대인부大人賦」와 「장문부長門賦」

등이 있는데, 이는 모두 소체騷體이다.

또 「유파촉격喩巴蜀檄」과 「난촉부로難蜀父老」 같은 산문도 있다. 이 작품들은 그가 명을 받들어 서남 지방에 파견되었을 때 지은 것이다. 이를 통해 한 왕조와 서남 지방의 소수민족이 교류하는 데 적지 않은 역할을 했다.

재야에 버려진 호랑이

서한의 또 다른 사부 작가로서, 색다른 문학가인 동방삭東方朔이 있다. 동방삭(서기전 154~93)의 자는 만천曼倩이고, 평원平原 염차厭次(오늘날의 산동성山東省 혜민현惠民縣) 사람이다.

그는 남을 웃기는 재주에다 해박한 지식까지 가지고 있었다. 그가 처음으로 황제에게 상소문을 올릴 때, 단숨에 3천 개의 목독木牘을 채울 정도로 장문의 글을 썼다. 그래서 그 글은 두 사람이 겨우 들고 들어가 황제에게 보였고, 황제는 그 글을 두 달 만에 다 읽을 수 있었다고 한다. 앞에서 살펴보았듯이, 그때는 종이가 없어서 나무나 대나무를 깎아 종이를 대신했다.

이처럼 동방삭은 재주와 학식이 출중했다. 하지만 관리에 임용되지는 못하고, 단지 무제 옆에서 농담이나 하며 말벗을 하는 정도였다. 한번은 상대방의 기분을 잘 파악하는 그가 황제의 기분이 좋은 때를 틈타 진심 어린 충고를 했다. 그러나 무제는 그 말을 진지하게 받아들이기는커녕 늘 그랬듯이 남을 웃기는 말로만 여겼다.

이에 동방삭은 괴로운 마음에 자주 술을 마시고, 미친 듯이 기괴한 행동을 하며 이렇게 외쳤다.

"은자隱者는 왜 깊은 산속에서만 살아야 하는가? 내가 바로 이 궁전 안의 은자로소이다!"

글은 사람을 닮는다. 동방삭의 글은 그의 사람됨만큼이나 재미나면서 풍자의 뜻이 가득하다. 「답객난答客難」은 바로 이런 특징이 잘 나타난 작품이다.

글의 첫 부분에서 어느 손님이 동방삭을 찾아와, 그를 위로하며 이렇게 말했다.

"소진蘇秦이나 장의張儀도 재상이 되었습니다. 그런데 하물며 당신처럼 입술이 부르트고 이가 빠질 정도로, 날마다 성현의 글을 읽으며 수십 년 동안 학문에 정진한 사람이 어째서 그 잘난 시랑侍郎 자리밖에 안 되는 겁니까?"

그러자 동방삭은 이렇게 대답했다.

"세상일이란 언제나 때가 있는 법이지요. 소진이나 장의는 천하가 어지러워, 영웅이 인재를 찾기 쉬운 시절에 활동했습니다. 오늘날은 천하가 평정되고 전국이 통일되었습니다. 현자는 찾기 어렵고, 재주 있는 사람이건 아니건 한데 뒤섞여 분간할 수 없습니다. 들려서 쓰이면 모두 호랑이가 되고, 재야에 버려지면 모두 쥐가 될 뿐입니다. 소진이나 장의도 오늘날 살고 있다면 시골에서 서류 정리나 하는 말단 관리나 할까, 시랑 자리는 못했을 겁니다."

이어서 동방삭은 열변을 토하며 흥분했다가, 다시 냉정을 되찾기를 반복하면서 자신의 처지를 변호하려고 노력한다. 이러한 방법으로 가슴에 담긴 울분을 쏟아 내며 스스로를 위로한 것이다.

이렇게 자조自嘲하는 작품은 이후 문단에 적지 않은 영향을 끼쳤다.

예를 들어 양웅揚雄의 「해조解嘲」는 이 「답객난」을 모방한 작품이다.

항간에서는 동방삭을 신선으로 묘사한다. 이는 그의 뛰어난 재능과 민첩한 두뇌를 아끼고, 불행했던 그의 삶을 안타까워 한 역대 중국인들의 소망이 반영된 것이다.

아이들의 장난 같은 글짓기

양웅揚雄(서기전 53~18)의 자는 자운子雲이고, 촉군蜀郡 성도成都(오늘날의 사천성 성도시) 사람이다. 그도 유명한 사부 작가였다. 그는 말을 더듬는 버릇이 있어, 사람들과 대화하기를 꺼려했다고 한다. 그래서 그는 종일 문을 닫아걸고 밖에 나가질 않았다.

하지만 글 하나는 정말 유창하게 썼다. 그는 사마상여를 가장 존경해서, 그의 「자허선생」과 「상림원」을 모방했다. 그 결과 「감천부甘泉賦」와 「우렵부羽獵賦」라는 사부를 지었다.

그 사부를 보면 단어를 쓰는 것이며 문장 구조가 모두 사마상여의 글을 빼다 박았다. 그래서 후세 사람들은 둘을 '양揚·마馬'라고 나란히 부르게 되었다.

그런 양웅이 지은 「해조解嘲」도 사마상여의 글처럼 묻고 답하는 형태이다. 이처럼 형태는 남의 작품을 모방했지만, 내용은 자신의 주관을 담아 서한 말기의 사회 현실을 반영했다. 그는 인재들은 등용하지 않고, 하찮은 인물들만 판치는 당시 사회를 비판했다.

현령이 선비를 모셔 들이지 않고, 군수는 스승을 맞이하지 않는다.
縣令不請士, 郡守不迎師.

이처럼 그가 보기에 당시는 지식인들이 푸대접 받는 사회였다. 그
래서 권력의 정상에 오르면 언제 멸족의 위험이 닥칠지 모르니, 자신
의 생활을 즐기며 일신을 보전하는 것이 상책이라고 말한다.

지위가 극에 달하면 반드시 위험할 것이고, 스스로를 잘 지키면 온전
히 보호할 수 있을 것이다.
位極者宗危, 自守者身全.

이러한 양웅은 뼈를 깎는 노력을 통해 박학다식한 학문을 쌓았다.
『논어』를 모방하여 『법언法言』을 짓고, 『주역』을 모방하여 『태현太玄』
을 지었다. 이를 통하여 자신의 사회, 정치, 철학의 견해를 주장했다.
그가 쓴 『방언方言』은 아마도 중국 최초의 언어학 전문 서적일 것이
다.

양웅은 일찍이 사부 작가로 이름을 날렸다. 하지만 만년에 이르러
서는 생각이 바뀌었다. 그는 사부를 짓는 일이 나무에 벌레를 새기듯
보잘 것 없고, 아이들의 장난과 같아서 "사내대장부가 할 일이 아니
다(壯夫不爲)"라고 했다. "백 가지를 권하면서 한 가지만 풍자한다(勸百
而諷一)"는 말로 사마상여를 비판한 사람도 그렇게 사마상여를 존경
하던 그였다.

한편 그는 산문도 아름답게 잘 써서, 당唐나라 때의 대문호인 한유
韓愈가 그를 매우 존경했다고 한다.

동한 시대의 작가들

지금까지 살펴본 이들은 모두 서한시대의 사람들이다. 그러면 동한東漢의 상황은 어땠을까?

이때에도 역시 유명한 사부 작가들이 있었다. 우리가 잘 아는 반고班固도 그 가운데 한 명이다. 그는 역사서인 『한서漢書』의 집필자로 유명하다. 이것은 나중에 다시 설명하기로 하자.

여기서는 먼저 그의 「두 도시(兩都賦)」를 살펴보자.

서한 때에는 장안長安이 수도였다. 그러나 동한에 이르면 낙양洛陽으로 바뀐다. 그런데 일부 원로 신하들이 다시 도읍을 장안으로 옮기자고 주장한 일이 있었다. 그래서 이에 반대한 반고가 「두 도시」를 지어 자신의 견해를 주장했다.

이 작품에서는 서도西都인 장안의 손님이, 동도東都인 낙양의 주인에게 장안의 험준한 산세와 궁궐의 큰 규모, 물산의 풍부함 등을 자랑한다. 그러자 동도의 주인은 진秦 지방에 오래 살다 보니 안목이 좁고, 한漢나라를 개국한 근본 취지를 모른다며 그를 나무랐다.

이 「두 도시」는 대도시의 크고 화려함을 과장하여 나열하는 한부의 선례가 되었다. 이후 장형張衡의 「이경부二京賦」나 좌사左思의 「삼도부三都賦」는 모두 이 작품에서 영향을 받았다

「이경부」를 지은 장형은 동한시대의 유명한 과학자이기도 하다. 혼천의渾天儀와 지동의地動儀를 발명하여 세계적으로 그 이름을 떨쳤다.

장형(78~139)의 자는 평자平子이고, 남양南陽 서악西鄂(오늘날의 하남성河南省) 사람이다. 그는 걸출한 과학자로서 특히 천문과 역법에 능통했다. 또한 유명한 사부 작가이자 시인이기도 했다.

그의 「이경부二京賦」는 매우 긴 장편으로서, 새로운 내용을 많이 담고 있다. 상인, 협객, 변호사, 도시의 거리 연예인을 이야기하는데, 이는 이전의 사부에서는 찾아볼 수 없던 내용이다.

그러나 모든 문인들이 사부에 흥미를 느낀 것은 아니었다. 동한의 왕충王充이라는 사람은 당시의 사부 문학을 다음과 같이 비평했다.

화려할 뿐 내실이 없고, 꾸밈이 있을 뿐 진실함이 없다.
華而不實, 僞而不眞.

왕충(27~약 97)의 자는 중임仲任이고, 회계會稽 상우上虞(오늘날의 절강성浙江省에 속함) 사람이다. 그는 독자적인 사상을 가진 학자였다.

그가 젊었을 때 집이 매우 가난하여, 마음대로 책을 사볼 수 없었다. 그래서 서점에 가서 선 채로 책을 한 번 훑어보고는 모두 외웠다고 한다. 그리고 집에 있을 때면 칼을 들고 마음 내키는 대로 때와 장소에 상관없이 자신의 사상을 새겼다.

글이란 실질적인 내용을 담아야 하고, 이해하기 쉽게 쓰며, 모방하지 말고 독창적인 견해를 제시해야 한다는 것이 그의 주장이었다. 그 모두가 당시 문단의 병폐로 지적되던 것이었다.

왕충의 『논형論衡』은 유명한 철학 서적으로서, 치밀하고 날카로운 진보적 관점이 적지 않게 실려 있다. 문학적 측면에서 보면, 개성 있고, 논리력이 뛰어나며, 생동한 언어를 써서 매우 훌륭한 논설문이라 할 수 있다.

시황제와 이사

시황제 당시 불타워진 서적(焚書)의 종류는 두 가지였습니다. 하나는 『진기秦記』 이외의 여섯 제후국의 역사서이고, 다른 하나는 민간에서 소장하고 있던 『시』와 『서』를 비롯한 유가의 서적과 그밖에 제자백가의 책들이었지요.

다음으로 '비방'과 '유언비어'로 백성을 현혹시켰다는 죄명으로 460여 명의 사람을 생매장(坑儒)해 죽였다는 기록이 있습니다. 이 때문에 시황제는 역사 이래 비난의 대상이 되었지요.

그러나 한쪽에서는 재상 이사가 자신의 입지를 공고히 하려고 꾸민 사건이라는 주장도 제기되고 있습니다. 또한 중국 문화의 파괴와 단절이란 면을 따지면 시황제보다는 오히려 항우와 한 무제의 책임이 더 크다는 주장도 있습니다.

어찌되었든 권력의 핵심에 있던 이사 역시 결국은 동료에게 함양 거리에서 허리가 잘리는 비참한 최후를 맞이했습니다.

'분서갱유' 사건을 다시 정리하자면, 새로운 통일국가를 세우고 법가를 통치 사상으로 내세운 진나라의 관서關西 문화가 유가를 대표로 하며 고급문화를 자부하던 관동關東 문화에 타격을 가한 사건이라고 할 수 있습니다.

그러나 시황제의 이러한 정책은 크게 효과를 거두지 못하고, 한나라로 넘어오면 유가가 독보적인 위치를 차지합니다.

온몸으로 쓴 역사 이야기 9

사마천司馬遷과 『사기史記』

인물 위주로 역사를 기록한 태사공 사마천.

만 권의 책을 읽고, 만 리 길을 다니다

중국의 고대 문단에는 사마司馬라는 성을 가진 유명한 문학가가 3명 있다. 한 사람은 앞서 언급한 사마상여이고, 또 한 사람은 『사기』를 쓴 사마천이다. 나머지 한 사람은 항아리를 깨고 안에 갇혀 있던 친구를 구한 사마광司馬光이다. 이 사마광은 송나라 때의 사람이다.

이제 살펴볼 사마천司馬遷은 그보다 천 년이나 앞선 한나라의 위대한 사학자이자 문학가였다. 잘 알다시피 그는 불후의 명작인 '기전체' 역사서 『사기史記』를 지었다.

사실 이 책은 애초에 『태사공서太史公書』 또는 『태사공』이라고 불렀다. 사마천의 관직이 태사공인데다가, 각 편의 문장 첫 마디에 언제나 "태사공이 말하길(太史公日)"이라고 썼기 때문이다.

태사공이란 역사를 기록하고 천문, 역법, 점복 등을 관장하는 직책인데, 지위는 그렇게 높지 않았다. 이 책의 이름은 위진魏晉시대에 와서야 『사기』가 되었다.

당시 역사를 기록하는 방법에는 크게 편년체와 국별체라는 두 가지 방법이 있었다. 앞에서 보았듯이 『춘추』는 '편년체'이고, 『국어』와 『전국책』은 '국별체'이다. 이들은 모두 사건 기록을 위주로 했다.

반면 '기전체'는 사마천이 처음 시도한 방법이다. 그는 인물을 위주로 기록했다. 그래서 『사기』는 백여 명이 넘는 각종 인물의 전기로 이루어져 있다. 사마천은 인물의 가치를 매우 중시했다. 인물 하나하나를 역사의 주체로 간주하는 진보적인 역사관을 보여준다. 그래서 『사기』 이후에 모든 정사正史는 기전체 형식을 채용했다. 이를 통해서도 사마천의 위대함을 엿볼 수 있다.

사마천의 고향에 있는 사당과 무덤. 지금은 섬서성 한성시 용문이다.

오늘날 중국 섬서성陝西省 한성현韓城縣에 용문龍門이란 곳이 있다. 그곳에서 2천여 년 전 사마천이 태어났다. 사마천(서기전 약 145~약 87)의 자는 자장子長이다.

사마천은 그의 아버지인 사마담司馬談의 뒤를 이어 조정에서 태사령太史令으로 일했다. 그는 어렸을 때에는 고향에서 밭 갈고 소치면서 지내다가, 나중에 아버지를 따라 서울에 가서 공부했다. 어린 시절부터 총명하여, 열 살 때 이미 난해한 고문을 읽을 수 있었다고 한다.

스무 살이 넘어서는 전국 각지를 답사했다. 동쪽으로는 하북·산동·절강성의 바닷가 지역, 남쪽으로는 호남·강서·운남·귀주성 일대, 서쪽으로는 섬서·감숙·사천과 서장 자치구의 경계 지역, 북쪽으로는 장성長城 부근에 이르기까지 그의 발길이 미치지 않은 곳이 없었다.

우禹임금의 치수 유적지를 돌아보고, 멱라강 강가에 이르러서는 굴원을 위해 묵념했다. 공자의 고향에 가서는 공자의 체취가 담긴 집과 유물, 제기를 살펴보았다. 회음淮陰에서는 한신韓信의 전설을 수집하고, 한 고조 유방劉邦이 처음 군사를 일으킨 풍패豐沛에서는 소하蕭何, 조참曹參, 번쾌樊噲의 묘소를 참배했다.

그렇게 유명하다는 산천과 옛사람들의 유적지를 돌아다니면서 산 경험을 쌓았다. 또한 막대한 역사 자료도 수집할 수 있었고, 그의 가슴을 활짝 트게 한 계기가 되었다. 이러한 경험은 뒷날 『사기』를 쓸 때 든든한 밑바탕이 되었다. 그래서 "만 권의 책을 읽고, 만 리의 길을 다녔다(讀書萬卷, 行萬里路)"라고 했다.

사마천은 20대 중반에 임용시험에 합격하여 낭중郎中이 되었다. 그 뒤 10년 동안 서남 지역에 파견되기도 하고, 군주인 무제武帝와 함께 전국을 순회하기도 했다. 또 봉선封禪 의식에도 참가했다. 봉선 의식이란 군주가 흙으로 단을 쌓아 하늘에 제사지내고, 땅을 깨끗이 쓸어 산천에 제사지내던 일을 말한다.

36살이 되던 해에 아버지가 돌아가시자, 그 뒤를 이어 태사령이 된다. 그리곤 아버지의 유지를 받들어 『사기』를 완성했다. 그는 틈나는 대로 황실 도서관에 있는 수많은 책과 각국의 사료들을 살펴보면서 역사서를 집필하려고 준비했다. 그래서인지 붓을 들어 쓰기 시작하자, 한순간도 막힘없이 호탕한 기세로 단숨에 써 내려갔다고 한다.

인간 승리

　사마천이 살았을 때 한 왕조는 흉노와 싸우고 있었다. 전하는 바에 따르면, 그 무렵 이릉李陵이라는 장군이 병력 5천을 이끌고 흉노를 토벌하러 갔다고 한다. 그는 사막으로 가 흉노를 토벌하려다가, 오히려 8만의 흉노군에게 포위되었다.

　이릉은 병사들을 이끌고 죽을 각오로 포위를 뚫으려고 노력했다. 그렇게 1만여 명의 적군을 죽였으나, 자신도 부하의 절반 이상을 잃었다. 8일을 버텼지만 식량과 무기가 바닥나고, 구원병이 오지 않아 결국 투항할 수밖에 없었다.

　무제는 이 소식을 듣고 크게 화를 냈다. 조정의 신하들도 하나같이 황제의 눈치를 보면서 이릉을 모함했다. 그러나 사마천은 생각이 달랐다. 그는 적극적으로 이릉을 변호했다.

　"이릉은 평소에 사람됨이 성실하고, 병사들을 잘 통솔했습니다. 이번에도 적은 병사를 이끌고 적의 대군과 상대하여 적지 않은 적군을 죽였으니, 공로가 없다고 할 수 없습니다. 그가 비록 투항했지만, 머지않아 기회가 오면 다시 우리 한漢을 위해 충성을 바칠 것이 틀림없습니다."

　그러나 이 말이 무제의 귀에 들어가자 불에 기름을 붓는 격이 되었다. 사실 이릉이 군사작전에서 실패한 원인은, 전적으로 그의 상사인 이사장군貳師將軍 이광리李廣利의 지휘 불찰에 있었다.

　그런데 이광리는 바로 무제의 처남이었다. 그러니 사마천이 이릉을 변호한 것은 자연히 이광리의 책임을 추궁한 꼴이다. 포학한 성격의 무제가 이런 지적을 용납할 리 없었다.

그는 노발대발하면서 사마천을 궁형宮刑에 처했다. 궁형은 인격을 짓밟는 잔혹한 형벌인데, 바로 남자의 성기를 자르는 형벌이다. 사마천은 궁형을 당한 뒤, 삶의 의미를 잃었다.

그러나 그는 생각을 바꿔 먹었다. 죽는 것은 쉽지만, 역사서를 완성하려면 자신이 꼭 필요했기 때문이다. 사마천은 이 위대한 목표를 이루려고 계속되는 고난과 한없는 치욕을 무릅쓰고, 이를 악물면서 삶을 지탱했다.

이때부터 사마천은 십 몇 년 동안 밤낮을 가리지 않고 발분저서發憤著書하여, 대규모 역사서인 『사기』를 완성했다. 한마디로 인간 승리라 할 수 있다.

동병상련의 인물들

『사기』는 전설 속의 '황제皇帝'부터 시작하여 한 무제에 이르는 장장 3천 년 동안의 중국 역사를 다루고 있다. 하지만 역사서 안에 전설과 신화를 포함시켰다는 점 때문에, 역대로 많은 지적을 받았다.

『사기』는 모두 130편 52만 6천 자의 분량이다. 구성은 본기本紀 12편, 세가世家 30편, 열전列傳 70편, 표表 10편, 서書 8편이다.

'본기'는 제왕들의 정치적 업적을 다루고, '세가'는 제후들의 상황을 다뤘다. '열전'은 각종 인물의 전기이고, '표'는 시간의 순서대로 기록한 역사 연표이다. 마지막으로 '서'는 각종 법령과 사회제도의 연혁을 기록한 것이다.

사마천은 자신이 치욕적인 일을 겪었기 때문에, 역사에서 자신처럼 불행을 당한 인물에게 깊은 동정을 표시했다. 그래서 전기의 많은 부분에 자신의 경험과 감회를 반영했다. 이 때문에 『사기』는 무미건조한 다른 역사서와 달리 감정이 짙게 배어 있다. 어느 근대 학자는 이러한 특징을 잘 파악하여, 『사기』를 '운율 없는 「이소」'라고 평가했다.

사마천은 역사를 보는 독특한 견해와 탁월한 시대적 안목을 가지고 있었다. 그는 당시 사람들의 애증을 거르지 않고 반영했다. 또한 통치자의 뜻에 맹목적으로 순응하지도 않았다.

그 한 예로 초楚의 패왕 항우項羽를 들 수 있다. 그는 한漢의 고조高祖 유방劉邦과 전국 제패를 놓고 다투다가 패하고 오강烏江에서 자결했다. 그러나 사마천은 그를 비난하지 않았다. 오히려 항우의 전기를 특별히 취급하여, 제왕들만 다루는 '본기'의 첫 편에 실었다. 더욱이 비분강개한 불운의 영웅으로 형상화하기까지 했다.

유방은 자신이 살고 있는 한을 세운 황제이니, 당연히 그를 칭송하고 존경하는 것이 마땅하다. 하지만 사마천은 그렇게 하지 않았다. 우리의 짐작과 달리, 그는 「고조본기」에서 젊은 시절 한량으로 지내며 무뢰한 행동을 일삼던 유방의 행적을 낱낱이 파헤쳤다. 그렇게 건국 황제의 체면을 완전히 구겨 버렸다.

그 때문인지 오늘날에도 승자인 유방보다 패자인 항우를 동정하는 시선이 많다.

또 농민 영웅인 진섭陳涉은 출신이 미천하고, 일개 사병에 지나지 않은 인물이다. 그는 대담하게도 무적의 통치자에게 도전했다. 그 때문에 폭정을 일삼는 진秦에 대항하는 반진反秦 운동이 시작됐다.

사마천은 그런 그를 존경했다. 그래서 그의 전기를 '세가'에 편입

시켜, 다른 제후들과 똑같이 취급했다. 물론 공자나 굴원처럼 걸출한 인물에게도 아낌없는 찬사를 보냈다.

시정잡배의 능력

사마천은 남들이 업신여기는 인물도 높이 평가했다. 그 예로 「위공자열전魏公子列傳」에 나오는 두 사람의 평민 이야기가 있다.

위魏나라의 공자公子인 신릉군信陵君은 제齊나라의 맹상군孟嘗君, 조趙나라의 평원군平原君, 초楚나라의 춘신군春申君과 함께 그 유명한 '춘추시대 4대 공자' 가운데 한 사람이다. 귀족 출신인 그는 자기 휘하에 3천여 명의 식객을 접대했다. 하지만 늘 사방으로 인재를 찾아다니며 벗들과 교제를 넓혔다.

그가 살던 수도인 대량大梁에 후영侯嬴이라는 성문 파수꾼이 있었다. 그는 일흔 살이 넘도록 집안 형편이 매우 어려웠다. 하루는 신릉군이 그가 현자란 말을 듣고, 예물을 준비하여 그를 방문했다. 그러나 후영은 예물을 거절하며 이렇게 말했다.

"나는 수십 년 동안 심신을 수양하고, 절개를 지켜 왔습니다. 파수꾼 생활로 사는 게 힘들다고 당신의 재물을 받을 수는 없습니다."

그래도 신릉군은 단념하지 않았다. 관아에 연회를 베풀고서 귀족들을 모두 불러들인 다음, 몸소 마차를 몰고 가 성문에서 후영을 초청했다.

이에 후영도 더 이상 거절하지 않고, 다 떨어진 옷을 추려 입고는 당당하게 마차의 주빈 자리에 앉았다. 그리곤 신릉군에게 마차를 몰게 했다.

중간쯤 가다가 후영은 친구를 만나려고 하니 수레를 세워 달라고 했다. 후영은 돼지를 도살하여 파는 푸줏간 친구와 만나 일부러 오랫동안 이야기를 나누었다. 그럼에도 신릉군은 시종일관 불쾌한 내색 하나 없이 공손하게 그 곁을 지키고 있었다.

마침내 후영은 그에게 감동을 받아, 그를 도와 일하기로 마음을 굳혔다. 그 뒤 후영은 결정적인 순간에 신릉군을 위하여 계책을 알려 준다. 그리고 마지막에는 자기의 목숨을 바쳐 신릉군의 신의에 보답한다.

한번은 후영이 신릉군에게 어느 용사를 추천한 일이 있다. 그는 후영처럼 평민 출신인 주해朱亥라는 사람이다. 앞서 시장에서 얘기를 나눈 푸줏간 친구가 바로 그이다. 이에 신릉군은 여러 번 그를 방문했지만, 주해는 조금도 감사하는 모습을 보이지 않았다.

얼마 뒤 긴급히 해결해야 할 중대사를 해결할 용사가 필요했다. 그래서 신릉군은 주해를 불렀다. 그때 주해는 웃으면서 이렇게 말했다.

"저는 시장에서 칼을 놀리는 백정에 지나지 않습니다. 하지만 당신은 몸을 낮추어 여러 번 저를 방문했지요. 그때마다 제가 왜 대응하지 않았는지 아십니까? 자잘한 예의는 별 의미가 없기 때문입니다. 이제 당신께 화급한 일이 생겼으니, 당신을 위해 목숨을 바칠 시간이 되었습니다!"

그는 말을 마치자마자 40근이나 되는 커다란 철퇴를 둘러메고는 신릉군과 동행했다. 그리곤 신릉군을 위해 정적을 해치우고 신속하게 사건을 마무리했다.

사마천이 이 두 사람을 언급한 것은, 귀천을 가리지 않고 인재를 예우하는 신릉군을 부각시키고자 해서이다. 그러나 다른 각도에서 보면, '시정잡배'의 존엄과 지혜, 힘을 말함으로써 보통 사람의 형상을 당당하게 역사서에 올려놓았다는 의의가 있다.

울분을 삼킨 인물들

사마천의 글에는 혁혁한 공로를 세운 인물들이 통치자의 배척과 제재를 받는 내용도 실려 있다. 이광李廣도 그 가운데 한 사람이다.

이광은 유명한 장군으로서, 전투도 잘하고 군대도 잘 통솔했다. 화살도 잘 쏘아, 쏘았다 하면 백발백중이었다. 한번은 그가 풀숲에 호랑이가 한 마리 웅크리고 있는 걸 보았다. 그는 호랑이를 향해 힘껏 화살을 날렸다.

그런데 이상하게도 호랑이는 조금도 움직이지 않았다. 가까이 다가가 보니, 그것은 호랑이가 아니라 커다란 바위였다. 놀라운 것은 거기에 깊숙이 화살이 박혀 있었다는 것이다.

그는 북방의 국경에서 흉노와 대치하면서 일생 동안 70여 차례의 전투를 치렀다. 적은 수의 병사로 많은 적을 무찌르고, 기적 같은 승리도 많이 거두었다. 흉노군은 그를 두려워하여, 그를 '나르는 장군(飛將軍)'이라고 불렀다. 흉노군은 그런 그가 국경을 지키고 있는 몇 년 동안은 감히 침범하지도 못했다. 그러나 이광은 통치 집단의 압박과 배제 때문에, 큰 공을 세웠지만 평생 제후로 봉해지지 않았다.

이후 어느 전투에서 무능한 상관의 실수로 흉노의 우두머리인 선우鯫于를 놓치는 일이 생겼다. 그러자 그 상관은 죄를 이광에게 돌렸다. 예순 살이 넘은 이광은 부하 장교들이 연루되는 것을 원치 않아, 혼자서 모든 책임을 지고 칼을 꺼내 자결했다.

앞서 다루었듯이 이광만이 아니라, 그의 손자인 이릉李陵도 비극적인 인물이었다. 그들은 모두 사마천처럼 재주와 학식이 뛰어나고 큰 포부를 지니고 있었다. 하지만 공직에서 엄청난 굴욕을 당했으니, 참으로 불운하다고밖에 할 수 없다.

이처럼 『사기』에 기록된 걸출한 인물들은 대부분 피살되거나 자결하기에 더욱 비극적이다. 그 시대가 인재를 탄압하고 말살하던 비극의 시대였기에 그렇다.

사냥을 끝낸 사냥개의 신세

『사기』에 나오는 몇몇 인물은 한때 통치자들에게 신임을 얻기도 한다. 하지만 그들도 결국에는 버림받는 신세가 된다. 한신韓信이 그 대표적인 인물이다.

한신은 한나라를 세운 일등 공신이자 빛나는 전과를 올린 장군이다. 하지만 젊었을 때에는 궁핍한 생활에, 이렇다 할 명성이나 번듯한 직업도 없는 사람이었다. 시장의 어느 젊은이는 그런 그를 무시하며 이렇게 말했다.

"머리도 다 큰 놈이 아직도 칼을 차고 다니다니. 정말 한심한 놈이로군!"

그러면서 여러 사람들 앞에서 한신을 모욕했다.

"죽음이 두렵지 않으면 나를 찔러라! 그걸 못하겠다면 내 바짓가랑이 사이로 기어가라."

이에 한신은 잠시 고민하더니, 그 사람 가랑이 사이를 기었다. 그때 한신은 이렇게 생각했다.

'내가 그를 죽인다고 무슨 이득이 있겠는가? 이름을 떨칠 뒷날을 위해 잠시 몸을 굽히는 것도 괜찮아.'

과연 한신은 나중에 유방의 휘하에서 활약할 수 있는 기회를 얻는다. 한漢이 차지한 영토 가운데 절반은 그가 얻은 것이다.

그런 한신이 군의 통수권을 장악한 뒤, 주변에는 흉노의 선우와 손을 잡으라고 부추기는 이들이 생겼다. 그러나 한신은 감정과 의리를 중시하는 사람인지라 한마디로 거절했다.

"한왕이 나에게 이렇게 잘 해주는데, 이익을 좇아 의리를 버리고 군주를 배반할 수는 없다."

그러나 유방의 생각은 달랐다. 그는 전국이 안정되자, 한신의 권한이 너무 커서 자신의 권위를 위협한다고 생각했다. 그래서 기회를 엿보아 한신을 체포하고, 그의 군 통수권을 빼앗았다.

그제야 한신은 크게 깨닫고 이렇게 말했다.

"사람들이 말했지. 토끼가 죽으면 뛰어난 사냥개도 보신탕 신세가 되고, 새를 잡고 나면 좋은 활도 쓸모없어진다고! 적군이 소멸되면 공신들도 머리가 날아간다고도 했지! 이제 전국이 안정되니 세상과 이별할 때가 되었군!"

결국 한신은 살해되었고, 그의 일가친척도 화를 면하지 못했다. 이것이 바로 잘 알려진 '토사구팽兎死狗烹'의 배경 이야기이다.

겨울이 더 길었으면

　제왕이 각박하고 베풀 줄 모르면, 관리들도 똑같이 제멋대로 일을 처리하고 폭력을 일삼는다.　사마천은 「혹리열전酷吏列傳」에 가혹한 법과 형벌로 백성을 괴롭힌 관리들을 기록했다.

　거기에 보면 왕온서王溫舒라는 태수太守가 나온다. 그는 사람 죽이기를 즐겨, 한번은 수천 명을 죽여 그 피가 십여 리나 흘러갔다고 한다.

　그 당시의 법령에는 봄에는 사형을 집행하면 안 된다는 규정이 있었다.　그래서 왕온서는 초목이 푸르러지는 봄이 오면, 발을 구르며 탄식했다.

　"아! 겨울이 한 달만 더 길다면, 충분히 내 일을 처리할 수 있을 텐데!"

　그의 일이란 바로 사람을 죽이는 일이다. 이처럼 사람을 죽이고도 눈 하나 깜빡 하지 않는 사람이, 나중에는 봉건 황제의 두터운 신임을 얻어 중책을 맡는다.

『사기』 안의 다양한 이야기

　앞에서 본 글들 말고도 『사기』에는 알찬 문장에 훌륭한 내용을 담은 것이 많다. 「염파인상여열전廉頗藺相如列傳」도 그 가운데 하나이다.

　이 글에서 사마천은 인상여의 지혜와 용기, 넓은 아량을 높이 평가

한다. 또한 자신의 과오를 인정하고, 이를 바로잡으려고 노력한 염파 장군의 태도도 칭찬한다.

거기에는 인상여가 '화씨지벽'을 요구한 진나라에 가서 기지를 발휘해 외교 문제를 해결하고, '화씨지벽'도 고스란히 가지고 돌아온 '완벽完璧'이라는 이야기가 있다. 또 인상여를 헐뜯던 염파가 그의 넓은 아량을 깨닫고, '가시나무를 등에 지고 와서 자신의 죄를 뉘우친(負荊請罪)' 이야기도 있다.

「위기무안후열전魏其武安侯列傳」에서는 귀족 내부의 상호 배척과 알력 다툼을 폭로한다.

「유협열전游俠列傳」에서는 민간에서 활약하며 다른 이들의 어려운 문제를 해결하던 의로운 협객을 다룬다.

「자객열전刺客列傳」에서는 목숨보다 의리를 중시하고, 묵묵히 자신의 임무에 충실했던 몇몇 자객들을 찬양한다.

긴장감 넘치는 홍문의 연회

앞서 말했듯이 『사기』는 역사서이지만, 문학적 가치 또한 매우 높다. 사마천의 손을 거친 역사 인물들은 모두 살아 숨 쉬는 듯 생생하고, 장면들도 하나같이 희극성이 풍부하다. 「항우본기項羽本紀」에 나오는 홍문鴻門에서 연회를 여는 장면은 그 대표적인 예이다.

유방과 항우는 원래 진나라에 대항하려고 나선 동맹군의 수장들이다. 그런데 진나라가 망하고 나자 두 사람은 서로 전국의 영토를 놓고 다투는 적수가 되었다. 홍문에서 벌인 연회는 진나라가 망한 뒤 둘의 관계가 적대적으로 변하는 결정적인 사건이다.

당시 유방은 10만의 군대를 거느렸다. 이에 반해 항우는 40만 대군을 이끌고 있었다. 항우는 자신의 초군楚軍 주둔지인 홍문에 유방을 초청하여 연회를 베풀었다. 유방은 피할 수 없음을 알고 연회에 참석했다.

연회에 참석한 유방은 항우와 전국을 놓고 다투려는 의도가 없음을 보여주려고 애써 태연한 척했다. 단순한 항우는 이를 보고 그대로 믿었다.

하지만 항우의 참모인 범증范增은 속지 않았다. 그는 호랑이를 다시 골짜기에 풀어 줄 수 없다고 생각했다. 그래서 장군인 항장項莊에게, 술자리에 나아가 칼춤을 추다가 기회를 틈타 유방을 찔러 죽이라고 명령했다.

그 자리에 함께 있던 항우의 숙부 항백項伯은 유방과 친분이 있었다. 그는 사태가 심상치 않음을 직감하고는 칼을 뽑아 항장과 함께 춤을 추었다. 그리곤 암암리에 자신의 몸으로 유방을 보호하여, 항장이 손을 쓰지 못하게 했다.

유방의 참모인 장량張良은 사태가 긴박해지자 급히 장막을 뛰쳐나왔다. 그리고는 유방의 호위 장군 번쾌樊噲를 불러 이 사실을 전했다. 번쾌가 서둘러 장막으로 들어서자 초군은 너나 할 것 없이 겁을 집어먹고 분위기가 진정되었다.

얼마 뒤 유방은 화장실에 간다는 핑계로 자리를 빠져나와, 몰래 지름길로 자신의 진영에 돌아갔다. 그 기회를 잃은 항우는 결국 유방의 손에 죽음을 맞는다.

홍문에서 벌어진 연회 이야기를 읽고 있노라면 치밀한 이야기 전개에 마음이 조마조마하고, 손에 땀을 쥐게 된다. 각 역사 인물의 성격과 심리도, 순간순간 변화하는 사태의 추이에 따라 끊임없이 변한다.

유방의 교활함과 비겁함, 항우의 솔직함과 단순함, 범증의 충성심, 장량의 지혜, 번쾌의 두려움 없는 용기 등은 읽는 이에게 평생 잊지 못할 인상을 심어 준다.

친숙하고 쉬운 말

『사기』는 완전히 평이하고 통속적인 산문으로 썼다. 그래서 오늘날에도 힘들이지 않고 읽을 수 있다. 2천여 년이란 시간차가 나지만, 당시의 회화체 어투는 현재의 중국어와 크게 다르지 않다.

글 사이사이에 들어 있는 속어와 속담은 당시의 생활상이 짙게 배어 있다. 인물들의 언어는 더욱 특색 있어서, 독자는 그 말을 통해 인물의 울고 웃는 모습을 쉽게 떠올릴 수 있다.

예를 들어 항우와 유방이 진시황을 보고 한 말이 있다. 항우는 진시황을 보고는 군중 속에서 호방하고 자신만만하게 다음과 같이 말했다.

내 저 사람과 저 자리를 대신하고 말리라.

彼可取而代也.

반면 유방은 이렇게 말했다.

유방의 말은 그리 시원시원하지 않다. 오히려 마음속의 탐욕과 제
왕의 삶을 흠모한다는 느낌이 드러난다.

소설과 희곡으로 이어지다

당나라 때의 유명한 산문작가인 한유韓愈는 사마천을 매우 존경하
여, 『사기』를 자기 문장의 모범으로 삼았다. 송나라 때의 산문가인
구양수歐陽修의 글도 『사기』에서 많은 영향을 받았다. 명나라 때의 귀
유광歸有光과 청나라 때의 동성파桐城派는 사마천을 자신들의 문학적
목표로 내세우기까지 했다.

이렇듯 후세의 소설과 희곡은 『사기』의 문학적 맥락을 이어받았
다. 그래서 『사기』에 담겨 있던 많은 이야기들을 대중에게 전파하고
이해시키는 데 커다란 역할을 했다. 그 가운데 장량張良과 스승의 이
야기를 예로 들면 다음과 같다.

장량이 젊은 시절이었다. 어느 날 그는 강가를 거닐고 있었다. 때
마침 한 노인이 다리를 건너다가 아래로 신발을 떨어뜨렸다. 장량을
본 노인은 퉁명스럽게 그를 불렀다.

"애야, 저기 가서 내 신발 좀 가져 오너라."

장량은 심기가 불편했지만, 노인이 하시는 말씀인지라 화를 꾹 참

고 신발을 주워 드렸다. 그러자 노인은 장량을 다그쳤다.

"신발을 신겨라!"

이번에도 장량은 무릎을 꿇고 신발을 신겨 드렸다. 그제야 노인은 웃으면서 이렇게 얘기했다.

"이놈은 그래도 쓸 만하군. 닷새 뒤 새벽에 여기서 다시 보자꾸나."

닷새 뒤 날이 밝자, 장량은 다리로 나갔다. 노인은 이미 나와 있었다. 그런데 노인은 장량을 보자마자 대뜸 화를 내는 것이 아닌가.

"밤중에 보기로 했는데 지금 오면 어떻게 하느냐. 이놈아! 닷새 뒤에 다시 오너라."

닷새 뒤 새벽닭이 울자, 장량은 서둘러 다리로 나갔다. 하지만 이번에도 노인보다 늦었다. 노인은 장량에게 한 번의 기회를 더 주었다.

이번에는 아예 한밤중에 일어나 다리로 나갔다. 노인은 한참이 지나서야 다리에 이르렀다. 미리 나와 기다리던 장량을 보자 노인은 웃으면서 말했다.

"이제 좀 나아졌군."

그러더니 책을 한 권 꺼내서 그에게 주었다. 그것은 바로 병법서였다. 장량은 집으로 돌아와 뼈를 깎는 노력 끝에 책에 나온 병법을 완전히 터득했다. 그 뒤 장량은 유방을 보좌하여 놀랄 만한 업적을 이루었다.

『사기』가 역사를 기록한 유형은 '통사通史'이다. 그래서 신화시대 부터 한 무제武帝에 이르기까지 여러 조대를 포괄한다.

반면 『한서』라는 역사서가 있다. 이 책의 유형은 '단대사斷代史'이 다. 그래서 서한西漢의 역사만 다룬다. 이러한 『한서』의 작가는 앞서 다룬 「두 도시(兩都賦)」의 작가 반고班固이다.

반고(32~92)의 자는 맹견孟堅이고, 부풍扶風 안릉安陵(오늘날의 섬서성 함양현咸陽縣 동북 지방) 사람이다. 그는 사마천보다 약 2백 년 뒤에 태 어났다.

그는 『사기』를 계승하여 서한의 역사를 보충하려고, 20여 년 동안 수많은 책을 참조하여 『한서』를 지었다. 그래서 책의 체재가 기본적 으로 『사기』와 비슷하다. 다만 '세가'를 없애고, '서'를 '지志'로 바 꾸었을 뿐이다.

『한서』는 충분한 사료에 근거하여 인물의 전기 대부분을 성공적으 로 묘사했다. 그 가운데 「식화지食貨志」와 「예문지藝文志」에는 경제와 문화에 관련된 매우 귀중한 사료들이 적지 않게 보존되어 있다.

반고도 사마천 못지않게 매우 뛰어난 글 솜씨를 지녔다. 그의 글은 어느 정도 사부辭賦 같았다. 그는 화려하고 정리된 문장과 대구를 빈 번하게 써서, 당시 지식인과 문인들에게 많은 사랑을 받았다. 이후 사람들은 사마천과 반고를 늘 함께 거론하며 '반班·마馬'라 불렀다. 또한 그들의 역사 기록을 중시한다는 뜻에서 '『사史』·『한漢』'이라고 도 불렀다.

그러나 오늘날의 눈으로 보면, 사상적인 측면에서나 예술적인 측면에서 『한서』는 『사기』를 따라가지 못한다. 체재만 보아도 『한서』는 『사기』를 답습했으니 말이다. 그럼에도 '단대사'라는 측면에서 보면, 이는 확실히 반고의 공이 크다.

여기서 한 가지 짚고 넘어갈 것은 『한서』의 작가가 반고 한 사람이 아니라는 점이다. 그의 아버지인 반표班彪와 여동생인 반소班昭, 또 다른 학자인 마속馬續도 반고와 함께 80만 자에 달하는 이 역사서를 집필하는 데 심혈을 기울였다.

반고의 집안은 증조부인 반유班游 시절부터 황실 도서를 관리하면서 책과 인연을 쌓았다. 당시에는 여러 여건상 개인 장서는 생각할 수도 없던 시절이었다. 그럼에도 반씨네는 황제에게 하사받은 책을 비롯하여, 개인 도서관을 가질 정도로 책이 많았다.

이런 이유로 반고의 아버지 반표는 사마천의 뒤를 이어 무제 이후의 역사를 기술하기 시작했지만, 완성을 보지는 못하고 죽었다. 그래서 반고는 아버지의 유업을 받들어 치밀한 준비 끝에 집필을 시작했다. 그러나 그도 여러 무고와 모함으로 예순한 살의 나이로 옥사한다.

『한서』는 결국 여동생인 반소와 역사학자 마속의 손을 거쳐 완성되었다.

한나라의 다양한 목소리 10

악부시 樂府詩

고시 십구 수 古詩十九首

한 고조 유방.

한나라 때에 시는 '악부시樂府詩' 처럼 대부분 민간에서 나왔다. 또 '고시 십구 수古詩十九首' 처럼 무명작가의 작품도 있었다. 한나라 때에는 굴원 같은 대시인은 나오지 않았다. 하지만 한나라는 중국 시가 발전사에서 중요한 위치를 차지한다.

'악부시'를 알려면, 먼저 '악부樂府'를 알아야 한다. 악부란 한나라 때 음악을 전문으로 담당하던 공공기관으로서, 무제가 설립했다. 이곳은 악보를 정리하고, 악공을 훈련시키며, 민간의 가요를 수집하는 것이 그 임무였다.

또 조정에서 연회나 제례 및 예식을 열면, 악공들을 보내 노래와 연주를 시키기도 했다. 이때 부르는 노래는 문인들이 작사·작곡한 곡도 있었지만, 대부분은 민간에서 수집한 곡이었다. 옛 '국풍'의 전통이 남아 있었던 것이다. 사람들은 이런 노래들을 '악부시' 또는 '악부'라고 불렀다.

그 뒤 오랜 세월이 흐른 뒤, 한나라 이후에 나온 남북조 민가民歌, 당나라의 일부 오·칠언시, 오대와 송나라의 사詞, 원나라와 명나라의 곡자曲子, 명나라와 청나라의 속곡俗曲과 시조時調도 '악부'라고 부르게 되었다. 거기에는 한나라 이전에 나온 국풍의 시들까지도 포함되었다.

이처럼 한 악부의 영향은 참으로 대단했다. 한마디로 『시』에 이어 민가의 전통을 확실히 계승했다고 할 수 있다.

악부 민가는 민간에서 태어난 만큼 자연스럽게 백성의 마음을 반영했다. 당시 백성들의 생활은 엄청나게 고통스러웠다. 걸핏하면 징병되거나, 부역을 나가는 일이 반복되었다. 엎친 데 덮친 격으로 탐관오리와 지주들의 핍박까지 겹쳐 그야말로 막막한 삶이었다.

악부시 가운데 「동문을 나서며(東門行)」에는 이런 백성의 반항 정서가 잘 드러난다.

동문을 나서니 다시 돌아와 집 돌볼 수 없으리	出東門 不顧歸
동문을 들어서 집에 가보니 참담하구나	來入門 悵欲悲
쌀독엔 쌀 한 말 없고	盎中無斗米儲
고개 돌려 보니 옷걸이엔 걸칠 옷 한 벌 없네	還視架上無懸衣
칼을 뽑아 들고 동문을 나서려는데	撥劍東門去
애엄마가 옷 붙잡고 흐느껴 운다	舍中兒母牽衣啼
다른 사람들은 부귀영화 바란다지만	他家但願富貴
저는 죽 한 그릇이라도 당신과 함께이고 싶어요	
	賤妾與君共餔糜
위로는 푸른 하늘을 살피시고	上用倉浪天故
아래로는 이 어린 것들을 생각하셔야지요	下當用此黃口兒
지금처럼 하시면 아니됩니다	今非
에잇, 저리 가시오. 나는 진작에 갔어야 하오	咄, 行. 吾去爲遲
흰 머리가 벌써 빠지고 있는데 더 이상 이렇게 살 순 없소	
	白髮時下難久居

냉혹한 사회의 핍박에 이기지 못해 막다른 길에 들어선 사람이 위험 속으로 뛰어드는 심정을 잘 표현하고 있다.

전쟁이 가져다준 고통도 매우 심각했다. 「열다섯에 종군하여(十五從軍征)」란 시에서는 전쟁의 잔혹함을 간접적으로 묘사했다.

열다섯 살에 전쟁터에 나가   十五從軍征

여든 살에 비로소 돌아왔네   八十始得歸

오는 길에 고향 사람을 만나   道逢鄉里人

내 집에 누가 살고 있냐고 물으니   家中有阿誰

저기 보이는 게 자네 집인데   遙看是君家

소나무와 잣나무 무덤들만 줄지어 있다네   松柏冢累累

토끼가 개구멍으로 드나들고   兎從狗竇入

꿩이 대들보 위를 날아다니네   雉從梁上飛

더욱이 안마당엔 잡곡이 우거졌고   中庭生旅谷

낡은 우물가엔 들풀이 우거졌더라   井上生旅葵

그 잡곡을 익혀서 밥을 짓고   春谷持作飯

그 들풀을 뜯어 찌개를 만들었지   采葵持作羹

밥과 찌개 순식간에 만들었지만   羹飯一時熟

누구더러 먹으라고 권해야 할지   不知貽阿誰

문 밖을 나서 동쪽을 바라보며   出門東向看

하염없이 눈물 흘리며 옷깃을 적시네   淚落沾我衣

전쟁으로 자신의 인생을 잃고 가족과 친지를 잃는다면 그 비통함이란 이루 말할 수 없으리라. 이 노병은 불행한 삶을 살았으나, 어찌 되었든 목숨은 건질 수 있었다.

「전쟁터의 남쪽(戰城南)」이란 시에 나오는 병사는 전사하여, 까마귀에게 자신의 영혼을 달래 달라고 부탁한다. 들판에서 죽어 어차피 장사도 지내지 못하는 마당에 어떻게 너의 입을 피할 수 있겠느냐고 탄식하면서! 마치 지옥의 풍경처럼 처참한 광경이다.

여러 제재를 다루는 악부시

「길가의 뽕나무(陌上桑)」 같은 일부 악부시에서는 통치자들의 악랄함을 고발한다. 시의 첫 부분에서는 여주인공인 나부羅敷의 아름다움을 묘사하는데, 얼마나 아름다운지 한 번 살펴보자.

길 가던 사람들 나부를 보고는	行者見羅敷
메었던 짐 내려놓고 수염 쓸며 바라보네	下擔捋髭須
젊은이들 나부를 보면	少年見羅敷
모자 벗어 두건 머리 내놓고 넋 잃고 쳐다보네	脫帽著帩頭
논밭 갈던 농부는 쟁기질을 잊고	耕者忘其犁
호미질하던 농부는 손을 멈춘다	鋤者忘其鋤
집에 돌아가 억울해 하며 화내는 것은	來歸相怨怒
나부를 지켜봤다는 이유일 뿐	但坐觀羅敷

모두가 나부의 아름다움에 반해 갈 길을 잊고 할 일을 멈춘 채 서로 다투기까지 하는 모습이 떠오른다.

이때 한 관리가 다섯 필의 말이 끄는 수레를 타고 나타난다. 그는 나부의 미모를 보고는, 높은 권세를 이용하여 강제로 끌고 가려 한다. 그러나 나부는 두려움 없이 당당하게 이렇게 말했다.

"당신은 정말 어리석군요. 당신은 이미 아내가 있을 터이고, 저 또한 지아비가 있는 몸입니다. 제 남편은 동쪽 나라에서 천군만마를 통솔하고 있습니다. 꼬리를 푸른 실로 묶고 황금으로 머리를 장식한 하얀 준마를 타고, 허리에는 천금의 값어치가 나가는 보검을 찼습니다. 깨끗하고 하얀 피부에 늠름하기도 하여 함께 있는 수천의 사람들은 하나같이 남편을 훌륭하다고 칭찬합니다. 관직도 누구 못지않게 높습니다!"

시는 여기에서 끝난다. 그 파렴치한 태수는 틀림없이 겁을 집어 먹고 도망쳤을 것이다. 재치 있고 당당한 나부가 매우 사랑스럽다.

그래도 악부시에서는 애정과 혼인을 제재로 한 작품이 가장 많은 비중을 차지한다. 진실하고 열렬한 애정을 노래한 「하늘이시여(上邪)」는 애정시를 대표하는 작품이다.

하늘이시여	上邪
저는 님과 함께 알고 지내며	我欲與君相知
오랜 세월 변함없이 사랑하길 바랍니다	長命無絶衰
산의 언덕 없어지고	山無陵
강물이 마르며	江水爲竭
겨울 천둥이 우르릉거리고	冬雷震震
여름에 눈이 내리며	夏雨雪
하늘과 땅이 합쳐지는 그날이 온다면	天地合
그때서야 님과 헤어지겠습니다	乃敢與君絶

이는 한 소녀가 사랑하는 사람을 위해 맹세하는 장면이다.

"하늘에 맹세하건대 당신과 서로 사랑하며, 늙어 죽을 때까지 헤어지지 않으렵니다. 높은 산이 평지가 되고, 강물이 말라 바닥이 보이며, 가을에 천둥소리 들리고, 여름에 함박눈이 내리며, 하늘과 땅이 하나 되는 날이 온다면 그때는 할 수 없이 당신과 헤어지렵니다!"

이 모든 것이 절대 일어날 수 없는 일들이니, 이 소녀는 사랑하는 임과 평생 함께 하겠다는 말이다.

공작은 동남쪽으로 날아가고

한漢 악부 가운데 가장 유명한 사랑 노래는, 동한東漢 말기에 쓴 장편 서사시 「초중경의 아내(焦仲卿妻)」이다. 이 시는 비극적인 내용을 담고 있다. 사람들이 흔히 「공작은 동남쪽으로 날아가고(孔雀東南飛)」라고 부르는 바로 그 작품이다.

시인은 비흥比興의 수법을 써서 감동적인 이야기를 끌어낸다. 하지만 작자는 미상이다. 그럼 시의 내용을 한 번 살펴보자.

한나라 말기인 건안建安 시기(196~219), 여강부廬江府에 초중경焦仲卿이라는 관리가 살았다. 그의 아내 유란지劉蘭之는 지혜롭고 교양을 갖춘 여성이었다. 그녀는 초씨 집안에 시집와서는 날마다 "닭이 울 때 일어나서 베틀에 앉아 밤늦도록 쉬지 않고 베를 짰다(鷄鳴入機織, 夜夜不得息)." 그 와중에도 부부 사이의 감정은 각별했다.

그런데 초중경의 어머니는 봉건사상이 뿌리 깊은 시어머니였다. 그녀는 어떻게든 트집을 잡아 며느리를 흉보고, 툭하면 일을 못한다고 구박했다. 그런가 하면 예절이 없다며 없는 일을 만들기까지 했다.

결국 시어머니는 아들의 의사를 무시하고 며느리를 친정으로 돌려보냈다. 하지만 효성이 지극한 아들인 초중경은 그가 받은 봉건 교육의 영향으로, 감히 어머니의 지시를 어길 수 없었다. 그는 흐느껴 울면서 아내와 상의하여 잠시 친정에 돌아가 있다가, 나중에 기회를 봐서 다시 데려오기로 했다.

그러나 유란지는 시어머니에게 어떤 기대도 하지 않았다. 그녀는 이번에 가면 다시는 돌아오지 못하리라는 것을 알고 있었다. 그녀는 냉정을 되찾고 시집올 때 가져 온 패물을 모두 기념이라며 남편에게 주었다.

다음날 닭이 울고 날이 밝자, 그녀는 깔끔하게 단장하고 시어머니에게 나아가 조용히 이별을 아뢰었다. 쌀쌀한 시어머니 앞에서는 한 번도 나약한 모습을 보이지 않았다. 하지만 작은 시누이와 헤어지면서는 펑펑 눈물을 흘렸다. 문을 나서 수레에 오르자 그녀의 눈에서는 하염없이 눈물이 쏟아졌다.

중경은 큰길까지 따라 나와, 아내를 배웅하며 헤어짐을 아쉬워했다. 그리고는 다시 만날 날을 기약했다. 난지는 이렇게 맹세했다.

당신이 너럭바위시라면, 이 몸은 한 가닥 부들 갈대 되오리다. 부들 갈대 실 모양 부드럽고 질기니, 너럭바위 든든히 흔들리지 마소서!

君當作磐石, 妾當作蒲葦; 蒲葦韌如絲, 磐石無轉移.

남자는 든든한 반석처럼, 여자는 질긴 부들 갈대처럼 이 순간에도 그들의 애정은 조금도 변함이 없었다.

난지가 친정으로 돌아오자 그녀의 어머니는 그녀를 가엾게 여겼다. 하지만 오빠는 수치스럽게 생각하여 재가를 강요했다. 할 수 없이 그녀는 중매가 들어온 그 지역 태수의 아들에게 시집가겠노라고 대답했다. 그러나 마음속으로는 다른 생각을 하고 있었다.

난지의 결혼 소식을 들은 중경은, 말미를 얻어 서둘러 그녀를 찾아갔다. 그는 침통한 심정으로 이렇게 말했다.

신분이 귀해짐을 축하하외다　　賀卿得高遷
너럭바위 넓적하고 두툼하여서　　磐石方且厚
가히 천년을 버틸 만한데　　可以卒千年
부들 갈대는 부드럽고 질기다 하나　　蒲葦一時韌
겨우 반나절뿐이구려　　便作旦夕間
그대는 나날이 귀해지시구려　　卿當日勝貴
이 몸은 외로이 황천을 가오리다　　吾獨向黃泉

그러자 난지는 이렇게 답했다.

어이 그런 말씀하시옵니까　　何意出此言
우리 모두 같은 처지로서 핍박 받아 이리 된 것을요

　　同是被逼迫
저 또한 당신을 따르겠어요　　君爾妾亦然
황천에서 만나요　　黃泉下相見
영원히 우리의 맹세 잊지 마세요　　勿違今日言

　중경은 집으로 돌아와 어머니에게 작별을 고했다. 그리고 텅 빈 방에 돌아와 길게 탄식하더니 다시 한 번 목숨을 끊기로 마음을 다졌다.
　한편 난지는 결혼식 날이 되어 신혼 방으로 들어갔다. 어둑어둑 황혼이 내려 깔리고, 고요하고 고요한 해시亥時가 되었다. 그러자 그녀는 치마를 휘어 감고 비단신을 벗은 뒤, 맑은 연못으로 뛰어들어 목숨을 끊었다.

이 소식을 들은 중경도 정원의 나무 밑을 이리저리 배회하다가, 동남쪽 가지에 목을 매어 난지의 변함없는 사랑에 보답했다. 이렇게 사랑으로 가득 찬 부부는 무정한 봉건 도덕에 무참히 짓밟히고 말았다.

중국판 '로미오와 줄리엣' 같은 이 이야기는 1,700여 자에 달하는 장편 서사시이다. 시인의 감정이 절절이 배어 있어, 작가의 사랑과 증오가 이야기의 전개와 인물의 성격에 뚜렷하게 나타난다.

독자를 가장 감동시키는 것은 바로 난지의 형상이다. 그녀는 핍박받는 위치에 있었지만, 조금의 비굴함도 없이 시종 차분한 모습으로 자존심을 지켰다. 아울러 선량함과 현숙함, 깊은 애정 등이 그의 형상을 더욱 풍부하게 뒷받침한다.

반면 초중경은 좀 연약하여 남자다운 강건함이 없어 보인다. 그러나 그도 결국은 봉건적 예의 도덕에 죽음으로 맞서 깊은 인상을 남긴다.

시인은 초중경의 어머니와 유란지의 오빠를 한 마디도 비판하지 않았다. 하지만 그들의 인정 없는 말과 행동을 통해 증오하는 마음을 드러내고 있다.

또 시인은 또 비흥比興의 수법을 써서, 사건이 전개되는 틈틈이 서정적 분위기를 만들었다. 또한 나열, 과장, 대비, 기탁 등의 수법을 자연스럽게 운용하여, 수준 높은 문학적 기교를 보여주었다.

시의 마지막 부분에서 두 사람은 화산華山 자락에 합장된다.

동쪽과 서쪽에 소나무와 동백나무를 심고	東西植松柏
왼쪽과 오른쪽에 오동나무를 심어	左右種梧桐
가지와 가지가 서로 덮어 얽히고	枝枝相覆蓋
잎사귀와 잎사귀가 서로 닿았다	葉葉相交通
그 사이로 두 마리의 새가 날아드니	中有雙飛鳥

이름하여 원앙이라	自名爲鴛鴦
고개 들어 마주 보고 울어 예면서	仰頭相向鳴
검은 밤을 하얗게 지새웠다	夜夜達五更

이처럼 낭만적인 결말은 두 사람의 정신이 영원히 변치 않았음을 상징한다. 신비한 상상 속에는 백성의 아름다운 소망과 깊은 동정의 마음이 잘 함축되어 있다.

고시 십구 수古詩十九首

악부 민가는 백성의 입에서 나와, 언어가 소박하고 자연스럽다. 그만큼 일상 회화와 매우 가까워서 오늘날 읽어도 어렵지 않다.

시구도 『시경』의 사언체四言體에서 오언체와 잡언체雜言體로 발전했다. '잡언체'란 시구의 글자 수가 들쭉날쭉하여 일정치 않음을 뜻한다. 짧은 것은 한두 자도 있고, 긴 것은 여덟아홉 자부터 심지어 열 자까지도 있다. '오언체'는 물론 시구가 모두 다섯 자인 시를 말한다.

아무튼 이를 『시』의 사언체와 비교하면, 확실히 발전했다고 할 수 있다. 2·3의 리듬이 2·2의 리듬보다 더 경쾌하고 발랄하기 때문이다.

앞서 살펴보았던 「동문을 나서며(東門行)」와 「하늘이시여(上邪)」는 잡언체에 속한다. 그리고 「길가의 뽕나무(陌上桑)」와 「공작은 동남쪽으로 날아가고」, 「열다섯에 종군하여」 등은 모두 오언체에 해당한다. 시간이 흐를수록 조금씩 체계가 잡혀갔다고 할 수 있다.

오언체는 동한(25~220) 말기쯤 형성되기 때문에, 대부분의 작품이 문인들의 손에서 나왔다. 양梁나라 때(502~557) 소통蕭統의 시문선집인 『문선文選』에는 '고시 십구 수'가 실려 있다.

후대의 연구자들은 그것을 문인 오언시를 대표하는 최초의 작품이라고 본다. 가장 처음이자 성숙한 오언시의 모습을 보여주기에, 문학사에서도 중요한 위치를 차지한다. 후세 문인들도 모두 칭찬하는 시들이기도 하다.

'고시 십구 수'는 한 사람의 작품이 아니라서 내용과 사상이 한결같지는 않다. 그러나 대다수가 서정적인 작품으로서, 서사를 위주로 했던 악부시와는 큰 차이를 보인다.

대부분 감상적인 정서가 흐르고, 부녀자의 입을 빌어 이별을 마음 아파하는 시가 많다. 그 가운데 「초겨울의 한기 스며들고(孟冬寒氣至)」란 시를 살펴보자.

초겨울의 한기 스며드는데	孟冬寒氣至
북풍은 어찌 그리 매서운지	北風何慘慄
늘어나는 걱정에 밤은 길고	愁多知夜長
고개 들어 바라보니 무수한 별들	仰觀衆星列
달마다 보름이면 가득 찬 달빛	三五明月滿
달마다 스무날이면 이지러지는 달빛	四五蟾兎缺
길손이 먼 곳에서 찾아와	客從遠方來
나에게 건네주었던 한 장의 편지	遺我一書札
위에는 언제나 그리워한다는 말	上言長相思
아래에는 부부 사이에 오랜 이별이라는 말	下言久離別
편지를 품속 깊이 고이 간직하니	置書懷袖中

여러 해가 지나도 변함없는 글자 　　　　三歲字不滅
내 마음 한결같이 절절한 사랑 　　　　一心抱區區
임께서 알아보지 못할까 두렵구나 　　　懼君不識察

시인은 먼저 겨울밤의 찬바람과 참담한 분위기를 그리고 있다. 이어서 남편을 그리워하는 아낙이 깊은 밤에도 잠 못 들고, 달과 별을 쳐다보며 쓸쓸함과 그리움에 괴로워하는 모습을 그린다.

밤은 밤으로 이어지고, 달은 끊임없이 차고 기우는데, 남편은 어찌하여 돌아오지 않을까? 3년 전 인편에 보내온 남편의 편지를 아직도 고이 간직하고 있는 아낙네는, 가슴 절절한 사랑을 혹시라도 남편이 모르지 않을까 걱정하고 있다.

당시 중국 사회는 매우 혼란스러워서, 열이면 여덟아홉 집이 이산가족이던 상태였다. 이 시의 정서는 그런 사회 분위기를 잘 대변한다.

「가는 이는 날로 잊혀지고(去者日以疎)」처럼 나그네가 타지에서 고향을 그리는 시에서는 다른 각도로 이별을 다룬다.

가는 이는 날로 잊혀지고 　　　　　　　去者日以疎
오는 이는 날로 친해지네 　　　　　　　來者日以親
성문 밖 나서서 주위를 바로 보면 　　　出郭門直視
보이는 건 크고 작은 무덤뿐이라 　　　但見丘與墳
옛무덤 어느덧 논밭으로 바뀌고 　　　古墓犁爲田
소나무 잣나무는 베여 장작 되었네 　　松柏摧爲薪
백양나무에 부는 갈바람도 서글퍼서 　白楊多悲風
스삭이는 잎소리까지 시름겹게 하누나 　蕭蕭愁殺人
그럴 때면 고향 가고픈 생각 일지만 　思還故里閭

가려 해도 고향길을 더듬을 수 없어라　　欲歸道無因

이 나그네는 타지에서 길손이 되어 있는 상태이다. 그는 오래된 무덤이 쟁기에 갈려 밭이 되고, 그 옆의 소나무와 잣나무도 도끼에 찍혀 땔감으로 변하는 광경을 본다. 그와 함께 계속해서 새로운 무덤이 생기고, 그 옆의 백양나무는 바람을 맞아 처량한 소리를 내고 있다.

나그네는 인생의 짧음을 느끼면서 고향을 떠올리지만, 돌아갈 수 없는 처지이다. 이 시는 전체가 깊은 비애에 싸여 있다. 풍경 묘사와 시인의 심정이 하나로 융화되어, 첫 부분에서 말한 "멀어지는 젊음 날이 갈수록 잊혀지고, 다가오는 늙음 날이 갈수록 친해지네"라는 인생 태도를 증명하고 있다. 그래서 더더욱 각별한 서글픔을 느낄 수 있다.

또 다른 부류의 시는 "때를 놓치지 말고 즐겨라(及時行樂)"라는 내용이다. 그 시의 제목은 「백 년을 못 채우는 인생(生年不滿百)」이다.

이 시에서는 백 년도 못사는 인생인데, 늙음을 한탄하지 말고 시간이 있을 때 즐거움을 누리라고 주장한다. 낮으로도 모자라면, 밤에도 촛불을 켜고 속세의 쾌락을 즐기라고!

모르긴 해도 이 시의 작자는 잘 사는 사람이었을 것 같다. 당시에는 놀고 싶어도 놀지 못하는 사람이 많았을 테니까. 그러니 이런 생각 자체가 사치였는지도 모른다.

이와 반대로 「오늘 잔치 요란토다(今日良宵會)」 같은 시에서는 인생의 덧없음을 주장한다. 인생이란 회오리바람이 불면 순식간에 흔적도 없이 사라지는 먼지와 같은 것. 부귀를 누리고 싶다면 먼저 집착을 버려야 하는데, 어째서 노심초사 평생을 괴로워하는지 되묻고 있다.

결론적으로 이 시들 속에는 지배층의 소극적이고 퇴폐적인 정서가 담겨 있다. 그러나 어떤 이들은 다른 견해를 제시하기도 한다. 곧 이 시들에는 인생 가치에 대한 각성과 추구, 진부한 숙명론과 봉건 도덕에 대한 회의와 부정 등이 담겨 있다는 식이다.

오언체 시가는 가장 생명력이 강한 시 형식이다. 칠언체七言體 역시 이 오언체의 기초 위에 발전했다.

오언시의 기원은 한나라의 악부 민가이다. 그 가운데 '고시 십구 수' 같은 고시들은 초기 오언체의 최고 성취를 이루었다. 그래서 예로부터 문인들은 한결같이 '고시 십구 수'와 그 형식을 존중했다.

이처럼 '고시 십구 수'가 중국 문단에 끼친 영향은 지대했다. 근대의 어느 학자는 농담 반 진담 반으로 이런 이야기를 했다.

"천여 년 동안 중국 문학은, 대체로 비관적이고 소극적인 분위기가 다분했다. 이런 결과에 대해 '십구 수'의 작자들은 어느 정도 책임져야 한다."

지금까지 한나라 때의 문학을 간략하게 살펴보았다. 결론적으로 한나라 문단의 세 가지 특징을 말하면 다음과 같다.

첫째, 한부의 유행이오, 둘째, 역사 문학의 탄생이며, 셋째, 고체시의 성립이다.

세월의 풍파를 헤쳐 나간 사람들

11

조조曹操와 두 아들

건안建安 문학

채문희蔡文姬

제갈량諸葛亮

글쓰기의 개념을 바꾼 조조.

키 작고 못생긴 사내

‘고시 십구 수’의 작자들은 사회적 지위가 그리 높지 않은 문인들이었을 것이라고 추측한다. 그러나 한나라 악부의 작자들은 더욱 지위가 낮았다. 그들은 모두 도시의 도시민이거나 시골의 농부들이었다.

하지만 한나라 말기와 위魏나라 초기에 이르면, 고관대작의 신분을 가진 사람들에서도 시인이 나오기 시작한다. 심지어 그 시기에는 황제까지도 문학에 심취했다.

먼저 살펴 볼 사람들은 한나라 말기의 재상이었던 조조曹操와 그 아들이자 나중에 위魏 문제文帝가 되는 조비曹조, 그리고 조조의 또 다른 아들인 조식曹植이다. 이 세 사람은 한나라 말기인 건안建安 시기에 가장 유명했던 시인들로서, ‘삼조三曹’라고 불린다. ‘건안’이란 한 헌제 유협劉協의 연호인데, 196년에서 220년까지를 말한다.

그들 ‘삼조’의 주위에 한 무리의 문인들이 모여 창작 활동을 했다. 그들은 건안 시기와 위나라 초기의 문단에 생기를 불어 넣었다. 그래서 중국 문학사에서는 이 시기의 문학을 ‘건안 문학’이라고 부른다.

조조는 중국의 소설과 희곡에서 대부분 간신으로 묘사한다. 이는 작가들이 만든 허구일 뿐이다. 그 속에는 민간에 널리 알려진 전설적인 내용이 들어 있어서, 역사를 연구하는 근거가 될 수는 없다.

역사의 실존 인물이었던 조조는 소설이나 희곡에서 묘사된 것처럼 그런 간신은 아니었다. 그의 정치적 재능과 군사적 능력은 그의 맞수였던 유비劉備나 손권孫權이 따를 수 없을 정도로 높았다. 또한 조조는 유비나 손권과는 달리, 사후에 20권에 달하는 『위무제집魏武帝集』을 남기기도 했다.

나중에 다시 말하겠지만, 『삼국지연의三國志演義』의 작가 나관중은 이민족 왕조인 원나라를 축출하고 한족漢族의 정통성을 살리고자 했다. 그래서 한나라의 후예라며 유비를 높이고, 그에 맞선 조조를 낮춘 것이다. 이를 '촉한 정통론'이라고 한다.

이 사상은 원나라와 명나라 초기의 한족 지식인들 사이에 널리 유포되어, 유구한 중화사상의 뿌리가 되었다. 명나라 때에는 어느 연극 배우가 조조 역을 연기하다가, 성난 관중에게 맞아 죽었을 정도로 촉한 정통론은 지배적인 관념이었다.

조조(155~220)의 자는 어렸을 때는 아만阿瞞이고, 커서는 맹덕孟德이었다. 그는 패국沛國의 초焦(오늘날의 안휘성安徽省 박현亳縣) 지방 사람이다. 집안은 매우 부유했지만, 사회적 지위는 그리 높지 않았다.

조조는 중간 관리로 관직 생활을 시작했다. 그러다가 황건黃巾 봉기군을 진압하고, 당시의 대군벌이던 동탁董卓을 토벌하면서 세력을 키웠다. 그리고 마침내 황제를 손아귀에 넣고 권력을 장악하기까지 했다. 그는 죽기 전까지 대륙의 절반 이상을 차지하고, 스스로 위왕魏王에 올랐다. 그가 죽자 아들인 조비는 국호를 아예 위魏로 고치고, 아버지인 조조를 높여 '위 무제武帝'라고 명명했다.

사람을 외모로 판단해서는 안 되지만, 전하는 바에 따르면 조조는 키도 작고 못생겼다고 한다.

한번은 흉노의 사자가 그를 접견하러 왔다. 그는 자신의 모습으로 남을 압도할 수 없을까 두려웠다. 그래서 특별히 훤칠한 키에 잘생긴 부하를 뽑아 자신으로 분장하게 하고, 자신은 칼을 들고 호위대에 끼어 있었다. 그 사자가 떠나자 조조는 사람을 보내, 흉노의 사자에게 왕의 인상을 물어보게 했다. 이에 흉노의 사자는 이렇게 말했다.

"위왕은 키도 크고 잘생겨 확실히 위풍당당했습니다. 그러나 그 곁에서 칼을 잡고 서 있던 키 작은 사람이야말로 진정한 영웅으로 보였습니다."

조조의 인물됨을 볼 수 있는 또 하나의 일화가 있다. 뒤에 다시 얘기하겠지만, '건안칠자' 의 한 사람으로서 그 시대의 대표적 문인이었던 진림陳林과 관련된 이야기이다. 진림은 조조의 적이던 원소袁紹의 문서계를 맡아, 조조를 비난하는 격문을 많이 지었다. 그럼에도 조조는 원소를 이긴 뒤에도 그의 재능을 아껴 너그럽게 그를 거두었다.

그러한 진림이 썼던 격문에는 조조의 할아버지를 헐뜯는 구절도 있었다. 그래서 조조가 그럴 필요까지 있었느냐고 물었다. 그러자 진림은 얼굴을 붉히며 이렇게 말했다고 한다.

"화살이 활시위에 걸려 있으면 쏠 수밖에 없듯이, 이미 손을 댄 이상 거기까지 쓸 수밖에 없었습니다."

이에 조조는 크게 웃으며 두 번 다시 그 문제를 거론하지 않았다고 한다.

기개를 잃지 않는 늙은 천리마

조조의 시는 그의 사람됨과 비슷하다. 그래서 겉은 결코 화려하거나 아름답지 않으나, 독특한 기세를 갖추고 있다.

그의 시 가운데 모두 4장인 「하문으로 걸음을 나서며(步出夏門行)」의 첫 번째 장을 보자. 이 '푸른 바다를 바라보며(觀滄海)' 라는 시는 조조가 오환을 정복하고 돌아오는 길에 발해渤海 가에서 썼다고 한다. 그는 갈석산碣石山에 올라 드넓은 바다를 마주하고는 가슴 벅찬 감정을 이렇게 표현했다.

동쪽 출정길에 갈석산에 올라　　　　　　　東臨碣石
푸른 바다를 바라본다　　　　　　　　　　以觀滄海
파도는 어찌 그리 용솟음치는지　　　　　　水何澹澹
산 높은 섬들도 우뚝 솟아 있다　　　　　　山島竦峙
나무들이 빽빽이 자라 있고　　　　　　　　樹木叢生
온갖 풀과 꽃들 만발했다　　　　　　　　　百草豊茂
갈바람이 싸늘하게 불어오니　　　　　　　秋風蕭瑟
파도가 다시 한 번 용솟음친다　　　　　　洪波涌起
붉은 태양 둥근 달도　　　　　　　　　　日月之出
그 안에서 나오는 듯　　　　　　　　　　若出其中
미리내의 빛나는 별들도　　　　　　　　　星漢燦爛
그 속에서 나오는 듯　　　　　　　　　　若出其裏
다행스럽기 그지없어라　　　　　　　　　幸甚至哉
노래로 나의 뜻 읊을 수 있음에　　　　　　歌以詠志

참으로 웅장하고 기백이 넘친다. 특히 넓은 바다에 자신의 의지를 잘 기탁했다.

조조 이전에는 오로지 경치만 읊은 시가 없었다. 더구나 이처럼 웅장한 기세로 시를 쓴 사람도 없었다. 드넓은 바다에 일렁이는 파도, 그 바다 한가운데 떠 있는 산 높은 섬들, 그 섬을 가득 메운 풀과 나무들, 불어오는 가을바람에 출렁이는 파도, 해와 달과 밝게 빛나는 미리내를 모두 품에 안은 것 같은 가없는 바다! 이 얼마나 웅장한 장

오환을 물리치고 돌아오다가 갈석산에 올라 읊은 시 '푸른 바다를 바라보며(觀滄海)'를 바위에 새겨 놓은 모습.

면인가. 아마도 마음이 넓은 사람만이 이처럼 장엄한 광경을 그릴 수 있으리라.

조조야말로 천하를 한 가슴에 안을 수 있는 사람이었다. 그는 전쟁이 끊이지 않던 시절을 살았다. 그래서 어서 전쟁을 끝내 사회를 안정시키고, 전국을 다시금 통일하는 일이야말로 그가 품은 큰 뜻이었다. 조조의 이러한 영웅의 기개는 늙어서도 변함이 없었다. 그래서 「하문으로 걸음을 나서며」의 다섯 번째 장인 '거북이 장수한다지만(龜雖壽)' 이란 시에서는 이렇게 읊었다.

신령스런 거북 장수한다 하나	神龜雖壽
그래도 숨 멎을 날이 있고	猶有竟時
신령스런 뱀 운무를 부린다 하나	騰蛇乘霧

언젠가는 흙먼지가 되리라	終爲土灰
늙은 말 구유에 엎어져 있으나	老驥伏櫪
기개만큼은 천리를 단숨에 내달릴 듯	志在千里
열사도 늙음을 피할 수 없으나	烈士暮年
굳건한 기상은 끝이 없도다	壯心不已
인생사 모든 성패의 때가	盈縮之期
오로지 하늘에만 달려 있지 않다	不但在天
몸과 맘의 기운 잘 보양하면	養怡之福
역시 오래 살 수 있다	可得永年
다행스럽기 그지없어라	幸甚至哉
노래로 나의 뜻 읊을 수 있음에	歌以詠志

그는 시의 앞부분에서 대뜸 거북과 뱀을 이야기한다. 장수한다는 거북과 전설 속의 신령한 뱀도 결국에는 죽음을 맞이한다. 그렇다면 백 년도 못사는 사람은 살아 있는 동안만이라도 많은 즐거움을 누려야 하지 않겠는가.

그러나 조조는 그런 해묵은 말을 반복하지 않았다. 대신 죽음을 앞둔 노년에도 자신의 큰 뜻을 이루고자 고심하는 모습을 보여주었다. "늙은 말은 말구유에 엎어져 있으나, 기개만큼은 천리를 단숨에 내달릴 듯하고, 열사도 늙음을 피할 수 없으나, 굳건한 기상은 끝이 없도다." 이 구절은 바로 조조의 비범한 포부와 늙어도 변치 않는 영웅의 마음을 노래하고 있다.

이것이 바로 조조의 시이다. 정치가이자 군사 전략가이며 문인이기도 한 조조의 시는, 싸늘하면서도 비장하고 기세가 비범하여 일반 문인의 작품과는 뚜렷한 차이가 난다.

그의 산문도 또 다른 특색이 있다. 그는 「봉읍지를 사양하며 지향을 밝히는 글(讓縣自明本志令)」에서 이렇게 말했다.

"만일 나라에 내가 없었다면, 수없는 사람들이 나와서 제각기 황제를 칭하고 왕을 칭했을 것이다!"

이는 조조만이 할 수 있는 말이다.

그는 글을 쓸 때, 생각나는 대로 자유롭게 써 내려갔다. 그 때문에 대가의 면모를 풍긴다. 현대 중국의 사상가이자 문필가였던 루쉰魯迅도 조조를 '글쓰기의 개념을 바꾼 첫 인물'이라고 칭찬했다.

칠언시의 초석을 쌓은 조비

조조에게는 조비(187~226)라고 하는 아들이 있었다. 그의 자는 자환子桓이다. 그는 정치적 능력에서도 아버지에게 미치지 못했고, 시가의 풍격에서도 싸늘하고 강인한 기개가 모자랐다.

그러나 최초의 칠언시七言詩는 바로 그의 손에서 나왔다. 「제비의 노래(燕歌行)」가 그것이다. 이 시에서는 어느 아낙이 가을밤에 지아비를 그리워하는 장면을 그렸다.

갈바람에 나뭇잎 소리 날이 차지고   秋風蕭瑟天氣凉

초목이 떨어지고 이슬은 서리 되네   草木搖落露爲霜

제비 떼는 작별을 고하고 기러기는 남녘으로 날개짓 하니

群燕辭歸雁南翔

길 떠난 임 생각에 애간장 녹는다　　　　　　念君客遊多思腸

임도 돌아오고픈 간절한 고향을 그릴 텐데　　慊慊思歸戀故鄉

어찌하여 낯선 곳에 오래도록 머무시는지　　君爲淹留寄他方

이 내 몸 쓸쓸히 텅 빈 방을 지키며　　　　賤妾煢煢守空房

님 그리움 깊어 잊을 날이 없으니　　　　　憂來思君不敢忘

절로 눈물 흘러내려 옷을 적신다　　　　　不覺淚下沾衣裳

거문고 부여잡고 애닯은 청상가락 타며　　　援琴鳴弦發淸商

짧은 노래 낮게 부르며 몇 소절을 잇지 못하네

　　　　　　　　　　　　　　　　　短歌微吟不能長

휘영청 밝은 달 내 침상을 비추는데　　　　明月皎皎照我床

미리내가 서쪽으로 흘러도 밤은 끝이 없어라　星漢西流夜未央

견우성과 직녀성이 멀리 서로를 바라보니　　牽牛織女遙相望

너흰 무슨 잘못 있어 한 해 한 번 오작교에서 만난단 말이냐

　　　　　　　　　　　　　　　　　爾獨何辜限河梁

견우와 직녀성의 비유가 참으로 적절하다.

칠언시는 이후 중국 고전 시가의 주요 형식으로 발전했다. 조비의 「제비의 노래」가 튼튼한 초석이 된 것은 두말할 나위 없다.

또 조비는 문학 이론서인 『전론典論』을 지었다. 그 안의 「논문論文」 편에서 그는 건안 시기의 문학가들을 나름대로 평가했다. 그는 '문인들이 서로를 무시하던(文人相輕)' 당시의 풍조에 반대하고, "글이란 기세를 위주로 해야 한다(文以氣爲主)"는 주장을 펼쳤다.

문인들은 각자의 성격과 기질이 있으니, 글의 풍격이 다른 것은 자연스러운 일이다. 그런데 어떻게 한 작가와 작품을 높이고, 다른 작가와 작품은 낮출 수 있겠는가? 이것이 바로 그의 생각이었다.

이렇게 볼 때 조비는 중국 최초의 문학 비평가이며, 또 문학의 지위를 높이 끌어올린 최초의 인물이다. 그는 글을 이렇게 정의했다.

나라를 다스리는 도구가 될 수 있으며, 영원토록 존재할 대사업이다.
經國之大業, 不朽之盛事

또한 사람의 수명에는 한계가 있고 부귀영화도 살아 있을 때나 누릴 수 있지만, 글이란 영원히 사라지지 않고 오랜 가치를 지니는 것임을 분명히 했다.

원수 같은 형제

조조의 또 다른 아들인 조식은 '삼조' 가운데 문학적 재능이 가장 높았다. 조식(192~232)의 자는 자건子建이다. 그는 어려서부터 아버지의 사랑을 한 몸에 받아 거의 태자가 될 뻔했다. 그러나 술을 즐기고 개성이 너무 강하여, 결국 조조의 환심을 잃었다. 태자가 될 수도 없었던 것은 더 말할 필요도 없다.

조식은 혼란한 시절에 태어나 아버지와 함께 군대에서 자랐다. 그래서 자연스럽게 나라에 보답하고 큰 업적을 이루려는 영웅의 의지를 키웠다. 그는 「백마(白馬篇)」란 시에서 북방의 협객을 찬양하는데, 속으로는 이를 빌어 자신의 큰 뜻과 마음을 표현하고자 했다.

흰 말의 고삐를 금장식하고   白馬飾金羈

서북의 사막지대를 쏜살같이 내달린다   連翩西北馳

어느 집 자제인가 물으니   借問誰家子

유병 지역의 협객이라   幽幷游俠兒

어린 시절 고향을 떠나와   少小去鄕邑

사막에서 이름을 드날리도다   揚聲沙漠垂

………………

유병은 한나라 때의 국경 지역으로서, 지금으로 치면 북경과 태원太原 지역이다. 그곳은 호걸이 많이 배출되는 지역이다.

위의 인용구는 시의 첫 부분이다. 여기서 그는 유병에 주둔하고 있는 병사들이 금장식의 굴레를 쓴 말을 타고 사막의 전쟁터를 누비는 장면을 묘사하고 있다. 그들은 어려서 고향을 떠나와 사막으로 둘러싸인 국경에서 공을 세워 이름을 떨쳤다. 이어서 시인은 그들의 활솜씨와 용감하고 민첩한 행동을 칭찬한다.

마지막 부분에서는 국경 지역에 흉노와 선비족이 또다시 침입한다는 경보가 날아든다. 이에 병사들은 부모와 아내, 자신의 생명까지도 잊은 채 칼을 뽑아 들고 앞으로 나아간다.

이름을 장사의 책에 올릴 수 있으니   名編壯士籍

사사로운 생각 떠올릴 수 없어라   不得中顧私

목숨 바쳐 국난을 막기 위해 뛰쳐나가니   損軀赴國難

죽음을 집에 돌아가는 것인 양 쉽게 생각하네   視死忽如歸

용감한 병사를 기리는 명예의 책에 자신의 이름이 오를 기회를 얻었는데, 어찌 사사로운 마음을 품을 수 있겠는가! 그들은 나라가 어려울 때 한목숨 바쳐 나라를 구하는 것을 집에 돌아가는 것처럼 대수롭지 않게 여겼다.

시를 쓰는 조식의 재능과 열정은 차고 넘쳤다. 이 시를 읽어보면 별이 빛나듯 다채롭고 격정적인 그의 사람됨을 알 수 있다. 시에 나오는 호걸의 형상은 바로 시인 자신의 모습이다.

아버지인 조조가 살아 있을 때 조식은 자유롭게 생활할 수 있었다. 그러나 조조가 죽고 둘째 형인 조비가 황제에 오르면서 좋은 시절은 막을 내렸다. 대체로 황제가 된 사람은 남들이 자신의 자리를 뺏을까 두려워하는 법이다. 친형제에게는 더하기 마련이다.

조비도 예외는 아니어서, 권좌에 오르자 형제들을 통제하기 시작했다. 그래서 조식을 비롯한 몇몇 형제들은 명목상 왕후라는 이름만 가졌지 실제로는 죄수와 다름없었다. 얼마 지나자 조비는 방법을 바꾸어, 형제들을 핍박하기 시작했다. 물론 개인감정도 있었겠지만, 측근들이 부추겼을 것이다.

어느 날 그는 조식에게 일곱 걸음을 걷는 동안 시를 한 수 지으라고 명령했다. 그렇지 못하면 이를 빌미로 조식을 핍박하려 했다. 그런데 뜻밖에도 조식은 이 일을 해냈다. 「일곱 발자국(七步詩)」이란 시가 바로 그것이다.

콩을 쪄 마실 죽 만들고	煮豆持作羹
콩을 걸러 먹을 즙 만드네	漉菽以爲汁
콩깍지는 솥 아래서 불타고	萁在釜下然
콩은 솥 안에서 우는구나	豆在釜中泣
본래 같은 뿌리에서 태어나	本自同根生

삶아댐이 어찌 그리 급한지   相煎何太急

시 속에 담긴 뜻을 쉽게 알 수 있다. 그런데 문제는 작품의 진위를 파악할 수 없다는 점이다. 그의 문집 속에는 이 작품이 없기 때문이다. 일화나 야사들을 모아 놓은 『세설신어』에 실린 내용이라 사실 여부가 의심스럽다.

어쨌든 피를 나눈 형제끼리 적대적인 감정을 가지고 괴롭히는 상황을 맞이하여 조식은 무척 괴로웠다. 이때부터 조식의 시는 급변하여 침울하고 어두운 모습을 띤다. 다채롭고 격정적이며 진취적이던 본래의 시 정신은 더 이상 찾아볼 수 없었다.

「백마왕 표에게 주는 시(贈白馬王彪)」는 이 시기의 특징을 잘 나타내는 작품이다. 어느 해인지 조식은 형제인 임성왕任城王 조창曹彰과 백마왕 조표曹彪와 함께 수도인 낙양에 황제를 알현하러 갔다. 조비는 바둑을 둔다는 핑계로 조창을 불러내, 그에게 독이 든 대추를 먹여 살해한다. 남아 있던 조식과 조표는 죽음을 피해 서둘러 그곳을 떠나 자신의 봉지封地로 향했다. 조비는 두 사람이 모의하여 반란을 일으킬까 두려워, 각각 다른 길로 돌아가도록 명령했다. 이에 조식은 마음 가득 분함과 원한을 안고 이 「백마왕 표에게 주는 시」를 지었다.

시의 첫 부분에서 조식은 수도에 얽힌 추억과 정계를 판치는 간사한 무리에 대한 불만, 여행길의 어려움 등을 그렸다. 서러움과 분함 때문에 눈에 보이는 가을 풍경도 더욱 황량하고 쓸쓸해 보였다. 서산에 지는 석양과 숲으로 돌아가는 새들을 바라보며, 조식은 저도 모르게 먼저 간 조창을 생각했다. 그리고는 남아 있는 조표가 생각나 그에게 말했다.

대장부가 천하에 뜻을 품으면	丈夫志四海
만리타향도 이웃과 같아라	萬里猶比鄰
은혜와 사랑 변함없다면	恩愛苟不虧
멀리 있어도 친분은 더욱 새록새록	在遠分日親
같은 이불 운운하며	何必同衾幬
은근한 우애를 말할 필요 있을까	然後展慇懃
걱정과 그리움이 병이 되어	憂思成疾疹
어린아이 같아지는 마음 피할 길 없네	無乃兒女仁

대장부가 천하에 뜻을 두고 우정이 있다면, 만리타향에 떨어져 있더라도 마치 이웃에 있는 듯 가깝게 느껴지기 마련이다. 서로 떨어져 있는 거리는 멀어도, 서로를 향한 마음은 더욱 깊어만 간다. 그러니 굳이 한 침대에 같은 이불을 덮는 것으로 친밀함을 나타낼 필요가 없다.

그는 걱정과 근심에 몸이 병들어 아이들 같은 마음이 생긴다고 했다. 시의 마지막 부분에서 시인은 인생의 덧없음과 기약 없는 만남을 강조하면서 조표에게 부디 몸조심하라고 당부한다. 그리고 못내 헤어짐을 아쉬워하는 감정을 드러냈다.

전체가 4백여 자에 이르는 시 속에 몇 번의 기복과 파란을 거치면서 시인의 마음에 담긴 그리움과 고뇌, 형제 사이의 깊은 우애를 나타냈다. 이 시를 통해 우리는 조식의 또 다른 모습을 볼 수 있다.

조식의 산문과 사부도 매우 특색이 있다. 그 가운데 그가 낙천洛川으로 가던 길에 지은 「낙천의 신(洛神賦)」은 매우 유명하다.

그는 이 작품에서 낙천의 신이라고 하는 복비宓妃를 만나는 상상을 묘사했다. 그러나 사람과 신이 교제를 나눌 수 있을 리는 만무하다.

이렇듯 시인의 그리움 속에는 이루지 못할 것에 대한 쓸쓸함이 짙게 배어 있다.

위진남북조 시대에 조식의 시문은 대단한 존경을 받았다. 남북조 시대의 문인이던 사령운謝靈運은 이렇게 말했다.

천하의 재주가 모두 한 섬이라면,
자건이 혼자 여덟 말을 차지하리라.
天下才共一石, 子建獨得八斗.

여기서 말하는 '자건'이 바로 조식이다. 그래서 이후에 다른 사람의 높은 재주를 칭찬할 때면 "재주가 여덟 말에 이를 정도로 높다(才高八斗)"라고 말하게 되었다.

건안의 풍골

건안 시기에는 '삼조' 말고도 문학적 성취가 높은 일곱 명의 문인이 있었다. 이들을 일컬어 '건안칠자建安七子'라고 부른다. 그들의 이름은 공융孔融, 진림陳琳, 왕찬王粲, 서간徐幹, 완우阮瑀, 응창應瑒, 유정劉楨이다. 이들은 조씨 부자 주위에 모여 건안 문학 집단을 형성했다.

공융孔融(153~208)의 자는 문거文擧이고, 노魯(오늘날의 산동성 곡부시) 지역 사람이다. 일찍이 조조의 휘하에서 관리로 지냈는데, 나중에 조조와 의견이 맞지 않아 살해당했다.

그는 산문 창작에 뛰어났다. 그 가운데 「성효장을 논하는 편지(論盛孝章書)」는 조조에게 성효장이라는 사람을 추천하면서 널리 인재를 등용하도록 당부하는 내용이다. 자신의 간절한 소망이 잘 드러난 글이다. 조비는 그의 글을, "문장의 기세가 높고 오묘하여 뭇 사람의 실력을 뛰어넘는다(體氣高妙, 有過人者)"고 칭찬했다.

광릉廣陵(오늘날의 강소성江蘇省 양주시揚州市) 사람인 진림陳琳(?~217)의 자는 공장孔璋이다. 그는 「장성의 굴에서 말에게 물을 먹이며(飮馬長城窟行)」란 시로 유명한 문인이다. 이 시는 악부 민가의 영양분을 흡수하고, 대화 형식을 써서 장성 건축에 동원된 백성의 고통을 묘사했다. 시 속에서 장성 건축에 끌려온 '태원太原 지방의 졸병'이 아내에게 편지를 써 재가를 권하는 장면은 정말 눈물겹다.

재난 속에 있는 신세	身在禍難中
남의 집 귀한 딸을 어찌 붙잡아 둘 수 있겠소	何爲稽留他家子
사내아이 낳거든 절대 키우지 말고	生男愼勿舉
계집아이 낳거든 고기 먹여 잘 키우시구려	生女哺用脯
그대는 보지 못했을 거요 장성 밑	君獨不見長城下
죽은 이들의 해골이 겹겹이 쌓여 있음을	死人骸骨相撐拄

당시 강제 노동에 동원된 백성의 마음에 절절히 맺힌 한을 느낄 수 있다.

왕찬王粲(177~217)도 조조의 휘하에서 관리 생활을 했다. 그의 자는 중선仲宣이고, 산양山陽 고평高平(오늘날의 강소성 정이현町眙縣) 사람이다.

그는 키가 작고 얼굴도 못생겼으나 매우 총명했다. 길가의 비문도 한 번 보면 그대로 외울 수 있었다. 또한 바둑을 두다가 실수로 바둑판을 엎어도, 바둑돌의 위치를 정확히 기억하고 다시 놓을 수 있었다고 한다.

왕찬의 시와 부는 비참하고 처량한 분위기로 전란의 풍경을 잘 반영하여, '칠자' 가운데 가장 높은 성취를 이루었다. 「한없는 슬픔(七哀詩)」은 그 대표작이다.

성문을 나서니 아무 것도 보이지 않고	出門無所見
들판 가득 덮은 백골만이 보일 뿐	白骨蔽平原
길에서 만난 굶주린 어느 아낙	路有飢婦人
품에 안은 아기를 풀 속에다 버리니	抱子棄草間
아이 우는 소리 차마 듣지 못하겠는지	顧聞號泣聲
눈물 훔치며 홀로 떠나가 돌아보지 않는구나	揮涕獨不還
이 한 몸 죽을 곳도 알 수 없는데	未知身死處
어떻게 두 목숨 보전할 수 있겠나	何能兩相完

또 그의 「누대에 올라(登樓賦)」는 가장 널리 알려진 작품이다. 이는 형주荊州에 있을 때 지은 작품이다.

그가 유표劉表의 휘하에 들어갔을 때, 유표는 그의 외모를 보고 그를 멀리 했다. 그는 서러움에 가득 차 높은 누대에 올라, '온갖 꽃과 과실들이 들판을 덮고, 여러 곡식들이 논밭에 가득한(華實蔽野, 黍稷盈疇)' 풍경을 보고는 고향을 떠올렸다. 그리곤 재주는 있으나 때를 만나지 못한 자신의 처지를 한탄했다. 그 순간 갑자기 갈바람이 싸늘하게 불어오고 날이 어두워졌다.

이처럼 참담하고 우울한 분위기 속에서 글이 끝난다. 이후 "왕찬이 누대에 오르다(王粲登樓)"라는 말은 유명한 전고典故가 되었다. 후세의 문인들은 이 이야기를 기초로 희곡을 만들어 무대에 올리기도 했다.

건안 시기의 문인들은 대부분 악부 민가의 전통을 계승했다. 그래서 그들의 작품은 내용이 진실하고, 감정 표현이 진지하며, 질박한 언어를 많이 썼다. 그리고 많은 시들이 악부의 옛 곡조와 제목을 채용하여 새로운 시대의 내용을 담아냈다.

아울러 이 시기의 불안한 정세와 전란 때문에 대부분의 작품이 '고풍스러우면서도 힘이 넘치는' 특징을 가진다. 후대의 연구자들은 이런 특징을 부각시켜서 '건안풍골建安風骨'이라고 불렀다. '풍골'이란 한마디로 '웅건하고 힘 있는 풍격'을 가리킨다.

기구한 여자의 일생

건안 시기의 문단이 남자만의 세계였다고 생각하면 안 된다. 당시 채염蔡琰이라는 유명한 여자 시인이 있었다.

채염(태어나고 죽은 해를 알 수 없음)의 자는 문희文姬이고, 진류어陳留圉(오늘날의 하남성 기현杞縣 남쪽) 사람이다. 그녀는 대학자인 채옹蔡邕의 딸이다.

채옹은 한나라 말기의 유명한 학자이자 문인으로서 서예가였다. 모친상을 당하여 삼년상을 치를 정도로 훌륭한 인격자였기에 많은 사람들에게 존경을 받았다. 다만 정치적으로는 영리하게 처신하지 못했다. 그는 동탁이 죽었다는 소식을 듣고, 그동안 자신에게 베풀어 주었던 호의와 그의 인간됨을 기리며 눈물을 흘렸다. 이 일이 빌미가 되어, 이후 반대파에게 "동탁을 마음에 두고 있다"라는 죄목을 얻어 죽임을 당했다.

문희는 어려서부터 문학과 음률을 좋아했다. 채옹이 거문고 타다 가 줄이 끊어지자, 소리만 듣고도 몇 번째 줄이 끊어졌는지 맞췄다고 한다.

그러나 그녀의 삶은 결코 순탄치 않았다. 첫 결혼에서 남편을 여의 고 집으로 돌아와 아버지와 생활했는데, 오래지 않아 아버지도 살해 되었다. 그 외중에 흉노족이 쳐들어왔고, 문희는 헌제 초평初平 3년 (192)에 흉노 병사들에게 납치되어 좌현왕左賢王에게 강제로 시집을 가게 되었다. 그곳에서 그녀는 할 수 없이 12년을 살며 아들 둘을 낳 았다.

다행히도 조조가 이 대학자의 딸에게 관심을 가졌다. 그래서 건안 12년(207)에 사절단을 보내, 흉노에게 많은 선물을 주고 그녀를 데려 올 수 있었다.

그 뒤 문희는 다시 동사董祀에게 시집을 갔다. 그런데 동사마저도 중죄를 짓고 사형을 당하는 처지가 되었다. 그러나 문희의 간절한 호 소로 남편의 죽음은 막을 수 있었다. 그리곤 남은 반생 동안 아버지 의 유고를 정리하고, 시를 지으면서 보냈다.

문희의 「호가십팔박胡笳十八拍」은 거문고 장단에 맞춘 노래로서, 모 두 18개의 단락으로 이루어져 있다. 자신의 인생 경험을 담고 있어, 읽는 이에게 진한 연민과 동정을 느끼게 한다. 하지만 많은 연구자들 은 이 작품을 후세 문인이 지은 위작으로 여긴다.

이밖에도 그녀에게는 2수의 「비분시悲憤詩」가 있다. 하나는 소체騷

體이고, 다른 하나는 오언체이다. 여기서도 소체의 「비분시」는 다른 이의 위작일 가능성이 짙고, 오언체의 「비분시」만이 그녀의 작품으로 인정되고 있다.

이 「비분시」는 108구의 장편으로서, 중국 문학사에서 문인이 지은 최초의 오언 서사시이다. 이는 악부시인 「공작은 동남쪽으로 날아가고」와 함께 건안 시기 장편 서사시의 쌍벽을 이루는 작품이다.

시 속에서 문희는 자신의 불우했던 처지를 서술한다. 또 동탁이 반란을 일으켰을 때의 모습을 다음과 같이 그린다.

목이 잘려 살아남은 사람이 없으니	斬截無子遺
시체가 서로 엉키어 있으며	尸骸相撑拒
말 옆에는 남자 머리를 달았고	馬邊懸男頭
말 뒤에는 여인네를 태웠다	馬後載婦女

그렇게 끌려간 부녀자들 가운데 자신이 있었다. 머나먼 이역에서 그녀는 밤마다 고향을 생각했다. 그러나 막상 자유롭게 돌아갈 수 있게 되자, 이번엔 아이들을 버릴 수 없었다. 아들이 엄마의 목을 끌어안고 울먹이니, 그녀의 마음은 찢어질 듯했다. 함께 붙잡혀 왔다가 돌아가게 된 문희를 보며 부러워하던 사람들도 이 광경을 보고는 눈물을 감출 수 없었다. 그녀는 중원으로 돌아와서도 마음의 안정을 찾을 수 없었다.

전체적으로 이 시는 전란 속에서 한 여성 지식인이 겪은 고통과 시대의 아픔을 잘 그렸다. 이는 '삼조'와 '칠자'가 반영한 시대 상황과 완전히 일치한다.

중국 현대문학을 대표하는 작가인 궈모뤄郭沫若는 그녀의 일생을 소재로 대형 역사극 『채문희』를 창작했다. 그 극본 속에서 귀모뤄는 그녀의 작품을 붓이 아닌 생명 그 자체로 쓴 것이라고 평가했다. 이렇듯 건안 시기는 정말로 위대한 문학의 시대였다.

문인 제갈량

한나라 말기에는 위魏·촉蜀·오吳 삼국이 있었으니, 촉과 오에도 문인이 있었음은 당연하다. 그 가운데 촉나라에서 유명한 문인이 나왔다. 그는 바로 뛰어난 지략가였던 제갈량諸葛亮이다.

제갈량(181~234)의 자는 공명孔明이고, 낭야琅邪 양도陽都(오늘날의 산동성 기수현沂水縣) 사람이다. 그는 젊어서부터 큰 뜻을 품어, 자신을 스스로 고대의 유명한 재상이자 장군이던 관중管仲과 악의樂毅에 견주었다.

그 뒤 그는 마침내 촉한蜀漢의 두 군주인 유비劉備와 유선劉禪을 보좌하여, 중원을 차지하려고 최선을 다했다. 그러나 결국 성공하지 못하고 병을 얻어 작전을 수행하다가 숨을 거두고 말았다. 제갈량은 자신의 목숨을 바쳐 「전·후 출사표出師表」에서 밝힌 맹세를 지켰다.

「전·후 출사표」는 촉한의 후주後主인 유선에게 바친 보고문이자 결의서이다. 이 글에서 제갈량은 먼저 전국의 형세를 분석한다. 이어서 그는 정치를 아직 익히지 못한 젊은 황제에게 정성어린 건의와 소망을 제시한다. 마지막으로 반드시 중원을 회복하겠다는 결심을 나타낸다.

청두의 무후사

「후 출사표」는 위작이라는 주장이 있지만, 워낙 유명하다 보니 그 명성에는 흔들림이 없다. 「후 출사표」의 결말 부분에 나오는 다음 여덟 글자는 영원토록 변치 않을 불후의 명언이다.

몸과 마음을 다 바쳐 나라를 위하여 힘껏 싸우다가, 죽은 뒤에야 그만 둘 따름입니다

鞠躬盡力, 死而後已

한 늙은 신하가 자신에게 맡겨진 일에 충성을 나타내는 모습이 이 여덟 글자에 전부 녹아 있다.

유비와 제갈량은 죽어서까지 인연의 끈을 놓지 않았다. 지금도 사천성 청두成都에 가면, 제갈량을 기리는 사당인 무후사武侯祠에 유비와 제갈량의 묘가 어깨를 나란히 하고 있다. 이 모습은 그곳을 찾는 사람들에게 깊은 감동을 준다.

남조 문학의 뒤안길

12

죽림 칠현竹林七賢

태강太康 문학

현실 세계를 떠나 자신들만의 낙원을
찾은 대나무 숲의 일곱 현자들.

대숲 속의 일곱 현자

앞서 한나라 말기의 '건안 칠자'를 살펴보았다. 그런데 위魏나라 말기에 이르면 문단에 또다시 일곱 명의 유명 문인이 등장한다. 그들은 바로 '대숲 속의 일곱 현자'인 '죽림 칠현竹林七賢'이라고 부르는 사람들이다.

그들만의 문학적 특성을 나타내려고 '정시체正始體'라는 이름을 쓴다. '정시'란 조씨 위魏 정권의 3대 황제인 조방曹芳의 연호인데, 240년에서 249년 사이의 기간을 말한다. 그 뒤 서진西晉의 태강太康 때(280~289)에 이르면, 또다시 색다른 시풍이 유행하여 '태강체'가 문단의 주류로 떠오른다. 그런 의미에서 정시 문학은 건안 문학과 태강 문학 사이에서 중국 문학의 전통을 계승하고 발전시키는 역할을 했다.

'정시체'는 정시 때를 전후한 40여 년 동안 '죽림칠현'을 중심으로, 혼란한 사회 현실을 벗어나 고차원의 정신세계를 노래한 문학을 가리킨다. '태강체'는 말 그대로 태평 시대를 맞이하여 고급스럽고 화려한 색채로 시대의 자긍심을 담아내던 문학을 가리킨다.

'죽림 칠현'은 혜강嵇康, 완적阮籍, 산도山濤, 향수向秀, 유령劉伶, 완함阮咸, 왕융王戎을 말한다. 그들의 공통점은 노장사상에 심취했다는 것이다. 그들은 서로 자주 오가면서 교분을 나누었다. 그때마다 산비탈의 양지에 있는 대숲 속에서 진지한 대화를 나누었기에, 사람들은 그들을 미화하여 '대숲 속의 일곱 현자(竹林七賢)'라고 불렀다.

그렇다고 해서 그들이 하나의 기치를 내걸고 굳게 단합했던 것은 아니다. 그들 가운데 혜강과 완적, 유령은 자연에 순응하며, 명분을 앞세우는 명교名敎에 반대하여 통치자들과 늘 적대적인 관계를 유지했다. 반면 문학적 성취는 매우 높았다.

그러나 산도와 왕융은 유가 사상을 존중하여 이후 관리 생활을 했다. 따라서 어느 정도 여유로운 삶을 살았으나, 이렇다 할 작품은 남기지 못했다.

이런 여러 가지 이유로 대숲 속의 일곱 현자는 이후 각자의 삶을 살 수밖에 없었다.

술에 절어 산 완적

완적阮籍은 건안 칠자였던 완우의 아들이다. 그는 아버지를 능가하는 명성을 얻었다. 완적(210~263)의 자는 사종嗣宗이고, 진류陳留 위씨尉氏(오늘날의 하남성) 사람이다. 그는 네 살 때 아버지를 여의고, 어려운 환경 속에서 독학으로 학식을 쌓았다.

그가 정계에 입문했을 때는 이미 조씨 가문은 힘을 잃고, 사마씨가 정권을 장악하고 있었다. 사마씨에게 불만을 품고 있던 완적은 감히 그것을 드러내지는 못했다. 그래서 오랫동안 귀머거리, 벙어리 행세를 했다. 그리곤 날마다 술에 취해 지내면서 자신의 몸을 지켰다. 그래서 완적은 술 좋아하는 사람으로 유명해졌다.

어느 날 그는 보병 막사에 술을 잘 담그는 사람이 있는데, 그에게 해묵은 술이 3백 병이나 있다는 소문을 들었다. 그 소문에 끌린 완적은 군대에 자원하여 보병 장교가 될 정도였다. 그 결과 후세 사람들은 그를 '완보병阮步兵' 이라고 불렀다.

한편 정권을 잡고 있던 사마소司馬昭는 집안이 좋은 완적과 사돈을 맺고자 했다. 그러나 완적은 그것이 탐탁지 않았다. 그렇다고 해서 대놓고 싫다고 할 수 없어, 핑계 김에 60여 일 동안 계속 술을 마셨다. 일이 이렇게 되자 사마소는 완적과 혼담을 나눌 기회조차 없었고, 결국 일은 무산되었다. 이처럼 완적이 술을 마시는 데는 언제나 이유가 있었다.

이러한 상황들이 그에게는 풀지 못할 고민이 되었다. 언젠가 사마씨는 당시 현실을 어떻게 생각하는지 완적의 견해를 염탐하려 했다. 그러자 완적은 일부러 횡설수설하면서 밑도 끝도 없는 이야기들을 늘어놓고, 현 정권의 인물에 대해서는 일언반구도 하지 않았다. 그러니 상대방은 트집을 잡을 수 없었다.

물론 그는 결코 교활한 사람이 아니었다. 오히려 언제나 모든 일에 옳고 그름이 분명했다. 전하는 바에 따르면 그는 '청백안青白眼'을 지니고 있었다고 한다. 곧 좋고 싫음을 분명히 하여 사람을 대했다. 그래서 친구들에겐 부드러운 눈빛(青眼)으로 대하고, 입으로만 예의 도덕을 떠드는 사람들에겐 무시의 눈초리(白眼)로 대했다. 그래서 많은 사람에게 미움을 받았다. 여기에서 "누구누구를 백안시하다"라는 말이 나왔다.

완적은 이런 환경에서 생활했기에 심한 중압감에 시달렸다. 그럴 때면 종종 혼자서 마차를 몰고 나가, 큰길에서 벗어나 말에게 몸을 맡겼다. 막다른 곳에 이르면 한바탕 목 놓아 울고 되돌아오곤 했다. 자신이 길을 잃어서가 아니라, 세상이 길을 잃었기 때문이었다. 그는 마음속의 고통을 이렇게나마 분출했다.

또 다른 탈출구는 시를 짓는 일이었다. 덕분에 완적의 오언시는 가장 높은 성취를 이루었다. 그는 여러 해에 걸쳐 「영회시詠懷詩」라 이름한 82수의 시를 남겼다. 이들 시의 대부분은 신세를 한탄한 내용이다. 물론 시대 상황을 풍자한 시도 있지만, 그러한 뜻은 깊이 숨기고 있다.

그 가운데 「한밤 잠 못 이루고(夜中不能寐)」란 시는 시인의 쓸쓸함과 적막함, 고뇌하는 마음을 노래한 것이다.

밤은 깊은데 잠 못 이루어	夜中不能寐
일어나 앉아 거문고를 타네	起坐彈鳴琴
엷은 휘장으로 밝은 달빛 비쳐 들고	薄帷鑒明月
서늘한 바람 불어 옷깃을 스치네	清風吹我襟
외로운 기러기가 들 밖에서 울어 예는데	孤鴻號外野
기러기 떼는 북쪽 숲에서 화답하네	翔鳥鳴北林
무얼 보려고 이렇게 서성거리는가	徘徊將何見
근심 어린 생각에 잠겨 홀로 마음 아플 뿐	憂思獨傷心

싸늘한 밤중에 시인 홀로 외로이 거문고를 타는데, 무리에서 벗어난 외로운 기러기 한 마리가 들판에서 울어댄다. 이 모습이 잠 못 이루는 시인과 좋은 대조를 이루고 있다.

시인은 생각한다.

'내가 가야 할 길은 어디인가?'

'희망은 어디에 있을까?'

정치를 풍자한 시로는 「위나라 도읍에서 수레 몰아 출발하여(駕言發魏都)」가 있다.

위나라 도읍에서 수레 몰아 출발하여	駕言發魏都

남쪽을 향해 가 취대를 바라본다	南向望吹臺
퉁소와 피리는 당시의 음악 연주할 수 있는데	簫管有遺音
이곳에 노닐던 양왕은 오늘날 어디 있는가	梁王安在哉
병사들에겐 술지게미를 먹이고	戰士食糟糠
현자들을 잡초처럼 버려두었던 사람	賢者處蒿萊
노래와 춤곡 끝나기도 전에	歌舞曲未終
진의 군대가 다시 쳐들어왔지	秦兵已復來
협림은 더 이상 놀이터가 아니고	夾林非吾有
취대의 높은 궁궐도 먼지가 되었다	朱宮生塵埃
위의 군대는 화양 아래에서 패하고	軍敗華陽下
양왕도 한 뼘 땅속에 묻힌 바 되었네	身竟爲土灰

　시인은 옛일을 빌어 당시의 상황을 풍자하고 있다. 그는 전국시대의 위왕魏王 영瑩이 인재를 등용하지 않고, 적에게 죽임을 당해 이름을 더럽힌 역사를 되새긴다. 그러면서 짐짓 자신의 위나라 통치자들의 부패와 어리석음을 풍자하고 있다. "병사들에겐 술지게미를 먹이고, 현자들을 잡초처럼 버려두는 것"이 바로 당시의 정치 상황이었다.

　완적의 오언시는 풍격이 소탈하고 질박하다. 또한 자신의 감정을 좇아 자연스럽게 지어서 억지로 꾸민 흔적이 조금도 없다. 오언시는 완적의 손을 거치면서 더욱 문인다워졌다고 할 수 있다.

　시 말고도 「대인선생전大人先生傳」은 그가 지은 산문 가운데 명작으로 꼽힌다. 이 글에서는 속세를 초탈한 가상의 인물인 대인 선생이, 겉으로는 도덕군자인 양 처신하나 실제로는 전혀 그렇지 않은 사람들과 토론을 벌인다. 대인 선생은 살아 움직이는 것 같은 비유로 이렇게 말했다.

"당신들 저고리와 잠방이 속의 이를 본 적이 있지요? 그들은 될 수 있는 한 옷감 사이로 깊숙이 파고들어 몸을 숨기지요. 그리곤 더 좋은 자리를 잡으려고 애를 쓴답니다. 그들이 단 한 발자국도 옷감에서 떨어지지 않고 움직이는 걸 보면, 마치 어떤 규칙을 따르는 듯합니다. 배가 고프면 사람의 살을 깨물어 피를 빠는데, 더할 나위 없이 맛있는 음식을 먹는 듯합니다. 그러나 남쪽에서 더운 기운이 올라오면 사람들은 옷가지를 볕에 말리지요. 그러면 떼 지어 있던 이들은 옷 속에서 나와 달아나기는커녕, 가만히 앉아서 죽음을 당한답니다. 군자라고 떠드는 당신들의 삶도 저고리와 잠방이 속의 이와 다를 바가 뭐 있겠습니까?"

완적은 위선자들을 그야말로 통쾌하게 비판했다. 우언 형식의 이런 변론은 『장자』의 영향을 받은 것이다.

절교 편지

'일곱 현자' 가운데 혜강은 완적과 함께 가장 유명했다. 혜강嵇康(224~263)의 자는 숙야叔夜이고, 초군질譙郡銍(오늘날의 안휘성安徽省 숙현宿縣) 사람이다.

그는 몸집이 크고 비범한 외모를 가졌다. 하지만 꾸미고 치장하는 일은 싫어했다. 자연스럽고 괄괄한 성격의 그는 명예와 이익을 좇아 행동하는 세속의 무리와는 근본적으로 달랐다. 그래서 젊은 시절에는 생계 수단이던 대장간의 연장을 팔아 한 끼 밥을 사 먹을 정도로 가난했다.

언젠가 종회鍾會라고 하는 귀공자가 혜강이 유명 인사라는 말을 듣고, 그와 교제하려고 점잔을 빼는 몇몇 친구들과 함께 혜강을 방문했다. 마침 혜강은 버드나무 아래에서 쇠를 불에 달군 뒤 망치질하고 있었다. 그 옆에는 '일곱 현자' 가운데 한 사람인 향수가 그를 위해 풀무질하고 있었다.

혜강은 종회의 무리가 오는 걸 보자, 아는 체도 하지 않은 채 능숙한 솜씨로 쇠망치만 휘둘렀다. 종회는 자신을 무시하자 그에게 앙심을 품었다. 결국 기회를 보아 사마소에게 혜강을 헐뜯었고, 사마소는 이때부터 혜강을 없애야겠다고 생각했다.

그래도 혜강은 나름대로 종회를 관대하게 대우한 셈이다. 그가 산도에게 보인 매몰찬 태도와 비교하면 이를 잘 알 수 있다. 산도山濤의 자는 거원巨源으로서, 그도 '일곱 현자' 가운데 한 사람이다. 그는 원래 완적과 혜강의 좋은 친구였다. 둘은 모두 대나무 숲속에서 속세와 인연을 끊고 살았다.

그러나 산도는 무료함을 견디지 못하고 산을 나와 관리가 되었다. 그 뒤 산도는 승진하면서 자신의 후임자로 혜강을 추천했다. 그러자 혜강은 말과 행동이 다른 옛 친구를 무시하고는 편지를 써서 절교를 선언했다. 그 편지글이 바로 유명한 「산거원과 절교하는 편지(與山巨源絶交書)」이다.

혜강은 편지에서 절개를 버리고 통치자들과 어울려 부패해 가는 산도를 비난한다. 그리고 자신의 강직한 성격과 괴팍한 성질도 설명했다. 그러면서 관리가 되는 일은 자신이 '가장 싫어하는 일곱 가지(必不堪者七)' 가운데 하나라고 특별히 강조했다. 아울러 자신의 '절대로 고칠 수 없는 결점 두 가지(甚不可者二)'도 언급했다.

그가 '가장 싫어하는 일곱 가지'는 빈둥거리며 게으름 피우기, 문지기의 부름을 참지 못하는 것, 가야금을 옆에 끼고 길을 가며 노래하거나 들과 숲에서 사냥하고 낚시하기, 억지로 보초서는 군인, 몸에 가득한 이, 가려운 곳을 속 시원히 긁지 못하는 경우, 옷과 모자를 가지런히 차려 입고 높으신 관리에게 인사하기였다. 여기에는 사실인 것도 있고, 풍자의 의미를 담고 있는 것도 있다.

'절대로 고칠 수 없는 자신의 결점 두 가지'는 더더욱 통치자들을 자극하는 내용이다. 하나는 마음 내키는 대로 내뱉는 말이다. 그래서 어진 임금으로 추앙받는 상商의 탕왕湯王과 주周의 무왕武王도 언제나 비판의 대상이었고, 주공과 공자조차 무시하기 일쑤였다. 이는 교조화된 유교를 신봉하던 사람들에겐 절대로 용납할 수 없는 태도였다.

다른 하나는 불의와 악을 보면 참지 못하는 강직한 성격이다. 한 번 불똥이 튀면 물불을 안 가리는 성격을 가진 사람이 어떻게 산도 같은 사람들과 어울려 사이좋게 지낼 수 있겠는가.

편지의 끝부분에서 혜강은 산도를 풍자하여 이렇게 말했다.

"어느 농부가 햇볕에 등을 말리는 것이 너무 시원하다고 생각하여, 이를 황제에게 가르쳐주려 했소. 당신은 이런 농부의 태도를 배우지 말기를 바라오!"

대부분의 사람들은 관리가 되는 일이 더할 나위 없는 좋은 일이라고 생각할지 모르나, 자신은 결코 부러운 마음이 없다는 뜻이다.

「산거원과 절교하는 편지」는 글쓰기의 형식에 얽매이지 않고, 희로애락을 자유롭게 표현하여 풍자의 뜻을 유감없이 발휘했다. 그래서 산도의 이중성을 폭로했을 뿐만 아니라, 세속의 모든 관리들을 통렬히 비난했다. 이 때문에 통치자들은 혜강에게 원한을 품었고, 결국 구실을 만들어 그를 죽였다. 이때는 혜강이 마흔 살 되던 해였다.

술 먹는 유령

'일곱 현자' 가운데 또 다른 명사인 유령劉伶(태어나고 죽은 해를 알 수 없음)의 자는 백륜伯倫이고, 패국沛國(오늘날의 안휘성 숙현) 사람이다. 그의 「주덕송酒德頌」은 좋은 술을 탐하는 '대인선생大人先生'의 입을 빌어, 음주의 묘미를 찬양했다. 또한 이 글은 예의와 법도만 숭배하는 선비들을 멸시하는 내용을 담고 있다.

유령도 완적처럼 엄청난 술고래였다. 전하는 바에 따르면 그는 언제나 술병을 손에 들고, 사슴이 끄는 수레에 올라타 사방을 돌아다녔다고 한다. 그럴 때마다 하인에게 삽을 들리어 수레 뒤를 따르게 하고는 이렇게 당부했다.

"언제든지 내가 술 마시다 죽으면 곧바로 나를 땅에다 묻어라!"

어느 날 남편의 건강을 걱정한 아내가, 집안에 있는 술병과 술독을 모두 깨트리면서까지 술을 끊으라고 애원했다. 그러자 그도 이번만은 시원하게 대답했다.

"좋소! 그러면 술과 고기를 준비하시오. 내 귀신 앞에 맹세하고 술을 끊겠소."

아내는 이 말에 얼씨구나 하여 술과 고기를 마련했다. 이에 유령은 귀신에게 빌면서 이렇게 말했다.

"하늘이 유령을 낳아 술로써 유명하게 하셨습니다. 마시면 한 번에 열 말을 마시고, 해장술로는 다섯 말을 마십니다. 아내의 말은 개의치 마옵소서."

그리곤 곧 술에 취했다. 유령은 그야말로 '술꾼의 시조'라고 부를 만하다. 그는 술 때문에 자원입대한 완적과는 좋은 술친구였다. 완적이 술 소문을 듣고 자원입대했을 때에도 곧바로 유령을 불러 함께 부어라 마셔라 했다고 한다.

이처럼 상식을 넘어선 행동을 일삼던 사람들이 나중에는 '현자' 라는 말을 듣게 되었으니, 참으로 역설적이다.

동오를 멸하고 얻은 수확

사마씨가 조씨의 위를 대신하여 서진西晉을 세우자, 문학 방면에도 새로운 변화가 일어났다. 이 시기의 시가는 지나치게 형식의 아름다움만 추구하고, 내용은 선배 작가들의 작품을 너무 모방했기에 현실과 동떨어졌다. 앞서 말했듯이 중국 문학사에서는 이 시기의 시풍을 '태강체太康體' 라고 특징짓는다.

이러한 태강 시기에 활동한 작가를 간략히 말하면 삼장三張, 이륙二陸, 양반兩潘, 일좌一左 등이 있다.

'삼장' 이란 장재張載, 장협張協, 장항張亢 삼형제를 가리킨다. 또 '이륙' 은 육기陸機와 육운陸雲 형제를 가리킨다. 그리고 '양반' 은 반악潘岳과 그의 조카인 반니潘尼를 말하며, '일좌' 는 좌사左思를 가리킨다.

그들 가운데 태강체의 시풍을 주도한 인물은 육기와 반악이었다. 아울러 좌사는 독자적인 기치를 내세워 서진 문학 최고의 성취를 이루었다.

육씨 형제는 장군의 후예로서, 그들의 할아버지는 삼국시대에 유

비의 대군을 무찌른 동오東吳의 명장 육손陸遜이다. 육기陸機(261~303)
의 자는 사형士衡이고, 오군吳郡 오현吳縣 화정華亭(오늘날의 상해시上海
市 송강松江) 사람이다. 그는 열네 살 때부터 병사를 이끌고 군대를 지
휘했고, 이후 동오가 진나라에 멸망하자 둘은 문을 닫아걸고 독서에
만 열중했다고 전한다.

그들은 얼마 뒤 낙양으로 이사했다. 당시 문학계의 권위자였던 장
화張華는 낙양에서 그들을 만나 매우 칭찬하며 이렇게 말했다.

"우리가 동오를 멸하고 얻은 가장 큰 수확은 문학의 천재인 바로
이 두 사람이오!"

이러한 선전에 힘입어 육씨 형제는 유명세를 탔다. 그래서 수도인
낙양에서는 육씨 형제가 낙양에 와서 장씨 형제의 인기가 떨어졌다
는 말이 나돌 정도였다.

육기는 시를 지을 때 선배들의 작품을 즐겨 모방하고, 감정 표현이
좀 부족했다. 그러나 시의 기교에 힘쓰고, 전아한 풍격을 추구했다.
그의 「초은시招隱詩」에 보면 이런 구절이 있다.

아침엔 남쪽 골짜기의 물풀을 따고	朝採南澗藻
저녁엔 서산에서 다리를 쉬네	夕息西山足
가벼운 가지는 구름 뚫고 오른 높은 집인 듯	輕條象雲構
무성한 잎사귀는 푸른빛 장막인 듯	密葉成翠幄
격초춤 같은 바람 난초 숲을 아우르고	激楚佇蘭林
회방춤 같은 바람 좋은 나무들을 뒤덮는다	回芳薄秀木
산골짝 물소리는 어찌 그리 맑은지	山溜何泠泠
나는 듯한 샘물은 바위를 치고 가네	飛泉漱鳴玉

…………

아침과 저녁, 남쪽 골짜기와
서산, 가벼운 가지와 무성한 잎
사귀, 난초 숲과 좋은 나무들, 산
골짝 물소리와 나는 듯한 샘물
등 가지런한 대우對偶와 꾸미고
다듬은 문장이 육기의 시풍을 잘
보여준다. 아울러 태강 문학의
특징도 잘 보여준다.

특별히 관심을 끄는 작품은 그
의 「문부文賦」이다. 이는 부賦의
형식을 써서 문학 이론의 문제를

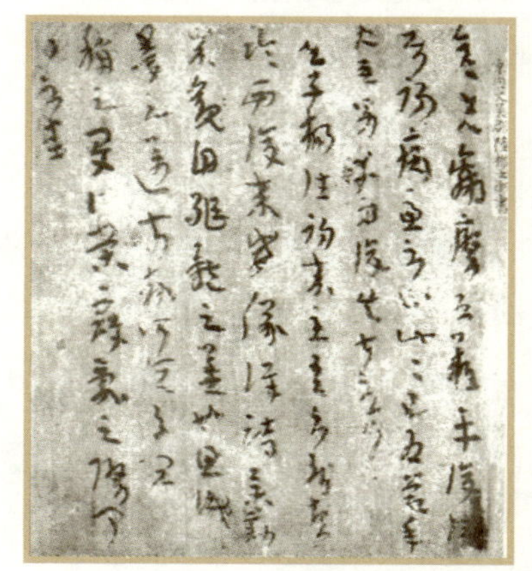

육기가 쓴 글씨.
물 흐르듯 자연스럽다.

토론한 새로운 형태의 작품이다. 이후에도 몇몇 문학 비평가들이 이
작품처럼 시부라는 문학 형식을 써서 문학의 창작 과정, 문학적 영
감, 문체, 성률聲律 등의 문제를 체계적으로 다루었다. 이 모두는 바
로 「문부」의 영향이다.

육기는 여러 방면으로 뛰어난 재능을 보였다. 문학 말고도 역사서
를 저술하고, 서예가로도 유명했다. 초서草書의 하나인 장초章草로 쓴
그의 「평복첩平復帖」은 오늘날까지도 전하면서 명품으로 인정받고 있
다. 그는 또 중국화中國畵 연구에도 힘써, '그림 이론(畵論)'에 관한 글
을 쓰기도 했다.

　다음으로 반악潘岳(247~300)의 자는 안인安仁이고, 형양滎陽 중모中牟(오늘날의 하남성) 사람이다. 그는 육기와 같은 시대를 살면서 그와 함께 문학적 재능을 다투었다. 서로 우열을 가릴 수 없어서 "육기의 재주는 바다와 같고, 반악의 재주는 강과 같다(陸才如海, 潘才與江)"는 말이 나왔다.

　그들의 시풍은 서로 비슷했다. 그도 형식을 중시하고, 내용과 감정이 부족한 약점을 가지고 있었다. 그러나 반악의 「아내를 기리며(悼亡)」 3수는 진지한 감정을 표현하여 깊은 감동을 전한다. 이 시는 그가 먼저 죽은 아내를 추모하면서 지은 작품이다.

　그 첫 수를 살펴보면 이러하다.

오두막 바라보곤 그녀를 생각하고	望廬思其人
방에 들어서선 함께 한 날들 떠올리네	入室想所歷
휘장과 병풍엔 비슷한 모습조차 없으나	幃屏無髣髴
그녀가 남긴 글 속엔 그녀의 자취 배었어라	翰墨有餘迹
흐르는 향내 아직 마르지 않았고	流芳未及歇
벽에 건 글씨 보면 벽에 기대 서 있는 듯	遺掛猶在壁
……………	

　반악에게 이런 낭만적 감성이 있다는 것이 놀라울 뿐이다. 사람은 가고 텅 빈 집만 남았다. 그 안에 있는 여러 물건을 바라보며 떠오르는 쓰라린 아픔 속에서 아내에 대한 진실한 사랑을 느낀다.

이후에 많은 문인들이 아내가 죽으면 '아내를 기리는(悼亡)' 시를 지었다. 사실 이런 풍조는 반악이 처음 시도한 것이다.

반악은 외모가 매우 출중했다. 그래서 후세의 소설과 희곡에서 어떤 사람이 재주와 외모를 두루 갖추었음을 과장하여 말할 때, "재주는 굴원과 송옥보다 뛰어나고, 외모는 반안과 견줄 만하다(才過屈宋, 貌比潘安)"라고 했다.

그가 길을 나서면, 그를 보려고 몰려드는 아가씨들 때문에 길을 갈 수 없을 정도였다고 한다. 유부녀들은 그가 탄 수레에 과일을 던져 연모의 정을 표시하여, 반악의 수레는 언제나 과일로 가득 찼다고 한다. 빼어난 외모에 죽은 아내를 위해 추모시까지 지을 정도로 다정다감하니 당연한 일이다.

하지만 그토록 인기 있던 그도 차가운 정치 현실을 피하지 못했다. 그는 '팔왕의 난'이 발생하자 역적으로 몰려 삼족이 함께 참수되었다.

힘찬 기력의 좌사

태강 시기의 시인들 가운데 형식주의 시풍의 영향을 받지 않은 유일한 사람은 좌사였다. 좌사左思(약 250~약 305)의 자는 태충太冲이고, 제국齊國 임치臨淄(오늘날의 산동성) 사람이다.

그는 반악과는 처지가 완전히 달라서, 못생긴 외모에 말까지 더듬었다. 어린 시절부터 서예를 배우고 악기를 다루었으나, 어느 것 하나 확실하게 해내지 못했다. 그러자 아버지도 그를 무시하여, "야 이놈아, 넌 어떻게 된 게 내 어릴 적보다 못하냐"고 했다. 이 말에 충격을 받은 좌사는 정신을 다잡고 문학에 전념하여, 마침내 대가의 경지에 이르렀다. 그야말로 노력 하나로 성공한 사람이다.

그의 작품으로는 「영사시詠史詩」 8수가 대표작이다. 이는 옛사람들의 이야기를 빌어, 시인 자신의 마음을 서술한 작품이다. 예를 들어 「울창한 산골짜기 소나무(鬱鬱澗底松)」는 당시의 문벌제도를 비판한 시이다.

울창한 산골짜기 소나무	鬱鬱澗底松
꾸부정한 산 위의 작은 나무들	離離山上苗
저 나무는 줄기가 한 뼘도 안 되는데	以彼徑寸莖
이 소나무 백 척 높이에 넓은 그늘 만드네	蔭此百尺條
권문세가 자제들 고위 관직에 오르고	世胄躡高位
영웅과 인재들은 말단 관리로 처박힌다	英俊沈下僚
땅의 형세가 그렇게 만든 것이니	地勢使之然
하루아침의 일도 아니지	由來非一朝
김일제와 장탕의 가문은 조상 덕에 살아	金張藉舊業
7대 후손조차 담비 꼬리 장식을 다는구나	七葉珥漢貂
풍당이 어찌 빼어나지 않겠냐만	馮公豈不偉
머리 허옇도록 등용되지 아니하네	白首不見招

당시에는 출신 성분을 매우 중시하여 "고관대작들 가운데 비천한 출신은 한 사람도 없고, 말단 관리들 가운데 귀족 출신은 하나도 없다(上品無寒門, 下品無世族)"는 말이 나돌 정도였다. 좌사가 그린 형상의 비유는 바로 이런 문벌제도의 불합리성을 설명한 것이다.

울창하게 가지를 뻗은 백 척 높이의 푸른 소나무이지만, 산골짜기 아래에 살기에 산꼭대기의 보잘것없는 꾸부렁나무들에 둘러싸여 보이지 않는다. 이는 권문세가들이 능력은 있지만 가난한 인재들을 억제하는 모습과 일치한다.

시인은 더 나아가 이런 불공평한 일이 하루 이틀 문제가 아님을 지적한다. 그는 그해에 한나라 때의 김일제金日磾와 장탕張湯 가문의 7대 증손이 고위 관리가 된 이유가 오직 조상의 음덕이었음을 꼬집는다. 반면 풍당馮唐은 출중한 실력을 갖추고 있었음에도 늙을 때까지 임용되지 않았다.

시는 여기서 끝을 맺는다. 독자는 이 시를 통해 시인의 분노와 함께 출세길의 불공평함을 뼈저리게 느낄 수 있다.

「영사시」의 또 다른 시에서는 형가荊軻와 고점리高漸離를 찬양한다. 이 두 사람은 모두 비천한 출신이지만, 비범한 인물들이다.

형가는 연나라 시장에서 먹고 마셔	荊軻飮燕市
얼큰히 취할수록 기세를 더했지	酒酣氣益震
점리의 거문고 소리에 구슬프게 화답하여	哀歌和漸離
주위에 다른 사람은 없는 듯 자유로웠다네	謂若傍無人
장사의 절개는 없다지만	雖無壯士節
세상 사람들과는 역시 달랐도다	與世亦殊倫
높이 바라보고 세상일은 하찮게	高眄邈四海
권세가와 귀족들이 어찌 감히 입에 담을손가	豪右何足陳
귀족네들 귀하다 자신하지만	貴者雖自貴
내 볼 땐 먼지와 같소	視之若埃塵
천한 사람 보잘 것 없다 자신을 낮추지만	賤者雖自賤

형가는 전국시대의 용사인데, 연燕나라 태자의 부탁으로 진秦왕을 암살하러 갔다가 실패하고 죽임을 당한 인물이다. 그는 일찍이 연나라의 시장에서 거문고의 달인 고점리와 개백정 도호屠戶를 만나 함께 친분을 쌓았다. 세 사람은 날마다 술을 한껏 마시고, 크게 노래를 부르곤 했다.

그런 형가가 죽자, 고점리도 친구의 원수를 갚으려고 진나라의 조정에 뛰어든다. 하지만 그도 실패하고 형가의 뒤를 따랐다. 좌사는 바로 이 빈민 출신인 두 사람을 다룬 것이다.

시인은 여기서 두 가지 존엄을 말하고 있다. 하나는 귀족들 스스로 생각하는 고귀함이다. 그러나 시인의 눈에는 그것이 먼지만도 못하게 보였다. 다른 하나는 형가와 고점리가 지니고 있던 존엄이다. 그들의 지위는 비천했으나, 그들의 삶의 가치는 헤아릴 수 없는 무게를 지녔다. 이렇게 볼 때 좌사의 식견은 그 시대를 초월한 탁견이었음을 알 수 있다.

좌사는 시의 풍격 면에서도 육기와 반악과는 크게 달랐다. 참을 수 없는 울분과 처량함 등이 오히려 건안의 시풍과 비슷했다. 그래서 그의 시가 지닌 특징을 '좌사의 힘찬 기력(左思風力)' 으로 요약한 사람도 있다.

낙양의 종이 값을 올리다

　좌사에게는 유명한 「삼도부三都賦」라는 작품이 있다. 제목에 나오는 '세 도시(三都)'란 촉의 수도인 익주益州, 오의 수도인 건업建業, 위의 수도인 상주相州를 가리킨다.

　이 작품에서는 서촉의 공자, 동오의 왕손, 위의 선생 세 사람의 입을 빌어, 각국 수도의 번화함과 큰 규모를 자랑한다. 이 작품의 수법은 한나라 반고의 「양도부」와 장형의 「이경부」의 것을 그대로 답습한 것이다. 하지만 좌사는 진실한 내용에 치중하여, 당시 도시의 실질적인 모습을 반영하고자 노력했다. 「삼도부」는 이런 점에서 가치를 지니는 작품이다.

　좌사의 「삼도부」에는 숨겨진 이야기가 있다. 그는 이 작품을 10년 동안 썼다고 한다. 좌사는 글을 더 잘 쓰려고 당시의 비서랑秘書郞, 곧 요즈음으로 치자면 국립도서관장에게 특별히 부탁하여 더욱 많은 도서 자료를 볼 수 있었다. 또한 평소에 집에 있을 때에는 거실과 정원, 심지어 화장실에까지 종이와 붓을 준비해 놓았다. 언제라도 좋은 구절이 떠오르면, 어느 곳에서건 곧바로 붓을 들어 쓰기 위해서라고 한다.

　부가 완성되자 당시 대가로 손꼽히던 보밀甫謐이 그를 위해 서문을 써 주었다. 그리고 장재張載와 유규劉逵는 주석을 달아 주었고, 육기를 칭찬했던 장화도 찬사를 아끼지 않았다. 이에 「삼도부」의 명성은 끝없이 치솟았다.

　낙양의 부호와 권문세가들은 이 작품을 소장하려고 서로 다투어 베껴, 순식간에 종이 값이 치솟았다. "낙양의 종이가 귀해지다(洛陽紙

貴)"라는 전고典故는 여기에서 유래한다.

전고란 사전적으로는 '전례가 될 만한 옛일'을 뜻한다. 이것은 중국 고전 문학을 대표하는 수사 기법의 하나이다. 쉬운 예를 들어보자.

'대기만성大器晩成'이란 큰 그릇은 더디게 만들어진다는 말로서, 크게 될 사람은 늦게 이루어진다는 의미로 쓴다. 이 말의 출전은 바로 『노자』이다. 이때부터 '대기'는 '그릇이 큰 사람'을 가리키는 말로 쓰지, 실제 그릇을 가리키는 말로는 쓰지 않게 되었다.

전고를 쓸 경우에는 그것을 쓰는 사람이나 읽는 사람 모두 그 내용을 알고 있어야 이해할 수 있다. 작자의 의도를 올바로 읽는 데에서 오는 작자와의 일체감과 전고를 모르는 사람에 대한 우월감, 특히 현실 상황에 역사적 사실을 중첩시킴으로써 얻는 일정한 몽타주 효과 등 나름대로 전고를 사용하는 가치가 있다.

당시 육기도 낙양에 처음 와서는 좌사의 「삼도부」 같은 작품을 쓰려고 생각하고 있었다고 한다. 그런데 좌사가 먼저 쓰고 있다는 말을 듣고는, 손뼉 치고 웃으며 동생에게 이렇게 말했다.

"듣자하니 이곳에서 어느 촌놈이 「삼도부」를 쓴다지. 좋아, 다 쓰면 가져다가 술 단지의 뚜껑이나 하면 제격이겠군."

그러나 나중에 좌사의 부를 읽은 육기는 눈이 휘둥그레져서 자신의 글을 포기했다고 한다.

장화, 반악, 육기, 육운은 모두 빠르게 출세 가도를 달렸다. 하지만 결국에는 정쟁에 휘말려 모두 비극적인 최후를 맞는다. 그러나 좌사만큼은 천수를 누리고 글재주를 인정받았다.

이렇게 해서 서진 시기의 몇몇 문인들을 살펴보았다. 이들 말고도 선배격인 장화張華와 부현傅玄, 후배격인 유곤劉琨과 곽박郭璞 같은 여러 문인들이 있지만, 여기서는 자세히 다루지 않겠다.

현학

한나라 때 정립된 유가적 세계관과 질서 체계가 위진 시대로 넘어오자 근본부터 흔들리기 시작합니다. 그래서 당시의 지식인들은 기존의 이데올로기에 회의를 품고 새로운 세계관을 모색했습니다.

자연 세계와 인간 사회를 도덕이라는 잣대로 재단하지 않고, 있는 그대로의 자연적 질서로 해석하려는 시도였지요. 이런 일련의 사상적 경향을 '현학玄學'이라고 합니다.

그러한 경향 속에서 한 극단을 차지했던 사람들이 바로 '죽림칠현'입니다. 그들은 제도화된 자연과 그 안에 갇힌 인간이 아니라, 있는 그대로의 자연과 그 안에서 살아 숨 쉬는 자유인이 되고자 했습니다.

그 배경에는 도가 사상이 있었지요. 사회에서 '도피'한다는 측면도 있지만, '탈속'이라는 점에서 이후 중국 예술의 발전에 새로운 숨결을 불어넣었습니다.

자연과 벗한 삶 | 13

도연명陶淵明

도연명, 술에 취해 집에 돌아오다.

허리를 굽히지 않은 사나이

　도연명陶淵明은 중국 시단詩壇에서 대시인으로 손꼽힌다. 전국시대의 굴원에서 당나라 때의 이백李白과 두보杜甫를 잇는 천 년의 시간 동안 아마 도연명이 가장 위대한 시인일 것이다.

　이제 도연명을 살펴보자. 그가 지은 「오류선생전五柳先生傳」이란 글의 첫 부분은 이렇게 시작한다.

　선생은 어디 사람인지도 알 수 없거니와 이름이 무엇인지 자字를 무어라 하는지조차 확실치 않습니다. 다만 그분의 집 언저리에 다섯 그루의 버드나무가 있으므로 그대로 오류선생五柳先生이라고 호를 붙여 부를 뿐입니다. 선생은 천성이 조용하고 안온한 사람으로 평소에 말이 적으며, 세간의 어떠한 영화와 이득도 마음에 품는 일이 없습니다. 남달리 책읽기를 좋아하나 어려운 글귀를 굳이 깊이 파헤치지 않습니다. 술술 그대로 읽어 가다가 혹 마음에 와 닿는 훌륭한 구절이 나오면 그때마다 매우 기뻐하며 밥 먹는 일조차 잊곤 했습니다.

　　先生不知何許人也, 亦不詳其姓字, 宅邊有五柳樹, 因以爲號焉. 閑靜少言, 不慕榮利. 好讀書, 不求甚解; 每有會意, 便欣然忘食.

　이 오류선생이란 사람은 정말 재미있다. 자기가 자신의 전기를 쓰고 있기 때문이다. 그런데 정작 자신이 어디 사람이며, 성이 무엇이고 이름이 무엇인지 전혀 알지 못한다. 그야말로 세속을 초탈했음을 알 수 있다. 자세히 살펴보면 그가 바로 도연명임을 짐작할 수 있다.

　동진東晉 시기를 살았던 도연명(365~427)의 자는 원량元亮이고, 심양潯陽 시상柴桑(오늘날의 강서성 구강현九江縣) 사람이다. 그의 이름은 잠潛이고, 자는 연명이며, 스스로 호를 오류선생이라고 했다. 후세에는 그를 정절선생靖節先生이라고도 불렀다.

그의 증조부인 도간陶侃은 대사마大司馬를 지내면서 많은 전공을 세웠다. 대사마는 대장군, 그러니까 사령관쯤에 해당한다. 그러나 출신 성분이 낮아, 늘 귀족들에게 무시를 당했다. 계만溪蠻이라 부르는 소수민족 출신이었기 때문이다. 할아버지와 아버지도 관리 생활을 했으나, 그의 세대에 이르러서는 가세가 몰락했다.

그가 「오류선생전」에서 말했듯이, 그의 집은 매우 작고 보잘 것 없었다. 그나마도 다 헐어서 바람과 햇빛조차 가릴 수 없었다. 그뿐만 아니라 짧은 베잠방이는 군데군데 구멍이 나서 기워 입었다. 따뜻한 밥 한 그릇도 없어서 끼니를 거르는 일이 예사였다.

그러나 도연명의 초연함은 그 누구도 따를 수 없었다. 그는 책읽기를 좋아하여, 좋은 구절을 읽으면 모든 어려움을 잊고 크게 기뻐했다. 아울러 틈틈이 글을 써서 자신의 포부를 밝히고는 이를 감상했다. 이처럼 세상의 어떤 이해득실도 마음에 두지 않았다.

그래서 일생 동안 여러 번 관리 생활을 했으나, 그때마다 재임 기간은 길지 않았다. 그는 천성이 자유로운 사람이라 어떠한 속박도 견디질 못했다.

그가 팽택현彭澤縣의 현령을 지내던 시절의 이야기는 유명하다. 하루는 한 관리가 군郡에서 현으로 시찰단을 파견한다는 소식을 들었다. 그는 도연명에게 허리띠를 조이고 의관을 가지런히 하여 그들을 배알하라고 했다. 하지만 도연명은 이를 거절하면서 이렇게 말했다.

"내가 단지 봉급으로 받는 다섯 말의 쌀 때문에 시골 관리에게 허리를 굽힌단 말이냐!"

그리곤 그날로 사표를 내고, 고향으로 돌아가 농사에 전념했다. 여기서 '오두미절요五斗米折腰'라는 말이 나왔다.

도연명이 살던 시절에는 사람을 차별하는 등급 제도가 사회를 장악하고 있었다. 그래서 가난한 선비는 고위 관리가 되기 어려웠다. 그러니 도연명이 관직을 버리고 시골로 돌아간 일은, 당시에는 세상을 놀라게 할 만한 사건이었다.

그의 증조할아버지인 도간을 예로 들어 보자. 그의 어머니는 자식을 관리로 만들려고 피나는 노력을 했다. 하루는 집에 아들을 관리로 추천할 만한 능력을 가진 사람이 손님으로 왔다. 그러자 그녀는 자신의 머리카락을 잘라다 팔아 술과 쌀을 장만했다. 또 집의 기둥은 도끼로 찍어서 땔감을 만들고, 침대에 깔았던 자리는 풀어헤쳐 손님이 타고 온 말의 먹이로 내줄 정도였다. 이러한 대접에 감동한 손님이 도간을 추천하겠다고 약속했다고 한다.

이렇게 볼 때 도연명이 "쌀 다섯 말 때문에 허리를 굽힐 수 없다"고 외치면서 관직을 그만 둔 일은, 큰 용기가 필요한 일이었음을 알 수 있다. 그럼에도 이러한 행동이 자연스럽게 느껴지는 이유는 그가 시대를 초월한 사상을 가지고 있었기 때문이다. 이는 사람을 대하는 그의 태도를 보면 잘 이해할 수 있다. 그가 현령으로 있을 때, 아들에게 하인을 한 명 붙여 주면서 이렇게 당부했다고 한다.

"내가 그를 너에게 딸려 주는 것은 너를 도와 땔감을 구하고, 물 긷는 일을 하기 위함이란다. 그러나 그도 너처럼 부모가 있는 똑같은 사람이니 함부로 대해서는 안 될 것이야."

이런 생각은 당시의 상황에 비추어 볼 때, 참으로 시대를 앞선 것이라고 할 수 있다. 도연명은 그때 이미 인간다운 올바른 삶과 평등을 생각하고 있었던 것이다.

고향으로 돌아가련다

도연명의 대표작은 「귀거래사歸去來辭」와 「도화원기桃花源記」이다. 도연명의 「귀거래사」는 관공서에서 느낀 염증과 전원생활에 대한 동경을 담은 글이다. 이 글은 대체로 팽택현의 현령직을 버리고 고향으로 돌아가던 때에 지은 것이라고 본다.

첫 부분은 이렇게 시작한다.

돌아가련다! 고향의 전원이 황폐해지려 하는데 어찌 아니 돌아갈 수 있겠는가? 고귀한 이 마음을 말단 관리 생활에 맡겼던 지난날의 잘못된 생각, 어찌 슬퍼 탄식하여 홀로 서러워만 하고 있으랴! 지난 인생은 후회해도 이미 소용없음을 깨달아, 앞으로의 삶에는 지난날을 미루어 더욱 잘할 수 있겠지. 사실 벼슬이라는 잘못된 길에 빠져 헤매긴 했으나 그리 멀리 벗어나진 않았으니, 오늘이 바른 삶이고 어제까지의 삶이 그릇되었음을 깨달았네.

歸去來兮, 田園將蕪胡不歸. 旣自以心爲形役, 奚惆悵而獨悲. 悟已往之不諫, 知來者之可追. 實迷途其未遠, 覺今是而昨非.

시인은 자신을 반성한다. 이어서 전원으로 돌아가는 길에 느낀 흥분과 설렘, 그리고 집에 돌아온 뒤의 편안하고 여유로운 생활 등을 적고 있다.

술을 마시기도 하고, 소풍을 가기도 하며, 책을 읽고 가야금을 타기도 했다. 친척들과 함께 한담을 나누고, 가정의 단란함을 누리기도 했다. 농번기에는 직접 밭에 나가 김매고, 땅을 일구는 등 자연과 조화로운 생활을 했다.

　이 글에는 다음과 같은 구절이 나온다.

　구름은 무심히 굴속을 돌아 나오고, 새도 날다가 지쳤는지 제집으로
돌아올 줄 아는구나.
　　雲無心而出岫, 鳥倦飛而知還

　구름과 새를 예로 들었으나, 이는 분명히 자유를 사랑하고 자연을
그리워하는 시인 자신의 마음을 그린 것이다.

자유로운 전원생활

　도연명은 마침내 서로 속고 속이는 관직 생활에서 벗어나, 자유로
운 전원생활을 하게 되었다. 그의 시 「시골로 돌아와 밭에 살고(歸園
田居)」 5수 가운데 첫 번째 시에는 시골의 풍경을 이렇게 묘사했다.

　……‥……

네모난 집터는 여남은 평쯤	方宅十餘畝
초가집의 방은 일고여덟 칸	草屋八九間
느릅나무 버드나무 뒤뜰 처마 가리고	榆柳蔭後簷
복숭아와 살구나무 안채 앞에 나란히	桃李羅堂前
멀리 아련하게 마을이 보이고	曖曖遠人村

마을의 굴뚝 연기에 마음이 끌리네 依依墟里煙
골목 안에서 개들이 짖고 狗吠深巷中
뽕나무 꼭대기에서 닭들이 울어 옌다 鷄鳴桑樹顚
마당에는 먼지 하나 없고 戶庭無塵雜
텅 빈 방은 한가롭기만 하네 虛室有餘閑
오래도록 새장 속에 갇혀 있다가 久在樊籠裏
이제야 자유로운 삶으로 되돌아왔구나 復得返自然

시인은 평범한 농촌 생활에서 아름다움을 발견했을 뿐만 아니라, 자연의 담담한 언어로 아름다운 정취를 표현했다. 그래서 내용과 언어 및 격조가 잘 어우러진 시들을 지을 수 있었다. 마음 깊이 전원생활을 사랑한 사람만이 이처럼 아름답고 자연스러운 시어를 만들 수 있다.

관공서를 떠나 대자연의 품으로 돌아온 시인은 일하는 백성들과도 좋은 관계를 유지했다.

그는 언제나 직접 밭에 나가 일을 했다. 「시골로 돌아와 밭에 살고 (歸園田居)」의 세 번째 시를 들어보자.

남산 기슭에 콩을 심으니 種豆南山下
풀만 우거져 콩 싹은 드물구나 草盛豆苗稀
새벽에 일어나 잡초를 뽑고 晨興理荒穢
달이 뜨면 호미 메고 집으로 돌아온다 帶月荷鋤歸
길은 좁고 초목이 우거져 道狹草木長
저녁 이슬 내 옷을 흠뻑 적신다 夕露霑我衣
옷이야 젖은들 아쉽지 않지만 衣霑不足惜

콩 싹이나 제대로 자랐으면 좋겠구나   但使願無違

매우 평범하면서도 세심한 묘사가 정말 아름답다. 밭일은 힘들고 많아서 아침 일찍 나갔다가 저녁 늦게야 돌아올 수 있다. 호미를 메고 들판을 걷다 보면, 저녁 이슬에 옷깃이 젖게 마련이다. 직접 겪어 보지 못한 사람은 이렇게 세세한 내용을 쓸 수 없다.

도연명의 생활은 농부와 다를 바 없었다. 그러나 문인의 기풍을 완전히 떨쳐 낼 수는 없었다. 또 다른 시를 살펴보자.

초가 지어 마을에 사니	結廬在人境
시끄러운 수레 소리 들리지 않네	而無車馬喧
그대여 어찌하여 그럴 수 있는가	問君何能爾
마음이 속세를 벗으니 그럴 수밖에	心遠地自偏
동쪽 울타리에서 국화를 꺾어 들고	采菊東籬下
먼 남산 고요히 바라본다	悠然見南山
산 경치는 저녁 무렵 가장 아름답고	山氣日夕佳
날던 새도 줄지어 둥지로 돌아간다	飛鳥相與還
이 속에 참된 진리 담겨 있으니	此中有眞意
말로 표현하려 해도 이미 할 말을 잊네	欲辯已忘言

이것은 「술 마시기(飮酒)」란 시의 다섯 번째 부분이다. 도연명의 시 가운데 가장 유명한 것 가운데 하나이다.

이 속에 담긴 정취는 굳이 깊이 생각하지 않아도 자연스럽게 우러나온다. 속세를 벗어나 물 흐르는 대로 자연의 순리에 몸을 맡긴 듯하다. 모든 것을 억지로 하지 않고 조용하고 한가로운 생활에 임하고 있다.

시인의 마음은 수레 소리 시끄러운 세속의 세계를 떠나, 말로 다할 수 없는 초탈의 경지에 들어가 있다. 특별히 심오한 곳은 없지만, 담담하고 한가한 정취 속에서 무한한 의미를 느낄 수 있다.

도연명의 「술 마시기」라는 시는 모두 20수로서, 대부분 술을 마시고 흥을 돋우는 내용이다.

그는 술을 좋아하기로 이름을 날렸지만, 가난하여 늘 마실 수는 없었다. 친척과 친구들은 그의 이런 사정을 잘 알고 있어서 술이 생기면 꼭 그를 불렀다. 그럴 때면 이를 마다 않고 달려가, 취해서 쓰러질 때까지 술을 마셨다. 자신에게 술이 생겨도 절대 인색하지 않았다. 귀한 손님이나 가난한 친구나 찾아오는 사람에 상관없이 함께 마셨다.

도연명은 음악에 뛰어나지는 않았지만, 언제나 가야금을 곁에 두고 있었다. 그런데 그 가야금에는 줄이 하나도 없었다. 술을 마시고 기분이 좋아지면, 그냥 가야금을 안고 한바탕 줄 타는 시늉을 했다. 물론 아무 소리도 나지 않았겠지만, 그의 마음속에는 훌륭한 연주가 흐르고 있었을 것이다.

그가 시골로 돌아오고 오래지 않아 집에 큰불이 나 집이 홀랑 타고 말았다. 그 뒤 온 힘을 다해 밭일에 매달렸지만, 끼니를 거르는 날이 늘어났다. 이에 견디다 못해 친구에게 가서 음식을 구걸하기까지 했다.

그렇지만 이런 배고픔과 가난도 그의 지조를 꺾을 수는 없었다. 언젠가 배고픔에 병까지 겹쳐 며칠째 방에 누워 있던 때였다. 강주江州의 자사刺史인 단도제檀道濟가 병문안을 와서 그를 시험하여 말했다.

"현자는 세상이 어지러우면 속세를 떠나 숨어 살고, 세상이 맑고 깨끗하면 세상에 나아가 관리 생활을 합니다. 오늘날이야말로 맑고 깨끗한 세상인데 어째서 선생은 자신을 학대하십니까?”

그러자 도연명은 관료들과 상대하기 싫어서 이렇게 말했다.

“저를 감히 현자와 비교하시다니 당치도 않습니다.”

단도제는 점잖게 거절을 당하자 가져온 쌀과 고기를 놔두고 가려 했다. 그런데 도연명은 이것도 받으려 하지 않고 작별할 때 손에 들려 돌려보냈다. 참고로 '자사'는 요즈음의 시장이나 군수에 해당한다.

그러나 친구의 도움은 거절하지 않았다. 시인 안연지顔延之는 당시 관리로 지내면서, 자주 그의 집에 와 술을 마시곤 했다. 하루는 그가 2만 냥을 놓고 돌아가자, 도연명은 그 돈을 아예 술집에 갖다 주었다고 한다. 물론 그때부터는 술값을 내지 않고 술을 마실 수 있었다.

도연명이 꿈꾸던 세계

도연명의 강직한 성격 속에는 평화롭고 담담한 일면뿐만 아니라, 불같은 일면도 있었다. 그는 「잡시雜詩」 다섯 번째 수에서 이렇게 말했다.

나 어릴 적 생각해보면	憶我少壯時
즐거운 일 없어도 그저 행복했지	無樂自欣豫
용맹한 뜻 세상을 뛰어넘고	猛志逸四海
도약 위한 날개짓은 더욱 먼 곳 꿈꾸었지	騫翮思遠翥
…………	

도연명도 청년 시절에는 『장자』에 나오는 곤새와 붕새처럼, 하늘 높이 올라 큰 뜻을 펼치려는 꿈을 가지고 있었다. 그러나 진晉나라 말기라는 난세를 살면서 그러한 이상은 펼칠 수 없었다.

그렇다고 속세의 때를 그대로 묻힐 수도 없었다. 그래서 전원에 묻혀 시와 술을 벗 삼아 생활할 수밖에 없었다. 하지만 마음 깊이 새겨놓은 영웅의 기개는 시를 통해 조금씩 드러났다. 「형가를 말함(詠荊軻)」이란 시에 나오는 다음의 두 구절은 그런 도연명의 마음을 잘 드러내고 있다.

기개 어려 뻗친 머리 높은 모자 찌르고　　　雄髮指危冠
용맹한 기운은 모자끈을 충동하네　　　　　猛氣冲長纓
……
빠르게 앞으로 내달리니 만리의 산하 질주하고
　　　　　　　　　　　　　　　　　　　凌厲越萬里
돌고 넘어 앞으로 나아가니 수천의 높은 성들 지나치도다
　　　　　　　　　　　　　　　　　　　逶迤過千城

그의 산문은 「도화원기桃花源記」가 가장 대표적이고 유명하다. 이 글은 원래 「도화원시」의 제목 아래에 붙여 시를 지은 배경을 설명한 글이었다. 하지만 시보다 오히려 더 유명해졌다.

「도화원기」는 동진東晉 시기 무릉武陵에 살던 한 어부가 배를 타고 강을 거슬러 올라가면서 시작한다.

홀연히 복사꽃 만발한 숲을 만났는데, 강 양쪽으로 수백 걸음의 땅이 모두 복숭아나무였다. 다른 나무는 하나도 없고 땅에는 싱그럽고 아름

다운 풀들이 가득했다. 그리고 나무에서 떨어지는 복사꽃은 바람에 날리면서 어부를 황홀하게 했다.

忽逢桃花林, 夾岸數百步, 中無雜樹, 芳草鮮美, 落英繽紛.

배를 강기슭에 대자 작은 동산이 하나 있었다. 어부는 배를 버리고 땅에 올라, 앞에 보이는 좁은 동굴을 따라 안으로 들어갔다. 수십 걸음을 가자 갑자기 주위가 밝아지더니, 눈앞에 새로운 세계가 나타났다.

땅은 넓고 평탄하며, 집들도 가지런했고, 비옥한 밭과 아름다운 연못, 뽕나무와 대나무 들이 있었다. 밭 사이의 길이 사방으로 잘 정비되어 있고, 닭 울음과 개 짖는 소리를 여기저기서 들을 수 있었다. 그곳을 돌아다니며 밭가는 사람들은 남녀 할 것 없이 차림새가 외부 사람과 다를 바 없었다. 노인과 아이들도 모두 편안하게 자신들의 즐거움을 누리고 있었다.

土地平曠, 屋舍儼然, 有良田美池桑竹之屬. 阡陌交通, 鷄犬相聞. 其中往來種作, 男女衣著, 悉如外人. 黃髮垂髫, 并怡然自樂.

이곳 사람들은 어부를 보고 깜짝 놀라서 다투어 바깥소식을 물었다. 그리곤 자신들의 집으로 어부를 초대하여 술과 닭고기를 대접했다. 알고 봤더니 그들의 조상은 진秦나라 말기에 전란을 피해 이처럼 세상과 고립된 지역으로 피신한 사람들이었다. 그들은 세월이 흐르자 작지만 독립된 사회를 만들었던 것이다.

사정이 이렇다 보니 바깥일을 얘기해도 아무도 몰랐다.

한 정권이 있었는지도 몰랐다. 위진의 정권은 말할 나위도 없었다.
乃不知有漢, 無論魏晉.

어부가 떠나려 하자 복사촌 사람들은 그에게 거듭 당부했다.

바깥사람들에게는 알리지 않는 것이 좋겠습니다.
不足爲外人道也.

하지만 신신당부에도 어부는 바깥 세상에 나가 이 사실을 알렸다. 남양南陽 땅의 유자기劉子驥라는 사람은 이 소식을 듣고 복사촌을 찾았지만, 결국 찾지 못했다.

이 글을 보면 '도화원'은 도연명이 추구했던 이상적인 세계라는 느낌이 온다. 「도화원기」는 이상향의 아름다운 풍경을 그리고 있다. 그곳은 평안하고 넉넉하며 즐거움이 넘치는 곳이다. 사람들은 자발적으로 농사일에 참가하고, 스스로 경작하여 식량을 마련한다. 관리의 핍박은 물론 전쟁의 공포 등도 없는 곳이다.

이는 봉건사회의 혼란기를 살던 농민들이 갈망하던 이상 사회를 가리킨다. 이러한 낙원은 도연명이 꿈꾸던 곳으로서, 그의 전원시田園詩들 속에 여러 번 묘사되었다.

「도화원기」는 3백 자밖에 안 되는 분량이다. 하지만 간결하고 소박한 어투로 함축적이면서도 운치 있게 썼다. 산문이라곤 해도 시의 운치가 가득하다. 상상의 세계가 분명한대도 진실처럼 와 닿는다. 그래서 사람들이 대대로 읽으며 입에 올리는 유명 작품이 되었다.

천오백여 년을 드리운 그림자

　도연명은 예순 살이 넘게 살았다. 하지만 결국에는 가난과 병으로 죽음을 맞았다. 그는 죽기 전에 자신을 위한 「만가시挽歌詩」 3수를 남겼다. 그 세 번째 시에서 이렇게 말했다.

마른풀 어찌 그리 쓸쓸한지	荒草何茫茫
백양나무 또한 서글프구나	白楊亦蕭蕭
구월에 맺히는 차가운 서리	嚴霜九月中
나를 먼 교외로 이끄는구나	送我出遠郊
……‥‥…	
장례 치르러 왔던 사람들	向來相送人
뿔뿔이 집으로 돌아가겠지	各自還其家
친지들 잠시 더 슬퍼해 주겠지만	親戚或餘悲
타인들 언제 그랬느냐며 노래를 부르리라	他人亦已歌
죽어 돌아가면 무슨 할 말 있으리	死去何所道
이 몸 산비탈에 묻어나 주구려	託體同山阿

　자신이 죽은 뒤의 모습까지 시로 남긴 것이다. 여기에서 보는 것처럼 죽음을 보는 시각이 남다르다.

　그는 자신이 죽은 뒤 장례를 치르는 모습을 시인의 상상으로 묘사했다. 인생의 영욕과 이해득실을 초연히 바라보는 시인의 모습을 살필 수 있다. 이처럼 삶과 죽음을 바라보는 도연명의 태도는 매우 초탈적이다.

시인은 장례가 끝난 뒤 사람들이 하나둘씩 떠나면, 죽은 자는 더 이상 이 세상에 아무 영향도 끼칠 수 없음을 잘 알고 있었다. 친척들은 조금 더 슬픔에 젖어 있겠지만, 다른 사람들은 곧 그의 죽음을 잊고 세상의 즐거움을 노래하리라. 그리곤 자신의 몸을 산비탈에 묻어 달라 당부했다.

그러나 지금도 그의 이름과 글과 행적은 세상 사람들의 가슴속에 살아 있다. 도연명의 죽음도 세상에 대한 그의 영향력을 끝낼 순 없었다. 살아서 줄곧 가난에 시달릴 때에는 그의 시도 사람들의 관심을 끌지 못했다. 하지만 죽은 뒤에는 차츰 그의 위대함이 알려지기 시작했다.

도연명의 담담하고 자연스러운 시의 풍격은 당시 문단에서 성행하던 화려한 문풍과는 전혀 어울리지 않았다. 백 년이 지난 뒤에도 이런 상황은 나아지지 않았다. 그래서 문학 비평가인 종영鍾嶸은 그의 『시품詩品』에서, 도연명의 시를 중품中品에다 놓았다.

당나라 때에 와서야 사람들은 도연명의 시가 지닌 가치를 깨닫기 시작했다. 이백, 두보, 백거이, 왕유, 맹호연, 한유, 유종원과 송나라 때의 소식, 황정견, 육유, 신기질 등 거의 모든 대가들이 진정으로 도연명을 추모하고 숭앙했다. 그들은 도연명의 시에서 많은 교훈과 계시를 받았다. 살아서는 사회와 어울리지 못하던 오류선생이, 죽어서는 이렇게 많은 벗과 학생을 얻은 것이다.

도연명은 문인들 가운데 전원생활을 시에 담은 최초의 시인이다. 앞서 살펴보았듯이 그의 전원시를 보면 삶과 대자연에 대한 깊은 사랑과 진실함을 엿볼 수 있다. 그의 글에서 "글은 바로 그 사람이다(文如其人)"라는 말을 실감할 수 있다.

마지막으로 도연명의 「산해경을 읽으며(讀山海經)」란 시를 살펴보자.

초여름이라 초목이 무성하니　　　　　　　　孟夏草木長

집 주위 나무들이 가지와 잎을 더하네　　　　繞屋樹扶疏

여러 새들 몸 둘 곳 좋아하는데　　　　　　　衆鳥欣有託

나 역시 내 초막집이 좋구나　　　　　　　　吾亦愛吾廬

밭 갈고 씨 뿌리기를 마치고　　　　　　　　既耕亦已種

집에 돌아와 책을 읽는다　　　　　　　　　　時還讀我書

가난한 거리에 살며 높은 사람 멀리하니　　　窮巷隔深轍

오랜 친구들도 수레를 돌려 가네　　　　　　頗回故人車

겨울에 담근 술 달갑게 마시니　　　　　　　歡言酌春酒

안주 위해 마당에서 채소를 뽑는다　　　　　摘我園中蔬

가랑비가 동쪽부터 내리기 시작하니　　　　微雨從東來

시원한 바람도 때맞추어 불어온다　　　　　好風與之俱

『목천자전穆天子傳』 뒤적이다　　　　　　泛覽周王傳

『산해경』을 읽어 보네　　　　　　　　　流觀山海圖

찰나에 삼라만상 노닐어 보니　　　　　　俯仰終宇宙

이것이 즐겁지 않다면 또 무엇 있으리　　不樂復何如

담담하고 여유로운 삶의 모습을 느낄 수 있다.

진晉나라 함녕咸寧 5년(279)에 부준不準이라는 사람이 위魏 양왕襄王
의 무덤을 도굴하다가 죽서竹書 여러 편을 발견했다. 거기에서 바로
『목천자전』이 나왔는데, 지금은 6권만 전한다. 그 내용은 주 목왕이
여덟 마리의 준마가 이끄는 마차를 타고, 서쪽 나라들을 정벌한 일을
기록한 것이다. 그 안에 중국의 대표적 신화인 서왕모西王母 이야기가
나온다.

　『산해경』은 서한의 유흠劉歆이라는 사람이 18권으로 정리한 중국

의 대표적 신화·지리서이다. 이 책은 '산경'과 '해경'으로 나뉜다. '산경'은 각 방향의 산들과 그곳의 특산물을 언급하여 지리서의 성격이 짙고, 내용이 비교적 단조롭다.

이에 비해 '해경'은 다른 나라의 풍경과 사물, 영웅의 행적, 신들의 계보, 괴물 묘사 등 다양한 내용을 담아 신화서의 성격이 짙다. 우리가 앞에서 이야기한 신화들이 대부분 이 책에 실려 있다. 나중에 다시 언급하겠지만, 이 두 책은 지인志人과 지괴志怪라는 원시적 소설 형태를 낳은 중국 소설의 원조라 할 수 있다.

도연명의 삶을 비추어 볼 때 그가 이런 책을 즐겨 읽었다는 것은 매우 자연스럽다.

화려해진 시와 글

14

사령운謝靈運

포조鮑照

사조謝朓

산과 물을 시에 녹인 사령운.

어지러운 시대

도연명은 육조六朝 시대에 살았다. 당시의 수도는 건강建康인데, 오늘날의 남경시南京市에 해당한다. 그곳에 정권을 세웠던 나라가 동오東吳(222~280), 동진東晉(317~420), 송宋(420~479), 제齊(479~502), 양梁(502~557), 진陳(557~589) 여섯이라서 '육조'라고 부른다.

그것은 남방의 상황이다. 북방에도 마찬가지로 여섯 나라가 흥망을 거듭했다. 먼저 조위曹魏(220~265)와 서진西晉(265~316)의 뒤를 이어서 후위後魏(534~557), 북제北齊(550~577), 북주北周(557~581)가 나타났다. 그리고 결국에는 수隋나라(581~618)가 중국 대륙을 통일했다.

이처럼 남북 모두 차례로 여섯 정권이 교체되었기 때문에, 중국에서는 이 시기를 '육조'라고 부른다. 이 말은 주로 한족 정권을 중심으로 생긴 단어이다. 그런데 일반적으로는 진晉 이후의 역사를 남북조南北朝라고 말한다. 남조는 송·제·양·진을 가리키고, 북조는 후위·북제·북주를 가리킨다.

한편 이 시기를 '오호십육국五胡十六國'이라고도 부른다. '오호십육국'은 말 그대로 흉노, 선비鮮卑, 갈羯, 저氐, 강羌 같은 이민족이 세운 열여섯 나라를 가리킨다. 알다시피 한족은 중국 대륙의 정통성을 주장하면서 사방의 이민족들을 모두 '오랑캐'라고 불렀다. 그래서 중원을 중심으로 사방의 민족을 동이東夷, 서융西戎, 남만南蠻, 북적北狄이라고 불렀다.

이러한 시대 구분에 따라, 문학을 다룰 때에도 흔히 남조와 북조의 문학으로 나눈다. 여기서는 먼저 남조의 문학을 살펴보자.

당시 남북조를 일관한 권력 투쟁과 그에 따른 각종 재난은 너무나 일상적인 일이었다. 이런 상황 속에서 사람들은 더 이상 중원의 통일을 바랄 수 없었다. 오랜 실망과 고통은 사회 분위기를 삭막하게 이끌었고, 이는 곧 문학에 반영되었다.

그래서 문학은 문학 자체의 왕국을 건설하고자 했다. 그 결과 화려한 생활, 연회의 노래와 춤, 미인의 황홀한 미소, 술 향기 등이 새로운 소재가 되었다. 아울러 교묘한 수식과 화려한 문구, 낭만적 풍류를 추구했다. 이것이 바로 '제 · 양의 문풍'이 되어 남조 문학의 근본을 이루었다.

산수山水와 시의 만남

남조의 첫 번째 시인으로는 사령운謝靈運을 꼽을 수 있다. 그는 도연명보다 나이는 어렸지만, 거의 비슷한 시대를 살았다. 그러나 그들의 삶은 판이하게 달랐다.

사령운(385~433)의 어릴 적 이름은 객아客兒였고, 사객謝客이라고도 불렀다. 조상은 원래 진군陳郡 양하陽夏(오늘날의 하남성 태강시太康市)에서 살았으나, 나중에 회계會稽(오늘날의 절강성 소흥시紹興市)로 이사했다.

그의 집안은 명문이었다. 북방 민족의 남침을 저지하는 데 결정적인 사건인 비수淝水의 전투에서 총지휘관이던 사현謝玄이 바로 그의 할아버지였다. 또 숙부인 사혼謝混은 당시 뛰어난 문인이었다.

동진東晉의 대귀족인 사령운은 아버지의 작위를 이어받아, 열여덟 살에 강락공康樂公에 봉해졌다. 그래서 사람들은 그를 '사강락'이라 부른다. 덕분에 사강락은 매우 풍요로운 삶을 누렸다. 그의 수레와 옷, 가재도구는 모두 최고급이었다.

그의 시도 매우 유명하여, 시를 지을 때마다 귀천을 가리지 않고 앞 다투어 그의 시를 베꼈다. 그래서 하루만 지나면 누구나 그의 시를 암송할 정도였다. 그의 뛰어난 능력을 사랑한 할아버지는 사람들에게 이렇게 자랑했다고 한다.

"나는 평범한 자식 환을 낳았지만, 그런 환이 영웅처럼 뛰어난 아들을 낳을 줄은 정말 몰랐네."

하지만 동진이 유劉씨의 송 정권에 넘어가자, 사령운의 지위도 공작에서 후작으로 낮아졌다. 그는 이에 불만을 품고, 정치는 뒷전으로 미룬 채 명산대천을 유람하는 일로 소일했다. 얼마 뒤에는 아예 관직을 버리고 고향으로 돌아가, 조상이 물려준 유산에 의지하여 산을 파고 호수를 만들며 별장을 짓는 등 하루도 쉬지 않고 바쁘게 살았다.

그는 산과 강을 좀 더 편하게 여행하려고 스스로 등산용 나무신을 고안했다. 산을 오를 때에는 앞굽을 떼어내고, 산을 내려올 때에는 뒷굽을 떼어내도록 한 매우 실용적인 발명품이었다.

여행을 갈 때면 남들과 달리, 언제나 수백 명의 사람들을 동원했다. 한번은 수백 명의 하인을 데리고 임해臨海에 놀러 갔다. 나무를 베어 길을 트고, 큰소리로 메아리를 울리는 등 그 기세가 대단했다. 이 소리에 임해 태수는 산적이 몰려오는 줄 알고 깜짝 놀랐다고 한다.

이러한 사령운의 행동은 당시의 집권자들을 불안하게 했다. 그래서 이후 그들은 결국 구실을 만들어 사령운을 살해했다. 천부적인 재능을 마음껏 펼칠 수 없는 데에서 오는 울분이 그런 결과를 만들었으리라.

사령운은 중국 문단에서 처음으로 산수시를 대량으로 창작한 시인

이다. 그의 시는 자연의 경치를 세밀하고 진실하게 그려 자연의 아름
다움을 표현했다. 그리하여 강남의 명산대천은 그의 시를 거쳐 아름
다움을 더욱 빛낼 수 있었다.

「석벽정사에서 호중으로 돌아가며(石壁精舍還湖中作)」란 시를 살펴
보자.

황혼과 새벽 무렵의 경치가 변하고	昏旦變氣候
산도 물도 맑은 빛 머금고 있네	山水含淸暉
맑은 빛 사람을 즐겁게 하니	淸暉能娛人
나그네도 반하여 돌아가기를 잊네	遊子憺忘歸
골짜기 나선 때는 해도 뜨기 전이었으나	出谷日尙早
배에 드니 해는 이미 뉘엿뉘엿 지는구나	入舟陽已微
숲과 골짜기는 황혼 빛을 빨아먹는 듯	林壑斂暝色
구름과 노을은 저녁 어스름을 거두는 듯	雲霞收夕霏
마름과 연꽃은 서로를 비추고	芰荷迭映蔚
부들과 물피는 서로를 의지하네	蒲稗相因依
숲을 가로질러 남쪽 오솔길을 내달리니	披拂趨南徑
기쁘게 돌아와 동문에서 몸을 쉬네	愉悅偃東扉
담담한 마음으로 세상사를 가볍게	慮澹物自輕
만족스런 마음으로 본성을 거르지 않도다	意愜理無違
오래 살려는 사람들에게 들려줄 말은	寄言攝生客
이런 길도 한 번 시험해 보시길	試用此道推

이는 회계의 석벽사에서 놀면서 보고 느낀 감정을 묘사한 시이다.
그곳의 아침과 해질 무렵의 서로 다른 경치, 산과 강이 어우러진 빼

어난 조화가 구경꾼이 돌아갈 마음도 잊게 했다. 날이 저무는지도 모르게 할 정도로 아름다웠다. 이것이 앞부분 여섯 구절의 내용이다.

시의 중간 부분 여섯 구절에서는 호수의 저녁 경치를 읊고 있다. 산과 숲의 어둠이 점점 깊어지고, 저녁노을이 하늘을 뒤덮는다. 그때 보이는 호숫가 식물들의 정겨운 모습을 아름답게 묘사했다. 강가의 풀들을 헤치고 집으로 돌아와, 달콤한 휴식을 취하면서 유쾌한 마음이 한껏 부풀어 오른다.

이 시에서는 "숲과 골짜기는 황혼 빛을 빨아먹는 듯, 구름과 노을은 저녁 어스름을 거두는 듯"이란 두 구절이 가장 핵심이다. 저녁 무렵, 아래는 어둡고 위는 밝은 숲의 모습을 그림처럼 그린 사령운의 재주는 이백李白도 극찬해 마지않았다.

시의 마지막 네 구절은 너무나 평범하여, 앞부분과 전혀 관련이 없는 듯하다. 그러나 당시에는 사대부들이 '비어 있음(空)'과 '담담함(淡)'을 우선시했기 때문에, 무미건조한 현언시玄言詩가 대부분이었다. 이런 점을 감안하면 현언시의 특징을 보여주는 마지막 연을 이해할 수 있다. 그렇다고 해도 산수의 풍경을 시로 끌어들인 것만으로도 이미 대단한 공헌을 한 셈이다.

이 때문에 사령운의 시는 전체가 뛰어난 작품은 많지 않고, 몇몇 구절들이 유명한 경우가 더 많다. 그래서

너른 들판 강가 모래톱 고요함 속에　　　　野曠沙岸淨

높은 하늘 가을 보름달 밝기만 하네　　　　天高秋月明

라는 구절이나, 「세모歲暮」에 나오는 다음의 시구는 독자들에게 그림 같은 뚜렷한 인상을 남긴다.

밝은 달 쌓인 눈 비추고	明月照積雪
북풍은 매섭고도 서글프구나	朔風勁且哀
……	
늦은 봄 푸른 들 빼어난 모습	春晚綠野秀
높은 바위 흰 구름 진치고 있네	岩高白雲屯

특히 다음 구절은 마치 살아 있는 듯 봄날의 특징을 한 장면에 담아, 지금까지도 모든 이의 마음을 사로잡고 있다.

| 연못가엔 푸릇푸릇 봄풀이 돋고 | 池塘生春草 |
| 정원 버드나무에는 새들이 바뀌네 | 園柳變鳴禽 |

사령운도 이 구절에 매우 만족했다. 온종일 생각해도 좋은 구절이 생각나지 않아 잠이 들었는데, 꿈에 신령이 나타나 계시를 주어 이 두 구절을 지었다고 한다. 물론 조금 허풍이 섞인 말로 이해해야 할 것이다.

쉽지 않은 세상살이

사령운이 죽은 지 5~6년 뒤, 스무 살 난 어느 젊은 시인이 서울에 올라와 관직을 얻으려 했다. 그는 자신의 시를 들고 임천왕臨川王 유의경劉義慶에게 가서 스스로를 추천했다. 그러자 주위의 한 사람이 그에게 말했다.

"자네는 신분도 낮으니 괜히 대왕을 번거롭게 하지 않는 것이 좋겠네."

이에 그 젊은이는 매우 화를 내면서 말했다.

"천여 년 동안 얼마나 많은 인재들이 꿈을 펼치지 못한 채 땅속에 묻혔는지 모릅니다! 사내대장부가 어찌 본분을 접고서 하찮은 작자들과 빈둥빈둥 세월을 허송할 수 있겠습니까."

이 이야기를 들은 유의경은 그 청년과 그의 시를 좋아하게 되었다. 아울러 그에게 푸짐한 선물과 함께 관리로 발탁하는 선심을 베풀었다. 그 젊은 시인이 바로 남조의 유명 시인인 포조鮑照이다.

포조(약 414~466)의 자는 명원明遠이고, 동해東海(오늘날의 강소성 연운항連雲港) 사람이다. 그는 군대에서 감옥의 간수에 해당하는 참군參軍을 맡은 적이 있어서 '포참군'이라고도 불린다.

그의 시풍은 사령운과 전혀 달랐다. 그는 한漢과 위魏의 민가의 전통을 이어 많은 악부시를 지었다. 그 가운데 가장 유명한 작품을 손꼽자면 「의행로난擬行路難」 18수를 들 수 있다. '길 가기 어려워라(行路難)'란 악부시의 옛 제목 가운데 하나이다.

포조는 출신이 미천하여, 평생 억압 속에 살면서 세상살이가 쉽지 않은 '길'임을 절실히 느꼈다. 그래서 「의행로난」이란 시에서는 이런 그의 인생관을 곳곳에서 살필 수 있다. 네 번째 시를 살펴보기로 하자.

빠르게 흐르던 물 평지에 이르러
동서남북 뿔뿔이 흘러내리네
인생에도 정해진 숙명 있으니

瀉水置平地
各自東西南北流
人生亦有命

어찌 탄식하고 앉아 서러워할 수 있겠는가	安能行嘆復坐愁
술 따라 스스로를 위로하면서	酌酒以自寬
잔 들어 시름 접고 여행의 어려움 노래하니	舉杯斷絶歌路難
마음이 목석 아니고야 어찌 느낌 없겠는가	心非木石豈無感
노래 삼키고 머뭇머뭇 말을 잇지 못하네	吞聲躑躅不敢言

시인은 도대체 무엇 때문에 고통을 느끼는 걸까? 시에서는 끝까지 해답을 얻을 수 없다. 그러나 말할 수 없는 고통이 더욱 큰 법이다. 이 시에서는 바로 그 점을 느낄 수 있다.

여섯 번째 시의 분위기는 더욱 격앙되어 있다. 아마도 관직을 버리고나서 지은 시 같다.

밥상을 대하고도 먹을 수 없어	對案不能食
칼 뽑아 기둥 내려치며 긴 탄식 토한다	拔劍擊柱長歎息
사내가 태어나 얼마나 산다고	丈夫生世能幾時
이처럼 날개를 떨구고 주저한단 말인가	安能蹀躞垂羽翼
모든 일 떨쳐 버리고 관직을 떠나	棄置罷官去
집으로 돌아와 이 몸을 쉬게 하네	還家自休息
아침에 나가 가족과 헤어졌다가	朝出與親辭
저녁에 돌아와 가족 곁에 머무네	暮還在親側
침대에서 아이들과 놀이를 하며	弄兒床前戲
베틀에 앉아 베 짜는 아내를 바라본다	看婦機中織
예부터 성현들은 가난과 더불다 하나	自古聖賢盡貧賤
어째서 나 같은 사람마저 외롭고 곧을까	何況我輩孤且直

자신이 꿈꾸던 사회와 현실 사회의 격차가 너무 커서 괴로웠던 것이다. 밥상을 대하고도 먹을 수 없어, 칼을 뽑아 들고 기둥을 내리칠 정도로 시인의 감정은 극도로 흥분했다.

그는 차라리 관직을 그만둘지언정, 소심하게 주저하면서 기죽어 지내기 싫었다. 도연명도 관직을 그만두었으나, 포조와 비교하면 성격과 철학이 전혀 달랐다. 그래서 두 사람의 시풍도 이처럼 큰 차이를 보인다.

「의행로난」에는 이밖에도 나그네와 집에 남은 아낙, 버림받은 아낙들을 묘사한 시가 있어 독자들에게 감동을 준다.

또 포조의 시에는 군인의 생활을 다룬 악부시도 있다. 예를 들어 「'동무의 노래'를 모방하여(代東武吟)」는 대열에서 이탈하여 빈곤에 빠진 어느 늙은 병사의 이야기이다. 그리고 「'계북문을 나서며'를 모방하여(代出自薊北門行)」는 국경으로 달려가 죽음을 무릅쓰고 나라를 지키는 전투병의 이야기이다. 이 시에서는 북쪽 국경의 열악한 환경이 생생하게 묘사되어 있다.

세찬 바람 변방에 이니	疾風冲塞起
모래와 자갈 끊임없이 날린다	沙礫自飄揚
말의 갈기 오그라들어 고슴도치 같고	馬毛縮如蝟
쇠뿔로 만든 활 펴지지 않네	角弓不可張
……	
몸을 던져 어진 임금께 보답하고	投軀報明主
죽음으로써 나라 위한 희생자가 되련다	身死爲國殤

병사들은 어려운 환경 속에서 충성을 바쳤다. 그들의 장렬한 모습

이 이 시에 그대로 묻어난다. 이처럼 포조의 시는 하나같이 비극적 색채를 띠고 있다.

이는 그의 사부辭賦 작품도 예외는 아니다. 「황폐한 성(蕪城賦)」이 가장 대표적인 작품이다. 이 부는 광릉성廣陵城이 전란에 휩싸여 황폐해져 가는 모습을 그리고 있다. 광릉성(오늘날의 강소성 회음시淮陰市 부근)은 원래 매우 번화한 도읍이었으나, 전쟁 때문에 폐허로 변하고 말았다.

「황폐한 성」은 바로 그런 도읍의 영화와 쇠락하는 과정을 묘사함으로써, 흥망성쇠의 이치를 제시하고 있기에 철학적 의미를 담고 있다. 더욱이 독자의 심금을 울리는 몇몇 장면은 오늘날까지도 많은 중국인들의 입에 오르내리고 있다.

화려한 옷을 입은 시

포조의 죽음과 거의 비슷한 시기에, 강남의 명문가인 사씨 집안에 또 한 명의 위대한 시인이 태어났다. 그는 바로 사조謝朓이다.

사조(464~499)의 자는 현휘玄暉이고, 진군陳郡 양하陽夏(오늘날의 하남성 태강현太康縣) 사람이다. 그는 사령운과 같은 집안이다. 그래서 사령운과 사조를 구별하려고 사령운은 '대사大謝,' 사조는 '소사小謝'라고 부른다. 소사는 선성宣城 태수를 지낸 적이 있어 '사선성謝宣城'이라 부르기도 한다.

사조는 사령운의 영향을 받아 산수시에 뛰어났다. 시의 풍격이 더욱 참신하고 아름다워졌고, 현언玄言도 없어졌다. 「저녁 무렵 삼산에 올라 서울을 굽어보며(晚登三山還望京邑)」란 시를 살펴보자.

왕찬王粲처럼 파릉에 올라 장안을 굽어보고	灞涘望長安
반악처럼 삼산에 올라 경성을 바라보네	河陽視京縣
햇빛에 날아갈 것 같은 지붕의 기와들	白日麗飛甍
들쑥날쑥 반짝이며 한눈에 보이도다	參差皆可見
남은 노을 넓게 퍼져 비단을 깐 듯	餘霞散成綺
맑은 강물 고요히 흘러 흰 무명 깐 듯	澄江靜如練
소란스런 새소리 강 모래섬에 가득하고	喧鳥覆春洲
온갖 꽃들 향기 내며 들판에 만발하네	雜英滿芳甸
서울 떠나 오래도록 타지에서 보내니	去矣方滯淫
고향 생각에 연회를 뒤로 하네	懷哉罷歡宴
돌아갈 날 언제일런가	佳期悵何許
싸락눈 쏟아지듯 눈물이 흐르네	淚下如流霰
이렇듯 고향 그리는 마음 깊다면	有情知望鄉
누구라고 검은머리 간직할 수 있겠는가	誰能鬒不變

이 시는 사조가 높은 산에 올라 양자강의 봄 풍경을 굽어보면서 서울인 금릉金陵(오늘날의 남경시)을 생각하며 지은 것이다. 첫 두 문장은 전고로서, 장안과 낙양을 서울인 금릉에 비유한 것이다. 실제로 장안과 낙양을 가리키지는 않는다.

시의 후반부는 매우 서정적이다. 시인은 이처럼 아름다운 풍경을 그리워하지만, 그곳에 오래 머물 수 없었다. 그래서 서글퍼 하다가 결국 싸락눈처럼 눈물을 쏟는다. 사조의 시는 이미 감정과 풍경이 녹아 있는 경지에 올랐다.

　봄날 강의 저녁 풍경을 묘사한 부분은 매우 뛰어나다. "남은 노을 넓게 퍼져 비단을 깐 듯, 맑은 강물 고요히 흘러 흰 무명 깐 듯"이란 구절은, '대사'가 숲속의 저녁 풍경을 읊은 "숲과 골짜기는 황혼 빛을 빨아먹는 듯, 구름과 노을은 저녁 어스름을 거두는 듯"이란 구절보다 한 수 위의 수준을 보여준다. 특히 싸락눈처럼 눈물이 흐른다는 표현은 참으로 특이하다.

　이밖에도 '소사'의 시에는 명구들이 많다. 두 구절만 예로 들면 이렇다.

하늘 끝자락에 돌아오는 배 보이고 　　　　　　天際識歸舟
구름 속에서 강가의 나무들 보이는구나 　　　雲中辯江樹

물고기 뛰노니 새로 핀 연꽃 물결에 움직이고 　魚戲新荷動
새들이 흩어지니 남아 있던 꽃잎 떨어지네 　　鳥散餘花落

　이 두 구절은 신의 솜씨라 할 정도로 정말 관찰력과 표현력이 빼어나다.

　특히 사조는 시의 첫 부분부터 독자의 마음을 사로잡으려고 매우 신경 썼다.

큰 강 밤낮없이 아래로 흐르는데 　　　　　　大江流日夜
나그네의 괴로운 마음 깰 줄 모르네 　　　　　客心悲未央

　이렇게 시작하는 그의 시는 기세가 정말 호탕하다.

삭풍이 빗줄기를 날듯이 몰아오니   朔風吹飛雨
쓸쓸함이 강물과 함께 흘러오네   蕭條江上來

이 구절은 차디찬 비바람이 몰아치는 분위기를 실감나게 보여주고
있다.

사조의 시에는 이미 당나라 시인들의 역동적 기운이 서려 있기 때
문에 많은 이들에게 찬사를 받았다. 양 무제는 "사흘만 사조의 시를
읽지 않으면 입에서 냄새가 나는 듯하다"고 할 정도였다. 그야말로
최고의 찬사이다.

신선 세계인 양 아름다운 건안의 문장, 그 사이에 소사도 맑음을 발
산했네.
蓬萊文章建安骨, 中間小謝又淸發.

이는 당나라 때의 시선詩仙 이백이 사조의 시를 칭찬한 말이다. 이
백은 또 구화산九華山을 오르면서 "사람을 놀라게 하는 사조의 시를
가져오지 못한 것이 안타깝구나! 머리 들어 푸른 하늘에 물어볼 수밖
에"라고 감탄했다고 한다.

'대사'는 산수시파의 개척자이고, '소사'는 그들 가운데 성취가 가
장 높은 시인이었다. 그들의 시는 당나라 때의 왕유와 맹호연이 이끈
산수전원시파에 직접적인 영향을 끼쳤다.

시의 규칙을 만들다

　사조는 시를 쓰면서 성률聲律과 대우對偶 등에 많은 주의를 기울였다. 그래서 그는 같은 시대의 인물인 심약沈約과 함께 '영명체永明體'라는 문학 풍조를 선도했다.

　'성률'과 '대우,' '영명체'는 복잡한 개념이지만, 간단하게 말하면 다음과 같다.

　'성률'은 시어가 지닌 발음, 곧 자음과 모음의 특성을 살려 조화를 이루게 하는 기술이다.

　'대우'는 서로 대칭되는 시구나 연聯의 의미를 연결시켜, 시의 경계를 확대하고 심화시키는 기술을 말한다.

　그들은 이 '성률'과 '대우'를 써서 시의 형식미를 추구했다.

　이렇게 '성률'과 '대우'를 이용하여 형식미를 추구했던 시를 바로 '영명체'라고 한다. '영명'이란 남조의 제齊 무제武帝의 연호 (483~493)이다.

　이 시기의 시가는 이처럼 성률의 조화를 추구했다. 이는 마침내 '사성팔병四聲八病'이라는 규칙으로 이론화되었다. '사성팔병'이란 규칙을 처음으로 제시한 사람은 심약이다.

　심약(441~513)의 자는 휴문休文이고, 오흥吳興 무강武康(오늘날의 절강성 덕청현德淸縣 무강진武康鎭) 사람이다. 그는 뛰어난 학문적 소양을 바탕으로, 인도 음운론의 영향을 받아 한자의 소리 형태를 '사성,' 곧 '평平·상上·거去·입入'으로 정리했다. 그리고 이 사성이 결합할 때 나오는 강약과 높낮이에 따라 시어를 쓰면서 피해야 할 여덟 가지 결함, 곧 '팔병'을 지적했다.

시 창작에서는 이름을 날리지 못했으나, 그가 만든 성률 이론은 중국의 시를 비교적 자유로운 고체시에서 격률을 엄격히 따지는 근체시로 전환시키는 데 결정적인 역할을 했다. 알맞은 형식은 내용을 더욱 빛나게 해준다는 면에서 그의 노력은 긍정적인 결과를 낳았다. 물론 도가 지나쳐 역효과를 내기도 했다.

개구리 악대

영명체의 시풍에 가장 근접했던 시인은 공치규孔稚珪였다. 그러나 그의 대표작은 시가 아니라 변문騈文이었다. '변문' 이란 한부漢賦가 변화된 형태로서, 글 전체가 모두 둘씩 대구對句를 이룬다. 변騈이란 글자는 '두 필의 말을 나란히 하여 수레를 끌게 하다' 라는 뜻을 담고 있다. 하나의 구절이 대부분 네 글자 또는 여섯 글자로 이루어져 있기 때문에, 송나라 때에 가서는 '사륙문四六文' 이라고도 불렀다.

변문의 글은 화려하고 성률에 세심한 주의를 기울였기 때문에, 읽으면 곱고 낭랑하여 음악미가 풍부하다.

공치규(447~501)의 자는 덕장德璋이고, 회계 산음山陰(오늘날의 절강성 소흥시紹興市) 사람이다. 그의 대표적인 변문 작품에는 「북산 신령의 포고문(北山移文)」이 있다. 북산은 금릉성金陵城 밖의 종산鍾山을 가리키는데, 오늘날의 자금산紫金山에 해당된다.

남제南齊 시대에는 주옹周顒이란 사람이 종산에 은거했다. 그는 고고한 인품으로 많은 이들의 존경을 받았다. 그러다가 그는 결국 조정에 들어가 관리로 지냈다. 공치규는 이를 매우 못마땅하게 생각했다.

그 뒤 주옹이 다시 종산을 지날 기회가 생겼다. 그러자 공치규는 이 글을 써서 산신령의 입을 통해 주옹의 변절을 비판했다. 그의 손 끝에서 산천초목은 분노했다. 산천초목은 세속적이고 위선적인 주옹의 입산을 거절하여, 그가 또다시 종산에 치욕을 주는 일을 허락하지 않았다. 이런 의인화 수법은 큰 성과를 거두었다. 아울러 가지런한 문장 형식과 낭랑한 음절은 읽는 이들에게 통쾌한 느낌을 준다.

공치규는 한적한 생활을 즐겨, 그의 집 뜰은 들풀이 길게 자라도록 낫을 대는 법이 없었다고 한다. 개구리가 풀 속에서 울어대면 그는 사람들에게 이렇게 자랑했다고 한다.

"이것이 바로 나의 악대랍니다."

붓을 빼앗긴 시인

남조의 양梁나라와 진晉나라 때에 이르러 궁중에서는 '궁체시宮體詩'라는 또 다른 문학 풍조가 유행했다. 양의 간문제簡文帝 소강蕭綱과 일부 귀족들이 이러한 풍조를 선도했다.

궁체시는 음탕하고 색정적인 생활을 주로 묘사했다. 특히 화려한 글과 음률 및 전고의 사용에 주의를 기울였다. 이처럼 건강치 못한 시풍이 반세기가 넘도록 시단을 지배했다.

그 와중에도 높은 성취를 이룬 몇몇 문인들이 출현했다. 그 대표적 인물로는 강엄江淹이 있다.

강엄(444~505)의 자는 문통文通이고, 제양濟陽 고성考城(오늘날의 하남성 난고현蘭考縣) 사람이다. 그는 송·제·양 세 정권에서 관리 생활을 했다.

그의 시는 주로 선배들의 풍격을 모방하여 개성이 모자란다. 하지만 부賦만큼은 독특한 개성을 보여주고 있다. 「한(恨賦)」과 「이별(別賦)」이 그 대표적인 작품이다. 그 가운데 「이별」은 예술적으로 매우 성숙하다. 처음은 이렇게 시작한다.

기운을 잃고 넋이 나간 사람	黯然銷魂者
남은 건 오로지 이별뿐이라	唯別而已矣
진과 오도 먼 나라인데	況秦吳兮絶國
연과 송은 또다시 천 리 길	復燕宋兮千里
가다 보면 봄 이끼가 새로 나기도 하고	或春苔兮始生
어느새 가을바람 불기도 한다	乍秋風兮暫起
이 때문에 나그네는 애를 태우고	是以行子腸斷
수많은 생각에 서글프기만 한데	百感凄惻
바람이 쓸쓸히 낯선 소리 내고	風蕭蕭而異響
구름은 한가로이 색다르게 흘러가네	雲漫漫而奇色
………	

이어서 시인은 부자, 검객, 군인, 연인의 각종 이별을 다룬다. 자연의 경치를 빌어 이별의 아픔을 부각시켜, 읽는 이들이 끊임없이 눈물을 흘리게 만든다.

전하는 바에 따르면, 강엄이 늙은 어느 날 꿈을 꿨다고 한다. 꿈속에서 서진西晉의 시인 곽박郭璞이 나와 그에게 말했다.

"나에게 빌렸던 오색붓을 이참에 돌려주시오."

이에 강엄이 품에서 붓 한 자루를 꺼내 곽박에게 돌려주었다. 이상한 것은 꿈에서 깨어난 뒤부터 강엄의 재주는 떨어져, 더 이상 좋은 글을 쓸 수 없었다고 한다. "강랑의 재주가 다하다(江郞才盡)"라는 전고는 여기서 나온 말이다.

물론 전설일 뿐이지만 이후 높은 지위까지 오르면서 글재주가 많이 고갈되었으니, 아주 허황된 말은 아닌 듯싶다.

황태자의 글모음

강엄과 같은 시대를 살았던 남조 작가로는 오균吳均과 하손何遜이 있다. 오균(469~520)의 자는 숙상叔庠이고, 오흥吳興 고장故鄣(오늘날의 절강성 안길현安吉縣) 사람이다. 그는 사학자였는데, 시문에도 뛰어났다.

그는 모든 글에서 풍경 묘사에 소질을 보였다. 「송원사에게 보내는 편지(與宋元思書)」는 그가 친구에게 보낸 편지글이다. 이 편지에는 강남의 자연 풍경이 오균의 느낌과 어우러져 생동감 넘치게 묘사되어 있기에 감탄을 자아낸다.

하손何遜(?~약 518)의 자는 중언仲言이고, 동해 담郯(오늘날의 산동성 담성현郯城縣) 사람이다. 그도 풍경 묘사에 뛰어났다. 산문에 소질이 있던 오균과 달리, 그는 시에 소질이 있었다. 「서로를 보내며(相送)」란 시를 보자.

<table>
<tr><td>길손의 마음은 이미 수많은 생각</td><td>客心已百念</td></tr>
<tr><td>외로운 발걸음 다시 천리를 떠나네</td><td>孤游重千里</td></tr>
<tr><td>강은 어두워 비라도 내리려는 듯</td><td>江暗雨欲來</td></tr>
<tr><td>흰 물결에 바람이 이네</td><td>浪白風初起</td></tr>
</table>

강가에 비바람이 일어나려는 상황을 간단하지만 생생한 모습으로 그렸다. 당나라의 시성詩聖 두보도 이 선배 시인을 존경하여 이렇게 말했다.

시를 위해 고심했던 음·하를 열심히 배운다.
頗學陰何苦用心.

여기서 '하'는 바로 하손을 가리킨다. 그러면 '음'은 누구였을까?

그는 바로 음갱陰鏗이다. 음갱(태어나고 죽은 해를 알 수 없음)의 자는 자견子堅이고, 무위武威 고장姑臧(오늘날의 감숙甘肅省 무위현) 사람이다. 그는 진陳나라의 유명한 시인이다.

그의 시풍도 하손과 비슷하여 풍경 묘사에 뛰어났다. 「저녁 무렵 신정을 떠나며(晚出新亭)」란 시에 나오는 시구는 이미 당나라의 율시律詩에 접근했다.

<table>
<tr><td>물은 빠졌으나 물결은 여전히 수레의 휘장 마냥</td><td>潮落猶如蓋</td></tr>
<tr><td>구름과 안개 짙어 봉우리가 안보이네</td><td>雲昏不作峰</td></tr>
<tr><td>넓은 강가에 멀리 파수꾼의 북소리만이</td><td>遠戍唯聞鼓</td></tr>
<tr><td>찬 기운 가득한 산엔 소나무만 드문드문</td><td>寒山但見松</td></tr>
</table>

이밖에도 양·진을 거쳐 활동한 서릉徐陵이 있다. 서릉(507~583)의 자는 효목孝穆이고, 하손과 같은 동해 담 사람이다. 그는 궁체시에 뛰어났으나, 북조의 관리 생활을 경험했기 때문에 북쪽 국경의 모습을 다룬 시들도 지었다.

그가 편집한 『옥대의 새노래(玉臺新詠)』는 한나라 이후 부녀자를 소재로 한 작품들만 전문적으로 모아 놓은 시선집이다. 이 책은 여성적 색채가 농후하다. 일부 악부 민가도 포함하고 있다. 앞서 살펴본 「공작은 동남쪽으로 날아가고」란 시도 이 시선집에 실려 있는 작품이다.

남조의 시인은 여기서 마감하기로 한다. 물론 아직 얘기하지 못한 시인들도 많다. 예를 들어 사령운과 같은 시대를 살았던 안연지顔延之, 풍경을 읊은 짧은 서찰로 유명한 도홍경陶弘景, 변려문騈麗文의 고수 구지丘遲, 유준劉峻, 임방任昉 등이 있다. 또 양 무제의 태자인 소통蕭統은 『글모음(文選)』의 편집을 주관했다. 이건 조금 더 보충 설명해야 한다.

소통(501~531)의 자는 덕시德施이고, 남란릉南蘭陵(오늘날의 강소성 상주시常州市 서북쪽) 사람이다. 『글모음』은 『소명의 글모음(昭明文選)』이라고도 부르는데, 이는 소통이 죽은 뒤 '소명'이란 시호를 받았기 때문이다.

소통은 문학을 좋아하여, 주위에 늘 많은 문인들을 불러 모았다. 이들 문인과 더불어 편집한 『글모음』은 중국 최초의 시문선집으로서, 고대 중국의 문학적 성과를 집대성한 작품이다.

『글모음』은 모두 30권인데, 크게 부와 시, 잡문 세 가지로 분류했다. 여기에는 선진시대부터 남조 전반기에 이르는 총 7백여 편의 작품이 실려 있다. 세심한 주의를 기울여 작품을 선정했기 때문에, 수준 높은 작품들이 많이 포함되어 있다. 그래서 대대로 전하면서 이후의 문학에 큰 영향을 끼쳤다.

　그러나 소통은 글의 형식미를 중시하던 시대에 살았기 때문에,『글
모음』의 작품 선정 기준도 형식적 기교와 아름다운 단어의 사용 등에
편중되어 있다. 그래서 상대적으로 내용이 빈약하다는 것이 약점으
로 지적된다.

북조의 문단과 남북조의 민가 15

유신庾信

왕포王褒

『수경주水經注』

『낙양가람기洛陽伽藍記』

『안씨가훈顔氏家訓』

『목란사木蘭辭』

초원은 끝없이 아득하여 바람 불어와 풀이 누우면 소와 양떼 보인다고 노래한 「칙륵의 노래」.

북조의 문학 상황

이제 남조 문학에 이어 북조 문학을 살펴보겠다.

북조의 정치 상황은 비교적 복잡하다. 먼저 북위北魏가 북방을 통일한 뒤, 다시 동위東魏와 서위西魏로 분열했다. 이어서 북제北齊가 동위를 대신하고, 북주北周가 서위를 대신했다. 결국에는 북주가 북제를 멸하고 다시 북방을 통일했다.

북조의 통치자들은 대부분 소수민족의 무사였기 때문에, 한족의 글을 이해하지 못했다. 더욱이 해를 거듭하는 전쟁으로 북조의 문학은 남조만큼 발전할 수도 없었다. 물론 악부 민가에 속하는 「목란사」란 좋은 작품도 나왔다. 이 작품은 잠시 뒤에 다시 다루겠다.

북조 문학의 성취가 남조보다 못한 것은, 좀 더 정확히 말하면 문인들이 창작한 '순문학純文學' 방면이 그렇다는 말이다. 북조만 놓고 본다면 전반기가 후반기보다 못하다. 그럼 전반기부터 살펴보자.

북위 말에서 북제에 이르는 기간 동안 3명의 시인이 활동했으니, 그들을 일컬어 '북지삼재北地三才'라 한다. 그들의 이름은 온자승溫子升, 형소邢邵, 위수魏收이다.

그들은 약속이나 한 듯 남방의 시인들을 흠모하여, 그들을 그대로 모방했다. 하지만 서로는 서로를 비방했다. 형소는 위수가 임방任昉의 시를 표절했다고 헐뜯고, 위수는 『심약집沈約集』에서 형소의 말은 도둑이 제 발 저려 하는 행동이라고 비난했다.

사학자이기도 한 위수는 '이십사사二十四史'에 속하는 『위서魏書』를 편찬하기도 했다. 그러나 전하는 바로는 위수의 인품이 좋지 않았다고 한다. 그래서 역사서를 쓴다는 점을 이용하여 자신의 친인척과 친분이 있는 인물은 미화하고, 나머지 인물은 누락시키지는 않는 대신 칭찬 한 마디 없이 대충 기록했다고 한다.

또 그는 이렇게 큰 소리를 쳤다.

"누가 감히 나에게 대들겠는가? 역사를 기록할 때 나의 손놀림 하나로 하늘처럼 높이 올릴 수도 있고, 영원히 땅 속에 처박을 수도 있는데!"

그래서 후세의 연구자들 가운데 어떤 이들은 그의 역사서를 '추악한 역사 기록(穢史)'이라고 비평했다.

남북을 넘나든 사람 (하나)

북조를 통틀어 가장 유명한 문인은 유신庾信(513~581)이다. 그의 자는 자산子山이고, 남양南陽 신야新野(오늘날의 하남성에 있음) 사람이다. 그는 본래 남조의 양나라 사람이었다. 그의 아버지인 유견오庾肩吾는 유명한 궁체 시인이었다. 그도 어려서부터 궁정을 드나들며 소명태자 소통蕭統과 태자 소강蕭綱의 문학시종을 지내기도 했다.

그 뒤 양 원제元帝의 사명을 받들어 서위에 파견되었다가, 강제로 북방에 억류되었다. 그리곤 뜻하지 않게 서위의 관리가 되어, 표기대장군驃騎大將軍과 개부의동삼사開府儀同三司 같은 벼슬을 지냈다. 이 때문에 그를 '유개부庾開府'라고도 부른다. 남북조 시기의 군사 체계는 일반적으로 24군으로 나누고, 각 군에 지휘부에 해당하는 '개부'를 설치했다. 그러니 개부는 높은 벼슬이라 할 수 있다.

북주로 넘어와서 그의 관직은 더욱 높아졌으나, 고향 생각에 마음은 언제나 괴로웠다. 하지만 그는 끝까지 고향으로 돌아갈 수 없었다. 그와 비슷한 처지에 있던 시인으로 왕포가 있다.

양의 정권에 있으면서 유신은 많은 궁체시를 썼다. 하지만 특별한 재주를 보이진 못했다. 그런데 북방으로 오면서 환경과 심경의 변화가 생기자, 그의 시풍도 크게 달라졌다.

유신에게는 「의영회擬詠懷」 27수가 있다. 이 시들 속에는 신세 한탄과 고국에 대한 애상이 가득하다.

호족의 피리소리 눈물 나는 소리	胡笳落淚曲
강족의 피리 소리 애끓는 노래	羌笛斷腸歌
……	
초 노래 대부분은 한 많은 노래	楚歌多恨曲
남곡의 대부분은 죽음의 노래	南風多死聲
눈앞에 놓인 한 잔 술	眼前一杯酒
사후의 명예를 그 누가 논하는가	誰論身後名

정말 침통함이 절로 묻어난다.

「의영회」의 열일곱 번째 수는 북방의 군 생활을 다룬 시로서, 매우 특색 있다.

황폐한 성 위로 해가 지는데	日晚荒城上
아득한 황혼 빛 여운을 남기네	蒼茫餘落暉
변방 장수 누란국에서 돌아오고	都護樓蘭返
또 다른 장군 소륵국에서 돌아온다	將軍疏勒歸

말들은 온갖 풍상 다 겪은 듯　　　　馬有風塵氣
사람들은 대부분 갑옷을 걸치고 있네　　人多關塞衣
진지의 구름 밋밋하여 움직이지 않는데　陳雲平不動
가을쑥 도르르 말려 하늘을 날려 한다　秋蓬卷欲飛
커다란 전함으로 전투를 치른다 하니　聞道樓船戰
올해도 포위는 풀리지 않겠구나　　　今年不解圍

　북방에서 오래도록 머물자 그의 시도 부드러운 남방의 분위기를 벗고, 북방의 강인한 색채를 띠게 되었다. 위 시에서는 황량한 국경의 성채에 황혼이 지고, 싸움에 지친 군대가 원정길에서 돌아오는 광경이 묘사되어 있다. 이처럼 시인은 분위기 묘사에 뛰어났다.

　"진지의 구름 밋밋하여 움직이지 않는데, 가을쑥 도르르 말려 하늘을 날려 한다"는 두 구절은 정말 아름답다. 여기서 '진지의 구름'이란 전설에 나오는 말로서, 큰 전쟁이 터지면 군진 앞에 병풍처럼 둘러쳐지는 신비한 구름을 가리킨다.

　「왕림에게 부치다(寄王琳)」와 같은 그의 단시短詩도 맛이 있다.

옥문관에 이르는 길 멀고 험하여　　　玉關道路遠
금릉 소식 전해 줄 사신 발길이 뜸하네　金陵信使疏
홀로 하염없는 눈물 흘리며　　　　獨下千行淚
임께서 보내 주신 소중한 편지 열어보네　開君萬里書

　네 구절밖에 안 되지만 고향과 나라를 생각하는 마음과 친구에 대한 감정을 낱낱이 드러내, 백 마디 천 마디의 말보다 더욱 가슴에 와 닿는다.

사부辭賦로 말하자면 남북조를 통틀어 유신의 「강남을 슬퍼하며(哀江南賦)」를 최고의 작품으로 꼽는다. 이 부는 그가 노년에 지은 것이다. 그동안 한 인생 경험과 함께 전란에 휩싸인 강남, 그리고 마침내 멸망하는 양나라의 비참한 역사 등을 서술하고 있다.

특히 강릉江陵이 함락된 뒤, 포로가 된 백성들이 북방으로 끌려가는 장면은 독자의 심금을 울린다. 생생하게 묘사된 현실의 상황과 그가 이끌어 낸 전고典故가 자연스럽게 어우러져, 어투가 쟁쟁하고 감정이 침통하면서도 진지하기 때문에 진한 감동을 준다. 이전까지 사부라는 문학 양식에서는 역사 사건을 다룬 적이 없었다.

그뿐만 아니라 유신의 시는 격률 방면에서 큰 진전을 보였다. 그래서 그가 지은 오언시와 칠언시는 당시唐詩의 수준에 근접했다.

그의 시는 또 남북의 시풍을 융합하여, 당시唐詩의 찬란함을 선도했다. 그래서 당의 시인들은 너 나 할 것 없이 그를 칭찬했다. 이백은 그를 이렇게 평가했다.

청신한 유신의 시, 빼어난 포조의 시.
清新庾開府, 俊逸鮑參軍.

두보는 이렇게 평가했다.

유신의 글은 늙을수록 성숙하고, 굳세고 원대한 필치에 종횡무진 뜻을 펼쳤네.
庾信文章老更成, 凌雲健筆意縱橫.
유신은 평생 가장 쓸쓸했으나, 노년의 시부는 남북을 흔들었네.
庾信平生最蕭瑟, 暮年詩賦動江關.

모두 정확한 평가라고 할 수 있다.

남북을 넘나든 사람 (둘)

　앞에서 유신과 비슷한 처지의 인물로 왕포를 들었다. 왕포王褒(태어나고 죽은 해를 알 수 없음)의 자는 자연子淵이고, 낭야琅琊 임기臨沂 사람이다.

　그는 유신과 처지가 비슷했던 만큼 시풍도 비슷하다. 「하북을 건너며(渡河北)」란 시를 살펴보자.

갈바람이 나뭇잎 떨구니	秋風吹木葉
그 모습 동정호의 물결인 양	還似洞庭波
상산은 대군에 인접하여	常山臨代郡
보호벽이 황하를 감싸고 있네	亭障繞黃河
이국의 음악 소리 마음을 울리는데	心悲異方樂
'농두가' 가락은 더욱 애끓는다	腸斷隴頭歌
땅거미 지려는데 전투마 올라타고	薄暮臨征馬
길 잃은 듯 초조히 북산 자락 헤맨다	失道北山阿

　시인은 황하黃河 가에 서서 북방의 가을 풍경을 바라보았다. 들리느니 이국의 노래와 피리소리뿐이나, 마음은 동정호洞庭湖 주변의 경치를 생각하고 있다. 고향을 그리는 마음이 글 속에 차고 넘치는 모

습이다.

세월이 흐르자 진과 북주의 관계가 호전되어, 포로로 끌려왔던 많은 지식인들이 고국으로 돌아갔다. 하지만 오로지 유신과 왕포만은 그들의 뛰어난 문학적 재능 때문에 주 무제武帝가 놔주지 않았다.

지리서와 사찰 순례기

북조 시기에는 산문체로 쓴 2권의 학술 서적이 나왔는데, 모두 문학적 가치가 매우 높다. 하나는 역도원酈道元이 쓴 『수경주水經注』이고, 다른 하나는 양현지楊衒之가 쓴 『낙양가람기洛陽伽藍記』이다.

역도원(466 또는 472~527)의 자는 선장善長이고, 범양范陽 탁록涿鹿(오늘날의 하북성에 속함) 사람이다. 위진시대에 이름을 알 수 없는 사람이 『수경水經』이란 책을 지었다. 이는 하천의 상태를 전문적으로 다룬 지리 서적이다. 역도원은 이를 읽고서 너무 간략하다고 생각하여, 거기에 상세한 주석을 달았다. 이것이 바로 『수경주』이다.

역도원은 북위 말에 태수太守와 자사刺史를 지내면서 독서와 여행을 즐겼다. 그래서 『수경주』에는 중국 대륙의 1천여 물길에 대한 정보가 실려 있고, 인용 서적만 해도 4백여 종이 넘는다.

여기에는 지리 자료, 역사 자료, 민간 전설, 신화 등이 포함되어 있다. 아울러 많은 글들이 우수한 기행문으로서 손색이 없다. 「강수주江水注」의 '무협巫峽' 부분은 그 대표적인 예로서, 오늘날까지도 널리 읽히는 명문이다.

『수경주』의 내용은 매우 풍부하여, 원작인 『수경』보다 20배나 많은 분량이다. 이렇게 볼 때 『수경주』는 '주석서' 라기보다 '새롭게' 쓴 지리서라고 할 수 있다.

이제는 양현지의 『낙양가람기洛陽伽藍記』를 살펴보자. '가람' 이란 옛 인도의 범어梵語로서 '불교 사찰,' 곧 '절' 을 뜻한다. 양현지(태어나고 죽은 해를 알 수 없음)는 북평北平(오늘날의 하북성 만성현滿城縣) 사람이다.

낙양으로 수도를 옮긴 북위 정권의 통치자들은, 불교를 숭배하여 많은 절을 지었다. 그러나 이렇게 지은 아름답고 호화로운 건축물들은 전쟁 통에 모두 불타고 말았다. 양현지는 다시 낙양에 들렀을 때 본 모습을 이렇게 기록했다.

성곽이 붕괴되고, 궁실은 기울어 허물어졌다. 사찰은 불에 타서 재만 남고, 탑들은 허물어져 언덕이 되었다

城郭崩毀, 宮室傾覆. 寺觀灰燼, 廟塔丘墟.

그는 후세 사람들이 한창 번성했을 때의 낙양의 모습을 잊을까 두려워 이 책을 썼다.

책을 살펴보면, 절을 중심으로 웅장하고 번화한 제국의 수도 낙양의 모습을 자세히 묘사하고 있다. 역사적 사건과 사회 상황에 관련된 글뿐만 아니라, 신화와 전설도 일부 실려 있다.

특히 양현지는 사찰 건축을 묘사하는 데 매우 뛰어났다. 예를 들어 영녕사永寧寺의 9층 부도를 묘사하면서는 이렇게 말했다.

금쟁반처럼 빛나는 태양, 빛줄기가 구름을 뚫고, 보탁은 바람을 맞

아, 그 소리 하늘에 울려 퍼지네. … 높게 나는 바람 밤새 불어오니, 보
탁은 화답하여 울어대는데, 쨍그랑쨍그랑, 수십 리 밖까지 들리는구나.
　金盤炫日, 光照雲表, 寶鐸含風, 響出天外. … 至於高風永夜, 寶
鐸和鳴, 鏗鏘之聲, 聞及數十里.

　정말로 빼어난 묘사가 아닐 수 없다. 참고로 '부도'란 스님의 사리
나 유골을 넣고 쌓은 탑을 가리킨다. 그리고 '보탁'은 법당이나 탑의
네 귀에 다는 커다란 풍경風磬을 가리킨다.

　재미있는 것은 『낙양가람기』는 절을 중심으로 서술했는데, 정작
작가인 양현지는 불교 신자가 아니었다는 점이다. 오히려 왕족과 귀
족들이 불교를 맹신하는 데 불만을 품었다. 그래서 양현지는 책 속에
서 이를 지적하며 나라의 재앙을 불러오는 그들의 부패와 타락을 비
판했다.

　이러한 양현지의 현실을 포괄하는 능력과 빼어난 글 솜씨는, 역사
서이자 지리서인 『낙양가람기』의 가치를 더욱 부각시키고 있다.

안씨의 가훈

　이밖에도 남다른 가치를 가진 산문체 작품인 『안씨가훈顔氏家訓』이
있다. 저자는 안지추顔之推(531~약 591)라는 사람이다. 그의 자는 개介
이고, 왕포와 같은 낭야 임기 사람이다.

　그는 남조와 북조에서 차례로 관리 생활을 하면서, 전란 속에 벌어

진 사회의 어두운 모습을 직접 체험할 수 있었다. 그 와중에 안지추는 자녀를 가르치려고 처세의 규칙을 정하고, 읽기 쉬운 말로 『가훈』 20편을 썼다.

이 책에는 세상을 사는 여러 가지 지혜가 담겨 있는데, 그의 경험과 어우러져 풍부함을 더하고 있다. 그는 책에서 "한 가지 분야에 정통하라(涉務)"고 했다. 또 어떤 일을 처리할 때에는 실질적인 해결 방법을 찾아야지, 공허한 말과 체면을 앞세워서는 안 된다고도 했다.

그는 남방의 귀족들이 여러 대에 걸쳐 농사에 힘쓰지 않는 것을 걱정했다. 그들은 설령 농사짓더라도 하인들에게만 맡길 뿐이었다. 그런 모습을 걱정하며 이렇게 말했다.

땅을 일구고 한 줌의 모를 심는 것을 본 적이 없다. 몇 월에 모를 심고, 몇 월에 수확해야 하는지도 모르니, 하물며 그밖에 세상일을 어떻게 알 수가 있겠는가.

未嘗目觀起一拔土, 耘一株苗, 不知幾月當下, 幾月當收, 安識世間餘務乎.

또한 이런 사람은 폐품과 다름없다고 꼬집는다.

나라를 다스리는 관리가 되면 제대로 할 수 있는 일이 하나도 없고, 집안을 꾸리는 일조차 감당할 수 없을 것이다.

治官則不了, 營家則不辦.

현실과 동떨어져 부패한 문인들과 하찮은 말만 늘어놓고 본질을 잊은 당시의 지식인들도 풍자했다.

박사라는 사람이 당나귀를 사면서, 계약서를 세 장이나 쓸 동안, 나귀 '려驢' 자를 한 번도 쓰지 않았다.

博士買驢, 書券三紙, 未有驢字.

한편 염치없이 겉치레만 일삼는 일부 사람들의 행위를 폭로하기도 했다. 그들은 부모가 돌아가시자 독성이 강한 좀나무 열매의 씨(巴쿄)를 일부러 얼굴에 발라 상처를 만들었다. 마치 눈물이 마를 새 없어 그렇게 된 것처럼 꾸미려고 해서이다. 그렇게 하여 자신의 효성을 과시한 것이다.

『안씨가훈』은 주로 지주와 사대부들에게 인기가 있었다. 그 뒤에는 더욱 널리 알려져, 봉건사회에서 자녀를 가르치는 데 꼭 필요한 교과서가 되었다. 오늘날에도 효도와 예의를 각별히 중시하는 동양 사회에서는 꾸준히 읽고 있다.

자야의 노래

남북조의 문인과 사대부들이 한가로이 술잔을 기울이면서 낮은 소리로 노래를 읊고 있을 때, 민간에서는 색다른 시가가 발전했다. 『시경』의 '국풍'과 한위의 악부 민가를 계승한 남북조 악부 민가가 바로 그것이다.

먼저 남조의 민가부터 살펴보자. 남조의 역대 정권이 설치한 악부 기관에서도 예전처럼 민가를 수집했다. 하지만 그 범위가 대부분 도

시에 한정되어, 농촌의 민가는 매우 적었다. 따라서 작품의 질박한 맛도 떨어진다.

이런 민가는 대부분 진·송 시기에 만들어졌고, 오늘날까지 4~5 백 수가 내려온다. 오언과 사언의 단가短歌로서, 여성의 입을 통해 사랑을 노래한 시가 대부분이다. 폭넓은 소재와 질박한 맛, 서사를 위주로 했던 한나라 악부의 풍격과 비교하면 많은 차이가 있다.

이러한 민가는 지역에 따라 '오가'와 '서곡'으로 나뉜다. '오가吳歌'는 양자강 하류 지역과 오늘날의 남경 일대에서 부르던 노래이다. '서곡西曲'은 양자강 중류 지역과 한수漢水 유역에서 부르던 노래를 말한다. 부드러운 오가에 비해 서곡의 곡조는 좀 더 긴박한 느낌이다.

'오가' 가운데 가장 유명한 것은 「자야의 노래(子夜歌)」이다. '자야'란 어느 여자의 이름으로 알려져 있다. 이 「자야의 노래」에는 다음처럼 사랑의 어려움을 노래한 시가 있다.

높은 산에 연꽃을 심고	高山種芙蓉
또다시 황경피나무 속을 지나가네	復經黃蘗塢
연꽃 한 송이 얻는다면	果得一蓮時
헤어짐에 괴로움이 더하리라	流離嬰辛苦

이 시의 감정 표현은 매우 함축적이다. 노래 부르는 여자는 일련의 상징, 은유, 쌍관雙關 등의 수사 기법을 쓰고 있다. '쌍관'이란 같은 발음의 다른 글자를 써서 의미를 숨기는 것을 말한다.

물이 없는 높은 산에 연꽃을 심는 것은 본래 어려운 일이다. '어려움과 고생'을 상징하는 황경피나무 속을 뚫고 가는 일은 더더욱 어렵다. 설사 연꽃을 따더라도 얼마나 힘들고 어렵겠는가. 그런데 이 시

속의 '연꽃(蓮)'은 '사랑(憐愛)'의 '리엔'이란 발음과 똑같다. 이는 상대의 사랑을 얻기가 쉽지 않음을 암시한다.

다음의 시도 사랑을 노래했으나, 앞의 시보다 박력 있다.

목 놓아 울어대는 장닭을 때려잡고 　　　打殺長鳴鷄

새벽 알리는 오구새를 쏘리라 　　　彈去烏臼鳥

날마다 어두워 해가 뜨지 않았으면 　　　願得連冥不復曙

일 년 내내 새벽녘의 어둠이라면 　　　一年都一曉

이 아가씨는 밤마다 애인을 만났기 때문에 날이 밝는 것이 싫었다. 날이 밝으면 애인이 떠나야 하기 때문이다. 그래서 새벽을 알리는 닭과 오구새를 모두 없애, 일 년 내내 동트기 전의 새벽만 이어지기를 소망했다. 사랑의 즐거움 때문에 짧게만 느껴지는 밤이 아쉬웠던 것이다. 이처럼 대담한 과장은 문인들의 시에서는 찾아볼 수 없다.

'서곡' 민가는 보존된 것이 많지 않으나, 대부분 남녀의 이별이나 남편을 그리워하는 아내 등 사랑을 소재로 한 시들이 대부분이다. 그 가운데 「부들을 뽑으며(拔蒲)」란 시를 살펴보자.

아침에 계수와 난초 우거진 섬을 나서 　　　朝發桂蘭渚

한낮에 뽕나무와 느릅나무 아래에서 쉽니다 　　　晝息桑楡下

임과 함께 부들을 뽑는데 　　　與君同拔蒲

종일해도 다 뽑질 못합니다 　　　竟日不成把

이 여자는 애인과 함께 일을 하고 있다. 하지만 마음 가득 사랑에 취하여 일에는 진척이 없다. 사랑하는 임과 같이 있다 보니, 자꾸 신경이 쓰여 일이 손에 잡히지 않는 모습이 눈에 선하다.

이에 반해 북조 악부의 풍격은 크게 다르다. 북방에는 여러 소수민
족이 함께 살고 있었다. 여기에 북방의 지리적 환경과 해를 거르지
않고 거듭되는 전쟁의 영향이 더해졌다. 그래서 북조의 악부 민가는
강인함과 투박함, 솔직함이 돋보인다.

그러한 북조의 악부 민가는 전쟁을 다룬 시가 가장 많다. 그 가운
데 두 수의 「기유의 노래(企喻歌)」를 읽어보자.

남자가 호탕해지려면	男兒欲作健
동료가 많아야만 되는 건 아니지	結伴不須多
새매가 하늘 위를 나르면	鷂子經天飛
참새 떼는 좌우로 흩어져 숨어버리지	群雀兩向波

남자는 불쌍한 동물	男兒可憐蟲
문을 나서면 죽음에 대한 걱정	出門懷死憂
좁은 골짜기에서 주검이 되면	尸喪狹谷中
백골을 거두는 이 아무도 없어라	白骨無人收

앞의 시는 병사들이 돌격하여 적진을 함락시키는 용맹한 기개를
노래했다. 새매처럼 하늘을 솟아오르는 기세로 적진을 공격하니, 수
많은 적군이 참새 떼처럼 사방으로 흩어져 도망치는 모습을 그렸다.

뒤의 시는 전쟁의 참혹함을 고발한 것이다. 이름 없이 죽어 간 병
사의 시체가 황량한 계곡에 버려져 있는 모습이 처참하다. 이 시는
'오가'의 사랑 노래와는 너무나 대조적이다.

그렇다고 북조 민가에 사랑 노래가 없는 것은 아니다. 그러나 남조

의 사랑 노래와는 많이 다르다.

문 앞 대추나무 한 그루   門前一株棗
해마다 소리 없이 늙어가네   歲歲不知老
나 어머니의 시집 못간 딸   阿婆不嫁女
어찌하면 손주를 안겨 드릴 수 있을까   那得孫兒抱

이는 「버들가지 꺾어(折楊柳枝歌)」란 시이다. 여기에 나오는 북방 아가씨는 애정을 갈구하는 심정을 이처럼 솔직담백하게 숨김없이 털어놓고 있다.

다음의 시도 감정 표현이 직접적이고 박력이 넘친다.

양을 몰아 계곡에 들어서니   驅羊入谷
흰 양이 눈앞에 있네   白羊在前
시집 못가고 나이 넘긴 아가씨   老女不嫁
땅을 구르고 하늘 향해 외치네   踏地喚天

시집을 못가 안달이 난 아가씨의 모습이 익살스럽다. 사랑 노래도 이렇게 박력 있게 부르니 색다른 느낌을 준다.

칙륵의 노래

이제 분위기를 바꾸어 「칙륵의 노래(勅勒歌)」를 이야기하겠다.

일부 민가는 원래 소수민족의 언어로 부르던 것이다. 예를 들어 「칙륵의 노래」는 선비족鮮卑族의 민가였다. 그러다가 한자를 빌어 비로소 기록한 것이다.

칙륵의 강은	勅勒川
음산 기슭을 흘러내리고	陰山下
하늘은 천막의 둥근 지붕인 양	天似穹廬
사방의 초원을 뒤덮고 있네	籠蓋四野
하늘은 맑고 푸르며	天蒼蒼
초원은 끝 간 데 없는데	野茫茫
바람 불어와 풀이 누우면	風吹草低
소와 양 떼 보이는구나	見牛羊

"바람 불어와 풀이 누우면 소와 양 떼 보이는구나"라는 표현은 정말 절묘하다. 이 시에서는 드넓은 초원을 노래하면서 아득한 경지를 보여주고 있다.

전하는 바에 따르면, 동위東魏의 대장군 고환高歡이 주周를 공격하다 실패하자 병으로 몸져누웠다. 그러자 적군은 그가 죽었다는 유언비어를 퍼트렸다. 이에 고환은 군대의 사기를 높이려고 자리를 털고 일어나 귀족 회의를 소집했다. 그리고 부하 장교에게 「칙륵의 노래」를 부르도록 명령한 다음, 자신도 힘껏 따라 불렀다고 한다. 이를 감안한다면 틀림없이 웅장하고 절도가 있어 마음을 고무시키는 곡조였을 것이다.

'궁려穹廬'라는 말은 '수레'를 뜻하는 '캉글리qangli'라는 투르크어를 옮긴 것이다. 몽고인들의 전통 가옥은 나뭇가지로 골조를 세우고, 그 위에 모포를 뒤집어씌운 조립식 천막이다. 평상시에는 땅에 지었다가 이동할 때에는 접어서 수레에 싣고 옮겨 다닌다. 그전에는 완성된 형태의 천막을 수레에 붙인 채 다녔다고 한다. 그래서 '궁려'는 '수레에 붙인 천막의 지붕'을 가리킨다.

뮬란? 무란!

북조 민가에서 가장 뛰어난 작품은 장편 서사시인 「목란사木蘭辭」이다. 중국인들은 건안 시기 「공작은 동남쪽으로 날아가고(孔雀東南飛)」와 더불어 이 시를 악부시의 쌍벽으로 평가한다.

서양에 비해 장편 서사시가 적은 중국 문학에서, 이 두 작품은 중국인의 자존심을 세운다. 미국 디즈니영화사에서 만든 만화영화 '뮬란'은 바로 이 시를 기초로 하여 만든 것이다. 그러나 '뮬란'은 영어식 발음이지 정확한 발음이 아니다. '목란'의 중국어 발음은 '무란(mu:lan)'이다.

시의 내용은 다들 알다시피 여자아이인 화목란花木蘭이 남자로 변장하고 아버지 대신 군대에 들어가, 조국을 위해 용감히 싸운다는 감동적인 전설이다. 실존 인물임을 밝혀 주는 기록이 있지만, 시대를 거듭하면서 영웅화되었을 가능성이 높다.

　시는 연이어 터지는 한숨 소리로 시작한다.

휴우 또다시 휴우	唧唧復唧唧
목란 아가씨 베틀 위에 앉았는데	木蘭當戶織
베북 소리는 들리지 않고	不聞機杼聲
들리느니 아가씨의 탄식 소리뿐	唯聞女歎息

　목란은 왜 이렇게 한숨을 쉬는 걸까? 이유는 아버지가 징병자 명단에 올랐기 때문이었다. 목란은 아버지가 군대에 들어가 고생하시는 걸 막으려고, 자신이 아버지 대신 군대에 들어가기로 결심하고 준비한다.

동쪽 시장에서 준마를 사고	東市買駿馬
서쪽 시장에서 안장을 사며	西市買鞍韉
남쪽 시장에서 고삐를 사고	南市買轡頭
북쪽 시장에서 긴 채찍을 산다	北市買長鞭

　이어서 황하를 건너고 흑산黑山을 넘어 전쟁터로 달려간다. 시인은 그 뒤 10년 동안의 생활을 단 여섯 문장으로 표현한다.

　이어서 목란은 전공을 세워 당당하게 개선한다. 임금에게 원치 않던 상도 받았으나, 목란의 소망은 하루 빨리 갑옷을 벗고 고향으로 달려가는 것이었다.

　그에 이어 가장 구체적이고 생동하며, 희극적 색채가 가득한 결말 부분이 이렇게 이어진다.

부모님 딸 돌아온다는 말에	爺孃聞女來
서로 부축하여 성문 밖으로 나섰고	出郭相扶將
동생은 언니 온다는 말에	阿姊聞妹來
창 앞에서 얼굴 화장 열심이네	當戶理紅粧
남동생은 누나 온다는 말에	小弟聞姊來
칼 싹싹 갈아 돼지와 양을 향해 가네	磨刀霍霍向豬羊
나 목란은 동문 열고 들어와	開我東閣門
서쪽 행랑 걸상에 앉아	坐我西閣牀
전쟁할 때의 군복을 벗고	脫我戰時袍
옛날 입던 치마를 입고서	著我舊時裳
창 앞에서 구름머리 매만지고	當窓理雲鬢
거울 앞에서 뽀얗게 얼굴 화장하네	對鏡貼花黃
문을 나서 전우들을 만나니	出門看火伴
전우들 모두 깜짝 놀라면서	火伴皆驚惶
12년을 함께 생활했으나	同行十二年
목란이 여자인 줄 정말 몰랐다 하네	不知木蘭是女郎

이 시에서는 나열의 기법을 써서, 가족의 기쁨과 여성의 신분을 되찾은 목란, 평화로운 일상생활을 되찾은 기쁨 등을 세밀하게 묘사했다. 더욱이 활기를 되찾은 목란의 형상이 목란의 모습을 보고 크게 놀라는 전우들의 형상과 어우러져 부각되고 있다.

이 시는 다음과 같은 말로 끝을 맺는다.

| 수토끼는 발을 깡충깡충 구르고 | 雄兔脚撲朔 |
| 암토끼는 눈을 멍하니 깜빡이네 | 雌兔眼迷離 |

두 토끼 나란히 달리는 데 열중하여   雙兎討傍地走

내가 수놈인지 암놈인지 알 수 있었겠는가   安能辨我是雄雌

　　이는 전통적인 비흥比興 수법이다. 그런데 이전의 비흥 수법은 모두 시의 첫머리에 썼지만, 여기서는 끝부분에 써서 새로운 면모를 보여주었다.

　　"수토끼는 발을 깡충깡충 구르고, 암토끼는 눈을 멍하니 깜빡이네"라는 두 구절은 오늘날까지도 해석이 분분하다. 어떤 사람은 그것이 토끼의 수놈과 암놈이 멈춰 있을 때에는 서로 다른 몸놀림을 취하는데, 그들이 달릴 때에는 이런 몸놀림을 분별할 수 없다고 한다.

　　또 다른 사람은 그런 몸놀림은 토끼의 암놈과 수놈이 똑같이 가지고 있는 특징인데, 시에서는 문장을 조화롭게 하려고 따로 썼다는 것이다. 그렇다면 '수토끼도 암토끼도 발을 깡충깡충 구르면서 눈을 멍하니 깜빡이네' 라는 해석이 된다.

　　어느 해석이 더 정확한지는 알 수 없으나, 이 때문에 또 하나의 고사성어가 만들어졌다. 현대 중국어에서도 쓰는 이 말은 바로 "발을 깡충깡충 구르고 눈을 멍하니 깜빡인다(撲朔迷離)"이다. 이 말의 현대적인 의미는 '겉모양으로 암수를 구별하기 어렵다' 또는 '복잡하게 뒤섞여 분명히 구별할 수 없다' 이다.

다양한 형태의 정리 작업 16

『수신기搜神記』
『세설신어世說新語』
『문심조룡文心雕龍』
『시품詩品』
진숙보陳叔寶

세상 이야기, 새로운 이야기를 적어 남긴 『세설신어』.

소설과 문학비평의 성장

위진남북조는 중국 소설이 싹튼 시기이기도 하다. 한나라 이전에도 소설이 있었지만, 당시에는 '하찮고 쓸데없는 자잘한 말(叢殘小語)'을 의미했다. '소설小說'이란 말도 '대도大道'의 상대 개념으로 만들어졌을 뿐이다.

소설이라고 할 만한 것들은 한나라 때 처음 생겼다. 이 시기의 소설은 대부분 민간 전설에서 유래했다. 하지만 그 때문에 지식인과 문인들에게는 홀대를 받았다. 그러다가 위진남북조에 와서야 소설 '창작'이 성행했다.

한·위·육조는 문학비평이 활발한 시대이기도 했다. 앞서 살펴본 조비의 『전론典論』 가운데 「논문論文」과 육기의 「문부文賦」 등은 단편 논문일 뿐이었다. 그러나 조금 이따 살펴보겠지만, 완전하고 체계적인 문학 이론 전문서가 이 시기에 탄생했다. 이와 함께 문학비평 분야가 좀 더 다양화되고 전문화되었다.

중국 역사를 통틀어 볼 때, 남북조시대는 중국 문화의 제1차 격변기라 할 수 있다. 중국 내부의 혼란과 서북 이민족의 침입, 외래 문명의 전래 등 많은 변화가 있었다. 특히 불교의 전파는 이후 중국 사상의 흐름을 유·불·도의 구도로 이끌었다. 이러한 과정에서 문학계역시 다양하게 발전했다.

신을 찾아서

　먼저 소설을 이야기해 보자. 이 시기의 소설 작품은 그리 많지 않다. 이를 분류한다면 대체로 '지괴志怪'와 '일화逸話' 두 종류로 나눌 수 있다.

　'지괴'는 이름 그대로 오로지 신기하고 기괴한 이야기만 다룬 소설을 뜻한다. 이는 불교와 도교, 신선술 등이 성행하던 당시의 사회 상황과 연관이 있다. 물론 그 가운데 우수한 민간 전설도 몇 편 섞여 있다. 이런 작품들을 모아 놓은 작품집으로는 『신이기神異記』, 『서경잡기西京雜記』, 『이원異苑』, 『속제해續齊諧』 등이 있다. 그러나 가장 대표적인 것으로는 『수신기搜神記』를 꼽을 수 있다.

　『수신기』란 '신을 찾는 기록'이란 뜻이다. 『수신기』의 지은이는 동진東晉 시기의 간보干寶라는 사람이다. 간보(태어나고 죽은 해를 알 수 없음)의 자는 영승令升이고, 신채新蔡(오늘날의 하남성에 속함) 사람이다.

　그는 일생 동안 많은 글을 썼는데, 역사서 『진기晉記』를 쓴 역사가이기도 하다. 『수신기』는 그가 '심심풀이'로 쓴 글들을 모아 놓은 것이다. 그런데 안타깝게도 『진기』는 전하지 않고, 오히려 심심풀이로 쓴 『수신기』만 유명해졌다.

　『수신기』는 진실과 허구가 반씩 섞인 책이라고 할 수 있다. 그래서 황당하고 믿기 어려운 괴담도 있고, 세쌍둥이를 낳은 여자와 다리가 다섯 개 달린 소 이야기처럼 기이한 자연현상에 대한 기록도 있다.

　그나마 문학적 가치를 따질 수 있는 글은 일부 민간 전설들이다. 그 가운데 「이기李寄」의 이야기를 보자.

　민閩 땅의 어느 산에 커다란 뱀이 있어 사람들을 괴롭혔다. 어찌할

바를 모르던 사람들은 뱀을 달래려고, 해마다 12~13살 된 여자아이를 갖다 바쳤다. 이 일로 사람들은 큰 고통에 시달렸다.

그때 '이기'라는 여자아이가 용감하게 스스로 제물이 되고자 했다. 이기는 칼을 품고 사냥개와 함께, 뱀이 사는 동굴 부근에 몸을 숨겼다. 그리고는 꿀 바른 쌀밥을 푸짐하게 차려 동굴 입구에 놓았다.

그러자 뱀이 동굴에서 나왔는데, "머리가 둥그런 곳간만하고, 눈은 두 척 크기의 거울 같아서(頭大如囷, 目如二尺鏡)" 정말 무서운 모습이었다.

향긋한 냄새를 맡은 뱀은 단숨에 밥을 먹어 치웠다. 이기는 이때를 놓치지 않고 사냥개를 풀어 뱀을 물게 한 다음, 자신은 뒤로 돌아가 칼로 힘껏 찔렀다. 배가 불러 있던 뱀은 제대로 움직이지도 못한 채 이기에게 죽임을 당했다.

세계 어느 곳에서나 지역의 특성에 맞는 민간 설화가 있다. 우리나라에도 암행어사나 영민한 젊은이가 어느 마을을 지나다가, 제물이 된 처녀 대신 자신이 나서서 이무기 같은 괴물을 물리친다는 내용의 이야기가 있다. 그렇다고 이것을 영향 관계로 보기는 어렵다. 이런 이야기들은 어떤 사건과 문제를 해결하고자 하는 소망이 담겨 있는 것이다.

어쨌든 이기는 동굴 속에서 아홉 구의 백골을 찾아내곤 탄식하며 이렇게 말했다.

"너희들은 미리 겁을 먹었기 때문에 뱀에게 잡아먹힌 거야. 정말 안타깝구나!"

이처럼 이 이야기는 영리하고 용감한 꼬마 영웅을 찬양한 것이다. 그녀가 여자아이라는 점을 감안하면, 더욱 대단하다고 할 수 있다. 우리의 이야기도 이와 줄거리는 비슷하지만, '힘세고 용감한 남자'

가 '연약한 여자'를 구한다는 전통적인 구성에서 크게 벗어나지 않
는다. 그런 점에서 이 이야기는 한층 새롭다.

「간장과 막야(干將莫邪)」도 폭력에 대항한 이야기이다.

칼을 잘 만들기로 유명했던 간장은 초왕楚王을 위해 삼 년 동안 정
성껏 암수 한 쌍의 보검을 만들었다. 그런데 초왕은 오히려 구실을
만들어 그를 살해하려 했다. 그러나 간장은 그런 사태를 예견하고서,
숫검은 숨기고 암검만 초왕에게 주었다.

간장이 죽자 아내인 막야는 아들 적비赤比를 낳았다. 청년이 된 적
비는 아버지의 원수를 갚기로 결심했다. 그는 아버지가 숨겨 놓은 숫
검을 찾아서 서울로 올라가, 초왕을 죽일 기회만 엿보았다. 그러나
적비는 초왕 곁에 얼씬거리지도 못한 채 산으로 쫓겨났다.

그 산에서 기인을 만난 적비는 그동안의 사정을 이야기했다. 그러
자 그 사람은 적비의 머리와 칼을 빌려주면 자신이 대신 원수를 갚아
주겠다고 했다. 이에 적비는 흔쾌히 수락하고 자신의 머리를 내놓았
다. 그래서 그 기인은 적비의 머리와 칼을 가지고 초왕을 찾아갔다.
그리고는 이렇게 말했다.

"이것은 용사의 머리로서 물에 넣어 끓여야 합니다."

그러나 사흘 밤낮을 끓여도 머리는 변함이 없었고, 오히려 물 위로
솟구쳐 올라와 눈을 부릅뜨고 노려보기까지 했다. 기인이 또 말했다.

"대왕께서 친히 오셔서 보십시오. 머리가 이제 익으려고 합니다."

그러자 초왕은 가까이 다가와 솥 안을 내려다보았다. 이때 기인은
숫검을 뽑아 초왕의 머리를 베어 솥 안으로 떨구고, 자신도 따라서
목을 베었다.

곧이어 세 개의 머리는 순식간에 솥 안에서 형체를 알아볼 수 없을
정도로 변했다. 그래서 어느 머리가 초왕의 것인지 분간할 수 없었

다. 초의 신하들은 할 수 없이 유골을 셋으로 나누어 매장하고, 이를 '삼왕묘'라고 불렀다.

평범한 백성이 대담하게도 폭군에게 맞서고, 죽은 뒤에도 제왕의 지위를 누린다는 이야기이다. 이는 의심할 바 없이 백성의 통치자에 대한 불만과 영웅에 대한 존경심을 표현한 것이다.

이밖에도 「한빙韓凭 부부」, 「오왕吳王 소녀」, 「동해의 효부」 등 재미있는 글들이 많이 있다. 이런 이야기들은 나중에 화본話本 소설과 희곡의 소재로 많이 이용되었다.

세상 이야기, 새로운 이야기

일화 소설은 '지인志人 소설'이라고도 부른다. 위진 시기의 지식인들은 철학적 의미가 담긴 애매모호한 말과 고고한 자태를 중시했다. 대부분의 지인 소설은 이런 유명 지식인들의 언행과 일화를 전문적으로 적어 놓은 글이다. 『서경잡기』, 『어림語林』, 『곽자郭子』, 『세설신어世說新語』, 『속설俗說』 등의 작품집이 여기에 속한다. 그 가운데 『세설신어』가 가장 유명하다.

'세설신어'는 '세상 이야기, 새로운 이야기'란 뜻이다. 『세설신어』를 엮은이는 유의경劉義慶(403~444)이다. 그는 팽성彭城(오늘날의 강소성 서주시徐州市) 사람으로서, 남조 송나라의 종실이었다. 나중에는 임천왕臨川王에 봉해진다. 기억할지 모르겠지만, 유의경은 포조에게 도움을 주기도 했다.

『세설신어』는 덕행, 언어, 정사, 문학, 방정方正, 아량雅量, 식감識鑒, 상예賞譽, 품조品藻, 규잠規箴 등 36개 분야를 다룬 36개의 글로 이루어져 있다. 책에서 다루고 있는 사람들은 대부분 한나라 말기에서 동진에 이르는 사이에 살았던 실존 인물이다. 하지만 그들의 언행과 관련된 기록을 완전히 신뢰할 수는 없다.

이 책에는 다른 책에서 옮겨 실은 글도 있고, 유의경 자신이 보고 들은 이야기도 있다. 그 이야기들 한 단락 한 단락이 모두 재미있다.

『세설신어』의 언어는 간결하고, 소박하며, 객관적인 입장을 견지한다. 하지만 사이사이에 시시비비를 가리기도 한다.「덕행」편에는 이런 글이 있다.

관녕管寧과 화흠華歆이 동산에서 함께 남새밭을 일구다가 땅에서 금 조각을 발견했다. 관녕은 호미질을 계속하며 이를 기와나 돌조각처럼 여겼다. 하지만 화흠은 이를 주워 살펴보고는 멀리 집어던졌다.

하루는 같은 돗자리 위에 앉아 글을 읽고 있었다. 그때 면류관을 쓰고 높은 수레에 올라앉은 사람이 문밖을 지나가는 것을 보았다. 관녕은 변함없이 책을 읽었지만, 화흠은 책을 덮고 밖으로 나가 이를 구경했다. 그러자 관녕은 돗자리를 칼로 자른 뒤, 떨어져 앉으며 이렇게 말했다.

"자네는 내 친구가 아니네!"

작자는 직접적으로 우열을 가리지는 않았다. 하지만 이 글을 읽어 보면 누구나 쉽게 구분할 수 있다. 단호하게 절교의 뜻을 내비친 관녕의 태도에서 그의 고상한 지조를 엿볼 수 있다.

물론 다른 견해도 있을 수 있다. 관녕에 비해 화흠이 '물질'이나 '명예'에 좀 더 '관심'을 가졌을 뿐인데, 그렇다고 관녕을 고상한 지조의 소유자라고 하는 것은 억지라는 견해이다. 오히려 관녕처럼 혼자 고결한 척하는 사람이 위선자라고 생각할 수도 있다. 게다가 화흠이 오로지 돈과 명예만을 좇는 출세지향자도 아닌 다음에야, 누구나 가질 수 있는 호기심과 부러움을 보인 점이 오히려 더 솔직하고 인간적인 모습이라고 할 수도 있다.

『세설신어』의 핵심 사상은 자연미이다. 그래서 이 책에서는 예의 도덕에 얽매이지 않고 방탕한 행동을 일삼는 사람들도, 긍정적으로 묘사한다.

예를 들어, 죽림칠현의 한 사람인 유령은 술에 취해 주정할 때가 많았다. 심지어 술에 취하면 방안에서 옷을 모두 벗어버리기까지 했다. 어떤 사람이 이런 모습을 꼴사납다고 나무라자, 유령은 오히려 당당한 모습으로 이렇게 반박했다.

"나는 하늘과 땅을 집으로 삼고 거실을 옷으로 삼으니, 당신들이야 말로 내 옷 속에 들어와 있는 것이 틀림없다!"

아울러 『세설신어』는 짧은 글로 인물의 성격을 부각시키는 장점도 가진다. 「분견忿狷」편에서는 성미 급한 사람을 이렇게 묘사했다.

왕란전王蘭田은 성미가 급했다. 한번은 달걀을 먹으면서 젓가락으로 찍으려 했으나, 잘되지 않았다. 화가 난 란전은 달걀을 들어 땅에다 집어던졌다. 하지만 달걀은 땅위로 구르며 멈추지 않았다.

이에 란전은 땅으로 내려와 나막신의 발굽으로 달걀을 밟았다. 그러나 이번에도 잘되지 않자, 란전은 화가 머리끝까지 치밀어 올랐다. 그래서 달걀을 땅에서 주워 입안에 넣고 이빨로 깨문 다음 뱉어버렸다.

작자는 왕란전이 달걀을 찌르고, 집어던지고, 짓밟고, 깨물고, 뱉는 모습을 통해 그의 불같은 성미를 영화처럼 생생하게 그리고 있다.

이 책에는 또 완전한 구성을 갖춘 전설도 있다. 「자신自新」편에 실린 주처周處가 '세 가지 해악(三害)'을 제거하는 이야기가 그 가운데 하나이다.

주처는 젊었을 때 아주 흉악하고 난폭했다. 그래서 마을 사람들의 두려움의 대상이었다. 사람들은 그를 그 지역의 강에 사는 악룡과 산에 사는 맹호와 더불어 '세 가지 해악'이라고 했다.

그런데 어떤 사람이 꾀를 내, 주처에게 악룡과 맹호를 잡아 보라고 권했다. 이를 통해 '세 가지 해악'을 한꺼번에 없애자는 속셈이었다.

주처는 이를 곧이듣고, 그 길로 산으로 들어가 맹호를 때려잡았다. 그리고는 다시 악룡을 잡으려고 물속으로 들어갔다. 마을 사람들은 그가 교룡을 잡으러 물속으로 들어가자, 이제 세 가지 해악이 모두 사라졌다고 손뼉 치고 기뻐하며 잔치를 열었다.

한편 주처는 물속에서 교룡과 사흘 밤낮을 다투며 오르락내리락했다. 그리고 마침내 악룡을 물리쳤다. 마을로 돌아온 주처는 마을 사람들이 벌인 잔치를 보고는, 지난날 자신의 행동을 크게 뉘우쳤다. 아울러 새롭게 거듭나기로 다짐하고, 이때부터 선생님을 모시고 좋은 벗들을 사귀면서 열심히 공부했다. 그래서 나라의 훌륭한 재목이 되었다.

이 이야기는 나중에 희극으로 만들어져, 오늘날까지도 상연되고 있다.

『세설신어』는 어투가 담백하고 깊은 뜻을 담고 있기 때문에, 역대로 중국인들의 많은 사랑을 받았다. 아울러 나중에 나오는 필기筆記 소설은 대부분 이 작품의 체제와 격조를 모방했다. 그래서 『세설신어』에 나오는 이야기들은 유명한 문학 소재가 되었다.

『문심조룡』은 무협지?

이제 한·위·육조의 문학비평 분야를 살펴보자.

문학비평 분야의 책으로는 『문심조룡文心雕龍』이 있다. 이름은 꼭 무협지 같지만, 무협지가 아닌 문학 이론 전문 서적이다. '문심'은 '글을 쓸 때의 마음 작용'을 뜻한다. 그리고 '조룡'은 '용의 몸에 아름다운 무늬를 새기는 것처럼 아름다운 문장'이란 뜻이다. 곧 문학의 창작 원리와 수사 기교를 밝힌 책이라 할 수 있다.

이 책의 지은이는 남조 제·양 시기의 사람인 유협劉勰(약 465~약 532)이다. 그의 자는 언화彦和이고, 본적은 동완東莞 거현莒縣(오늘날의 산동성에 있음)이다. 하지만 대대로 경구京口(당시에는 남동완이라 불렀으며 오늘날의 강소성 진강시鎭江市)에 살았다.

그는 일찍이 아버지를 여의고 가난하게 살아서 결혼도 못했다. 그러나 어려서부터 책 읽기를 좋아하고, 젊어서는 승우僧祐라는 중에게 몸을 의탁하여 절에서 많은 불경을 접했다. 그 결과 많은 지식을 쌓을 수 있었다.

나중에는 소명태자 소통의 휘하에서 통사사인通事舍人이란 직책을 맡아 두터운 신임을 얻었다. 통사사인은 상주문을 검토하여 보고하는 직책이었다. 그는 어려서 접한 불경 탓에 불교의 이치에도 정통하여, 불경을 정리하기도 했다.

『문심조룡』은 유협이 서른서너 살의 젊은 나이에 완성한 책이다. 하지만 이 책을 끝마쳤을 때는 아무도 관심을 보이지 않았다. 그래서 유협은 원고를 둘러메고 장사꾼처럼 길가에 앉아 심약沈約을 기다렸다. 심약은 당시 재상의 지위에 있던 문단의 권위자였다.

유협은 심약이 탄 마차가 오자 이를 가로막고, 자신의 원고를 심약에게 전했다. 이를 읽어본 심약은 나이 어린 유협에게 공경을 표시하며, 『문심조룡』이 '문학의 이치를 망라한 최고의 책'임을 인정했다. 이때부터 이 책은 널리 알려졌고, 심약은 하루도 거르지 않고 이 책을 읽었다고 한다. 이러한 『문심조룡』은 상·하부 25편씩 모두 50편으로 이루어져 있다.

유협은 불경에 정통했으나 문학관은 오히려 유가적이었다. 그래서 유협은 자연계를 초월한 신비한 '도道'가 있으며, 이것이 바로 글쓰기와 행동의 기준이라고 생각했다. 성인의 글은 이 도를 해석한 것이고, '오경'은 모든 글의 근원이라는 것이다.

이러한 관점은 책의 상부 첫머리에 있는 5편의 내용을 일관하고 있다. 그래서 연구자들은 「원도原道」, 「징성徵聖」, 「종경宗經」, 「정위正緯」, 「변소辨騷」 5편을 책 전체의 강령으로 삼고 있다.

상부의 나머지 편들은 여러 문장 체제의 기원을 살피고, 작가와 작품에 객관적 평가를 내리고 있다. 이는 다시 '논문論文'과 '서필序筆' 두 부분으로 나눌 수 있다. 오늘날에는 '문필文筆'을 하나의 단어로 쓴다. 하지만 『문심조룡』의 견해에 따르면, '문'은 문이고 '필'은 필이다. '문'이란 시, 부, 명잠銘箴 등의 경우처럼 '운韻이 있는 글'을 말한다. 그리고 '필'이란 사전史傳, 제자諸子, 논설論說, 장표章表 등의 경우처럼 '운이 없는 글'을 말한다.

하부에 실린 글은 대부분 문학의 창작 문제를 토론하면서 빼어난 견해를 제시하고 있다. 예를 들어 유협은 다음처럼 자연 그 자체가 아름다움이라고 전제한다.

구름과 노을이 산천을 물들일 때면, 화가의 능력을 넘어선 뛰어남이

있다. 풀과 나무가 화려하게 꾸미면, 공예가의 뛰어난 솜씨를 기다릴
필요가 없다.

雲霞雕色, 有逾畵工之妙. 草木賁華, 無待錦匠之奇.

그리고는 예술 작품의 아름다움이야말로 자연미의 반영이라고 지
적한다. 또 문인 스스로의 품성과 기질, 재능, 학문 수양 등도 창작하
는 데 중요한 작용을 한다고 주장한다.

또한 유협은 역대 집권층의 의지와 시대 분위기가 문학에 영향을
끼친다는 점도 지적했다. 건안 문학이 '강개함을 좋아한(雅好慷慨)' 이
유는, "해마다 전란과 헤어짐이 가득하고, 각박해진 분위기 속에 속
됨과 원망이 가득한(世積亂離, 風衰俗怨)" 사회 환경에 영향을 받았기
때문이다. 서진 시기에 이르면 조위曹魏는 결국 국운이 기울어 멸망
한다. 인재들이 적지 않았으나, 그들의 실력을 완전히 발휘할 수 없
었던 이유를 짐작할 수 있다.

그는 문학비평을 생생하게 비유했다.

천 개의 악곡을 연주해 본 다음이라야 비로소 음악을 이해할 수 있
고, 천 개의 검을 관찰해 본 다음이라야 비로소 보검을 식별할 수 있다.

凡操千曲而後曉聲, 觀千劍而後識器.

이는 비평가의 평소 수양이 중요함을 지적한 것이다.

그리고 문학비평을 위한 '여섯 가지 관찰법(六觀)'을 제시했다.

첫째, 작품의 전체적인 체제의 안배(體位)를 볼 것. 둘째, 문장이나
말의 배치(置辭)를 볼 것. 셋째, 작품에서 전통의 계승과 새로운 변화
의 추구(通變)를 볼 것. 넷째, 표현 수법의 정아함과 기이함(奇正)을 살

필 것. 다섯째, 사류事類의 운용(事義)에 대해 살필 것. 여섯째, 성률(宮商)을 살필 것.

이는 예술의 형식과 내용 모두에 세심한 주의를 기울인 빼어난 견해라 할 수 있다.

『문심조룡』은 많은 내용을 언급하고 있다. 감정(情)과 자연(景), 정신(神)과 사물(物), 풍격과 풍골, 과장, 구성, 용사用事, 수사, 성률 등에 대해 이전의 어느 누구보다도 탁월한 견해를 제시하고 있다. 후대의 어느 연구자는 "체제가 크고 생각이 주도면밀하다(體大而慮周)"라며 체계적이고 포괄적인 『문심조룡』의 특징을 칭찬했다.

『문심조룡』은 서주 이래의 중국 문학을 총결했다. 그래서 이후 중국 문학비평의 발전에도 지대한 영향을 끼쳤다.

마지막으로 언급할 것은 수만 자에 달하는 『문심조룡』을 모두 병문騈文으로 썼다는 점이다. 그만큼 문장이 매우 아름답다. 그러나 글의 아름다움이 문장의 대의를 해치고, 명확하게 의미를 전달하지 못하게 방해하고 있음은 단점으로 지적할 수 있다.

시에 대한 품평

유협의 『문심조룡』이 나온 뒤, 양나라의 종영도 시가만을 전문적으로 평론한 『시품詩品』을 내놓았다.

제나라와 양나라에서 관리 생활을 했던 종영(?~약 518)의 자는 중위仲偉이고, 영천潁川 장사長社(오늘날의 하남성 허창시許昌市) 사람이다. 그는 당시에 성행하던 형식주의 시풍에 불만을 가졌다. 그래서 『시품』
을 써서 자신의 문학적 주장을 펼쳤다.

이 책에는 한나라부터 양나라에 이르는 시기에 활동한 오언시 작
가 122명을 수록했다. 그리고 동한 이래로 인물을 품평하던 방법을
빌어 시인을 상품, 중품, 하품으로 분류했다. 그래서 상품에 11명, 중
품에 39명, 하품에 72명을 선정했다. '시품'이란 이름은 여기에서 유
래한 것이다.

종영은 『시품』의 서문에서 자신의 문학관을 드러냈다. 예를 들어
그는 전고의 사용을 반대했다. 그의 견해에 따르면, 시란 '감정을 노
래하기(吟詠情性)' 위해 짓는 것이니 전고를 많이 쓰면 시가 아닌 산문
이 된다고 했다. 특히 그는 심약 등이 지나치게 몰두한 성률에 반대
했다.

글에 제약과 금기가 많으면, 그 참다움과 아름다움을 잃는다.
文多拘忌, 傷其眞美.

이는 시가 창작에 대한 뛰어난 식견이다.

또 그는 시인의 생활 경험이 시가 창작과 밀접한 관계가 있음을 간
파했다. 그는 이 점을 책의 서문에서 아름다운 문장으로 이렇게 말했
다.

봄바람과 새봄 새들의 지저귐, 가을의 둥근 달과 가을 매미 소리, 여
름의 뭉게구름과 한여름의 소나기, 겨울의 차디찬 달과 혹한 등 사계절
의 변화는 시인의 감정을 촉발시킵니다. 손님과 주인은 연회에서 서로
시를 주고받음으로써 우정을 나누고, 무리를 떠나 먼 길을 떠날 때면

시를 빌어 감정을 토로하고 근심과 원망을 기탁합니다. 시 속에는 굴원이 버림받은 이야기와 왕소군王昭君이 한궁을 떠난 이야기가 있습니다. 국경 밖 들판에 널브러진 해골의 이야기와 쑥더미처럼 떠다니는 혼령의 이야기도 있지요. 그런가 하면 창을 잡고 변방을 지키는 이야기와 굽이굽이 산을 넘어 위세를 떨치는 이야기도 있습니다. 나그네의 옷 속으로 파고드는 추위와 홀로된 아내가 흘리는 눈물의 이야기도 있습니다. 또 영광스럽게 관리가 되었다가 은퇴한 이야기와 죽음으로 돌아오지 못하는 이야기도 있고, 미녀가 임금의 총애를 받아 궁중으로 들어가는 이야기와 아름다운 미모 때문에 나라를 위태롭게 하는 이야기도 있습니다. 이처럼 각가지 희로애락과 만남과 헤어짐은 시인의 심령을 감동시키고 격발시킵니다. 이럴 때 시가를 빌지 않는다면 그들의 사상을 어떻게 펼칠 수 있겠으며, 시원스럽게 노래 부르지 못한다면 그들의 감정을 어떻게 풀 수 있겠습니까?

若乃春風春鳥, 秋月秋蟬, 夏雲暑雨, 冬月祁寒, 斯四候之感諸詩者也. 嘉會寄詩以親, 離群託詩以怨. 至於楚臣去境, 漢妾辭宮. 或骨橫朔野, 或魂逐飛蓬, 或負戈外戍, 殺氣雄邊; 塞客衣單, 孀閨淚盡, 或士有解佩出朝, 一去忘返, 女有揚娥入寵, 再盼傾國. 凡斯種種, 感蕩心靈. 非陳詩何以展其義, 非長歌何以騁其情.

종영의 이러한 논술은 생생한 형상과 충만한 감정, 그리고 유창한 글 때문에 자체가 한 편의 시처럼 보일 정도이다.

참고로 '왕소군이 한궁을 떠난 이야기'는, 서한西漢 때 왕장王檣이라는 여성이 흉노족과 친선 관계를 맺으려고 흉노의 왕 선우單于에게 시집간 일을 말한다. 『서경잡기』란 책에서는 이를 각색하여 한 편의 비극으로 만들었다.

서한 원제元帝는 후궁이 너무 많아 하나하나 살필 수 없었다. 그래서 화가에게 그녀들의 초상화를 그려 바치도록 했다. 그러자 많은 궁녀들이 화가에게 뇌물을 주며, 자신을 예쁘게 그려 달라고 부탁했다. 그런데 왕소군만은 뇌물을 주지 않았다. 그러자 이에 앙심을 품은 화가는 그녀의 모습을 추하게 그렸다.

그 뒤 흉노왕의 청을 받은 원제는 화첩을 뒤져 가장 못난 왕소군을 골랐다. 그런데 흉노왕이 떠나는 날 왕소군의 접견을 받은 원제는 그녀의 미모에 깜짝 놀랐다. 후궁들 가운데 미모가 으뜸이었던 것이다. 그러나 이미 정해진 약속을 어길 수 없었다. 결국 왕소군은 떠났고, 화가는 능지처참을 당했다. 이 이야기는 나중에 시와 소설, 희곡 등에서 널리 다룬다.

종영은 각 시인에 대해 한두 마디의 짧은 평을 덧붙였다. 길어야 여덟아홉 마디에 지나지 않지만, 시인의 풍격과 품위에 대한 핵심을 정확하게 지적했다.

그의 안목이 늘 정확하지는 않았다. 예를 들어 그는 도연명을 이렇게 칭찬했다.

과거와 현재를 통틀어 은일 시인의 으뜸이다.
古今隱逸詩人之宗.

하지만 정작 도연명을 중품으로 분류하고 있다. 그리고 조조는 하품에 넣었는데, 그 까닭은 이렇다.

조조의 작품은 예스럽고 진실하지만, 지나치게 처량한 구절이 있다.
曹公古直, 甚有悲涼之句.

이와는 반대로 문학적 성취가 그리 높지 않은 육기와 반악 등은 상품에 올려놓고 있다. 그들이 종영과 동시대의 사람들이라서 후한 점수를 받았겠지만, 종영의 안목이 좁아서 생긴 결과라고 생각하는 사람도 많다.

아무튼 중국 최초의 시론 전문서인 『시품』은 당시의 시가 발전과 작품 창작을 진작시켰을 뿐만 아니라, 후세의 시가 비평에도 커다란 영향을 끼쳤다.

한 · 위 · 육조의 문학 상황은 이미 간략하게 모두 살펴보았다. 하지만 끝을 맺기에 앞서, 매우 특이한 시인 한 사람을 더 소개하고자 한다.

그는 남조 진陳나라의 마지막 황제인 후주後主 진숙보陳叔寶이다. 오흥吳興 장성長城(오늘날의 절강성 장흥현長興縣) 사람인 진숙보(553~604)의 자는 원수元秀이고, 어린 시절의 자는 황노黃奴였다.

부패한 군주였던 그는 국정의 관리에 소홀했다. 그저 날마다 7~8명의 처첩과 10여 명의 내신들을 이끌고 밤새도록 술과 노래로 소일했다. 그러다 수나라의 군대가 양자강을 건너 서울인 건업建業으로 쳐들어왔다. 그러자 그는 모든 것을 포기하고, 경양전景陽殿을 빠져나와 우물로 뛰어들었다.

한밤에 왕궁으로 들어온 수나라 군사 한 명이 우연찮게 우물 속에서 살려 달라고 외치는 소리를 들었다. 이에 밧줄을 내리고 끌어올렸으나, 좀처럼 당길 수 없었다. 결국 여럿이 함께 밧줄을 잡아당기니, 거기에는 진 후주와 함께 그가 아끼던 처첩 두 명이 매달려 있었다. 이 일로 망국의 군주인 후주는 대대로 비웃음을 샀다.

이러한 진 후주는 사치스럽고 색정적인 궁체시를 쓴 것으로도 유

명하다. 그가 쓴 「옥수후정화玉樹後庭花」라는 시는 이러한 마지막 구
절로 끝을 맺는다.

　　　요염한 궁녀의 얼굴은 이슬 머금은 꽃인 양　　妖姬臉似花含露
　　　회화나무 빛나며 뒤뜰을 비추네　　　　　　　玉樹流光照後庭

　이 구절은 남녀의 성행위를 묘사한 것이다. 앞은 기분이 달아오른
여성의 모습을, 뒤는 성행위 장면을 묘사했다. 나중에 이 시는 그 시
대의 역사를 다룰 때마다 빠지지 않고 거론되면서 '망국의 노래(亡國
之音)'의 대명사가 되었다.

위진남북조의
문벌 사회

위진 시대 이후에 세족勢族의 세력은 끊임없이 발전합니다. 그들은 대대로 관리에 임명되고 정권을 장악하여 문벌을 형성했습니다. 이른바 문벌이란 공경의 집 대문밖에 세운 두 개의 큰 기둥으로서 좌측의 것을 '벌閥'이라 하고 우측의 것을 '열閱'이라 하여 가문의 명예로움을 표시했습니다. 따라서 '벌열'이란 곧 대관을 의미하고, 문벌이란 대대로 관리를 배출하는 귀한 집안으로 세족 또는 귀족貴族이라 불렀습니다.

서진 말부터 사회 내부에서는 귀족층과 서민층이 엄격히 구별되고, 각 계층 내부에서도 우열이 생겼습니다. 그러자 정부에서는 이러한 계층 분화를 제도적으로 체계화하여 '족문제族門制'를 확립하지요. 이 신분제도는 상급 귀족층을 '갑족甲族,' 하급 귀족층을 '차문次門,' 상급 서민층을 '후문後門,' 하급 서민층을 '삼오문三五門'으로 규정했습니다. 이를 근거로 위 문제 때 만든 구품중정제九品中正制를 확대 시행합니다. 이 제도는 주州, 군郡, 현縣의 지방 정부에 크고 작은 중정中正을 설치하여 상상上上에서 하하下下에 이르는 9등급의 향품鄕品으로 해당 지역의 인물을 품평한 뒤 승진과 징계를 심사하는 제도입니다. 이러한 풍조에 힘입어 문학계에도 『시품』처럼 문인들을 품평하는 책이 나옵니다.

남조의 세족은 양·진 이래의 추세에 이어 엄격한 귀족 제도를 형성했습니다. 귀족은 정치적으로 특수한 지위를 누리고, 귀족과 비귀족 사이에는 엄격한 구분이 있어 고급 관리는 모두 귀족들이 담당했습니다. 그들은 가문을 배경으로 쉽게 공경에 나아가고, 그들의 자제는 어린 나이에도 일은 적고 봉록은 후한 관직에 나아갔으며 승진도 매우 빨랐습니다. 일반적으로 한문 서족은 비교적 낮은 직급의 관리만 맡을 수 있을 뿐이었습니다. 그래서 "상품을 받은 자 중에서 한문寒門 출신을, 하품을 받은 자 중에서 세족勢族을 찾아볼 수 없다(上品無寒門, 下品無世族)"라든가 "공公의 집안에서 공이 나오고, 경卿의 집안에서 경이 나온다(公門有公, 卿門有卿)"는 속언들이 나돌았지요. 제나라 때 법령의 규정을 보면 갑족甲族 출신은 스무 살만 되어도 관리가 될 수 있었지만 한문 출신은 서른 살이 되어서야 관리가 될 수 있었습니다. 귀족 자제는 처음 관직에 나아가면 대개 비서랑秘書郞이나 저작좌랑著作佐郞에서 시작했습니다. 비서랑은 4명으로 봉록은 600석石이고 관품은 4품이며, 저작좌랑은 8명으로 봉록은 400석이고, 관품은 7품이었습니다. 저작좌랑은 도서와 서적을 관장하고 국사를 편찬하는 임무를 담당하는 한직이었지만 평판이 좋아 몇 년 지나지 않아도 자질과 연한으로 고관에 등용되었습니다. 따라서 남조 시기에 중앙의 고급 관직은 대개 사족과 그 자제들로 구성되었습니다.

귀족은 자신들의 특수한 지위를 공고히 하기 위하여 서로 혼인을 통해 유대를 강화하고 족보를 편찬하는 방법을 통해 사족士族과 서족庶族을 명확히 구분했습니다. 그들은 신분을 따져서 서족과는 통혼하지 않았는데, 만일 사족이 서족과 통혼하면 혼인 질서를 위배했다고 하여 사족 안에서 지탄과 배척을 받으며, 가문의 체통을 잃은 것으로 간주했습니다. 그러나 이 때문에 사족 문벌의 사람들은 현실을 외면한 채 점차 고립되었고, 이 과정에서 서족 세력이 두각을 나타내게 되었습니다. 그래서 공교롭게도 남조에서 나라를 세운 황제들은 모두 한문 서족 출신이지요.

제3부

당나라의 문학

초당의 작가들 17

문장사우文章四友

심전기沈佺期

송지문宋之問

왕적王績

초당사걸初唐四傑

진자앙陳子昂

위징魏徵

시의 전성시대를 연 당 태종 이세민.

스스로 나라를 망가뜨린 수나라의 양제

당나라는 중국 역사상 전례 없는 번영을 누린 통일 왕조였다. 경제의 번영뿐만 아니라 문화도 찬란하기 이를 데 없었다. 여기서는 당나라 때의 문학을 살펴보기 전에, 잠시 수나라의 문학을 짚고 넘어가도록 하자.

수나라의 상황은 얼핏 진秦나라와 비슷하다. 건국에서 망국까지 30여 년밖에 되지 않아, 문학 방면으로도 고유한 특색을 가질 여유가 없었다. 또한 극악무도한 군주였던 양제煬帝는 남조의 문화에 심취하여 궁체시를 짓는 데 앞장섰고, 평소 말할 때에도 남방의 어투를 배우려고 애썼다.

그러나 노사도盧思道, 양소楊素, 설도형薛道衡 등 몇몇 북방 시인은 훌륭한 변새시邊塞詩를 남기기도 했다. 이들 가운데 설도형만 잠깐 살펴보자.

설도형(540~609년)의 자는 현경玄卿이고, 하동河東 분음汾陰(오늘날의 산서성 만영현萬榮縣 서쪽) 사람이다. 그의 「정월 초이렛날에 귀향을 그리며(人日思歸)」란 시는 매우 유명하다.

봄 맞은 지 이제 막 이레	入春才七日
집 떠난 지 어느덧 두 해	離家已二年
기러기 내려앉은 뒤 돌아가려니	人歸落雁後
꽃 앞에 서면 돋아나는 고향 생각	思發在花前

이 시는 나그네의 쓸쓸한 심정을 은은하면서도 함축적으로 그리고

수나라 양제는 중국 역사에서도 이름난 과대
망상증 환자였다. 아버지를 죽이고 집권한 그
는 아버지의 부인을 빼앗고, 거대한 토목 공
사로 국력을 낭비하고, 고구려를 침략하려다
실패하여 스스로의 무덤을 팠다. 결국 그의
정신 이상을 보다 못한 호위병들이 그의 목을
매달았다.

있다. 아무튼 수나라는 짧은 역사만큼 이렇다 할 문인을 꼽기가 어렵다.

당나라의 문단 상황

이제 찬란했던 당나라의 문학을 살펴보기로 하자.

당나라 때의 문단은 다른 분야와 마찬가지로 큰 발전을 이루었다.
시가의 발전도 전성기를 맞이하여, 유명한 시인만 따져도 이백, 두
보, 백거이, 맹호연, 왕유, 유우석, 이하, 이상은, 두목 등 줄줄이 꿸
수 있을 정도이다. 그래서 청나라 사람들이 편찬한 『전당시全唐詩』에
는 모두 2천 2백여 명의 작가와 4만 9천 8백여 수의 시가 수록되어

있다. 여기서는 그들을 다 살펴보기란 힘들고, 큰 흐름을 파악하도록 하겠다.

당나라 이후 많은 사람들이 3백여 년에 가까운 당시唐詩의 흐름을 시기에 따라 구분했다. 그것들 가운데 명나라 때의 고병高棅이 『당시품휘唐詩品彙』라는 책에서 나눈 시기 구분법이 가장 보편적으로 받아들여진다.

그는 당시의 흐름을 '초당, 성당, 중당, 만당'이란 네 시기로 나누었다. 고조高祖 무덕武德 원년(618년)에서 현종玄宗이 즉위한 712년까지 약 100년 동안이 '초당初唐' 시기이다. 그리고 현종 개원開元 원년(713년)에서 대종代宗 영태永泰 원년(765년)까지 약 50년 동안이 '성당盛唐' 시기이다. 다음으로 대종 대력大曆 원년(766년)에서 무종武宗 회창會昌 6년(846년)까지 약 80년 동안이 '중당中唐' 시기이다. 마지막으로 선종宣宗 대중大中 원년(847년)에서 당이 멸망한 907년까지 약 60년 동안이 '만당晚唐' 시기이다.

당나라 때에 이르러서는 산문도 유례없는 발전을 거듭했다. 그래서 또 청나라 사람들이 편찬한 『전당문全唐文』에는 3천여 명의 작가와 오대五代 시기의 글을 포함한 1만 8천 4백여 편의 글이 수록되어 있다.

이런 숫자를 통해 우리는 당나라의 문학이 얼마나 발전했는지 어렴풋이 짐작할 수 있다. 아울러 아직 언급하지 않았지만, 당나라 때 새롭게 발전한 전기 소설과 변문속강變文俗講 및 문인사文人詞 등도 시와 산문 못지않게 가치 있는 문학 장르이다.

초당에 들어와도 시단의 상황은 수나라 때와 비교하여 크게 나아지지 않았다. 당시의 유명 시인은 대부분 수나라의 유민이었기 때문에, 제·양의 화려한 시풍에서 벗어나지 못했다.

또한 건국 초기라 통치자들은 건국의 벅찬 감동과 자신의 업적을 찬양하는 노래를 좋아했다. 그래서 헌정시와 화답시, 연회시 들이 시단을 장악했다. 우세남虞世南과 상관의上官儀 및 '문장사우文章四友'가 이런 시를 창작하면서 시단을 주도했다.

'문장사우'는 최융崔融, 이교李嶠, 소미도蘇味道, 두심언杜審言을 가리킨다. 그 가운데 두심언의 성취가 가장 뛰어났다.

두심언(약 645~708년)의 자는 필간必簡이고, 본적은 양양襄陽(오늘날의 호북성에 속함)이다. 하지만 이후 공鞏(오늘날의 하남성 공현 부근) 지역으로 이사했다.

대시인 두보의 할아버지인 그는, 관리로는 자신의 뜻을 마음껏 펼치지 못했다. 하지만 시인으로서는 감상적인 시들을 많이 남겼다. 「진릉의 육승이 지은 '조춘유망'에 화답하여(和晉陵陸丞早春游望)」란 그의 시를 보자.

공명을 좇아 떠도는 나그네	獨有宦遊人
계절 따른 자연 변화에 쉽게 놀라네	偏驚物候新
붉게 구름 물들이며 바다 위로 해 솟으니	雲霞出海曙
매화 버들 강을 건너 봄소식을 알린다	梅柳渡江春
따스한 날씨 꾀꼬리를 부추기고	淑氣催黃鳥

따사로운 햇빛 부평초에 푸르름을 더하네	晴光轉綠萍
홀연히 옛 가락 노래 소리 들리니	忽聞歌古調
고향 생각에 흘리는 눈물 옷섶을 적시누나	歸思欲沾巾

타지에서 관리 생활을 하는 사람이 따스한 봄볕을 쬐다가 저도 모르게 감상에 젖었다. 고향을 떠나 있는 쓸쓸한 마음에 더욱 그러했으리라.

이 시는 선명한 형상과 치밀한 격률 구사가 두드러진다. 그래서 후대의 연구자들은 두심언에 와서야 비로소 오언율시가 체계를 갖추었다고 했다. 두보도 자랑삼아 "우리 조상의 시가 으뜸이다(吾祖詩冠古)"라고 말했다.

심전기沈佺期와 송지문宋之問은 '문장사우'와 같은 시기에 활동했던 궁정시인이다. 심전기(656?~714년)의 자는 운경云卿이고, 상주相州 내황內黃(오늘날의 하남성 내황현) 사람이다. 일명 소련少連이라고도 하는 송지문(656?~712년)의 자는 연청延淸이고, 분주汾州(오늘날의 산서성에 속함) 사람이다. 당시에는 이들의 인기가 대단하여, '심·송'이라는 호로 불렀다.

그들은 문학적 재능은 뛰어났으나, 기개가 부족했다. 여황제 무측천武則天이 정권을 잡고 있을 때, 실권자인 장이지張易之와 결탁하려고 서로 경쟁을 벌였다. 따라서 이때 지은 시들은 모두 화려하기만 할 뿐이다.

무측천이 죽자, 무씨의 세력은 곧바로 숙청되었다. 이 두 사람도 그 와중에 변경의 오지로 유배되었다. 사회적인 지위와 생활환경이 완전히 바뀐 것이다. 그제야 그들은 절실하면서도 진실한 감정으로 시를 대하여 시풍도 크게 바뀌었다.

송지문의 「대유령 북쪽 역(題大庾嶺北驛)」도 유배되었을 때 지은 작품이다.

시월이라 남쪽으로 날아가는 기러기	陽月南飛雁
듣자하니 여기서 머물다 돌아간다더군	傳聞至此回
그러나 여정은 끝나지 않으니	我行殊未已
언제나 다시 돌아갈 수 있을까	何日復歸來
고요한 강에 조수가 밀려 나가니	江靜潮初落
어두운 숲속 장독은 가시지 않네	林昏瘴不開
내일 아침 고향 바라보며 서성이는 곳엔	明朝望鄉處
틀림없이 농두 매화 피었으리라	應見隴頭梅

고향을 그리워하는 내용으로 절절한 비애가 깃들어 있다.
이번에는 심전기의 「잡시雜詩」를 살펴보자.

황룡 요새 병사에게 들으니	聞道黃龍戌
해를 거듭하여 전쟁이 끊임없다 하네요	頻年不解兵
가련한 규방 여인 바라보는 달은	可憐閨裏月
임 계신 군대에도 언제나 비추겠지요	長在漢家營
이 봄 젊은 아낙의 임 그리는 마음	少婦今春意
어젯밤 지아비의 해후의 꿈	良人昨夜情
그 누가 깃발 치켜들고 북을 두드려	誰能將旗鼓
단번에 적의 진지 깨뜨릴 수 있을까요	一爲取龍城

이 시는 규방의 여자가 변경의 군대에 가 있는 남편을 그리워하는

내용이다. 전쟁이 하루라도 빨리 끝나기를 바라는 그녀의 마음이 잘 드러나 있고, 원망과 그리움 속에서도 적극적인 면모를 보여주고 있다.

이처럼 심전기와 송지문은 음운과 성률을 중시하던 선배 시인들의 성과를 계승하여 발전시켰다. 지금 살펴본 두 오언율시 또한 발음과 성조가 조화를 이루고, 대구도 잘 짜여 있다. 따라서 그들의 손에서 율시가 정형을 갖추었다고 할 수 있다. 당시에도 이런 즉흥 가락이 유행할 정도였다.

소 · 이가 앞에 서고, 심 · 송이 뒤를 잇네.
蘇李在前, 沈宋比肩.

이는 심전기와 송지문을 오언 고시를 확립했다고 하는 소무蘇武와 이릉李陵의 반열에 올려놓은 것이다.

도연명을 존경한 시인

앞서 살펴본 사람들은 모두 궁정시인이다. 물론 그들 말고 민간에서 활동하던 시인들도 있었다. 그 가운데 왕적王績이란 사람이 있다.

왕적(589~644년)의 자는 무공無功이고, 강주絳州 용문龍門(오늘날의 산서성 하진현河津縣) 사람이다. 그는 수나라 말기와 당나라 초기를 거치면서 관리 생활을 했다. 하지만 술을 좋아하고 구속된 삶을 싫어하여, 결국 스스로 관직을 버리고 고향으로 돌아갔다. 그 뒤 동고東皐에 은거하며 자신을 '동고자東皐子' 라 부르고, 시 짓는 일로 소일했다.

그는 완적과 도연명을 가장 존경하여, 그의 시는 대부분 전원과 산수의 아름다움, 숨어사는 즐거움과 술 마시는 즐거움 등을 다루었다. 그렇게 소박하고 청신하며 빼어난 경지를 이루었다.

그의 시 가운데 「들판을 바라보며(野望)」란 시가 가장 널리 알려져 있다.

동쪽 언덕 올라 저녁노을 바라보니	東皐薄暮望
헤매어 보지만 의지할 곳 어디인가	徙倚欲何倚
나무들 모두 가을빛으로 물들고	樹樹皆秋色
산들 모두 저녁놀에 물들었네	山山惟落暉
목동이 송아지 몰아 돌아오고	牧人驅犢返
사냥꾼은 사냥감 싣고 말 몰아 돌아온다	獵馬帶禽歸
그들을 둘러봐도 아는 얼굴 없으니	相顧無相識
길게 노래 불러 백이, 숙제 그려 보네	長歌懷采薇

어느 가을 황혼에 물든 산과 들의 풍경이 한 폭의 유화처럼 다가온다.

백이와 숙제는 절개를 지키려고 산으로 들어가 굶어 죽었다는 전설 속의 현자이다. 주나라 무왕武王이 은나라 주紂왕을 치려 하자, 그들은 앞장서 이를 만류했다. 하지만 자신들의 의견이 받아들여지지 않았다. 그래서 무왕을 뒤로 하고 수양산首陽山에 은거하여, 고사리로 연명하다가 세상을 떠났다고 한다. 예전에 이들은 절개의 대명사로 일컬어졌다. 그러나 요즘은 시각이 많이 바뀌었다.

마지막 두 구절에서는 시인의 고독과 적막감이 드러나고 있다. 왕적은 당시에 자신의 마음을 알아줄 친구를 찾지 못했다.

신동 왕발

왕적은 그의 가족들도 높은 문화적 소양을 지니고 있었다. 그의 형인 왕통王通은 수나라의 저명한 학자이고, 조카 손자인 왕발王勃은 유명한 '초당사걸'의 한 사람이었다.

왕발(650~676년)의 자는 자안子安이고, 왕적과 같은 강주 용문 사람이다. 그는 어려서부터 두각을 나타내 '신동' 소리를 들었다. 성년이 되기 전에 이미 관리로 천거될 정도였다.

어느 날 왕발은 몇몇 왕족이 패왕부沛王府 안에서 투계를 하며 놀고 있는 모습을 보았다. 이에 장난기가 발동하여 「투계격문鬪鷄檄文」이란 글을 썼다. 이는 여러 왕족의 우열을 투계에 빗대어 풍자한 글이다.

이를 전해들은 고종高宗은 왕발이 왕족을 우롱한다고 여겨, 그를 왕궁에서 쫓아냈다. 이어 그의 관직을 강등하고, 아버지까지 연루하여 국경의 오지인 교지交趾(오늘날의 베트남 지역)로 유배를 보냈다. 그 뒤 왕발은 아버지를 뵈러 가다가 남해에 빠져 죽었다고 하는데, 그때 나이가 겨우 스물일곱이었다.

그가 남긴 시는 많지 않으나, 독특한 풍격을 가지고 있다. 그 가운데 「촉천으로 부임해 가는 두소부를 전송하며(送杜少府之任蜀川)」란 시가 가장 유명하다.

장안성은 삼진 지방으로 보위하는데	城闕輔三秦
멀리 오진 바라보니 바람에 일렁이는 연기	風烟望五津
그대와 헤어지며 느끼는 생각	與君離別意
우리 모두 각처를 떠도는 관리이기 때문	同是宦遊人
세상에 나 알아줄 친구 있다면	海內存知己
하늘 끝이라도 이웃과 같아라	天涯若比隣
아서게, 헤어지는 마당에	無爲在歧路
어린애처럼 눈물로 옷깃 적시는 일일랑	兒女共沾巾

우정 어린 맹세로 치기 어린 행동을 대신하면서 대장부다운 마음
을 표현했다. "세상에 나 알아줄 친구 있다면, 하늘 끝이라도 이웃집
과 같아라"라는 구절은 세월을 뛰어넘어 수많은 사람들의 입에 오르
내리는 명언이 되었다.

오언절구인 「산속에서(山中)」란 시도 있다.

양자강도 서글퍼 흐름을 멈춘 듯	長江悲已滯
만리타향에서 돌아갈 날 그려 보네	萬里念將歸
더욱이 만추의 가을바람	況屬高風晚
산마다 빛바랜 낙엽 날아가네	山山黃葉飛

어느 순간 서글프면서도 장엄한 기운이 물밀 듯 밀려오는 것을 느
낄 수 있다.

그는 글을 지을 때 먹을 흠뻑 갈아 놓은 다음, 술을 마시고 한잠 잤
다. 그리고 일어나 곧바로 붓을 들어, 단숨에 써 내려가 한 글자도 고
치지 않았다고 한다. 그래서 그는 "뱃속에 원고가 있다(腹稿)"라는 말

을 들을 정도였다.

　결론적으로 그는 '당나라 시단의 문을 연 선구자(自是唐人開山祖)'란 말을 들었다.

　왕발은 또 그 유명한 변문 「등왕각서滕王閣序」를 짓기도 했다. 이 글의 배경으로는 재미있는 이야기가 전한다.

　염백서閻伯嶼라는 사람이 홍주洪州의 지사知事로 있으면서 등왕각을 보수했다. 백서는 낙성식落成式에서 자기 사위를 자랑할 속셈으로, 사위인 오자장吳子章에게 미리 서문을 한 편 지어 놓으라고 일러 두었다.

　드디어 잔칫날이 되어 여러 손님들이 모이자, 백서는 종이와 붓을 돌리고 손님들에게 등왕각의 낙성을 축하하는 서문을 지어 달라고 청했다. 잠잠하던 좌중에서 돌연 한 젊은이가 사양하지 않고 얼른 종이와 붓을 받아 들었다. 그는 바로 왕발이었다.

　그는 마침 벼슬이 깎여 멀리 교지에 가 계신 아버지를 찾아뵈려고 장안을 나섰다가 그 자리에 낀 것이다. 뜻밖의 사건에 불쾌해진 백서는 자리를 떴으나, 사람을 보내 왕발이 글을 짓는 상황을 그때그때 보고하도록 했다.

　왕발은 먹을 찍어 힘차게 붓을 움직였다.

옛날에는 남창	南昌故郡
오늘날은 홍도	洪都新府

　왕발의 문장을 전해들은 백서가 이렇게 말했다.
　"상투적이군."

강서성 남창시 성서에 위치한 등왕각은 높이가 57.5m에 이른다. 당나라 때 지었지만 전란
에 여러 번 훼손되었다. 1926년 9월에 불이 났을 때는 3일 동안 탈 만큼 웅대했다고 한다.
그 뒤 1985년에 재건했다.

왕발은 쉼 없이 문장을 이어갔다.

별자리로는 익성과 진성에 해당하고　　　　星分翼軫

땅으로는 형산과 여산에 접해 있네　　　　地接衡廬

백서는 묵묵히 아무 말도 없었다.

스러지는 노을은 외로운 따오기와 나란히 날아오르고

　　　　　　　　　　　落霞與孤鶩齊飛

가을 강물 맑아 긴 하늘과 이어져 한빛으로 어울리네

　　　　　　　　　　　秋水共長天一色

글이 여기에 이르자 염백서는 안색이 달라지며 벌떡 일어났다.

"참으로 하늘이 낸 인재로다!"

백서는 서둘러 왕발을 상석에 앉히고 귀빈으로 대접했다. 왕발은 좌중의 손님들과 함께 술과 음식을 나누며 즐겁게 놀다가, 자기 길을 갔다고 한다. 어떤 사람은 그때 왕발의 나이가 열네 살이었다고도 한다.

초당사걸

'초당사걸'이란 당나라 초기에 활동했던 왕발, 양형, 노조린, 낙빈왕을 함께 일컫는 말이다.

양형楊炯(650~693년)은 화음華陰(오늘날의 섬서성陝西省에 속함) 사람이다. 사걸의 다른 사람들과 비교해서 그가 이룬 성취는 그리 높지 않다. 하지만 변새시에는 매우 뛰어났다. 「군대를 좇아(從軍行)」란 시를 보자.

봉화가 연이어 장안을 비추니	烽火照西京
내 마음 유독 편치가 않네	心中自不平
사령장이 궁전에서 전해지니	牙璋辭鳳闕
무장한 기병이 적의 진지 에워싼다	鐵騎繞龍城
눈으로 어두워져 깃발이 흐릿하고	雪暗凋旗畵
이리저리 부는 바람 북소리를 어지럽힌다	風多雜鼓聲

차라리 하급 장교 되어 적과 싸우는 것이   寧爲百夫長

하릴없는 서생보다 나으리   勝作一書生

평생 선비로 보내기보다, 전쟁터에 나가 전공을 세우기를 바라는 시인의 격앙된 모습이 눈에 선하다.

그는 평소 자신의 재주를 과신하여, '사걸'이 거론될 때면 이런 말을 했다고 한다.

노조린 앞에 이름을 두기는 부끄러우나, 왕발 뒤에 있기는 수치스럽다.

愧在盧前, 恥居王後.

고난 속에 살다 강에 뛰어든 시인

양형이 말한 노조린盧照鄰(634?~685?)의 자는 승지昇之이고, 유주幽州 범양范陽(오늘날의 하북성 탁주涿州) 사람이다. 그는 평생 관직에 오르지 못했다. 그리고 노년에는 심한 병까지 얻는 등 괴로운 일생을 보내다가, 결국 강물에 뛰어들어 자살했다.

그는 아래의 「장안에 부쳐(長安古意)」와 같은 칠언 가행歌行에 뛰어났다.

장안의 대로 골목길에 연이어   長安大道連狹斜

푸른 소와 흰 말은 향나무 수레 끌고 간다　　　　青牛白馬七香車
고급 수레들 부촌을 오락가락　　　　　　　　　玉輦縱橫過主第
아름다운 수레들 쉴 새 없이 황실가 향해 간다　　金鞭絡繹向侯家
용머리 장식한 화려한 덮개 햇살에 빛나고　　　　龍銜寶蓋承朝日
봉황 장식 드리운 장막 저녁놀에 물드네　　　　　鳳吐流蘇帶晚霞
봄날 아지랑이 나무들을 감싸고　　　　　　　　百丈遊絲爭繞樹
아리따운 새들이 꽃 사이에 지저귀네　　　　　　一群嬌鳥共啼花
……‥……‥

　귀족들은 이처럼 주색에 빠져 헛되이 일생을 보냈다. 그러다가 정권이 바뀌자 처량한 신세로 전락한다.

그 옛날 화려하던 저택이 있던 곳에　　　　　　昔時金階白玉堂
오늘날은 소나무 심은 묘지만 남았네　　　　　　即今唯見青松在

　그들이 가졌던 모든 것이 남김없이 사라져 버렸다. 이런 모습을 보면서 시인은 어떠했을까?

쓸쓸히 양웅揚雄처럼 지내면서　　　　　　　　寂寂廖廖揚子居
해를 거듭하여 책상만 지키네　　　　　　　　　年年歲歲一牀書
오로지 종남산의 계수꽃 피어　　　　　　　　　獨有南山桂花發
그 향기 옷소매를 드나드는구나　　　　　　　　飛來飛去襲人裾

　시인은 세상의 부귀영화를 조금도 부러워하지 않고 책 속에서 무한한 즐거움을 얻었다.

마지막으로 낙빈왕駱賓王(약 619~687년)은 무주婺州 의오義烏(오늘날의 절강성에 속함) 사람이다. '낙빈'이 성이고, '왕'이 이름이다. 그는 일곱 살에 시를 지었을 정도로 재주가 뛰어났다. 하지만 그도 힘든 삶을 살아, 벼슬길은 순탄치 않았다. 어떤 사건에 연루되어서 옥에 갇히기까지 했다. 그때 지은 시가 바로 「옥에서 우는 매미(在獄詠蟬)」이다.

가을 하늘 매미 소리 울려 퍼지니	西陸蟬聲唱
죄인의 고향 생각 방해하누나	南冠客思侵
어찌 견디리오 매미 그림자	那堪玄鬢影
백발의 사내 위해 불러 주는 회한가를	來對白頭吟
서리가 심할수록 날기가 힘들어지고	露重飛難進
바람이 잦을수록 소리는 쉬 묻힌다	風多響易沈
고결한 너의 마음 믿어 줄 이 없으니	無人信高潔
누구러서 나의 마음 밝혀 줄까	誰爲表予心

시인은 자신을 매미에 비유하고, '된서리(露重)'와 '잦은 바람(風多)'으로 악한 세력의 압박을 암시했다. 시인은 자신의 '고결함'을 알아주는 이가 없음을 슬퍼하면서 야속한 세상을 원망한다.

나중에 서경업徐敬業이라는 장군이 무측천을 토벌하려고 쿠데타를 일으킨다. 그 진영에 낙빈왕도 참가했다. 그는 거기에서 서경업 대신 「무측천의 토벌을 알리는 글(討武曌檄)」을 썼다.

제목에 있는 '무조武曌'에서 '조曌' 자는 무측천이 자기 이름인 '조

낙빈왕이 세속을 등지고 중이 되었다고 전하는 영은사 입구.

照'자를 새로운 글자로 바꾼 것이다. 이처럼 무측천은 약 20개의 '측천 문자'를 만들었다. 이는 나중에 폐지되어, 현재 17자 정도가 확인된다.

아무튼 이 글에서 낙빈왕은 무씨 가문의 죄상을 나열하고, 이렇게 무측천을 비판했다.

사사로운 마음을 숨기고, 황제의 자리를 노렸다.
包藏禍心, 窺竊神器.

또한 이씨 가문의 천하를 부흥시키자는 대의를 내세웠다. 아울러 서경업 군대의 세력을 과장하고, 옛 관료들도 의병을 일으켜 대업에 동참하라고 호소했다. 이를 위해 군주와 신하의 올바른 관계를 지적하면서 이렇게 말했다.

고종의 무덤이 채 마르지도 않았으니, 고아가 되신 중종께서 누구를 의지하겠습니까?

一抔之土未干, 六尺之孤何托

전하는 바에 따르면 무측천은 이 글을 읽다가 이 부분에 크게 감탄하여, 재상에게 누가 쓴 글인지 물었다고 한다. 낙빈왕이 지었다고 하자, 무측천은 이렇게 재상을 꾸짖었다고 한다.

"재상이란 사람이 이런 인재를 놓쳤다니 말이나 되오!"

그러나 그해 서경업의 군대는 패했고, 낙빈왕은 실종되었다. 싸우다가 죽었을 가능성이 높다. 또 항주 서호 부근의 영은사靈隱寺에서 신분을 감추고 중이 되었다는 이야기도 전한다.

'초당사걸'과 '문장사우' 및 '심송'은 거의 같은 시기에 활동했으나, 그들이 걸어간 길은 판이하게 달랐다. '사걸'의 문학적 지위는 그리 높지 않다. 하지만 당시 시단을 장악하고 있던 제·양의 시풍에 반대하고, 뛰어난 창작력으로 침체되어 있던 시단의 분위기를 일신했다.

그들 역시 제·양의 시풍을 완전히 떨치지는 못했지만, 당시의 세계에 새로운 국면을 제시했다는 점에서 가치를 인정받는다. 두보는 「희위육절구戲爲六絕句」란 시에서 그들을 찬양하여 이렇게 말했다.

사걸이 이루었던 당시의 문체	王楊盧駱當時體
글됨이 경박하다 웃음을 쉬지 않았지	輕薄爲文哂未休
그대들 몸과 이름 모두 사라졌으나	爾曹身與名俱滅
도도히 흐르는 강물 막을 수는 없어라	不廢江河萬古流

당시 사걸을 비웃었던 사람들이 역사에 남긴 것은 무엇인가? 아무것도 없다. 두보는 이 점을 지적했다. 반면에 사걸의 시문은 황하와 양자강처럼 세월에 구애받지 않고 지금까지 도도히 흐르고 있다.

문단 개혁의 선구자

'사걸'보다 조금 늦게 시단에 나타나 결연한 의지를 보인 '개혁가'가 있었다. 그는 제·양의 문학 풍조를 비판하고, '복고'를 내세워 시가의 개혁을 주장했다. 아울러 이론과 실천 모두에서 혁신적인 모습을 보여주었다. 그의 이름은 바로 진자앙陳子昻이다.

그가 개혁을 주장하면서 '복고'를 내세운 까닭은, 한마디로 자신의 주장을 돋보이게 하려는 것이었다. 사람들에게 친근한 옛 것을 끌어다가 제시하면, 사람들은 거부감 없이 쉽게 받아들인다는 이치를 활용한 것이다.

이후에도 많은 문인들이 개혁이란 구호로 '복고'를 내세웠다. 한쪽에서는 이를 한족 문학의 정통성 회복이라는 논리로 보는 견해도 있다.

진자앙(659~700년)의 자는 백옥伯玉이고, 재주梓州 사홍射洪(오늘날의 사천성에 속함) 사람이다. 시가를 개혁하자는 그의 주장은 매우 명쾌했다. 그는 「수죽편서修竹篇序」에서 다음과 같이 한탄했다.

글쓰기의 바른 이치가 사라진 지   文章道弊

오백 년이다   五百年矣

그리고는 제 · 양의 시가를 비판했다.

어투가 화려하고 문장의 기세가 번잡하여   彩麗競繁
시흥과 담긴 뜻이 모두 끊어졌다   而興寄都絶

한편 동방규東方虯라는 시인을 높이 평가하면서 건안과 정시의 시
풍을 흠모했다.

뜻밖에도 정시 연간의 시풍을   不圖正始之音
오늘날 다시 볼 수 있게 되니   復睹於玆
건안 시기의 작가들과 마주보면서   可使建安作者
마음 놓고 웃을 수 있네   相視而笑

결국 이 짧은 시가 혁명의 선언문 역할을 하면서 당나라 시풍의 변
화와 개혁을 예고했다. 그 뒤 소영사蕭穎士, 이화李華, 가지賈至, 원결
元結 들이 문단 개혁 운동에 동참했다.

진자앙은 언제나 여러 사안에 대한 자신의 견해를 밝히는 글을 조
정에 올리는 등 열심히 국정에 종사했다. 그러나 그의 열정은 다른
이들의 배척과 비난의 대상이 되어, 마침내 무씨 가문에게 감옥에서
살해되었다.

진자앙은 완적의 영향을 받아 「느낌(感遇詩)」 38수를 지었다. 이는
대부분 현실을 풍자하고, 신세를 한탄하는 내용이다. 시인의 비장한
모습을 느낄 수 있다. 그 가운데 하나를 살펴보자.

아침나절 운중군에 들어서니	朝入雲中郡
멀리 북쪽으로 흉노의 성 보인다	北望單于臺
오랑캐가 어찌 이리 가까운가	胡秦何密邇
국경의 사막 풍경 웅장하구나	沙朔氣雄哉
여기저기 흩어졌던 흉노족 병사	籍籍天驕子
흥분하여 또다시 밀려오도다	猖狂已復來
국경의 이름 없는 장군	塞垣無名將
망루만 홀로 우뚝 솟아 있구나	亭堠空崔嵬
아아! 나는 왜 탄식하는가	咄嗟吾何歎
국경의 백성들 풀더미 속에 죽어간다	邊人塗草萊

이민족이 국경을 침범해 오는데도 통치자들은 무력하기만 하다. 그들 때문에 목숨을 잃는 백성들의 모습을 보면서 시인은 한탄한다. 이를 통해 천하를 걱정하는 시인의 넓은 가슴을 엿볼 수 있다.

또 그 유명한 「유주대에 올라(登幽州臺歌)」란 시도 있다.

앞서간 옛사람들 만날 수 없고	前不見古人
먼 훗날의 후배들도 만날 수 없겠지	後不見來者
천지의 도도한 흐름 생각하면서	念天地之悠悠
짧은 인생 깨달아 눈물 떨구노라	獨愴然而涕下

시인은 홀로 유주대에 올라 인적 없이 망망한 평야를 내려다보았다. 이처럼 텅 빈 공간은 시인에게 아득한 시간을 떠올리게 했다.

옛사람을 따라갈 수도 없고, 뒤를 이을 인재들을 만날 수도 없는지라 외톨이가 된 듯이 쓸쓸히 떠도는 시인. 이 얼마나 적막하고 고독한 모습인가!

이처럼 진한 감동을 주는 시는 제·양 2백여 년 동안은 찾아볼 수 없었다. 그 감동의 깊이와 여운은 이후 중국의 모든 시인의 심금을 울릴 만큼 대단한 것이었다.

정관의 치적

지금까지는 대부분 초당 시기의 시를 소개했다. 이 시기에는 산문이 별로 유행하지 않았다. 그때까지도 여전히 사륙병려문의 영향을 받고 있었기 때문이다.

그래서 「등왕각서」나 「무측천의 토벌을 알리는 글」처럼 유명하다는 글은 대부분 부체賦體로 썼다. 그러나 위징魏徵의 「태종께 '깊이 생각해야 할 열 가지(十思)'를 권하는 글(諫太宗十思疏)」은 특별히 주목해야 할 글이다.

위징(580~643년)의 자는 현성玄成이고, 거록巨鹿(오늘날의 하북성에 속함) 사람이다. 태종 때 조정에 참여하여 간의대부諫議大夫, 비서감秘書監, 시중侍中 등의 관직을 역임했다.

「간태종십사소諫太宗十思疏」는 위징이 태종에게 올린 상소문이다. 그 내용은 어떤 일을 추진할 때에는 반드시 그 결과를 고려해야 함을 태종에게 권고한 글이다. 거기에 이런 말이 있다.

바라던 것을 얻으면 만족함을 알고 스스로를 경계하여야 하며, 공사를 벌일 때에는 반드시 끝마쳐야 할 때를 알아 백성을 평안토록 해야 합니다. ……. 물은 배를 띄을 수 있으며, 또한 배를 엎을 수도 있습니다.

見可欲, 則思知足以自戒; 將有作, 則思知止以安人. …….

水能載舟, 亦能覆舟.

뒤의 말은 『순자』에서 인용한 것이다. 이는 물과 같은 백성이 정권을 흥하게도 하지만, 망하게도 할 수 있음을 경고한 것이다.

위징은 언제나 태종의 결점을 지적하고, 태종도 그의 의견을 존중하여 이를 받아들이고자 노력했다. 그가 죽자 태종은 이렇게 말했다고 한다.

"동을 녹여 거울을 만들면, 옷차림을 살필 수 있다. 역사를 거울삼으면, 국가가 흥망하는 논리를 이해할 수 있다. 사람을 거울삼으면, 자신의 장단점을 알 수 있다. 이제 위징이 죽었으니 내 소중한 거울을 잃었구나!"

중국사를 살펴보면 '정관의 치적(貞觀之治)'이란 말이 나온다. '정관'은 태종이 집권할 때의 연호로서, 627년에서 649년 사이의 기간을 말한다. 나라의 기강이 잡히고 사회가 안정되니, 경제가 번영하여 문화가 발전하는 데 튼튼한 기초가 되었다.

그 바탕에는 이처럼 열린 마음의 군주와 올곧은 신하가 받치고 있었다. 두려움을 누르고 바른말을 할 수 있는 용기 있는 신하와 이를 고깝게 여기지 않고 너그러이 수용하는 가슴 넓은 군주의 모습이 좋은 짝을 이룬 것이다.

수 · 당의 과거제도

수나라 때에는 구품중정제를 폐지하고 진사進士, 명경明經이란 2과를 두어 관리를 등용했습니다.

당나라는 이 제도를 계승하여 2과 말고도 명법明法, 명산明算 등 여러 과를 증설했으나, 진사과와 명경과를 중심으로 했습니다. 측천무후 이후에는 진사과가 가장 중시되어, 그 시험에 참가하는 것이 출세의 지름길로 인정되었지요.

진사과에서는 문사文辭를 중시했기 때문에 주로 시부詩賦로 시험을 보고, 이밖에 시무책時務策도 보았습니다.

지방에서 천거하여 중앙에 가서 시험 보는 것을 '향공鄕貢'이라 했습니다. 천거를 받아 응시 자격을 갖춘 사람을 통칭하여 '거인擧人'이라고 했지요. 당나라 사람들은 '거진사擧進士'나 '수재秀才'라고 했지요.

그밖에도 당나라 때에는 황제가 특별히 조칙을 내려 시험을 치루는 '제거制擧'가 있었습니다. 진사이건 명경이건 급제한 과에 상관없이 모두 제거에 응시할 수 있었습니다. 시기는 고정되지 않았고, 과목도 황제가 임의로 결정했지요.

'박학굉사과博學宏詞科'도 원래는 제거였으나, 개원開元 19년(731) 이후부터 이부吏部의 시험과목이 되어 해마다 보았습니다.

무과武科는 측천무후 시대에 처음으로 거행되었습니다.

성당의 작가들

산수전원시山水田園詩

맹호연孟浩然

왕유王維

상건常建

조영祖詠

변새시邊塞詩

고적高適

잠삼岑參

왕창령王昌齡

최호崔顥

맹호연은 "호수를 건너가려나 배와 노가 없는데…"라고 읊었다.

맹씨의 전원일기

당의 개원開元(713~741)과 천보天寶(742~756) 시기에는 경제 번영이 최고조에 달했다. 그러나 당나라는 755년 안록산安綠山과 사사명史思明이 쿠데타를 일으키면서부터 급격하게 망국의 벼랑길로 치달았다. 중국 역사에 한 획을 그은 '안·사의 난'이 바로 이것이다.

이 시기에 시단에는 걸출한 인물들이 대거 배출되었다. 가장 유명한 사람을 꼽자면 물론 이백과 두보이다. 이 두 시인은 다음 장에서 자세히 알아보기로 하고, 여기서는 먼저 다른 시인들을 살펴보자.

이 시기의 시인들은 크게 두 유파로 나눌 수 있다. 하나는 산수전원시파이고, 다른 하나는 변새시파이다. 이름을 통해서 각 유파의 특징을 알 수 있지만, 좀 더 구체적으로 천천히 살펴보도록 하자.

근원을 찾아 거슬러 올라가면, 산수전원시파의 원조는 사령운과 도연명이라고 할 수 있다. 오랜 맥락 속에서 이어져 온 산수전원시파는 성당 시기에 와서야 비로소 값진 성과를 얻을 수 있었다. 주요한 작가로는 맹호연과 왕유를 들 수 있다.

맹호연孟浩然(689~740)은 양주襄州 양양襄陽(오늘날의 호북성에 속함) 사람이다. 안정된 사회에서 지역의 유지이자 명망가로 일생을 보낼 수 있었다.

생의 전반기에는 집에서 줄곧 문을 닫아걸고 글공부에만 전념했다. 그러다 마흔 살이 되서야 장안으로 가서 관직에 나가려고 생각했다. 맹호연은 끝내 관직을 얻지 못했다.

그러나 그의 시를 생각한다면 관직을 얻지 못한 편이 차라리 잘 된 일이다. 산수전원시라는 맥락에서 보면 출세가 득이 되지 않기 때문이다.

왕유는 맹호연의 시를 좋아하여, 언제나 "엷은 구름 은하수를 흐리고, 가랑비는 오동잎을 적시네(微雲淡河漢, 疏雨滴梧桐)"라는 두 구절을 읽을 때면 책상을 치며 연신 고개를 끄덕였다고 한다.

그는 관직에 나가지 못한 덕분에 오랫동안 농촌에서 생활했다. 그래서 농가 분위기가 물씬 풍기는 그의 시 세계를 온전히 지킬 수 있었다. 「친구 집을 방문하여(過故人莊)」란 시를 살펴보자.

친구가 닭과 기장 마련해 놓고	故人具鷄黍
집으로 불러 대접하네	邀我至田家
푸르른 나무들이 집을 둘러싸고	綠樹村邊合
푸르른 산들이 담 밖으로 가로누웠네	青山郭外斜
창을 여니 곳간과 채소밭 마주 보이는데	開軒面場圃
술잔 기울이며 일상사를 이야기하네	把酒話桑麻
구월 구일 중양절을 기다려	待到重陽日
다시 와 술과 함께 국화를 감상하리	還來就菊花

시인은 농가에 손님으로 초대되었다. 닭고기 요리와 기장밥을 먹고, 서로 술잔을 기울이며 농사 이야기를 주고받았다. 푸르른 나무와 청산이 조용한 시골 마을을 감싸고 있는 모습과 어우러져, 자연 그대로의 진실함을 느낄 수 있다. 이처럼 소박하고 친절한 분위기 속에서 친구의 우정을 엿볼 수 있다.

맹호연은 또 다른 풍격의 시도 썼다. 「동정호를 마주하고(臨洞庭)」란 시를 보자.

팔월의 동정호 물이 가득하여	八月湖水平
하늘을 싸안은 듯 물과 하늘 하나되었네	涵虛混太淸
솟아오르는 물안개 운몽 습지를 뒤덮고	氣蒸雲夢澤
철썩이는 물결이 악양성을 둘러 있네	波撼岳陽城
호수를 건너가려나 배와 노가 없는데	欲濟無舟楫
한가로이 지내자니 천자의 은혜에 부끄럽네	端居恥聖明
앉아서 낚시 드리운 사람 보고 있자니	坐觀垂釣者
괜스레 솟아나는 부러운 마음	徒有羨魚情

시의 후반부에는 남다른 의미를 담고 있으나, 전반부에는 순수하게 산수를 담고 있다.

"솟아오르는 물안개 운몽 습지를 뒤덮고, 철썩이는 물결이 악양성을 둘러 있네."

그 풍경이 웅장한 기세로 넓게 펼쳐져 있다.

다시 그의 오언절구를 예로 들어보자. 비록 네 구절의 짧은 시지만, 그 많은 중국인이 거의 다 알 정도로 유명한 「봄날 새벽(春曉)」이란 시이다.

봄잠에 새벽도 몰랐는데	春眠不覺曉
곳곳마다 들리는 새 울음소리	處處聞啼鳥
밤새 비바람 소리였지	夜來風雨聲
꽃은 얼마나 떨어졌을까	花落知多少

봄날의 아름다움을 직접적으로 묘사하지는 않았다. 하지만 인간의 여러 감각을 통해 봄날의 느낌을 감동적으로 그리고 있다. 스무 자의

짧은 글을 통해 봄날의 정경을 정말 절묘
하게 표현했다.

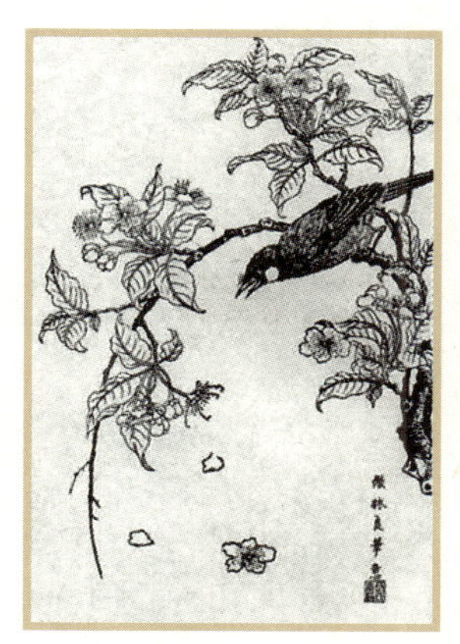

시 속에 그림, 그림 속에 시

　왕유王維의 삶은 맹호연과 달랐다. 왕유(701~762)의 자는 마힐摩詰
이고, 태원太原 기祁(오늘날의 산서성 기현) 사람이다. 나중에 아버지가
집을 포蒲(오늘날의 산서성 영제현永濟縣) 땅으로 옮겨 하동河東 사람이
되었다. 그는 대대로 관리를 배출한 집안에서 태어났다. 자라서 진사
과進士科에 합격하여 관리가 되었으나, 여러 번 기복을 겪었다.

　안록산이 장안을 점령했을 때에는 미처 그곳을 빠져나가지 못했
다. 그래서 반군에게 사로잡혀, 안록산의 압박으로 관직을 맡았다.
그의 쿠데타가 실패하자, 당연히 왕유도 죄인으로 몰렸다. 하지만 다
행히 동생의 노력으로 사면을 받을 수 있었다. 독실한 불교 신자였던
왕유는 이 일을 겪은 뒤 더욱 불교에 심취하여, 죽는 날까지 날마다
향을 피우며 불경을 읽었다고 한다.

　그 결과 그의 문학 세계도 불교의 영향이 컸다. 그래서 더욱 참선
하는 마음으로 자연을 대할 수 있었다. 형제 모두가 불문에 귀의했
고, 어머니가 돌아가시자 자신이 몸담고 있던 종남산終南山 망천輞川
별장을 희사하여 사찰을 삼기도 했다. 그의 자가 마힐인 것도 이와
무관하지 않다. 그 자는 불교 경전 가운데 『유마힐경』에서 따온 것이
다. 불교와의 이런 인연 때문에 후배들은 그를 '시불詩佛'이라고 불

렸다.

그러나 왕유에게도 「위천의 농가(渭川田家)」처럼 전원생활을 노래
한 시가 있다.

석양은 촌락을 비추고	斜陽照墟落
깊은 골목으로 소와 양 돌아온다	窮巷牛羊歸
노인장께서 목동을 부르는데	野老念牧童
지팡이 의지하여 싸리문에 기다린다	倚杖候荊扉
장끼 울고 보리 이삭 패며	雉雊麥苗秀
누에 잠들고 뽕잎 줄어드는데	蠶眠桑葉稀
괭이 둘러맨 농부 다가오매	田夫荷鋤至
서로 바라보며 이런 얘기 저런 얘기	相見語依依
이 같은 여유가 부러워	即此羨閑逸
허전한 마음에 「날로 여위어」 가락 읊조린다	悵然吟式微

모든 것이 여유롭고 안정되어 있는 초여름의 저녁 풍경이다. 지팡
이를 짚고 있는 할아버지와 괭이를 둘러맨 농부의 모습이 마치 한 폭
의 그림 같다.

그러나 "친구가 닭과 기장 마련해 놓고, 집으로 불러 나를 대접하
네"라고 노래한 맹호연의 시와 비교하면, 왕유의 전원시는 주관적인
열정이 모자란다. 그는 조용히 바라보기만 할 뿐, 결코 농가의 실생
활 속으로 들어가지 않았다. 그래서 마지막 구절에 「날로 여위어(式
微)」 가락을 읊조리고 있다.

「날로 여위어」는 『시경』의 '패풍邶風' 편에 나오는 시인데, 거기에
는 이런 구절이 있다.

날로 여위면서 式微式微

어찌 돌아가지 않으시나 胡不歸

　여기서는 자연으로 돌아가 은거하지 못하는 자신의 모습을 안타까워하는 뜻이다. 그의 삶도 이를 증명한다. 마흔 살이 넘자 그는 이전까지 송지문의 소유였던 망천輞川(장안의 동남쪽)의 별장을 사들여, 꽤 귀족적인 은거 생활을 했다.

　왕유는 자연 경치를 바라보는 남다른 통찰력을 가지고 있었다. 그는 한강의 흐름을 굽어본 뒤 「한강을 마주보며(漢江臨眺)」란 시에서 이렇게 말했다.

초나라 국경에서 상강의 세 지류 모이고 楚塞三湘接

형문산 자락에서 장강의 아홉 지류 만난다 荊門九派通

강물은 천지 밖으로 흐를 듯하고 江流天地外

산의 경치 있는 듯 아니 없는 듯 山色有無中

탕탕한 강물 앞에 마을은 떠 있는 듯 郡邑浮前浦

파도의 움직임이 멀리 퍼진다 波瀾動遠空

양양이라 좋아라 바람 부는 날이면 襄陽好風日

머물며 산간山簡과 더불어 취하리라 · 留醉與山翁

　세 번째와 네 번째 구절은 아주 뛰어나다. 흐르는 강물은 하늘과 맞닿아 있고, 아득히 보이는 산들이 있는 듯 없는 듯한 모습을 간결하면서도 자연스럽게 묘사했다. '산간'은 진晉나라 사람인데, '죽림칠현'의 한 사람이었던 산도山濤의 아들이다. 그도 술을 좋아하기로 유명했다.

「종남산終南山」이란 시도 한 번 살펴보자.

태을봉은 서울과 가까워	太乙近天都
산들이 이어져 바다에 다다른다	連山到海隅
흰 구름 떠돌며 한 몸이 되려는 듯	白雲回望合
푸른 안개 들어서니 아무것도 보이지 않는다	靑靄入看無
별자리로 나눈 구획이 가운데 봉우리로 갈라지니	分野中峰變
흐림과 맑음이 계곡마다 다르다	陰晴衆壑殊
인가에 투숙하고자	欲投人處宿
시냇물 건너 나무꾼에게 물어본다	隔水問樵夫

태을봉은 종남산의 주봉으로서, 종남산 대신 부르는 이름이기도 하다. 이 종남산의 풍경을 한 폭의 산수화처럼 그리고 있다. 심산유곡과 봉우리에 걸린 운무, 산자락을 싸고도는 시냇물 곁에 보일 듯 말 듯한 사람 등에서 무궁한 자연의 운치를 맛볼 수 있다.

다재다능했던 왕유는 시는 물론, 음악과 그림에도 능했다. 송나라 때의 소동파는 왕유의 재능을 이렇게 칭찬했다.

시 속에 그림이 있고, 그림 속에 시가 있다.

詩中有畵, 畵中有詩.

「종남산」이 이 말을 그대로 증명하고 있다.

명절이 되면 더욱 그리운 어버이

그러나 왕유의 시가 모두 유연하고 담백하며, 참선의 분위기만 풍기는 것은 아니다. 「서로를 그리며(相思)」처럼 감동적인 내용의 시도 있다.

상사수 나는 곳 남국의 땅	紅豆生南國
봄이라 새로운 가지 얼마나 돋았을까	春來發幾枝
그대여 많이많이 따시구려	勸君多採擷
그리운 마음 가장 잘 알아줄 테니까요	此物最相思

'홍두紅豆'는 홍두나무나 상사나무 또는 그 열매를 가리킨다. 대륙 남부의 따뜻한 지방에서 자라며, 역대 문학작품에서 애정과 그리움을 상징하는 말로 자주 썼다.

또 「9월 9일에 산동의 형제를 그리며(九月九日憶山東兄弟)」 같은 시도 있다.

홀로 타향에 낯선 나그네 되어	獨在異鄉爲異客
명절을 만나면 곱절 더 그리운 어버이	每逢佳節倍思親
멀리 알리라 형제들 높이 오른 곳에	遙知兄弟登高處

두 시 모두 밑그림만 그리는 수법으로 진한 감동을 주고 있다.

고대 중국의 풍속에는 음력 9월 9일을 중양절重陽節이라고 했다. 그날은 높은 산에 올라 머리에 수유 열매를 꽂거나, 허리에 수유 열매가 담긴 주머니를 차 사악한 기운을 물리치는 행사를 가졌다. 앞에서 『역』을 설명할 때 '양陽'을 숫자 '구九'로 표시한다고 했다. 그래서 9월 9일은 '양'이 두 번 겹치기에 '중양절'이라고 하는 것이다.

두 번째 시에서는 이런 풍속을 바탕으로, 타향에서 나그네가 된 시인 자신과 먼 고향에서 산에 올라 있을 형제들을 대비하여 형제애를 보여준다. 이는 참으로 기발한 착상이다.

"명절을 만나면 곱절 더 그리운 어버이"란 구절은 불후의 명언이 되었다.

친구 사이의 우정을 다룬 「안서로 부임하는 원이를 전송하며(送元二使安西)」란 시도 살펴보자.

<table>
<tr><td>위성의 아침비 먼지를 씻어내려</td><td>渭城朝雨浥更塵</td></tr>
<tr><td>여관의 버드나무 푸릇푸릇 새로워라</td><td>客舍青青柳色新</td></tr>
<tr><td>그대여 다시 한잔 다 드시게</td><td>勸君更盡一杯酒</td></tr>
<tr><td>서쪽으로 양관 나서면 친구가 없으리니</td><td>西出陽關無故人</td></tr>
</table>

이 시가 뛰어난 점은 완벽한 시적 경지와 분위기를 만들었다는 것이다. 이별하는 순간이라 위성의 아침비, 가벼운 먼지, 객사, 버들잎 등도 담담한 슬픔을 머금은 듯하다.

마지막 두 구절에서는 관문을 나선 친구의 고독과 적막감을 상상하면서 위로의 말을 건네고 있다. 우정의 고귀함과 이별의 아픔이 잘 나타나 있다.

후대에 오면 여기에 가락을 붙여, 「양관삼첩陽關三疊」이라는 노래를 만들었다. 처량하고 애달픈 멜로디가 이어지면서 듣는 이의 심금을 울린다.

위성은 오늘날의 함양시咸陽市로서, 실크로드의 기점이 이 부근에 있다. 그곳에는 이별의 강으로 유명한 위수渭水가 흐르고 있다.

산수를 다룬 여러 시인

산수전원시파에는 맹호연이나 왕유 말고도, 상건이나 조영 같은 작가가 있다.

상건常建(태어나고 죽은 해를 알 수 없음)은 장안長安(오늘날의 섬서성 서안시西安市) 사람이다. 그의 「파산사 뒤의 선원에 부쳐(題破山寺後禪院)」는 널리 사랑받는 명시이다.

맑은 아침 오래된 절에 들어가자	淸晨入古寺
갓 오른 해가 높은 숲을 비춘다	初日照高林
굽은 산길은 그윽한 곳으로 통하고	曲逕通幽處
선방에는 꽃나무가 깊어라	禪房花木深
산 빛은 새의 성정을 기쁘게 하고	山光悅鳥性
연못 빛은 사람 마음을 텅 비게 한다	潭影空人心

일만 소리가 여기 모두 적막하고   萬籟此俱寂

다만 종경 소리가 남아 있을 뿐   但餘鐘磬音

오래된 절의 그윽한 분위기를 절묘하게 표현하여, 마치 현장에 와 있는 것 같은 느낌이다. 아울러 속세의 염려를 깨끗하게 씻어 주는 것 같다. 특히 "굽은 산길은 그윽한 곳으로 통하고, 선방에는 꽃나무가 깊어라"라는 구절은 정말 빼어나다.

조영祖詠(699?~746?)은 낙양洛陽(오늘날의 하남성 낙양시) 사람이다. 그의 산수시 「종남산에 올라 잔설을 바라보며(終南望餘雪)」도 뛰어난 작품이다.

종남산 북령의 빼어난 경치 바라보니   終南陰嶺秀

쌓인 눈이 구름 가를 흩날리는 듯   積雪浮雲端

개인 뒤의 햇빛 받아 나무 끝이 반짝이고   林表明霽色

장안에 더해지는 저녁의 한기   城中增暮寒

눈앞에 펼쳐진 광경을 전할 뿐만 아니라, 쌓인 눈이 가져다주는 한기도 느끼게 해준다.

물론 산수전원시파의 시인들이 산수를 다룬 시만 쓴 것은 아니다. 그들도 다른 제재의 시도 썼다. 특히 상건과 왕유는 변새시를 썼다. 왕유의 「사신으로 변경에 이르러(使至塞上)」에 나오는 시구는 어느 변새 시인 못지않은 실력을 보여준다.

드넓은 사막 외로운 연기 곧게 피어오르고   大漠孤煙直

긴 황하에 지는 해 둥글구나   長河落日圓

국경에 울리는 노래

　'변새邊塞'란 국경에 있는 요새를 가리킨다. 당나라 때에는 주로 중국의 북동부와 북서부에 집중되어 있었다.

　이러한 국경의 요새를 중심으로 전쟁의 참상과 이국적 풍경, 이산의 슬픔, 전투 의욕의 고취 등의 내용을 다룬 시를 변새시라고 한다. 이와 같은 변새시로 뛰어난 시인을 꼽으라면, 고적과 잠삼을 들 수 있다.

　고적高適(약 703~765)의 자는 달부達夫이고, 발해의 수蓨(오늘날의 하북성 경현景縣) 사람이다. 그는 쉰 살 이전까지 관직에 진출하지 못하고, 줄곧 가난 속에 살면서 각지를 유랑했다. 그러나 그의 기상은 꺾이지 않았고, 온갖 역경에도 조금도 개의치 않았다.

　안사의 난은 오히려 그의 재능을 펼칠 수 있는 기회가 되었다. 그는 반군을 진압하는 전투에서 쌓은 공로를 인정받아, 마침내 관직에 오른다. 그 뒤 승진을 거듭하여 검남劍南 절도사를 지내고, 마지막에는 제후에까지 봉해졌다. 이로써 고적은 성당의 시인 가운데 가장 높은 지위에 오른 사람이 되었다.

　고적은 두 번에 걸쳐 국경을 넘나들었기 때문에, 군대 생활에 매우 익숙했다. 그의 「제비의 노래(燕歌行)」는 변새시의 대표작으로 인정받는다.

우리 조국 동북에서 전쟁이 일자	漢家煙塵在東北
병사들 고향을 떠나 적들을 무찌른다	漢將辭家破殘賊
사내라면 적진을 누비는 것이 최고의 영광이라	

男兒本自重橫行

天子非常賜顏色

천자께서 특별히 보살펴 주시리라

…………

시는 이처럼 용감하게 군대를 따라나선 사내에게서 시작하여, 전투의 어려움과 군대에서의 고락을 묘사한다. 아울러 오랫동안 군 생활을 했지만 아직도 고향으로 돌아가지 못하는 병사가, 밤마다 아내를 그리워하는 모습도 담고 있다.

戰士軍前半死生

美人帳下猶歌舞

병사들은 전장에서 절반이 죽어가는데
장군의 막사에선 미인들의 노래와 춤

…………

少婦城南欲斷腸

征人薊北空回首

장안 남쪽 사는 아내 애끓는 아픔
계북땅의 병사는 부질없이 고개 돌리네

이 모두가 선명한 대조를 보인다.

「제비의 노래」는 여러 각도에서 전쟁을 다루고 있다. 때로는 격앙되고, 때로는 침울하며 비장한 분위기가 감돈다. 병사들을 동정하기도 하고, 무능하면서도 타락한 장군을 풍자하기도 한다. 그야말로 당나라 변새시의 걸작이라 할 수 있다. 이처럼 강건하고 호방한 시풍은 대개 시인의 성격에서 비롯된다.

「동대와 헤어지며(別董大)」란 시는 고적이 동씨 성을 가진 유명한 거문고 연주자와 이별할 때 지은 작품이다.

千里黃雲白日曛

천리 가득 누런 구름 태양을 가리고

북풍에 날리는 기러기 눈발은 하염없다   北風吹雁雪紛紛

슬퍼 말라 앞길에 알아주는 이 없다고   莫愁前路無知己

천하에 그 누가 자네를 모를 손가   天下誰人不識君

날은 저물고 북풍에 눈보라가 휘날리는 등 열악한 자연환경은 암담한 여행길을 예고한다. 그러나 시인은 호탕하고 자신감 있게 친구를 격려했다.

"슬퍼 말라 앞길에 알아주는 이 없다고, 천하에 그 누가 자네를 모를 손가."

이 두 구절을 "그대여 다시 한잔 다 드시게, 서쪽으로 양관 나서면 친구가 없으리니"라고 했던 왕유의 시구와 비교하면, 완전히 다른 성격과 심경을 볼 수 있다.

출정가

앞에서 말했듯 변새시의 또 다른 대가로는 잠삼岑參이 있다. 잠삼 (715~769)은 형주荊州 강릉江陵(오늘날의 호북성에 속함) 사람이다. 그는 일생 동안 군대를 따라서 두 번이나 국경을 넘나들어서, 절반은 서역西域 사람이라 할 수 있다. 그래서 그는 변경의 생활 풍습과 자연 환경 및 군대 생활에 매우 익숙했다.

그의 시에서도 이러한 독특한 이국적 색채가 물씬 풍긴다. 「주마천의 노래(走馬川行) : 군대를 인솔하여 출정하는 봉상천을 보내며(奉送封

大夫出師西征)」란 시는, 군대가 추위를 무릅쓰고 한밤에 출정하는 광경을 묘사한 작품이다.

그대 보지 못했는가 君不見

주마천 走馬川

설해 부근 雪海邊

가로 누운 망망한 사막에 황사가 하늘로 치솟는다

平沙莽莽黃入天

윤대의 구월 밤바람이 울어 輪臺九月風夜吼

냇가에 깨진 돌 됫박만한데 一川碎石大如斗

바람 따라 사방에서 돌들이 날린다 隨風滿地石亂走

……‥……

장군은 밤에도 철갑옷 벗지 않고 將軍金甲夜不脫

한밤의 행군이라 창들이 부딪친다 半夜軍行戈相撥

칼바람에 얼굴은 찢어질 듯 風頭如刀面如割

말들은 눈 뒤집어쓰고도 열기를 뿜는다 馬毛帶雪汗氣蒸

꽃무늬 장식한 준마도 곧 얼어붙고 五花連錢旋作冰

격문 쓰기 위해 갈아 놓은 먹물도 언다 幕中草檄硯水凝

……‥……

낯선 곳의 풍경과 살을 에는 듯한 추위가 생생하게 느껴진다.

이처럼 웅장하고 특별한 장면은 서재에만 박혀 있던 후방의 시인들은 꿈도 꿀 수 없던 것이었다.

또 다른 시 「윤대의 노래(輪臺歌) : 군대를 인솔하여 출정하는 봉상천을 전송하며(奉送封大夫出師西征)」에서는 더욱 웅장한 기세로 대낮의 행군을 묘사하고 있다.

……‥……

장식 달린 깃발 들고 출정하는 대장군	上將擁旄西出征
날이 밝자 피리 불며 행진하는 대부대	平明吹笛大軍行
사방 토벌의 북소리 설해 지방 용솟음치고	四邊伐鼓雪海湧
삼군의 커다란 외침 음산부를 뒤흔든다	三軍大呼陰山動

……‥……

군악이 울려 퍼지고, 모든 병사가 일제히 외치는 등 모든 것을 진압하겠다는 웅혼한 기세를 느낄 수 있다. 아직 직접적인 교전은 시작하지 않았으나 승부를 짐작케 한다.

잠삼의 시 가운데 가장 유명한 것은 「흰눈의 노래(白雪歌) : 서울로 돌아가는 무판관을 전송하며(送武判官歸京)」이다.

삭풍이 땅을 할퀴니 백초가 잘리고	北風卷地白草折
이역 하늘 팔월에도 눈발이 날린다	胡天八月即飛雪
밤사이 불어온 갑작스런 봄바람인 듯	忽如一夜春風來
나무마다 배꽃이 만개했구나	千樹萬樹梨花開
장막과 발 사이로 표표히 날아드니	散入珠簾濕羅幕
가죽 외투 솜바지도 추위를 이기지 못한다	狐裘不暖錦衾薄
뿔 장식한 장군의 활 당길 수 없고	將軍角弓不得控
총사령관의 차디찬 갑옷 입을 수 없다	都護鐵衣冷難着
사막의 여기저기 백 길의 얼음	翰海闌干百丈冰
먹구름 짙게 깔려 사방이 얼었도다	愁雲慘淡萬里凝

본영에 술 마련해 돌아가는 손님 접대하니　　中軍置酒飲歸客

호금과 비파 소리 피리와 어울린다　　胡琴琵琶與羌笛

끌채로 만든 문에 저녁 눈이 날리고　　紛紛暮雪下轅門

붉은 깃발 바람에 얼어 펄럭이지 못한다　　風掣紅旗凍不翻

윤대의 동문에서 그대를 전송하니　　輪臺東門送君去

떠날 무렵 천산로엔 눈으로 가득하다　　去時雪滿天山路

산 사이 길이 굽어 그대 보이지 않고　　山回路轉不見君

눈 위에 남아 있는 말발굽 자국　　雪上空留馬行處

차가운 하늘, 얼어붙은 땅, 날리는 눈 등 냉혹한 자연환경에서도 시인은 아름다움을 찾아냈다. "밤사이 불어온 갑작스런 봄바람인 듯, 나무마다 배꽃이 만개했구나"라는 구절은 정말 뛰어난 상상력이다. 이후 잠삼을 언급할 때면 곧바로 이 유명한 비유를 떠올리게 되었다.

마지막 네 구절에서는 눈 내리는 동토에서도 따뜻한 인정이 피어나고 있다. 이처럼 시인의 풍부한 감정은 「서울로 돌아가는 사자를 만나(逢入京使)」란 짧은 시에도 잘 나타나 있다.

고향 있는 동쪽을 바라보니 아득한 길 끝없어　　故園東望路漫漫

두 소매 눈물 젖어 마를 날이 없구나　　雙袖龍鍾淚不乾

말 타고 만나서 종이와 붓 없으니　　馬上相逢無紙筆

부탁컨대 잘 있다는 말만이라도 전해주구려　　憑君傳語報平安

길에서 우연히 서울로 돌아가는 사람을 만나 편지를 쓸 종이와 붓을 찾을 수 없자, 안부만이라도 전해 달라고 부탁하는 장면이다. 매우 간단하고 평범한 모습이지만, 고향을 그리는 마음이 진하게 배어 나오면서 깊은 감동을 준다. 문학의 매력은 대부분 이처럼 평범한 모습에서 나타난다.

시단의 천자

이밖에도 변새시에 뛰어났던 시인으로는 왕창령과 왕지환 등을 꼽을 수 있다.

왕창령王昌齡(약 698~756)의 자는 소백少伯이고, 경조京兆 장안 사람이다. 그는 '칠언절구의 명수'로 알려져 있는 것처럼 그의 변새시도 칠언절구 형식을 많이 쓴다.

그의 시 2수를 차례로 살펴보자.

「요새를 나서(出塞)」

진나라를 비추던 달 한나라를 지키던 요새 　　秦時明月漢時關

만리 먼 곳 출정한 병사 돌아오지 않는구나 　　萬里長征人未還

흉노에게 '나는 장군' 소리를 듣던 이광 같은 명장 있다면

　　　　　　　　　　　　但使龍城飛將在

오랑캐 말이 음산을 넘게 하지는 않았을 텐데

　　　　　　　　　　　　不教胡馬度陰山

「종군의 노래(從軍行)」

춤 바뀔 때마다 비파는 새 곡조로 바뀌지만 　　琵琶起舞換新聲

언제나 국경 병사의 오랜 이별과 이어져　　　　總是關山舊別情

수자리의 괴로움으로 흔들리는 그 마음　　　　撩亂邊愁聽不盡

높이 솟은 가을 달이 장성을 비춘다　　　　　　高高秋月照長城

이 두 시는 국경을 수비하는 병사들의 심리를 묘사하고 있다. 그칠 줄 모르는 전쟁에 지친 병사들은, 능력 있는 장군이 나타나 적의 침략을 효과적으로 제압하길 바란다. 그러나 현실은 참담할 뿐이었다. 가을 달이 장성을 비추는 장면은 극도로 무정하고 삭막하다.

왕창령의 또 다른 칠언절구인 「부용루에서 신점을 보내며(芙蓉樓送辛漸)」는 매우 유명한 작품이다.

찬비 줄기차게 강가에 내리는 밤 오 땅에 들어서　寒雨連江夜入吳

밝을 무렵 그대를 보내니 초산만 외로이　　　　　平明送客楚山孤

낙양 친구 내 소식 묻는다면　　　　　　　　　　洛陽親友如相問

한 조각 얼음이 옥항아리에 있는 듯하다고 전해주게나

　　　　　　　　　　　　　　　　　　　　　　一片冰心在玉壺

품격과 지조는 추상적이지만, 시인의 비유는 이처럼 형상적이다. "한 조각 얼음이 옥항아리에 있는 듯"이란 말로 투명하고 깨끗한 심령을 나타내고 있다. 이처럼 아름다운 비유를 어디서 찾을 수 있겠는가.

왕창령은 고적, 왕지환 등과 깊은 우정을 나누어, 장안에 있을 때면 언제나 함께 술을 마시곤 했다. 당시 그들의 시는 인기가 대단해서 나오기가 무섭게 노래로 불릴 정도였다.

하루는 장난기가 발동하여, 기녀들이 누구의 시를 가장 많이 부르는지 우열을 가리기로 했다. 그들은 신분을 숨기고 결과를 지켜보았다. 결과는 왕창령의 승리였다. 그러나 왕지환은 가장 예쁜 기녀가 자신의 시를 노래했으니 비긴 것이라고 했다. 물론 서로 기분 좋게 웃고 헤어졌다고 한다. 아무튼 이를 통해 당시에 '시단의 천자(詩家天子)'라는 소리를 듣던 왕창령의 인기를 잘 알 수 있다.

「부용루에서 신점을 보내며」도 그때 기녀가 불렀던 시이다.

내기에 비긴 왕지환

변새시에 능했던 또 다른 사람인 왕지환王之渙(688~742)의 자는 계릉季凌이고, 진양晉陽(오늘날의 산서성 태원시太原市) 사람이다. 그는 많은 시를 남기진 않았으나, 널리 알려진 시들이 많다. 다음의 「관작루에 올라(登鸛雀樓)」라는 시는 누구나 다 아는 명시이다.

붉은 저녁 해가 산에 기대어 지려하고	白日依山盡
황하는 바다로 흘러가네	黃河入海流
천 리 저 멀리 바라볼 수 있을까 하여	欲窮千里目
다시 한 층 위로 올라 서보네	更上一層樓

너무 평범하지만, 그 안에는 생활 철학이 담겨 있다.

또 다른 시도 살펴보자. 앞서 왕창령이 친구들과 내기한 이야기를 할 때, 가장 예쁜 기녀가 불렀다는 노래가 바로 이 시이다.

황하를 좇아 흰 구름 감도는 곳 올라가 보면　　黃河遠上白雲間

만길 우뚝한 산에 외로운 성 하나　　一片孤城萬仞山

오랑캐의 피리 소리에서 「절양류가」를 바라지 마오

羌笛何須怨楊柳

봄바람조차 옥문관을 넘지 오지 못하니까　　春風不度玉門關

　황하와 외로운 성, 찌를 듯이 높은 산 등 시의 경계가 광활하면서도 적막하다. 그러나 이 시의 중심에는 사람의 애닲은 정서가 놓여 있다. 옛날에는 버들가지를 끊어, 떠나는 사람에게 이별의 징표로 주는 풍속이 있었다. 그래서 "버들가지를 원망한다(怨楊柳)"는 말은 이별을 원망한다는 의미를 담고 있다.

　하지만 여기서는 '버들가지'가 '봄바람'을 상징한다. 그래서 3~4번째 구절은 이런 뜻이다. '오랑캐의 피리 소리로 「절양류가」를 불러 더디 오는 봄을 원망할 필요가 없다. 왜냐하면 옥문관을 넘어서면 봄바람조차 불어 넘지 못하니까.'

　「양주사凉州詞」란 제목의 이 시는 옛날 한나라 때 악부시의 제목이었다. 왕지환이 활동하던 당시에는 이미 새로운 가사에 가락을 덧붙여 널리 노래를 불렀다. '양주'는 오늘날의 감숙성 무위시武威市로서 당시에는 '세상의 끝'이었다.

「양주사」를 지은 다른 시인

  왕지환과 비슷한 시기에 살았던 왕한王翰(태어나고 죽은 해를 알 수 없음)의 자는 자우子羽이고, 병주幷州 진양晉陽(오늘날의 산서성 태원시太原市) 사람이다. 그도 왕지환처럼 「양주사」란 제목의 시를 지었다.

맛난 포도주 야광 잔에 부어	葡萄美酒夜光杯
마시려 할 때 말 위의 비파 소리 출정을 재촉한다	
	欲飮琵琶馬上催
취하여 사막에 눕더라도 그대 웃지 말게나	醉臥沙場君莫笑
예로부터 전쟁에 나갔다가 돌아온 이 몇이던가	
	古來征戰幾人回

  진군에 앞서 좋은 술을 마시며 시름을 잊으려 하나, 침울한 분위기를 돌릴 수는 없었다. 여기 나오는 야광 잔은 서역에서 들어온 유리 잔일 가능성이 높다.

  이 시를 다르게 해석하는 사람도 있다. 열렬한 비파 소리에 좋은 술을 마시면서, 죽음은 전혀 생각하지 않는 낙관적인 정서가 흐른다는 것이다. 이것이 바로 성당 시인의 기개라고 했다.

  성당 시기에는 정말로 많은 인재가 배출되었다. 그리고 국경의 이국적 풍경과 병사들의 애환을 다룬 시가 많았다. 이는 아무래도 당의 국경 수비 및 영토 확장 노력과 관련이 있을 것이다.

노란 학을 타고 날아간 신선

마지막으로 최호崔顥를 알아보자. 최호(?~754)는 변주汴州(오늘날의 하남성 개봉시開封市) 사람이다.

그는 처음에는 화려한 시를 많이 썼다. 그러다 나중에는 군대를 따라 국경을 넘나들면서 시풍이 변하여, 호방하고 기개에 찬 좋은 시들을 많이 지었다. 그러나 사람들에게 가장 많은 사랑을 받은 시는 높은 곳에 올라 경치를 읊은 칠언 율시「황학루黃鶴樓」였다.

옛 신선은 이미 황학 타고 날아가	昔人已乘黃鶴去
오늘날 이곳 덩그러니 황학루만 남았네	此地空餘黃鶴樓
한 번 간 황학은 돌아올 줄 모르고	黃鶴一去不復返
천 년 동안 흰 구름만 유유히 흘러갈 뿐	白雲千載空悠悠
맑게 갠 양자강가 한양성의 푸른 나무	晴川歷歷漢陽樹
무성한 풀 자랑하며 떠 있는 앵무주	芳草萋萋鸚鵡洲
날 저물자 떠오르는 생각 고향이 어드맨가	日暮鄕關何處是
강 위에 서린 안개 나그네 시름 더하네	煙波江上使人愁

전설에 따르면 비위費褘라는 사람이 그곳에서 신선이 되어 날아갔다고 한다. 그런데 나중에 홀연히 노란 학을 타고 돌아왔다가 다시 사라져, 이를 기념하여 누각을 지었다고 한다. 이 때문에 중국인들은 '한 번 떠나가 더 이상 돌아올 수 없는 것'을 '황학'에 비유하기도 한다.

황학루는 삼국시대(223년)에 지었다고 하는데, 여러 번 보수하여 지

필자가 찍은 황학루의 모습. 날아갈 듯한 처마가 돋보인다.

금까지 남아 있다. 그러나 양자강을 가로지르는 무한장강대교武漢長江大橋를 짓느라 원래 자리를 잃고 새로운 곳에 옮겨지는 아픔을 겪었다. 지금은 누각 안에 엘리베이터까지 갖추고 있다. 그만큼 옛 운치를 찾기는 힘들다. 나중에 이백은 황학루에 와서, 벽에 붙어 있는 이 시를 보고는 감탄하여 이렇게 말했다고 한다.

눈앞에 펼쳐진 경치 말로 다 못하는데, 최호의 시만이 저 위에 걸려 있네.
眼前有景道不得, 崔顥題詩在上頭.

그의 시에는 이백조차 탄복해 마지않았던 것이다.
황학루를 읊은 시는 남아 있는 것만 해도 300여 수가 넘는다. 하지만 그 가운데 최호의 시가 최고라 할 수 있다.

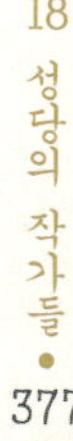

당나라 때의 불교

동한 때 중국에 전래된 불교는 위진남북조를 거치면서 크게 성장했습니다. 혼란한 사회에서 불교가 주장하는 "선한 일을 하면 반드시 좋은 결과가 따른다"는 인과응보의 법칙이나, "내세에서는 극락에 갈 수 있다"는 가르침은 깊은 좌절에 빠져 있던 백성들에게 커다란 위안이 되었습니다. 역대 군주들의 적극적인 지원도 불교가 성장하는 데 큰 역할을 했지요. 양현지가 지은 『낙양가람기』나 당나라 때의 두목의 시 「강남의 봄(江南春)」에서는 남북조시대의 불교 상황을 잘 보여주고 있습니다.

당시 불교 사원들은 은신처로 쓰이기도 하고, 어려운 사람들에게는 숙박 시설을 제공하며, 학문과 문화를 전달하는 학교 구실도 하는 등 많은 사회적 역할을 했지요. 이후 불교는 중국 고유의 도교 및 유가와 점차 융화되어 수·당에 이르러서는 전성기를 누리며 중국 특유의 불교로 성장했습니다.

불교의 종파는 크게 나누어 중생을 구제해야 한다는 대승불교와 자기 해탈을 위주로 하는 소승불교가 있습니다. 대승불교는 다시 천태종天台宗, 화엄종華嚴宗, 선종禪宗 등 8개로 나뉘지요. 그 가운데 천태종과 선종이 후세까지 가장 큰 영향력을 미칩니다. 특히 선종의 영향력이 가장 커서 오늘날 중국 사원의 십중팔구는 선종에 속합니다.

영원한 자유인

19

이백李白

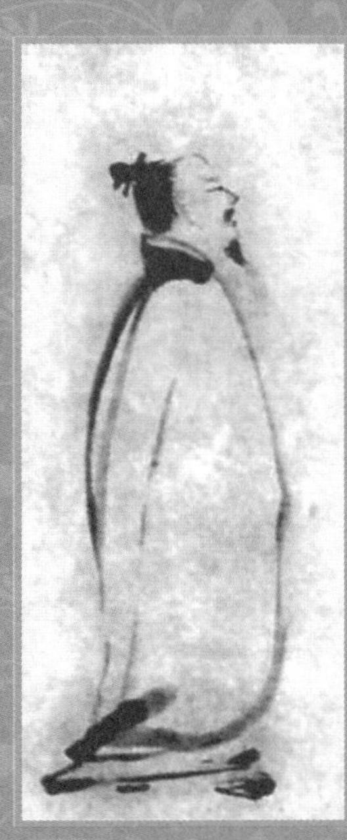

남송의 양해梁楷가 그린 「시를 읊는 이백(李白行吟圖)」

성장기의 이백

이백의 어린 시절에 대해서는 재미있는 이야기가 전한다. 그는 어린 시절에 열심히 공부하는 것을 싫어했다고 한다. 그러던 어느 날 시냇가를 걷을 때였다. 그는 냇물 위로 솟은 바위 위에서 철봉을 갈고 있는 한 할머니를 만났다. 이를 이상하게 여긴 이백이 물었다.

"할머니 뭐 하세요?"

할머니는 이렇게 대답했다.

"이것을 갈아 바늘을 만들려고 한다."

이백은 그 말에 크게 웃으면서 말했다.

"어느 세월에 그걸 다 갈아요?"

그러자 할머니는 진지하게 대답했다.

"열심히 노력하면 철봉을 갈아 바늘을 만들 수 있단다."

이 말을 듣고 크게 깨달은 이백은, 그 뒤 열심히 노력하여 마침내 대시인이 되었다고 한다.

물론 이 이야기는 위인의 어린 시절을 미화한 것이다. 하지만 자칫 이백의 천재성에 묻힐 수 있는 그의 노력을 새삼 되새기려는 일화일 것이다.

이백(701~762)의 자는 태백太白이고, 본적은 농서隴西 성기成紀(오늘날의 감숙성 진안현秦安縣)이다. 태어나기 전날 그의 어머니가 태백성太白星이 가슴을 파고드는 꿈을 꿔서, 태백이라 이름을 지었다고 한다.

이백의 집안은 할아버지 대에 사천성의 면양현綿陽縣으로 이사하여, 그는 면주綿州 장명현鄣明縣의 청련향靑蓮鄕에서 태어났다. 그래서 그는 자신의 호를 '청련거사' 라 했다. 그러나 이에 대해서는 여러 가지 설이 있다. 이백이 다섯 살 때 사천으로 이사했다는 설과 서역의 스이아브(현재 러시아의 영토이며 옛 소련 땅인 키르기스 공화국의 변방에 위치)에서 태어났다는 설이 그 한 예이다.

이백은 어려서부터 총명하여 다섯 살에 글을 깨우치고, 열 살 때에는 이미 제자백가의 책을 읽었다고 한다. 그래서 전설 속의 황제인 헌원軒轅 이래의 모든 역사를 다 꿰고 있었다고 한다.

열다섯 살에는 글쓰기에도 뛰어난 재능을 보여, 스스로 사마상여(한나라 때의 유명한 사부 작가)에 버금가는 실력을 갖추었다고 호언장담할 정도였다. 그런 그의 취미는 매우 다양하여 검술을 배우기도 하고, 득도하여 신선이 되는 꿈을 꾸기도 했다.

전국을 유람하며

스무 살이 되자 이백은 촉蜀의 여러 곳을 여행했다. 사마상여가 거문고를 타던 누각과 양웅(한나라 때의 사부 작가)이 살던 옛집을 둘러보았다. 그리고 아미산峨嵋山과 청성산靑城山에 오르는 등 빼어난 자연도 많이 둘러보았다.

이렇게 몇 년 동안 여행한 덕분에 촉 지방의 명산대천을 모두 섭렵할 수 있었다. 이를 통해 그의 시야가 넓어지고 젊은 기개도 더욱 굳세져, 더 넓은 세상을 보고자 하며 자신의 재능을 펼쳐 사람들을 놀라게 할 업적을 이루고픈 생각이 간절했다.

마침내 그가 스물여섯 살이 되던 해, 그는 고향을 떠나 더 먼 여행길을 떠났다. 사천 지방을 떠난 그는 먼저 동정호洞庭湖를 유람했다. 다시 상강湘江을 따라 남쪽으로 이동하여 창오산蒼梧山에 올랐다. 그곳은 전설 속의 황제인 순舜이 묻혔다고 하는 곳이다.

그 뒤 강하江夏로 돌아와서는 양자강을 따라 동쪽으로 이동했다. 여산廬山에도 오르고, 금릉金陵(오늘날의 남경시 부근)에도 들렀다. 또 동남 연해 지역과 오늘날의 소주蘇州와 소흥紹興 일대를 둘러보았다.

이처럼 이백은 대륙의 아름다운 자연을 만나면서 적지 않은 산수시를 썼다. 예를 들어 양자강을 노래한 「천문산을 바라보며(望天門山)」라는 시가 있다.

천문산을 끊으며 양자강이 흐르고	天門中斷楚江開
푸른 물 동쪽으로 흘러 북쪽으로 감아 돈다	碧水東流至北廻
양쪽 기슭 푸른 산이 마주 보며 솟아 있고	兩岸靑山相對出
외로운 돛단배는 해 곁에서 내려온다	孤帆一片日邊來

웅장한 산세와 급하게 굽이치는 강물뿐만 아니라, 자연의 빛과 색에도 각별한 주의를 기울이고 있다. 푸른 물과 푸른 산, 찬란히 빛나는 해 등은 화면 속에서 아름답게 조화를 이루며 빛난다.

천문산은 안휘성에 있다. 양자강을 끼고 동쪽에 박망산博望山과 서쪽에 양산梁山이 있는데, 마치 하늘의 문처럼 보이기 때문에 그 둘을 합쳐 천문산이라 부른다.

또 여산(강서성 구강현九江縣)에 올랐을 때 지은 「여산폭포를 바라보며(望廬山瀑布)」도 매우 유명하다.

햇빛 받은 향로봉에 푸른 연기 서리는데	日照香爐生紫煙

바라보니 폭포수가 강물에 걸려 있다　　　遙看瀑布掛前川
날아 흘러 삼천 길을 곧바로 떨어지는데　　飛流直下三千尺
은하수가 하늘에서 떨어지는 것 아닌지　　疑是銀河落九天

　폭포수가 삼천 길을 떨어지고, 또 그것을 은하수가 하늘에서 떨어진다고 했다. 이는 보통 사람 같으면 도저히 생각하지 못할 표현이다. 이처럼 사물의 특성을 과장하여, 자신의 표현을 극대화하는 것이 바로 이백다운 표현이다.

관직에 나아가고자

　이백은 1년 동안 여행하며 적지 않은 견문을 쌓았다. 하지만 정계로 진출하는 데에는 별다른 진전이 없었다. 집에서 가져 온 돈 30만 냥도 친구를 사귀고, 가난한 사람들을 구제하느라 다 쓴 상태였다. 예전에는 쉽게 명예를 얻을 수 있으리라 생각했지만, 사정이 이러니 어느 정도 의기소침해졌다.

　한때는 호북 지역의 안륙安陸에 머물며 가정을 꾸리기도 했다. 하지만 현실에 불안을 느낀 나머지 다시 여행길에 올랐다. 그리고는 산동山東의 임성任城과 선주宣州의 남릉南陵 등지로 옮겨 다녔다.

　이 시기에 이백은 조정에 등용되기를 간절히 바랐다. 그러나 과거 시험은 무시한 채, 자신의 재능과 명성만으로 단숨에 이름을 날리고자 했다. 그는 여러 친구를 사귀면서 영향력을 넓히고 고관대작들에게 편지를 보내 스스로를 추천했다.

서른 살 무렵 이백은 자신을 천거해 주리라 기대하며, 양양襄陽으로 한조종韓朝宗을 찾아갔다. 형주荊州의 최고책임자(長史)였던 한조종은 인재를 발굴하는 데 남다른 능력을 가지고 있었다.

그때 이백은 「한형주에게 보내는 편지(與韓荊州書)」를 썼다. 편지의 첫머리에서 이백은 이렇게 말했다.

저 이백은 담론을 즐기는 천하의 선비들이 서로 모여서 주고받는 말을 들었습니다. '세상에 태어나서 만 가구를 관장하는 제후에 봉해지는 것은 그만 두고라도, 오직 한 번 한형주에게 알려지는 것이 소원이다!' 대체 어찌하셨기에 그 많은 사람들이 이 정도로 당신을 존경하고 흠모하는 것입니까?

白聞天下談士相聚而言曰. 生不用封萬戶侯, 但願一識韓荊州! 何令人之景慕一至於此.

이어서 이백은 스스로를 추천하면서 한형주에게 천거를 바란다는 의사를 표시했다. 그는 자신을 이렇게 소개했다.

저 이백은 촉 땅 농서군의 벼슬 없는 선비로서 고향을 떠나 초 땅과 한 땅에서 유랑 생활을 했습니다. 나이 열다섯에 검술을 좋아하여 여러 제후들에게 보였고, 나이 서른에는 문장을 이루어 공경과 재상 등 여러 귀하신 분들을 두루 찾아뵈었습니다. 키는 비록 일곱 척을 채우지 못했으나 마음만은 만 명의 사내 가운데 으뜸일 것입니다! ……

白, 隴西布衣, 流落楚漢. 十五好劍術, 徧干諸侯. 三十成文章, 歷抵卿相. 雖長不滿七尺, 而心雄萬夫! ……

마지막 부분에서는 다시 한조종의 공덕과 도덕심을 칭송하면서 이렇게 간청했다.

어찌 집 뜰아래 한 자 남짓한 계단 앞의 땅을 아끼어, 저로 하여금 당당하게 눈썹을 치켜 올리고 씩씩한 기상을 토하여, 벼슬길에 오르는 청운의 꿈을 북돋아 주시지 않습니까?
何惜階前盈尺之地, 不使白, 揚眉吐氣, 激昂青雲耶.

이는 스스로를 추천한 글로서, 관례대로 자신을 아주 낮춰서 서술하고 있다. 그러나 이백의 태도는 결코 비굴하지 않고, 상대방을 칭찬하는 말도 도를 넘어서진 않았다.
한조종이 이런 이백의 부탁을 받고 어떻게 반응했는지는 안타깝게도 기록이 남아 있지 않다. 그러나 이백의 편지글은 자유분방하면서도 유창하고 호탕한 기세로 말미암아, 대대로 애송되는 명작이 되었다.

맹호연과의 친분

관직에 나아가고자 노력하던 이 시기에, 이백은 양양에서 시인 맹호연과 친분을 쌓는다. 이백은 자신보다 열두 살 많은 맹호연을 존경하며 이렇게 말했다.

나 맹 선생님을 사랑하니, 그의 풍류 천하가 알아주네.

두 사람이 황학루에서 헤어질 때, 이백은 「맹호연 선생이 광릉으로 가심을 전송하며(送孟浩然之廣陵)」란 시를 남겼다.

벗은 서쪽으로 황학루를 이별하고	故人西辭黃鶴樓
노을 지는 삼월의 양주를 내려간다	煙花三月下揚州
외로운 돛단배 먼 그림자 푸름 속으로 사라지고	
	孤帆遠影碧空盡
양자강이 하늘가로 흐르는 모습만이 보인다	惟見長江天際流

시인은 벗이 떠나는 모습을 지켜보고 있다. 어느새 배의 그림자조차 자취를 감추고, 무정하게 흐르는 강물만 남아 있는 모습이 쓸쓸하게 다가온다. 이별 때문에 애석한 시인의 감정은 뚜렷하게 드러나진 않지만, 전체 풍경 속에 잘 녹아 있다.

장안에서의 꿈

촉 지방을 떠난 지 어느덧 16년이 지났다. 떠날 때 20대 청년이었던 이백은, 이제 마흔 살이 넘은 중년의 사내가 되었다. 이미 대륙의 절반 이상을 편력하며 수많은 좌절과 어려움을 겪었지만, 많은 친구도 사귀었다. 덕분에 관계로 진출하는 일은 여전히 제자리걸음이었다. 하지만 그의 시만큼은 전국적으로 이름을 날렸다.

그가 남릉으로 이사했을 때 마침내 좋은 소식이 날아왔다. 도사인 오균吳筠의 추천으로 서울로 올라오라는 현종玄宗의 부름을 받은 것이다. 오랫동안 간직한 꿈이 드디어 현실로 이루어지자 이백은 미친 듯이 기뻐하며 술과 노래로 축하했다.

그는 이때의 상황을 「남릉에서 아이들과 헤어져 서울로 가다(南陵別兒童入京)」란 시에서 이렇게 노래했다.

백주 새로 담근 산중으로 돌아가니	白酒新熟山中歸
모이 쪼는 누런 닭 가을이라 포동포동	黃鷄啄黍秋正肥
머슴 시켜 닭을 삶아 백주를 마시니	呼童烹鷄酌白酒
아이들 즐거워하며 아비 옷깃 잡아끈다	兒女嬉笑牽人衣
제풀에 흥겨워 마냥 취해 노래하며	高歌取醉欲自慰
춤을 추자 지는 해가 밝음을 다투는 듯	起舞落日爭光輝
…………	
하늘 우러러 크게 웃으며 문을 나서니	仰天大笑出門去
내 어찌 쑥대풀 같은 방랑자로 그칠쏘냐	我輩豈是蓬蒿人

이백은 장안에 와서 곧 많은 친구들을 사귀었다. 유명한 시인이던 하지장賀知章이 그를 찾아와, 그의 시를 읽어보고는 거듭 감탄하며 이렇게 말했다.

이는 인간 세상으로 쫓겨 온 살아 있는 신선이로다.
此天上謫仙人也.

그리고는 허리띠에 차고 다니던 금거북을 팔아 이백과 함께 여한 없이 술을 마셨다고 한다. 이러한 하지장의 칭찬으로 이백은 더욱 유명해졌다.

현종은 친히 진수성찬을 마련하여 이백을 초청해서, 손수 죽의 간을 보아 이백에게 먹였다고 한다. 이어서 이백은 한림원翰林院에 배치되어, 황제를 대신하여 사령장과 포고문 등을 작성하는 황제 직속 문인이 되었다.

이백은 장안에 왔다는 이유로 이전까지 누렸던 자신감과 호방함을 거두고 싶은 생각이 조금도 없었다. 그래서 권문세가와 귀족들을 개의치 않았고, 심지어 현종에게까지도 동등한 태도를 보였다. 현종도 처음에는 그를 우대하여 이런 태도에 신경 쓰지 않았다.

언젠가 현종은 이백을 불러서 특별히 신발을 벗으라고 명령했다. 어전에서 신발을 벗는다는 것은 크나큰 예우였다. 그러자 이백은 곁에 있던 환관 고력사高力士에게 발을 쭉 뻗으며 명령했다.

"신발을 벗기시오."

고력사는 어쩔 수 없이 이백의 신을 벗겼다. 사실 이때 고력사는 현종의 신임이 매우 두터운 사람이었다. 당시 최대 실권자라서 모든 문무백관들이 그와 결탁하고 있을 정도였다. 그런 사람에게 치욕을 주었으니, 어떻게 좋은 결과를 기대할 수 있겠는가.

그 뒤 후원의 모란꽃이 활짝 핀 어느 날, 현종은 양귀비와 함께 침향정沈香亭에 올라 꽃구경을 했다. 그러다 문득 사람을 보내 이백을 불러와, 그에게 시를 짓고 곡조를 붙여 즉흥연주를 하도록 명령했다.

때마침 다른 사람과 술을 마시고 있던 이백은, 술이 거나한 상태에서 현종을 찾아뵈었다. 흥이 오른 이백은 단숨에 시 3수를 지었다. 바로 「청평조의 노래(淸平調詞)」란 제목으로 모란꽃과 양귀비의 아름다움을 극찬한 내용이다. 이에 양귀비는 기분이 좋아졌다.

며칠이 지난 뒤, 이백의 시를 음미하고 있던 양귀비 앞에 고력사가 찾아와 이렇게 말했다.

"황후께서는 이백이 뼈저리게 후회하도록 일찌감치 조치를 취하셔야 합니다."

의아해진 양귀비가 그 이유를 물으니 이렇게 대답했다.

"이백은 시 속에서 조비연趙飛燕을 황후께 비유했습니다. 이는 황후를 음해하려는 것이 아니겠습니까?"

앞서 이백이 현종의 부름을 받고 「청평조의 노래」를 지었다고 했다. 그 두 번째 시에 이런 구절이 있다.

양주 서호의 모습. 중국인들은 몸매가 풍만한 당나라의 미인 양귀비를 항주 서호에 비유하고, 몸매가 영롱한 미인 한漢 성제成帝의 황후 조비연趙飛燕은 양주 서호에 비유한다.

묻건대 역대 궁녀 가운데 누가 가장 비슷한가　借問漢宮誰得似

가련한 비연이 새로이 화장하고 나선 듯　　可憐飛燕倚新粧

조비연은 서한 성제成帝의 황후였는데, 가수라는 미천한 신분 때문
에 제대로 대접을 받지 못했다. 공교롭게도 양귀비도 소상인 집안의
사람이었던 것이다.

고력사의 꾐에 빠진 양귀비는 이백에게 가졌던 호감이 싹 사라졌
다. 이에 그녀는 현종에게 거듭 이백을 헐뜯는 말을 했다. 이로써 고
력사는 이백에게 받은 치욕을 앙갚음할 수 있었다.

길 가기 어려워라

이백을 모함한 사람은 고력사와 양귀비뿐만이 아니었다. 둘이 이
백을 헐뜯기 시작하자, 많은 사람들이 그들을 따랐다. 이에 현종도
차츰 이백에 대한 관심이 사라졌다.

시간이 지날수록 이백은 황제 옆에서 큰일을 이루겠다는 포부가
한낱 헛된 꿈이라는 것을 깨달았다. 극심한 고통에 시달리던 이백은
시를 빌어 자신의 심정을 토로했다.

그는 「길 가기 어려워라(行路難)」라는 시에서 이렇게 말했다.

황금 술잔에는 만 말의 청주　　金樽淸酒斗十千

구슬 쟁반에는 만금의 성찬　　玉盤珍羞直萬錢

술잔 놓고 수저 던진 채 먹지 못하며	停杯投筯不能食
칼 뽑고 사방 돌아보니 마음 아득해	拔劍四顧心茫然
황하를 건너자니 얼음이 강을 막고	欲渡黃河氷塞川
태항산 오르자니 흰 눈이 가득하다	將登太行雪滿山
한가로이 푸른 계곡에 낚시를 드리우고	閑來垂釣碧溪上
배 위에서 홀연히 해님의 꿈 꾸었네	忽復乘舟夢日邊
길 가기 어려워라 길 가기 어려워라	行路難 行路難
갈림길 많으니 지금 여기 어드맨가	多岐路 今安在
바람 타고 파도 넘을 날 반드시 오리니	長風破浪會有時
구름 높이 돛 올리고 푸른 바다 건너리	直挂雲帆濟滄海

이백의 눈앞에 펼쳐진 길은 곳곳마다 눈이 덮이고 얼음으로 막혀 있어 험난했다. 그렇다고 포기할 이백이 아니었다. 그는 또다시 바람을 타고 파도를 헤쳐 나갈 날을 기다렸다.

또 다른 「길 가기 어려워라(行路難)」라는 시에서는 더욱 속이 타서, 시작하자마자 길게 탄식을 한다.

인생길 푸른 하늘처럼 넓고 넓은데	大道如靑天
나만이 갈 길 몰라 헤매나	我獨不得出
부끄럽다! 장안의 귀족들과 어울려	羞逐長安社中兒
빨간 닭 흰 개 부려 도박 타령 하고 있으니	赤鷄白狗賭梨栗

……………

인생길은 여러 방면으로 널려 있는데, 어째서 자기만 이처럼 방황하는지 안타깝게 묻고 있다.

이어서 이백은 옛이야기를 빌어, 권세를 이용하여 자신을 시기하고 배척하는 조정 사람들을 비난했다. 아울러 연燕 소왕昭王처럼 인재를 중시하는 어진 임금은 더 이상 만날 수 없으리라 한탄했다.

그리고는 이렇게 끝맺는다.

| 길 가기 어려워라 | 行路難 |
| 돌아가련다 | 歸去來 |

그는 이미 궁전을 떠날 결심을 한 것이다.

두 해 남짓 장안에 머물던 이백은 마침내 사직 의사를 밝힌다. 현종도 그를 만류하지 않아, 하사품을 조금 주고는 돌려보냈다.

방황 속의 깨달음

천보天寶 3년(744) 봄, 장안을 떠난 이백은 낙양에서 두보를 만났다. 참으로 역사적인 만남이었다. 그 뒤 변주汴州에서는 고적을 만났다.

세 시인은 함께 어울려 유적지를 답사하고, 여러 시문을 품평하면서 유쾌한 나날을 보냈다. 그들은 반 년 동안 함께 지내다가 노군魯郡 (오늘날의 산동성 자양현) 석문산石門山에서 헤어졌다.

나중에 이백은 두보에게 시를 보내 이렇게 말했다.

……‥……

노나라 술 마셔도 취하지 않는데	魯酒不可醉
제나라 노래 부르자 괜스레 치미는 감회	齊歌空復情
그대를 그리는 마음 문강의 흐름처럼	思君若汶水
도도히 남으로 흘러 쉼이 없도다	浩蕩寄南征

두보보다 열한 살이나 많던 이백은 당시에 이름을 얻지도 못한 두보와 이처럼 친근한 관계를 유지했다.

그 뒤 이백은 사방을 떠돌아다녔다. 생활은 불안정하고, 감정도 시시때때로 심한 기복을 보였다. 그는 자신을 쫓겨난 굴원(전국시대 초나라의 애국 시인)이나, 아직 벼슬길에 오르지 못했을 때의 여상呂尙과 사안謝安에 견주었다.

그러나 그의 붓은 여전히 강건했고, 분방한 감정을 되살릴 수 있었다. 여기에 술이 빠질 수 없다. 그래서 그는 만년에 '주선酒仙'이라는 소리를 들었다. 그의 「술을 권하노라(將進酒)」란 시를 살펴보자.

그대는 보지 못했나	君不見
황하의 강물이 하늘에서 흘러내림을	黃河之水天上來
거세게 흘러 바다에 이르면 돌아오지 않는다	奔流到海不復回
그대는 보지 못했나	君不見
멋진 저택 거울에 비친 백발의 슬픔을	高堂明鏡悲白髮
아침에 검던 머리 저녁이면 흰 눈인 양	朝如靑絲暮成雪
인생의 꽃다운 시절에 마음껏 기쁨 누려	人生得意須盡歡
멋진 술항아리 홀로 달 아래 두지 말게나	莫使金樽空對月
하늘이 재주 주심은 어딘가 쓸모 있기 때문이고	

천금은 쓰고 나면 다시 돌아오기 마련 　　千金散盡還復來
天生我材必有用
………………

인생과 재물을 보는 시각이 뚜렷하게 드러난다.

"하늘이 재주 주심은 어딘가 쓸모 있기 때문이고, 천금은 쓰고 나면 다시 돌아오기 마련"이라는 말은 지금도 인구에 회자되고 있다.

강물은 한 번 흘러가면 돌아오지 않고, 눈처럼 하얗게 변한 머리카락을 보며 인생의 덧없음을 깨닫는 것. 이는 누구나 느끼지만 시인의 손을 거쳐 이처럼 과장되고 호방하게 표현되었다.

여전히 자부심을 잃지 않은 이백은 자신의 재능이 그처럼 쉽게 묻히리라 생각하지 않았다. 그래서 이백은 현실 속에서 얻을 수 없는 것을 꿈속에서 찾고자 노력했다. 「꿈속에서 천모산을 노닐다가 이별을 노래하다(夢游天姥吟留別)」라는 시에 그가 꿈꾸던 신선의 세계가 펼쳐져 있다.

바다 사람들 영주산을 말하는데 　　海客談瀛洲
안개와 파도 속 아스라이 믿을 수 없고 　　煙濤微茫信難求
월 지방 사람들 천모산을 말하는데 　　越人語天姥
구름과 무지개 피고 지니 보일 듯 말 듯 　　雲霓明滅或可睹
하늘에 닿을 듯이 팔 벌린 천모산 　　天姥連天向天橫
그 기세 오악을 넘어서고 적성산을 뒤덮을 듯

　　勢拔五岳掩赤城
천태산의 높이가 사만팔천 장이라 하나 　　天台四萬八千丈
천모산 앞에선 동쪽으로 엎어지고 남쪽으로 기운 듯

……‥‥…

위 시에서 영주산은 신선이 산다는 전설 속의 산이다. 오악은 태산泰山, 화산華山, 형산衡山, 항산恒山, 숭산嵩山을 가리킨다. 그리고 적성산은 절강성 천태현天台縣 북쪽에 있다. 천모산은 절강성 신창현新昌縣에 있는데, 기이한 봉우리로 유명하다.

이백의 시도 천모산처럼 특이하여, 시작하자마자 남다른 기세를 보이고 있다. 시는 계속하여 꿈속에서 천모산을 유람하는 광경을 묘사하면서 뛰어난 경지를 보여준다. 꿈속에서 찾아간 천모산이건만, 시인은 여태껏 천모산을 떠난 적이 없었다.

이백이 산에 들자 하늘 닭이 울어 예고, 곰과 용이 포효하며, 운무가 자욱하여 환상적인 경치가 펼쳐졌다. 이미 신선의 세계에 들어선 것이다. 가슴이 찢어지는 아픔을 겪은 뒤라 시인이 느끼는 신선의 세계는 더욱 찬란했다.

그러다 홀연히 날이 개고 햇빛이 비치면서 아득히 높은 누대 위에 신선이 나타났다. 시인의 영혼은 큰 감동과 만족을 느끼고, 이에 따라 시구도 시시각각 칠언과 오언, 육언과 사언, 아름다운 소체騷體 등 자유롭게 요동쳤다.

이와 같이 이백이 꿈속에서 찾아낸 자유의 경지는 현실 사회가 줄 수 없는 것이었다. 그래서 꿈에서 깨어난 뒤 시인은 극심한 억압과 고통을 느꼈다. 결국 마지막 구절에서는 크게 울부짖는다.

어찌 머리 숙이고 허리 굽혀 권세가를 섬기며

安能摧眉折腰事權貴

나로 하여금 얼굴 펴지 못하게 하는가   使我不得開心顔

마치 굴원의 「이소」를 읽는 것 같다.

안·사의 난 속에서

이백이 여산廬山에 은거하고 있을 때 안·사의 난(755)이 일어났다. 이 난은 지방의 절도사인 안록산과 사사명이 중앙정부를 상대로 일으킨 쿠데타였다. 이에 현종은 촉 지방으로 피신하고, 숙종肅宗이 대신 왕위에 올랐다.

현종의 또 다른 아들인 영왕永王 이린李璘도 군대를 일으켜, 안록산의 군대에 저항했다. 이백의 유명세를 잘 알고 있던 영왕은 사람을 보내 참모로 와 달라고 요청했다. 이백은 이를 흔쾌히 수락했다.

그러나 영왕이 군대를 장악하면 자신에게 위협이 된다고 판단한 숙종은, 기회를 보아 영왕을 살해했다. 그와 함께 이백은 '역적'의 막료였다는 이유로 대역 죄인이 되었다. 다행히 여러 사람들의 도움으로 사형은 면했다. 하지만 대륙의 서남부인 야랑夜郎(오늘날의 귀주성에 속함)으로 유배되는 것만은 막을 수 없었다.

이백이 유배지로 가던 길에 사면령이 내려진다. 이백은 백제성白帝城에서 이 소식을 들었다. 백제성은 촉한의 유비가 죽은 곳으로 유명하다. 다시 자유를 얻은 이백의 가슴은 기쁨으로 가득 찼다. 그는 배를 타고 양자강을 따라 동쪽으로 돌아가면서 그 유명한 시 「아침 일찍 백제성을 떠나며(早發白帝城)」를 지었다.

오색구름 이는 백제성에 아침 이별 고하고	朝辭白帝彩雲間
천리 길 강릉으로 하루 만에 돌아오네	千里江陵一日還
양쪽 강기슭에는 원숭이 울음소리 끊임없는데	兩岸猿聲啼不住
가벼운 배는 만 겹의 산을 지났구나	輕舟已過萬重山

명랑하고 경쾌한 시구를 통해, 무거운 짐을 덜고 쏜살같이 돌아가는 시인의 즐거운 마음을 어렵지 않게 읽을 수 있다.

그러나 이미 예순의 나이를 넘긴 이백에게 이번 사건은 큰 충격이 아닐 수 없었다. 생계도 곤란하여 친지와 친구들에게 도움을 얻으려고 사방으로 뛰어다니는 처량한 신세가 되었다.

그러다가 사사명의 아들 사조의史朝義가 재기를 노린다는 소식을 듣는다. 이백은 또다시 진압군의 대열에 가담하려 했다. 그러나 애석하게도 도중에 병으로 쓰러지고 말았다. 결국 이백은 다시 일어나지 못하고, 762년 당도當塗(오늘날의 안휘성 당도현)에서 죽음을 맞이했다.

술에 취한 그가 강물에 비친 달을 잡으려고 뛰어들었다가 빠져 죽었다는 말은, 그를 아끼는 후대 사람들이 지어낸 이야기이다. 위대한 시인이 병으로 죽었다는 것이 너무 평범하니까, 일부러 색다른 이야기를 만들어 낭만적인 색채를 더했을 뿐이다.

마지막으로 잘 알려진 또 하나의 시 「촉으로 가는 길 어려워라(蜀道難)」를 살펴보자. 이 시는 이백이 안·사의 난이 일어난 뒤에 지은 것이다.

이 시에는 현종이 장안을 버리고 촉 지방으로 피신한 행위를 비판하는 뜻을 담고 있다는 견해가 있다. 또 다른 연구자는 장안 시절 이

전에 지은 것이라고도 한다. 어찌되었든 이 시는 예술성이 가장 뛰어난 산수시의 대표작이다.

그 시작부터 우리를 놀라게 한다.

아이쿠 아찔하게 높고도 험하구나	噫吁戲 危乎高哉
촉으로 가는 길 어려워 푸른 하늘 오르기보다 더 어렵구나	
	蜀道之難 難於上靑天
잠총과 어부가 촉을 개국한 날 얼마나 아득한가	
	蠶叢及魚鳧 開國何茫然
그로부터 4만 8천 년 동안	爾來四萬八千歲
관중 땅의 진나라와 내왕이 없었으니	不與秦塞通人煙

…………

여기서도 이백의 시가 가진 특징인 극도의 과장이 잘 나타난다. 푸른 하늘에 오르기보다 어려운 것이 어디 있으며, 수만 년 동안 외부와 단절된 곳이 어디 있겠는가? 그러나 이백은 촉 지방이 바로 그런 곳이라고 말한다. 그만큼 험난하다는 것이다.

이어서 시인은 '다섯 장사의 전설'을 인용하여, 촉으로 가는 길의 신비한 분위기를 더욱 고조시킨다. '다섯 장사의 전설'이란 이런 이야기이다.

진秦나라의 혜왕惠王이 촉왕에게 다섯 명의 미녀를 보냈다. 그래서 촉왕은 다섯 명의 장사를 시켜 그녀들을 맞이하게 했다. 그들이 만나서 돌아오는 길에, 한 장사가 큰 뱀이 땅속으로 들어가는 것을 보았다. 그는 뱀의 꼬리를 잡아당겼지만 힘에 부쳤다. 이에 나머지 장사들도 모두 합세하여 잡아당겼다. 그러자 갑자기 산이 무너지고 땅이

꺼져 장사와 미녀들이 모두 죽었다. 그리고는 그 자리에 다섯 개의
봉우리가 솟아났다고 한다.

잠총과 어부는 전설 속의 인물이다.

이백은 "촉으로 가는 길 어려워 푸른 하늘 오르기보다 더 어렵구
나"를 반복하며, 삼언·사언·오언·칠언·팔언·구언·십일언의
문장을 골고루 사용했다. 마치 이처럼 변화무쌍한 리듬 속에서 촉으
로 가는 길의 험난함을 체험해 보라는 듯이.

더욱이 다음의 구절은 빠른 리듬에 갈수록 급박해져, 가슴 졸이는
분위기를 연출했다. 위험에 대한 공포가 극에 달한 느낌이다.

한 사람이 관문 막으면 만 명이 뚫지 못하리

　　　　　　　一夫當關 萬夫莫開

지키는 이가 일가친족 아니라면 언제 이리와 승냥이 될지 몰라

　　　　　　　所守或匪親 化爲狼與豺

아침에는 모진 호랑이 피하고 밤에는 기다란 뱀을 피해도

　　　　　　　朝避猛虎 夕避長蛇

이를 갈고 피를 빨아 미친 마귀처럼 사람을 죽이네

　　　　　　　磨牙吮血 殺人如麻

이처럼 무시무시하게 묘사했다. 하지만 전반적으로는 촉으로 가는
길의 어려움을 웅장하고 기이한 아름다움으로 그리고 있다. 이백의
시에 공통적으로 흐르는 과장과 낭만의 풍격이 이 시에서도 어김없
이 드러나고 있다.

이백 시의 가치와 영향

　당나라 때의 시단에는 이처럼 유명한 시인들이 명산의 봉우리처럼 우뚝우뚝 솟아났다. 그 가운데 이백과 두보는 그 봉우리들을 굽어보는 가장 높은 봉우리였다.

　이백의 이름은 당나라 이후 모든 조대의 시단에 울려 퍼졌다. 그래서 당나라의 한유와 이하, 송나라의 구양수와 소식과 육유, 명나라의 고계, 청나라의 굴대균과 황경인 등이 모두 그를 숭배하고, 그의 시에서 많은 영양분을 흡수했다.

　아울러 이백의 삶은 극적인 색채가 짙어, 후세의 많은 소설가와 극작가들이 그를 술 잘 마시고 시 잘 짓는 신선으로 그렸다. 전설에 따르면 그가 장안에서 자퇴했을 때, 현종이 그에게 금 막대를 주어 마음 놓고 술을 마실 수 있도록 배려했다고 한다. 오늘날에도 중국의 일부 호텔과 술집에 가면, '이태백을 본받아(太白遺風)'란 글씨를 써 붙이고 손님을 끄는 모습을 볼 수 있다.

　이백이 남긴 시는 모두 9백여 수이다. 하지만 오늘 우리가 다룬 시는 아주 일부에 지나지 않는다.

침상 위에 비친 달빛	牀前看月光
땅에 내린 서리인가	疑是地上霜
고개 들어 산 위 달을 바라보고	擧頭望山月
머리 숙여 고향을 생각하네	低頭思故鄕

　위는 「고요한 밤 드는 생각(靜夜思)」이란 시로서, 고향을 그리는 나

그네의 마음을 잘 표현한 절창絕唱이다.

또 「왕륜에게 주다(贈汪倫)」라는 다음과 같은 시도 있다.

이백이 배 타고 떠나려다가   李白乘舟將欲行

홀연히 들었네 기슭의 답가를   忽聞岸上踏歌聲

도화담 일천 척 물의 깊이도   桃花潭水深千尺

왕륜이 날 보내는 정에는 미치지 못하리라   不及汪倫送我情

여기 나오는 왕륜은 한낱 촌사람으로서, 술 빚는 직공이었다고 한다. 그가 술을 잘 빚는다는 말에 이백은 지체 없이 달려가, 그와 함께 술을 마시며 친구가 되었다.

며칠을 머문 이백이 떠날 때, 왕륜은 마을 사람들과 손을 잡고 발

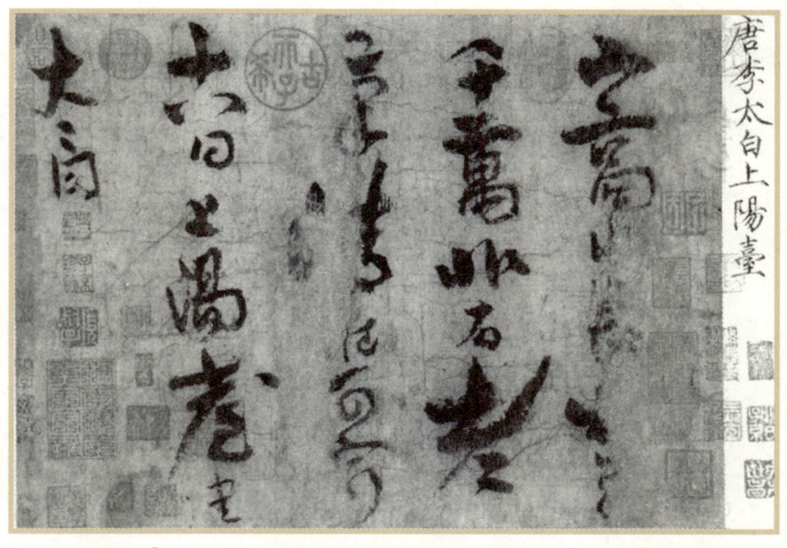

이백이 직접 쓴 「상양대上陽臺」. 이백이 쓴 글씨로는 유일하다. 글씨도 그처럼 막힘없이 변화가 풍부하여 자유롭다. 왼쪽에 "태백太白"이란 관서款署가 보인다. 오른쪽 7자는 송 휘종의 글씨.

을 굴러 박자를 맞추면서 노래를 불러 이백을 전송했다. 그러자 이백
은 이 시를 지어 그의 성의에 답했다. 보통 사람인 왕륜의 이름은 그
덕에 영원히 남아 전한다.

시대의 산증인

20

두보杜甫

시의 성인 두보.

이백과 두보는 나란히 '이 · 두'로 불린다. 그들은 중국 역사상 가장 위대한 시인으로서, 같은 시대를 살며 두터운 친분을 나누었다.

그러나 시의 풍격은 서로 전혀 달랐다. 이백의 시는 상상력이 풍부하고 자유분방하여, 세속을 벗어난 '신선의 기세'를 지니고 있었다. 그래서 사람들은 이백을 '시의 신선(詩仙)'이라고 불렀다.

반면 두보의 시풍은 '침울하고 풀이 꺾인 듯(沈鬱頓挫)' 하면서도 엄숙하고 장중했다. 그래서 사람들은 그를 '시의 성인(詩聖)'이라고 불렀다.

아울러 두보의 시는 어지러운 사회 현실과 개인의 고통스러운 처지를 충실하게 기록했다. 안 · 사의 난(755~763)을 시로 훌륭하게 형상화했듯이 말이다. 그래서 사람들은 두보의 시를 '시의 역사(詩史)'라고도 부른다.

전국을 여행하며

두보(712~770)의 자는 자미子美이고, 본적은 양양襄陽(오늘날의 호북성에 속함)이다. 그런데 증조할아버지가 공현鞏縣(오늘날의 하남성에 속함)으로 이사하여, 두보는 공현의 집에서 태어났다.

두씨 가문은 대대로 관리 생활을 했다. 먼 조상인 두예杜預는 서진西晉의 명장으로서, 탁월한 전공을 세웠다. 그뿐만 아니라 그는 『좌전』에 주석과 해설을 달기도 했다. 할아버지인 두심언杜審言은 당나라 초기에 유명한 시인이었다. 또 아버지인 두한杜閑은 현령을 지냈고, 어머니인 최씨도 명문가 출신이었다.

두보는 이백처럼 어려서부터 두각을 나타내진 않았다. 그러나 일곱 살 때 이미 시를 지었고, 아홉 살에는 서예에 재능을 보였다. 열다섯 살 무렵에는 낙양의 고모 댁에 살면서 유명한 문인들과 교제했다.

스무 살 이후 두보는 이백처럼 전국 여행을 시작했다. 먼저 금릉金陵(오늘날의 남경시)과 고소姑蘇(오늘날의 소주시蘇州市)에 들른 뒤, 다시 배를 타고 섬계剡溪를 거쳐 천모산까지 내려갔다. 심지어 그는 오늘날의 상해 지역에서 배를 타고 전설 속의 해 뜨는 나라인 부상扶桑으로 가려고 했다. 하지만 뜻을 이루지는 못했다.

여행이 끝난 뒤 두보는 낙양으로 돌아와, 과거 시험에 참가했다. "세상 책은 모두 읽어, 붓을 대면 신들린 듯(讀書破萬卷, 下筆如有神)" 하다고 자신하던 두보였으나 결과는 낙방이었다.

스물여섯 살이 되자, 두보는 다시 여행을 떠났다. 이번에는 북쪽의 제齊와 조趙 지방으로 향했다. 오늘날로 치면 산동성과 하북성의 남부, 산서성 일대이다.

산동에서 두보는 대륙 동쪽에서 가장 큰 산인 태산泰山에 올랐다. 그는 「태산을 바라보며(望嶽)」란 시에서 그때의 감회를 이렇게 서술했다.

산의 으뜸이라는 태산은 어떤가	岱宗夫何如
제와 노까지 푸르름이 끝없다	齊魯靑未了
신령스런 정기 모아 조물주가 만든 산	造化鍾神秀
남과 북으로 밤낮이 나뉠 정도	陰陽割昏曉
피어나는 뭉게구름 좁은 가슴 틔워주고	盪胸生層雲
귀로의 새를 눈 크게 뜨고 바라본다	決眥入歸鳥

반드시 태산 정상에 올라 　　　　　　　會當凌絶頂

뭇 산들 작은지 한 번 굽어보련다 　　　　　一覽衆山小

시의 기세가 대단하다. 첫 두 구절에서는 제와 노 지방까지 뻗어 있는 태산의 산세와 하늘과 나무들이 만드는 푸릇한 장관을 묘사하고 있다. 그리고 마지막 두 구절에서는 정상에 올라 아래로 펼쳐진 여러 산들을 굽어보는 상황을 상상하고 있다.

『맹자』에 보면 이런 말이 나온다.

공자가 동산에 올라 노나라를 작다 하고, 태산에 올라 천하를 작다고 했다.

孔子, 登東山而小魯, 登泰山而小天下.

두보는 이를 의식한 것이다.

이 시는 입산入山의 내용을 담고 있지만, 사실은 시인의 커다란 포부를 담고 있다. 당시 두보의 나이는 스물여덟이었다.

두보, 계속되는 시련

그로부터 몇 년 뒤, 두보는 자신보다 열한 살이 많은 이백과 친분을 나눈다. 당시 이백은 막 장안을 떠나 풀이 꺾인 상태였다. 두 사람은 서로 너무 늦게 만난 것을 후회했다. 두보는 이 대시인을 흠모했고, 이백은 이 시단의 신예를 존중했다. 두보는 이백과 함께 다시 제와 노 지방을 여행하며 많은 벗들을 사귀고, 자주 시문 이야기를 나누었다. 이것이 두보와 이백의 첫 만남이자 마지막 만남이었다.

그 뒤 두보의 시는 이백의 영향을 받았다. 그때부터 두보는 이백을 그리워하는 시를 많이 남겼다. 「봄날에 이백을 되새기며(春日憶李白)」라는 시에서는 이백을 찬미하여 이렇게 말했다.

이백이여 당신의 시 대적할 이 없으니	白也詩無敵
그 시상 초연하여 보통 시인과는 다르지요	飄然思不群
신선함은 유신의 시를 닮았고	淸新庾開府
뛰어난 기교 포조의 시를 닮았네요	俊逸鮑參軍

이처럼 두보는 오랫동안 이 좋은 친구를 마음속에 고이 간직했다.

두보는 이백과 헤어진 그 다음해에 장안으로 가, 과거 시험에 다시 도전하려고 준비했다. 때마침 그해 현종은 전국의 인재를 불러 모으려고 시험을 열었다.

그런데 당시 재상이던 이림보李林甫는 겉과 속이 다른 악독한 인물이었다. 이림보의 감독 아래 시험은 예정대로 실시되었으나, 뽑힌 사람은 한 명도 없었다. 이림보는 현종에게 축하의 글을 올렸다.

"재야에는 더 이상 인재가 남아 있지 않습니다."

이 말은 조정에서 인재들을 모두 등용해, 민간에는 더 이상 훌륭한 인물이 없다는 뜻이다. 이렇게 해서 두보는 관리가 될 수 있는 또 한 번의 기회를 놓치고 말았다.

그 뒤 두보는 장안에 십 년을 머물면서 작은 관직이라도 얻으려고 동분서주했다. 결국 수부참군帥府參軍이라는 미관말직을 얻는다.

장안에서 십 년을 보내는 동안, 두보는 불공평한 사회를 뼛속 깊이 체험했다. 제왕과 귀족의 사치는 혀를 내두를 정도였다. 양귀비만 하더라도 그녀 한 사람이 총애를 받자, 그녀 주변의 친인척까지 막대한 부와 권세를 누렸다. 그녀의 언니와 동생들은 한韓 국부인, 진秦 국부인, 괵虢 국부인에 봉해졌다. 또 그녀의 남동생인 양쇠楊釗는 재상이 되어, 현종에게 국충國忠이라는 이름을 하사받았다.

두보는 「미인의 노래(麗人行)」라는 시에서 양씨 가문의 급성장과 비리를 풍자하고 폭로했다.

삼월 삼일 상사절 날씨도 맑고	三月三日天氣新
장안 곡강 물가엔 미인도 많아	長安水邊多麗人
…… ……	
손을 데일만큼 혁혁하고 비할 바 없는 세도이니	
	炙手加熱勢絶倫
아예 가까이 가지 말고 승상의 역정 피해라	愼莫近前丞相嗔

그러나 같은 장안 하늘 아래 한쪽에서는 또 다른 광경이 빚어지고 있었다.

수레는 삐걱 삐걱 말은 씨익씨익	車轔轔馬蕭蕭
출정하는 장병마다 허리에 찬 활과 살	行人弓箭各在腰
부모처자 총총걸음 뒤쫓으며 전송하니	爺娘妻子走相送
먼지 날려 함양교도 보이지 않는구나	塵埃不見咸陽橋
옷 잡고 발 구르며 길 막고 통곡하니	牽衣頓足攔道哭
곡소리 곧바로 하늘 구름 뚫고 오른다	哭聲直上干雲霄

……‥……

　이는 유명한 「전차의 노래(兵車行)」의 첫 부분이다.

　"손을 데일만큼 혁혁한 권세를 누리던" 양국충은, 해를 거듭하며 운남雲南 지역에 군대를 보내 이민족과 싸우는 데 전념했다. 모자라는 병력을 보충하려고 관가에서는 아무데서나 백성을 잡아들였다. 이에 많은 가정이 파괴되고, 백성의 원성은 하늘을 찔렀다.

변경에서 흘린 피 바다를 이루나 　　　　邊亭流血成海水

상감의 정벌 의욕 가시지 않는구나 　　　　武皇開邊意未已

　두보는 겉으로 한 무제를 내세웠지만, 비난의 핵심은 양국충의 무리를 향했다.

　여기에 엎친 데 덮친 격으로 천재지변까지 겹쳤다. 천보 13년(754) 가을에 큰비가 내려 추수를 못한 것이다. 그러자 장안에서는 백성들이 자식을 팔아 곡식을 구할 지경이었다. 두보도 예외는 아니어서, 자식을 먹여 살릴 수 없자 처자식을 고향 근처의 봉선현奉先縣에 보내 구걸을 시켰다.

　그 다음해 11월의 어느 날 밤, 두보는 가족을 보려고 장안을 떠나 봉선현으로 향했다. 차디찬 겨울밤인데도 거리에는 온통 난민들로 붐볐다.

　그런데 여산驪山을 지날 무렵, 산 위의 화청궁華淸宮에서는 음악 소리가 끊이지 않고 흘렀다. 그곳에서 현종과 양귀비가 밤낮을 잊고 환락에 빠져 있었던 것이다.

　집에 돌아온 두보는 마른하늘에 날벼락 같은 소식을 들었다. 그것

현종과 함께 연회를 벌이는 양귀비의 모습. 지금의 중국 서안시 동북 임동현의 화청궁 안에 있는 벽화.

은 자신의 아이가 이미 굶어 죽었다는 소식이었다. 이런 비통함 속에서 두보는 「서울에서 봉선현으로 가며 느낀 감회 오백자(自京赴奉先縣詠懷五百字)」란 장편의 시를 지었다.

이 시에서 두보는 고대의 어진 신하였던 직稷과 계契에 자신을 비유하여, 평생 백성의 장래를 걱정하던 충정을 드러냈다. 이어서 도중에 겪었던 많은 일들을 선명한 대조로써 묘사했다. 화청궁에서 오락을 즐기던 사람들은 모두 귀족인데, 그들의 옷은 모두 가난한 여성들이 한 올 한 올 짜낸 천으로 만든 것이었다. 남자들은 전부 전쟁터로 내몬 뒤였다. 이렇게 해서 얻은 재물은 모두 통치자들에게 바쳤다.

다음의 시구는 이처럼 불공평한 사회를 절실하게 묘사했다.

귀족들 집안에는 술과 고기 썩는데   朱門酒肉臭

길가엔 얼어 죽은 사람들의 시체가	路有凍死骨
지척에서 부귀와 가난이 이처럼 다르니	榮枯咫尺異
슬프도다 더 이상 말할 수가 없구나!	惆悵難再述

한쪽에서는 술과 고기가 남아돌아 썩는데, 한쪽에서는 먹고 입을 것이 없어서 얼어 죽는 상황이 연출되고 있다. 이는 모두 시인 두보가 엄동설한의 밤에 직접 겪은 일이다.

안록산의 난과 두보

바로 그 달에 세상을 뒤흔든 안·사의 난(755)이 일어났다. 본래부터 살림이 옹색했던 두보는 이 난리 때문에 또다시 유랑의 소용돌이에 빠졌다. 그리고 이후에 다시는 안정된 나날을 보낼 수 없었다.

야심만만한 안록산은 어양漁陽(오늘날의 북경시 부근)에서 군대를 일으켜, 그대로 장안이 있는 남쪽으로 치달았다. 아무도 그 기세를 막을 길이 없었다. 장안은 곧 함락되었고, 현종은 양귀비를 데리고 서촉西蜀 지방으로 도망갔다.

두보는 영무靈武로 가서 현종을 대신하여 막 즉위한 숙종肅宗을 알현하려 했다. 하지만 가는 길이 반란군에게 가로막혀, 8개월 동안 장안에 억류되었다.

그래도 봄은 어김없이 찾아와 파릇파릇 풀이 돋고, 화사하게 꽃이 피며, 새들이 지저귀었다. 그러나 반란군에게 함락된 도시에 갇혀 있던 시인은 절절한 비애를 느꼈다. 두보는 「봄의 정경(春望)」이란 시에서 당시의 심정을 이렇게 읊었다.

나라 깨어져도 산하는 그대로	國破山河在
성에 봄 들어 초목이 깊어라	城春草木深
시절을 아는지 꽃조차 눈물 쏟고	感時花濺淚
이별이 한스러워 새들도 놀라는구나	恨別鳥驚心
봉화가 삼월에도 이어지니	烽火連三月
집에서 온 편지는 만금처럼 소중하구나	家書抵萬金
흰머리는 긁는 대로 줄어드니	白頭搔更短
도무지 비녀도 못 이길 지경이구나	渾欲不勝簪

가족과 나라를 걱정하는 시인의 마음에 봄조차 빛을 잃고 암담하게 변했다. "봉화가 삼월에도 이어지니, 집에서 온 편지는 만금처럼 소중하구나"란 구절은 겪어본 사람만이 가질 수 있는 절실한 감정이다.

지덕至德 2년(757) 여름 두보는 장안을 탈출한다. 그리고 그 길로 봉상鳳翔(오늘날의 섬서성 봉상현)으로 달려가 숙종을 알현했다. 신발은 다 떨어지고 옷은 찢어진 상태에서 먼 길을 달려온 두보의 충성심에 감동한 숙종은, 그에게 좌습유左拾遺라는 벼슬을 내렸다.

그러나 두보는 재상이던 방관房琯을 변호하는 상소문을 올렸다가 오히려 숙종의 역린逆鱗에 걸렸다. '역린'이란 용의 턱 밑에 다른 방향으로 난 비늘인데, 이것을 건드리면 불같이 성을 낸다는 전설에서 비롯된 말이다. 곧 임금의 분노를 일컫는 말로 발전했다.

결국 그해 가을 두보는 부주鄜州(오늘날의 섬서성 부현富縣) 강촌羌村으로 이사해 있던 가족에게 가 있으라는 명령을 받는다. 그렇게 두보는 숙종의 곁을 떠나야 했다.

「강촌羌村」 3수와 「북으로의 여정(北征)」이란 시는 이때 지은 것이다. 돌아가는 길이 남쪽에서 북쪽으로 가는 여정이었기 때문에 '북으로의 여정'이라고 제목을 붙였다.

시는 이렇게 시작한다.

<table>
<tr><td>지덕 2년 가을</td><td>皇帝二載秋</td></tr>
<tr><td>윤 팔월 초하루</td><td>閏八月初吉</td></tr>
<tr><td>나 두보 북으로 길 떠나려 하니</td><td>杜子將北征</td></tr>
<tr><td>아득히 먼 곳 가족을 찾아가네</td><td>蒼茫問家室</td></tr>
<tr><td>……·……</td><td></td></tr>
</table>

이어서 시인은 가다가 본 광경들을 써 내려갔다. 가는 길 내내 사람과 밥 짓는 연기는 드물고, 황량한 모습만 이어졌다. 우연히 만난 사람들도 대부분 상처 입고 피를 흘리며 신음하는 사람들뿐이었다.

한밤에 격전지를 지나면서는 처량한 달빛이 백골을 비추는 광경을 보며 동관潼關 전투를 떠올렸다. 그것은 낙양을 점령한 반란군이 장안으로 쳐들어오다가, 길목인 동관을 지키고 있던 관군과 격돌하여 많은 사상자를 낸 일이다. 그 일 때문에 그곳 백성의 절반 이상이 목숨을 잃었다.

집에 돌아오니 아내는 다 떨어진 누더기를 걸치고 있고, 창백한 얼굴의 아들은 맨발로 지내고 있었다. 그들은 서로를 부둥켜안고 통곡했다. 그 울음소리가 온 소나무 숲을 뒤흔들었다고 한다.

그래도 시인은 좌절하지 않았다.

찬란한 태종의 위업　　　　　　　　　　　　煌煌太宗業

확실히 세워 더욱 창대하리라　　　　　　　　樹立甚宏達

두보는 이 말로 시를 끝맺는다. 여기에는 태종 이세민李世民이 세운 당의 위업을 이렇게 날려 버리지 않겠다는 시인의 믿음이 살아 있다.

이 시는 장장 7백 자에 달하는 장편으로서, 「서울에서 봉선현으로 가며 느낀 감회 오백자」보다 더 길다. 이 두 시는 모두 두보의 시 가운데 '역작'으로 꼽힌다. 두보와 같은 대문호가 아니면 쓰기 힘든 작품이다. 어떤 사람은 이 두 시를 특별히 칭찬하여, 백 번을 읽어도 그때마다 새로운 감회를 느낀다고 했다.

난리 속에서 피어난 '삼리'와 '삼별'

757년 9월, 마침내 관군은 장안을 되찾았다. 가족을 이끌고 장안으로 돌아온 두보는, 오래지 않아 다시 화주華州(오늘날의 섬서성 화현)로 가 관리 생활을 했다.

임지로 향하면서 두보는 전쟁이 가져다 준 참상을 목격한다. 그리고 여기서 불후의 명작인 '삼리'와 '삼별'을 탄생시킨다. '삼리三吏'란 「신안의 관리(新安吏)」, 「동관의 관리(潼關吏)」, 「석호의 관리(石壕吏)」를 가리키는 말이다.

「신안의 관리」의 내용은 다음과 같다.

시인이 신안을 지날 때, 마침 그곳에서는 반란군의 잔당을 소탕하려고 장정들을 소집하고 있었다. 그런데 성년이 되지 않은 청소년들까지 '왕성을 지킨다(守王城)'는 명목으로 징집했다.

하지만 시인은 불행한 그들을 도와줄 방법이 없었다. 그저 "눈물 흘린다고 무슨 소용이 있겠는가? 현실은 이처럼 무정한데"라며 그들을 위로할 수밖에 없었다. 이처럼 시인은 위로의 말을 이어갔다. 그래도 반란군과 싸우는 일이니 결국 정의를 위한 것이 아니겠느냐면서 말이다.

「동관의 관리」는 동관 관리의 입을 빌어, 이전에 실패한 교훈을 명심해 결코 반란군을 얕잡아 보지 말고 신중하게 대처하라고 충고하는 내용이다.

'삼리' 가운데 가장 많이 읽는 시는 바로 「석호의 관리」이다.

날 저물어 석호 마을서 자는데	暮投石壕村
관리들 한밤중 장정을 잡아가네	有吏夜捉人
할아버지 흙담 넘어 도망치고	老翁踰墻走
할머니 문밖에서 관리를 맞이하네	老婦出門迎
관리의 고함소리 어찌 저리 거센가	吏呼一何怒
할머니 울음소리 어찌 저리 가련한가	婦啼一何苦
할머니 나서서 하는 말 귀 기울여보니	聽婦前致詞
세 아들놈 업성으로 출정했답니다	三男鄴城戍
한 놈이 인편에 편지를 보냈는데	一男附書至
두 놈이 며칠 전에 전사했다 하고	二男新戰死
산 놈도 겨우 목숨 부지하고 있다오	存者且偸生
죽은 놈은 이미 모든 것이 끝이 났지요	死者長已矣

<table>
<tr><td>집에는 더 이상 남자란 없고</td><td>室中更無人</td></tr>
<tr><td>그저 젖 먹는 손자만 있다오</td><td>惟有乳下孫</td></tr>
<tr><td>손자놈 지 엄마 있습니다만 나서지 못하는 건</td><td>有孫母未去</td></tr>
<tr><td>외출할 때 입을 옷 없기 때문이지요</td><td>出入無完裙</td></tr>
<tr><td>이 늙은이 기운도 쇠했습니다만</td><td>老嫗力雖衰</td></tr>
<tr><td>나으리 따라 이 밤에라도 싸움터에 가오리다</td><td>請從吏夜歸</td></tr>
<tr><td>급한 대로 하양의 징발에 응한다면</td><td>急應河陽役</td></tr>
<tr><td>그래도 아침 취사는 해드릴 수 있겠지요</td><td>猶得備晨炊</td></tr>
<tr><td>밤 깊어 말소리도 끊어졌는데</td><td>夜久語聲絕</td></tr>
<tr><td>흐느껴 우는 소리 들려오는 듯</td><td>如聞泣幽咽</td></tr>
<tr><td>날이 밝아 내 갈 길 다시 나섰는데</td><td>天明登前途</td></tr>
<tr><td>할아버지 홀로 남아 이별을 고하네</td><td>獨與老翁別</td></tr>
</table>

'삼별三別'의 주제도 '삼리'와 같이 전쟁의 참상을 폭로하는 것이다. 먼저 「신혼의 이별(新婚別)」을 보자. 시 속의 남자는 결혼식 다음날 새벽, 곧바로 하양河陽 수비대로 출정한다. 신부는 비통한 심정을 애써 참으며 이렇게 말한다.

<table>
<tr><td>하늘 우러르니 뭇 새들 나는데</td><td>仰視百鳥飛</td></tr>
<tr><td>크나 작으나 짝지어 날건만</td><td>大小必雙翔</td></tr>
<tr><td>사람 일은 어긋남이 많군요</td><td>人事多錯迕</td></tr>
<tr><td>그대와 영원토록 그리워만 해야 하니</td><td>與君永相望</td></tr>
</table>

「노년의 이별(垂老別)」에서는 전쟁 때문에 '자손들을 모조리 잃은 (子孫陣亡盡)' 어느 할아버지가 지팡이를 버리고 참전한다. 할머니는

길에 드러누워 우는데, 살을 에는 듯한 겨울바람에도 홑겹 옷만 입고 있었다. 이 또한 참으로 비참한 광경이다.

그렇다고 전투에 참가하지 않는다고 별 뾰족한 수가 있는 것도 아니었다. 곳곳마다 시체가 산더미처럼 쌓이고, 피가 내를 이루고 있는 상황에서 이 땅 어디에도 편안히 쉴 낙원은 없었다.

「집 없는 자의 이별(無家別)」에서는 전쟁에 패하고 고향으로 돌아온 병사의 이야기를 적고 있다.

지난날 많은 사람들이 모여 살던 마을은 텅 비었다. 햇빛도 시들고, 대기도 처참했으며, 겁이 없어진 여우와 삵이 오히려 사람을 향해 털을 곤두세우고 짖을 뿐이었다.

그래도 병사는 고향에서 한시름 놓으려고 했는데, 마을 관리는 그를 놓아주지 않고 부역을 맡긴다.

세상 살면서 이별할 가족 없으니   人生無家別

어찌 평범한 백성이라 하겠는가   何以爲蒸黎

초당 생활

이 당시 두보도 갈피를 잡지 못하고 있었다. 서울, 경기 부근도 기근으로 살기가 어려워, 두보는 관직을 버리고 가족과 함께 성도成都로 향했다.

성도에 도착한 두보는 서쪽 교외에 있는 완화계浣花溪 옆에다 초가

복원한 두보 초당 모습.

를 지었다. 이것이 바로 유명한 두보초당杜甫草堂이다.

초당 주위의 풍경은 너무 아름다웠다. 푸른 시냇물이 초당 옆을 돌아 흐르고, 대나무 숲이 넓게 펼쳐져 있었다. 그곳을 새들이 자유롭게 날아다니고 있었다. 여기서 두보는 마음의 안정을 되찾을 수 있었다. 이웃과 친구들과 더불어 낚시를 즐기기도 하고, 술도 마시며 세상 이야기를 나눴다. 또 생계를 위해 약방을 차리기도 했다.

초당 근처에는 촉한의 승상이었던 제갈량을 기리는 무후사武侯祠가 있었다. 두보는 이곳을 즐겨 찾으며 「촉나라 승상(蜀相)」이라는 칠언 율시를 남기기도 했다.

승상의 사당을 어디서 찾지	丞相祠堂何處尋
성도 교외의 잣나무 우거진 곳	錦官城外柏森森
층계의 푸른 풀 봄빛으로 우거졌고	映階碧草自春色
잎 사이 꾀꼬리 듣는 이 없어도 멋지게 우네	隔葉黃鸝空好音

유비 세 번 발걸음에 천하의 계략 물었고　　　三顧頻煩天下計
유비 유선 두 군주에게 곧은 진심 바쳤지　　　兩朝開濟老臣心
출병하여 이기기 전 몸 먼저 죽고 말아　　　　出師未捷身先死
오래도록 영웅들 옷깃 눈물로 적시네　　　　　長使英雄淚滿襟

　두보는 "몸과 마음을 다 바쳐 나라를 위해 힘껏 싸우다가 죽은 뒤에야 그만 둘 따름입니다"라고 했던 과거의 현명한 재상을 이처럼 존경했다. 제갈량처럼 충성을 다하여 임금을 보좌하는 어진 신하가 되는 것이 바로 두보의 이상이었다. 그러나 제갈량의 웅대한 포부는 실현되지 못했고, 당시 두보의 처지도 그러한 이상과는 거리가 멀었다.

　"출병하여 이기기 전 몸 먼저 죽고 말아, 오래도록 영웅들 옷깃 눈물로 적시네!" 여기서 눈물은 바로 자신을 위한 눈물이기도 했다.

　그래도 이때가 두보의 인생에서 가장 안정된 시기였다. 그의 친구인 고적高適과 검남절도사劍南節度使 엄무嚴武 등이 그와 왕래했다. 친구들의 도움에 힘입어 두보의 가족은 먹고 입는 일에 걱정이 없었다.

　그러나 나라와 백성을 위하는 마음은 하루도 잊지 않았다. 「이엉집이 가을바람에 부서져 탄식하다(茅屋爲秋風所破歎)」 같은 시에서 이 점을 살필 수 있다.

　「이엉집이 가을바람에 부서져 탄식하다」라는 시는 돌풍이 불어 초당의 지붕이 날아간 상황을 다루고 있다.

팔월 한창 가을에 바람이 울부짖어　　　　　八月秋高風怒號
초가지붕의 세 겹 이엉을 말아가니　　　　　卷我屋上三重茅
강 건너 날아간 이엉은 강가에 흩어져　　　　茅飛渡江灑江郊
……………

베로 된 요는 낡아 쇠처럼 차가운데 布衾多年冷似鐵
잠버릇 험한 아이가 속을 밟아 찢고 嬌兒惡臥踏裏裂
침상 머리 새어든 비에 마른 데 없거늘 牀頭屋漏無乾處
삼 같은 빗발은 아직 그칠 줄 몰랐다 雨脚如麻未斷絕

그러나 이처럼 비바람으로 잠 못 이루는 밤에도 두보는 더 많은 사람들을 생각했다.

어디서 넓은 집채 천만 칸을 얻어서 安得廣廈千萬間
천하에 가난한 선비들 덮어 주어 기쁘게 하고
大庇天下寒士俱歡顔
비바람에도 산처럼 끄떡 않고 편안케 할
風雨不動安如山
아! 눈앞에 우뚝한 이런 집을 본다면 嗚呼何時眼前突兀見此屋
내 초가 부서져 얼어 죽은들 어떠하랴 吾廬獨破受凍死亦足

이처럼 자신의 불행보다 남을 먼저 생각하는 이타주의 사상은 동시대의 시인들에게서는 찾아보기 힘든 덕목이다.

위대한 시인의 힘든 말년

광덕廣德 원년(763) 봄, 두보는 재주梓州에 있다가 관군이 반란군을 무찌르고 하남과 하북 지방을 수복했다는 소식을 들었다. 두보는 미칠 듯이 기쁜 심정을 억누를 길 없어, 붓을 잡고 「관군이 하남과 하북을 수복했다는 소식을 듣고(聞官軍收河南河北)」란 칠언 율시를 지었다.

하북의 수복 소식 멀리까지 전해 오니	劍外忽傳收薊北
처음 듣고 눈물 흘려 옷을 전부 적시노라	初聞涕淚滿衣裳
처자도 수심 가신 듯 밝은 표정 지으니	却看妻子愁何在
책 밀쳐놓고 기뻐서 미칠 지경	漫卷詩書喜欲狂
대낮에 노래하며 맘껏 술을 들이키니	白日放歌須縱酒
봄이라 가족 이끌고 고향으로 돌아가리	青春作伴好還鄉
곧바로 파협에서 무협을 뚫고 돌아가기 좋아라	
	即從巴峽穿巫峽
양양으로 내려갔다가 다시 낙양으로 가리라	便下襄陽向洛陽

  두보의 시를 일관하는 장중함에 익숙해진 독자에겐 이 시의 분위기는 좀 뜻밖일지 모른다. 당시 안·사의 난은 8년을 끌고 있었다. 시인도 다른 사람들처럼 많은 고통을 당했다. 그런데 그 모든 환란이 끝났으니 미친 듯 기뻐하는 것이 당연하다.
  백발이 성성한 두보도 기쁨의 눈물을 흘리며 노래를 부르고, 술을 마셨다. 그는 따스한 봄볕 아래 장강을 따라 삼협三峽을 거쳐 낙양으로 올라가는 상상을 했다. 앞서 살펴보았듯이 그의 본적은 양양인데, 살기는 낙양과 장안을 오가며 살았다. 그러나 농장은 여전히 낙양에 있었다. 그러니 시에서 말하는 노정에는 깊은 뜻이 담겨 있는 것이다.
  시에 가득한 열정과 단숨에 치닫는 기세가 두보의 칠언 율시에서도 걸작으로 손꼽힌다.

그러나 두보의 예상은 빗나갔다. 안·사의 난은 끝났지만, 장안은 다시 티베트 군대의 말발굽 아래 짓밟혔다. 장안은 다음해 봄에야 수복했다. 두보는 장안으로 달려갔지만, 대종代宗은 두보를 다시 쓸 생각이 없었다. 그래서 그는 쓸쓸히 성도로 돌아올 수밖에 없었다. 성도로 돌아온 두보는 황폐해진 초당을 수리하기로 마음먹었다.

새 소나무 천 척 높이가 한스럽고　　　　　　　新松恨不高千尺
쓸모없는 대나무 만 가지를 베어 내야 하리라　惡竹應須斬萬竿

겉으로는 나무 이야기를 하고 있지만, 어지러운 세상을 한 번 깨끗이 청소해야 한다는 시인의 속내를 엿볼 수 있다.

이즈음 두보는 「누대에 올라(登樓)」라는 칠언 율시를 지어, 자신을 출세 전의 제갈량에 비유했다. 쉰 살을 넘긴 나이에 온갖 풍상을 다 겪은 두보였지만, 나라를 위한 충성심은 조금도 식지 않았다.

두보의 나라 사랑과 군주에 대한 충성심은 높이 살 만하다. 그러나 그런 고통과 참상을 목격하고 체험했으면서도 문제의 본질을 꿰뚫지 못한 것도 사실이다. 만에 하나 사회가 안정되고 좋은 군주가 있더라도, 결국 봉건제는 백성의 고통을 요구한다. 우리가 다루고 있는 문인들은, 정도의 차이는 있겠지만 봉건제라는 커다란 틀을 벗어날 수는 없었다.

다시 본론으로 돌아와서, 두보는 우정을 나누던 고적高適과 엄무嚴武 등이 하나둘 세상을 떠나면서 의지할 데가 사라졌다. 결국에는 가족과 함께 성도를 떠나 기주夔州로 거처를 옮길 수밖에 없었다. 기주는 양자강 중류 사천성과 호북성의 경계에 있는 협곡 마을이었다. 두 기슭의 절벽 사이를 양자강이 흰 거품을 일으키며 흘렀다. 두보는 거기에서 2년 정도 있으면서 4백여 수의 시를 지었다. 자신의 생활을 담기도 하고, 그 지역의 자연과 사람들을 담기도 했다.

이 시기의 작품 가운데 가장 유명한 칠언 율시 「높은 곳에 올라(登高)」를 살펴보자.

급한 바람 높은 하늘 잔나비 울음 구슬퍼라	風急天高猿嘯哀
맑은 강가 흰 모래밭 새 날아 돌아온다	渚淸沙白鳥飛廻
가없는 낙목 숲엔 바스락바스락 잎이 지고	無邊落木蕭蕭下
끝없는 양자강은 유유히 흘러든다	不盡長江滾滾來
만 리 밖 슬픈 가을에 오랜 길손 되어	萬里悲秋常作客
병 많은 인생 백년 홀로 누에 오르니	百年多病獨登臺
고생 속 허연 귀밑머리 너무도 서글퍼라	艱難苦恨繁霜鬢
맥없이 이젠 끊었노라 탁주잔 드는 일도	潦倒新停濁酒杯

오랜 유랑 생활로 머리는 세고, 가난과 병만이 그를 괴롭혔다. 병 때문에 좋아하던 술마저 끊으니, 고통과 쓸쓸함이 더 세차게 밀려들었다. 그런 와중에 마음은 극도로 악화되었다.

가을의 서풍이 나뭇잎을 떨어뜨리고, 숲속의 원숭이가 끊임없이 울어대자 참담한 분위기는 더욱 고조되어 안타까움을 자아냈다. 어떤 사람은 이 시를 평가하여, "기세가 드높아 고금을 통틀어 독보적인 자리를 굳혔다. 마땅히 두보의 칠언 율시 가운데 최고이다(高渾一氣, 古今獨步, 當爲杜集七言律詩第一)"라고 말했다.

2년 뒤 두보는 다시 기주를 떠나, 강릉江陵과 공안公安을 거쳐 악주岳州(오늘날의 악양시岳陽市)로 이동했다. 그 뒤에도 두보는 형주衡州(오늘날의 형양시衡陽市)와 담주潭州(오늘날의 장사시長沙市) 등지를 전전했다.

그가 의지할 만한 친구들은 모두 세상을 떠 생활은 궁지에 몰렸다. 그래서 직접 푸성귀를 가꾸고 약을 지어 팔며 하루하루 연명했다. 그의 책상은 어디 한 군데도 성한 곳이 없었고, 몸에 걸친 옷은 누더기였다.

대력大曆 5년(770), 그래도 고향을 잊지 못한 두보는 배를 띄워 동정호洞庭湖로 나섰다. 그는 한양漢陽(오늘날의 무한시武漢市 부근)을 거쳐 장안으로 돌아갈 생각이었다. 그러나 두보는 오랜 지병으로 풍랑이 이는 강 위에서 쉰아홉 살의 나이로 숨을 거두었다. 그가 죽기 전에 남긴 시구는 변함없이 나라의 운명을 걱정하는 우국충정의 마음을 여실히 보여준다.

전장의 피 여전히 흐르고　　　　　　　　戰血流依舊
군대의 소란함 지금도 그침 없구나　　　　軍聲動至今

흐르는 세월 속에서 더욱 빛나는 이름

두보는 자식들에게는 물려줄 재산이 없었다. 하지만 중국인에게는 1천 4백여 수의 찬란한 시를 남겨 주었다. 그가 생전에 지은 시는 이것의 배가 된다. 이처럼 두보는 시 창작을 일생의 업으로 여겼다. 그의 시는 창조성이 풍부하다.

두보는 시의 제재를 대폭 확대했다는 공이 있다. 선배 시인들은 대부분 산수시와 개인의 감정에 연연했다. 그러나 두보는 시사 문제를 시로 끌어들였다.

아울러 두보의 시가 가장 뛰어난 점은, 많은 시에 일관되어 흐르는 깊고 진솔한 감정이다. 그는 자신보다 남을, 가족보다 나라와 백성을 걱정했다. 자신은 전란 속에서 평생 모진 고초를 겪었지만, 끝까지 남을 위하는 동정심을 잃지 않았다. 그의 생활은 더할 나위 없이 궁핍했다. 하지만 그의 정신세계는 누구보다도 부유했다. 이러한 감정은 작품에 응축되어, '침울하고 풀이 꺾인 듯(沈鬱頓挫)'한 풍격을 이루었다. 이는 그를 불후의 시인으로 만들었다.

두보는 각종 시 체제를 다양하게 활용하는 면에서도 뛰어났다. 어떤 종류이건 그의 손을 거치기만 하면 새로운 발전을 이루었다.

율시에 뛰어났던 두보였으나, 이에 못지않게 고시古詩에도 뛰어났다. 예를 들어 앞에서 살펴본 「서울에서 봉선현으로 가며 느낀 감회 오백자」와 「북으로의 여정」 같은 장편시는 중국 시가사에서 전무후무한 작업이다. 「강촌」 3수와 '삼리,' '삼별'도 영원토록 전할 고시의 걸작이다.

물론 두보의 시에서 절반 이상을 차지하는 율시도 최고의 경지이다. 「봄의 정경」, 「하늘 끝에서 이백을 그리며」, 「촉나라 승상」, 「관군이 하남과 하북을 수복했다는 소식을 듣고」, 「누대에 올라」, 「높은 곳에 올라」 등은 흐르는 세월에 상관없이 널리 읽히는 명작이다.

두보가 사용한 시의 언어도 매우 세련되었다. 여기서 '세련됐다'는 말은 우아하고 심오하다는 뜻이 아니라, 통속적이라는 뜻으로 받아들여야 한다. 이는 모두 두보가 악부시를 열심히 연구한 결과이다. 특히 고시에 등장하는 인물의 대화는 농부와 군인, 노인과 신부의 입에서 직접 뱉어내는 말인 양 생생하다.

그렇다고 결코 표현이 저속하지는 않다. 수없는 단련을 거쳐 걸러

낸 표현들이기 때문이다. 이렇게 지은 율시에는 주옥같은 명구들이 수없이 많다.

시어가 사람을 놀라게 하지 않으면, 죽어도 그만두지 않는다!
語不驚人, 雖死不休.

이것이 두보의 좌우명이었다.

그런데 두보가 살아 있을 때에는 그의 시가 존중받지 못했다. 그러다가 그가 세상을 떠난 지 40년 뒤에야 한유, 백거이, 원진 등이 그 위대함을 밝혔다. 송나라 때에 오면 왕안석, 소식, 육유, 황정견 등이 본격적으로 두보의 시를 추앙하여, 두보의 가치가 확실히 인정받는다. 그 뒤 송나라 말기의 문천상文天祥과 청나라 초기의 고염무顧炎武 등을 비롯한 많은 문인들이 두보의 영향을 받았다.

중국인들의 마음속에 '시의 성인(詩聖)'으로 존경받는 두보의 이름은 일찌감치 국경을 초월하여, 오늘날까지 그의 시는 수십여 종의 문자로 번역되어 온 세계에 소개되었다.

한글로 된 『분류두공부시언해分類杜工部詩諺解』라는 책이 있다. 이 『두시언해』는 조선 왕조가 국가사업으로 벌인 문화 사업의 하나였다. 1486년 성종 때 활자본으로 전 25권 17책이 간행되고, 1632년에는 목판본으로 중간본이 나올 만큼 대단했다.

그런데 왜 조선에서는 이백을 뒤로 하고 두보에 열중했을까? 그것은 나라 사랑과 군주에 대한 충성 때문이기도 할 것이다. 하지만 더 큰 취지는 이백의 시보다는 두보의 시에서 국제적인 선진 문화였던 당나라의 모든 것을 배울 수 있었기 때문이다. 물론 통치자의 입장에서 볼 때 우국충정의 뜻을 많이 담고 있다는 점이 크게 작용했다. 그 뒤 근대에 이르기까지 우리나라 방방곡곡의 서당에서는 두보의 시가 울려 퍼졌다.

1962년에는 두보 탄생 1250주년을 맞이하여 세계평화이사회가 두보를 세계 문화 명인의 반열에 올려, 두보가 세계 문화에 끼친 공헌을 기념했다.

독자에 따라 시원시원하고 거침없는 이백을 맘에 들어 하는 사람이 있는가 하면, 이백에 비해 인간적이면서 사회 현실을 좀 더 가깝게 그린 두보를 좋아하는 사람도 있다.

그러나 두 위대한 시인을 단순 비교하기란 쉽지 않다. 그리고 때에 따라 기호도 변하게 마련이다. 이백을 좋아하던 사람도 나이가 들수록 두보의 시를 좋아하는 경우도 많다.

마지막으로 두보의 시 한 수를 감상하며 이야기를 마치고자 한다.

두 마리 꾀꼬리 푸른 버드나무에 울고	兩箇黃鸝鳴翠柳
한 줄 백로 푸른 하늘을 날아가네	一行白鷺上靑天
창문에 박힌 듯한 서령의 천년설	牕含西嶺千秋雪
문 앞에 머문 만리 밖 동오의 배	門泊東吳萬里船

절구와 율시

한시는 크게 '고체시'와 '근체시'로 나뉩니다. 고체시는 당나라 이전에 성립한 형식으로서, 고시와 악부시가 이에 해당합니다. 구수에 제한이 없고, 압운에도 규정이 엄격하지 않습니다.

반면 당나라 때에 완성된 형식의 시로서, 압운이나 평측에 엄격한 규칙을 지키는 시를 '근체시'라고 합니다. 따라서 고체시는 당 이후에도 창작되었지만, 근체시는 당 이전에는 존재하지 않았겠지요.

일반적으로 근체시는 오언과 칠언으로 이루어집니다. 그리고 네 구절로 이루어진 기본형이 '절구絶句'이고, 여덟 구절로 이루어진 형태가 '율시律詩'입니다. 이보다 더 확대된 것은 '배율排律'이라고 하지요.

한시의 구성에서 알아두어야 할 것은 '기승전결'과 '수함경미首頷頸尾' 및 대구법입니다.

'기승전결'이란 절구에 쓰는 말로서, 각 구절의 내용 전개에 있어 감정을 '일으키고(起)' '받으며(承)' '옮겨서(轉)' '끝맺는(結)' 것을 말합니다.

그리고 '수함경미'는 율시에 쓰는 말로서, 두 구절이 한 단위가 됩니다.

'대구對句'란 두 구가 있는 경우, 먼저 글자 수가 같아야 합니다. 그리고 두 구의 어법적인 구성이 같아야 합니다. 또 어법적으로 같은 위치에 있는 두 구 가운데, 개개의 말의 의미나 발음이 대對가 되어야 한다는 것입니다.

또 한시는 각 시구 끝이 같은 운으로 이루어져야 합니다. 그것을 '압운押韻'이라고 하지요. 여기서 각 소절마다 운이 바뀌는 것을 '환운換韻'이라 하고, 하나의 운으로 일관하는 것을 '일운도저一韻到底'라고 합니다.

근체시의 경우 오언시에서는 각 짝수 구의 끝 글자가 압운됩니다. 어쩌다가 예외가 있어 첫째 구의 끝 글자가 압운되는 경우도 있습니다. 칠언시는 첫째 구와 짝수 구의 끝 글자가 압운됩니다. 물론 이것도 예외가 있어 첫째 구가 압운되지 않을 때도 있습니다.

고체시의 경우는 비교적 자유로워, 일반적으로 짝수 구의 끝 글자가 압운됩니다. 그러나 장편시의 경우에는 하나의 운으로 다 끌고 가기 어려워서 2, 4, 6, 8구 등으로 잘라, 각기 다른 운자로 압운하는 경우가 있습니다.

압운되어 있는 글자를 확인하려면 그 글자의 음을 읽어보면 됩니다. 뒤에 나올 유종원의 시 「강설江雪」의 경우 '절絶(jue), 멸滅(mie), 설雪(xue)'이 그것입니다. 그리고 두보의 시 「봄의 정경(春望)」은 '심深(shen), 심心(xin), 금金(jin), 잠簪(zan)'처럼 분명하지요. 그런가 하면 백거이의 「사랑의 한(長恨歌)」의 '거擧(ju), 무舞(wu), 우雨(yu)'나 '처處(chu), 무霧(wu), 거去(qu)'처럼 한글 독음으로는 이해하기 어려운 것도 있습니다.

아울러 위와 같이 글자의 소리 말고, 음의 높낮이를 나타내는 '평平, 상上, 거去, 입入'이란 '사성四聲'이 있습니다. 평성을 제외한 나머지 삼성을 '기울다'란 뜻의 '측仄'이라 하여, '평측'이라고 하지요.

한시에서는 이 평과 측에 속하는 글자를 교묘하게 배열하여, 시를 읽을 때 리듬을 타도록 배려했습니다. 그리고 평측의 배열을 규정하는 '평측법'도 있습니다.

중당의 작가들 21

유장경劉長卿

위응물韋應物

전기錢起

노륜盧綸

이익李益

백거이白居易

원진元稹

장적張籍

왕건王建

이신李紳

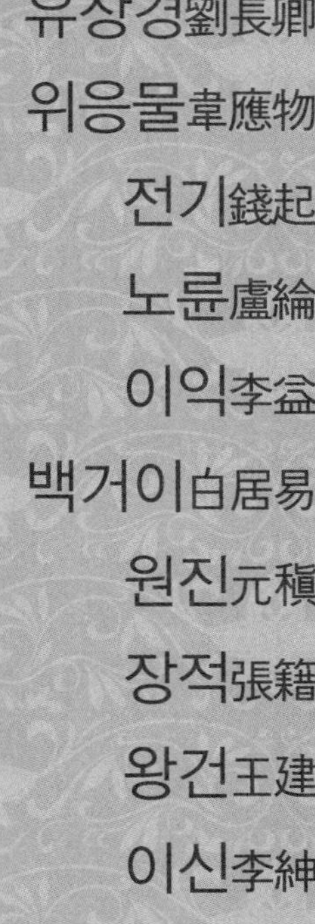

"노래 끝났으나 사람 보이지 않으니…"-전기.

　이 장에서는 성당에 이어서 중당 시기의 시인들을 살펴보자. 우리가 가장 먼저 살펴보려는 중당 초기 시인들로는, 산수시에 뛰어났던 유장경과 위응물이 있다.

　유장경劉長卿(709?~790?)의 자는 문방文房이고, 하간河間(오늘날의 하북성에 속함) 사람이다. 그는 오언시에 뛰어나, 스스로 '오언의 장성(五言長城)'이라고 자부했다.

　다음의 절구絶句도 매우 유명하다. 이는 「눈을 만나 부용산 주인댁에 머물다(逢雪宿芙蓉山主人)」란 시이다.

해 저물어 아득히 검푸른 산	日暮蒼山遠
추운 날씨에 초라한 초가	天寒白屋貧
사립문 다가서자 개 짖는 소리	柴門聞犬吠
어둠 속 눈보라를 지고 온 나그네	風雪夜歸人

　시인은 눈보라 치는 밤에 가난한 초가에 묵었다. 개 짖는 소리에 사람들은 벌써 따뜻한 화롯불을 떠올리게 된다.

　위응물韋應物(737?~792?)은 경조京兆 장안長安(오늘날의 섬서성 서안시西安市) 사람이다. 강주자사江州刺史와 소주자사蘇州刺史를 지내서 '위강주' 또는 '위소주'로 불린다.

　그는 예술면에서 전원산수시파에 속하여, 고아하고 담담한 시풍을 가지고 있다. 물론 때로는 「저주의 서쪽(滁州西澗)」처럼 야생의 정취가 가득하기도 하다.

시냇가 돋은 풀에 홀로 마음 끌리니	獨憐幽草澗邊生
위에선 꾀꼬리 무성한 나무에 우짖는다	上有黃鸝深樹鳴
봄 물살에 비 더해져 저녁 무렵 더욱 빨라지니	春潮帶雨晚來急
나루엔 사람 없이 배만 가로누워 있을 뿐	野渡無人舟自橫

전하는 바에 따르면, 나중에 이 시를 소재로 그림을 그린 사람이 나왔다고 한다.

대력십재자

대종 대력大曆 시기(766~779)에는 '대력십재자大曆十才子'라고 불리는 시인들이 활동했다. 학자에 따라 꼽는 사람이 조금씩 다르긴 하다. 하지만 대개 전기錢起, 노륜盧綸, 한굉韓翃, 이단李端, 사공서司空曙, 최동崔峒, 경위耿湋, 묘발苗發, 하후심夏侯審, 길중부吉中孚를 꼽는다. 그 가운데 전기와 노륜의 문학적 성취가 가장 높았다.

오언시에 뛰어났던 전기(720?~783?)의 자는 중문仲文이고, 오흥吳興(오늘날의 절강성 호주현湖州縣) 사람이다. 그는 왕유와 친구로 지냈는데, 둘은 시풍도 매우 비슷했다.

그가 지은 「성시상령고슬省試湘靈鼓瑟」이란 시의 마지막 구절은 이렇다.

| 노래 끝났으나 사람 보이지 않으니 | 曲終人不見 |

강 위의 봉우리들 푸르구나   江上數峰青

이 구절은 감정과 풍경 묘사가 잘 어우러져 많은 이들의 사랑을 받았다.

여기에는 이와 얽힌 재미있는 이야기가 전한다.

천보天寶 9년(750) 경구京口(오늘날의 강소성 진강시鎭江市)의 여관에 머물던 전기는, 어느 달이 훤한 밤 뜰에서 시 읊는 소리를 들었다. 이에 그가 뜰에 나와 보니 아무도 없었다. 전기는 이상하게 여겼지만, 그때 들었던 시구를 머리에 담아 두었다.

다음해 그는 장안으로 가, 예부禮部에서 주관하는 시험에 참가했다. 그때 주어진 시제詩題는 바로 '상령고슬湘靈鼓瑟'이었다. 따라서 위의 시 제목에 나오는 '성시省試'란 예부에서 주관하는 시험, 곧 진사 시험을 가리킨다.

그리고 '상령고슬'이란 굴원의 사부辭賦인 「먼 여행(遠游)」에 나오는 구절이다. 전설 속의 아황娥皇과 여영女英은 모두 요임금의 딸이다. 그녀들은 모두 순임금에게 시집을 갔다. 뒤에 순임금이 죽자, 그 슬픔을 견디다 못해 모두 상강湘江에 빠져 죽어 신이 되었다고 한다. 그래서 '상령'은 곧 '상강의 신'을 뜻한다. 이 상강의 신은 달이 뜨는 밤이면, 언제나 처량한 곡조로 거문고를 연주하여 나그네들을 감동시켰다고 한다.

전기는 이런 의미를 담고 있는 시제를 받아 시를 쓴 뒤, 지난날 머리에 담아 두었던 시구로 마지막을 장식했다. 나중에 이 시를 검사한 시험관은 칭찬을 아끼지 않으며, "반드시 신의 도움이 있었을 것이다(必有神助)"라고 말했다. 아무튼 전기는 이로써 진사가 되었을 뿐만 아니라, 문인들의 존경을 한 몸에 받았다.

노륜(747?~799?)의 자는 윤언允言이고, 하중河中 포蒲(오늘날의 산서성
영제시永濟市) 사람이다. 그는 변새시로 뛰어났다. 「국경의 노래(塞下
曲)」 2수를 살펴보자.

어두운 숲 바람 맞은 풀소리에 놀라	林暗草驚風
한밤 장군은 활을 당긴다	將軍夜引弓
날 밝아 화살 찾으니	平明尋白羽
바위 깊숙이 박혀 있다	沒在石棱中
달 검고 기러기 높이 날아	月黑雁飛高
선우는 멀리 도망가 버렸다	單于遠遁走
경기병 거느리고 쫓으려 하니	欲將輕騎逐
큰눈 쏟아져 활과 칼에 가득	大雪滿弓刀

앞의 시는 이광李廣이 화살로 호랑이를 쏜 이야기이다. 앞에서 『사
기』를 다루면서 언급한 적이 있다.

전체적으로 그는 찬사 한 마디 없이 서사하는 수법으로 일관하고
있다. 하지만 시를 보면 용맹한 장군에 호감을 느끼고 있음을 쉽게
알 수 있다. 뒤의 시는 변경의 장수가 눈 오는 밤에 적군을 추격하는
내용이다. 여기에는 국경 지역의 풍경이 잘 드러나 있다.

또 학자에 따라서는 대력십재자에 넣기도 하는 이익李益이라는 시
인이 있다. 이익(748~829)의 자는 군우君虞이고, 섬서陝西 고장姑臧(오늘
날의 감숙성 무위현武威縣) 사람이다.

그도 「밤에 수항성에 올라 피리소리 들으며(夜上受降城聞笛)」라는 시
에서 볼 수 있는 것처럼 변새시에 뛰어났다.

회락봉 앞 눈 같은 사막　　　　　　回樂峰前沙似雪
수항성 밖 서리 같은 달빛　　　　　受降城外月如霜
어디선가 들려오는 갈피리 소리　　不知何處吹蘆管
하룻밤 원정 온 병사 모두들 고향 생각　一夜征人盡望鄕

눈 같은 사막과 서리 같은 달빛이 변방의 차가운 기운을 그대로 보여주고 있다. 거기에 애끊는 피리 소리가 더하니, 어찌 병사들이 고향을 떠올리지 않겠는가?

또한 이 시기에는 남다른 두 명의 시인이 있었다. 그들은 나라와 백성을 걱정하면서, 시도 현실을 반영해야 한다고 주장했다. 그런 면에서 두보와 비슷했던 그들은 바로 원결과 고황이다.

원결元結(719~772)의 자는 차산次山이고, 호는 의우자猗玗子이다. 대대로 태원太原(오늘날의 산서성에 속함)에 살았는데, 나중에 노산魯山(오늘날의 하남성에 속함)으로 이사했다. 그는 도주자사道州刺史를 지낼 적에 자신이 강등되는 수모를 겪으면서도 결코 백성을 착취하지 않았다. 그런 그의 정신은 「용릉의 노래(舂陵行)」라는 시에 잘 드러난다. 이 시에서 그는 동란 이후 고통스럽게 살고 있는 백성의 생활을 그린다.

고황顧況(727~815)의 자는 포옹逋翁이고, 소주蘇州 해염海鹽(오늘날의 절강성 영해시寧海市) 사람이다. 그도 고통 받는 백성에 관심이 많았다. 그의 「아이(囝)」라는 시는 복건福建 지방에서 성행했던 노예 매매와 야만적인 풍속을 서술하고 있다. 또 그는 변새시에도 뛰어났다.

이들의 뒤를 이어 중당 시단에는 또 한 명의 위대한 시인이 등장했다. 그의 시는 두보, 원결, 고황이 쓴 시의 맥락을 이어, 현실 반영을 중시하고 백성의 심정을 대변했다. 그는 악부시를 썼는데, 예전처럼 한·위 악부의 옛 제목을 답습하지 않았다. 오히려 언제나 새로운 제목을 만들고, 시사 문제를 다루어서 그것을 '신악부新樂府'라고 불렀다.

그 사람은 바로 백거이로서, 이 장에서 중점적으로 소개할 시인이다.

거하기 쉽지 않아

백거이白居易(772~846)의 자는 낙천樂天이고, 노년에는 '향산거사香山居士'라고 불렀다. 그는 하남河南 신정新鄭(오늘날의 하남성 정주시鄭州市)의 관리 집안에서 태어났다. 그가 어렸을 때에는 국경 지역의 번진藩鎭이 할거하고, 군벌이 난동을 부렸다. 그래서 열한 살 때 남방으로 피신하여, 전국을 떠돌면서 갖은 고생을 했다.

백거이는 어려서부터 총명하여, 대여섯 살 때 이미 시를 공부하기 시작했다. 그리고 아홉 살에는 이미 시의 창작 기교를 모두 꿰었다고 한다. 그는 조금도 시간을 허비하지 않고 밤낮으로 열심히 공부했다. 쉴 새 없이 읽고 쓰다 보니, 그의 입과 혀에는 물집이 끊이지 않았다. 손과 팔꿈치에는 못이 박힐 정도였다. 그래서 젊은 나이에도 불구하고 머리가 하얗게 세었다고 한다.

이러한 그의 노력은 헛되지 않아, 십대 중반에 이미 그의 시는 출중한 경지에 올랐다. 「송별의 시 고원초를 짓다(賦得古原草送別)」는 그가 열일곱 살 때쯤 지은 시이다.

어지럽게 헝클어진 언덕의 풀　　　　　　　　離離原上草

해마다 시들고 우거짐을 거듭하니	一歲一枯榮
들불로도 모조리 태울 수 없어	野火燒不盡
봄바람 불어오면 되살아나네	春風吹又生
멀리 방초가 옛길 덮어 가리고	遠芳侵古道
생기어린 푸른 초목 황성에 엉키었네	晴翠接荒城
다시금 왕손을 전송하니	又送王孫去
벅찬 이별의 정 엉키네	萋萋滿別情

시인은 황폐한 고원에 펼쳐져 있는 들풀에 친구와 헤어지는 애타는 심정을 비유했다. 풍경 묘사와 감정 표현이 잘 어우러져 있다. 특히 3구와 4구는 많은 이들이 칭찬하는 부분이다.

이 시에는 한 가지 일화가 전한다. 무명 시절 백거이는 당시 문단의 명사이던 고황에게 자신의 시를 비평해 달라고 청했다. 그러나 고황은 무명인 그를 거들떠보지도 않고, 그의 이름으로 장난이나 쳤다.

장안의 쌀값이 비싸니 거居하기가 쉽지(易) 않네.

長安米貴, 居大不易.

하지만 위의 시를 보고는 태도를 바꾸고 이렇게 말했다.

"이렇듯 훌륭한 시를 지을 수 있다면, 장안에 사는 게 뭐 어렵겠소. 방금 전에 한 말은 농담이었소."

이 일이 있은 뒤 백거이의 시명詩名은 장안에 퍼졌다.

백거이는 스물아홉이 되던 해에 진사가 되었다. 다시 2년 뒤에는 이부吏部 시험을 거쳐 관리가 되었다. 그의 동기생으로는 친구인 원진도 있었다. 그도 시를 좋아해서 둘은 틈만 나면 시를 주고받았다.

그래서 당시에는 '원·백'이라는
소리를 들었다.

또 그들의 시는 '원화체元和體'
또는 '장경체長慶體'라고 불렀다.
이는 그들이 활동하던 때가 원화
(806~820)와 장경(821~824) 시기였기
때문이다.

백거이

사랑의 한

백거이가 서른다섯 살 되던 해, 그는 친구 진홍陳鴻과 함께 절에 놀
러 갔다. 그곳에서 그는 우연히 현종과 양귀비에 얽힌 일을 이야기하
게 되었다.

다들 알다시피 양귀비는 원래 현종의 며느리였다. 이 일은 오늘날
의 상식으로도 도저히 이해할 수 없다. 하지만 '사랑' 하나만을 놓고
본다면, 당시에도 희대의 사건이었음에 틀림없다.

어쨌든 친구는 백거이에게 그 이야기를 시에 담아 보라고 권했다.
친구의 권유를 받은 백거이는 시흥을 돋우어 붓을 잡고 시를 완성했
다. 이 시가 바로 유명한 장편서사시 「사랑의 한(長恨歌)」이다.

그 전반부에서는 현종과 양귀비가 궁중에서 행했던 음란한 생활을
다룬다.

봄 밤 짧아 안타까워라 해는 높이 떠오르고　　春宵苦短日高起
이때부터 임금은 조례에 나오지 않았네　　從此君王不早朝
………………

형제자매 양귀비 덕으로 봉토를 나눠 받아　　姉妹弟兄皆列土
어이없는 광채가 그녀 집안 비추니　　可憐光彩生門戶
마침내 천하 모든 부모된 사람들　　遂令天下父母心
아들 낳기 꺼리고 딸 낳기를 바랐네　　不重生男重生女

이런 구절에는 풍자와 비판의 의미가 뚜렷하게 드러나 있다.

이어서 시는 안·사의 난과 양귀비의 죽음으로 이어진다. 현종은 반란군이 쳐들어오자, 양귀비를 데리고 서촉으로 도망간다. 하지만 마외馬嵬 언덕에서 모반을 당한다. 성이 난 병사들은 양귀비의 사촌 오빠인 양국충을 죽이고, 현종에게 양귀비를 처형하라고 강요했다.

근위대가 움직이지 않으니 어쩌할 수 없구나　　六軍不發無奈何
아리따운 양귀비 말 앞에서 죽었네　　宛轉蛾眉馬前死
………………

임금은 얼굴 가리고 구해 주지 못하고　　君王掩面救不得
돌아보는 얼굴엔 피눈물만 흐르네　　回看血淚相和流

당시의 상황을 직접 목격한 듯 생생하게 적고 있다.

그래도 「사랑의 한」의 중심은 양귀비를 그리워하는 현종의 모습에 있다.

누런 먼지 뽀얗고 바람도 쓸쓸한데　　黃埃散漫風蕭索

구름에 걸린 잔도 타고 구불구불 검각에 오르네

雲棧縈紆登劍閣

아미산 기슭에는 인적도 드물어

峨嵋山下少人行

빛바랜 천자의 깃발 햇빛조차 기우네

旌旗無光日色薄

촉의 강물 푸르고 산도 푸르건만

蜀江水碧蜀山青

천자는 아침저녁 양귀비를 그리워하네

聖主朝朝暮暮情

행궁에서 바라보는 달조차 상심한 듯

行宮見月傷心色

밤비 속의 풍경 소리 애간장 끊는 소리

夜雨聞鈴腸斷聲

…………

궁궐에 돌아오니 뜰과 연못 여전하여

歸來池苑皆依舊

태액 못의 연꽃 미앙궁의 버들이 반기네

太液芙蓉未央柳

연꽃은 임의 얼굴인 양 버들잎은 임의 눈썹인 양

芙蓉如面柳如眉

그것들을 마주하고 어찌 눈물 흘리지 않으리오

對此如何不淚垂

서글퍼라 봄바람에 복사꽃 오얏꽃 흐드러지는 날

春風桃李花開日

가을비 오동잎을 두드릴 때면

秋雨梧桐葉落時

서궁과 남원은 가을풀로 가득하고

西宮南內多秋草

계단 가득 낙엽 쌓여도 쓸어 줄 사람 없네

落葉滿階紅不掃

…………

　　양귀비를 향한 현종의 그리움을 오로지 풍경 묘사로 표현하고 있다. 처음에는 풍자의 뜻을 담고 내닫던 시구가, 여기에 이르러서는 동정과 연민으로 바뀐다.

시의 후반부에서는 현종이 도사들의 도움을 받아, 신선 세계의 봉래궁蓬萊宮에서 마침내 양귀비를 다시 만난다. 양귀비는 "그 옛날 현종의 선물을 돌려주어 자신의 깊은 애정을 표시(舊物表深情)"한다. 아울러 다음과 같이 사랑이 가득한 맹세를 한다.

하늘에서라면 비익조 되어 날고 지고　　　　在天願作比翼鳥
땅에서라면 연리 가지되어 지고　　　　　　在地願爲連理枝

'비익조'란 암수 모두 눈과 날개가 하나만 있어서, 두 마리가 한 몸이 되어야만 온전히 날 수 있다는 전설의 새이다. 그리고 '연리지'는 뿌리는 둘인데, 가지가 하나로 합쳐진 나무를 가리킨다. 그래서 이 두 가지는 남녀 사이의 애틋한 정과 부부의 변함없는 사랑을 의미한다. 하지만 두 사람은 더 이상 만날 수 없었다.

한 나라의 군주이자, 한 가정의 아버지로서 현종은 비판받아 마땅하다. 그러나 감정을 지닌 사람인 이융기李隆基와 양옥환楊玉環의 비극적인 사랑은 동정할 가치가 있다는 것이 바로 백거이의 생각이었다. 백거이는 보통 사람과는 다른 현종의 모습을 보았던 것이다. 아마 작가 특유의 통찰력으로 '이상적인 사랑'을 부각시키고 싶었으리라.

120여 구에 달하는 시는 단숨에 써낸 듯하여, 경물 묘사와 감정 표출이 구구절절 이어지면서 읽는 이의 가슴을 휘저어 놓는다. '한恨'을 주제로 영원히 잊을 수 없는 인상을 남겼다.

백거이의 「사랑의 한」에서 비롯된 당 현종과 양귀비의 사랑 이야기는 이후 중국 문학의 단골 소재가 되었다. 그래서 이 이야기를 다룬 문학작품은 장르를 불문하고 수십 종에 달한다. 앞서 백거이에게 시를 쓸 것을 권했던 진홍도 같은 소재를 가지고 「이야기 '사랑의 한'(長恨歌傳)」을 썼다.

세상을 풍자한 시

　원화 3년(808) 백거이는 좌습유左拾遺에 임명되었다. 좌습유는 황제에게 의견을 제시하고 건의하는 전문 직책이다.

　백거이는 언제나 최선을 다하여 첨예한 의견을 제시해서, 때때로 황제를 불쾌하게 만들었다. 사회의 어두운 면을 상소문으로 보고했을 뿐만 아니라, 시를 이용하기도 했다. 이처럼 비교적 완곡하고 자유로운 형식을 이용하여 통치자에게 경고와 훈계를 주려고 했다. 이런 의미를 담은 시를 백거이는 스스로 '풍유시諷諭詩'라고 불렀다. 풍자하고 비꼰다는 뜻을 담은 것이다.

　「진 땅의 노래(秦中吟)」는 풍유시의 대표작이다. 모두 10수인데, 불합리한 사회 현상을 폭로한 내용이 대부분이다. 예를 들어 「과중한 세금(重賦)」은 백성의 입을 빌어 백성을 착취하는 관리들을 비판했다.

어제 나머지 세금 바치느라	昨日輸殘稅
관아의 창고를 몰래 훔쳐봤더니	因窺官庫門
비단과 피륙이 산더미 같고	繒帛如山積
명주실이 구름덩이 같았네	絲絮似雲屯
…………	
우리 백성 헐벗게 하여	奪我身上暖

황제의 은총 사려 했으니	買爾眼前恩
천자의 경림고에 들어간 뒤론	進入瓊林庫
오랜 세월 흘러 먼지가 되리라	歲久化爲塵

지금 보아도 너무나 불평등한 모습이다.

「가벼운 털옷과 살찐 말(輕肥)」에서는 '붉은 술(朱綬)'과 '자색 술(紫
綬)'을 단 환관들이 잔치를 벌이는 상황을 적고 있다. 그 광경은 산해
진미에 주지육림이 따로 없었다.

그러나 당시 백성들의 생활은 어떠했을까?

| 올해도 강남에는 가뭄이 들어 | 是歲江南旱 |
| 구주에선 사람이 사람을 먹는다는데 | 衢州人食人 |

앞의 상황과 비교하면, 강렬한 대비가 아닐 수 없다.

「꽃을 사다(買花)」에서도 이러한 대비 수법을 사용했다.

| 한 뿌리의 짙은 모란꽃 값 | 一叢深色花 |
| 중산층 열 가구의 세금이라네 | 十戸中人賦 |

시인이 폭로한 이러한 사회의 부조리는 읽는 이들을 심사숙고하게
만들었다.

신악부

　「신악부」는 백거이의 또 다른 풍유시이다. 이는 모두 50수이고, 거의 만 자에 이르는 대작이다. 앞서 살펴본 「진 땅의 노래」는 오언체인 반면, 「신악부」는 칠언체로 이루어져 있다. 그러나 내용은 크게 다르지 않아, 대부분 백성을 동정하고 어두운 사회 현실을 폭로한다.

　「신풍의 팔 없는 노인(新豊折臂翁)」은 시인의 말을 빌자면, "국경에서 전공을 올리는 일을 경계(戒邊功)"하려고 지은 작품이다.

　신풍현(오늘날의 섬서성 임동현臨潼縣 신풍진)에 팔이 잘린 노인이 살고 있었다. 그의 나이는 이미 여든여덟 살이었다. 그의 팔은 자기가 스스로 자른 것이라 한다. 그 까닭은 다음과 같다.

　천보 시기(742~756)에 당의 통치자들은 운남 지역의 이민족을 토벌하려고 자주 군대를 보냈다. 하지만 "천만 명 가운데 한 사람도 돌아오지 못했다(千萬人行無一回)." 당시 스물네 살이던 노인은 징집을 피하려고, 자신의 팔을 돌로 내리쳐 부러뜨린 것이다.

　시의 마지막 부분에서는 다음과 같이 시의 주제를 밝혔다.

그대는 들었는가	君不聞
천보의 재상 양국충은	天寶宰相楊國忠
황제의 은총 홀로 얻으려 변경의 전공 세우려 했음을	
	欲求恩幸立邊功
그 공 미쳐 세우기 전 원성 소리만 높았음을	邊功未立生人怨
신풍의 팔 없는 노인에게 가서 물어 보시길	請問新豊折臂翁

「두릉의 노인(杜陵叟)」의 주제는 "농부들의 고통을 불쌍히 여김(傷農
夫之困)"이다. 그해 봄과 가을에 가뭄과 한해가 들어, 농부들은 벼를
제대로 거두지 못했다. 그럼에도 지방 관리는 농민들에게 세금을 강
요했다.

우리네 몸에서 옷을 벗기고

우리네 입에서 밥을 빼앗네

사람 잡아 먹는 것 승냥이와 이리뿐이냐

갈고리 발톱과 톱니 없다 하여 사람 고기 못 먹으랴

剝我身上帛

奪我口中粟

虐人害物即豺狼

何必鉤爪鋸牙食人肉

시에 담긴 감정이 매우 격렬하다. 더 나아가 황제도 은근히 풍자하
고 있다.

「상양의 백발 궁녀(上陽白髮人)」에서는 평생을 궁궐의 깊은 곳에 갇
힌 채 늙어 가는 궁녀를 깊이 동정했다. 이처럼 백거이의 풍유시는
갖가지 소재를 다루었다.

그래도 「신악부」 가운데 가장 유명한 작품은 「숯 파는 노인(賣炭
翁)」이다.

숯 파는 노인

종남산 나무 베어 숯을 굽는다

먼지 재로 그을린 시커먼 얼굴

희끗한 구레나룻 새까만 열 손가락

숯 팔아 얻은 돈 무엇 하려나

몸에 걸칠 옷가지와 입에 들 밥값이지

賣炭翁

伐薪燒炭南山中

滿面塵灰煙火色

兩鬢蒼蒼十指黑

賣炭得錢何所營

身上衣裳口中食

가엾게도 입은 것은 홑옷뿐이나 　　　　　可憐身上衣正單
숯 값 싸다 걱정하며 춥기만을 바라네 　　心憂炭賤願天寒
밤사이 성 밖에 눈이 한 자 내리니 　　　夜來城外一尺雪
새벽에 숯마차 얼음길을 몰았네 　　　　曉駕炭車輾氷轍
해는 중천이라 소도 지치고 사람도 허기져 牛困人飢日已高
남문 밖 흙길에 멈추어 한숨 돌리려 할 새 市南門外泥中歇
펄럭펄럭 말 타고 오는 저 두 사람 누구인가 翩翩兩騎來是誰
노란 옷의 환관과 흰 옷의 하급 관리 　　　黃衣使者白衫兒
두루마리 내밀면서 어명이라 고함치고 　手把文書口稱勅
수레 돌려 소를 몰아 북쪽으로 끌고 가네 回車叱牛牽向北
수레 가득 실은 숯은 천 근이 넘지만 　　一車炭, 千餘斤
궁중 나리 끌고 가니 아까운들 어쩌리오 　宮使驅將惜不得
반 필의 붉은 명주 열 자의 능라를 　　　半匹紅綃一丈綾
소머리에 묶어서 숯 값이라 보냈다네 　　繫向牛頭充炭値

구구절절 비참한 광경이 이어지고 있다. 당시 궁중에서는 때때로 시장에 사람을 보내, 명목상 적은 돈으로 값을 치르고 거의 강제로 물건을 사들이곤 했다. 소상인들이 가장 두려워하던 이런 불공평한 매매를 '궁시宮市'라고 한다. 백거이의 「숯 파는 노인」은 이런 궁시를 비판한 작품이다.

시인은 시의 전반부에서 숯 파는 노인의 고통과 빈곤을 묘사한다. 이는 바로 궁시의 불합리함을 부각시키고자 해서이다. "숯 값 싸다 걱정하며 춥기만을 바라네"란 구절은, 숯 파는 노인의 비극적인 처지와 모순된 심리를 절묘하게 그렸다.

시 전체를 통틀어 직접적이고 공개적인 비판은 한 구절도 없다. 그러나 시인의 의도는 독자들의 가슴 속 깊이 파고든다.

「신악부」의 시들은 통속적이고 읽기 쉬운 언어만을 썼다. 이것이 백거이 시의 큰 장점 가운데 하나이다. 전하는 바에 따르면, 백거이는 시를 완성하고는 언제나 동네 할머니들에게 들려주었다고 한다. 할머니들이 이해하지 못하면, 두 번이고 세 번이고 계속 시를 고쳤다고 한다. 또한 이처럼 언어가 통속적이고 질박한 이유는, 시인이 악부 민가를 열심히 연구한 결과이기도 하다.

백거이는 시에서 중요한 것은 그 내용이지 형식이 아니라고 생각했다. 「신악부 · 서문」에서 이렇게 밝혔다.

> 따라서 문장이란 임금을 위해, 신하를 위해, 백성을 위해, 사물을 위해, 일을 위해 짓는 것이지, 문장 자체를 위해 짓는 것은 아니다.
>
> 總而言之, 爲君爲臣爲民爲物爲事而作, 不爲文而作也

더불어 오로지 시만을 위해 시를 지어서는 안 된다고 밝혔다.

백거이는 이처럼 이론과 실천 모든 면에서 확실한 주관을 가지고 있었다.

비파의 노래

백거이가 좌습유를 맡은 지 3년, 그의 어머니가 돌아가셨다. 그는 고향으로 돌아가 삼년상을 치렀다. 그리고 다시 조정으로 돌아와 좌찬

선대부左贊善大夫가 되었다. 이는 태자에게 공부를 가르치는 한직이다.

1년 뒤인 원화 9년(814)에는 조정에 커다란 사건이 일어났다. 지방 군의 지도자들이 중앙정부의 통제를 무시하고 소요를 일으켰다. 그런데 이를 무력으로라도 진압하려던 재상 무원형武元衡이 자객의 습격을 받아 암살된 것이다.

이에 백거이는 암살자를 체포하기 위한 수사를 촉구했다. 하지만 오히려 권한을 넘는 발언을 했다고 비난만 받았다. 그뿐만 아니라 자기 어머니가 우물로 떨어지는 꽃을 보며 돌아가셨는데, 아들은 「꽃구경(賞花)」이니 「새 우물(新井)」이니 하는 시나 지었으니 이는 '효' 가 아니라는 비방을 들어야만 했다. 이 때문에 백거이는 강주江州(오늘날의 강서성 구강시九江市)의 사마司馬로 좌천되었다. 815년, 그의 나이 마흔네 살 때의 일이다.

당시 강주는 외지고 초라한 지역이었다. 그리고 '사마' 라는 직책도 이렇다 할 권한이 없는 한직이었다. 백거이의 마음이 불편했음은 물론이다. 그러나 그는 여기서 유명한 가행체歌行體 장편시인 「비파의 노래(琵琶行)」를 지었다.

「비파의 노래」는 시인이 강주에 있을 때 경험한 일을 적은 것이다. 어느 가을 밤, 시인은 심양강潯陽江에서 손님을 떠나보내려고 했다. 그때 어디선가 들려오는 가야금 소리에 이끌려 한 부인을 만났다.

그녀는 원래 장안의 유명한 기녀였다고 한다. 지금은 나이가 들고 미모가 시들어, 장안을 떠나 장사꾼의 아내가 되었다. 하지만 남편은 언제나 장사 때문에 나가 있어, 그녀는 심양강에서 홀로 빈 배를 지킨다고 했다.

시인은 부인의 이야기를 듣고 감개가 무량했다. 자신도 장안에서 강주로 좌천되었기 때문이다.

세상 끝을 떠돌기는 나나 그녀나 마찬가지　同是天涯淪落人

이렇게 만났으니 그동안 몰랐음이 무에 대수랴

　　　　　　　　　　　　　　　　　　相逢何必曾相識

이것이 바로 이 시의 주제이다.

시에 나오는 비파 연주를 묘사한 부분은 최고의 절창으로 평가받

는다.

심양강 강가에서 밤늦게 나그네 전송하는데　潯陽江頭夜送客

단풍잎 갈대꽃이 소슬대는 가을 쓸쓸하다　楓葉荻花秋瑟瑟

주인인 내가 말에서 내리니 손님은 이미 배 안에 있어

　　　　　　　　　　　　　　　　　　主人下馬客在船

술잔 들어 마시려 하니 흥 돋을 음악 없다　舉酒欲飮無管絃

취해도 흥이 안나 쓸쓸한 마음으로 이별하려니　醉不成歡慘將別

가없는 장강 물에 달그림자 잠겼구나　別時茫茫江浸月

문득 강물 위로 들려오는 비파 소리에　忽聞水上琵琶聲

돌아갈 길 잊은 주인 길 못 뜨는 나그네　主人忘歸客不發

타는 이가 누구요 소리 좇아 조심히 물으니　尋聲暗問彈者誰

비파 소리 그치고 대답은 더디구나　琵琶聲停欲語遲

배를 옮겨 가까이 가 얼굴 뵙기를 청하여　移船相近邀相見

술 더하고 등불 옮겨 다시 잔치 벌였다　添酒回燈重開宴

여러 번 부른 뒤에야 겨우 모습 나타내니　千呼萬喚始出來

여전히 비파 안고 소매로 얼굴 가렸다　猶抱琵琶半遮面

이윽고 비파 들고 줄 긁어 두어 번 소리 내니　轉軸撥絃三兩聲

미처 다 켜기도 전에 벌써 감정 담겨 있다　未成曲調先有情

줄마다 억눌린 소리 소리마다 스민 생각　絃絃掩抑聲聲思

평생 이루지 못한 뜻 모두 실어 내려는 듯　似訴平生不得志
눈 내리뜨고 손 가는대로 자유롭게 이어지고　低眉信手續續彈
마음속 한없는 사정을 모두 토해 내려는 듯하다　說盡心中無限事
가볍게 눌러 천천히 비벼 쓰다듬고는 다시 타니　輕攏慢撚抹復挑
처음에는 예상우의곡을 다음에는 육요곡을　初爲霓裳後六么
굵은 현은 떠들썩한 소나기 내리는 듯　大絃嘈嘈如急雨
가는 현은 하늘하늘 귀에 속삭이는 듯　小絃切切如私語
떠들썩 하늘하늘 뒤섞어 연주하니　嘈嘈切切錯雜彈
크고 작은 진주를 백옥 쟁반에 떨구는 듯하다　大珠小珠落玉盤
꽃 아래 한가로이 우짖는 꾀꼬리인 양　間關鶯語花底滑
얼음 밑 흐느끼며 흐르는 샘 여울인 양　幽咽泉流氷下灘
찬 물줄기 얼어붙듯 현의 가락 뒤엉켜　水泉冷澁絃凝絕
엉킨 소리 끊어져 잠시 뒤 멎고 만다　凝絕不通聲暫歇
별안간 엉킨 슬픔 남 모르는 한스러움　別有幽愁暗恨生
이때러면 소리 없음이 소리 있음보다 낫구나　此時無聲勝有聲
갑자기 은항아리 깨지며 물 쏟아지는 듯　銀瓶乍破水漿迸
갑옷 입은 기마 병사 창칼을 휘두르는 듯　鐵騎突出刀槍鳴
연주 끝나 채 거두며 가슴 근처의 현을 긁자　曲終收撥當心畫
네 현이 일시에 울며 비단을 찢는 듯하다　四絃一聲如裂帛
동쪽 배 서쪽 배 감탄하여 말이 없고　東船西舫悄無言
강 가운데 가을 달이 희게 바라보일 뿐　唯見江心秋月白

……………

악기 소리를 어떻게 이처럼 절묘하게 묘사할 수 있을까?
"굵은 현은 떠들썩한 소나기 내리는 듯, 가는 현은 하늘하늘 귀에 속삭이는 듯," "크고 작은 진주를 백옥 쟁반에 떨구는 듯," "갑자기 은항아리 깨지며 물 쏟아지는 듯, 갑옷 입은 기마 병사 창칼을 휘두르는 듯," "네 현이 일시에 울며 비단을 찢는 듯" 같은 표현은 절로 탄성이 나게 한다.

음악은 귀로 감상하는 것이다. 그러나 백거이는 음악을 들을 때 드는 갖가지 감정을, 이처럼 문자로 생생하게 형상적으로 묘사했다.

또 이 시에서는 음의 빠름과 느림, 높음과 낮음, 멈춤과 갑작스런 치달음 등을 구성지게 표현하여 독자의 마음을 사로잡고 있다.

"여러 번 부른 뒤에야 겨우 모습 나타내니, 여전히 비파 안고 소매로 얼굴 가렸네"와 "이때라면 소리 없음이 소리 있음보다 낫구나" 같은 시구도 절세의 명구로 손꼽힌다.

원진에게 주는 편지

백거이는 강주에 머물며 「원구에게 주는 편지(與元九書)」를 썼다. '원구'는 바로 원진元稹을 가리킨다. 그의 항렬이 아홉 번째라서 '원구'라고 한 것이다. 이 글은 단순히 친구에게 보낸 편지로 볼 수도 있다. 하지만 문학 이론을 담은 글로도 평가할 수 있다.

백거이는 이 글에서 문장과 시에 대한 자신의 견해를 모두 피력했다.

문장은 시대에 합당하게 지어야 하고, 시가는 일에 부합하게 지어야 한다.

文章合爲時而著, 歌詩合爲事而作.

이는 문학은 시대에 부합하고, 시사 문제를 반영해야 한다는 뜻이다. 또 이런 말도 했다.

시란 정에 뿌리를 두고, 말에서 싹트며, 소리에서 꽃피고, 의로움에서 열매 맺는다.
詩者, 根情, 苗言, 華聲, 實義.

이는 감정이 시의 근원이고, 언어는 시의 싹이며, 음운과 성조는 시의 꽃이고, 교육적 의의는 시의 열매라는 뜻이다. 이렇게 볼 때 시인은 시의 사상적 내용과 사회적 효과를 매우 중시했음을 알 수 있다.

「원구에게 주는 편지」를 통해 백거이의 시가 당시에 끼친 영향도 짐작할 수 있다. 시인 자신의 말을 빌면, 장안은 물론이고 거의 모든 지역의 향교, 사찰, 여관, 여객선에는 백거이의 시가 벽에 붙어 있을 정도였다고 한다. 지식인은 물론 일반 백성에 이르기까지, 심지어 스님과 부녀자들조차 백거이의 시를 입에 달고 다닐 정도였다. 시인이 어디를 가든지 사람들은 그가 「진 땅의 노래」와 「사랑의 한」을 쓴 작가라고 떠받들어 주었다. 심지어 어느 기녀는 이런 말까지 했다.

"내가 백 선생님의 「사랑의 한」을 다 욀 수 있는데, 어떻게 다른 기녀와 함께 취급할 수 있단 말입니까?"

3년 남짓 강주에 머물던 백거이는 충주자사忠州刺史로 승진했다. 2년 뒤에는 다시 장안으로 돌아가, '지제고知制誥'란 관직을 맡았다. 이는 황제를 위해 조서의 초고를 작성하는 임무였다.

하지만 당시 조정에서는 당쟁이 치열했던 터라, 백거이는 뜻하지 않게 그 소용돌이에 휘말렸다. 그래서 백거이는 2~3년 뒤 자진하여 항주자사杭州刺史로 내려갔다.

항주에 도착한 백거이는 서호西湖의 수리 시설을 보수 확장하고, 논밭의 관개시설을 정비하는 한편, 여섯 군데에 새로운 우물을 파 지역민의 식수원을 확보했다. 당시 서호에는 원래 백사제白沙堤라는 제방이 있었다. 그런데 백성들이 그런 백거이의 치적을 기념하려 '백공제白公堤' 로 이름을 바꾸었다고 한다. 애초부터 백거이가 만든 제방이라는 말도 전한다. 아무튼 그 당시 백거이는 시간이 나면 서호 주변을 돌아다니며 시를 짓는 데 몰두하여, 적지 않은 시를 남겼다.

3년 뒤 시인은 낙양으로 돌아갔다. 그리고 오래지 않아 소주자사蘇州刺史로 발령을 받았다. 하지만 1년 뒤 병이 나, 다시 낙양으로 돌아왔다. 그즈음 백거이는 정치에 염증을 느끼고 있었다. 정치투쟁의 소용돌이에 휘말릴까 두렵기도 했다. 그래서 차츰 불가와 노장 학설에 흥미를 느꼈다. 그는 언제나 흰 두루마기를 입고, 긴 지팡이를 손에 들고는 풍경이 수려한 향산사香山寺를 자주 찾았다고 한다. 그리고는 스스로를 '향산거사香山居士' 라고 불렀다. 오늘날 낙양시 남쪽에 가면 유명한 용문 석굴이 있는데, 그 맞은편 언덕에 있는 절이 바로 향산사이다.

어떤 때는 스님과 함께 조각배를 타고 차와 음식을 나누는가 하면, 물결 따라 배를 타면서 시를 읊었다. 이때 지은 시들은 이미 예전의 날카로움을 잃었다.

백거이는 노년에 병으로 고생하다가, 결국 일흔다섯의 나이로 세상을 떠난다. 그는 향산사에서 가까운 용문산龍門山에 묻혔다. 그러자 전국에서 추모객이 몰려들어, 묘소 앞에 술을 올리며 고인의 명복을 빌었다고 한다. 전하는 바로는 묘소 앞은 언제나 추모객들의 눈물

백거이의 묘.

로 축축하게 젖어 있었다고 한다.

　백거이는 일생 동안 3,840수의 시와 문장을 남겼다. 그는 만년에 자신의 작품을 모아 『백씨문집白氏文集』이라는 책을 엮었다. 그리고 모두 다섯 벌을 만들어, 각각 다른 곳에 보관했다. 오늘날까지 그의 시가 다른 작가의 작품과 달리 완전하게 보존된 이유는, 이처럼 백거이 자신의 정리와 보존 노력 덕택이다.

　그의 시는 생전에도 유명하여, 나라 안팎으로 이름을 떨쳤다. 당시 신라의 상인들은 가는 곳마다 그의 시를 수소문했다. 전하는 바로는 그의 시 한 편을 가져가 재상에게 바치면, 상금으로 1백금을 받았다고 한다. 어느 일본 스님도 일부러 소주까지 찾아가 『백씨문집』을 베껴서 돌아갔는데, 오늘날 일본의 국보가 되었다고 한다.

　당나라 때의 피일휴皮日休, 섭이중聶夷中, 육구몽陸龜蒙, 나은羅隱, 두순학杜荀鶴 등과 송나라 때의 왕우칭王禹偁, 매요신梅堯臣, 소식蘇軾,

육유陸游, 청나라 때의 오위업吳偉業, 황준헌黃遵憲 등은 모두 백거이의 시풍에 영향을 받았다.

소식이 자신의 호를 '동파東坡'라고 지은 까닭도 「동쪽 언덕에 꽃 심고(東坡種花)」와 「동쪽 언덕 거닐며(步東坡)」와 같은 백거이의 시에서 영감을 얻어 지은 것이라고 한다.

환관과 결탁한 원진

앞서 '원·백'이라는 말과 「원구에게 주는 편지」에서 언급했던 원진을 알아보자. 원진元稹(779~831)의 자는 미지微之이고, 하남河南(오늘날의 하남성 낙양시) 사람이다. 그는 일찍이 백거이와 함께 '신악부' 운동을 주도했다.

그가 지은 「베짜는 아낙(織婦詞)」과 「농가의 노래(田家詞)」 등 「신제악부新題樂府」 12수가 있다. 이는 모두 의미 있는 작품이다. 그래도 가장 뛰어난 작품으로는 「슬픈 마음 쏟으며(遣悲懷)」 3수를 꼽을 수 있다. 이는 먼저 세상을 뜬 아내를 그리워하는 작품이다. 그 가운데 한 수를 살펴보자.

사혁謝奕이 가장 아끼던 막내딸	謝公最小偏憐女
금루와 결혼하기로 자청하여 모든 일 어그러졌네	
	自嫁黔婁百事乖
내 생각해 옷 없다고 옷상자 들추고	顧我無衣搜藎篋

날 위로해 술 마시라고 금비녀를 뽑았지	泥他沽酒撥金釵
채소로 배 채우고 콩잎 달게 먹던 그녀	野蔬充膳甘長藿
장작불에 낙엽 얹으며 고목나무 바라보았네	落葉添薪仰古槐
이제는 봉급이 십만이 넘으니	今日俸錢過十萬
그대 위해 거듭하여 제례를 바치리라	與君營奠復營齋

시인의 아내 위혜총韋蕙叢은 생전에 갖은 고생을 함께 했다. 하지만 시인이 십만 전 넘는 봉급을 받는 고관이 된 지금은 더 이상 함께 영화를 누릴 수 없게 되었다. 그는 아내가 죽었을 때 임지에 가 있느라 장례식에 오지도 못했다. 그때 시인이 느꼈을 비통함과 자책감은 상상이 가고도 남는다.

사혁은 남북조시대 동진東晉의 재상인데, 자신의 막내딸을 끔찍이 사랑했다고 한다. 금루는 전국시대 제나라의 은자로서, 위왕威王의 스승이었다. 청빈함을 실천하며 살아서, 나중에는 '가난한 선비'를 뜻하게 되었다. 시인은 이들의 상황을 빌어 자신의 처지에 빗댔다.

그러나 원진은 뒤에 환관 세력과 결탁하여 정치적인 출세를 누려, 일생일대 오점을 남겼다.

신악부 시인들

원·백과 더불어 '신악부' 운동에 동참했던 시인들이 있다. 그들은 장적, 왕건, 이신 등이다.

장적張籍(766~830?)의 자는 문창文昌이고, 본적은 오군吳郡(오늘날의 강소성 소주시)이다. 하지만 자라기는 화주和州 오강烏江(오늘날의 안휘성 安徽省 화현 오강진)에서 자랐다. 그 뒤 한유의 도움으로 관직에 오를 수 있었기 때문에 그와 깊은 인연을 맺었다.

그의 악부시는 백거이의 찬양을 받았다. 그는 시를 통해 고통 받는 백성을 동정하고, 어두운 현실을 기탄없이 비판했기 때문이다. 장적은 「성 쌓는 노래(築城詞)」에서는 성 쌓는 인부들의 고통을 노래했다. 그리고 다음의 「산골 노인의 노래(野老歌)」에서는 세금 때문에 끼니를 걱정하는 노인의 처지를 노래했다.

늙은 농부 가난하여 산에서 살며	老農家貧在山住
산비탈 서너 뙈기밭을 일구네	耕種山田三四畝
모는 성글고 세금 많아 먹을 것 없는데	畝疏稅多不得食
관가 창고에선 곡식 썩어 흙이 되네	輸入官倉化爲土
섣달그믐 호미 쟁기가 텅 빈 집을 지키니	歲暮鋤犁傍空室
아이 불러 산에 올라 도토리를 줍는다	呼兒登山收橡實
서강의 상인은 진주가 백 섬이라	西江賈客珠百斛
배 안에 개 키우며 고기만 먹인다는데	船中養犬長食肉

당시 농민들의 상황을 쉬운 언어로 잘 표현하고 있다. 마지막 구절에서는 농부와 상인을 비교하여 독자의 심정을 자극한다.

왕건王建(766~831?)의 자는 중초仲初이고, 영천潁川(오늘날의 하남성 허창許昌市) 사람이다. 그의 시는 장적과 이름을 나란히 해, '장·왕 악부'라는 말을 들었다.

특히 그는 통치자들의 비리를 대담하게 폭로했다. 예를 들어 「우림군의 노래(羽林行)」에서는 황제를 호위하는 우림군을 비판한다.

그들은 원래 "품행이 나쁜 장안의 깡패(長安惡少)"들이다. "1층에서 상인의 물건을 빼앗아, 2층 술집으로 올라가 술을 퍼마시고(樓下劫商樓上醉)," "수없이 살인을 일삼으니 죽어 마땅한 놈(百回殺人身合死)"들이다.

그러나 황제는 조서를 내려 그들을 사면하고, 성과 이름을 바꾸어 우림군에 입대하도록 했다. 하지만 그들은 제대한 뒤에도 버젓이 "궁전 앞에 서서 화살로 날아가는 새들을 사냥(立在殿前射飛禽)"했다.

이신李紳(772~846)의 자는 공수公垂이고, 윤주潤州 무석無錫(오늘날의 강소성 무석시) 사람이다. '신제악부'라는 명칭을 가장 먼저 사용한 사람이 바로 이신이다. 하지만 안타깝게도 그의 「신제악부」 20수는 현재 전하지 않는다.

그러나 그의 「농민을 동정하며(憫農)」 2수는 낯설지 않다. 「고풍古風」이라고도 부르는 이 2수를 살펴보면서 이 장을 마무리하기로 하자.

봄이라 곡식 한 톨 심으면	春種一粒粟
가을에는 만 톨 얻네	秋收萬顆子
온 세상에 노는 땅 없건만	四海無閑田
농부들은 여전히 굶주려 죽어가네	農夫猶餓死

호미 들고 김매노라면 어느덧 한낮이 되어	鋤禾日當午
벼 아래 흙 속으로 떨어지는 땀방울	汗滴禾下土
그 누가 알리요 상 위에 오른 밥	誰知盤中餐
알알이 모두가 농부의 피땀인 것을	粒粒皆辛苦

원·백의
원화체와
장경체 시

역사적으로 원진의 정치 경력은 그리 좋지 않게 평가받습니다. 헌종憲宗 원화 5년(810)에 원진이 강릉江陵 참군參軍으로 폄적된 때를 기점으로 그 이후로는 부정적인 시각이 많지요.

그 이유는 이렇습니다. 강릉에서 원진의 상관이던 사람은 환관인 최담준崔潭峻이었습니다. 그는 원진의 시를 매우 좋아했지요. 나중에 최담준이 중앙으로 올라가 목종穆宗의 총애를 받자, 그는 원진의 시를 황제에게 보이며 그를 추천했습니다. 원진에게 호감을 갖고 있던 목종은 이를 받아들였지요.

이를 계기로 원진은 승진의 길을 걷습니다. 그런데 당시의 규정에 따르면, 관리의 임명과 승진은 재상부에서 관할하는 것이 원칙이었습니다. 그래서 환관과 황제의 후광을 입고 관리가 된 사람은 비난과 멸시를 끊이지 않고 받았지요.

이후 원진은 재상까지 되었지만, 이러한 비난과 견제를 견디지 못하고 좌천됩니다. 그러나 그 때문에 시인 원진의 명성까지 평가 절하하면 안 됩니다.

백거이와 원진이 함께 교서랑校書郎이 된 802년부터 각각 강주江州와 통주通州 사마로 폄적된 815년까지, 약 10여 년 동안 두 사람은 수많은 시와 편지를 주고받았습니다. 이처럼 진실한 우정으로 지은 시는 당시에 큰 인기를 얻었지요. 그래서 사천과 호북 지방을 비롯하여 장안 일대의 사람들은 둘의 시를 모방하여 새로운 시를 많이 지었습니다.

'옛글'을 앞세운 사나이

22

한유韓愈
맹교孟郊
가도賈島

문풍을 쇄신하는 데 앞장선 한유.

앞장에서 살펴보았듯이 당나라 때 시는 정말 엄청나게 발전했다. 하지만 그에 못지않게 산문도 크게 발전했다. 이 장에서는 당나라의 산문가 한 사람을 소개하려고 한다.

'당송팔대가唐宋八大家' 란 말이 있다. 그 팔대가에는 당나라의 문학가가 둘 있으니, 한유韓愈와 유종원柳宗元이 바로 그들이다. 그들은 '고문古文' 의 달인으로서, 당나라의 문풍을 쇄신했다.

'고문' 이란 말 그대로 '옛글' 이다. 그런데 여기서 '고문' 이란 단어는 특별한 의미를 담고 있다. '고문' 은 화려한 수식과 가지런한 대구를 중시하던 '시문時文,' 곧 '현대문' 의 상대어이다. 앞뒤 구절이 서로 호응하는 병체문과 달리, 하나의 문장을 기본단위로 대구와 성률을 따지지 않는 '자유로운 문장(散體文)' 이 바로 '고문' 이다. 요즈음 우리가 말하는 '산문散文' 의 의미가 여기에서 비롯되었다.

한유는 유가의 도를 숭상했다. 그 유가의 도는 선진시대의 '고문' 으로 쓴 것이다. 그래서 그는 성현들의 도리를 숭상하고자 고문을 제창했다. 이것이 한유의 일관된 주장이었다.

이런 이유로 중국 문학사에서는 한유부터 시작하는 이 문학 혁신 운동을 '고문 운동' 이라고 부른다.

앞에서 살펴보았듯이 육조시대에는 화려한 수식을 일삼는 병체문駢體文이 성행했다. 당나라 초기에도 이러한 사륙병려문四六駢儷文의 풍조는 여전했다. 왕발의 「등왕각서」나 낙빈왕의 「무측천을 토벌함을 알리는 글」도 모두 병체문으로 쓴 글이었다.

그래서 한유는 자신의 힘으로 이처럼 '불량한' 문풍에 맞서 싸우기로 결심했다. 여기에는 그의 문학적 재능이 큰 밑바탕이 되었다. 그의 사람을 감동시키는 고문 창작 능력은 문단 전체를 휘어잡을 정도였다. 이에 그와 뜻을 같이하는 문인들이 차츰 늘어났다. 거기에 유종원처럼 뛰어난 문학가가 그의 주장에 호응하여, 고문은 마침내 병문을 누르고 문단과 사회의 승인을 얻었다.

한유(768~824)의 자는 퇴지退之이고, 하양河陽(오늘날의 하남성 맹현孟縣) 사람이다. 그는 자신을 스스로 군망창려郡望昌黎라고 했다. 이 말에서 마을 사람들이 그에게 큰 기대를 걸었음을 알 수 있다. 또 당시에는 그를 '한창려'라고도 불렀다. 그의 선조가 하북河北의 창려현에서 살았던 적이 있기 때문이다. 그리고 한때 이부시랑吏部侍郎을 지낸적이 있어서 '한이부'라고도 불렀다. 죽은 뒤에는 '문文'이라는 시호를 받아서 '한문공韓文公'이란 호칭을 얻기도 했다.

한유의 아버지는 말단 관리였다. 하지만 이백, 두보와 친분을 나눌 정도였다. 그런 아버지는 한유가 세 살 때 돌아가셨다. 그래서 한유는 형과 형수 손에서 자랐다.

그가 열 살 때에는 형이 정치 사건에 연루되어, 영남嶺南 지방으로 유배되었다. 그래서 한유도 형과 함께 오지를 전전했다. 하지만 그도 오래지 않아 죽어, 형수는 아들과 시동생을 데리고 힘겹게 생활했다.

이처럼 어려운 생활에도 형수는 자식과 시동생을 부지런히 가르쳤다. 덕분에 한유는 일곱 살에 공부를 시작하여, 열세 살에 글을 쓸 수 있었다. 열아홉 살이 되던 해에는 형수와 작별하고, 장안으로 가서 시험을 보았다. 그러나 일이 순탄치만은 않아서 거듭 네 번을 응시한 뒤에야 비로소 진사가 될 수 있었다. 이때가 그의 나이 스물다섯이었다.

그런데 당시에는 관리가 되려면 다시 이부의 선발 시험을 거쳐야만 했다. 그래서 한유는 그 시험에 거듭 세 번을 응시했지만, 결과는 모두 불합격이었다. 이리하여 한유는 친구의 신세를 지면서 십 년 동안 장안에 머물렀다.

그는 생활을 꾸리기 위해, 잠시 선무宣武 절도사와 서주徐州 절도사의 막료로 지내면서 문서 작성을 돕기도 했다. 그러면서 시간이 나면 고문을 창작하는 방법을 연구하는 것으로 즐거움을 삼았다.

서른다섯 살이 되던 해 한유는 국자감國子監 사문박사四門博士에 임명되어, 처음으로 조정의 관리가 되었다. 다음해에는 감찰어사監察御使로 승진했다. 그러나 일 년을 다 채우지도 못한 채 양산령陽山令으로 좌천되었다. 단지 백성을 위하여 황제에게 '궁시'의 폐단을 보고했다는 것이 그 이유였다. '궁시'는 앞서 백거이의 「신풍의 팔 없는 할아버지」에서 언급한 적이 있다.

그 뒤 한유의 관직은 황제의 마음에 따라 춤을 추었다. 한유의 강직한 성격과 재능이 통치자의 눈에 들기도 했지만, 이를 탐탁지 않게 여기는 정적들도 적지 않았기 때문이다.

현종 때에는 군벌 오원제吳元濟가 조정의 중재에도 불구하고, 회서淮西 지역에서 군사들을 동원하여 반란을 일으켰다. 한유는 이를 진압하라고 강력히 주장하는 한편, 재상을 도와 직접 군대를 지휘하여 반란군을 평정했다. 개선한 뒤 한유는 현종의 신임을 얻어 형부시랑刑部侍郎으로 승진했다.

하마터면 목숨을 잃을 뻔한 적도 있다. 당시 현종은 불교에 심취해 있었다. 원화元和 14년(819)에 현종은 봉상鳳翔의 법문사法門寺에 있던 불골佛骨(석가모니의 손가락뼈였다고 함)을 황궁으로 들여왔다. 그러자 순식간에 조정 안팎에서 예불을 드리는 풍조가 들끓었다.

한유는 이에 반대하여 「불골을 논함(論佛骨表)」이란 글을 지었다. 그는 불교가 야만인의 예법보다 못하며, 불교를 숭배했던 역대 군주

가운데 장수한 사람이 없다면서 현종의 행위를 비판했다. 이에 화가 난 현종은 한유를 죽이려고 했다. 하지만 동료들의 도움으로 겨우 죽음만은 면할 수 있었다. 그리고는 조주자사潮州刺史로 좌천되었다.

현종이 죽은 뒤 한유는 다시 장안으로 돌아와, 국자제주國子祭酒와 병부시랑兵部侍郎을 차례로 역임했다. 국자제주는 지금의 국립대학교 총장에 해당하고, 병부시랑은 국방부 차관에 해당한다.

그는 병부시랑으로 있으면서 다음의 사건 하나를 잘 처리하여, 그의 용기와 재능을 유감없이 발휘했다. 목종 장경長慶 원년(821) 성덕成德 절도사 전홍정田弘正이 부하인 왕정주王庭湊에게 피살되는 사건이 일어났다. 이어 왕정주는 조정에 절도사 직위를 요구하며, 군대를 이끌고 심주深州를 포위하여 무력시위를 벌였다. 조정은 이 까다로운 사건을 한유에게 일임했다.

한유는 조금도 두려움 없이 왕정주를 찾아갔다. 그리고 노기충천하여 그를 에워싼 병사들을 진정시킨 다음, 뛰어난 논리로 그들을 설득했다. 결국 왕정주의 군대를 철수시키고 심주의 포위를 푸는 데 성공했다.

그렇게 조정으로 복귀한 한유는 이부시랑吏部侍郎과 경조윤京兆尹 겸 어사대부御使大夫 등의 관직을 거치면서 관운을 이어갔다. 그러나 한유는 이미 쉰 살이 넘어 건강이 좋지 않았다. 그는 얼마 지나지 않아 관직에서 물러났다. 그리고 고향으로 돌아가서 지내다, 쉰일곱의 나이로 세상을 떠났다.

　한유 개인의 사상과 성격은 매우 복잡했다. 그는 유가를 숭상했으나, 묵가와 법가를 배척하지는 않았다. 그리고 미신적인 불교를 반대하는 동시에, 귀신과 운명을 믿었다. 또한 조정의 개혁파에게는 불만이 많았지만, 환관의 전횡과 군벌의 할거 같은 사안에는 개혁파와 의견을 같이 했다.

　그는 출중한 재주와 독특한 견해 및 강한 개성 때문에, 자신감을 넘어서 일종의 과대망상 증세를 보이기까지 했다. 어찌되었든 그는 결코 남의 의견에 이리저리 휩쓸리는 사람은 아니었다. 애초에 한유가 고문을 제창한 상황도 거의 혼자 힘으로 모든 기존 세력에 맞선꼴이었으니, 웬만한 기백이 아니면 엄두도 내지 못할 일이다.

　그의 글이 유명해지자, 가르침을 청하는 사람들이 여기저기서 몰려들었다. 한유는 그들을 마다 않고, 지도와 격려를 아끼지 않았다. 그래서 남의 말을 하기 좋아하는 선비들에게, 한유는 "남의 선생 되기를 즐긴다(好爲人師)"는 비웃음을 사기도 했다. 그런 사람들은 대부분 출신이 좋고 신분이 높은 사대부들이었다. 그들은 스스로를 대단하게 여겼기 때문에, 남에게 배우고자 하는 마음이 없었다.

　한유는 그들을 반박하고자 유명한 「스승론(師說)」을 지었다. 그는 글의 첫마디에서 이렇게 말했다.

　옛날 학자들은 반드시 스승이 있었으니, 스승이라 하는 것은 진리를 전하고 성인의 글을 가르쳐주며 의혹을 풀어줌이다.

　古之學者必有師, 師者所以傳道授業解惑也.

누구에게나 모르는 문제가 있기 마련이고, 그래서 스승이 필요하다는 것이다.

그렇다면 누구나 '스승'이 될 수 있을까?

나이와 신분에 상관없이 "진리(道)가 있는 곳이, 스승이 있는 곳(道之所存, 師之所存)"이었다. 진리를 장악하고 있으면 누구나 '스승'이 될 자격이 있다.

이어서 작자는 스승을 모시고 공부하던 옛 전통이 계승되지 않는 현실을 안타까워한다. 그리고는 대비를 통하여 이렇게 말했다. 어떤 이는 자식을 사랑하여, 스승을 모셔다가 글공부시킬 줄은 안다. 하지만 정작 자신은 인생을 살면서 의혹이 있어도 스승을 두어 이를 해결하고자 노력하지 않으니, 얼마나 어리석은가? '무당, 의사, 악사 같은 온갖 장인들(巫醫樂師百工之人)'도 서로 스승이 되어 가르침을 청할 줄 아는데, '사대부 족속(士大夫之族)'은 오히려 이런 이치를 잊고 있다. 이런 '군자'들의 지혜는 지위가 낮은 장인들보다 못하지 않겠는가?

작자는 이렇게 결론을 내렸다.

제자라고 반드시 스승만 못하지 않고, 스승이라고 반드시 제자보다 어질지 않다. 삶의 이치를 깨닫는 선후가 있을 따름이고, 종사하는 일의 전문가이냐 아니냐의 차이가 있을 따름이다.

弟子不必不如師, 師不必賢於弟子. 聞道有先後, 術業有專攻, 如是而已.

그러니 서로 배우고 가르치는 것이 당연한 이치라는 주장이다.

이러한 주장은 지금 들어도 조금도 손색이 없는 교육론이다. 물론

그가 말한 진리가 '유가의 도道'에 한정되었던 점은 짚고 넘어가야 한다.

또 한유는 일부 사람들의 비방에 맞서 「훼방꾼의 심리(原毁)」라는 글을 지었다. '원훼原毁'란 '훼방꾼의 심리를 탐구한다'는 뜻이다.

이 글에서는 '옛날의 군자(古之君子)'와 '오늘날의 군자(今之君子)'를 비교한다. 옛날의 군자는 자신에게 엄격하고 남에게는 관용을 베풀었다. 하지만 오늘날의 군자는 남의 행위를 비난하고 자신을 높인다. 그 이유는 나태함과 시기심 때문이다. 남이 나보다 뛰어나면 열심히 노력하여 이를 극복해야 하는데, 노력은커녕 남을 시기할 뿐이다. 그러니 남의 일을 훼방 놓을 수밖에 없다는 것이다.

이처럼 한유의 논설문은 논리가 엄밀하고 순서가 분명하며, 논증과 예문이 풍부했다. 언어도 매우 세련되었다. 「스승론」과 「훼방꾼의 심리」는 천 자를 넘지 않는다. 심지어 「잡론雜論」 같은 글은 150자밖에 안 된다. 그럼에도 불구하고 인재를 식별하고 존중하는 이치를 명쾌한 논리로 펼치고 있다.

「잡론」에서는 말(馬)을 끌어들여 이야기를 전개했다. 세상에는 천리마가 많지만, 천리마를 알아줄 백락伯樂 같은 인물은 아주 적다. 그 때문에 말 먹이는 사람이 천리마를 보통 말 다루듯이 키우니 어떻게 되겠는가?

먹는 것이 배부르지 않고, 힘이 모자라, 훌륭한 재주가 겉으로 드러나지 못했다.

食不飽, 力不足, 才美不外見.

이런 상황에 어떻게 하루에 천리를 달리리라 기대할 수 있겠는가?
물론 여기서 '천리마' 는 '한유' 자신을 가리키는 말이다.

배움의 길을 해설함

남들에게 주목받지 못한 천리마 한유는 평생 많은 고생을 했다. 국
자박사가 되었을 때에도 채소로 밥을 먹고, 아이들이 공부할 책도 사
주지 못했다. 아내는 피골이 상접할 정도로 야위었다.

「배움의 길을 해설함(進學解)」은 그가 국자박사로 있을 때 지은 글
이다. 이 글에서 그는 자조 섞인 말투로 가슴속에 가득한 울분을 쏟
았다.

글의 첫 마디에서 국자선생國子先生은 새벽에 태학太學에 나와, 학
생들을 건물 앞으로 소집하고 이렇게 훈시한다.

학업은 부지런한 데에서 정밀해지고, 즐겁게 노는 데에서 거칠어진
다. 행실은 곰곰이 생각하는 데에서 이루어지고, 함부로 행동하는 데에
서 훼손된다.

業精於勤, 荒於嬉, 行成於思, 毀於隨.

이어서 국자선생은 학생들에게 열심히 노력하고, 공부에 전념하라

고 충고한다. 아울러 주관 부서가 공정하고 청렴하니, 학문과 행실이 뛰어난 학생은 반드시 길이 열릴 것이라며 장래를 걱정할 필요가 없음도 강조했다.

그런데 선생의 말이 끝나기도 전에, 행렬 속에 있던 한 학생이 웃으면서 이렇게 말했다.

선생님이 저희들을 속이고 계시는군요.
先生欺余哉.

그 학생은 선생의 경력을 예로 들면서 선생의 가르침을 반박했다. 그는 학문을 연구하는 선생의 부지런함과 박식함, 정직한 사람 됨됨이를 장황하게 거론했다.

그런데 선생님께서는 공적으로는 사람들에게 신임을 받지 못하는 처지에 있고, 사적으로는 어느 벗에게도 도움을 받지 못하는 처지에 있습니다. 앞으로 가다가 자기 살을 밟고 뒤로 가다가 다시 자기 꼬리를 밟고 넘어지듯 이러지도 저러지도 못하는 처지에 있습니다. …… 따뜻한 겨울에도 자제분들은 춥다 울부짖고, 풍년이 들어도 사모님은 굶주림에 우시며, 선생님의 머리카락은 성기고 이는 빠져 엉성합니다. 그렇다고 죽은들 무슨 보람이 있겠습니까? 그런데도 선생님께서는 이 점을 고려하지 않은 채 오히려 사람 가르치는 일만 하고 계십니까?
然而公不見信於人, 私不見助於友. 跋前躓後, 動輒得咎. ……
冬暖而兒號寒, 年豐而妻啼飢. 頭童齒豁, 竟死何裨. 不知慮此, 而
反敎人爲.

비록 학생의 입을 빌었으나, 이 말은 한유 자신의 참담한 처지를 언급한 것이다. 조금 해학적 색채를 띠지만, 그 속에는 작자의 불운과 비참한 심경이 잘 담겨 있다.

그래서 국자선생은 그 학생을 따로 불러내, 그에게 자신의 견해를 피력했다. 한유는 자신이 큰 재목은 아니며, 조정에서도 이 정도 대우를 해주니 이미 충분한 행운을 누리고 있다고 말이다. 그러나 이 말은 예의를 차려서 하는 말이지, 작자의 본심은 아니었다.

이 「배움의 길을 해설함」은 부체賦體로 썼다. '옛글'을 주장한 한유가 부체로 글을 썼다는 점이 모순처럼 보인다. 하지만 그가 문인이었던 만큼, 자신의 주장과 달리 여러 문체를 쓸 수 있는 것이다. 아무튼 이처럼 묻고 대답하는 형태는, 동방삭의 「답객난答客難」과 양웅의 「해조解嘲」에서 영향을 받은 것이다.

네 글자로 이루어진 구문이 많고 문장 전체가 압운을 하고 있어, 읽을 때면 낭랑하고 리듬감이 넘친다. 한유의 문학적 재능은 이 글에서 마음껏 발휘되었다. 글의 첫마디부터 마치 창작의 수문을 열어 봇물이 쏟아지듯이 기기묘묘한 문장들이 줄을 잇고 있다. 그래서 읽는 이를 눈부시게 하고 찬탄을 금치 못하도록 만든다.

한유는 "스스로 빼어난 말을 만드는(自鑄偉詞)"데 가장 뛰어났고, "오직 진부한 말을 힘써 버리는 것(唯陳言之務法)"을 강조했다. 「배움의 길을 해설함」이야말로 이 방면의 훌륭한 교과서라 할 수 있다.

또한 이 글에는 한유가 새롭게 만든 말들이 많다. 이 말들은 현대 중국어에서도 자주 쓰는 사자성어四字成語가 되었다.

"많은 것을 탐하고 얻는 것에 힘쓰다(貪多務得)"
"크든 작든 하나도 버리지 않다(細大不損)"

"알기 어렵고 읽기 힘든 글(佶屈聱牙)"
"문장의 묘미를 잘 음미해서 깊이 간직하다(含英咀華)"
"시문의 취지는 달라도 그 재주의 교묘함은 같다(同工異曲)"
"걸핏하면 남의 비방을 얻는다(動輒得咎)"
"내용 또는 성질이 다른 것을 전부 받아들이다(兼收并蓄)"

또 다른 글인 「가난을 떠나보내며(送窮文)」는 「배움의 길을 해설함」의 주제와 비슷하다. 해학적인 필치로 작자의 불편한 심정을 적었다. 이를 통해 "평평하지 않으면 운다(不平則鳴)"는 그의 주장을 살필 수 있다.

"평평하지 않으면 운다"는 논점은 한유가 「맹동야를 떠나보내며(送孟東野序)」란 글에서 제기한 것이다. 맹동야는 시인 맹교孟郊로서, 한유와 깊은 친분을 나누었다. 그가 조정의 명령을 받고 먼 임지로 떠나려 하자, 이 글을 지어 위로했다. 아울러 이와 관련하여 문학 창작의 문제, 곧 사회 환경과 창작의 관계를 언급했다.

세상 만물은 무엇인가 평안함을 얻지 못하면 우는 것이다. 초목은 본래 소리가 없는데, 바람이 불어 그것을 흔들면 비로소 소리 내어 운다. 물은 본래 소리를 내지 못하는데, 바람이 위로 불어 그것을 움직이면 물결치며 운다. …… 사람의 말도 그러하니, 마음속에 마지못한 것이 있은 뒤에야 비로소 그것이 소리가 되어 말로 나타나는 것이다. 사람이 노래하는 것은 마음속의 생각이 끓어오르기 때문이며, 사람이 슬프게 소리 내 우는 것은 가슴 속에 맺힌 것이 있기 때문이다. 무릇 입에서 나와 소리가 되는 것은, 그 모두가 마음속에 무엇인가 불편한 것이 있기 때문이다.

大凡物不得其平則鳴. 草木之無聲, 風撓之鳴; 水之無聲, 風蕩之
鳴. …… 人之於言也亦然. 有不得已者而後言, 其歌也有思, 其哭
也有懷. 凡出乎口而爲聲者, 其皆有弗平者乎.

글쓰기의 본질을 다채로운 예를 들며 잘 설명하고 있다. 문학이란 작가가 현실 속에서 억눌린 감정을 표현하는 것이라는 한유의 주장은 매우 타당하다.

그렇다면 통치자는 재능 있는 사람들을 어떻게 대우해야 할까? "장차 그 소리에 화답하여 국가의 흥성함을 위해 울게 해야(將和其聲而使鳴國家之盛)"할까? 아니면 "장차 그들의 몸을 궁하고 주리게 하며, 그 마음의 속내를 서글프게 하여, 스스로 자신의 불행을 위해 울게 해야(將窮餓其身, 思愁其心腸, 而使自鳴其不幸)"할까?

한유는 글을 맺으면서 이처럼 엄숙한 문제를 제기했다.

한유는 맹자 이후로 끊어진 유가의 도통을 잇겠다고 나선 사람이다. 그러다 보니 유가의 도리를 우선시하여, 글은 그것을 싣는 도구라고 인식했다. 그래서 "글로써 유가의 이치를 담는다(文以載道)"라는 말이 나왔다.

한유의 서정 · 서사 산문

한유의 글은 논설문을 최고로 꼽지만, 그의 서사문도 이에 뒤지지 않는다. 「장중승전張中丞傳 후서後敍」는 그가 이한李翰이 쓴 「장순전張

巡傳」을 읽고 나서 쓴 글이다.

장중승은 바로 장순을 말한다. 그는 안 · 사의 난이 일어났을 때, 반란군으로 저항했던 유명한 인물이다. 그는 허원許遠 등과 함께 저양雎陽 땅을 사수하다가 몇 달 뒤 성이 함락되자, 반란군에게 항복하지 않고 장렬한 죽음을 맞았다.

한유는 「후서」에서 허원을 대신하여, 그에 대한 사람들의 오해를 풀어 주었다. 그리고 「장순전」에 언급되지 않은 몇 가지 사실을 보충했다.

장순의 부하였던 남제운南霽雲이 하남 절도사인 하란진명賀蘭進明에게 구원을 요청하는 단락이 가장 생동감 넘친다.

남제운이 하란에게 구원을 요청했으나, 하란은 장순과 허원의 위세와 공적이 자신보다 뛰어남을 시기하여 군대를 보내 구원해 달라는 요청을 거절했다. 그런데 남제운을 아끼던 그곳의 용사들이 하란의 말에 상관없이 남제운을 억지로 머무르게 했다. 그리고는 음식과 악대를 갖추어 제운을 초청하여 자리에 앉혔다. 이에 제운은 비장한 어투로 이렇게 말했다. "내가 저양을 떠나올 때 그곳 사람들은 한 달 이상을 먹지 못하고 있었습니다. 그런데 이제 나 혼자 음식을 먹으려 하니 양심에 찔려 참을 수가 없군요. 먹어도 목으로 넘어가질 않습니다."

이에 차고 있던 칼을 뽑아 손가락 하나를 잘라 피를 철철 흘리면서 하란에게 보였다. 그 자리에 있던 모든 사람들은 크게 놀라면서도 감격하여 제운을 위해 눈물을 흘렸다. 제운은 하란이 끝내 군대를 보낼 뜻이 없음을 알고 말을 몰아 그곳을 떠났다. 성을 나서기에 앞서 그는 화살을 뽑아 어느 절 앞에 있던 탑을 향하여 활시위를 당겼다. 화살은 그 탑 위의 기와 속으로 절반이 박혔다. 그러자 제운은 이렇게 말했다. "내가 돌아가 반군을 무찌른 뒤 반드시 하란을 멸하겠노라. 이 화살은 이런 나의 의지의 표현이다."

나 한유가 정원貞元 시기에 사주泗州를 지나다가 배에 탄 사람들이 탑 위에 박혔던 화살의 흔적을 가리키면서 이렇게 말하는 것을 들었다.

南霽雲之乞救於賀蘭也, 賀蘭嫉巡·遠之聲威功績出己之上, 不肯出師救; 愛霽雲之勇且壯, 不聽其語, 彊留之, 具食與樂, 延霽雲坐. 霽雲慷慨語曰: 雲來時, 睢陽之人, 不食月餘日矣. 雲雖欲獨食, 義不忍; 雖食, 且不下咽.

因拔所佩刀, 斷一指, 血淋漓, 以示賀蘭. 一座大驚, 皆感激爲雲泣下. 雲知賀蘭終無爲雲出師意, 即馳去; 將出城, 抽矢射佛寺浮圖, 矢著其上甎半箭, 曰: 吾歸破賊, 必滅賀蘭, 此矢所以志也

愈貞元中過泗州, 船上人猶指以相語.

작자는 2백 자도 안 되는 글로 장렬한 영웅의 형상을 묘사하여, 읽는 이들에게 숙연함과 존경심을 불러일으켰다. 인물의 형상은 태사공太史公의 필치를 닮았으니, 이는 『사기』를 연구한 결과임이 분명하다.

한유는 어쩌다가 의론議論을 즐기기도 했다. 곧 문장을 끌어다가 자신의 생각과 주장을 그대로 표현했다. 예를 들어보자. 그는 좋은 친구였던 유종원을 위하여 묘비에 새길 추도문(柳子厚墓誌銘)을 썼다. 그런데 유종원이 어려움 속에서도 친구들과의 우정이 변치 않았음을 설명하다가, 갑자기 세상인심에 통탄하며 이렇게 말했다.

아! 선비는 어려울 때 비로소 그의 절개와 의리를 알 수 있습니다. 사람들은 평상시에 서로를 아끼어 기쁘게 생활합니다. 술과 음식을 나누고 함께 놀러 다니며 왕래가 밀접하지요. 함께 모여 웃고 떠들며 스스로 자신을 낮춥니다. 손을 부여잡고는 폐와 간을 다 내줄 것처럼 행동하지요. 하늘의 해를 가리키며 눈물을 흘리면서, 죽어도 서로의 우정을 변치 말자 맹세합니다. 그러한 모습을 보면 정말 믿음직스럽습니다. 그러나 어느 순간 터럭과 같이 조그마한 이해관계만 얽혀도 사람들은 눈이 뒤집혀 서로를 모른 체 합니다. 친구가 함정에 빠지면 손을 뻗어 구해 주기는커녕 오히려 그를 밀어 버립니다. 그것도 모자라 돌을 던지지요. 모두가 그러합니다. 이는 동물이나 야만인조차 꺼리는 행동입니다. 그럼에도 사람들은 자신의 계책이 옳았다고 생각합니다. 그들이 유종원의 사람됨을 안다면 반드시 부끄러움을 느낄 것입니다.

嗚呼, 士窮乃見節義. 今夫平居里巷相慕悅, 酒食遊戲相徵逐, 詡詡強笑語, 以相取下, 握手出於肺肝相示, 指天日涕泣, 誓生死不相背負, 眞若可信. 一旦臨小利害, 僅如毛髮比, 反眼若不相識. 落陷穽不一引手救, 反擠之, 又下石焉者, 皆是也. 此宜禽獸夷狄所不忍爲, 而其人自視以爲得計; 聞子厚之風 亦可以少愧矣.

한유는 이 글에서 인간성의 추악한 단면을 정확히 꼬집었다. 그는 권세와 이익에 연연하는 소인배의 모습을 여실히 보여주었다. 작자는 그들의 초라한 모습을 통해 유종원의 고상한 품격을 부각시켰다.

이처럼 한유의 추도문에는 유명한 산문 작품이 적지 않다. 위의 글 말고도 「십이랑을 애도하며(祭十二郎文)」 등은 진한 감동을 주는 명문이다.

한유의 시

    한유의 시는 산문만큼이나 독특한 풍격을 가지고 있다. 대표작으로는 「산바위(山石)」, 「장적을 헤아리며(調張籍)」, 「강릉으로 부임하던 길에 삼학사에게 주다(赴江陵途中寄贈三學士)」, 「8월 15일 밤에 장공조에게 주다(八月十五日夜贈張功曹)」 등이 있다. 이는 대부분 고체시이다.

    근체시로는 「좌천되어 남관에 이르러 질손인 상에게 주다(左遷至藍關示姪孫湘)」라는 유명한 칠언 율시가 있다.

어느 아침 한 통의 상소문 조정에 올렸더니	一封朝奏九重天
그날 저녁 팔천 리 먼 조주로 귀양간다	夕貶潮州路八千
현명한 천자께 폐해를 줄이시라 취했던 행동	欲爲聖明除弊事
어이 이 쇠약한 몸으로 남은 목숨 아까워하리오	肯將衰朽惜殘年
구름 덮인 진령산맥 내 집은 어디 있나	雲橫秦嶺家何在
눈이 남전관 감싸 돌아 말도 나아가지 못한다	雪擁藍關馬不前
멀리 나를 배웅함은 마음에 짚이는 바 있음이니	知汝遠來應有意
독기 서린 강가에서 내 뼈 거둬 주려무나	好收吾骨瘴江邊

    한유는 「불골을 논함」이란 글로 헌종의 노여움을 사서 조주자사潮州刺史로 좌천되었다. 위의 시는 그가 남전관藍田關(섬서성 전현田縣의 90리 남쪽)을 지나면서 지은 작품이다.

    언제 죽을지 모르는 길을 떠나면서, 때마침 길손을 만난 한유는 침통한 마음으로 뒷일을 부탁했다. 그러나 이 순간에도 그는 여전히 꿋꿋한 모습으로 "어이 이 쇠약한 몸으로 남은 목숨을 아까워하리오"

라고 말한다. 참 대단한 기개이다.

그는 또 널리 알려진 「이른 봄 수부 장십팔 원외랑에게 드리노라(早春呈水部張十八員外)」라는 시도 지었다.

서울 거리 가랑비 내려 연유처럼 미끄러운데	天街小雨潤如酥
아득히 보이던 풀빛 다가가니 없어졌네	草色遙看近却無
봄날이라 한해 가운데 가장 좋은 시절	最是一年春好處
더 낫구나! 구름 버들 뒤덮는 늦봄의 서울보다	絕勝煙柳滿皇都

이 시는 기개 있고 웅장한 그의 시문과 달리, 신선하고 색다른 모습을 보여준다. 언뜻 보면 전혀 한유의 문장 같지 않다.

"아득히 보이던 풀빛 다가가니 없어졌네"라는 풍경은, 누구나 경험하는 것을 교묘하게 시에 담아서 사람들의 감탄을 자아내는 명구가 되었다. 제목에 나오는 '장원외'는 앞서 보았던 장적張籍을 가리킨다.

한유의 시는 사람마다 다르게 평가한다. "산문으로 시를 지어(以文爲詩)" 압운한 산문에 지나지 않으니, 시의 맛이 부족하다는 말이 있다. 또 형상이 기이하고 색채가 다양해, 시 창작의 새 길을 열었다는 말도 있다.

그러나 한유의 고문은 역대로 하나같이 칭찬한다. 어떤 사람은 그의 문장을 두보의 시와 함께 놓아 "두보의 시와 한유의 문장(杜詩韓筆)"이라고 높이 평가했다.

소식은 한 발 더 나아가 "한유의 글은 팔대에 걸친 문장의 쇠락을 다시 일으켜 세웠다(文起八代之衰)"고 말했다. 한나라에서 수나라에 이르는 기간 동안 나날이 쇠퇴하던 문풍을 한유가 고문으로 부흥시켰다는 말이다.

이처럼 중국 문학사에서 한유가 차지하는 위치는 그 누구도 대신
할 수 없다.

시에 갇힌 사람

한유 이야기를 마쳤으니, 이어서 그의 두 친구를 살펴보도록 하자.
한 사람은 앞에서 한유의 「맹동야를 떠나보내며」란 글에 나온 맹교孟
郊이다.

맹교(751~814)의 자는 동야東野이고, 호주湖州 무강武康(오늘날의 절강
성 덕청시德淸市) 사람이다. 그는 친구인 한유와 함께 시 짓기를 즐겼는
데, 시풍도 비슷하여 '한맹韓孟'이라 불렸다. 한유는 그의 시를 높이
평가하여, "허공에 가로누인 힘찬 언어의 향연(橫空盤硬語)"이라고도
하고, "하늘 꽃이 토하는 기이한 향기(天葩吐奇芬)"라고도 했다. 맹교
의 시가 갖는 특징은 확실히 수척하면서도 힘차고, 기이하면서도 놀
라운 면에 있다.

그는 심사숙고하여 시어를 내뱉는 시인이었다. 시를 지을 때면 매
우 고심하여, 좋은 구절이 될 때까지 붓을 놓지 않았다. 그렇게 시를
짓느라고 공무를 뒷전으로 미루는 일이 잦아, 현령이 직무 대리를 두
고 맹교의 봉급을 절반으로 깎은 일도 있었다. 이처럼 시를 지을 때
너무 고심했기 때문에, 후세 사람들은 맹교를 일러 "시에 갇힌 사람
(詩囚)"이라고 했다.

그런 그에게 「나그네의 노래(遊子吟)」처럼 아름답고 평이한 시도 있다.

사랑 깊은 어머니 손에 있는 실

길 떠나는 아들이 몸에 걸칠 옷

출발에 앞서 어머니는 촘촘히 기우시면서

돌아올 날 늦어질까 걱정하셨다

누가 한 뼘 풀과 같은 작은 마음으로

봄날 햇살 같은 어머니의 사랑을 갚을 수 있다고 말하는가

慈母手中線
遊子身上衣
臨行密密縫
意恐遲遲歸
誰言寸草心
報得三春暉

어머니의 은혜를 절실히 느끼게 해주는 시이다. 그래서 천년이 넘는 세월에도 변함없이 사람들의 사랑을 받고 있다.

밀까? 두드릴까?

한유의 또 다른 친구는 가도賈島이다. 가도(779~843)의 자는 낭선閬仙(또는 浪仙)이고, 범양范陽(오늘날의 하북성 탁주시涿州市) 사람이다. 그는 일찍이 출가하여 중이 되었다가, 나중에 다시 환속했다. 여러 번 낙방한 끝에 과거 시험에 합격하여, 노년에 장강주부長江主簿를 지냈기에 가장강賈長江이라고도 부른다.

그도 고심하여 시를 지었던 시인인지라, 시풍이 맹교와 비슷하다. 사람들은 두 시인을 가리켜 "냉혹한 맹교와 수척한 가도(郊寒島瘦)"라

고 했다. 가도는 「무가상인을 보내며(送無可上人)」란 시에 나오는 다음
구절을 3년 만에 지었다고 한다.

홀로 걸으니 못에 어리는 그림자 　　　　獨行潭底影
나무 곁에 거듭 쉬는 지친 몸 　　　　　數息樹邊身

3년 만에 겨우 두 구절을 완성했으니, 시를 짓으려고 얼마나 고심했
는지 알 수 있다. 그는 얼마나 기뻤던지 시를 짓고는 이렇게 말했다.

삼 년 만에 지은 두 구절, 한 번 읊으니 눈물이 흐른다.
二句三年得, 一吟雙淚流.

한번은 가도가 당나귀를 타고 가다가 이런 시구를 얻었다.

새는 못 가운데 나무에 깃들고 　　　　鳥宿池邊樹
승려는 달 아래 문을 밀치네 　　　　　僧推月下門

그런데 '밀다(推)'가 좋을지, 아니면
'두드리다(敲)'가 좋을지 좀처럼 감을
잡을 수 없었다. 그래서 고개를 떨어
뜨린 채 밀고 두드리는 손동작을 계속
하고 있었다. 그러다가 행차하는 어느
관료의 의장대에 끼어든 것도 몰랐다.

가도는 당나귀를 타고 가다 문득 시구를 얻었는데…

그 관료는 바로 한유였다.

한유는 이 진지한 시인이 맘에 들어, 그의 고민을 들어주었다. 그리고는 한유의 충고를 받고 '두드리다(敲)'로 결정했다. 이를 계기로 두 시인은 좋은 친구가 되었다.

요즘도 '자구字句를 가다듬다' 또는 '이것저것 곰곰이 생각하다'라는 의미로 쓰는 '퇴고推敲'라는 말은 이렇게 생겼다.

그렇다고 가도의 시가 떫은 것은 아니다. 「은자를 찾아갔다 만나지 못하고(尋隱者不遇)」란 시를 살펴보자.

소나무 아래에서 동자에게 물었더니	松下問童子
스승님 약초 캐러 가셨다는 대답	言師採藥去
이 산속에 계신 것은 틀림없는데	只在此山中
구름 깊어 어디 계신지 알 수 없구나	雲深不知處

시가 참 담백하고 쉬워, 현대 중국어와 다름없다.

다시 「검객劍客」이란 시를 살펴보자.

검술 연마 십 년 동안	十年磨一劍
서릿발 칼날 휘두른 적 없었다	霜刀未曾試
오늘에야 그대에게 보여주노니	今日把示君
세상에서 불공평한 일 당한 사람 그 누구인가	誰有不平事

이렇게 보면 가도가 고개를 떨어뜨린 채 시를 지으려고 고심만 하던 사람이 아니었음을 알 수 있다. 시인의 가슴속에 담긴 울분을 이 시를 통해 살필 수 있다.

원단元旦은 정월 초하루, 곧 설날입니다. 요즈음은 양력 정월 초하루를 말하고, 음력 정월 초하루는 춘절春節이라고 합니다.

원소절元宵節은 정월 보름날이지요. 전하는 바로는 한나라 때 문제가 권력을 찬탈했던 여씨 세력을 몰아낸 날이라고 합니다. 그래서 문제는 변복을 하고 궁문을 나서 백성들과 즐기며 이날을 기념했다고 하지요. 당 이후로는 해마다 이날 등불을 켜고 국태민안國泰民安을 기원했습니다.

동지冬至 이후 105일째 되는 날이 한식寒食이고, 그 이틀 뒤가 청명절淸明節입니다. 이 두 명절은 춘추시대 진晉 문공文公인 중이重耳가 개자추介子推를 애도한 데서 비롯되었습니다. 중이가 왕위에 오르기 전에 다른 나라를 전전하다가 굶주림을 이기지 못하고 쓰러지자, 개자추가 자신의 허벅지 살을 떼어 중이에게 삶아 주었습니다. 그 뒤 중이는 왕위에 올랐으나 개자추를 포상하는 걸 깜빡했습니다. 자신의 공을 내세우기 싫었던 개자추는 어머니와 함께 깊은 산에 은거했지요. 이 사실을 깨달은 중이는 산에 불을 놓아 효자인 개자추가 어머니를 위해서라도 산을 내려오도록 했습니다. 그러나 개자추 모자는 큰 버드나무를 끌어안고 불에 타 죽었습니다. 그 버드나무 구멍 속엔 정치를 청명하게 해 달라는 내용의 혈서가 남아 있었습니다. 문공은 개자추를 추모하기 위해 산에 불을 놓은 날을 '한식'으로 정하고, 이날은 불을 피우지 말고 찬밥을 먹도록 했습니다. 이러한 전통이 확산되어 당·송 이후부터는 한식에서 청명절까지 3일 동안 성묘하고 조상을 애도하게 되었습니다.

단오端午는 굴원屈原과 관련된 명절로서 7장의 위대한 영혼의 슬픈 노래에서 다루고 있습니다.

칠석七夕은 음력 7월 7일입니다. 이날 저녁은 견우성과 직녀성이 만나는 밤이라 하여, 여자들이 음식을 차려놓고 직녀에게 재주를 빈다고 합니다. 또 이 시기는 우기라 비가 많이 내리는데, 사람들은 견우와 직녀가 만나 눈물을 흘린다고 생각합니다.

중추절中秋節은 음력 8월 15일로, 우리의 추석에 해당합니다. 이날은 달처럼 둥그런 떡인 월병月餠을 먹으며 달을 감상합니다.

중양절重陽節은 음력 9월 9일로서 이와 관련한 다음의 이야기가 전합니다. 비장방이라는 사람이 그의 제자 환경에게 "9월 9일 자네 집에 큰 재난이 닥칠 테니, 빨리 집으로 돌아가 집안사람들에게 붉은 주머니에 수유 열매를 넣어 어깨에 메고 높은 산에 올라 국화주를 마시게 하면 재난을 면할 것이다"라고 말했습니다. 이에 환경이 그대로 따르고 집으로 돌아오니, 과연 집안의 가축이 모두 죽어 있었다고 합니다. 그래서 높은 산에 올라 국화주를 마시는 습관이 생겼지요. 18장의 성당의 작가들에서 왕유의 시 「구월 구일에 산동의 형제를 그리며」에서 설명했습니다.

동지冬至는 음력으로는 11월 중순이고, 양력으로는 12월 21일에서 23일 사이에 있습니다. 옛사람들은 동지를 절기의 기점으로 삼아 동지부터 해가 길어져 곧 봄이 온다고 생각했습니다.

납일臘日은 음력 12월 8일입니다. '납臘'이란 원래 섣달에 지내는 제사 이름입니다. 이날은 또 석가모니가 득도한 날이라 불교의 명절이기도 합니다. 그래서 절에서는 이날 불경을 암송하고, 잡곡과 과일을 넣은 '불죽佛粥'을 쑤어 불공을 드립니다.

좌절 속에 꽃 핀 글

23

유종원柳宗元

"선비는 어려울 때 비로소 그의 절개와 의리를 알 수 있습니다." 한유는 유종원의 묘비명에 이렇게 썼다.

전도양양한 젊은 유종원

성 위 누각에서 멀리 황량한 벌판 바라보니	城上高樓接大荒
바다와 하늘같은 수심 불현듯 펼쳐진다	海天愁思正茫茫
광풍이 불어와 물에 핀 연꽃 뒤흔들고	驚風亂颭芙蓉水
장대비 비껴 내려 담쟁이넝쿨 파고든다	密雨斜侵薜荔牆
빽빽한 산나무 아득한 시선 가리고	嶺樹重遮千里目
구불구불 흐르는 강 답답한 내 마음인 듯	江流曲似九廻腸
모두들 문신하는 남녘땅에 와	共來百奧文身地
소식 전하지 못하고 각자의 형지에 갇혀 있도다	
	猶自音書滯一方

이는 「유주 성루에 올라 장주, 정주, 봉주, 연주의 자사에게 보내다 (登柳州城樓寄漳汀封連四州刺史)」라는 유종원柳宗元의 시이다. 당시 유종원은 조정의 혁신파로서, 보수 세력의 탄압을 받아 유주자사로 좌천된 상태였다.

유주(오늘날의 광서성廣西省 유주시)는 아주 황량한 오지였다. 시인은 성에 올라, 비바람을 맞으며 가슴속의 울분을 토로했다. 그리고는 시인과 함께 남방으로 유배된 한태韓泰, 한엽韓曄, 진간陳諫, 유우석劉禹錫을 생각했다.

유종원은 한유와 정치적인 견해는 달랐지만, 문학 방면으로는 같은 길을 걸었다. 그래서 남쪽과 북쪽에서 고문 운동의 발전을 이끌었다. 그래서일까, 그의 인생 편력도 한유와 마찬가지로 고난의 연속이었다. 초반 벼슬길은 한유보다는 순탄했지만, 이후의 상황은 더욱 비참했다. 따라서 그의 시문도 처량한 맛이 배어난다.

유종원(773~819)의 자는 자후子厚이고, 본적은 하동河東(오늘날의 산서성 운성현運城縣)이다. 그래서 그를 유하동柳河東이라고도 부른다. 하지만 실제로 나서 자란 곳은 장안이다. 그는 공무 때문에 강남에 가 있던 아버지와 떨어져, 어린 시절을 어머니와 함께 장안에서 보냈다.

유종원은 어려서부터 남달리 총명하여, 네 살 때 이미 십여 편의 시문을 능숙하게 읽었다. 이는 어머니가 엄격히 교육한 결과였다. 열세 살이 되었을 때 그의 문장은 이미 유명세를 떨쳤다. 스물한 살에는 진사에 합격하고, 스물여섯에는 박학굉사과博學宏詞科에도 합격했다. 당시의 과거제도에서 진사 합격은 일종의 자격증이었다. 진짜 관리가 되려면, 다시 인사를 주관하는 각 부서의 시험을 통과해야 했다. 그 가운데 이부吏部에서 보던 전문 시험이 바로 박학굉사과이다.

그는 그 뒤 5~6년 동안 조정에서 여러 관직을 연임했다. 박식하고 재주 많은 이 젊은이는 사람들과 토론하기를 즐겨, 언제나 상대방을 감복시켰다. 모두들 그를 존경하고, 그와 사귀고자 노력했다. 나이 든 관료들도 이 전도양양한 젊은 동료와 앞 다투어 친분을 맺었다. 그러다가 당시 한창 고문을 제창하던 한유와도 친구가 되었다.

유종원의 고문 실력은 매우 뛰어나, 그에게 가르침을 청하는 사람들이 많았다. 유종원은 이를 마다하지 않고 모두 가르쳐주었다. 그러면서 자신도 끊임없이 글을 썼다. 이 시기에 쓴 유명한 작품으로는 「원수 갚는 일을 반박함(駁復讎議)」과 「나무 심는 곽탁타(種樹郭槖駝傳)」, 「목수(梓人傳)」 등이 있다.

「원수 갚는 일을 반박함」이란 글은 다음과 같은 배경이 있다.

무측천이 정권을 잡고 있을 때, 평민인 서원경徐元慶의 아버지가 조趙씨 성을 가진 현위縣尉에게 죽임을 당했다. 서원경은 아버지의 복수를 하려고 현위를 죽인 뒤 자수했다. 당시 담당자였던 진자앙陳子昻은 서원경의 사형을 건의하는 한편, 아버지에 대한 효도는 표창토록 했다.

그런데 유종원은 이도 저도 아닌 사건 처리에 불만을 가졌다. 서원경의 아버지가 죄가 없었다면, 현위의 행위는 개인감정이었을 것이다. 그렇다면 상급 관리들도 현위의 행위를 비호했을 테니, 합법적으로 사건을 해결할 수 없을 것이다. 이럴 경우 서원경의 살인 행위는 효도를 위한 것으로 칭찬해야 마땅하다. 그런데 왜 사형을 건의해야 할까?

반대로 서원경의 아버지가 죄가 있었다면, 현위의 행위는 합법적인 일이다. 그러니 서원경의 아버지는 법률에 따라 죽은 것이다. 법률에는 원한을 품을 수 없다. 그런데 서원경은 천자의 법률에 원한을 품고, 그 법률을 집행하는 관리를 살해했다. 이는 사회질서를 어지럽히는 행위로서 법에 따라 처형해야 마땅하다. 그런데 왜 그를 표창하려 할까?

이러한 유종원의 견해는 법에 대한 정치한 해석이 두드러진다. 이 글을 통하여 그의 명석한 두뇌와 뛰어난 변호 능력이 유감없이 발휘되었다.

사람을 기르는 방법

우언식의 글인 「나무 심는 곽탁타」와 「목수」는 정원사와 건축가의 언행을 통하여, 나라를 다스리고 백성을 대하는 이치를 설명했다.

곽탁타는 곱사등이였다. '탁'은 '긴 형겊 자루'이고, '타'는 '낙타'를 가리킨다. 이 별명은 그가 곱사등이라서 얻은 것이다. 그는 생긴 건 그렇지만, 나무 심는 일만큼은 최고였다. 어떤 나무라도 그의 손에 들어가면 가지와 잎이 무성해지고, 과실이 풍성하게 맺혔다. 그 비법은 그의 경험에 따르면 이랬다.

나무의 자연적 성질을 거스르지 않고, 그대로 따라서 나무가 생장하는 본성을 다할 수 있도록 도와주면 된다.
能順木之天, 以致其性焉爾.

관리가 이러한 이치를 깨닫지 못하자, 곽탁타는 이렇게 말했다.

그러나 내가 고향에 있을 때, 고을의 수령이 말마다 번거로이 명령을 내리며 분주히 돌아가는 모양을 보았습니다. 마치 백성을 깊이 아끼는 듯했으나, 결국 그것이 도리어 화禍를 불러왔습니다. 아침저녁으로 관리가 와서 소리치며 하는 말이, "나라의 명령이니 빨리 밭을 갈아라, 빨리 나무를 심어라, 빨리 수확해라, 빨리 실을 자아라, 빨리 베를 짜라, 어린아이를 잘 돌보아라, 닭과 돼지를 잘 키워라" 하면서 북을 울리고 나무를 두드려 사람들을 불러 모았습니다. 우리는 평민이라 아침밥과 저녁밥을 갖추어서 관리들을 위로하는 것만으로도 쉴 틈이 없으니, 또 무엇으로 우리의 삶을 윤택하게 하고, 우리의 정서를 편안하게 하겠습니까? 따라서 병들고 위태로워집니다.

然吾居鄕, 見長人者, 好煩其令, 若甚憐焉, 而卒以禍. 旦暮, 吏來而呼曰, 官命促爾耕, 勖爾植, 督爾穫, 早繰而緖, 早織而縷, 字

而幼孩, 遂而鷄豚. 鳴鼓而聚之, 擊木而召之. 吾小人輟飧饗以勞吏
者, 且不得暇, 又何以蕃吾生而安吾性耶? 故病且殆.

　　예나 지금이나 공무원의 일처리가 구설수에 오르내린다. 관리들이
백성에게 관심을 갖고 사랑하는 것처럼 했지만, 그들의 행동은 오히
려 백성의 소망과 어긋나 피해를 가져다 줄 뿐이었다.
　　마지막으로 유종원은 이렇게 말했다.

　　어찌 좋은 말이 아니겠습니까? 내가 나무 기르는 일을 물었다가, 사
람 기르는 방법을 얻었군요.
　　不亦善夫. 吾問養樹, 得養人術.

　　이 글의 핵심은 바로 '사람 기르는 방법'이었던 것이다.

백성의 고통을 읽다

　　유종원은 백성들이 겪는 고통을 너무 잘 알고 있었다. 그래서 시간
이 지날수록 더욱더 정치를 개혁해야 한다고 생각했다. 그는 자연스
럽게 개혁을 주장하던 왕숙문王叔文 집단에 참가했다. 이 정치 집단은
당시 순종順宗의 신임을 받으며, 백거이의 시에서 살펴본 궁시宮市의
철폐와 조세 감면 등 적극적으로 혁신적인 조치들을 추진했다.
　　아울러 환관(太監)이 장악하고 있던 군 통수권도 분리시키려 했다.

그러자 환관과 보수 관료들이 연합하여 반격에 나섰다. 그들은 먼저 중병을 앓고 있던 순종을 퇴위시키고, 이어서 왕숙문 집단에 칼날을 들이댔다. 이때 유종원과 유우석 등 혁신파의 핵심 인물 8명은 허울 뿐인 사마司馬라는 직책을 받고, 오지로 유배되었다. 중국 역사에서 는 이들을 '팔사마八司馬'라고 부른다. 한마디로 기득권 세력과 맞서 다가 쫓겨난 것이다.

유종원은 나이 서른셋에 영주永州(오늘날의 호남성 영주시)의 사마로 유배되었다. 당시 영주는 그야말로 벽촌이었다. 그래서 영주에 도착 한 다음해에는 그의 노모가 기후와 물이 맞지 않아, 병이 났다. 그의 노모는 그렇게 고생만 하다가 치료 한 번 제대로 못하고 돌아가셨다.

이때 왕숙문은 이미 사형을 당한 상태였다. 그럼에도 보수파 사람 들은 계속 유종원을 탄압했다. 따라서 친구들도 그를 도우려고 함부 로 나서지 못했다. 그의 몸은 나날이 야위어 갔지만, 그는 결코 자신 의 기개를 꺾지 않았다.

유종원은 '사마'라는 한직에 있으면서 책을 읽고 연구하며, 글을 쓰는 데 전념했다. 그래서 이 시기에 「땅꾼(捕蛇者說)」, 「세 가지 깨우 침(三戒)」, 「설존의를 보내며(送薛存義序)」, 「단 태위의 숨겨진 이야기 (段太尉逸事狀)」, 「비국어非國語」, 「천문天問」, 「천대天對」와 같은 유명 한 글을 남겼다. 또한 가장 특색 있는 산수 기행문(游記)을 남기기도 했다.

「땅꾼」은 말 그대로 뱀 잡는 이야기이다.

영주 교외에 몸이 검고 하얀 무늬가 있는 기이한 뱀이 살았다. 이 뱀은 맹독이 있어, 한 번 물리면 아무도 살아날 수 없었다. 그러나 이 뱀을 잡아 햇볕에 말려, 가루를 내어 먹으면 큰 병을 치료할 수 있었 다. 그래서 조정에서는 영주의 관리에게 한 해 두 번, 이 뱀을 잡아

바치도록 명했다. 따라서 누구든지 이 뱀을 잡아 바치면 세금을 면할
수 있었다.

그곳에는 장蔣씨 성을 가진 사람이 살고 있었다. 그의 집안은 삼대
에 걸쳐 땅꾼으로 생계를 이어왔다. 유종원이 그에게 그동안의 사정
을 묻자, 그는 참담한 모습으로 말을 이었다. 자신의 할아버지와 아
버지가 모두 뱀에 물려 돌아가시고, 자신도 여러 번 죽을 고비를 넘
겼다고 했다. 이에 유종원이 그럼 직업을 바꾸면 되지 않느냐고 했
다. 그러자 갑자기 울음을 터뜨렸다.

원래 땅꾼이라는 직업은 생명의 위험을 무릅쓰는 일이나, 세금을
내는 백성의 운명은 더욱 비참하다는 것이다. 장씨의 집 주위에는 예
전에 많은 이웃이 살았는데, 지금은 모두 죽거나 도망가서 열에 한
집도 남지 않았다고 했다. 그의 집만 뱀을 잡아 바쳐 겨우겨우 살아
가는 형편이었다.

장씨의 말은 일리가 있었다. 그가 겪는 위험은 한 해 두 번이면 끝
이지만, 관리들에게 날마다 세금 독촉을 받는 이웃들은 나날이 생명
이 위태로웠다.

유종원은 이 말을 듣고 슬픔에 젖어 이렇게 말했다.

아! 세금 거두는 일의 독함이 뱀보다 심하다는 것을 그 누가 알았겠
는가?

嗚呼, 孰知賦斂之毒, 有甚是蛇者乎.

이는 "가혹한 정치는 호랑이보다 무섭다(苛政猛於虎)"고 한 공자의
말과 같은 맥락이다. 유종원도 공자의 말에 착안하여 이 글을 썼다고
한다.

어쨌든 작자가 독사의 위험성을 애써 과장한 것은, 땅꾼이 겪는 고생을 부각시키고자 해서이다. 이는 다시 더욱 비참한 운명의 농민들을 부각시키려고 한 것이니, 이만하면 빼어난 글 솜씨를 인정하지 않을 수 없다.

이처럼 유종원은 역경에 처해 있으면서도 백성에 대한 관심을 잊지 않고, 그들의 고통을 읽으려고 노력했다. 그 역시 봉건 관료

하인이 월급만 받고 일은 제대로 안하며 주인집 물건까지 도둑질한다면 어떻게 되겠느냐고 관리들을 고발한 유종원.

였으나, 그래도 양심적이고 열린 마음을 가진 사람이었다.

「설존의를 보내며」에서 그가 제시한 견해는 더욱 뛰어나다. 그는 관리가 백성의 돈을 받는 것은 백성에게 봉사하기 때문이라고 생각했다. 하지만 당시의 관리는 돈을 받고 봉사하기는커녕, 착취와 강도짓만 일삼았다.

만약 어느 집에서 하인을 고용했는데, 그 하인이 월급만 받고 일은 제대로 안하며 주인집 물건까지 도둑질한다면 어떻게 될까? 분명 일찌감치 쫓겨날 것이다. 그런데 당시에는 모든 관리가 그 모양이었다. 백성들은 분노하고 있지만, 감히 말할 수 없어 내버려두고 있을 뿐이었다.

관리는 하인이고, 백성이 주인이라는 비유는 정말로 대담한 주장이다. 당시 사회 현실에서는 실현될 수 없었으나, 유종원의 사상이 지닌 진보성과 가치를 잘 보여준다.

다양한 글쓰기

「세 가지 깨우침」은 「임강의 고라니(臨江之麋)」, 「검 땅의 당나귀(黔之驢)」, 「영모씨네 쥐(永某氏之鼠)」 등 3편의 단편 우언을 모아 놓은 글이다. 이 글들의 '주인공'은 모두 동물인데, 공통된 특징을 가지고 있다. 곧 자신을 헤아리는 지혜 없이 외부의 사물과 힘을 빌어 잠시 득세하다가, 결국 비참한 결말을 맺는다는 점이다.

「검 땅의 당나귀」를 예로 들어보자.

귀주貴州에는 원래 당나귀가 없었다. 그러던 어느 날, 마을의 괴짜가 당나귀 한 마리를 끌고 와, 산 아래 방목하기 시작했다. 그런데 그 땅에 살던 호랑이는 낯선 동물을 보고는, 겁이 나 감히 접근하지 못했다.

한번은 당나귀가 큰 소리로 울자, 호랑이는 놀라서 걸음아 날 살려라 하며 줄행랑쳤다. 그러나 여러 번 접하니 '이 동물'은 발굽을 치켜들어 허공을 차댈 뿐이었다. 가만히 살피니 별다른 재주도 없고, 크게 무서워할 만한 대상이 아님을 깨달았다. 당나귀의 진면목을 알아차린 호랑이는 마침내 기회를 보아 당나귀를 잡아먹었다.

'쥐꼬리만한 재능마저 바닥이 나다'라는 뜻의 "검려기궁黔驢技窮"이나 '보잘 것 없는 꾀'라는 뜻의 "검려지기黔驢之技" 같은 성어는 이 우언에서 유래한 것이다. 이 성어는 현대 중국에서도 그대로 쓰고 있다.

어떤 사람은 유종원이 이런 동물을 빌어, 조정에서 잠시 제 세상을 만난 듯 표범처럼 날뛰는 보수파의 사람들을 풍자했다고 한다.

유종원의 행장기行狀記도 매우 생동적이다. 행장기란 사람이 죽은 뒤 평생에 지낸 일을 적는 글이다. 「단 태위의 숨겨진 이야기」가 이런 글의 대표작이다.

단 태위의 이름은 단수실段秀實로서, 군벌이던 주차朱泚에 대항하여 반란을 꾀하다가 살해당했다. 유종원은 단수실과 관련된 몇 가지 숨겨진 이야기를 듣고, 사관들이 역사를 기술할 때 참고하라고 그 내용을 이 글에 담았다.

유종원은 단수실의 사람됨을 흠모하여, 그를 좋은 관리의 모범으로 내세웠다. 그는 존경스러운 인물을 생동적으로 묘사하는 한편, 군벌과 일부 장교들의 난동을 간접적으로 반영함으로써 번진의 할거가 불러온 재앙을 폭로했다. 번진의 할거는 다음 장의 이하李賀를 말하면서 더 설명하겠다.

「어린 구기(童區寄傳)」도 전기傳記 문학의 명작이다. 열한 살의 어린 영웅 구기가 두 명의 호적을 죽이고 적진에서 탈출하는 이야기이다. 한 편의 모험소설처럼 글의 내용이 흥미진진하게 펼쳐진다.

이렇듯 유종원은 다양한 글쓰기를 시도했다.

여덟 편의 영주 기행문

유종원은 여러 문학 형식 가운데 산수 기행문(游記)에서 가장 뛰어난 성취를 이루었다. 대표작으로는 당연히 「8편의 영주 기행문(永州八記)」을 꼽는다.

영주는 오지이지만, 경치가 매우 뛰어났다. 유종원은 시간이 나면 몇몇 친구와 함께 하인들을 데리고 부근의 산에 오르기도 하고, 밀림 속을 헤매기도 하며, 시냇물을 따라가며 원류를 찾기도 했다. 가다가 힘들면 풀밭에 앉아 가져온 술을 마셨다. 그러다가 취하면 서로 상대방의 몸을 베개 삼아 달콤한 잠에 빠져 들었다.

어느 날 그는 법화사法華寺의 정자에 앉아 눈앞에 펼쳐진 경치를 감상하다가, 홀연히 서산西山의 풍경이 빼어나다는 것을 발견했다. 그는 곧 사람들을 데리고 상강湘江을 건너 염계冉溪를 따라 올라갔다. 가시나무를 베어 내고 갈대를 불사르며 어렵게 길을 내, 곧바로 서산의 정상에 올랐다. 이곳에서 유종원은 자신도 모르게 천지가 탁 트이고, 가슴이 벅차오르는 감정을 느꼈다. 이때부터 서산은 그가 자주 찾는 장소가 되었다.

그 여행에서 돌아온 뒤, 유종원은 「처음 서산을 답사하고(始得西山宴游記)」를 썼다. 이것이 「영주팔기永州八記」의 첫 번째 글이다.

며칠 뒤 그는 다시 서산을 답사했다. 이번에는 산의 서쪽에서 고무담鈷鉧潭이라는 깊은 못을 발견했다. 10여 무畝 넓이의 못 서쪽에는 또 작은 언덕이 있었는데, 그 위엔 기암괴석이 즐비했다. 소와 말이 냇가에서 물을 마시는 모습이 있는가 하면, 곰이 산을 오르는 모습의 바위도 있었다. 유종원의 글 솜씨로 정리된 언덕은 천연의 아름다움을 그대로 뽐냈다.

아름다운 나무가 두드러지게 우뚝 솟고, 아름다운 대나무가 드러났으며, 기암괴석이 더욱 선명했다. 언덕 위에서 사방을 바라보니 높이 솟은 산봉우리와 떠가는 구름, 흐르는 시냇물, 여유롭게 노니는 새와 동물들이 한데 어우러져 마치 어느 예술가가 갖가지 빼어난 솜씨로 동산 아래에 펼쳐 놓은 듯했다. 돌을 베개 삼고 땅을 자리 삼아 그곳에 누

우니 시원한 물길에 눈길이 가고, 굽이치는 물소리가 귀를 간질이니,
아득하고 텅 빈 경계가 정신 속에 자리 잡고, 그윽하고 고요한 정서가
마음을 사로잡았다.

嘉木立, 美竹露, 奇石顯. 由其中以望, 則山之高, 雲之浮, 溪之
流, 鳥獸之遨遊, 擧熙熙然回巧獻技, 以效兹丘之下. 枕席而臥, 則
淸泠之狀與目謀, 瀯瀯之聲與耳謀, 悠然而虛者與神謀, 淵然而靜
者與心謀.

이처럼 시원하고 고요한 환경에서 작자의 눈과 귀, 마음과 정신은
한껏 즐거움을 누렸다. 위의 글은 그의 「고무담 서쪽 언덕(鈷鉧潭西小
丘記)」에서 따온 것이다. 그전에 그는 「고무담(鈷鉧潭記)」이란 글도 지
었다.

그래도 '팔기' 가운데 가장 유명한 글을 꼽으라면 「언덕 서쪽 돌못
에 이르러(至小丘西小石潭記)」를 들 수 있다. 돌못(小石潭)은 언덕 서쪽에
있었다.

이 글은 미인의 몸에 두른 옥구슬 목걸이가 부딪히며 내는 소리인
양, 대숲 넘어 들려오는 물소리를 묘사하며 시작한다. 대나무를 잘라
길을 내자, 작은 연못을 볼 수 있었다.

밑으로 작은 못이 보이는데 물이 티 없이 맑고 차가웠다. 밑바닥은
모두 바위로 이루어졌고, 연못가 가까운 곳에 휘돌아 간 바위가 바닥에
서 솟아나 ……. 못 속의 물고기는 백여 마리 정도 있었는데 모두들 아
무 것도 의지하지 않고 공중을 떠다니는 듯했다. 햇빛이 맑게 비추니
내 그림자가 돌 위에 드리우고 기쁜 마음에 자리를 뜰 수 없었다. 홀연
히 먼 곳으로 갔다가 갑작스럽게 찾아오니 마치 나그네와 어울리려는

것 같았다.

> 下見小潭, 水尤淸冽. 全石以爲底, 近岸, 捲石底以出, ……. 潭中魚可百許頭, 皆若空游無所依. 日光下澈, 影布石上, 怡然不動, 俶爾遠逝, 往來翕忽, 似與遊者相樂.

작자는 물고기를 적고 있지만, 간접적으로는 물도 언급하고 있다. 그 물은 맑고 사랑스러웠다. 아쉬운 점은 고무담 서쪽의 동산처럼 여기도 너무 서늘했다는 것이다.

> 못 위에 앉아 있으니 사방으로 대나무가 둘러 있어 적막했다. 온몸과 정신이 서늘해지고 쓸쓸하여 고요 속에 젖어 들었다.
>
> 坐潭上, 四面竹樹環合, 寂廖無人. 悽神寒骨, 悄愴幽邃.

작자는 쌀쌀함을 견디지 못하고 곧 자리를 떴다.

오래지 않아 유종원은 다시 몇 군데의 경승지를 발견했다. 그리고는 「원가갈기袁家渴記」, 「돌도랑(石渠記)」, 「돌골짝물(石澗記)」, 「석성산(小石城山記)」 등을 지었다. 그곳들도 도시에서는 찾아볼 수 없는 기이한 경치를 간직하고 있었다. 작자는 아름다운 자연의 경치를 찬양하면서 감탄을 금치 못했다.

한편 그는 조물주가 이렇게 아름다운 경치를 이처럼 외진 곳에 배치하여 수천 년 동안 감상할 수 없게 만든 것은, "애썼지만 쓸모없는 일(勞而無用)"이라고 말했다. 그러나 일부 현명하고 정직한 사람들도 공정한 대우를 받지 못하고 이렇게 외진 곳으로 유배되었으니, 이 또한 하늘이 그들을 위로하고자 특별히 이런 경치를 베풀어준 것이 아니냐며 자신을 달랬다. 자연을 노래하면서 자신의 처지와 사회적 사건을 떠올린 것이다.

　나중에 유종원은 염계冉溪 옆에 조그만 땅을 사서 그곳에 정착했다. 아울러 염계의 이름을 '우계愚溪'로 바꾸고, 주위의 경치에도 모두 '우愚' 자를 붙여 이름을 지었다. 우구愚丘, 우구愚溝, 우도愚島, 우천愚泉, 우지愚池, 우당愚堂, 우정愚亭처럼 거의 모든 장소에 '우' 자를 붙였다. 그의 말에 따르면 이 시냇물은 논밭으로 끌어다 쓸 수도 없고, 배를 띄울 수도 없었다. 그는 이걸 이렇게 표현했다.

　　그것으로써 세상을 이롭게 할 수 없으니 마치 내 신세와 같다.
　　無以利世而適類於余.

　그래서 '어리석다(愚)'라는 이름을 붙인 것이다. 산수를 유람하며 지냈지만, 그의 마음은 그리 편치 않았음을 알 수 있다.

　그는 언제나 나라를 위해 쓰이기를 희망했다. 하지만 그런 기회를 주는 사람은 없었다. 그는 「우계시서愚溪詩序」에 이처럼 고통스러운 심정을 잘 표현했다.

유주에서의 말년

　유종원이 영주에 간 지 10년 만에, 조정에서는 다시 그를 서울로 불렀다. 그 말고도 4명의 사마가 함께 소환되었다. 8명의 사마 가운데 2명은 이미 죽고, 1명은 미리 불려 간 상태였다.

그러나 헌종憲宗은 그들에 대한 경계심을 늦추지 않아, 이번에는 유종원을 유주자사柳州刺史로 파견했다. 승진은 했지만, 그곳은 영주보다 더 먼 곳이었다.

유종원은 원화元和 10년(815) 6월에 유주에 도착했다. 그곳에서 그는 앞에서 보았듯이 "성 위 누각에서 멀리 황량한 벌판 바라보니(城上高樓接大荒)"로 시작하는 칠언 율시를 지었다.

유주에 도착한 유종원은 여기는 해야 할 일이 많은 곳임을 직감했다. 그래서 법령을 제정하고, 백성들을 설득하여 황무지를 개간하고, 소와 닭 같은 가축을 키우게 했다. 그러자 오래지 않아 거리와 우물이 가지런히 정비되고, 길가에는 귀한 나무들을 가로수로 심었다. 먹고 살 수 있으니 외지로 떠났던 사람들도 속속 찾아와 그곳에 정착했다. 또 학교도 열어 젊은이들의 배움을 북돋았다. 이에 유종원의 가르침으로 진사과에 합격하는 학생들도 생겼다.

또 반드시 언급해야 할 사건이 하나 있다. 당시 유주에는 나쁜 풍속이 있었다. 그것은 가난한 사람이 돈을 꾸려면 자녀를 저당 잡혀야 하는 일이다. 만일 기한 안에 돈을 갚지 못하면, 자녀를 그 집에 노예로 넘길 수밖에 없었다.

유종원은 부임하자마자 이런 처지에 있는 부모들에게 자녀를 데려가도록 했다. 그래도 돈이 없는 사람은 그들 스스로 주인집에서 품삯을 받으며 일하여 몸값을 줄이도록 했다. 그러자 이웃 마을들도 유종원의 조치를 따랐다. 그 결과 1년이 되지 않아 천여 명이 넘는 노비가 집으로 돌아가 부모와 함께 살 수 있었다.

하지만 이처럼 각가지 일로 과중한 업무가 지속되자, 가뜩이나 몸이 좋지 않았던 유종원은 유주에 온 지 3년 되던 해에 병으로 쓰러졌다. 결국 유종원은 원화 14년(819) 겨울 마흔일곱의 나이로 세상을 떠났다.

마지막으로 그의 시 한 수를 읽어보자.

산이란 산에 나는 새도 끊기고   千山鳥飛絕

길이란 길에 사람 흔적도 사라졌네   萬徑人踪滅

외로운 배에 도롱이와 삿갓 쓴 늙은이   孤舟蓑笠翁

눈 내리는 추운 강에서 홀로 고기를 낚네   獨釣寒江雪

이는 「강에 내리는 눈(江雪)」이라는 시이다. 이 시는 그가 영주에 유배되었을 때 지은 것이다. 새와 짐승들조차 울음소리와 발자취를 감춘 채 숨고, 사방 어디에도 생명의 움직임이 없는 추운 날이다. 이런 날 늙은 어부만 아무렇지도 않다는 듯 낡은 삿갓을 쓰고 홀로 앉아, 눈 속에서 물고기를 낚고 있다.

이 글 속에는 상징적인 의미가 담겨 있다. 유종원 자신이 바로 역경 속에서도 굴하지 않고, "외로운 배에 도롱이와 삿갓 쓴 늙은이"였다. 이처럼 유종원의 인격은 정말로 위대했다. "질풍도 뿌리 깊은 풀을 안다(疾風知勁草)"는 말을 그에 비유할 수 있다.

조정에서 유종원을 영주에서 서울로 불렀다가, 다시 유주로 파견했을 때 다음과 같은 일이 있었다. 그와 함께 폄적된 유우석은 다시 파주자사播州刺史로 파견되었다. 그곳은 유주보다 더욱 황폐한 땅

으로서, 사람이 살 곳이 못되었다. 유종원은 이 소식을 듣고 친구를
위해 눈물을 흘리며 이렇게 말했다.

"몽득夢得(유우석의 자)의 어머님이 고향에 계신데, 집으로 돌아가
뭐라 말해야 할지 난감하겠군. 아들이 죄를 지었다고 어머니까지 죄
를 받을 수는 없지 않은가."

그러면서 유종원은 의연하게 진정서를 내서, 자신의 임지와 유우
석의 임지를 바꾸어 주도록 청했다. 비록 실현되지는 않았지만, 친구
와의 의리를 앞세운 그의 인물됨을 잘 알 수 있다.

이 일로 나중에 한유는 유종원의 묘지명을 쓰면서 이렇게 감탄했
다.

선비는 어려울 때 비로소 그의 절개와 의리를 알 수 있습니다.
士窮乃見節義.

영정 혁신

당나라 후기에는 사회의 기강을 바로잡으려고 다시 한 번 개혁(變法)을 합니다. 이를 이른바 '영정永貞(805) 혁신'이라고 합니다.

당시 개혁의 포부를 가진 왕숙문, 왕비王㟸, 유종원, 유우석 등은 순종順宗 황제의 주위에 모여, 만연해 있던 사회 혼란에 과감하게 칼을 댔지요. 부패한 환관 세력을 공격하는 한편, 그동안 억울하게 박해 받아온 관리들의 명예를 회복시켰습니다. 경제적으로는 양세법兩稅法을 새롭게 정비해 토지 겸병을 억누르고, 가혹한 세금을 없애고, 백성의 체납 세금을 면제해 주었습니다.

백성들은 이러한 조치를 대대적으로 환영했지요. 그러나 조정의 대관료와 대귀족은 개혁 정치에 정면으로 반발했습니다. 아울러 환관들은 황제의 친위군(禁軍)을 장악하여 개혁파와 황제의 관계를 끊어 버렸습니다.

마침내 보수파는 순종을 유폐시키고, 황태자 이순李純을 황제로 옹립했지요. 개혁파는 전부 강등되거나 피살되고, 순종도 얼마 뒤 환관에게 피살되었습니다. 이리하여 영정의 개혁은 완전한 실패로 막을 내렸습니다.

왕숙문은 "출병하여 이기기 전에 몸 먼저 죽고 말아, 오래도록 영웅들 옷 깃 눈물로 적신다"는 두보의 「촉나라 승상(蜀相)」이란 시에 자신의 울분을 담아 개혁의 실패를 한탄했다고 합니다.

복사꽃과
비단 자루

24

유우석劉禹錫

이하李賀

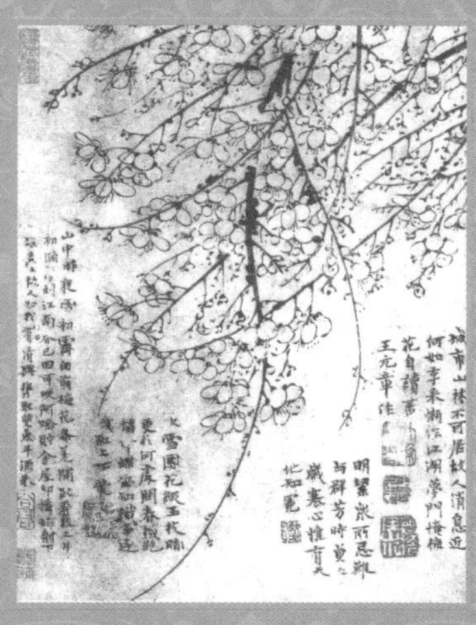

"현도관을 가득 메운 복숭아나무,
모두가 나 떠나고 심어 놓은 것"
— 유우석.

흉노족의 후예

　앞장에서 유종원을 논하면서, 그와 유우석의 우정을 살펴보았다. 이제 그 유우석을 알아보자.

　유우석(772~842)의 자는 몽득夢得이고, 낙양(오늘날의 하남성 낙양시) 사람이다. 일설에는 팽성彭城(오늘날의 강소성 서주시徐州市) 사람이라고도 한다. 스스로는 중산中山(오늘날의 하북성 정주시定州市) 사람이라고 했다.

　그의 조상은 흉노인데, 북위北魏시대에 유씨 성을 가지면서 중원으로 편입되었다. 그의 아버지가 전란을 피해 강남으로 이사했기 때문에, 그는 강남에 남다른 감정을 가지고 있었다. 그래서 스스로를 '강남객'이라 불렀다.

　그는 어려서부터 학문을 좋아하고, 좋은 선생님의 가르침도 받을 수 있었다. 열아홉 살에 장안에서 유학하고, 나중에는 유종원과 함께 진사과에 합격했다. 같은 해 그는 다시 박학굉사과에 합격하고, 2년 뒤에는 이부의 시험도 통과하여 관직을 얻었다. 이처럼 세 번이나 연이어 시험에 합격하면서 정치에 대한 꿈을 더욱 키웠다.

　얼마 뒤 왕숙문이 새로운 정치를 추진하자, 유우석은 이 개혁 집단의 핵심이 되었다. 그러나 반년도 되지 않아 정치 개혁은 실패하고, 유우석도 기나긴 유배 생활을 시작했다.

　유우석도 유종원처럼 낭주에서 마음속에 맺힌 한을 글로 풀어냈다. 그는 환관과 권신들, 그리고 권력에 아부하는 무리를 철저하게 증오했다. 그래서 유우석은 「모기떼의 노래(聚蚊謠)」라는 시에서, 그들을 여름 한철 기승을 부리는 모기떼에 비유했다.

그들은 비록 작지만, 집단을 이루어 다니면서 사람들을 괴롭힌다. 그러나 그렇게 기승을 부리다가도 언젠가는 사라질 날이 찾아온다.

서늘한 바람 불어 가을이 되면　　　　　　　清商一來秋日曉
너희 같은 조무래기들은 반딧불에 먹히리라　羞爾微形飼丹鳥

이런 내용의 풍자시로는 「솔개의 지조(飛鳶操)」, 「온갖 혀의 노래(百舌吟)」, 「흐린 거울의 노래(昏鏡詞)」 등이 있다.

유우석은 낭주에서 9년을 지내는 동안 머리가 온통 백발이 되었다. 조정에서 소환해 어렵게 장안으로 돌아갔건만, 또다시 연주連州로 유배된다. 그 뒤에는 기주夔州와 화주자사和州刺史로 전전했다.

그러다가 보력寶曆 2년(826)에야 비로소 낙양 땅을 다시 밟을 수 있었다. 그때가 예순을 바라보는 나이였다. 이때부터는 조정과 지방을 번갈아 가며 관직을 수행했다. 업적도 조금 세웠지만, 자신의 재능을 완전히 발휘하기에는 부족하다고 생각했다.

만년에 그는 낙양으로 돌아가, 배도裴度와 백거이 등과 더불어 술과 시를 즐기며 소일했다. 몸은 늙었으나, 정신은 매우 건강했다. 그래서 작자는 「늙음을 노래한 낙천에 화답하여 보여주다(酬樂天詠老見示)」란 시에서 이렇게 말했다.

상·유의 별자리에 해 저문다 말하지 마오　　莫道桑榆晚
그 빛 노을 되어 온 하늘 물들일 수 있으니　　爲霞尚滿天

나중에 이 두 구절은 노인들이 '마음은 청춘'을 강조할 때 자주 인용했다.

복사꽃 피고 지고

유우석도 앞에서 말한 '팔사마' 가운데 한 사람이다. 그는 중당 시기에 시인으로 유명했다. 잠깐 살펴보았듯 유우석도 유종원과 비슷한 삶을 살았다. 그의 생애에서 20여 년이 넘는 세월을 유배로 보낸 것이다.

그는 고분고분하지 않은 성격 때문에, 시종일관 많은 적을 만들었다. 다음에 소개하는 「원화 10년 낭주에서 서울에 올라와 꽃구경하는 선비들에게 심심풀이로 주다」와 「다시 현도관에 와서」라는 2수의 풍자시가 이를 잘 증명한다.

유종원이 영주 사마로 유배될 때, 유우석은 낭주朗州 사마로 유배되었다. 9년 뒤 그들은 다시 장안으로 소환되었다. 당시 장안에는 현도관玄都觀이라는 도관이 있었다. 그곳에는 복숭아나무가 많았다.

하루는 유우석이 그곳에서 친구와 함께 복사꽃을 구경하기로 약속했다. 아름다운 광경에 시흥이 솟은 그는 「원화 10년(815) 낭주에서 서울에 올라와 꽃구경하는 선비들에게 심심풀이로 주다(元和十年自朗州至京·戲贈看花諸君子)」라는 시를 지었다.

서울거리 붉은 먼지 얼굴에 나부껴 올 제	紫陌紅塵拂面來
저마다 꽃구경 하고 왔노라 말한다	無人不道看花回
현도관을 가득 메운 복숭아나무	玄都觀裏桃千樹
모두가 나 떠나고 심어 놓은 것	盡是劉郎去後栽

10년 전 작자가 장안을 떠나 낭주로 갈 때, 이 도관에는 복숭아나

무가 없었다. 그러나 오늘은 이처럼
불타는 듯 화려한 꽃이 만발했다. 그
나무들은 모두 작자가 떠난 뒤 새로
심은 나무였다.

　평범한 사실 같지만, 곰곰이 생각
하면 다음과 같은 의미를 깨달을 수
있다. 곧 오늘날 조정에서 빛을 발하
는 새로운 귀족들도, 10년 전 작자
를 비판하고 배척한 뒤에 권세를 잡
은 사람들이었다. 유우석의 입장에
서 보면, 호랑이 없는 곳에서 여우가
왕 노릇하는 격이다.

　결국 이 시는 조정의 권세가들을
자극했다. 그리고 그들의 부추김으

유우석의 초상.

로 황제는 유우석에게 두 번째 유배를 명령했다. 처음에는 장안에서
가장 먼 파주播州로 보내기로 했다. 하지만 주위의 도움으로 다행히
도 연주連州로 가게 되었다.

　하지만 그것으로 일은 끝나지 않았다. 유우석은 다시 유배되어 10
년을 보냈다. 그 사이에 친구인 유종원은 죽었다. 그는 태화太和 2년
(828)에야 다시 장안으로 돌아올 수 있었다.

　그는 다시 현도관을 찾았다. 그런데 이전에 보았던 복숭아나무는
한 그루도 보이지 않고, 너도바람꽃과 귀리만이 바람에 흔들리고 있
었다. 이에 유우석은 「현도관에 다시 와서(再游玄都觀)」라는 시를 지었
다.

드넓은 정원에 이끼가 절반인데	百畝庭中半是苔
복사꽃 모두 사라지고 채소꽃만 피었다	桃花淨盡菜花開
복사나무 심던 도사 어디로 갔을까	種桃道士歸何處
전에 왔던 이내 몸 다시 돌아왔건만	前度劉郎今又來

지난번 시를 짓고 나서 14년이 흐른 뒤였기에, 그 사이 조정에는 커다란 변화가 있었다. 황제가 네 번이나 바뀌고, 고관에서 말직에 이르기까지 모두 새로운 얼굴로 바뀌었다. 한 시기를 풍미하던 권세가들은 모두 어디로 갔단 말인가? 그럼에도 작자는 오늘 이 자리에 있지 않은가?

이처럼 유우석은 상대를 조롱하며 자부심이 섞인 속뜻을 담아냈다. 유우석의 강골 기질이 이 두 시에 잘 나타나 있다.

병든 나무와 물에 잠긴 배

유우석의 시를 본 김에 「낙천과 양주에서 처음 만난 자리에서 화답하여 주다(酬樂天揚州初逢席上見贈)」라는 칠언 율시도 함께 보자. 이 시는 작자가 화주에서 낙양으로 돌아가다가, 양주에서 백거이와 처음 만나 지은 작품이다.

| 파산과 초강은 처량한 곳 | 巴山楚水凄凉地 |
| 스물세 해 동안 이내 몸 버려두었지 | 二十三年棄置身 |

옛 친구 생각나 부질없이 「문적부」 부르다가	懷舊空吟聞笛賦
고향에 돌아오니 딴 사람 된 듯	到鄕翻似爛柯人
물에 잠긴 배 옆으론 수많은 돛배 지나고	沈舟側畔千帆過
병든 나무 앞으론 온갖 나무들 봄맞이 한다	病樹前頭萬木春
오늘 그대의 노래 가락 들으며	今日聽君歌一曲
잠시 한 잔 술에 정신을 가다듬어 본다	暫憑杯酒長精神

앞부분 네 구절에서 시인은 23년 동안 처량했던 자신의 처지를 토로했다. 친구들은 이미 세상을 떠났다. 모든 일이 어그러진 지금, 시인의 말에는 헛되이 흘려보낸 세월에 대한 애상과 탄식이 묻어 있다. "물에 잠긴 배 옆으론 수많은 돛배 지나고, 병든 나무 앞으론 온갖 나무들 봄맞이 한다"라는 구절이 작자의 처지를 잘 표현한다.

두 번째 연에는 두 개의 전고를 썼다. "피리 소리를 듣다(聞笛)"는 진晉나라 때 죽림칠현의 한 사람인 향수向秀가 지은 시 「사귀부思歸賦」에 나오는 이야기이다. 향수가 하루는 사마소에게 살해당한 친구 혜강嵆康과 여안呂安의 옛집을 지났다. 그는 그 이웃에서 들려오는 피리 소리를 듣고, 그들을 그리워하며 비탄에 젖었다고 하는 이야기이다.

또 "도끼 자루가 썩다(爛柯)"는 『술이기述異記』에 나오는 이야기로서, 많이 알려진 내용이다. 진晉나라의 왕질王質이라는 나무꾼이 산에 나무하러 갔다. 그는 우연히 두 동자가 바둑 두는 것을 보고, 이를 구경하느라 도끼 자루가 썩는 줄도 모른 채 백 년을 보냈다는 이야기이다.

이 연에서는 혜강과 여안처럼 탄압받아 죽은 동지에 대한 애도와 오랜 유배 생활로 빚어진 격세지감을 함축하여 잘 표현했다.

세 번째 연은 백거이도 신묘하다고 극찬한 천하의 명구이다. 시인은 자신을 '물에 잠긴 배'와 '병든 나무'에 비유했다. 자신은 이제 아무 것도 할 수 없지만, 세상은 변함없이 활기에 넘쳐 작자의 마음을 더욱 심난하게 했다.

시에 담긴 유우석의 속내가 이처럼 복잡하고 함축적이다. 하지만 후배들은 이 구절을 인용하면서, "새 것은 언제나 옛 것을 극복한다"라는 뜻만 취했다.

그럼에도 시인은 마지막 연에서 계속 자신의 뜻을 펼치리라 다짐했다. 언제까지나 '병든 나무'와 '물에 잠긴 배'가 되기를 원치 않았기 때문이다.

금릉의 노래

유우석의 작품에는 회고시懷古詩가 큰 비중을 차지한다. 그래서 「서새산회고西塞山懷古」와 「금릉오제金陵五題」 등 많은 회고시를 남겼다.

금릉(오늘날의 강소성 남경시)은 역대로 여섯 나라의 수도였다. 그만큼 그곳은 수많은 흥망성쇠의 희비극을 연출했다. 그래서 예나 지금이나 많은 문인들이 여기를 찾아, 옛일을 회상하며 시를 남기기를 즐겼다. 그런 작품들의 원조이자 최고를 꼽으라면, 바로 유우석의 「금릉오제」를 꼽을 수 있다.

그 첫 수인 「석두성石頭城」을 살펴보자.

잔해로 변한 고도를 둘러싼 산　　　　　山圍故國周遭在

텅 빈 성을 치며 쓸쓸히 돌아가는 강　　潮打空城寂寞回

회수 동쪽으로 옛 달 떠올라　　　　　淮水東邊舊時月

밤 깊어 다시 성가퀴 넘어 비춘다　　　夜深還過女墻來

그림 같은 풍경이다. 이 시에서는 산과 강과 달이 어우러져 쓸쓸함을 더한다. 특히 달의 이미지가 지나간 영화를 되돌리는 뜻과 잘 어울린다.

푸른 산이 금릉의 옛 성을 두르고, 적막감이 감도는 가운데 양자강의 물결만이 성벽을 쓰다듬으며 묵묵히 흘러갈 뿐이다. 밤이 깊어지자, 둥근 달이 진회하秦淮河 강가로 떠올랐다. 그 옛날 도시의 영화를 비추던 달이건만, 오늘날은 여기저기 폐허가 된 성벽을 어루만질 뿐이었다.

말없는 산, 적막한 강물, 차가운 달, 성곽의 자취 등이 어우러져, 처량하고 쓸쓸한 분위기를 증폭시키며 읽는 이의 가슴을 아프게 한다.

'성가퀴'란 성 위에 쌓은 낮은 담을 말한다. '성' 하면 떠오르는 올록볼록한 담을 가리킨다.

「금릉오제」에 속한 또 다른 시 「까막옷 골목(烏衣巷)」도 살펴보자.

주작교 언저리에 꽃을 피운 들꽃　　　朱雀橋邊野草花

까막옷 골목 어귀로 지는 저녁놀　　　烏衣巷口夕陽斜

제비들 옛날엔 왕씨 사씨네 둥지 틀더니　舊時王謝堂前燕

이제는 평범한 백성 집에 날아든다　　　飛入尋常百姓家

유우석이 금릉에 왔을 때, 그 옛날 마차들이 쉴 새 없이 드나들던 주작교 주변에는 들풀과 들꽃만이 자리를 지키고 있었다. 석양을 받은 까막옷 골목도 파괴되어 처량하기 그지없었다. 까막옷 골목은 동진 때 왕도王導나 사안謝安 같은 귀족들이 모여 살던 곳이다. 이 까막옷 골목으로 가려면 반드시 지나야 하는 길이 주작교이다. 사씨와 왕씨 집안 자제들이 모두 검은 옷을 걸치고 이 부근에 살아서, 까마귀처럼 검은 옷을 입은 사람들의 거리라는 이름이 붙었다.

그러던 대귀족의 저택들이 이제는 일반 백성의 거주지가 되었다. 예나 지금이나 제비는 날아다니지만, 둥지를 튼 집의 주인은 바뀐 지 오래였다. 이런 모습을 보면서 시인은 감개무량했다.

유우석의 「금릉오제」 이후 금릉을 회고한 후배들의 시는 그의 영향에서 벗어날 수 없었다. 석두성을 감아 도는 강물과 대저택 앞을 날아다니는 제비 등은 후배들의 시에서 심심치 않게 볼 수 있다.

댓가지의 노래

유우석은 유배를 간 지방에서 지낼 때, 일부러 민가를 배우려고 노력했다. 예를 들어 '댓가지의 노래(竹枝詞)'라는 민가는 원래 파巴·투渝(오늘날의 사천성 중경시重慶市 부근) 일대의 민간에서 전하던 것이다. 이 노래는 북과 피리 반주에 맞추어 노래를 불렀다.

유우석도 그 가락에 맞추어, 가사 10여 수를 지었다. 그 가운데 한 곡을 보면 이렇다.

버드나무 푸릇푸릇 강물 잔잔한데   楊柳青青江水平
강가에서 들려오는 임의 노래 소리   聞郎江上唱歌聲
동쪽엔 해 돋고 서쪽엔 비 내려   東邊日出西邊雨
갠 곳 없다더니 갠 곳도 있네요   道是無晴却有晴

노랫말은 아가씨의 말투를 모방하여 썼다. 그녀는 마음속에 담고 있는 임의 노랫소리를 들을 수 있었으나, 그의 속내는 알 길이 없었다. 노랫말 속의 '개이다(晴:qing)'는 사실 '애정(情:qing)'이란 의미를 담고 있다. 이는 완벽한 민가의 표현 수법으로서, 함축적이고 교묘한 특징을 가진다.

백거이는 유우석의 시재를 높이 평가하여, 그를 "시의 호걸(詩豪)"이라 불렀다. 낙양에 있을 때에는 유우석과 백거이가 많은 시를 주고받아서 '유劉·백白'이라고도 불렀다. 유종원과의 친분도 매우 두터웠기에 '유劉·유柳'라고도 불렀다. 유종원이 죽자 그의 시문을 모아 문집으로 엮은 사람이 바로 유우석이다.

이밖에도 유우석의 친구로는 원진, 한유, 배도 등이 있었다.

요절한 천재 시인

그 시기에 유명했던 이하李賀도 유우석과 같은 시기에 활동한 사람이다. 하지만 그들 사이에는 이렇다 할 왕래가 없었다. 이는 아마도 이하가 너무 일찍 죽어, 서로 만날 기회가 없었기 때문이리라. 이하가 장안에서 한창 이름을 날리고 있을 때, 유우석은 유배 생활을 하고 있었다.

당의 종실인 정왕鄭王 이광李光의 후예인 이하(790~816)의 자는 장길長吉이고, 복창福昌(오늘날의 하남성 의양현宜陽縣) 사람이다. 그는 한유와 두터운 친분을 맺고 있었다. 일찍이 한유는 이하의 억울함을 호소하려고 「휘변諱辯」이란 글을 쓰기도 했다.

'휘'란 '죽은 사람이나 높은 사람의 이름'을 말한다. 이하의 아버지 이름은 이진숙李晉肅이었다. 그런데 그의 '진晉' 자와 '진사'의 '진進' 자가 음이 같았다. 봉건시대에는 '휘를 피하는(避諱)' 일에 신경을 써서, 황제와 부모의 이름을 함부로 쓸 수 없었다. 심지어 같은 음을 가진 글자도 피했다.

어려서부터 신동 소리를 듣던 이하가 진사 시험을 보려 하자, 이를 시기한 사람들이 이 점을 빌미로 그의 앞길을 막았다. 그래서 한유는 「휘변」을 지어 이하를 변호하는 한편, 당당히 시험에 응하도록 격려했다. 한유는 "만약 부친의 이름이 '인仁'이면 아들은 사람(人) 노릇도 할 수 없단 말인가"라며 피휘의 부당성을 지적했다.

그러나 이하는 결국 시험을 치를 수 없었다. 나중에 한유의 추천으로 3년 동안 봉예랑奉禮郎이란 직책만 맡을 수 있었다. 그러나 황실의 제사나 예식 때 자질구레한 일을 돕는 미관말직으로 만족할 그가 아니었다.

전하는 바에 따르면 이하는 마른 체구에 두 눈썹이 붙었고, 손가락이 길어 글을 빠르게 썼다고 한다. 그가 날마다 아침에 당나귀를 타고 문을 나서면, 그 뒤에는 어린 머슴이 낡은 비단 자루를 등에 지고 뒤따랐다. 그렇게 한가로이 교외를 산책하다가 시적 영감이 떠오르면, 서둘러 시구를 적어 비단 자루 속에 넣었다. 저녁에 집으로 돌아오면, 조각난 시구를 조합하여 완전한 시를 지었다.

늙으신 어머니는 그의 모습을 보며, "아, 저 애가 심장을 토하고 나서야 저 짓을 그만둘까"라며 탄식했다고 한다. 이처럼 이하는 지나치게 고심하며 시를 지어서, 몸이 쇠약하고 병이 많아 스물일곱이란 젊은 나이에 세상을 떠났다.

사람들은 그의 재능과 처지를 안타깝게 여겨, 그를 이렇게 신화화했다. 그가 죽던 날, 붉은 옷을 입

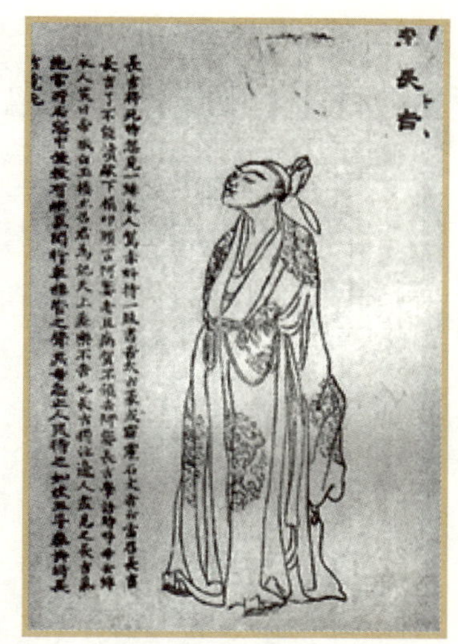

백옥루를 기념하는 시를 쓰기 위해 하늘나라로 간 이하.

은 천사가 내려와 천제天帝의 명령을 전했다고 한다. 그것은 하늘에 새로 지은 백옥루를 기념하여 시를 써 달라는 것이었다. 그날 그의 집 창문에 운무가 서리고, 공중으로 마차가 달려가는 소리를 들었다는 사람도 있었다. 물론 근거 없는 이야기이지만, 사람들의 안타까운 마음을 잘 보여준다.

칼을 들고 싸우리라

이하는 개인적으로 신화를 즐겨 다루었다. 「하늘꿈(夢天)」이나 「하늘의 노래(天上謠)」 등은 모두 하늘의 세계를 읊은 시가이다. 달 속의

옥토끼와 미리내를 떠다니는 구름을 다루는가 하면, 하늘에서의 유유자적함과 아득한 인간 세상을 다루는 등 기이한 시적 경계를 보여 주었다.

또한 역사를 소재로 다룬 시들도 낭만적이고, 신화적인 색채가 다분하다. 「술 마시는 진시황(秦王飮酒)」도 그러하다.

호랑이 타고 팔방을 넘나들던 시황제	秦王騎虎遊八極
칼날 빛 받은 하늘 푸름을 더한다	劍光照空天自碧
쟁쟁쟁 유리 소리 내며 해를 모는 희화	羲和敲日玻璃聲
세상 파멸 후 재가 날아 고금을 평정한다	劫灰飛盡古今平
용두 꼭지에서 술 따라 주신에게 바치고	龍頭瀉酒邀酒星
금 기러기발을 단 비파는 따앙따당 밤공기를 가른다	
	金槽琵琶夜棖棖
동정호에 떨어지는 빗발인 듯 생황 소리 퍼지는데	
	洞庭雨脚來吹笙
술 취하여 고함치니 달이 다시 떠오른다	酒酣喝月使倒行

…… ……

여기서 진시황은 뚜렷하게 신격화되어 있다. 그가 사나운 호랑이를 타고 팔방을 넘나드니, 그의 손에 든 보검이 내뿜는 광채는 하늘을 푸르게 물들인다. 해를 몰고 다닌다는 전설의 인물인 희화가 쟁쟁쟁 유리 소리를 내며 해를 몰았다. 시황제는 술기운으로 귀까지 달아올랐다. 그가 달을 향해 고함치니, 교교한 달빛이 원래 자리로 돌아가 한밤의 향연을 밝혀 주었다.

환락에 빠진 당 황제를 풍자하고 있는지는 차치하고라도, 소리와

색이 어우러져 신기한 신화적 경계를 보여줘 독자를 황홀경에 빠지게 한다.

또한 현실 생활을 반영한 시도 있다. 「안문 태수의 노래(雁門太守行)」는 전쟁을 묘사한 악부시이다. 안문이란 곳은 북쪽 변방 지역에 있어서, 정벌과 수자리에 관한 내용이 많다.

먹구름 짓눌러 성은 무너질 듯	黑雲壓城城欲摧
갑옷은 석양에 금비늘처럼 번뜩인다	甲光向日金鱗開
가을 기운 속 호각 소리는 온 하늘을 채우고	角聲滿天秋色裏
얼어붙은 국경의 밤 더더욱 붉도다	塞上燕脂凝夜紫
반쯤 말린 붉은 깃발 이수에 다다르니	半捲紅旗臨易水
된서리에 얼은 북은 울리지 않는구나	霜重鼓寒聲不起
황금대 위 임금의 깊은 은혜 갚고자	報君黃金臺上意
옥룡검 뽑아 들고 임금 위해 죽으리라	提携玉龍爲君死

시의 첫째 연에서는 험악한 전쟁 분위기를 고조시키고 있다. 떼 지어 몰려드는 먹구름 때문에 성은 곧 부서질 듯했다. 그런데 구름을 뚫고 해가 솟아 병사들의 갑옷을 비추었다. 바로 이 장면이 읽는 이들에게 깊은 인상을 준다. 말할 수 없는 공포 속에서도 분투하려는 의지가 돋보이기 때문이다.

이어서 전투 장면이 이어지지만, 직접적인 묘사는 없다. 그러나 잦아든 북소리와 호각 소리, 반쯤 말린 붉은 깃발, 짙은 색으로 드리운 국경의 자연 환경 등이 전쟁의 참혹함을 부각시킨다.

"황금대 위 임금의 깊은 은혜 갚고자, 옥룡검 뽑아 들고 임금 위해 죽으리라!" 전쟁에서 이기고 지는 것은 다음 문제이고, 중요한 것은 병사들의 결사 항전의 태도였다. 이것이 시인의 목적이었다.

'황금대'의 옛터가 현재 하북성 이현易縣 동남쪽에 남아 있다. 인재를 중시하던 연燕의 소왕昭王이 누대를 만든 뒤, 그 위에 천근의 황금을 두어 천하의 인재들을 모았다고 한다. 그래서 '황금대'란 이름을 얻었다. 이백의 「길 가기 어려워라(行路難)」란 시에도 나온다.

사실 보검을 손에 들고 임금을 위해 목숨을 바치는 것은 이하의 뜻이기도 했다. 「남쪽 정원(南園)」이라 이름 지은 시들 속에서 시인은 이렇게 읊었다.

어찌하여 대장부 오 땅의 굽은 칼 들고	男兒何不帶吳鉤
관산의 오십 주를 거두지 못하는가	收取關山五十州
그대 잠시 능연각에 올라 보시게나	請君暫上凌煙閣
그 공신들 가운데 문인이 어디 있는가	若個書生萬戸侯

사내대장부로서 어찌 오 땅에서 나는 굽은 칼을 들고, 나라를 위해 번진 세력을 무찌르지 못하는가. 황궁 안에 있는 능연각에 한 번 올라가 보아라. 그곳에 그려진 유공자들 가운데 문인이 있는지.

정관 17년(643) 태종은 염입본閻立本에게 명령하여, 장손무기長孫無忌와 위징魏徵 등 24명의 초상을 능연각 위에 그리게 했다. 이를 통해 그들의 공훈을 표창한 것이다. 사실 그들 가운데 문인이 많았지만, 여기서는 무공을 강조하려고 문인이 없다고 표현했다.

그가 살던 중당 때에는 번진이 할거하고, 반란이 끊이지 않았다. 국경 수비대의 사령관이던 절도사는 원래 변경 지방에만 두었다. 하지만 안·사의 난 이후에는 각 지방마다 두었다. 절도사는 보통 관찰사를 겸하여, 군사령관과 민정 장관을 겸임하는 권한을 가지며 '번진'이라 불렀다.

당 정부는 행정적인 필요 때문에 번진을 늘려서, 중기부터 말기에 걸쳐 그 수가 40~50개에 이르렀다. 아울러 하위 행정 조직인 주州의 수는 3백 몇 십 개에 달했다. 정부는 이처럼 체제가 방대해져 관리하기 어려워, 번진 한 사람이 적게는 서너 개부터 많게는 십여 개의 주를 관할하게 했다.

그런데 중앙 정부의 세력이 약해지자, 이들 번진이 조금씩 자치를 주장하고 나섰다. 그래서 하남과 하북의 50여 주가 중앙 정부의 통제를 듣지 않았다. "관산의 오십 주를 거두지 못하는가"라는 이하의 말은 이러한 사실에 근거하고 있다.

정치와 문학 방면에서 출로를 찾지 못하던 이하는, 이처럼 무공으로 이름을 날리고 싶은 환상에 빠졌다. 마지막 구절의 반문은 시인의 격앙된 정서를 보여주고 있다.

귀신 시인

이하는 영물시詠物詩에도 관심을 가졌다. '영물시'란 개개의 사물을 세밀히 관찰하여 그 특징을 다룬 시를 말한다. 「말(馬詩)」 23수도 대부분 말에 대한 내용에 자신의 속내를 담은 것이다.

이 말은 비범한 말이라	此馬非凡馬
방성이 원래 별이로다	房星是本星

앞으로 나아가 야윈 뼈 두드리니　　　　向前敲瘦骨
동종 소리 들리는 듯　　　　　　　　猶自帶銅聲

　짧은 20자 안에서 시인의 외로움과 고고한 품격을 엿볼 수 있다. '방성'이란 28수의 하나로 하늘의 별자리 가운데 수레와 말을 관장하는 별이다.

　그의 영물시 가운데 「이빙의 공후 소리(李憑箜篌引)」는 매우 유명하다. '공후'란 세우거나 눕혀서 타는 고대 현악기의 하나이고, '이빙'은 중당 시기의 유명한 악사이다.

아름다운 거문고 타는 구월의 한가을　　　　吳絲蜀桐張高秋
빈 산에 맺힌 구름 흐르지 않는구나　　　　　空山凝雲頹不流
대를 적신 상아의 눈물 애달픈 소녀의 거문고 소리

　　　　　　　　　　　　　　　　　　　江娥啼竹素女愁

이빙이 장안에서 공후를 타는구나　　　　　　李憑中國彈箜篌
곤산의 옥 부서지듯 봉황이 울음 울듯　　　　崑山玉碎鳳凰叫
연꽃이 울음 울듯 향난이 웃는 듯　　　　　　芙蓉泣露香蘭笑
장안 사방 열두 문 앞의 찬 달빛과 어우러져　十二門前融冷光
스물세 줄 현의 울림이 하늘을 감동시킨다　　二十三絲動紫皇
여와가 돌 갈아 하늘을 메운 곳　　　　　　　女媧煉石補天處
돌 깨져 놀란 하늘 가을비 흩뿌린다　　　　　石破天驚逗秋雨
꿈결에 신선 세계에 들어 신구를 가르치니　　夢入神山敎神嫗
늙은 고기 물결을 차오르고 힘없는 교룡도 춤춘다

　　　　　　　　　　　　　　　　　　　老魚跳波瘦蛟舞

오강은 잠 못 이루며 계수나무 의지하고　　　吳質不眠倚桂樹

빗줄기 비껴 내려 달님을 적신다　　　露脚斜飛濕寒兎

　음악 소리를 묘사한 시로는 백거이의 「비파의 노래(琵琶行)」를 으뜸으로 꼽는다. 「비파의 노래」는 서술에 편중하여 비유가 핍진하고 생동감이 넘친다. 그런데 이하의 이 시는 완전히 다른 풍격을 보여준다.

　그리고 그는 많은 전고를 썼다. '오사吳絲'는 절강성 일대에서 나오는 누에실로 짠 공후의 줄을 말한다. '촉동蜀桐'은 사천성 일대에서 자란 오동나무로 만든 공후의 몸체를 말한다. 모두 공후의 아름다움과 빼어남을 표현하는 것이다.

　'강아江娥'는 '상아湘娥'로서, 이에 관련된 이야기는 전기錢起의 시 「성시상령고슬省試湘靈鼓瑟」에서 다룬 적이 있다. 죽은 순임금을 슬퍼하며 흘린 눈물이 대나무에 떨어졌는데, 그 자리에 반점이 선명하게 나타났다고 한다.

　'소녀素女'는 고대 신화에 나오는 여신이다. 그녀는 거문고를 잘 탔는데, 그 소리가 매우 처량하고 애달팠다고 한다.

　'신구神嫗'는 『수신기搜神記』에 나오는 이야기이다. 번도기樊道基라는 신이 세상에 내려와, '구媼'라는 부인을 얻었다. 그 부인의 공후 타는 솜씨가 매우 뛰어나, 듣는 사람들마다 춤을 추고 노래했다고 한다.

　'늙은 고기(老魚)'와 '힘없는 교룡(瘦蛟)'은 각각 『순자』「권학」과 『열자』「탕문湯問」에서 호파瓠巴의 거문고 솜씨를 언급하면서 나온 이야기이다.

　'오질吳質'은 '오강吳剛'으로서, 신선술을 배우다가 세상으로 쫓겨나 나무꾼이 됐다는 전설의 인물이다. 이는 『유양잡조酉陽雜俎』에 나온다. 기이한 상상력과 과장된 언어가 보통 사람들의 상상을 뛰어넘는 이야기이다.

옥이 부서지고, 봉황이 우는 소리를 누가 들어보았겠는가? 하늘을 메운 돌이 깨지고, 하늘이 놀라는 모습을 누가 겪어보았겠는가? 늙은 고기가 뛰어 올라 물결을 일으키고, 힘없는 교룡이 춤추는 광경을 누가 본 적 있겠는가? 그러나 이처럼 신기하고 형상적인 비유를 통해, 공후를 타는 이빙의 비범한 솜씨를 느낄 수 있다. 이것이 바로 이하의 시가 가진 풍격이다.

그러나 이하의 인생 태도는 좀 소극적이었다. 이는 그의 불행했던 처지와 관련이 있다. 서른 살이 채 되지 않은 젊은 나이로 세상을 떠난 이하의 시를 보면, '늙음(老)'과 '죽음(死)'이라는 글자가 많이 보인다. 그가 남긴 2백여 편의 시에 이 두 글자가 70여 번이나 보인다.

그의 시에 묘사된 기괴한 세계는 읽는 이의 등골을 오싹하게 만든다. 「가을이 오면(秋來)」이란 시에,

가을 무덤 속 나는 죽어 포조의 시 노래하며	秋墳鬼唱鮑家詩
나의 피 한 맺혀 천년을 푸르리라	恨血千年土中碧

또 「신현곡神絃曲」이란 시에는,

백 년 묵은 올빼미가 나무도깨비 되어	百年老鴞成木魅
웃음소리와 푸른 불이 둥지에서 솟구친다	笑聲碧火巢中起

이 장면들은 음산하고 어둠에 잠겨, 공포와 괴기의 아름다움을 묘사한다. 이를 보면 사람들이 이하를 '귀재鬼才'라고 할 만하다.

당시唐詩에서 이하의 시는 자신만의 독특한 풍격을 세웠다. 그의 시에 담긴 '을씨년스러운 분위기'를 싫어하는 사람들은 그의 시를

"요상한 시(詩之妖)"라거나, "소와 뱀, 귀신이 잔뜩 나온다(牛蛇鬼神太甚)"며 비난했다.

그러나 그보다 많은 사람들이 그의 시를 찬양했다. 그 사람들은 초가楚歌와 소체騷體의 전통을 계승하여 "하늘을 휘저은 재주꾼(天縱奇才)"으로서, 이백과 필적할 만하다고 했다.

당나라 말기의 이상은李商隱과 온정균溫庭筠의 고시도 이하가 개척한 길을 걸었다. 송나라 때의 유극장劉克莊과 원나라 때의 사도울라薩都剌도 그의 영향을 받았다.

또 청나라 때의 유명한 소설가인 조설근曹雪芹은 이하의 시가 가진 풍격을 매우 좋아했다. 그래서 이하의 시를 놓고 시를 배웠다고 한다. 그런 그가 죽자, 친구들은 애도시에 "기괴한 그의 유작 이하를 울렸네(牛鬼遺文悲李賀)"라는 시구를 집어넣었다.

피휘避諱하는 관습

휘자諱字란 이미 죽은 군주나 성인 또는 어른의 이름자를 말합니다. 그들을 존경한다는 의미에서 이름자를 직접 부르지 않고 피하던 풍습이 바로 '피휘'입니다.

예를 들어 진시황의 이름은 영정嬴政입니다. 그런데 정월正月의 '정正(zheng)'자가 '영정'의 '정政(zheng)'자와 음이 같다고 하여, '정월'을 '단월端月'로 고쳐 썼습니다. 아예 글자를 바꾼 거지요.

또 당나라 사람들은 당 태종 이세민李世民의 이름자를 피하려고, 한나라 때의 왕세충王世充을 언급할 때면 반드시 '왕口충王口充'이라 써서 아예 '세世'자를 빼 버렸습니다. 그런데 후세 사람들은 두 글자를 붙여서 인쇄하여 왕세충의 이름이 왕충王充이 되었지요.

심지어는 성을 바꾸거나 행정단위의 명칭과 관명을 바꾼 경우도 있습니다. 이하李賀처럼 과거 시험을 보지 못한 경우도 있고요.

만당의 작가들 25

두목杜牧

이상은李商隱

당나라를 몰락시킨 소금장수 황소.

큰 재목감

두목杜牧은 이하의 친구로서, 이하의 시집에 서문을 쓰기도 했다. 이하보다 열두 살이 적은 그는 이미 만당으로 접어든 시기에 살았다. 『이하집李賀集』의 서문은 이하가 죽은 지 15년 뒤에 쓴 것이다. 이 글에서 두목은 일련의 비유를 통하여 이하의 시가 지닌 예술적 매력을 묘사하고, 무의식중에 자기 문학의 풍격도 드러냈다.

그의 글재주가 매우 출중했기 때문에, 사람들은 그와 같은 시기에 활동하던 이상은李商隱과 함께 "작은 이·두(小李·杜)"라고 불렀다. 심지어 "장경 시기 이후 최고의 시인(唐長慶以後第一人)"이라고 말하는 사람도 있었다. 장경은 목종穆宗의 연호로서, 821년에서 824년까지의 기간을 말한다.

두목(803~852)의 자는 목지牧之이고, 경조京兆 만년萬年(오늘날의 섬서성 서안시 일대) 사람이다. 그는 명문가 출신으로 먼 조상인 두예杜預는 서진西晉의 유명한 정치가이자 학자였다. 그리고 할아버지인 두우杜佑는 유명한 재상이었다. 그런 집안인 만큼 당연히 집에 장서가 많았다. 그래서 그는 어려서부터 여러 종류의 책을 접할 수 있었다. 특히 경서와 역사서에 흥미를 가져, 어렸을 때부터 시대의 흥망성쇠와 인물의 장단점 및 조세, 국방, 지리, 교통 등에 관한 지식을 차곡차곡 쌓았다. 한마디로 '큰 재목감'이었다고 할 수 있다.

그는 스물다섯 살에 진사에 합격한 뒤, 중앙과 지방을 넘나들며 계속 관리 생활을 했다. 지방 관리로 지낼 때에는 여러 폐단을 개혁하고자 노력하여, 백성을 위해 적지 않은 업적을 남겼다. 또한 조정에 계책을 제시하여 택로澤潞 지역에서 일어난 번진의 반란을 진압하기도 했다. 아무튼 그의 능력은 누구도 의심할 수없이 확고한 것이었다.

그러나 당시 조정에서는 당쟁이 한창이었다. 이덕유李德裕와 우승유牛僧儒의 대관리 집단이 나름의 기치를 내걸고 권력 쟁탈을 벌였다. 두목은 그 와중에도 두 파에게 모두 칭찬을 받았다. 그러나 쉽게 허리를 굽히지 않자, 어느 파에서도 그를 쓰지 않았다. 그 결과 그는 자신의 재능을 마음껏 펼칠 수 없었다. 이 때문에 그는 언제나 우울한 마음에 사로잡혀 있었다.

두목의 시는 절구가 가장 뛰어나다. 네 구절의 짧은 시 안에 깊은 사상과 풍부한 감정을 녹였다. 어떤 시들은 아름다운 의경과 진한 애수를 담기도 했다. 예를 들어 「화청궁을 지나며(過華淸宮)」 3수는, 시인이 화청궁을 지나다가 느낀 감정을 담은 것이다.

장안 부근의 여산(오늘날의 섬서성 임동현臨潼縣 동남쪽)에 있는 이 아름다운 궁전은, 멀리서 바라보면 호화롭고 웅장하여 신선이 노니는 곳 같았다. 두보의 시에서도 보았듯이, 한때는 현종과 양귀비가 밤낮을 가리지 않고 환락을 즐긴 곳이기도 하다.

장안에서 바라보면 비단을 깔아 놓은 듯	長安回望綉成堆
산 위의 대문들이 차례로 열린다	山頂千門次第開
먼지내며 말 달려오는 모습에 웃음 짓는 양귀비	
	一騎紅塵妃子笑
여지 가져오는 길임을 아무도 모르리라	無人知是荔枝來

전하는 말로는 양귀비는 여지를 무척 좋아했다고 한다. 여지는 중국 남부와 동남아시아에서 나오는 열대 과일이다. 우툴두툴한 껍질을 벗기고 말간 속살을 먹는데, 달콤함이 일품이다. 이 과일은 가지

에서 딴 지 사흘이면 맛과 색이 변한다.

그래서 현종은 양귀비를 기쁘게 하려고 긴급하게 공문을 전달하는 파발을 보냈다. 그에게 신선한 여지를 가지고 조금도 쉬지 않고 달려오게 했다. 마지막 두 구절은 이러한 장면을 묘사한 것이다. 지금처럼 교통과 냉장 기술이 발전하지 않은 상황에서 얼마나 힘든 과정이었을까 상상해 보라. 실제로 말과 사람이 지쳐 죽는 경우가 허다했다고 한다.

흐르는 듯한 필법으로 그린 두목의 모습.

시는 매우 함축적이어서 겉으로는 비판하는 말이 없다. 하지만 읽는 이는 작자의 의도를 쉽게 짐작할 수 있다.

동작대

두목은 영사시詠史詩에도 흥미를 가져 몇몇 작품을 지었다. 역사적 사건을 빌어 자신의 감정을 표현하는 시를 '영사시' 라고 한다.

「적벽赤壁」이란 시를 예로 들어보자.

모래 속에 묻혀 있던 부러진 창 아직 녹슬지 않아

折戟沈沙鐵未銷

닦고 씻으니 옛것이 분명하구나　　　　　　自將磨洗認前朝

동풍이 주유를 돕지 않았던들　　　　　　東風不與周郎便

늦은 봄 동작대에는 교공의 자매 갇혔으리라　　銅雀春深鎖二喬

비록 옛날에 있었던 전쟁을 다루고 있으나, 깊이 새길 만하다. 특히 마지막 두 구절에서 시인은 역으로 접근했다.

한나라 헌제獻帝 건안 13년(208) 조조는 군대를 이끌고 남쪽의 오吳를 공격했다. 그러나 그의 군대는 수중전에 익숙하지 않았다. 조조는 꾀를 내어 배들을 쇠사슬로 연결했다.

이를 노려 주유의 부장이던 황개는 위장 전술을 펼쳤다. 그는 기름을 부은 땔감을 가득 실은 배에 천막을 치고는 거짓으로 항복했다. 그렇게 배를 조조 측에 가까이 대고는 곧바로 불을 붙였다. 때마침 동풍이 불어 불길이 번지면서 조조의 배들을 모조리 불태웠다. 그 결과 조조의 군대는 대패했다.

'동작대'는 조조가 건축한 누각이다. 꼭대기에 동으로 만든 커다란 공작이 있었는데, 조조가 만년에 즐겨 찾던 곳이다. 오늘날 그 유적이 하북성 임장현臨漳縣에 남아 있다.

'교공'은 원래 '교공橋公'으로서, 동오의 명문가를 말한다. 그 집의 큰 딸은 손책에게 시집가고, 작은 딸은 주유에게 시집갔다. 그러니 만일 동풍이 불지 않았다면, 주유의 아내도 안전할 수 없었을 것이다.

시인이 여기서 강조하는 것은 바로 '기회'이다. 주유에게 그런 기회가 없었다면, 어떻게 포부를 펼칠 수 있었겠는가? 이로써 두목이 마음에 담고 있던 고통과 불평을 알 수 있다.

강남의 봄

두목의 경물시도 남다른 정취가 있다. 「강남의 봄(江南春)」이란 시를 보자.

여기저기 꾀꼬리 울고 온갖 꽃은 울긋불긋	千里鶯啼綠映紅
강촌과 산마을마다 펄럭이는 주점 깃발	水村山郭酒旗風
사백팔십 남조의 옛 절	南朝四百八十寺
수많은 누대가 가랑비에 젖는구나	多少樓臺煙雨中

강남의 봄이라는 영원한 주제를 소화하기란 웬만해선 쉽지 않다. 하지만 두목은 거뜬하게 자기 실력을 발휘했다.

첫 구절에서는 강남의 봄 풍경을 폭넓은 의경으로 그렸다.

둘째 구에서는 사람들의 활동 장소를 덧붙였다. 강가의 어촌과 산기슭의 마을마다 펄럭이는 주점의 깃발로 은근슬쩍 시인의 감정을 담았다.

마지막 두 구절에서는 남조 시기 강남에 차고 넘치던 사찰의 모습을 가랑비에 젖는 장면에 담았다. 이를 통해 읽는 이들이 아름다운 경치와 함께 역사의 흥망을 떠올리도록 했다.

또 다른 풍격으로 풍경을 다룬 「산행(山行)」이란 시도 살펴보자.

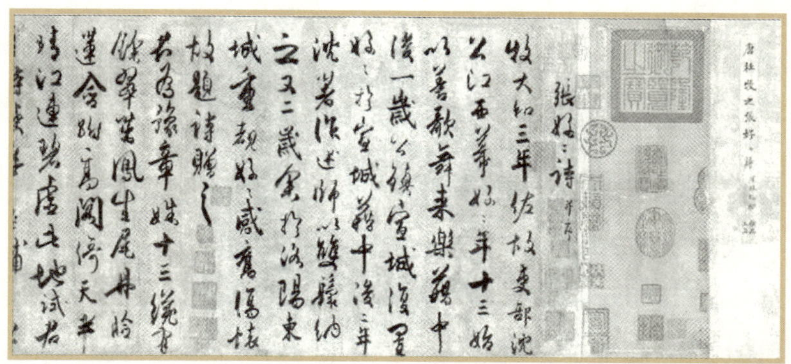

두목이 직접 쓴 자신의 「장호호長好好」라는 시. 장호호는 13살의 기생인데, 이 시는 그녀와 헤어지면서 지었다고 한다. 둘의 사랑이야기는 원나라 때 양주몽揚州夢이라는 잡극이 된다.

멀리 늦가을 산에 돌길이 비스듬히	遠上寒山石徑斜
흰 구름 감도는 심산유곡에 인가가 있다	白雲生處有人家
수레를 멈추고 황혼의 단풍 즐기는데	停車坐愛楓林晚
서리 맞은 잎사귀는 2월의 꽃보다 더 붉구나	霜葉紅於二月花

마지막 구절이 정말 아름답다. 저녁놀에 비낀 서리 맞은 단풍잎이 음력 2월에 활짝 핀 봄꽃보다 더 농염하다는 표현이 시 전체에 생기를 불어넣고 있다. 이 시에서는 가을 단풍이 봄꽃을 능가하고 있다. 이렇게 아름다운 경치를 맞이하여 수레를 멈추고는, 돌아가는 것도 잊은 채 넋을 잃고 있는 시인의 모습을 충분히 떠올릴 수 있다.

또 다른 시에서는 봄비가 가을비를 닮아 있다. 「청명淸明」이란 시를 보자.

청명의 호시절 주룩주룩 비가 내려	淸明時節雨紛紛
길 가는 나그네도 넋을 잃은 듯	路上行人欲斷魂
이참에 술집 어디 있는가 물으니	借問酒家何處有

목동은 머얼리 살구꽃 핀 마을 가리킨다　　　牧童遙指杏花村

이것은 많이 알려진 작품이다. 봄이 한창인 청명절에 비가 내려, 외로이 길을 가던 나그네가 허탈해졌다.

"애야, 주점이 어디 있니?"

비를 피하던 나그네의 유일한 소망은 술 한 잔으로 목을 축이는 것이었다. 소 등에 타고 있던 목동은 말없이 채찍으로 한곳을 가리켰다. 은행꽃이 불처럼 붉게 핀 조그만 마을을!

시에서 언급하지는 않았으나, 은행꽃 아래에는 틀림없이 주점 깃발이 나부끼고 있었을 것이다.

두목의 시에는 다음처럼 경치를 읊으면서 함께 역사도 다룬 작품이 있다.

안개가 차가운 강물 휩싸고 달빛이 모래톱 감싸는

煙籠寒水月籠沙

밤, 진회하에 배를 대니 술집이 가깝더라　　　夜泊秦淮近酒家

술집의 아가씨들 망국의 한을 알지 못하고　　　商女不知亡國恨

강을 사이에 두고 「후정화」를 부르더라　　　隔江猶唱後庭花

이는 「진회하에 배를 대다(泊秦淮)」라는 작품이다. 진회하는 금릉(오늘날의 남경시)을 가로지르는 강이다. 그 강기슭에는 술집과 기루가 가득하여, 문인 사대부들의 오락 장소였다.

시인은 한밤에 배를 정박했기에, 강물 위에 은빛으로 빛나는 달만 떠 있을 뿐 적막한 모습이었다. 그러나 대낮처럼 불을 밝힌 강가의 주점에서는 술집 아가씨들이 노래를 부르고 있었다. 그녀들이 부르는 노래는 남조의 마지막 나라인 진陳의 후주後主 진숙보陳叔寶가 지은 「옥수후정화玉樹後庭花」였다.

후주는 밤낮 이런 가곡을 연주하며 주색에 빠져 있다가 수나라에게 멸망했다. 그래서 대표적인 '망국의 음악'이 되었다. 그녀들은 자신들이 부르는 노래에 젖어 남조가 멸망했다는 사실을 알고 있었을까? 정작 중요한 일은 뒤로 미룬 채 사람들은 이처럼 환락을 즐기며 꿈속을 헤매고 있었다.

시인은 몽롱한 달빛 아래에서도 눈앞의 현실을 냉철하게 바라보며 마음이 무거웠다.

아방궁

두목은 절구 말고 율시와 고시에도 뛰어났다. 그의 문장도 매우 아름다웠다. 앞에서 그가 『이하집』의 서문을 썼다고 했는데, 여기서는 그 유명한 「아방궁(阿房宮賦)」을 살펴보자.

'아방궁'은 진시황 35년에 지은 조정 궁궐인데, 아방이라는 산모퉁이에 있어서 '아방궁'이라고 불렀다. 원래는 이 웅장한 궁전이 완성되면, 여기에 어울리는 더 훌륭한 이름을 붙이려고 했다. 하지만 미처 이름도 짓기 전에 항우가 쳐들어와 불태워서, 그대로 '아방궁'이라 부르게 되었다.

이 궁전의 규모는 전무후무했다. 그래서인지 이 글의 첫 부분도 남다른 기세를 보이고 있다.

여섯 왕이 망하니, 대륙은 하나가 되고, 촉산이 우뚝하니, 아방이 나왔네. 삼백여 리를 덮어 눌러, 하늘과 태양이 막히어 서로 떨어졌으니, 여산 북쪽에서 얽고 서쪽으로 꺾어져, 곧바로 함양으로 치달았네.

六王畢, 四海一. 蜀山兀, 阿房出. 覆壓三百餘里, 隔離天日. 驪山北構而西折, 直走咸陽.

"여섯 왕이 망하니, 대륙은 하나가 되고"라는 첫 마디의 여섯 글자는 그 자체가 전국戰國의 역사이다. 그야말로 '일자천금一字千金'이 아닐 수 없다.

이어지는 여섯 글자인 "촉산이 우뚝하니, 아방이 나왔네"라는 구절은 아방궁을 건축하는 과정을 담고 있다. 막대한 목재가 필요하여, 촉산의 나무를 모두 베어 민둥산이 되었다고 한다.

두목은 이 열두 자에 진나라의 강대함과 사치를 유감없이 담았다. 이처럼 힘 있는 필치는 누구도 따라갈 수 없는 경지이다.

이어서 작자는 나열의 수법으로, 시황제의 폭정과 사치를 더할 나위 없이 적확하게 그렸다. 각국에서 지나치게 약탈하고, 엄청나게 재정을 낭비하는 것을 작자는 이렇게 지적했다.

진시황이 과도한 사치를 좋아하면, 사람들도 자신의 집을 생각할 것이다. 재물을 긁어모으기를 세세한 것까지 놓치지 않더니만, 어찌하여 흙과 모래처럼 헤프게 쓰는가?

秦愛紛奢, 人亦念其家. 奈何取之盡錙銖, 用之如泥沙?

마침내 진시황은 응분의 대가를 받는다.

국경을 수비하던 군사가 들고 일어나니, 함곡관이 함락되었고, 초나라 항우가 횃불을 치켜들자, 애석하게도 불바다가 되었도다!

戍卒떠, 函谷擧, 楚人一炬, 可憐焦土!

진승陳勝과 오광吳廣이 일으킨 반란을 시작으로 진의 위세는 급격히 꺾이고, 결국 유방과 항우에게 멸망당했다. 진의 멸망과 함께 웅장함과 화려함을 자랑하던 아방궁도 한줌의 재로 사라졌다.

마지막 부분에서 작자는 여러 나라가 흥망한 교훈을 망라했다.

여섯 나라가 멸망한 것은 여섯 나라가 자초한 일이지, 진나라가 멸망시킨 것이 아니다. 진나라가 멸족한 것은 진나라가 자초한 일이지, 천하가 멸망시킨 것이 아니다.

滅六國者, 六國也, 非秦也. 族秦者, 秦也, 非天下也.

그렇다면 그들 나라가 멸망한 진정한 원인은 무엇이었을까? 자신들의 백성을 사랑하고 보살피지 않았기 때문이었다. 이것이 두목의 생각이다.

이 글은 두목이 스물세 살 때 지은 것이다. 그 당시 임금이던 경종敬宗은 새로운 궁전을 짓고, 사치를 일삼았다. 「아방궁」은 이런 통치자에게 경각심을 주려고 지은 것이다.

　두목과 함께 '작은 이·두'로 불리던 이상은李商隱은 만당 시기 또
한 명의 위대한 시인이었다. 이상은(약 811~859)의 자는 의산義山이고,
호는 옥계생玉谿生이다. 그는 회주懷州 하내河內(오늘날의 하남성 심양시
沁陽市) 사람이다.

　그의 집안은 임금과 같은 종실이라고 자부했으나, 이미 몰락한 상
태였다. 현령을 지냈던 아버지는 그가 열 살 때 돌아가셨다. 그래서
맏아들이던 그는 시골에 살면서 열세 살부터 생계를 위해 품을 팔았
다. 그러면서도 어려서부터 집안 아저씨에게 경전을 배우고, 글을 익
히는 등 문학적 기반을 탄탄히 닦았다.

　그는 열일곱 살이 되던 해에 낙양으로 가, 당시 정계와 문단의 거
물이던 영호초令狐楚에게 자신의 글을 보였다. 영호초는 그의 글이 뛰
어나다고 칭찬한 뒤 융숭하게 대접했다. 그 뒤 영호초는 어디를 가나
이상은을 데리고 다니며, 몸소 글짓기 비법을 전수했다.

　이후 이상은은 장안에 가서 세 번 응시한 끝에, 스물다섯의 나이로
마침내 진사가 되었다. 그러나 그해 은사이자 든든한 후원자였던 영
호초는 세상을 떠났다. 다음해 이상은은 경원涇原 절도사이던 왕무원
王茂元의 초빙을 받아, 그의 휘하로 들어갔다. 왕무원은 젊고 유능한
이상은을 아껴 자신의 사위로 삼았다.

　그러나 이 때문에 비극이 시작될 줄 누가 알았겠는가. 앞에서도 말
했듯이 당시에는 우승유와 이덕유를 중심으로 당쟁이 치열했다. 그
런데 영호초의 아들인 영호도令狐綯는 우당의 중요 인물이었고, 이상
은의 장인인 왕무원은 이당에 속해 있었다. 이에 우당은 이상은을

'배은망덕' 하고 '당을 배신' 한 인물이라며 인신공격을 했다. 특히 아버지 밑에서 이상은과 친구로 지냈던 영호도의 배신감은 더했다. 두목과 달리 가난한 집안 출신인 이상은이 후원자가 필요해 취한 행동이 커다란 화를 불러온 것이다.

이상은은 시와 글로 계속 자신의 행위를 변명했다. 하지만 우당은 더 이상 그를 신임하지 않았다. 게다가 당시 이당은 수세에 몰려, 그런 이상은의 사정을 돌볼 겨를이 없었다.

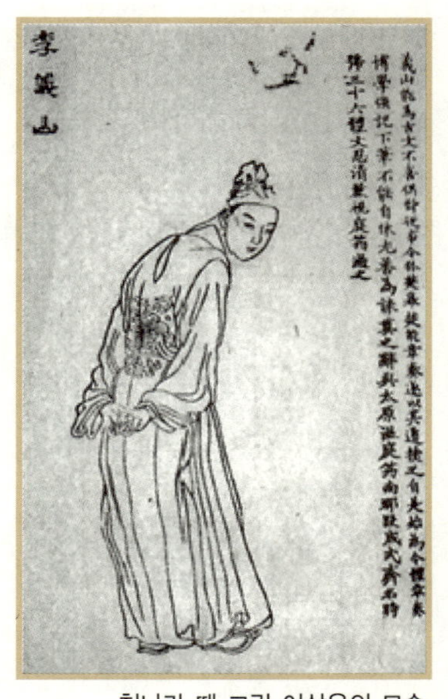

청나라 때 그린 이상은의 모습.

결국 이상은은 여러 지방장관 밑에서 관리로 지냈다. 그러다가 대중大中 5년(851)에는 장안으로 돌아가, 창피를 무릅쓰고 영호도에게 간청하여 겨우 태학박사太學博士라는 낮은 벼슬을 얻을 수 있었다. 그러나 자신의 재능을 제대로 펼치지도 못한 채 마흔여덟의 나이로 형양滎陽에서 죽었다.

   이상은의 시풍은 다양하여 전아하고 화려한 시가 있는가 하면, 소박하고 청신한 시도 있다. 내용도 매우 광범위한데, 영사시咏史詩가 많은 부분을 차지한다. 그 가운데 「수나라 궁궐(隋宮)」이라는 시를 살펴보자.

임금 수레 강남 여행에 계엄은 내리지 않는데

乘興南遊不戒嚴

궁궐의 누구 하나 상소문을 읽고 각성하리오　九重誰省諫書函

봄바람에 온 나라는 궁궐에 바칠 비단을 마련해 보지만

春風舉國裁宮錦

절반은 말다래에 절반은 돛 만드는 데 허비되는구나

半作障泥半作帆

   이는 수 양제를 풍자한 시이다. 그는 사치와 향락을 일삼은 군주로 유명하다. 세 번에 걸쳐 강남을 유람하면서 막대한 인력과 재력을 낭비하다가, 결국 나라를 잃고 말았다.

   옛날에는 임금이 외출할 때 계엄령을 선포하여 일반인의 통행을 금하는 것이 상례였다. 그러나 수 양제는 자신의 기백과 호사스러운 행차를 자랑하려고 계엄을 내리지 않았다. 아울러 군주의 사치를 경고하는 신하들의 충간을 무시하고, 그들을 모두 죽였다. 그리고 백성의 피땀으로 만든 비단을 함부로 사용했다.

   참고로 '말다래'는 말의 안장 양쪽에 달아 늘어뜨려서 진땅의 흙이 뛰는 것을 막는 기구이다.

쾌락에 일그러진 수 양제의 얼굴이 시 속에 생생하게 담겨 있다.

이상은은 서정시에도 매우 뛰어났다. 아내를 위해 썼다고 하는 「비 오는 밤 북쪽에 부치다(夜雨寄北)」란 시를 살펴보자.

그대 돌아올 날 물으니 기약이 없어	君問歸期未有期
파산에 밤비 내려 가을 연못에 물이 분다	巴山夜雨漲秋池
언젠가 서창에서 함께 촛불 심지 자르며	何當共剪西窗燭
파산의 비 오던 밤 얘기할 날 오리라	劫話巴山夜雨時

아내를 향한 정이 애틋하다. 이는 집을 떠나 외로이 지내던 시인이 고향의 아내에게 그곳의 날씨를 적어 보낸 시이다. 아내는 그에게 언제 돌아오느냐고 물었다. 하지만 기약할 수 없는 시인의 처지와 끊임없이 내리는 파산의 가을 밤비에 연못물이 불어난 상황이 어우러져 유달리 적막한 풍경을 연출한다. 그러면서도 시인은 언젠가 집으로 돌아가 아내와 함께 오늘의 풍경을 얘기할 날이 있으리라 확신하고 있다.

매우 평이하면서도 함축적이고, 또 깊은 정이 담겨 있다. 낯선 곳에 홀로 있으며 느끼는 고독과 아내에 대한 따뜻한 애정이 시 속에 일관되어 흐른다. 시간과 공간을 넘나들고, 여운이 무궁하여 반복해서 읽어도 싫증나지 않는다.

그래도 이상은의 시에서 가장 뛰어난 것은 칠언 율시이다. 당나라 때의 시인 가운데 두보를 제일로 꼽는다면, 이상은은 두보 이후 우뚝 솟은 또 하나의 산봉우리이다.

「두공부가 촉에서 자리를 뜨다(杜工部蜀中離席)」란 시는 두보의 풍격을 모방했을 뿐만 아니라, 말투까지 두보를 따랐다.

인생 어느 곳이라고 이별이 없으련만　　　　人生何處不離群

창칼 난무하는 세상에 애석한 잠시의 헤어짐　世路干戈惜暫分

눈고개 넘어간 조정의 사자들 돌아오지 못하고

雪嶺未歸天外使

송주엔 여전히 군대가 주둔해 있다　　　　松州猶駐殿前軍

좌중의 취객들 술 깬 나를 부여잡는데　　　座中醉客延醒客

강 위의 맑은 구름 비구름과 섞인다　　　　江上晴雲雜雨雲

성도라 늙도록 좋은 술 많이 마실 수 있건만　美酒成都堪送老

그래도 탁문군 같은 미녀를 화로 삼으려 한다

當壚仍是卓文君

　당시 시인은 동천東川의 관리로 있으면서 서천西川에 파견되었다. 다음해 성도成都를 떠나 동천으로 돌아가게 되어, 송별회에서 지은 시가 바로 이 작품이다.

　시인은 긴장된 국경의 정세를 냉철하게 인식했다. 그러나 그곳의 관리들은 혼미한 상태에서 술에 의지할 뿐, 정세의 변화에 관심을 가지지 않았다. 시인이 마지막 연(尾聯)에서 그들을 풍자한 것이 두드러진다.

　후배 평론가들은 이 시의 첫째 연(起聯)을 "두보 시의 필력(杜詩筆勢)"이라 하고, 둘째 연(頷聯)은 "두보라 할지라도 이를 능가할 수 없을 것이다(雖老杜無以過也)"라고 했다.

　이처럼 이상은은 시국에 대한 관심과 현실에 대한 감탄이란 측면에서 두보를 많이 닮았다.

이상은의 칠언 율시에는 풍격이 완전히 다른 작품이 있다. 그것은 바로 애정시이다. 대부분 「제목 없음(無題)」이라는 제목을 달고 있는데, 그 가운데 1수를 살펴보자.

만나기도 어렵지만 이별은 더욱 어려워　　相見時難別亦難

봄바람도 힘을 잃고 온갖 꽃 시들하네　　東風無力百花殘

봄누에는 죽어서야 실이 다하고　　春蠶到死絲方盡

촛불은 재가 되고서야 겨우 눈물 마른다오　　蠟炬成灰淚始乾

아침 단장에 구름 같던 머리 변해 수심이 일고

　　曉鏡但愁雲鬢改

한밤에 시 읊어도 달빛의 싸늘함을 느끼리라　　夜吟應覺月光寒

여기서 봉래산 그리 멀지 않으니　　蓬山此去無多路

파랑새야 나를 위해 친절히 보살펴 주렴　　靑鳥慇懃爲探看

이상은은 진사가 되기 전 옥양산玉陽山에서 은거하며 공부를 했다. 그런데 마침 현종의 여동생인 옥진玉眞 공주도 그곳에서 수양하고 있었다. 이상은은 우연히 공주를 모시고 있던 한 궁녀를 만나, 두 사람은 사랑을 나누었다. 그러나 짝을 맺고자 하는 소원은 이룰 수 없었다. 그의 일련의 '무제' 시들은 이런 배경에서 지은 것이다.

전설일 뿐이라서 믿을 만한 증거는 없지만, 그건 그렇게 중요하지 않다. 아름다운 정서와 의경을 만끽하는 것이 시를 감상하는 맛이기 때문이다. 몽롱하고 함축적인 의경이야말로 이상은이 힘써 추구하던 목표였다.

첫째 연에서는 한 쌍의 남녀가 어렵게 만나 차마 헤어지지 못하는 장면을 그리고 있다. "봄바람도 힘을 잃고 온갖 꽃 시들하네"는 연인의 눈에 비친 봄 풍경이다. 이 구절에서는 고통스럽고 애타는 시인의 마음이 잘 부각되어 있다.

"봄누에는 죽어서야 실이 다하고, 촛불은 재가 되고서야 겨우 눈물 마른다오"는 불후의 명구이다. 실이 그치면 봄누에는 생명을 잃고, 눈물(촛농)이 마르면 촛불은 꺼져 재가 되어 버린다. 시인은 교묘하게 비유를 활용하여, 깊이 엉킨 애정의 실타래를 설명했다. '실(絲:si)'은 바로 '그리워하다(思:si)'와 같은 발음이다. '촛불'도 '희망 없는 사랑'을 암시하고 있다.

마지막 구절에서 시인은 신화 속의 파랑새에게 희망을 건다. 파랑새는 서왕모를 대신하여 소식을 전달하는 새이다. 그러나 신화는 신화일 뿐이었다. 따라서 그 '희망'도 '이루지 못할 희망'이었다.

이와 비슷한 「무제」 시가 여러 수 있는데, 오늘날까지 애송되는 명구들이 많다.

이 내 몸 함께 날 화려한 봉황 날개 없지만 身無彩鳳雙飛翼
마음만은 무소의 뿔처럼 한곳에서 통한다 心有靈犀一點通

무소는 상서로운 동물이다. 전설에 따르면, 뿔에 있는 흰 무늬가 뇌와 바로 연결되어 민첩하게 반응한다고 한다.

다른 예도 있다.

사랑의 마음이여 봄꽃과 다투어 피지 마라 春心莫共花爭發

한 조각 그리움은 한 조각 재가 되리니   一寸相思一寸灰

　이상은의 애정시는 남다른 점이 있었다. 「공작은 동남쪽으로 날아가고」와 「사랑의 한」 등은 모두 서사敍事에 편중했지만, 이상은은 서정을 중시했다는 점이다.

　시인은 삶에 충실했지만, 삶은 그의 노력과는 반대로 불행으로 가득했다. 이처럼 삶에 대한 한없는 아쉬움이 「낙유원에 올라(登樂遊原)」란 시에 잘 나타나 있다.

저녁 무렵 마음이 편찮아 　　　　向晚意不適

수레 몰아 고원에 올랐다 　　　　驅車登古原

석양은 한없이 좋은데 　　　　　夕陽無限好

다만 황혼에 가깝더라 　　　　　只是近黃昏

　어떤 사람은 이 시 전체가 도치법으로 이루어졌다고도 한다.

　시인은 저녁 무렵 수레를 타고 고원에 올라, 남다른 감회를 받았다. 찬란한 석양과 아름다운 풍경이 다가왔지만, 애석하게도 황혼에 가까워 모든 것이 어둠에 묻힐 시간이었다. 아름다운 것들이 오래가지 못한다는 비애는 영원한 의미를 담고 있다.

　시인은 자연계의 황혼을 말하고 있지만, 사실은 자신의 노년을 상징했다. 더 나아가 당의 몰락을 직감했는지도 모른다. 이런 면에서 이상은은 두목보다 더 명확하게 당나라 말기의 정신을 표현하고 있다.

　이상은의 시는 해석하기 힘든 것으로도 유명하다. 그래서 사람들은 그를 '수달(獺祭魚)'이라고 불렀다. 수달은 고기를 잡으면, 먹기 전에 강가에 늘어놓는 습성이 있다. 이상은이 시를 지을 때 많은 서적을 주위에 늘어놓았기에 이런 별명이 붙었다.

만당 시기의 여러 시인

앞에서 소개한 시인 말고도 유명한 시인은 많다. 온정균溫庭筠만 해도 이상은과 이름을 나란히 하는 시인이다. 그의 시는 맑고 아름답다. 그러나 그는 사詞로 더 유명하다. 그에 관해서는 다음 장에서 살펴보기로 하자.

그밖에도 만당에는 피일휴皮日休, 육구몽陸龜蒙, 섭이중聶夷中, 두순학杜荀鶴, 나은羅隱 등이 이름을 날리며 활동했다. 여기서는 간략하게 그들을 살펴보기로 하겠다.

피일휴(834?~883?)는 진사가 되어 관리 생활을 하다가, 나중에 황소黃巢 농민군에 가담한 남다른 경력을 가지고 있다. 그는 일찍이 백성을 착취하는 관청의 횡포에 불만을 품고, 「도토리 줍는 노파의 탄식(橡媼嘆)」이라는 시를 지었다. 이는 어느 노파가 자신이 가진 곡식을 모두 관가에 바친 뒤, 자신은 허기를 채우려고 도토리를 줍는다는 내용이다. 그는 이 시에서 관리를 공공연히 약탈을 일삼는 강도로 그렸다.

당나라 말기 사회의 부패는 이런 문인들의 작품 속에 그대로 반영되었다.

육구몽(?~약 881)은 짧지만 신랄한 문장에 뛰어났다. 그의 「사당의 비석(野廟碑)」은 토목신土木神의 입을 빌어 탐관오리를 가차 없이 욕했다.

또 섭이중(약 837~884)의 시 「애달픈 농가(傷田家)」는 힘들고 고통스러운 백성의 삶을 그렸다.

두순학(846~907)의 시 「다시 호현성을 지나며(再經胡縣城)」에서는 관리의 입장에서 사회의 혼란을 폭로했다. 작자는 관리의 관복이 백성의 피로 붉게 물들었다고 묘사했다.

나은(833~909)은 열 번이나 과거에 응시했지만, 진사가 되지 못했다. 그러나 황제 앞에서 원숭이를 가지고 재롱을 부리던 사람은 대관처럼 붉은 저고리를 입을 수 있었다.

어떻게 하면 원숭이 재롱꾼 사들여　　　　何如買取胡孫弄
군왕의 한 번 웃음에 붉은 옷 입을 수 있을까　　一笑君王便著緋

분노한 시인은 반어적으로 자신의 감정을 서술했다. 또한 그가 남긴 많은 풍자 소품이 『참서讒書』에 수록되어 있다.

위에서 언급한 시인들은 모두 출신이 미천했다. 반면 위장韋庄, 사공도司空圖, 한악韓握 등은 출신이 좋은 시인들이었다.

사공도(837~908)는 시인이자 시 이론가였다. 그는 『시품詩品』에서 시의 품격을 24개로 분류했다. 각각 웅혼雄渾, 충담冲淡, 섬농纖穠, 침착沈著, 고고高古, 전아典雅, 세련洗煉, 경건勁健, 기려綺麗, 자연自然, 호방豪放, 함축含蓄, 정신精神, 진밀縝密, 소야疏野, 청기淸奇, 위곡委曲, 실경實境, 비개悲慨, 형용形容, 초예超詣, 표일飄逸, 광달曠達, 유동流動이다.

각 제목마다 12구로 이루어진 사언시로 되어 있다. 또한 거의 모두 경치에 비유하여 품평했기 때문에, 하나같이 아름다운 풍경시처럼 읽을 수 있다. 그런데 이런 비유 방식이 너무 모호하여, 읽는 이를 당

황하게 만든다는 단점이 있다. 이론서라는 측면에서 보면 커다란 결점이 아닐 수 없다.

한악(844~923)은 아마도 당나라 최후의 시인일 것이다. 그는 이상은의 처조카이기도 하다. 이상은은 그의 시재를 높이 평가하여 이런 구절의 시를 지어 주었다.

어린 봉황의 울음소리 늙은 봉황보다 청아하구나

雛鳳淸於老鳳聲

그의 시집은 이름이 『향렴집香奩集』이라서, 그 안의 시들을 '향렴체'라고 부른다. '향렴'은 '화장함'을 가리킨다. 대부분 여성의 분 냄새가 진하게 풍기는 시들로서, 남조 궁체시와 비슷하다. 그 가운데 함축적이며 청아한 「서늘하지만(已凉)」 같은 시도 있다.

푸른 난간 밖에 주렴을 드리우고	碧欄干外綉簾垂
붉은 색 병풍엔 가지 끊은 꽃그림	猩色屛風畫折枝
여덟 자 용수 자리와 비단 이불 펼치니	八尺龍鬚方錦褥
서늘하지만 춥지도 않은 좋은 시절	已凉天氣未寒時

앞으로 볼 테지만, 이 시는 사詞의 풍격을 많이 닮아 있다. 당시 이미 사의 시대가 시작되고 있었기 때문이다.

황소의
국화시

당나라 말기에는 사의 발전과 함께 몰락하는 사회의 부조리를 비판하는 민중시들이 적지 않게 나왔습니다. 특히 피일휴, 육구몽, 나은, 섭이중, 두순학이 그런 시를 많이 썼지요.

특이한 것은 당 왕조를 몰락시키는 데 결정적인 역할을 한 민란 지도자 황소의 시가 『전당시』에 수록되어 있다는 점입니다. 소금장수 출신인 황소는 젊은 시절에 관리가 되려고 과거 시험에 응시했으나 낙방하지요. 그 뒤 그는 「시험에 떨어진 뒤 국화에 부쳐(不第後賦菊)」라는 시를 썼습니다.

가을이라 9월 8일이 되면	待到秋來九月八
나의 꽃 피고 온갖 꽃은 시들리라	我花開後百花殺
하늘을 찌르는 향기가 장안을 휘감고	衝天香陣透長安
성안에는 황금 갑옷 가득하리라	滿城盡帶黃金甲

앞에서 왕유의 시를 다룰 때 중양절을 설명한 적 있지요. 이 중양절에 국화를 감상하는 풍속이 있었기 때문에 중양절은 자연스럽게 국화절이 되었습니다.

황소는 썩은 정부를 몰아내고 새로운 세상을 열겠다는 자신의 의지를 담아, 고결한 선비의 상징으로 여기던 국화를 농민 봉기의 상징으로 바꾼 거지요.

새로운 노래, 새로운 이야기

26

돈황의 막고굴

잠에서 깨어난 보물

사詞라는 문학 형식을 이야기하려면, 먼저 고대 중국의 예술의 보고인 '돈황敦煌'을 살펴보아야 한다. 돈황은 중국의 서북 지방인 감숙성甘肅省에 있다. 막고굴莫高窟과 천불동千佛洞 등 천여 개의 크고 작은 동굴 안에 불상과 벽화가 가득한 곳이다.

돈황 지역은 원래 15세기까지 불교가 융성했다. 이후 위구르족이 이슬람으로 개종하여, 신앙의 대상이던 벽화와 인물상의 눈을 모두 없애는 등 석굴을 훼손시키면서 버려졌다. 그 뒤 그곳의 보물은 지금으로부터 110여 년 전에 우연히 발견되었다.

당시 왕씨 성을 가진 도교 승려가 우연히 한쪽 벽면에 벽화가 그려진 무너진 동굴을 발견했다. 그가 동굴을 파고 들어가자 커다란 동굴로 이어졌고, 거기에는 두루마리로 된 책과 그림들이 산더미처럼 쌓여 있었다. 거기에는 손으로 쓰거나 목판으로 찍은 고서, 불경, 소설, 사곡, 호적, 계약서, 고화, 자수 등이 있었다.

그곳은 공기가 건조하고 밀폐되어 있어서 그것들이 온전한 상태로 보존될 수 있었다. 나중에 알았지만 그 유물들은 모두 북송 이전에 만든 것으로서, 돈으로도 따질 수 없는 가치를 지닌 것들이다. 이런 소중한 유물이 천여 년 동안의 어둠을 뚫고 세상에 나온 것이다.

그러나 애석하게도 무식한 도사는 그 가치를 몰랐다. 오래지 않아 영국인 탐험가인 스타인이 이 소식을 듣고 돈황에 찾아왔다. 그는 고고학 발굴이라는 명목으로 왕 도사를 꾀어, 필사본과 고화 및 자수 등 정품들만 골라 수십 상자를 싣고는 돌아갔다.

프랑스인 폴 페리오와 러시아인도 이에 뒤질세라, 앞 다투어 달려와 보물들을 실어 갔다. 신라 혜초 스님이 지은 『왕오천축국전往五天 竺國傳』 두루마리 필사본 2권도 이때 발견되어, 현재 파리 국립 박물 관에 있다.

오타니를 중심으로 하는 일본의 탐험대도 예외는 아니었다. 독일 탐험대는 심지어 동굴의 벽을 통째로 떼어 가기도 했다. 그렇게 독일 박물관에 보관되던 벽화는 2차 대전 때 연합군의 폭격으로 없어졌다 고 한다.

아무튼 중국 정부가 돈황에 주목했을 때는 이미 3만 권에 달하던 장경동藏經洞 안의 보물들이 거의 사라진 상태였다. 그 보물들은 현재 16개국의 박물관에 흩어져 있다. 미술을 공부하러 파리에 갔던 한 중 국인이 페리오가 편집한 『돈황석굴도록』을 보고는, 너무 놀라서 자 기 공부를 포기했다. 그리고는 천신만고 끝에 돈황으로 달려가, 그림 을 복원하고 모사하는 일에 평생을 바쳤다고 한다.

우리나라의 국립 중앙 박물관에도 돈황을 비롯한 중앙아시아의 예 술품이 2천여 점 소장되어 있다. 이는 오타니의 수집품 가운데 일부를 구하라라는 사람이 1919년 조선총독부 박물관에 기증한 것들이다.

다시 본론으로 돌아가자. 장경동에서 발견된 필사본 가운데 곡자사 曲子詞의 문학 형태가 사람들의 주목을 끌었다. 이는 모두 민간의 작품 이다. 그 작자는 대부분 부녀자이거나 군인이었고, 내용은 하층 사회 의 생활을 반영하고 있다. 이것이 바로 중국 최초의 '사' 작품이다.

사실 사는 시의 일종이다. 시와 다른 점은 단지 음악에 맞추어 노 래를 불렀다는 것뿐이다. 예전에 악부시도 이와 같은 경우이다. 이처 럼 사가 음악과 밀접한 관계를 맺고 있기에, 초창기의 사람들은 사를 '곡자사' 라고 부르거나 아예 '곡자' 라고 했다. 요즘 말로 하면 '노랫 말(歌詞)' 에 해당한다. 그러나 사는 시간이 지날수록 음악과 분리되며 순수한 문학 작품이 되었다. 그리고 그 '학명'으로는 '사'로 굳었다.

사와 배합되었던 음악을 '연악燕樂'이라고 하는데, 비파 연주를 위주로 하고 화려한 곡조에 변화가 복잡했다. 그래서 오·칠언의 가지런한 시구로 가사를 삼아서는 곡조에 맞추기가 어려웠다. '가사를 채워 넣는 사람(塡詞人)'들은 할 수 없이 시구를 늘이거나 줄여서, 음악의 박자 변화에 맞춰야만 했다. 이런 이유로 사의 구절은 길거나 짧게 변했다. 이런 특성 때문에 사람들은 사를 '장단구長短句'라고 불렀다.

그밖에 음악의 곡조도 다양했다. 이렇게 서로 다른 곡조에는 '보살만菩薩蠻,' '염노교念奴嬌,' '어가자漁歌子'처럼 각각의 명칭이 있었다. 이를 '사조詞調' 또는는 '사패詞牌'라고 했다.

각 사패에는 고정된 격식이 있었다. 사 한 수에 몇 구, 한 구절에 몇 글자, 압운할 곳, 글자의 평측平仄, 성조聲調의 안배 등으로 이루어진 일련의 엄격한 규정이 있었다. 만일 규정에 따라 가사를 채우지 않으면, 노래를 부를 때 발음하기가 무척 어려웠다. 따라서 규정을 준수했는지의 여부가 사의 음악성을 결정했다. 물론 이런 규정은 사의 발전과 더불어 생긴 것이다.

사는 초창기에는 주로 민간에서만 유행했다. 그러다가 차츰 문인들도 생동하고 활발한 이 문학 형식을 좋아하게 되었다. 문인들 가운데 가장 먼저 '가사를 채운(塡詞),' 곧 사를 지은 사람은 이백이었다고 한다. 그의 「보살만菩薩蠻」과 「억진아憶秦娥」는 후배들의 사랑을 받았다.

평탄한 숲 아득하고 실 같은 연기 깔리니　　　平林漠漠煙如織

차가운 산 부근은 가슴 저미듯 푸르다　　　寒山一帶傷心碧

저녁 햇살 높다란 누각에 드니	暝色入高樓
누군가 누대 위에서 시름에 잠긴다	有人樓上愁
부질없이 옥계단에 우두커니 서니	玉階空佇立
둥지로 돌아가는 새들의 급한 날개짓	宿鳥歸飛急
돌아갈 곳 어드메인가	何處是歸程
긴 정자 또 짧은 정자 있을 뿐	長亭更短亭

목 멘 퉁소 소리	簫聲咽
꿈 깬 진의 아가씨 진루의 달	秦娥夢斷秦樓月
진루의 달	秦樓月
해마다 맞이하는 버들 빛깔에	年年柳色
가슴 아픈 패릉의 이별	灞陵傷別
낙유원 위에서 구구절 맞이하니	樂遊原上清秋節
함양의 옛길에는 예전의 영화 끊겼도다	咸陽古道音塵絕
끊어진 예전의 영화	音塵絕
갈바람과 희미한 저녁놀 아래	西風殘照
한나라의 능궐 만이	漢家陵闕

이 2수의 사는 광활한 의경에 깊은 감개가 서려 있다. "갈바람과 희미한 저녁놀 아래, 한나라의 능궐만이" 같은 구절은 웅혼하고 비장한 기상이 깃들어 있다.

어떤 사람은 이 사를 일컬어 "역대 사곡의 원조(百代詞曲之祖)"라고 했으니, 정확한 평가가 아닐 수 없다. 그러나 이 2수의 사가 원래는 후배 작가의 작품인데, 이백의 이름을 빌렸을 뿐이라고 의심하는 사람도 있다.

초기의 사

　초기작으로 알려진 것들 가운데 비교적 믿을 만한 작품은 장지화張志和의 「어가자漁家子」 5수가 있다. 장지화(743?~810?)의 자는 자동子同이고, 무주婺州(오늘날의 절강성 금화시金華市) 사람이다. 그는 관리 생활을 하다가 나중에 강호에 은거하고, 스스로를 연파조도煙波釣徒 또는 현진자玄眞子라고 불렀다.

　그의 「어가자」 가운데 첫 수를 살펴보자.

서새산 마루에 백로 날아드는데　　　　　西塞山前白鷺飛

복사꽃 봄물에 쏘가리가 살찐다　　　　桃花流水鱖魚肥

푸른 대나무 삿갓　　　　　　　　　　靑箬笠

푸른 도롱이 걸치고　　　　　　　　　綠蓑衣

바람에 비낀 가랑비 맞으며 돌아갈 줄 모른다

　　　　　　　　　　　　　　　　斜風細雨不須歸

　산과 강물, 삿갓과 도롱이가 모두 푸른색이다. 그런 푸름 속에 분홍색 복사꽃과 눈처럼 흰 백로의 모습이 알알이 박히면서, 강가 마을의 경치가 아름답게 펼쳐져 있다. 더욱이 살이 오른 쏘가리도 마음을 여유롭게 하고, 바람에 비껴 내리는 가랑비도 낚시꾼의 흥취를 더하고 있다.

　장지화에 비하면 백거이는 좀 늦은 편이다. 백거이의 「장상사長相思」는 애정을 소재로 다룬 작품이다.

변수의 강물 흘러 흐르고	汴水流
사수의 강물 흐르고 흘러	泗水流
모두가 과주의 오랜 부두 적시건만	流到瓜州古渡頭
오산은 점점이 수심에 잠겼어라	吳山點點愁
끊임없는 그리움	思悠悠
끝없는 한스러움	恨悠悠
임이 오셔야 이 원한 풀리려는가	恨到歸時方始休
달 밝은 누대에 홀로 기대어 섰다	月明人倚樓

끊임없이 흐르는 강물로 끝 모를 이별의 서러움을 상징하고 있다. 시인의 속내가 깊고 가없다.

또 백거이의 「억강남」도 사람들의 사랑을 받았다. 모두 3수인데, 그 가운데 1수만 살펴보자.

강남이 하도 좋아	江南好
그곳 풍경을 눈에 익혀 두었지	風景舊曾諳
아침노을이 강가의 꽃 붉게 물들이고	日出江花紅勝火
봄 강물 푸르기가 쪽빛 같으니	春來江水綠如藍
내 어이 강남 땅 잊을 수 있으리오	能不憶江南

강남은 어딜 가나 물이라 아름다운 풍경은 모두 물과 관련되어 있다. 강가의 꽃은 불보다 붉고, 강물은 쪽빛이니 그 색채가 얼마나 농염한가? 그러니 사람들이 그토록 그리워하고 취하는 것이다.

꽃 사이에 노닌 사람들

중당 이후에는 사를 짓는 작가가 늘어났다. 그 가운데 가장 큰 영향력을 발휘한 사람은 온정균溫庭筠이다. 온정균(812?~866)의 자는 비경飛卿이고, 태원太原 기祁(오늘날의 산서성 기현) 사람이다. 그의 조상에는 재상도 있었지만, 그의 세대에는 이미 몰락한 상태였다.

그는 재주가 번뜩이고 생각이 민첩했다고 한다. 언젠가 시험을 칠때, 8운을 써서 율부律賦 한 편을 지어야 했다. 그는 손을 한 번 마주 잡고는 잠시 생각에 잠겼다가, 하나의 운을 뱉었다. 그렇게 하기를 여덟 번 거듭하여 작품을 완성했다. 그래서 사람들은 그를 일컬어 '온팔차溫八叉'라고 했다. 이는 '손을 여덟 번 마주 잡은 사람'이란 뜻이다.

그의 시는 이상은과 이름을 나란히 하여, 한때 '온·이'라고도 불렸다. 그의 「아침 일찍 상산을 떠나며(商山早行)」라는 시에는 이런 구절이 있다.

닭 울음 속 초가 위로 지는 새벽달
판교 위 서리에 나 있는 발자취

鷄聲茅店月
人迹板橋霜

이 구절은 나그네의 고생을 다루고 있다. 그의 솜씨가 빼어나 읽는 이가 직접 그 상황을 경험하는 것 같은 느낌을 준다.

그는 이처럼 시에도 일가견이 있었지만, 뭐니 뭐니 해도 사로 이름을 떨쳤다. 그는 평생 동안 마음껏 재주를 펼칠 수 없었기 때문에, 언제나 술집과 기루를 전전했다. 이런 이유로 그의 사는 대부분 기녀의 생활을 다루었다. 물론 그 가운데 「보살만」처럼 생동적이고 맛깔스런 작품들도 있었다.

병풍 속의 겹겹 산 금빛으로 빛나고	小山重疊金明滅
백설 같고 향기로운 뺨을 건너려는 치렁한 귀밑머리	
	鬢雲欲度香顋雪
천천히 일어나 눈썹을 그리고	懶起畵蛾眉
느릿느릿 화장하고 빗질한다	弄粧梳洗遲
앞뒤의 거울로 꽃을 비추니	照花前後鏡
꽃과 얼굴 서로를 비추고 있다	花面交相映
새로이 비단 저고리에 수를 놓으니	新帖绣羅襦
쌍쌍이 나는 황금빛 자고새로다	雙雙金鷓鴣

한 여자가 침상에서 일어나 머리를 빗고 화장하는 장면을 그렸다. 산수화가 그려진 병풍이 아침 햇살을 받아 금빛으로 빛난다. 그런데 여자는 구름처럼 치렁한 머리칼을 눈처럼 흰 뺨 위에 드리운 채로 아직 잠자리에서 일어나지 않고 있다. 이윽고 천천히 일어나 세수와 머리단장을 마치고, 양면 거울로 머리에 꽂은 꽃을 바라본다. 꽃은 물론이고 얼굴은 더욱 아름답다.

그녀는 수놓을 옷감을 당겨 꽃모양으로 수를 놓았다. 그 모양이 황금빛 자고새를 닮았다. 이렇게 새들도 쌍쌍이 나는데, 여인의 처지는 어떠했을까? 마지막 구절은 이러한 감탄을 감추고 있는 듯하다.

온정균의 사는 이렇듯 아름답고 함축적이며, 향기롭고 부드러운 분위기를 부각시키는 데 뛰어났다. 이러한 풍격은 후배 문인들에게 큰 영향을 끼쳤다. 그래서 50년 뒤에 등장하는 '화간파花間派'는 온정

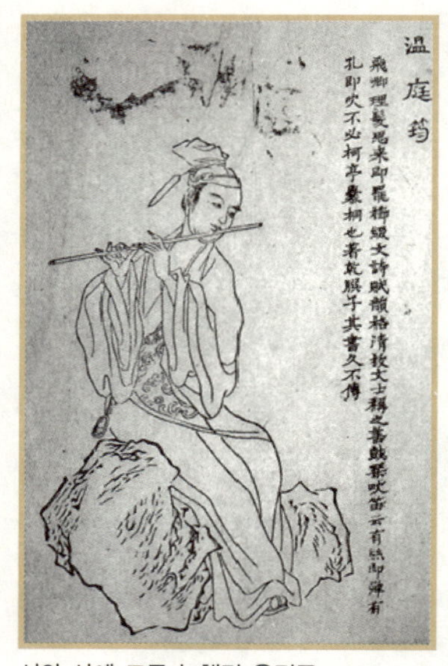

시와 사에 모두 능했던 온정균.

균을 원조로 삼았다.

화간파의 문인들은 오대五代 시기에 활동했다. 오대는 당이 멸망한 907년부터 송이 들어선 960년까지의 기간을 말한다. 중원에서만도 60여 년 동안 정권이 다섯 번이나 바뀌었다. 임금들은 제대로 국정을 잡아 보지도 못한 채 주마등처럼 바뀌었다.

그러나 양자강 이남과 두 지역에서는 여전히 안정과 부를 누릴 수 있었다. 두 지역이란 양자강 상류의 서촉西蜀과 하류의 남당南唐이었다. 이 두 곳이 바로 사의 온상이었다.

화간파는 전촉前蜀에서 시작했다. 그곳에서는 임금에서 대신까지 모두 사를 즐겨 지었다. 조숭조趙崇祚라는 사람은 그 작품들을 모아 온정균의 작품과 함께 『화간집』이라는 책을 엮었다. '화간파' 란 명칭은 여기에서 유래했다.

'꽃 사이' 라는 이름의 『화간집』에는 18명의 작가가 쓴 5백여 수의 사 작품이 실려 있다. 작품은 대부분 여성의 일상생활을 소재로 하여 분 냄새가 짙다. 그러나 위장韋莊이나 이순李珣 등 몇몇 작가의 작품들은 매우 훌륭하다.

나라를 잃고, 사를 얻고

위장(836?~910)의 자는 단기端己이고, 경조京兆 두릉杜陵(오늘날의 섬서성 서안시 동남쪽) 사람이다. 그는 전촉에서 재상을 지내는 등 지위가 매우 높았다. 그는 시와 사에 능했는데, 특히 사에 더 뛰어났다. 그래서 그의 사는 온정균의 작품과 이름을 나란히 하여, '온·위'라는 말을 듣기도 한다.

위장韋莊의 사는 감정 표현이 진솔하고 산뜻하며 자연스러워, 그 풍격이 온정균과 전혀 달랐다. 대표작으로는 「보살만」 5수가 있는데, 그 가운데 하나를 살펴보자.

사람들마다 강남이 좋다고	人人盡說江南好
강남만이 한량이 늙어 갈 곳이라고	遊人只合江南老
봄 강물은 하늘보다 푸른데	春水碧於天
화려한 배에서 비를 듣다 잠든다	畵船聽雨眠
술파는 아가씨 달덩이 같아	壚邊人似月
눈으로 빚은 듯 새하얀 팔뚝	皓腕凝雙雪
그대 아직 젊거든 고향에 가지 마오	未老莫還鄉
고향 가면 반드시 애간장이 타리니	還鄉須斷腸

전반부에서는 강남의 자연미를 자랑하고 있다.

"봄 강물 하늘보다 푸른데, 화려한 배에서 비를 듣다 잠드네!"

이처럼 시정이 넘치는 장면을 선정하여, '물의 고향' 특유의 운치를 잘 그렸다.

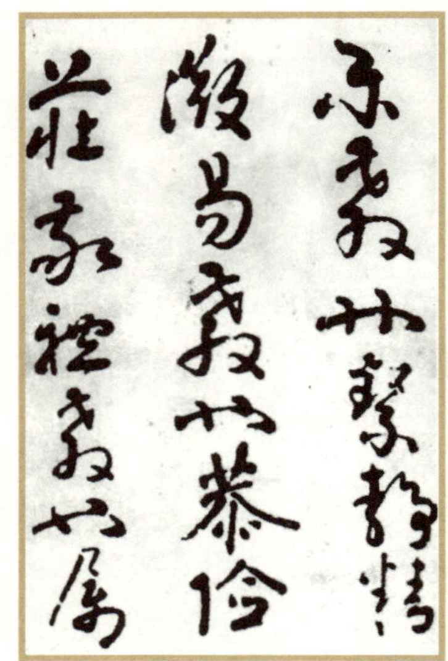

이욱의 글씨. 그는 주연에 빠져 나라를 망하게 했지만, 학문과 문예에서는 이름을 날렸다.

후반부에서는 그 안의 사람들을 다루었다. 술파는 아가씨의 달덩이 같은 얼굴과 눈으로 빚은 듯 새하얀 피부에 술잔을 권하는 팔, 그리고 그곳을 찾아온 나그네 등이 보인다. 작자는 젊은 나그네에게 서둘러 고향으로 돌아가지 말라고 권한다. 이처럼 아름다운 경치와 사람을 두고 돌아간다면, 평생 후회할 것이라고 한다.

마지막 두 구절은 머리 부분과 서로 호응하면서 사람들의 마음을 사로잡는 강남의 아름다움을 부각시키고 있다.

남당의 사파는 화간 사파보다 조금 늦게 형성되었다. 이 파의 대표 작가로는 남당의 임금을 지냈던 중주中主 이경李璟과 후주後主 이욱李煜, 그리고 재상이던 풍연사馮延巳 등이 있다.

이경과 이욱 부자는 임금으로서는 말이 아니었다. 그들은 북방의 위협에 맞서 정신을 차리고 국난을 헤쳐 나가려는 의지를 보이지 않았다. 그저 그날그날 되는대로 살면서 인생을 즐기자는 태도를 가졌다. 그러다 결국 망국의 치욕을 당한다.

그러나 사 작가로서는 남다른 실력을 발휘했다. 특히 후주 이욱은 아버지를 능가했다. 이욱(937~978)의 자는 중광重光이고, 서주徐州(오늘날의 강소성에 속함) 사람이다. 이경의 여섯 째 아들로서, 보통 '이후주'라고 부른다. 그는 서예와 그림에 능하고, 특히 사에 뛰어났다.

그는 나라를 잃은 임금으로서, 군주에서 포로가 되는 엄청난 변화를 겪었다. 따라서 그의 창작 시기도 군주 시절과 포로 시절로 구분할 수 있다. 군주 시절에는 주로 궁정 생활과 남녀 사이의 애정을 많이 다루었다. 그때의 작품에는 감정과 풍경이 잘 어우러진 좋은 작품도 있었다. 하지만 전반적으로는 높은 성취를 이루지 못했다.

남당이 송에게 멸망(975)하자, 이욱은 변경汴京에 감금되었다. 이 시절의 사는 가족을 그리는 서러움과 나라 잃은 감회와 한탄 등을 표현했다. 그 침통한 분위기가 감동을 주어, 역대에 걸쳐 애송되었다. 이 시기의 대표작으로 「우미인虞美人」이 있다.

봄꽃 가을 달 어느 때인가	春花秋月何時了
가는 세월 또한 얼마나 알랴	往事知多少
어젯밤 누대에 다시 봄바람 일더니	小樓昨夜又東風
밝은 달빛 아래 고국으로 차마 고개 돌리지 못했다	
	故國不堪回首月明中
아로새긴 난간 옥섬돌 여전하리오만	雕欄玉砌應猶在
앳된 얼굴만 사라졌도다	只是朱顏改
그대 얼마만한 시름 있는가	問君能有幾多愁
동으로 흘러가는 저 봄 강물만 할까	恰似一江春水向東流

달빛 아래 반짝이던 고국의 산하와 화려한 궁전들은 얼마나 마음을 설레게 했던가? 그러나 지금은 회상할 용기도 나지 않는다. 강산은 변함없건만 사람은 예전 같지 않았다.

작자는 이러한 망국의 설움을 끊임없이 흘러가는 봄 강물에 비유했다. 근대의 어느 학자는 이렇게 평가했다.

> 사는 이후주에 이르러 시야가 확대되고, 감정이 깊어졌다.
> 詞至李後主而眼界始大, 感慨遂深.

　확실히 그렇다. 이욱의 설움은 다른 어떤 사인들에게서도 찾아볼 수 없는 그런 것이었다. 그가 잃어버린 것은 다름 아닌 풍요롭고 아름다운 나라였기 때문이다.
　다음 작품에서 나라와 백성을 잃었다는 자책감을 살펴볼 수 있다. 이 「상견환相見歡」도 사람들 입에 자주 오르내리는 명작이다.

말없이 홀로 서루에 오르니	無言獨上西樓
갈고리 같은 초승달	月如鉤
오동나무 적막한 깊은 정원은 맑은 가을을 잠궜어라	
	寂寞梧桐深院鎖清秋
잘라도 끊이지 않고	剪不斷
손질해도 또다시 헝클어지는	理還亂
이것이 이별의 시름인가	是離愁
또 다른 깊은 맛이 마음에 있다	別是一般滋味在心頭

　"말없이 홀로" 누각에 올라가 서 있는 광경이 적막하고 처량하다. 고국과 가족을 떠나보낸 "이별의 시름"은 작자의 마음속에 끊임없이 요동쳤다. 애써 "자르려고 해도 끊어지지 않고, 잘 풀려고 해도 또다시 헝클어져" 헤어날 수 없었다. 이 지경에 이르자, 말과 글로도 풀어낼 수 없었다. 그래서 작자는 "또 다른 깊은 맛이 마음에 있다"고밖

에 할 수 없었다.

이러한 이욱의 후기 사 작품은 소재를 넓히고 표현력을 발전시켜, 사의 위상을 드높였다. 그래서 이욱은 중국 역사에서 임금으로보다는 사 작가로 이름을 남겼다.

결론적으로 당나라 초기에 '사'는 단지 민간의 통속문학이었을 뿐이다. 그러나 앞에서 살펴본 것처럼 당과 오대를 거치면서 문인과 재상 및 임금까지도 사에 손을 댔다. 사의 전성시대가 송나라 때라고는 하더라도, 사를 잉태하고 키운 당과 오대의 공로를 절대 소홀히 해서는 안 된다.

'변형된 이야기'와 '기이한 이야기'

다시 돈황의 장경동으로 돌아가자.

그곳에서 발견된 필사본에는 곡자사 말고도, 적지 않은 '변문'과 '화본'이 있었다. '변문變文'이란 당나라 때 성행하던 문학 형식의 하나이다. 그 배경에는 불교의 선전 활동이 있다.

당나라 때에는 불교가 성행했다. 중들은 언제나 공개적인 장소에서 사람들을 모아, 경전을 낭독하며 불법을 전수했다. 때에 따라 역사 이야기나 민간의 전설을 경전 사이사이에 끼워 넣기도 했다.

시간이 흐르자 이야기만 전문적으로 하는 중이 생겨, 그들을 '속강승俗講僧'이라 불렀다. 그리고 그들이 말하는 이야기를 '변문'이라고 불렀다. 오늘날까지 전하는 변문으로는 「한장왕릉변문漢將王陵變文」

과 「대목건련명간구모변문大目乾連冥間救母變文」 등이 있다.

　대부분의 변문은 민간의 이야기(說話) 예술과 영향을 주고받았다. 이야기 예술이란 동화 구연이나 만담을 생각하면 된다. 설화 예술이 속강과 변문에서 발전했다고 주장하는 학자도 있다.

　이러한 변문의 특징은 이야기(說)와 노래(唱)를 반복한다는 것이다. 운문과 산문이 결합하면서 언어가 통속적이고 일상적인 구어에 가까워졌다. 이는 동시에 이야기 예술의 특징이기도 하다.

　가변적이고 불완전하기는 하나, 이야기할 때 대본으로 삼았던 것이 바로 '화본話本'이다. 거기에는 불교와 역사를 소재로 한 작품이 많았다. 돈황에서 발견된 필사본 가운데 화본으로는 「여산원공화廬山遠公話」, 「한금호화본韓擒虎話本」, 「당태종입명기唐太宗入冥記」 등이 있다.

　변문과 설화 예술에 자극을 받아 당나라의 문인들도 괴담과 관련된 이야기를 쓰기 시작했다. 그러한 글들은 문언으로 쓴 단편소설로서 '당인 소설'이라고 하며, '당 전기傳奇'라고도 한다. '전기'란 '기이한 이야기를 전한다'는 뜻이다.

　당나라 이전의 소설은 대부분 『수신기』처럼 귀신 이야기를 주로 했다. 그러나 당나라의 전기에 이르면, 현실의 내용이 위주가 되었다. 당시 생활에서 자주 보이는 선비와 기녀들이 소설의 주인공이었다.

　전기는 예술 면에서도 육조의 소설보다 발전된 모습을 보여주었다. 이렇다 할 장편 대작은 나타나지 않았지만, 소설의 구성과 이야기 전개, 언어와 인물 묘사에서 커다란 진보를 보였다.

용과 결혼한 남자

　당나라의 전기는 대체로 애정 소설과 의협 소설로 나눌 수 있다. 전자에는 「유의전柳毅傳」, 「앵앵전鶯鶯傳」, 「이와전李娃傳」, 「곽소옥전霍小玉傳」, 「무쌍전無雙傳」 등이 있다. 후자에는 「홍선전紅線傳」, 「곤륜노崑崙奴」, 「규염객전虯髥客傳」 등이 있다. 또한 풍자와 경계의 의미를 담은 「동성부로전東城父老傳」, 「침중기枕中記」, 「남가태수전南柯太守傳」 같은 작품도 있다.

　「유의전」의 작자는 이조위李朝威이다. 그는 농서군隴西郡 사람으로서, 생애와 사적이 알려져 있지 않다.

　작품 안에서 선비 유의는 시험에 떨어져 고향으로 향한다. 그는 낙양을 지나다가 한 아리따운 아가씨가 양을 치는 모습을 본다. 그 아가씨는 원래 동정洞庭 용왕의 딸로서, 경천涇川 용왕의 아들에게 시집을 갔다. 그런데 뜻하지 않게 남편의 괄시를 받았고, 시부모도 그녀를 멀리 했다. 그 결과 용왕의 귀한 딸이 그처럼 외진 곳으로 쫓겨나 고생하고 있었던 것이다.

　불의를 참지 못하는 다혈질의 유의는, 그녀의 호소를 듣고는 동정호의 용왕에게 찾아가 그녀의 편지를 전했다. 이에 동정의 용왕은 비통해 했고, 그 소식은 삽시간에 용궁 전역으로 퍼졌다.

　그때 갑자기 하늘이 무너지고 땅이 꺼질 듯한 굉음과 함께, 크기를 가늠할 수 없는 시뻘건 용이 번개와 우박과 함께 하늘을 뚫고 날아왔다. 동정 용왕의 동생인 전당錢塘 용왕이 조카가 경천에서 고생한다는 소식을 듣고, 화가 잔뜩 나서 그녀를 구하고자 득달같이 달려온 것이다.

마침내 그녀는 아버지에게 돌아가고, 그녀와 용궁 식구들은 유의에게 매우 고마워했다. 결국 유의와 용왕의 딸은 사람과 용이라는 차이에도 불구하고 아름다운 부부가 되었다.

유의에 관한 이러한 전설은 매우 신화적이다. 하지만 용왕과 그 딸의 형상은 완전히 인격화되어 있다. 유의의 정직함과 당당함, 용왕 딸의 열정과 선량함, 동정 용왕의 후덕함과 침착함, 전당 용왕의 강렬함과 난폭함 등을 모두 생동적으로 그렸다. 전당 용왕이 "푸른 하늘을 헤치며 날아가는(擘靑天而飛去)" 장면은 특별히 뛰어나 사람들의 혼을 빼고도 남는다. 당나라 때 소설가들의 생생한 필치를 충분히 맛볼 수 있다.

이 이야기는 나중에 연극으로도 상연되었다.

애정을 다룬 이야기

「이와전」의 작자는 백행간白行簡(776~826)이다. 그는 백거이의 동생이다. 그의 자는 지퇴知退이고, 하규下邽(오늘날의 섬서성 위남현渭南縣 동북쪽) 사람이다.

이 전기는 「일지화一枝花」라는 당시의 소설을 각색해서 새롭게 만든 작품이다. 이 작품 속의 남자 주인공은 '생生'이다. 내용은 어느 명문가의 아들이 시험을 치르러 장안으로 떠나면서 시작한다.

장안에 도착한 그는 기생 이와에게 반해, 그곳에 눌러앉는다. 그는 아예 자신의 짐을 이와의 집으로 옮겨와, 날마다 놀이와 술타령으로 보냈다. 시험은 일찌감치 머리에서 지운 지 오래였다.

1년 뒤 이와를 데리고 있던 노파는 그의 돈이 바닥난 것을 눈치 채고, 그를 따돌린 뒤 잠적한다. 그 충격으로 한 차례 병을 앓은 생은 생계가 막막해, 할 수 없이 '장의사(凶肆)'에서 장송곡을 대신 불러 주며 겨우 살아갔다.

어느 날 경쟁을 벌이고 있던 장안의 두 장의사가 우열을 가리는 시합을 열었다. 미리 대비하고 있던 생이 시합에 나가 만가를 부르니, '소리는 청아하게 잘 넘어가고 수목까지도 뒤흔들(擧聲淸越, 響振林木)' 정도여서 큰 파란을 일으켰다.

그런데 뜻하지 않게 생의 아버지인 형양공(滎陽公)이 시합을 구경하다가, 자신의 잃어버린 아들을 발견했다. 그동안의 자초지종을 안 아버지는 가문의 명예를 더럽혔다며 크게 화를 낸다. 그리고는 생을 강변으로 끌고 가, 죽도록 매질한 뒤 버리고 떠났다. 장의사 사람들의 도움으로 겨우 목숨을 건진 생은 동료들에게도 버려져, 구걸하며 목숨을 부지하는 수밖에 없었다.

한없이 눈이 내리던 어느 날, 그는 추위와 배고픔으로 어느 문 앞에 쓰러져 울고 있다가 우연히 이와와 마주쳤다. 이와는 통곡하며 이렇게 말했다.

"당신을 이렇게 만든 건 모두 저의 죄랍니다."

그녀는 노파의 반대를 무릅쓰고 생을 집으로 데려와 보양을 시키는 한편, 예전에 못다 한 학업에 힘쓸 것을 재촉했다.

이와의 격려에 힘입어, 몇 년 뒤 생은 여러 과(科)에 거듭 합격한다. 그리고 마침내 조정의 관리가 되었다. 결국 형양공도 아들과 며느리를 받아들이고, 이와는 견국부인(汧國夫人)에 봉해졌다.

이야기의 구조가 잘 짜여 있고, 인물의 형상이 매우 생동적이다.

이와는 천대받던 기생이지만, 작자의 손을 거치면서 아름답고 진솔하며 안목과 동정심을 지닌 여성이 되었다. 생은 진사에 합격하고 관리가 되었으나, 시종일관 약자의 입장에 있으면서 이와의 지시를 따르고 있다. 이러한 배치는 참으로 의미심장하다.

「앵앵전」과 「곽소옥전」도 애정을 소재로 다루었다. 하지만 거기에서 남자 주인공은 여자를 배신하는 인물이었다.

「앵앵전」의 작자는 원진元稹이다. 많은 사람들이 작품 속에 나오는 남자 주인공인 장생張生을 작자와 결부시키고 있다.

장생은 언젠가 사촌 누이동생인 최앵앵의 집에 도움을 준 인연으로, 앵앵과 만나 사랑을 나눈다. 그때 앵앵의 하녀인 홍낭紅娘이 둘의 사랑을 연결시켜 주었다. 그 뒤 장생은 서울로 가 시험에 합격하고, 자신의 장래를 고려하여 앵앵과의 관계를 끊어 버린다.

「앵앵전」은 나중에 원나라 때의 희곡가인 왕실보王實甫가 「서상기西廂記」로 개편하여, 가장 유명한 잡극雜劇 작품이 되었다.

최초의 무협 소설

배형裴鉶(태어나고 죽은 해를 알 수 없음)은 당시에 유명한 전기 소설 작가이다. 그는 『전기傳奇』 3권을 지었다. 그 가운데 「곤륜노崑崙奴」, 「배항裴航」, 「섭은낭聶隱娘」 등은 널리 알려졌다.

「곤륜노」는 남녀 사이의 애정을 다룬 작품이다. 하지만 협객이 한 명 나온다는 점이 특이하다.

귀족의 자제인 최생은 아버지의 친구이자 조정의 일품一品 대신이던 분의 병문안을 갔다. 그 집에서 나오다가 대신의 곁에서 시중들던 붉은 옷의 기녀에게 이상야릇한 손짓을 받는다. 최생은 집으로 돌아와 그 속에 담긴 뜻을 생각하느라 식음을 전폐했다.

집에 있던 곤륜 노예인 마륵摩勒이 이를 눈치 채고는 넌지시 말했다.

"간단한 일을 뭐 그렇게 고민하세요? 저에게 일찌감치 말씀하시지요."

그는 최생에게 그 의미를 해석해 주었다. 그것은 다가오는 보름날, 달이 밝을 때 그 집 셋째 마당에서 만나자는 것이었다.

그날이 되자 마륵은 먼저 마당에 있던 사나운 개를 때려눕힌 뒤, 최생을 등에 업고 열 길이 넘는 담을 뛰어 넘어 기녀와 만나도록 주선했다. 아울러 두 사람을 도와 그곳에서 도망치도록 한 뒤 부부로 맺어 주었다.

나중에 대신은 50명의 무장 병사를 보내 마륵을 잡으려 했다. 하지만 마륵은 손에 비수를 들고 대항하다가, 높은 담을 펄쩍 뛰어넘어 그들을 따돌렸다. 그로부터 10여 년 뒤 조금도 변함없는 모습으로 낙양에서 약을 팔고 있는 마륵을 볼 수 있었다고 한다.

이 작품은 아마도 중국 최초의 무협 소설일 것이다. 중국 대륙의 서북에 살던 곤륜족이 중원으로 흘러 들어와 노예 생활을 했기 때문에, '곤륜의 노예'라는 말이 생겼다. 이처럼 신분이 낮은 노비였으나, 의협심과 대담성을 지녀 조정의 일품 대신을 꼼짝 못하게 만들었다. 이런 점에서 이 이야기는 독자들에게 통쾌함을 준다.

덧없는 인생

당나라의 전기가 후세 문학에 끼친 영향은 실로 엄청나다. 화본 소설과 희곡 작품의 대부분이 당나라의 전기를 근거로 개편한 것들이다. 앞서 얘기한 「서상기」 말고도 원나라 때의 잡극인 「정원화풍설타와관鄭元和風雪打瓦罐」과 「이아선화주곡강지李亞仙花酒曲江池」는 「이와전」을 근거로 했다. 또 다른 원나라의 잡극인 「오동우梧桐雨」와 청나라의 전기인 「장생전長生殿」은 진홍陳鴻의 「장한가전長恨歌傳」을 저본으로 삼았다. 명나라 때 탕현조湯顯祖의 「자차기紫釵記」는 「곽소옥전」을 바탕으로 지었다.

송나라와 원나라 때의 화본과 청나라 때의 문언 소설도 당나라 전기의 영향을 적지 않게 받았다. 이렇게 볼 때 중국에서 진정한 의미의 소설 창작은 당나라 전기에서 시작한 것이다.

한편 풍자와 경계의 의미를 담은 소설도 있다. 이공좌李公佐의 「남가태수전南柯太守傳」 이야기를 예로 들어 보자.

술을 매우 좋아하던 순우분淳于棼이라는 사람이 있었다. 한번은 그가 매우 취하여 집 뜰에 있던 홰나무 아래에서 잠이 들었다. 비몽사몽간에 붉은 옷을 입은 2명의 사자가 나타나 그를 인도했다.

순우분이 그들과 함께 수레에 올라 도착한 곳은 '대괴안국大槐安國'이라는 나라였다. 그곳에서 순우분은 공주와 결혼하여 국왕의 사위, 곧 '부마駙馬'가 되었다. 그는 공주의 세력을 등에 업고 출세하여 남가군의 태수가 되었다.

어느덧 20년이란 세월이 흘렀다. 자녀를 낳아 화목한 가정도 꾸리고, 관직은 남부러울 것이 없었다. 그러나 오래지 않아 공주가 죽고 순우분의 관운도 다했다. 그제야 순우분은 그곳이 자신의 집이 아님을 깨달았다.

 그 순간 잠에서 깨어난 순우분은 자신이 홰나무 아래 누워 있음을 발견했다. 주위를 둘러보니, 자신을 집으로 데려왔던 친구들이 아직 돌아가지 않은 채 발을 씻고 있었다. 친구들에게 꿈 이야기를 한 뒤 홰나무 밑동을 살펴보니, 개미굴이 있었다. 그곳이 바로 '괴안국'이었다. 그리고 남쪽으로 난 가지 위에도 개미굴이 있었다. 그건 물론 '남가군'이었다. 순우분은 그제야 모든 걸 깨달았다.

 이 이야기는 돈과 명예에 연연하는 인간들을 풍자한 것이다. 사람은 누구나 돈과 명예를 차지하면 스스로를 대단하다고 여긴다. 그러나 이것은 사실 개미굴 속의 허망한 꿈에 지나지 않는다.

 이 전기 역시 명나라 때의 희곡가인 탕현조가 「남가기」로 개편했다. '인생의 덧없음'을 뜻하는 '남가일몽南柯一夢'이란 성어도 이 이야기에서 유래한 것이다.

변문變文

당나라 때는 불교가 성행하면서 글을 알지 못하는 대중을 상대로 불교의 교리를 전달하는 일이 빈번했습니다. 그것을 전달하는 방식은 다양했습니다. 정확한 음정과 리듬으로 경문을 낭독하는 '전독轉讀,' 찬양시를 노래하는 '범패梵唄,' 불도의 의미를 강연하는 '창도唱導' 등이 그것이지요. 그렇게 통속화하는 과정에서 이야기와 노래가 있고 묘사와 비유가 있는 대중적 문체가 되었으니, 그것이 바로 '변문'입니다.

이처럼 산문과 운문을 합한 형식은 인도印度적인 형태라고 합니다. 이러한 설법의 과정에서 그 내용을 묘사한 만다라曼陀羅를 걸어 놓고 그 그림을 가리키면서 이야기를 들려주었는데, 그 그림 자체를 '변變' 또는 '변상도變相圖'라고 불렀답니다. 나중에는 내용의 범위도 확대되어 불경뿐만 아니라, 역사와 시사 문제를 다루기도 하면서 민간 문학의 발전을 이끌었습니다. '보권寶卷'이나 '탄사彈詞' 등의 민간 문학 형식도 이 변문에서 유래했습니다. 아울러 당나라 이후 발전하는 장편 소설과 희곡의 발전을 돕기도 했지요.